EDIÇÕES BESTBOLSO

Emma

Jane Austen (1775-1817) nasceu no vilarejo de Steventon, na área rural da Inglaterra. A sétima dos oito filhos do reverendo George Austen, dirigente da paróquia local, a escritora cursou a maior parte de seus estudos em casa e nunca se afastou da família. Curiosamente, apesar de suas heroínas românticas estarem sempre às voltas com o casamento, Jane Austen não se casou. A obra da autora reúne seis romances completos: *Razão e sensibilidade* (1811), *Orgulho e preconceito* (1813), *Mansfield Park* (1814), *Emma* (1816), *A abadia de Northanger* e *Persuasão* – os dois últimos publicados postumamente, em 1818. Todos eles marcados pelo primoroso estilo de Austen: a precisão da linguagem, o humor e a aguda percepção para tratar do cotidiano da sociedade inglesa da virada do século XVIII para o XIX. A profunda compreensão do mundo feminino e o domínio da forma e da ironia fizeram dela uma das mais notáveis e influentes romancistas de sua época.

Jane Austen

EMMA

Tradução de
THEREZINHA MONTEIRO DEUTSCH

Prefácio de
JULIA ROMEU

4ª edição

EDIÇÕES
BestBolso

RIO DE JANEIRO – 2016

CIP-BRASIL. CATALOGAÇÃO NA FONTE
SINDICATO NACIONAL DOS EDITORES DE LIVROS, RJ

Austen, Jane, 1775-1817
A95e Emma / Jane Austen; tradução de Therezinha Monteiro Deutsch;
4ª ed. prefácio de Julia Romeu. – 4ª edição – Rio de Janeiro: BestBolso, 2016.
12 × 18 cm

Tradução de: Emma
ISBN 978-85-7799-266-9

1. Romance inglês. I. Deutsch, Therezinha Monteiro. II. Título.

CDD: 823
11-4244 CDU: 821.111-3

Emma, de autoria de Jane Austen.
Título número 271 das Edições BestBolso.
Quarta edição impressa em março de 2016.
Texto revisado conforme o Acordo Ortográfico da Língua Portuguesa.

Título original inglês:
EMMA

www.edicoesbestbolso.com.br

Design de capa: Carolina Vaz sobre pintura intitulada "The Black Brunswicker – 1860", de John Everett Millais.

Impresso no Brasil

ISBN 978-85-7799-266-9

Prefácio

Doces defeitos

Segundo James Edward Austen-Leigh, sobrinho de Jane Austen e também seu primeiro biógrafo, ao começar a escrever *Emma*, a autora afirmou: "Vou criar uma heroína de quem ninguém, além de mim, vai gostar muito." Ela não sabia o quanto estava errada – Emma Woodhouse tornou-se um dos personagens mais queridos da galeria de Austen, apesar de certamente ser a menos perfeita de suas protagonistas.

Mas quem poderia encontrar defeitos em Emma? Afinal, ela é linda, inteligente, caridosa, bem-humorada e dispõe de uma paciência infinita para lidar com as manias de seu velho e hipocondríaco pai. Pois é justamente por saber que possui todas essas qualidades e por receber pilhas de elogios de quase todos à sua volta que Emma se torna uma jovem arrogante e esnobe, com a feliz certeza de sempre ter razão.

Emma vive num minúsculo vilarejo onde, devido às rígidas regras sociais da época, só pode se misturar com pessoas mais ou menos próximas de seu status. Para seu azar, quase todas que atendem a esse requisito ali têm o triplo da sua idade, ou seja, nada de bailes ou festas à vista. Seus dias são sempre iguais, sua vida é marcada pela imobilidade – por exemplo, aos vinte e um anos, ela se afastou tão pouco de casa que jamais viu o mar. Apesar disso, Emma não tem a menor intenção de se casar, pois, como sua mãe faleceu há mais de uma década, ela é quem comanda a casa do pai, o que lhe dá uma independência extraordinária para uma mulher solteira do início do século XIX. O pai de Emma também tem uma grande fortuna, o que faz com que ela não precise se preocupar em fazer um bom casamento por motivos financeiros.

Portanto, por falta de interesse e de necessidade, Emma é roubada do principal passatempo das jovens daquele período: tentar arrumar marido. Para ocupar seus dias e sua imaginação, ela começa a inventar romances para os outros, acreditando que seu poder de observação superior saberá detectar quem está interessado em quem, e quais são os pares mais apropriados. Os resultados são invariavelmente desastrosos, pois Emma aprenderá que não conhece nem mesmo o próprio coração.

Emma tem tantos encontros e desencontros, tantos mistérios e segredos, que já foi chamado por um crítico de "romance policial sem assassinato". Nele, Jane Austen mostra sua extrema habilidade de criar personagens realistas, quase sem precisar descrevê-los e deixando que suas personalidades transpareçam em seus geniais diálogos. O livro mostra um ano na vida da protagonista e de seu vilarejo de Highbury, e os eventos vão ocorrendo de forma tão natural que quase parecemos estar vendo um documentário – até que chegamos ao final e percebemos que foi tudo orquestrado de forma a levar a heroína a cometer uma série de erros que a levam às descobertas necessárias para sua entrada na maturidade.

Emma é de 1815 e foi o quarto livro publicado por Jane Austen, além de o último a chegar ao público antes de sua morte. Os três romances precedentes – *Razão e sensibilidade*, *Orgulho e preconceito* e *Mansfield Park*, nessa ordem – haviam feito tal sucesso que chamaram a atenção até do príncipe regente da Inglaterra, que mais tarde viria a se tornar o rei Jorge IV. O príncipe mandou seu bibliotecário, James Stanier Clarke, corresponder-se com Austen e sugerir que ela dedicasse sua próxima obra a ele. A autora, que detestava o príncipe regente, estava prestes a recusar, quando lhe explicaram que uma sugestão real era, na realidade, uma ordem. A dedicatória é tão formal e obsequiosa que ninguém acredita ter sido escrita por ela – parece que foi seu editor, de olho no aumento de prestígio que a associação trazia, quem a redigiu.

O Sr. Clarke não apenas deu-se por satisfeito como continuou a corresponder-se com Jane Austen e, com grande generosidade, passou a sugerir temas para suas futuras obras. Por que não escrever um livro sobre um homem como ele, que era clérigo da Igreja Anglicana e havia servido na Marinha? Ou um romance histórico sobre a dinastia alemã de Saxe-Coburg, em homenagem ao príncipe que estava prestes a se casar com a filha do príncipe regente? Jane Austen educadamente recusou, numa carta em que se declarava incapaz de fugir de seus temas habituais, afirmando: "Creio que posso me jactar de ser, com toda a vaidade possível, a mais ignorante e mal-informada mulher que jamais teve a audácia de se tornar autora."

Pobre Sr. Clarke! Ele, que tinha aspirações literárias e um estilo, digamos, grandiloquente de escrever (só a introdução de um de seus livros tem duzentas e trinta páginas) não sabia com quem estava se metendo. Jane Austen não precisava de aventuras marítimas nem da pompa das casas reais da Europa. Ela disse em uma carta que "três ou quatro famílias num vilarejo do interior são a melhor coisa para se trabalhar" e, sem jamais se desviar desse princípio, criou algumas das mais fascinantes obras da literatura mundial, numa prosa elegante, enxuta e bem-humorada que já pode ser considerada imortal.

Julia Romeu
Tradutora, jornalista e autora teatral

1

Emma Woodhouse, bonita, inteligente e rica, com uma casa confortável e bem localizada, parecia reunir as melhores bênçãos sobre sua existência e vivera quase vinte e um anos praticamente sem aflições ou aborrecimentos.

Era a caçula de duas filhas de um pai extremamente afetuoso e indulgente. Por causa do casamento da irmã, viera a se tornar a senhora da casa quando ainda era muito jovem. Sua mãe morrera havia muito tempo, por isso guardava apenas uma vaga lembrança do carinho materno e este lugar fora ocupado por uma excelente governanta cuja afeição por Emma era próxima à de uma mãe.

A Srta. Taylor encontrava-se na família do Sr. Woodhouse havia dezesseis anos, por isso era mais amiga do que governanta e muito apegada às duas filhas dele, principalmente a Emma. Entre *elas* havia mais intimidade do que entre as próprias irmãs. Antes mesmo da Srta. Taylor parar de exercer de fato suas funções nominais de governanta, seu temperamento brando mal lhe permitira impor limites, e uma vez que a sombra de autoridade se desfizera havia muito tempo, viviam juntas como amigas muito próximas, com Emma fazendo só o que desejava, valorizando muito as opiniões da Srta. Taylor, mas agindo sempre segundo as próprias ideias.

Na verdade, os únicos males da situação de Emma eram o seu costume de fazer tudo do próprio jeito e a tendência a se ter em mais alta conta do que deveria. Estas desvantagens ameaçavam diminuir suas alegrias, mas a ameaça passava tão despercebida no momento que tais males sequer eram tidos como tais.

A tristeza chegou – uma tristeza suave –, mas sem o peso de uma desagradável conscientização. A Srta. Taylor casou-se. A perda da grande companheira foi a primeira dor na existência de Emma. No dia do casamento de sua querida amiga, a jovem pensou pela primeira vez, e com pesar, no futuro. A festa de casamento terminou, noivos e convidados foram embora deixando que Emma e o pai jantassem sozinhos, sem a perspectiva de uma terceira pessoa para conversar no longo serão. O pai foi deitar-se algum tempo depois do jantar, como sempre, e depois disso ela não fizera mais do que ficar sentada, pensando no que perdera.

O acontecimento prometia felicidade para sua amiga. O Sr. Weston era um homem de excelente caráter, fortuna razoável, idade adequada e maneiras agradáveis. Além disso, Emma sentia alguma satisfação ao considerar com que desprendimento e sinceridade havia desejado e incentivado aquele casamento. Mas o dia seguinte ao do enlace foi sombrio para ela. Sentiu falta da Srta. Taylor o dia inteiro. Lembrava-se de sua bondade – bondade e afeto que lhe haviam sido dedicados por dezesseis anos –, de como a governanta cuidara dela e a ensinara desde que era uma menina de cinco anos, de como dedicava toda a sua energia a diverti-la quando saudável e a velá-la quando doente. Contraíra desde então uma alta dívida de gratidão; mas o relacionamento em pé de igualdade durante os últimos sete anos, o completo entendimento, a perfeita confiança que procedera o casamento de sua irmã Isabella ainda eram uma querida e terna recordação. A Srta. Taylor havia sido uma amiga e companheira que poucas pessoas tinham a sorte de ter. Inteligente, bem informada, atenciosa e gentil, conhecia tudo a respeito da família, compartilhava todas as suas preocupações e interessava-se particularmente por Emma, por cada uma de suas alegrias e tudo o mais que dissesse respeito a ela. Era alguém a quem Emma podia revelar tudo que pensava e que lhe dedicava um afeto tão profundo que jamais terminaria.

Como iria suportar essa mudança? É verdade que sua amiga estava morando a apenas uns oitocentos metros dela, porém Emma compreendia que havia uma distância muito maior do que oitocentos metros entre a Sra. Weston em Randalls e a Srta. Taylor ali, em sua casa. Além de ter perdido todas as vantagens, naturais e domésticas, agora corria o grande risco de sofrer de solidão intelectual. Amava ternamente seu pai, porém ele não era um companheiro adequado. Não conseguiam conversar, fosse sobre temas sérios ou fúteis.

O desencontro causado pela diferença de idades (e o Sr. Woodhouse não se casara cedo) aumentara muito devido ao estado físico e hábitos dele. Por ter sido enfermo a vida inteira, sem atividades da mente ou do corpo, era um homem muito mais velho do que sua idade de fato, e embora fosse uma pessoa querida por seu coração generoso e temperamento amigável, jamais tivera algum talento que o distinguisse.

Embora relativamente pouco afastada pelo matrimônio, morando em Londres apenas a cerca de vinte e cinco quilômetros, a irmã de Emma não podia manter um contato diário e as noites seriam longas em Hartfield durante os meses de outubro e novembro, até que o Natal trouxesse Isabella, o marido e os filhinhos para encher a casa e proporcionar-lhe de novo companhia agradável.

Highbury, o grande e populoso vilarejo quase merecedor do título de cidade, ao qual Hartfield pertencia – apesar de seu nome, campos e matas separados –, não contava com pessoas do mesmo nível dos Woodhouse, que eram as pessoas mais ilustres da região. Todos os olhavam com respeito. Emma tinha muitos conhecidos, pois seu pai era extremamente gentil, mas não havia ninguém entre eles que pudesse ser aceito para ocupar o lugar da Srta. Taylor, nem mesmo por meio dia. Havia sido uma mudança melancólica e Emma não podia fazer nada a não ser suspirar e desejar coisas impossíveis, até que o pai acordasse e ela se visse obrigada a parecer alegre. Ele precisava de apoio. Era um homem nervoso, que caía facilmente em depressão. Apegado às pessoas com as quais estava acostumado, detestava separar-se delas e detestava também qualquer espécie de mudança. Sempre achara desagradável o casamento por ser este origem de mudanças e ainda não se conformara com o casamento da filha mais velha. Só falava nela em tom de compaixão, apesar de ter sido um casamento por amor. Depois, vira-se separado da Srta. Taylor e, levado por seu leve egoísmo e sua incapacidade de supor que outra pessoa pudesse pensar diferente dele, sentia-se inclinado a pensar que a Srta. Taylor havia feito uma coisa muito triste com eles e consigo mesma, que ela poderia ser muito mais feliz se passasse o resto de sua vida em Hartfield. Emma sorria e conversava com o pai o mais alegremente que podia, em uma tentativa de distraí-lo, mas nesse dia, quando chegou a hora do chá, foi impossível ao Sr. Woodhouse não repetir o que havia dito ao jantar.

– Pobre Srta. Taylor! Gostaria tanto que ela estivesse aqui! Que pena o Sr. Weston ter se interessado por ela.

– Não posso concordar com o senhor, papai. Sabe que não posso. O Sr. Weston é um homem bem-humorado, agradável, excelente e merece uma boa esposa. O senhor acha que a Srta. Taylor deveria passar a vida toda aqui conosco, suportando meu mau humor, quando podia ter sua própria casa?

– Sua própria casa! Qual é a vantagem de ela ter a própria casa? Esta é três vezes maior do que a dela e você jamais fica de mau humor, minha querida.

– Podemos ir visitá-los e eles podem vir nos visitar. Vamos nos encontrar sempre! E *nós* temos de ir primeiro, devemos fazer-lhes a visita obrigatória aos recém-casados.

– Minha querida, como posso ir tão longe? Randalls fica muito distante daqui. Sabe que não consigo andar nem metade do caminho.

– Sei, papai, e ninguém está pensando em fazê-lo andar. É melhor irmos de carruagem.

– De carruagem! James não vai querer arrear os cavalos para um trajeto tão curto... E onde os pobres cavalos irão ficar durante a nossa visita?

– Ficarão na cocheira do Sr. Weston, papai. O senhor sabe disto, pois já combinamos tudo durante a nossa conversa com o ele, ontem à noite. Quanto a James, pode ter certeza de que ele gosta de ir a Randalls porque sua filha trabalha lá como criada. Duvido muito que ele nos leve a qualquer outro lugar com maior prazer. E foi o senhor quem conseguiu esse bom emprego para Hannah, papai. Ninguém havia pensado nela até que o senhor a mencionou e James se sente muito grato por isso.

– Fico contente por ter me lembrado dela. Foi por puro acaso e não quero que o pobre James se sinta obrigado por tão pouco. Além disso, tenho certeza de que ela será uma boa criada: é bem-educada, fala com perfeição... Na minha opinião, é uma boa moça. Toda vez que a encontrava, ela fazia-me uma reverência e perguntava como eu estava de maneira muito gentil. E toda vez que você a chamou para bordar, observei que ela girava a maçaneta de modo suave e jamais batia a porta. Tenho certeza de que vai ser uma excelente criada e de que será de grande conforto para a pobre Srta. Taylor ter junto de si alguém que estava acostumada a ver. Sempre que James for visitar a filha, você sabe, a Srta. Taylor terá notícias a nosso respeito, ele lhe dirá como estamos.

Emma não fez esforço algum para conter essa série de pensamentos agradáveis e esperou proporcionar ao pai, com a ajuda do tabuleiro de gamão, um serão toleravelmente agradável, sem sombras de tristezas. Abriu o tabuleiro do jogo, porém a imediata chegada de um visitante tornou-o desnecessário.

O Sr. Knightley, um homem sensível de uns trinta e sete ou trinta e oito anos, não só era um velho e íntimo amigo da família, como também ligava-se a ela por ser o irmão mais velho do marido de Isabella. Ele morava a um quilômetro e meio de Highbury, visitava-os frequentemente e era sempre muito bem-vindo. Dessa vez mais bem-vindo do que nunca, pois viera diretamente de Londres, da casa do irmão. Chegara depois do jantar, após vários dias de ausência, e fora imediatamente para Hartfield a fim de dizer que tudo estava perfeitamente bem na praça Brunswick. Tratava-se de um visitante muito agradável e animou o Sr. Woodhouse durante algum tempo. O Sr. Knightley tinha um temperamento alegre, que fazia bem ao velho senhor, e sempre respondia satisfatoriamente às perguntas dele sobre a "pobre Isabella". Quando essa parte terminou, o Sr. Woodhouse observou, agradecido:

– É muita bondade sua, Sr. Knightley, ter se incomodado em vir nos visitar tão tarde. Temo que tenha feito uma péssima caminhada.

– De maneira alguma, senhor. Está uma noite linda, enluarada e tão suave que prefiro até sentar longe da lareira.

– Mas tudo deve estar úmido, enlameado. Espero que não pegue um resfriado.

– Enlameado, senhor? Veja os meus sapatos, não há nem sinal de barro neles.

– Bem, isso é surpreendente, pois temos tido muita chuva por aqui. E ela caiu bastante forte quando tomávamos o café da manhã... Bem que eu quis que eles adiassem o casamento.

– A propósito, ainda não lhes desejei felicidade... Mas já sabendo o quanto devem estar felizes, não tive pressa alguma em parabenizá-los. Espero que tudo tenha corrido perfeitamente bem. Então, como se comportaram? Quem chorou mais?

– Ah! Pobre Srta. Taylor! Tudo isso é muito triste.

– Pobre Sr. e Srta. Woodhouse, acredito, e não "pobre Srta. Taylor". Tenho muito respeito pelo senhor e por Emma, mas quando se trata de uma questão de dependência ou independência!... Às vezes é melhor ter apenas uma pessoa para agradar em vez de duas.

– Principalmente quando *uma* delas é uma criatura caprichosa e impertinente! – brincou Emma. – É o que o senhor está pensando, eu sei, e o que certamente diria se meu pai não estivesse presente.

– Creio que é verdade, minha querida. Sem dúvida – concordou o Sr. Woodhouse, com um suspiro –, acho que algumas vezes sou mesmo caprichoso e impertinente.

– Meu paizinho querido! Não pode estar pensando que eu me referia ao *senhor*, nem que o Sr. Knightley se referia ao *senhor*. Que ideia absurda! Oh, não! Falei a respeito de mim mesma. Sabe muito bem que o Sr. Knightley adora apontar meus defeitos, brincando, é claro. Sempre dizemos o que queremos um ao outro.

De fato, o Sr. Knightley era uma das poucas pessoas que podiam ver defeitos em Emma Woodhouse e a única que os apontava para ela. Por mais que isso não lhe fosse muito agradável, a jovem sabia que o seria ainda menos para seu pai, uma vez que jamais passaria pela cabeça dele que alguém pudesse não achar Emma perfeita.

– Emma sabe que jamais a lisonjeio – disse o Sr. Knightley –, mas eu não estava fazendo insinuações. A Srta. Taylor estava acostumada a ter que satisfazer a duas pessoas, agora precisa agradar a apenas uma. As chances são de que ela saia ganhando.

– Bem – disse Emma, querendo mudar de assunto –, o senhor está querendo saber sobre o casamento e terei prazer em contar-lhe tudo, pois todos nos comportamos de modo encantador. Fomos todos pontuais, estávamos muito bem-vestidos. Não se viu nenhuma lágrima e nenhum rosto compungido. Oh, não! Nós duas sabíamos que iríamos ficar separadas por apenas oitocentos metros e que poderíamos nos ver todos os dias.

– A minha querida Emma suportou tudo muito bem – comentou o pai. – Mas, Sr. Knightley, na verdade ela está muito triste por ter perdido a pobre Srta. Taylor e tenho certeza de que *irá* sentir mais a sua falta do que está pensando.

Emma abaixou a cabeça, dividida entre lágrimas e sorrisos.

– Seria impossível Emma não sentir falta de tal companheira – comentou o Sr. Knightley. – Não a apreciaríamos tanto, senhor, se pensássemos o contrário. Mas ela sabe perfeitamente bem que o casamento é bom para a sua amiga, sabe quanto deve ser importante para a Srta. Taylor ter seu próprio lar nesta fase da vida, quanto é importante para ela sentir-se segura e confortável com o apoio de um marido. Por isso, não deve permitir-se sentir mais dor do que alegria. Todos os amigos da Srta. Taylor devem ficar contentes por ela ter se casado tão bem.

– O senhor se esqueceu de um outro motivo de alegria para mim – retificou Emma –, motivo esse muito considerável: fui eu quem arranjou esse casamento. Comecei a planejá-lo, o senhor sabe, há quatro anos. E o que mais me conforta é que o casamento foi realizado, provando que eu tinha razão quando todos diziam que o Sr. Weston não se casaria novamente.

O Sr. Knightley assentiu com a cabeça enquanto o pai dela afetuosamente comentava:

– Ah, minha querida! Eu gostaria que você não arranjasse mais casamentos nem fizesse novas previsões, pois tudo o que diz acaba acontecendo. Por favor, não arranje mais casamentos.

– Prometo não arranjar casamento para mim mesma, papai, mas para os outros, sim. É a coisa mais divertida deste mundo! Ainda mais depois de obter sucesso, entende? Todos estavam certos de que o Sr. Weston não se casaria novamente, de jeito nenhum! O Sr. Weston, viúvo há tanto tempo, parecendo perfeitamente bem sem esposa, tão ocupado com amigos aqui ou negócios na capital, sempre muito bem recebido onde quer que fosse, sempre alegre... O Sr. Weston, que não precisava passar nem sequer uma noite sozinho, a não ser que assim desejasse. Oh, não! Com certeza o Sr. Weston nunca se casaria novamente! Algumas pessoas chegavam a falar em uma promessa feita no leito de morte da esposa, outras que o filho e o cunhado não permitiriam. Todo tipo de solenes tolices foram ditas a respeito dele, porém não acreditei em uma só delas. Tive a ideia há quatro anos, no dia em que a Srta. Taylor e eu nos encontramos com ele na travessa Broadway, quando então começou a chuviscar e ele gentilmente correu para pegar emprestados para nós dois guarda-chuvas na Farmer Mitchell. Planejei o casamento deles a partir daquele momento, e uma vez que fui abençoada com o sucesso, querido papai, o senhor não pode querer que eu deixe de arranjar casamentos.

– Não compreendo o que quer dizer com "sucesso" – observou o Sr. Knightley. – Sucesso pressupõe empenho, esforço. O seu tempo teria sido convenientemente usado se você houvesse se esforçado nos últimos quatro anos para conseguir realizar esse casamento. Que ocupação digna para a mente de uma jovem dama! Mas se, como imagino, realizar esse casamento, como você mesma disse, significa apenas havê-lo planejado... Ou seja, significa simplesmente que um dia você disse a si mesma "Creio que seria muito bom para a Srta. Taylor se o Sr. Weston se casasse com ela", e a partir de então continuou repetindo isso para si algumas vezes, não há a menor lógica em dizer que foi um sucesso. Onde está o seu mérito? Do que se orgulha? Você teve um palpite de sorte, *isso* é o máximo que se pode dizer.

– E o senhor jamais sentiu o prazer e o triunfo de ter tido um palpite de sorte? Tenho pena do senhor. Pensei que fosse mais arguto, pois quando um palpite se mostra certo, nem sempre é apenas por sorte. E quanto ao meu pobre termo "sucesso", que o senhor desmerece tanto, não sei se estou assim tão errada em proclamá-lo. O senhor pintou dois lindos quadros, porém creio que deve haver um terceiro, algo que ficaria entre o fazer-nada e o fazer-tudo. Se eu não tivesse providenciado para que o Sr. Weston viesse aqui nos visitar, se não o tivesse encorajado de vários modos e removido muitos pequenos obstáculos, não teríamos chegado a nada. Creio que o senhor deve conhecer Hartfield o suficiente para entender o que estou dizendo.

– Um homem aberto, determinado como Weston e uma mulher sincera e inteligente como a Srta. Taylor poderiam cuidar muito bem de si mesmos. Com certeza você fez mais mal a si mesma do que bem a eles com suas interferências.

– Emma jamais pensa em si mesma, quando se trata de fazer bem aos outros – apoiou o Sr. Woodhouse, entendendo apenas parte do que tinha ouvido. – Mas, minha querida, por favor, não arranje mais casamentos; são umas tolices que destroem dolorosamente um círculo familiar.

– Só mais um, papai! Só para o Sr. Elton. Pobrezinho do Sr. Elton! O senhor gosta dele, papai... Tenho que procurar uma esposa para esse cavalheiro. Não há ninguém em Highbury que o mereça. Ele já está aqui há um ano e ajeitou tão confortavelmente sua casa que seria uma pena se continuasse solteiro... E hoje, enquanto oficiava o casamento, o Sr. Elton parecia querer que alguém fizesse por ele o que eu fiz pelo Sr. Weston! Admiro muito o Sr. Elton e esta é a única maneira que tenho de fazer algo coisa por ele.

– O Sr. Elton é um homem jovem, bonito, e tenho grande respeito por ele. Mas, caso você queira demonstrar-lhe alguma atenção, convide-o para vir jantar conosco qualquer dia, filha. É o melhor que tem a fazer. E atrevo-me a dizer que o Sr. Knightley também gostaria de encontrá-lo.

– Com imenso prazer, senhor, quando quiser – afirmou o Sr. Knightley, rindo. – E concordo com o senhor que é a melhor coisa a fazer. Convide-o para jantar, Emma, ofereça-lhe o melhor peixe e o mais delicioso frango, mas deixe que ele escolha a própria esposa. Um homem de vinte e seis ou vinte e sete anos pode cuidar muito bem de si mesmo.

2

Nascido em Highbury, o Sr. Weston vinha de uma respeitável família que durante as últimas duas ou três gerações havia crescido em nobreza e prosperidade. Recebera boa educação, mas como bastante cedo na vida conseguira certa independência, tornara-se indisposto para as atividades mais comuns às quais seus irmãos se dedicavam. Satisfizera seu temperamento alegre e sociável engajando-se na milícia de seu condado; acabara por seguir a carreira militar.

O capitão Weston era muito querido e quando as circunstâncias de sua vida militar o levaram a conhecer a Srta. Churchill, de uma grande família de Yorkshire, e ela apaixonou-se por ele, ninguém ficou surpreso, a não ser o irmão e a cunhada dela, que jamais o tinham visto e eram pessoas cheias de orgulho e importância, que se ofenderam com o relacionamento deles.

No entanto, a Srta. Churchill já havia alcançado a maioridade e tornara-se responsável pela própria fortuna – embora a sua nem se comparasse às posses da família – e não se deixou dissuadir. O casamento aconteceu para a extrema mortificação do Sr. e da Sra. Churchill, que, em respeito ao apropriado decoro, cortaram relações com a filha. Foi uma união equivocada e não produziu muita felicidade. A Sra. Weston deveria ter sido feliz, uma vez que tinha um marido cujo coração terno e temperamento meigo faziam-no sentir-se grato à esposa devido à grande bênção de ser amado por ela. Entretanto, ainda que essa senhora tivesse certa determinação, não era das melhores. Fora determinada o suficiente para agir conforme a própria vontade, em vez da do irmão, mas não o bastante para impedir-se de sentir um irracional arrependimento diante da irracional ira dele, nem para não ter saudade dos luxos de seu antigo lar. Viviam acima do que a renda do capitão permitia, porém a vida deles não era nada em comparação com a que ela levava em Enscombe. A Sra. Weston não deixara de amar o marido, mas queria ser ao mesmo tempo a esposa do capitão Weston e a Srta. Churchill de Enscombe.

Ao fazer aquele casamento que todos, principalmente os Churchill, pensavam ser tão maravilhoso para ele, o Sr. Weston acabou na verdade com a pior parte da barganha, pois quando sua esposa veio a falecer, depois de três anos de casamento, estava mais pobre do que antes e com um filho para criar. Contudo, ele não tardou a ver-se livre dos gastos com a criança. Depois da aproximação provocada pela doença prolongada da mãe, o menino promoveu uma espécie de reconciliação. Como o Sr. e a Sra. Churchill não tinham filhos, nem nenhuma outra criança na família a quem se dedicar, ofereceram-se para ficar com o pequeno Frank logo após o falecimento da Sra. Weston. Com certeza, o pai viúvo sentiu alguns escrúpulos e alguma relutância, mas depois de uma série de considerações a criança foi confiada aos cuidados e à fortuna dos Churchill. Assim, o capitão ficou encarregado apenas de cuidar de seu próprio conforto e da própria situação como bem pudesse.

Tornara-se necessária uma completa mudança de vida. Ele deixou a milícia e entregou-se ao comércio, uma vez que seus irmãos, já bem estabelecidos em Londres, proporcionaram-lhe uma boa abertura. Era uma atividade que exigia bastante dedicação. O Sr. Weston conservara uma pequena casa em Highbury, na qual passava a maior parte de seus dias livres. Desta maneira, entre uma atividade útil e os prazeres da sociedade, os dezoito ou vinte anos seguintes de sua vida passaram rapidamente. Assim, acabou por conseguir alcançar uma boa situação – boa o bastante para garantir a compra de uma pequena propriedade próxima de Highbury, que sempre sonhara possuir –, que lhe permitia casar-se com uma mulher sem dote, como a Srta. Taylor, e viver de acordo com sua própria disposição amigável e sociável.

Havia algum tempo que a Srta. Taylor começara a influenciar os planos dele para o futuro, mas, como não se tratava da tirânica exigência da juventude sobre a juventude, tal fato não abalara a determinação que o Sr. Weston tinha de não se casar enquanto não tivesse comprado Randalls. Essa compra ainda iria demorar um pouco, mas ele empenhou-se incansavelmente nesses objetivos até que os realizou. Havia feito sua fortuna, comprado sua casa e obtido sua esposa. Então, no momento estava iniciando um novo período de sua vida, com toda a possibilidade de alcançar maior felicidade do que conseguira no passado. Jamais havia sido um homem infeliz, seu próprio gênio o protegera disso mesmo durante o primeiro casamento; porém, o segundo iria demonstrar-lhe como poderia ser agradável uma mulher ajuizada, verdadeiramente afável, e dar-lhe a valiosa prova de que é muito melhor escolher do que ser escolhido, despertar gratidão do que senti-la.

Ele precisava agradar apenas a si mesmo com a escolha, uma vez que possuía sua própria fortuna. Quanto a Frank, havia sido criado como herdeiro do tio e aceitara a situação de adotado a ponto de ter assumido o sobrenome Churchill assim que se tornou maior de idade. Portanto, era muito pouco provável que algum dia viesse a precisar da ajuda do pai, que, aliás, não se preocupava com isso. A tia era uma mulher caprichosa e dominava completamente o marido, mas não estava na natureza do Sr. Weston imaginar que qualquer capricho pudesse ser forte o bastante para afetar alguém tão querido e, acreditava ele, que merecia ser assim tão querido. Via o filho uma vez por ano, em Londres, e tinha orgulho de Frank. Suas afetuosas referências a respeito dele como sendo um jovem cavalheiro muito refinado fizeram com que Highbury também sentisse uma espécie de orgulho: o filho do Sr. Weston era considerado suficientemente pertencente ao lugar para que seus méritos e perspectivas fossem de interesse geral.

O Sr. Frank Churchill era um dos maiores orgulhos de Highbury e havia uma grande curiosidade em conhecê-lo, mas tal interesse era tão pouco correspondido que ele jamais havia estado lá. Uma visita ao pai sempre fora mencionada, porém nunca realizada.

Agora, depois do casamento do Sr. Weston, era esperado por todos que a visita, sendo uma gentileza necessária, finalmente aconteceria. Não havia uma só voz discordante a respeito, nem mesmo quando a Sra. Perry tomava chá com a Sra. e a Srta. Bates, nem quando a Sra. e a Srta. Bates retribuíam a visita da Sra. Perry. Afinal, chegou o momento em que o Sr. Frank Churchill estaria entre eles e a esperança cresceu quando se soube que escrevera para sua nova mãe por conta do matrimônio. Deste modo, por alguns dias, cada visita matinal em Highbury incluía algum comentário sobre a bela carta que a Sra. Weston havia recebido.

"Suponho que tenha ouvido falar da bela carta que o Sr. Frank Churchill escreveu para a Sra. Weston. Ouvi dizer que é uma belíssima carta, de fato. O Sr. Woodhouse falou-me sobre ela. O Sr. Woodhouse viu-a e disse que jamais leu carta mais linda em sua vida."

Sem dúvida, tratava-se de uma carta muito valorizada. A Sra. Weston havia, é claro, formado uma ideia favorável sobre o jovem cavalheiro e tamanha gentileza era uma prova irrefutável de seu grande bom-senso, além de ser uma bem-vinda adição a todas as atenções e parabenizações que seu casamento recebera até então. Sentia-se a mais feliz das mulheres e já havia vivido o bastante para saber quanto devia considerar-se afortunada. Sua única tristeza era a parcial separação dos amigos, cuja amizade jamais esfriara e que por sua vez mal podiam suportar separar-se dela.

Sabia que de vez em quando sentiriam sua falta em Hartfield e era-lhe impossível não sentir dor quando pensava em Emma insatisfeita ou entediada pela falta de sua companhia. Mas a querida Emma não era fraca e suportaria melhor sua situação que a maioria das jovens. Além disso, tinha o bom-senso, a energia e o ânimo necessários para orientar-se bem e acertadamente através de pequenas dificuldades e privações. E também havia o conforto da pequena distância que separava Randalls de Hartfield, tão conveniente até para um passeio solitário de mulher, e do temperamento do Sr. Weston, que não se oporia a que elas passassem juntas metade dos serões da semana durante a estação que se aproximava.

A situação da Sra. Weston trazia-lhe muitas horas de gratidão ao marido e apenas alguns momentos de saudade. A satisfação que sentia e, mais do que satisfação, seu alegre deleite eram tão grandes e evidentes que Emma, apesar de conhecer muito bem o pai, às vezes se surpreendia ao vê-lo capaz de ainda sentir pena da "pobre Srta. Taylor" depois que a deixavam em Randalls, rodeada por todo conforto doméstico, ou quando após uma visita a Hartfield, eles a viam ir embora na sua própria carruagem, acompanhada de seu atencioso marido. Jamais a viam partir sem que o Sr. Woodhouse suspirasse e dissesse:

– Ah, pobre Srta. Taylor, ela gostaria tanto de ficar aqui! – Para ele, não havia como recuperar a Srta. Taylor, nem como deixar de sentir pena dela. Todavia, poucas semanas mais trouxeram algum alívio para o Sr. Woodhouse. As felicitações dos vizinhos cessaram, ele já não era obrigado a demonstrar alegria por um acontecimento tão triste e o bolo de casamento, que havia significado enorme sofrimento para ele, fora completamente comido. Seu estômago não suportava nada tão gorduroso e não acreditava que outras pessoas pudessem ser diferentes dele. O que era prejudicial para ele, considerava imprestável também para todo o mundo. Havia tentado de todas as maneiras convencê-los a sequer fazer o bolo de casamento, e quando vira que seus esforços eram em vão, tentou impedir, com igual empenho, que qualquer um o comesse. Dera-se ao trabalho de até mesmo ir consultar a respeito o Sr. Perry, o farmacêutico, um cavalheiro inteligente, cujas visitas frequentes significavam um dos confortos da vida do Sr. Woodhouse, e uma vez solicitada sua opinião, ele não tinha como deixar de reconhecer (embora parecesse um pouco contrariado), que, realmente, o bolo de casamento poderia fazer mal a muitas, quem sabe, à maioria das pessoas, a menos que fosse consumido com moderação. Diante de tal opinião, que confirmava a dele, o Sr. Woodhouse teve a esperança de influenciar todos os visitantes dos recém-casados, mas ainda assim o bolo foi comido e não houve descanso para os nervos dele até que, finalmente, acabou.

Um estranho boato corria por Highbury, afirmando que todos os pequenos Perry tinham sido vistos com uma fatia do bolo de casamento da Sra. Weston, porém o Sr. Woodhouse jamais acreditou nessa maledicência.

3

O Sr. Woodhouse gostava da vida social a seu modo. Apreciava muito quando os amigos iam visitá-lo, e por diversos motivos, como seu longo tempo de residência em Hartfield, sua boa natureza, sua fortuna, sua propriedade e sua filha, ele podia organizar as visitas em seu pequeno círculo de amizades do jeito que o agradavam. Não socializavam com muitas famílias fora desse círculo; seu horror a horas tardias da noite e a grandes jantares festivos era um obstáculo para que conhecesse novas pessoas, porém quem quisesse poderia visitá-lo dentro de seus próprios termos. Felizmente para ele, Highbury compreendia várias propriedades, uma vez que incluía Randalls na mesma paróquia e a Abadia Donwell na paróquia adjunta, sede do Sr. Knightley. Graças à persuasão de Emma, ele escolhia com certa frequência alguns dos conhecidos mais íntimos para jantar, mas preferia as reuniões no horário do serão e, a menos que estivesse indisposto para receber visitas, dificilmente havia uma noite na semana em que ela não conseguisse organizar uma mesa de jogo para o pai.

Uma verdadeira e duradoura estima os ligava aos Weston e ao Sr. Knightley; quanto ao Sr. Elton, um jovem cavalheiro que vivia sozinho sem gostar disso, não corria o risco de ficar sem o privilégio de trocar seus insípidos e solitários serões pela elegância e sociabilidade da sala de estar do Sr. Woodhouse e os sorrisos de sua adorável filha.

Depois deste, vinha o segundo grupo, no qual as pessoas mais agradáveis eram a Sra. e a Srta. Bates e a Sra. Goddard, três damas que normalmente só precisavam ser convidadas para comparecerem às recepções em Hartfield e que eram trazidas ou levadas de volta para casa tão frequentemente que o Sr. Woodhouse não julgava que causassem inconveniente algum a James ou seus cavalos. Se isso acontecesse apenas uma vez por ano, entretanto, o Sr. Woodhouse acharia um fardo terrível.

A Sra. Bates, viúva do vigário* anterior de Highbury, era uma dama de idade bastante avançada, que já deixara de lado todas as atividades, a não ser o chá e a quadrilha. Ela e a filha solteira levavam uma vida muito simples e era tratada com todo respeito e consideração que pode despertar uma senhora idosa e inofensiva, sob circunstâncias tão infelizes. Sua filha gozava de um grau de popularidade incomum para uma mulher que não era jovem, nem bonita, nem rica, nem casada. A Srta. Bates pertencia à pior categoria do mundo para obter a simpatia das pessoas e não possuía nenhuma qualidade intelectual para causar admiração ou intimidar os que poderiam desprezá-la, fazendo-os ao menos fingir respeitá-la; jamais ostentara beleza ou inteligência. Passara pela juventude sem chamar atenção e sua vida adulta era dedicada a cuidar da mãe debilitada e a fazer durar o máximo possível o pequeno rendimento que possuíam. No entanto, era uma mulher feliz, sobre quem ninguém falava a não ser com boas palavras e boa vontade. E era justamente sua própria boa vontade com todos e sua boa índole que realizavam tais maravilhas; gostava de todo o mundo, interessava-se pela felicidade de todos, percebia logo o mérito de todas as pessoas. Considerava-se a criatura mais afortunada da Terra e coberta de bênçãos por ter uma excelente mãe, bons vizinhos, amigos e uma casa onde nada faltava. Sua natureza simples e alegre, seu espírito contente e agradecido tornavam-na querida por todos e também uma fonte de felicidade para ela mesma. Era uma boa conversadora sobre temas simples, cheios de informações triviais e mexericos inofensivos, o que agradava muito ao Sr. Woodhouse.

---

*Trata-se da igreja anglicana, que permite que os padres se casem. (*N. do T.*)

A Sra. Goddard era professora da escola – não de um seminário, estabelecimento ou qualquer outro lugar que professasse, em longas sentenças da mais refinada bobagem, ser capaz de combinar cultura geral com elegante moralidade, de acordo com novos princípios e novos sistemas e onde, mediante pagamentos exorbitantes, jovens damas podiam perder saúde e adquirir vaidade –, um verdadeiro, honesto e tradicional pensionato onde uma quantidade razoável de educação era vendida a preço razoável e para onde as jovens podiam ser enviadas para saírem do caminho dos adultos e receberem uma modesta educação, sem correrem o risco de se tornarem grandes prodígios. A escola da Sra. Goddard tinha uma elevada reputação, que era muito merecida; para Highbury tratava-se de um local digno de admiração. Compunha-se de uma casa e um jardim amplos, as crianças recebiam alimentação farta e saudável, podiam correr à vontade, ao ar livre durante o verão e no inverno faziam suas próprias luvas para protegerem-se do frio. Não era de admirar que hoje em dia uma fila de vinte duplas de jovens seguisse atrás dela em direção à igreja. Era o tipo da mulher simples e maternal que trabalhara duro em sua juventude e achava que tinha direito a algumas folgas para uma visita ocasional na hora do chá. Devia muito à bondade do Sr. Woodhouse, e por isso sentia-se na obrigação de abandonar sua imaculada sala de visitas e seus bordados, sempre que podia, para ir ganhar ou perder seis *pence* diante da lareira na casa dele.

Estas eram as damas que Emma tinha possibilidade de requisitar com muita frequência e sentia-se feliz por oferecer algum bem-estar ao pai, apesar de, em sua opinião, não haver no mundo remédio algum para a ausência da Sra. Weston. Ficava contente por ver o pai bem acomodado e satisfeita consigo mesma por ter a habilidade de dirigir as coisas tão bem. Mas a conversa insossa das três senhoras tornava cada serão tão sem cor e tão longo que essas noites eram as que ela mais temia.

Certa manhã, quando se encontrava sentada pensando justamente que a noite seria uma daquelas, recebeu um bilhete da Sra. Goddard solicitando, nos termos mais respeitosos, licença para levar consigo a Srta. Smith. Foi um pedido muito bem-vindo, uma vez que a Srta. Smith era uma jovem de dezessete anos que Emma conhecia de vista, e por quem sempre se interessara por causa da beleza. Enviou um gracioso convite como resposta e a noite deixou de ser esperada com pesar pela gentil dona da casa.

Harriet Smith era filha natural de alguém. Alguém que vários anos antes a internara na escola da Sra. Goddard e que mais tarde a elevara de estudante a pensionista. Era isto que se sabia da história da vida dela. Não tinha amigos, a não ser os que fizera em Highbury, e acabava de voltar de uma longa temporada passada no campo, na casa de umas jovens que haviam sido suas colegas na escola.

Era muito bonita; a beleza de Harriet era do tipo que Emma admirava. Pequena, gorduchinha e linda, de rosto macio e corado, olhos azuis, cabelos claros e traços regulares, tinha muita doçura no olhar. Antes do fim do serão, Emma estava encantada tanto com suas maneiras quanto com seu aspecto, e determinada a aprofundar o novo relacionamento.

Não havia sido surpreendida por nada excepcionalmente refinado na conversa da Srta. Smith, porém achara-a muito simpática – sem nenhuma timidez inconveniente ou resistência à conversa, mas também longe de ser atrevida. Era bem-comportada, respeitosa, e parecia encantada por ter sido admitida em Hartfield. Demonstrou-se tão sinceramente impressionada pelo estilo superior ao da vida que levava que revelara um bom-senso que merecia ser encorajado. E esse encorajamento lhe seria oferecido. Aqueles meigos olhos azuis e toda aquela beleza natural não deviam ser desperdiçados na sociedade inferior de Highbury e suas ligações. As amizades que Harriet havia feito até então estavam abaixo do que merecia. As amigas das quais acabara de se separar, ainda que fossem excelentes pessoas, poderiam prejudicar-lhe. Pertenciam à família Martin, que Emma conhecia bem, uma vez que o Sr. Martin havia arrendado uma grande fazenda na propriedade do Sr. Knightley e residia com a família na paróquia de Donwell. Tratava-se de pessoas respeitáveis, acreditava Emma, pois sabia que o Sr. Knightley as tinha em bom conceito, mas eram rústicas, sem cultura, desaconselháveis para serem íntimas de uma jovem que precisava apenas de um pouco mais de instrução e refinamento para se tornar perfeita. *Ela* iria cuidar de Harriet, aperfeiçoá-la, separá-la das más amizades e introduzi-la na boa sociedade; iria formar as opiniões e as maneiras dela. Seria um empreendimento interessante, com certeza muito bondoso e bastante adequado à sua nova situação na vida, ao seu tempo disponível e às suas possibilidades.

Estava tão absorta admirando aqueles meigos olhos azuis, falando e ouvindo, organizando mentalmente seus planos nos momentos mais tranquilos, que a noite voou de maneira surpreendente e a mesa da ceia, que sempre encerrava essas reuniões, já se encontrava posta e servida diante da lareira quando se deu conta. Com um entusiasmo que ia além de seu habitual modo de agir – que, no entanto, sempre havia sido de inteira dedicação a fazer tudo com cuidado e atenção, com a sincera boa vontade de uma mente que se deliciava com as próprias ideias –, Emma fez todas as honras da ceia, serviu e recomendou o frango picado e as ostras cozidas com uma insistência que sabia aceitável no início da refeição e diante da bem-educada hesitação dos convidados.

Nessas ocasiões, os sentimentos do pobre Sr. Woodhouse travavam uma triste batalha. Ele gostava de ver a mesa posta porque era um hábito da sua juventude, mas a convicção de que determinadas comidas não eram saudáveis fazia-o afligir-se ao mesmo tempo que sua hospitalidade o induzia a oferecer tudo aos convidados. A preocupação com a saúde deles o mortificava ao pensar no que estavam comendo.

O único alimento que considerava digno de oferecer era um prato fundo de mingau ralo, como o dele próprio. Contudo, enquanto as senhoras consumiam animadamente as iguarias, via-se obrigado a dizer-lhes:

– Sra. Bates, deixe-me insistir em que experimente um destes ovos. Um ovo cozido, bem macio, não é prejudicial à saúde. E Serle sabe cozinhar um ovo como ninguém! Não precisa ter medo... eles são pequenos... está vendo? Um pequeno ovo como este não irá fazer-lhe mal. Sra. Bates, deixe que Emma lhe sirva um *pequeno* pedaço de torta... um pedaço *realmente* pequeno. As nossas são tortas de maçã. Não precisa temer, são perfeitamente saudáveis. Não aconselho o creme. Sra. Goddard, o que acha de *meio* copo de vinho? Um *pequeno* meio copo... com algumas gotas de água? Não acredito que isso possa fazer mal à senhora.

Emma deixava o pai falar, porém servia os convidados de maneira sempre satisfatória e nessa noite tinha um prazer especial em fazer com que fossem embora felizes. E a felicidade da Srta. Smith tinha sido obtida exatamente como Emma desejava. A Srta. Woodhouse era personalidade tão importante em Highbury que a perspectiva de ser apresentada a ela lhe causara mais pânico do que satisfação. Entretanto, a humilde, grata e pequena moça saiu de Hartfield com impressões maravilhosas, encantada com a afabilidade com que a Srta. Woodhouse a tratara durante a noite toda, até mesmo lhe apertando a mão ao despedir-se!

4

Logo se estabeleceu a intimidade de Harriet Smith em Hartfield. Com seu jeito rápido e decidido, Emma não perdeu tempo em convidá-la, encorajá-la, dizer-lhe que fosse visitá-la sempre. E, à medida que se conheciam melhor, ficavam cada vez mais satisfeitas uma com a outra. Emma já havia previsto que encontraria nela uma excelente companheira para passeios. Neste aspecto, a perda da Sra. Weston havia sido muito sentida. O Sr. Woodhouse jamais ia além dos arbustos, antes dos quais duas divisões do jardim que rodeava a casa bastavam para seus longos ou curtos passeios, dependendo da época do ano. Por isso, desde o casamento da Sra. Weston, Emma quase não se exercitava. Uma vez aventurara-se a ir sozinha até Randalls, mas não achara a caminhada agradável. Harriet Smith, que se mostrava disposta a passear a qualquer momento, seria uma valiosa adição aos seus privilégios. Na verdade, quanto mais conhecia Harriet, mais a aprovava em todos os aspectos e confirmava que a jovem era adequada a seu bem-intencionado plano.

Harriet certamente não era muito inteligente, porém tinha um temperamento meigo, dócil e agradável, era totalmente livre de presunção e queria muito ser orientada por alguém a quem admirasse. Sua imediata afeição por Emma era tocante; a inclinação por boas companhias e a capacidade de apreciar o que era elegante e valioso demonstravam que não lhe faltava bom gosto, embora não se pudesse esperar dela grande capacidade de entendimento. De qualquer modo, Emma estava convencida de que Harriet Smith era a jovem amiga que queria, exatamente o que precisava ter em casa. Encontrar outra amiga como a Sra. Weston estava fora de questão. Nunca poderia encontrar alguém igual a ela nem queria isso. Tratava-se de situações muito diferentes, de sentimentos bastante distintos. A Sra. Weston era objeto de um profundo respeito baseado em gratidão e estima. Harriet seria amada como alguém para quem Emma poderia ser útil. Se nada tivera a fazer pela Sra. Weston, tinha tudo a oferecer a Harriet.

Sua primeira tentativa de se tornar útil consistiu em seus esforços para descobrir onde estavam os pais dela, mas Harriet não soube responder às perguntas. A jovem estava disposta a dizer tudo o que sabia, mas não adiantava perguntar sobre esse assunto. Emma foi obrigada a fingir que se conformava, mas tinha absoluta certeza de que, se *ela* estivesse naquela situação, teria descoberto a verdade. Harriet não possuía qualquer perspicácia. Satisfizera-se em ouvir e acreditar em tudo que a Sra. Goddard decidira lhe contar e nem sequer cogitara tentar saber mais.

A Sra. Goddard, as professoras, as meninas e as atividades na escola em geral constituíam boa parte das conversas de Harriet e, se não fosse a amizade que tinha com os Martin da Fazenda Abbey-Mill, isso seria tudo. Mas os Martin ocupavam bastante os pensamentos da moça. Passara dois meses felizes com eles e adorava falar sobre as coisas boas da visita, descrever o grande conforto e as muitas maravilhas da fazenda. Emma a encorajava a falar, divertindo-se com o quadro de um grupo diferente de pessoas, apreciando a ingênua simplicidade com que Harriet contava, cheia de admiração, que a Sra. Martin tinha "*duas* salas, duas salas muito boas mesmo; uma delas, inclusive, tão grande quanto a sala de estar da Sra. Goddard; tinha uma ótima criada que estava com a família havia vinte e cinco anos; e eles tinham oito vacas, duas delas Alderney e uma Welch, uma linda vaquinha Welch, sem dúvida alguma; a Sra. Martin tinha dito que, como ela gostara muito dessa vaquinha, podia chamá-la de *sua* vaca; tinham uma bonita casa de verão no imenso pomar onde iriam todos tomar chá no ano que vem... uma casa de verão realmente muito bonita, grande o bastante para doze pessoas".

Durante algum tempo Emma se divertiu, sem pensar em nada além da sua causa imediata; mas, quando começou a compreender melhor a família, surgiram algumas preocupações. Havia se deixado levar por uma ideia errada, supondo que se tratava de mãe e filha, um filho e a esposa do filho, todos morando juntos. Mas então percebeu que o Sr. Martin – que ocupava papel importante nas narrativas e era sempre mencionado com elogios sobre sua boa natureza ao fazer uma coisa ou outra – era um homem solteiro, que não havia nenhuma jovem Sra. Martin, nenhuma esposa no caso, e Emma desconfiou do perigo a que sua pobre amiga estava se expondo diante de toda aquela hospitalidade e atenção; compreendeu que se Harriet não fosse retirada logo desse ambiente, arriscava-se a afundar para sempre.

Seguindo sua inspiradora intuição, Emma redobrou e aprofundou as perguntas, levando a jovem a falar especialmente mais do Sr. Martin. Ficou evidente que gostava dele. Harriet se prontificou de imediato a contar sobre a participação que ele tivera em passeios ao luar, nos alegres jogos do serão e falou bastante sobre como era bem-humorado e atencioso.

Ele percorrera cinco quilômetros ao redor da casa da fazenda para conseguir algumas nozes só porque ela dissera que as adorava.

E em tudo mais o Sr. Martin mostrava-se tão atencioso! Uma noite, ele levara o filho de seu pastor de ovelhas para a sala da casa a fim de que cantasse para ela, que gostava muito de canto! E ele próprio sabia cantar um pouco. Achava o Sr. Martin muito inteligente e ele entendia de todas as coisas; produzia a lã mais fina do local e enquanto ela permanecera na fazenda, a sua produção de lã havia sido a maior no condado! Ela acreditava que todo mundo falava bem dele. A mãe e as irmãs o adoravam. A Sra. Martin um dia lhe dissera (e Harriet corou quando falou nisso) que era impossível que alguém fosse um filho melhor e que tinha absoluta certeza de que quando ele se casasse, seria um bom marido. Não que *quisesse* que ele se casasse já. Afinal, não havia nenhuma pressa.

"Muito bem, Sra. Martin!", pensou Emma. "A senhora sabe o que faz."

E quando Harriet tinha vindo embora, a Sra. Martin fora tão amável que enviara um lindo ganso para a Sra. Goddard, o melhor ganso que a Sra. Goddard jamais vira. A Sra. Goddard o preparara para o domingo e convidara as três professoras, a Srta. Nash, a Srta. Prince e a Srta. Richardson para jantar com ela.

– Suponho que o Sr. Martin não tenha uma educação que vá além de seu próprio trabalho. Ele costuma ler?

– Oh, sim! Quero dizer, não... Não sei... Acredito que ele leia bastante, mas nada que a senhorita achasse interessante. Costuma ler o *Boletim Agrícola* e alguns livros que ficam no peitoril de uma das janelas... Claro, ele os lê *todos* para si mesmo. Mas algumas noites, antes de jogarmos cartas, ele lia em voz alta alguns trechos do *Excertos elegantes*... Era muito interessante. E fiquei sabendo que estava lendo *O vigário de Wakefield*. Não leu o *Romance da floresta*, nem *As crianças da abadia*. Jamais ouvira falar nesses livros antes que eu os mencionasse, porém está determinado a lê-los assim que puder.

A pergunta seguinte foi:

– Como é o Sr. Martin?

– Oh! Ele não é bonito... Não é nada bonito. No começo achei-o muito comum, mas agora não o considero tanto assim. Depois dc algum tempo, não se acha mais... A senhorita nunca o viu? Elc vem a Highbury de vez em quando e passa a cavalo na estrada para Kingston uma vez por semana. Já passou por aqui muitas vezes.

– Pode ser que eu o tenha visto umas cinquenta vezes, mas sem ter ideia de quem pudesse ser. Um jovem fazendeiro, a cavalo ou a pé, seria a última pessoa a despertar minha curiosidade. Os camponeses são exatamente o tipo de gente com que nada tenho a ver. Pessoas um grau ou dois mais abaixo e de boa aparência poderiam fazer com que me interessasse, pois eu poderia ser útil para famílias desse nível, de um modo ou de outro. Mas um fazendeiro não precisa da minha ajuda e neste sentido está acima da minha preocupação, assim como em todos os outros está abaixo dela.

– Com certeza... Oh, sim! Apesar de a senhorita jamais ter prestado atenção nele, o Sr. Martin a conhece bem... De vista, quero dizer.

– Não tenho dúvida de que seja um jovem muito respeitável. Aliás, sei que é e isso só pode ser muito bom para ele. Quantos anos acha que tem?

– Fez vinte e quatro no dia oito de junho passado e meu aniversário é no dia vinte e três... Justamente uma quinzena depois, o que é muito curioso!

– Apenas vinte e quatro anos... É jovem demais para se casar. A mãe dele tem razão em dizer que não há pressa. Eles parecem muito bem como estão e se ela se empenhasse em casá-lo já, provavelmente iria arrepender-se. O ideal seria que ele se casasse daqui a uns seis anos, se conseguisse encontrar uma boa moça com um pouco de dinheiro e da mesma classe social dele.

– Daqui a seis anos?! Querida Srta. Woodhouse, então ele estaria com trinta anos!

– Bem, essa é a idade em que a maioria dos homens que não nasceram independentes tem condições de se casar. Imagino que o Sr. Martin ainda precise construir sua fortuna... Ele não pode antecipar-se à vida. Seja qual for o dinheiro que tenha recebido quando o pai morreu, seja qual for a parte dele na propriedade da família, mesmo que esteja sem dívidas, que tenha algum dinheiro, que não tenha tido medo de trabalhar e que tenha sido protegido pela boa sorte, ele poderá ser rico um dia. Mas, por enquanto, ainda tem muito a realizar.

– Sem dúvida, isso é verdade. No entanto, eles vivem confortavelmente. Não têm nenhum empregado e fora isso não lhes falta nada e a Sra. Martin até já falou em conseguir um rapazinho no ano que vem.

– Espero que você não se coloque numa enrascada quando o Sr. Martin se casar, Harriet... Quero dizer, que não se relacione com a mulher dele. Ainda que as irmãs, que têm educação superior, não sejam um grande problema, não significa que a pessoa com quem ele se casar será digna de sua atenção. As circunstâncias difíceis do seu nascimento devem fazer com que seja muito cuidadosa em relação às pessoas com que se relaciona, Harriet. Não há a menor dúvida de que é filha de um cavalheiro e deve lutar por sua posição com tudo que estiver a seu alcance, caso contrário haverá uma porção de gente que terá prazer em rebaixá-la.

– Sim, é verdade. Deve haver, Srta. Woodhouse... Mas enquanto eu puder vir a Hartfield e a senhorita for tão gentil comigo, não tenho medo do que os outros possam me fazer.

– Você conhece perfeitamente a força da influência, Harriet. No entanto, vou conseguir que se estabeleça com tanta firmeza na sociedade que se tornará independente de Hartfield e da Srta. Woodhouse. Quero vê-la sempre muito bem relacionada e, para que isso seja possível, é aconselhável que tenha o menor número possível de amigos esquisitos. E é por esse motivo que, se você ainda estiver por aqui quando o Sr. Martin se casar, espero que não seja levada pela amizade com as irmãs dele a se tornar amiga também de sua mulher, que provavelmente será uma simples filha de fazendeiro, sem nenhuma educação.

– Sim, com certeza. Não que eu ache que o Sr. Martin pudesse se casar com alguém que não fosse uma jovem com alguma instrução, e muito bem criada. No entanto, não pretendo ir contra a opinião da senhorita e tenho certeza de que não desejarei conhecer a esposa dele. Sempre terei muita consideração pelas Srtas. Martin, principalmente por Elizabeth, e ficaria triste se tivesse de me separar delas, pois são tão bem-educadas quanto eu. Mas se o Sr. Martin realmente se casar com uma mulher ignorante e vulgar, com certeza eu não a visitarei se puder evitar.

Emma prestou atenção enquanto Harriet falava e não percebeu nenhum sintoma alarmante de amor. O jovem fazendeiro havia sido o primeiro admirador da moça, mas acreditava que não havia nenhum outro laço mais forte e que Harriet não ofereceria grande resistência a algum arranjo amigável que ela própria fizesse.

As duas encontraram o Sr. Martin no dia seguinte quando caminhavam pela estrada que ia para Donwell. Ele estava a pé, e depois de olhar respeitosamente para a Srta. Woodhouse, voltou-se com indisfarçável contentamento para a companheira dela. Emma não se aborreceu, considerando aquela uma boa oportunidade para observar e, enquanto os dois andavam juntos alguns metros adiante, conversando, seus olhos rápidos não tardaram a avaliar o Sr. Robert Martin. Tinha um bom aspecto e parecia ser um jovem sensível, mas não apresentava nenhuma outra vantagem e, quando comparado a um cavalheiro, tinha certeza de que perderia todo o terreno que ganhara na preferência de Harriet. Afinal, ela não era insensível às boas maneiras: reparara por si mesma no refinamento do Sr. Woodhouse com admiração e até mesmo com espanto. O Sr. Martin parecia sequer ter ideia do que seriam boas maneiras.

Permaneceram juntos apenas por poucos minutos, pois não deveriam deixar a Srta. Woodhouse esperando, e Harriet correu para ela com o rosto sorridente e uma animação que Emma Woodhouse determinou-se a fazer diminuir o mais breve possível.

– Que coincidência termos encontrado o Sr. Martin! Que estranho! Foi uma sorte, ele me disse, não ter ido direto para Randalls. Não imaginava que nós costumássemos passear por esta estrada, pensou que preferíamos a estrada para Randalls. Ainda não teve oportunidade de comprar o *Romance da floresta*. Esteve tão ocupado em Kingston que esqueceu, porém vai comprá-lo amanhã. Que coisa mais estranha termos nos encontrado aqui! O que achou dele? Considera-o simples demais?

– Ele é muito simples, sem dúvida... Notavelmente simples, porém isso não é nada perto da sua completa falta de refinamento. Eu não tinha o direito de esperar muito e de fato não o fazia, mas ainda assim não imaginei que fosse tão rústico, tão desprovido de elegância. Devo confessar que imaginei que estivesse pouco mais próximo de um cavalheiro...

– Realmente – a voz de Harriet soava mortificada –, ele não é refinado como um verdadeiro cavalheiro.

– Acredito, Harriet, que desde que nossa amizade começou, você teve várias oportunidades de estar em companhia de alguns cavalheiros de verdade e que agora deve estar chocada com a profunda diferença entre eles e o Sr. Martin. Em Hartfield, você conheceu vários homens bem-educados, bem-nascidos. Eu ficaria surpresa se, depois de tê-los conhecido, você pudesse ficar ao lado do Sr. Martin outra vez sem perceber que ele é uma criatura muito inferior e sem que perguntasse a si mesma como havia sido capaz de considerá-lo um homem agradável. Não começou a sentir isso agora? Não está chocada? Tenho certeza de que deve ter ficado espantada com a aparência rústica dele e seus modos desajeitados... sem mencionar a voz rude, que ouvi em toda sua aspereza, apesar de estar longe de vocês.

– De fato, ele não é como o Sr. Knightley. Não tem a aparência refinada e os gestos educados do Sr. Knightley. Vejo muito bem a diferença. Mas o Sr. Knightley é um cavalheiro de alto nível!

– A elegância do Sr. Knightley é especialmente notável, portanto não é justo comparar o Sr. Martin com *ele*. Já é bastante difícil encontrar a cada cem *cavalheiros* um que seja tão refinado quanto o Sr. Knightley. Entretanto, ele não é o único homem que você tem visto ultimamente. O que me diz do Sr. Weston e do Sr. Elton? Compare o Sr. Martin com *eles*. Compare a maneira de eles caminharem, falarem, de ficarem em silêncio. Deverá ver a diferença.

– Oh, sim! Existe uma enorme diferença. Porém, o Sr. Weston é um homem quase velho. Ele deve ter entre quarenta e cinquenta anos.

– O que torna suas boas maneiras ainda mais valiosas. Quanto mais velha uma pessoa fica, Harriet, mais importante é que seus modos não sejam ruins... Com o passar dos anos, o espalhafato, a grosseria e a deselegância tornam-se cada vez mais desagradáveis e repulsivos. O que é tolerável na juventude torna-se detestável na idade madura. Hoje, o Sr. Martin é deselegante e rústico; como será quando tiver a idade do Sr. Weston?

– Não é possível dizer com certeza... – replicou Harriet, quase solene.

– Mas é possível imaginar. Ele se tornará um fazendeiro completamente grosseiro e vulgar, que não dará a mínima importância à aparência e pensará apenas em lucros e perdas.

– É mesmo? Se ele ficar assim, será lamentável.

– Quanto mais ele precisar preocupar-se com os próprios seus negócios, mais se esquecerá de procurar o livro que você lhe recomendar. Vai se tornar cada vez mais atento às altas e baixas do mercado, sem tempo para pensar em qualquer outra coisa. E é assim que deveria ser, no caso de um homem cujo objetivo é tornar-se próspero. O que ele tem a ver com livros? Não tenho a menor dúvida de que o Sr. Martin *vai* prosperar e ficar rico dentro de algum tempo, sem que *nós* tenhamos que nos perturbar por ele ser iletrado e grosseiro.

– Admira-me ele não ter se lembrado do livro...

Esse único comentário de Harriet foi feito com tão profunda amargura que Emma achou que seria melhor não insistir naquele assunto por enquanto. Seu comentário seguinte foi:

– Talvez em um aspecto as maneiras do Sr. Elton sejam melhores do que as do Sr. Knightley e do Sr. Weston. Eles mais gentis, portanto mais indicados a serem tomados como exemplo. Há mais franqueza, mais vivacidade, quase uma certa agressividade nas maneiras do Sr. Weston que todos apreciam *nele*, pois são sempre acompanhadas por seu incomparável bom humor... mas que não devem ser imitadas. Nem as maneiras do Sr. Knightley, que são diretas, decididas, imponentes, apesar de combinarem muito bem com *ele*: seu porte, sua aparência e sua posição na vida lhe permitem que seja assim. Mas se um jovem cavalheiro resolvesse imitá-lo, tornaria-se insuportável. Ao contrário, acredito que qualquer homem poderia adotar como modelo o Sr. Elton, tranquilamente. Ele é bem-humorado, alegre, atencioso e gentil. Parece ter se tornado especialmente gentil há algum tempo. Não sei se ele tem a intenção de agradar alguma de nós duas com essa redobrada gentileza, Harriet, porém notei que suas maneiras se tornam mais encantadoras quando estamos juntas. Se ele tem algum desejo, deve ser agradá-la. Não lhe contei o que ele disse de você outro dia?

Emma repetiu com entusiasmo alguns elogios que havia arrancado do Sr. Elton. Harriet corou e sorriu, depois disse que sempre o achara muito agradável.

Ele era a pessoa escolhida por Emma para tirar o jovem fazendeiro da cabeça de Harriet. Achava que eles formariam um casal perfeito, tão evidentemente natural, desejável e provável que ela quase não tinha mérito em tê-lo planejado. Temia que fosse o que todos pensariam e preveriam. O que não significava, no entanto, que houvesse alguém mais adequado do que ela para pôr em prática o plano de aproximá-los, já que este começara a se esboçar em sua mente desde a primeira vez que Harriet fora a Hartfield. Quanto mais pensava, mais o julgava executável. A situação do Sr. Elton era muito adequada e ele era o próprio cavalheiro, sem conexões inadequadas e nem uma família que pudesse se opor com base no duvidoso nascimento de Harriet. Tinha uma casa confortável e, imaginava Emma, uma renda mais do que suficiente, pois ainda que o vicariato de Highbury não fosse grande, era sabido que ele possuía algumas propriedades independentes. De fato, tratava-se de um homem muito bem-humorado, elegante e respeitável, sem nada deixar a desejar quanto à experiência e conhecimento do mundo.

Sentia-se satisfeita por saber que ele achava Harriet uma moça bonita e confiava que, após encontros frequentes em Hartfield, haveria uma boa base para agradá-lo; quanto a Harriet, a certeza de ser a preferida dele teria o peso e a persuasão comuns nestas situações, sendo suficiente para convencê-la. E o Sr. Elton realmente era um jovem cavalheiro muito agradável, de quem apenas a mulher mais impertinente deixaria de gostar. Considerado muito bonito, sua figura era admirada por todos, embora não por ela própria, que não conseguia ignorar certa falta de elegância nas feições dele; porém, uma moça que se sentia grata porque um Robert Martin cavalgara pelos campos a fim de lhe levar um punhado de nozes podia muito bem ser conquistada pela admiração do Sr. Elton.

5

— Não sei qual pode ser a sua opinião, Sra. Weston – disse o Sr. Knightley –, sobre essa grande intimidade entre Emma e Harriet Smith, mas considero-a algo ruim.

– Ruim? O senhor de fato considera essa amizade ruim? Por quê?

– Acredito que uma não fará bem à outra.

– O senhor me surpreende! Emma só pode fazer bem a Harriet e, ao fornecer a Emma um novo objeto de interesse, pode-se dizer que Harriet também faz bem a ela. Tenho acompanhado com muita satisfação a amizade entre elas. Como pensamos de modos diferentes! Achar que não farão bem uma à outra! Com certeza isto vai ser o início de mais uma briga nossa a respeito de Emma, Sr. Knightley.

– Talvez a senhora pense que vim aqui com o propósito de discutirmos, sabendo que Weston saiu e que assim terá de travar sua luta sozinha.

– Sem nenhuma dúvida, o Sr. Weston me apoiaria se estivesse aqui, pois ele pensa do mesmo modo que eu sobre este assunto. Conversamos a respeito ainda ontem e concordamos como Emma tem sorte de haver em Highbury uma jovem assim para se relacionar com ela. Sr. Knightley, não posso considerar que seja um juiz justo para avaliar este caso. Está muito habituado a viver sozinho e não dá valor à companhia de ninguém. Talvez, na verdade, homem algum seja capaz de ser bom juiz para julgar o conforto que uma mulher sente com a proximidade de alguém de seu próprio sexo, depois de ter sido acostumada a ter uma companheira a vida toda. Posso compreender sua objeção a Harriet Smith. Ela não é a jovem superior que uma companheira de Emma deveria ser. Mas, por outro lado, como Emma quer torná-la uma pessoa bem informada, será induzida a ler mais, também. Vão ler muito juntas. Sei que é isso o que pretende.

– Emma pretende ler mais desde os doze anos de idade. Com o passar do tempo pude ver várias listas de livros que ela se dispunha a ler regularmente. Eram ótimas listas, com livros muito bem escolhidos, e bem organizadas, às vezes seguindo ordem alfabética, outras com diferentes critérios. Lembro-me de uma lista que ela fez quando tinha apenas catorze anos e que estava tão à altura de sua capacidade que adiei entregar-lhe os livros por um bom tempo... Atrevo-me a dizer que com certeza ela deve ter preparado outra excelente lista agora. Mas já deixei de esperar qualquer regularidade na leitura de Emma. Ela jamais se submeterá a qualquer coisa que exija esforço, paciência, e a sujeitar sua fértil imaginação ao puro discernimento. Posso afirmar, sem medo de errar, que onde falhou o estímulo da Srta. Taylor, Harriet Smith nada conseguirá. A senhora jamais pôde persuadi-la a ler metade do que gostaria que ela lesse. A senhora sabe que não pôde...

– Devo confessar – respondeu a Sra. Weston, sorrindo – que *naquela época* pensei isso. Mas, desde que nos separamos, não consigo me lembrar de Emma ter deixado de fazer qualquer coisa que eu quisesse.

– É muito difícil que alguém deseje despertar lembranças *desse tipo* – observou o Sr. Knightley, pensativo, e assim permaneceu por mais alguns momentos. – Mas eu – acrescentou em seguida –, que não tenho meus sentidos sob tal encantamento, posso ver, ouvir e lembrar. Emma foi muito mimada por ser a mais inteligente da família. Com apenas dez anos, ela teve a infelicidade de possuir a capacidade de responder a perguntas que sua irmã, então com dezessete, era incapaz de o fazer. Sempre foi muito esperta e de raciocínio rápido; Isabella sempre foi lenta e insegura. Quando chegou aos doze anos,

Emma já havia se tornado dona da casa e de vocês todos. Ao perder a mãe, perdeu a única pessoa capaz de equiparar-se a ela. Herdou as qualidades da mãe, a única pessoa à qual se submeteria.

– Eu lamentaria muito, Sr. Knightley, de depender da *sua* recomendação se tivesse deixado a casa da família Woodhouse e estivesse precisando arranjar outro emprego. Acredito que o senhor não diria nem sequer uma palavra boa a meu respeito para quem quer que fosse. Tenho certeza de que sempre me considerou incapaz na minha profissão.

– Sim – assentiu ele, sorrindo. – A senhora está melhor colocada *aqui*; foi feita para ser esposa, não governanta. Mas estava se preparando para ser uma esposa perfeita o tempo todo que ficou em Hartfield. Pode não ter dado a Emma a completa educação que suas qualidades prometiam. Porém, recebeu excelente educação por parte *dela*, que a ensinou a desenvolver a principal qualidade para o casamento: submeter-se à vontade dos outros e fazer tudo que é ordenado. Caso Weston me houvesse pedido para recomendar-lhe uma esposa, eu com certeza teria indicado a Srta. Taylor.

– Muito obrigada. Mas não há muito mérito em conseguir ser uma boa esposa para um homem como o Sr. Weston.

– Para dizer a verdade, temo que a senhora tenha sido desperdiçada, e com toda a disposição que tem para suportar, acredito que não haverá nada a ser suportado. Contudo, não vamos nos desesperar. Ainda há a chance de que Weston enjoe de tanto conforto doméstico ou que o filho decida atormentá-lo.

– Espero que *isso* não aconteça. Não é provável. Não, Sr. Knightley, não pressagie infortúnios para este lar.

– Não estou fazendo tal coisa, apenas apontando algumas possibilidades. Não pretendo ter a capacidade de Emma para pressagiar e adivinhar. Espero, com todo o meu coração, que esse jovem cavalheiro seja um Weston no caráter e um Churchill na fortuna. Mas Harriet Smith... Não tenho a menor dúvida a respeito de Harriet Smith. Acredito que ela é a pior espécie de companhia que Emma poderia ter. Não sabe nada e pensa que Emma sabe tudo. É uma bajuladora em todos os sentidos e pior ainda, porque bajula sem intenção, sem interesse. Como será possível para Emma acreditar que ainda tem muito a aprender, com Harriet apresentando-se diante dela com sua inferioridade tão deliciosa? E mesmo em relação a Harriet, estou em condições de dizer o que ela não pode ganhar com essa amizade. Hartfield irá fazer com que ela perca a noção do verdadeiro lugar a que pertence. Irá refinar-se apenas para se sentir desconfortável em companhia daqueles entre os quais está destinada a viver por nascimento e circunstância. Muito me engano se as doutrinas de Emma forem capazes de conferir força de caráter ou fazer com que essa moça se adapte racionalmente às variações de sua situação na vida. Apenas a tornarão mais bem-educada.

– Ou confio mais do que o senhor no bom-senso de Emma ou, estou mais ansiosa pelo bem-estar presente dela, pois nada vejo a lamentar na amizade. Ela me pareceu muito bem ontem à noite!

– Oh! A senhora prefere discutir a aparência e não a mente de Emma, não é? Muito bem, não posso negar que ela estava muito bonita.

– Bonita? Diga belíssima! O senhor pode imaginar algo que mais se aproxime da perfeição do que a beleza do conjunto que fazem o corpo e o rosto de Emma?

– Não sei o que posso imaginar, porém confesso que raramente rostos e corpos pareceram-me mais agradáveis do que os dela. Mas sou um velho amigo parcial.

– Que olhos! Os verdadeiros olhos cor de amêndoa e tão brilhantes! Traços bem-feitos, fisionomia franca e que pele! Oh! Aquele frescor cheio de saúde. Que altura e peso perfeitos, que silhueta firme e esbelta. Há saúde, não apenas no tom e no aveludado da face, como também no cabelo, na cabeça, no olhar dela. De vez em quando ouve-se dizer que uma criança é "a imagem da saúde"; Emma sempre me faz pensar numa figura perfeita da saúde que se tornou adulta. Ela é a própria beleza, Sr. Knightley! Não acha?

– Não encontro nenhuma imperfeição em sua aparência – respondeu ele – na maneira com que a senhora a descreve. Gosto de olhar para Emma e quero acrescentar o seguinte elogio: não a considero pessoalmente fútil. Levando-se em conta como é bonita, mostra-se pouco preocupada com isso; a vaidade dela reside em outro ponto. Sra. Weston, não vou ser dissuadido de minha desaprovação da amizade de Emma com Harriet Smith e minha certeza de que essa amizade irá fazer mal a ambas.

– E eu, Sr. Knightley, permaneço igualmente firme na confiança de que não irá fazer-lhes mal. Com todos os seus pequenos defeitos, Emma é uma excelente criatura. Onde encontraremos melhor filha, irmã mais afetuosa ou amiga mais leal? Não, não. Ela tem qualidades nas quais se deve confiar; jamais levará alguém pelo mal caminho; jamais cometerá um erro irreparável: onde Emma erra uma vez, acerta cem.

– Muito bem. Não vou aborrecê-la mais. Emma pode ser um anjo e vou procurar suportar a minha melancolia até que o Natal traga John e Isabella. John sente por Emma uma razoável, e portanto nada cega, afeição, e Isabella sempre pensa como ele, a não ser que ele não esteja preocupado o suficiente com as crianças. Tenho certeza de que concordarão comigo.

– Sei que vocês todos a amam demais para serem injustos ou maldosos. Mas desculpe-me, Sr. Knightley, se tomo a liberdade (considero-me, o senhor sabe, como alguém que tem o privilégio de falar como a mãe de Emma falaria), de aconselhá-lo e dizer que não acredito que algum bem possa advir de uma discussão entre vocês a respeito da amizade de Emma com Harriet Smith. Por favor, perdoe-me, mas supondo-se que alguma pequena inconveniência possa surgir dessa intimidade, não se pode esperar que Emma, sob a responsabilidade de ninguém mais a não ser seu pai, que aprova perfeitamente essa amizade, se determine a rompê-la uma vez que encontra tanto prazer nela. Foi minha obrigação dar conselhos durante tantos anos, Sr. Knightley, que esta recaída da minha profissão não deverá surpreendê-lo.

– De maneira alguma – declarou ele. – Até lhe sou agradecido por isso. É um conselho muito bom e deverá ter melhor destino do que seus conselhos em geral tiveram, pois ele será seguido.

– A Sra. John Knightley alarma-se com muita facilidade e poderá tornar-se infeliz por causa da irmã.

– Fique sossegada – garantiu o cavalheiro. – Não farei objeção alguma. Guardarei meu mau humor comigo mesmo. Interesso-me sinceramente por Emma. Isabella não parece mais minha cunhada do que ela; jamais despertou minha atenção... pelo menos não tanta. Mas por Emma... há uma ansiedade e uma curiosidade profundas. Fico imaginando o que irá acontecer-lhe!

– Eu também... – murmurou a Sra. Weston. – Muito.

– Ela sempre diz que jamais irá se casar O que, é claro, não quer dizer nada. Mas não faço a menor ideia se já encontrou alguém que a interessasse. Não seria ruim, caso se apaixonasse pelo cavalheiro apropriado. Eu gostaria de ver Emma amando alguém e tendo seu amor retribuído sem nenhuma dúvida. Iria fazer-lhe muito bem. Mas não existe ninguém por aqui que possa despertar-lhe o interesse e ela sai tão raramente de casa.

– De fato, parece haver pouca possibilidade de que ela mude seu modo de pensar no momento – considerou a Sra. Weston –, e enquanto Emma for feliz em Hartfield, não posso desejar que inicie um relacionamento que poderia vir a criar dificuldades para o pobre Sr. Woodhouse. Não recomendo que ela se case por enquanto, embora não me oponha a tal acontecimento no futuro, garanto ao senhor.

Parte da intenção da Sra. Weston era ocultar o máximo possível algumas das próprias considerações e do seu marido sobre o assunto. Havia certos desejos em Randalls em relação ao destino de Emma, mas não era aconselhável que suspeitassem deles; e a calma mudança de assunto que o Sr. Knightley logo fez dizendo "O que Weston acha do tempo? Ele pensa que vamos ter chuva?" convenceu-a de que nada mais havia a dizer ou conjecturar sobre Hartfield.

6

Emma não tinha a menor dúvida de que dirigira a fantasia de Harriet na direção certa e de que despertara sua jovem vaidade para um fim nobre, pois vinha notando que ela se tornara bem mais sensível do que antes ao fato do Sr. Elton ser um homem notavelmente bonito e com mais agradáveis maneiras. E como não hesitara em prosseguir com suas insinuações de que ele com certeza a admirava, logo estava certa de haver criado todo o apego necessário por parte de Harriet. Estava convencida também de que o Sr. Elton encontrava-se no caminho certo para se apaixonar, se é que já não o fizera. Não sentia o menor escrúpulo em relação a ele, que falava em Harriet e a elogiava com tanto entusiasmo que Emma só podia concluir que qualquer afeição que faltasse seria obtida com um pouco de tempo. A percepção do jovem cavalheiro sobre a notável melhora nos modos de Harriet, desde que a moça começara a frequentar Hartfield, era uma das últimas e mais satisfatórias provas do crescente apego que vinha desenvolvendo por ela.

– A senhorita deu à Srta. Smith tudo de que ela precisava – disse ele. – Tornou-a graciosa e segura de si. Ela era uma criatura linda quando chegou aqui, mas, na minha opinião, as atrações que a senhorita adicionou são infinitamente superiores às que ela recebeu da natureza.

– Estou contente por ver que o senhor acha que fui útil a ela. Mas Harriet precisava apenas de estímulo e de uns poucos e pequenos encorajamentos. Ela possui toda a graça natural de um temperamento meigo e sem artifícios. Eu fiz muito pouco.

– Se fosse permitido contradizer uma dama... – insinuou o Sr. Elton, galante.

– Talvez eu tenha conferido a Harriet um pouco mais de firmeza de caráter, ensinando-a a pensar sobre detalhes que até então ela não havia notado.

– Exatamente. É isso que me impressiona. Muito mais firmeza de caráter! Habilidosa a mão que o fez.

– E foi um grande prazer fazê-lo, posso afirmar-lhe. Jamais me deparei com um temperamento tão amável como o de Harriet.

– Não tenho a menor dúvida.

Esta frase foi dita com uma espécie de suspiro satisfeito, que indicava o entusiasmo de um apaixonado. E em um outro dia, Emma sentiu-se ainda mais segura diante da euforia com que ele apoiou o repentino desejo que ela expressou de ter um retrato de Harriet.

– Nunca foi feito um retrato seu, Harriet? – perguntou Emma. – Você nunca posou para um quadro?

Harriet estava saindo da sala e parou apenas para responder, com arrebatadora ingenuidade:

– Oh, meu Deus! Nunca.

Assim que a jovem saiu, Emma exclamou:

– Que prazer seria ter um bom retrato dela! Eu pagaria qualquer coisa por isso. Sinto-me quase tentada a pintar esse quadro eu mesma. O senhor nem sequer imagina, mas há uns dois ou três anos eu era apaixonada por pintar retratos e fiz os de vários amigos; até que tinha um jeito tolerável, em geral. Por alguns motivos, acabei enjoando e abandonando a pintura. Mas, realmente, acho que me aventuraria de novo se Harriet quiser posar para mim. Seria maravilhoso fazer um retrato dela!

– Deixe-me suplicar-lhe, seria de fato maravilhoso! – entusiasmou-se o Sr. Elton. – Deixe-me implorar-lhe, Srta. Woodhouse, que exerça esse seu tão valioso talento para com a sua amiga. Conheço os seus quadros, sim. Como pode me julgar tão ignorante? Não se acha esta sala embelezada por suas paisagens e flores? Não há algumas inimitáveis cenas bucólicas pintadas pela senhorita na sala de estar da Sra. Weston, em Randalls?

"Sim, meu bom homem!", pensou Emma. "Mas o que isso tem a ver com retratos? O senhor não entende nada de pintura. Não finja estar fascinado pelos meus quadros. Guarde tanta animação para o retrato de Harriet."

– Bem, já que me encoraja tanto, Sr. Elton, acredito que devo tentar. As feições de Harriet são muito delicadas, o que torna difícil pintar um retrato dela. E há também a peculiaridade da forma dos olhos e do traçado da boca, que não se deve deixar de captar.

– Exatamente. A forma dos olhos e o traçado da boca... Contudo, não tenho dúvidas sobre o seu sucesso. Por favor, por favor, tente. Se a senhorita o fizer, será, fazendo minhas as suas palavras, um prazer ter um retrato dela!

– Mas eu temo, Sr. Elton, que Harriet não concorde em posar. Ela tem sua beleza em tão pouca conta! Notou o modo como me respondeu? Suas palavras significavam: "Por que alguém faria o meu retrato?"

– Oh, sim! Observei isso, garanto-lhe. Não me passou despercebido. Mas não consigo imaginar que ela não possa ser persuadida.

Assim que Harriet voltou à sala, a proposta foi feita e ela não teve argumentos que lhe permitissem resistir à pressão dos dois por mais de alguns minutos. Emma queria começar o trabalho imediatamente e foi buscar uma pasta que continha vários de seus esboços de retratos – porém, como nenhum deles havia sido terminado, não serviam para ajudá-los a decidir qual seria o melhor tamanho para o retrato de Harriet. Os vários esboços foram espalhados. Miniaturas, meios-corpos, corpos inteiros, *crayon*, carvão e aquarelas; todas as técnicas haviam sido experimentadas. Emma sempre queria fazer tudo e havia conseguido mais progresso na pintura e na música do que o esperado, considerando-se quão pouco ela realmente praticava. Tocava e cantava nos mais variados estilos, porém faltava-lhe perseverança e não alcançara em nada o nível de excelência que gostaria de atingir, e que deveria ter obtido. Não se decepcionava muito com as próprias habilidades como pintora ou musicista, mas não gostava de decepcionar os outros nem que descobrissem que haviam considerado suas qualidades melhores do que na verdade eram.

Havia mérito em cada um de seus desenhos, talvez mais nos menos terminados. Seu estilo tinha vida, mas mesmo que a tivesse muito menos, ou que a tivesse dez vezes mais, o encantamento e a admiração de seus dois companheiros teriam sido os mesmos. Ambos ficaram extasiados. Um retrato agrada a todos e os trabalhos da Srta. Woodhouse certamente eram magistrais.

– Não tenho grande variedade de rostos para mostrar-lhes – disse Emma. – Há apenas estudos dos meus familiares. Este é meu pai... meu pai de novo... A ideia de posar para que eu pintasse o seu retrato o deixava tão nervoso que eu só fazia esboços dele quando papai não percebia. Nenhum deles é bastante bom. A Sra. Weston... de novo ela... de novo, como veem. Querida Sra. Weston! Sempre a minha melhor amiga em qualquer ocasião. Posava toda vez que eu lhe pedia. Esta é minha irmã, de corpo inteiro, com toda a sua elegância... e o rosto até parecido. Eu teria feito um bom retrato dela se Isabella tivesse posado por algum tempo, mas estava sempre com tanta pressa para que eu desenhasse também seus quatro filhos que não parava quieta. Aqui estão as minhas tentativas com três dos quatro filhos dela... Henry, John e Bella, nesta ordem, de um lado da folha para o outro. Nenhum deles ficava quieto um só instante. Isabella queria muito que eu os desenhasse e não pude recusar, mas é impossível fazer crianças de três ou quatro anos ficarem paradas, como se sabe. Também não é muito fácil fazer o retrato delas com mais do que o jeito e o aspecto geral, a menos que seja uma criança com feições já definidas, duras, coisa que nenhum filho é para a mãe. Aqui está um esboço do quarto, que é um bebê. Fiz o desenho enquanto ele dormia no sofá; trata-se de um excelente retrato do enorme chuca-chuca* dele, como se vê. George havia escondido o rostinho na manta, muito convenientemente. Está perfeito. Tenho orgulho do pequeno George. O canto do sofá está muito bem desenhado. E aqui está meu último inacabado e lindo esboço de um homem de corpo inteiro, em tamanho pequeno... Meu último e melhor desenho... É do meu cunhado, o Sr. John Knightley. Não faltava muito para terminá-lo quando o coloquei de lado num momento de mau-humor e jurei que nunca mais faria um retrato. Não pude deixar de me sentir provocada depois de todo o esforço empregado neste trabalho e quando

*Mecha de cabelo de bebê, penteada de modo que fique voltada para cima, formando uma espécie de caracol. (*N. do T.*)

havia conseguido fazer um retrato realmente bom (a Sra. Weston e eu concordamos em considerá-lo *muito* verdadeiro), só que bonito demais, lisonjeiro demais, apenas com um pequeno defeito no lado direito... Pois bem, depois disso tudo, o que consegui foi uma fria aprovação de Isabella que disse "Sim, está um pouco parecido... mas com certeza não faz jus a ele." Havíamos tido um trabalho enorme para convencê-lo a posar. Ele agiu como se estivesse me fazendo um grande favor e aquilo foi mais do que eu podia suportar. Não terminei o retrato porque todo visitante que fosse à praça Brunswick pela manhã iria ouvir pedidos de desculpa pelo retrato ser desfavorável ao original... Então, como já disse, prometi que nunca mais pintaria ninguém. Mas, para a sorte de Harriet, e principalmente para a minha, no caso não existem *atualmente* maridos ou esposas, então vou quebrar minha promessa.

O Sr. Elton pareceu profundamente emocionado e contente com a ideia. Repetiu:

– Sem dúvida, *atualmente* não existem esposas nem maridos no caso, como a senhorita observou. Exatamente isso, nem esposas nem maridos...

Ele disse tais palavras com tanto sentimento que Emma chegou a considerar se não seria melhor deixá-los a sós naquele momento. Mas queria desenhar e a declaração podia ser adiada por mais algum tempo.

Não tardou a determinar o tamanho e o tipo do retrato. Iria ser um corpo inteiro em aquarela, como o do Sr. John Knightley e, se ficasse satisfeita com o resultado, seria pendurado acima da lareira.

Começou a sessão de pintura. Sorrindo, corando, com medo de não conseguir manter a pose e a expressão, Harriet apresentava um ar encantador e jovial aos olhos atentos da artista. Mas era impossível trabalhar com o Sr. Elton atrás dela, observando cada traço. Ela lhe deu crédito por ele ter se colocado em uma posição de onde podia olhar à vontade sem ofender Harriet. Ainda assim, foi obrigada a dar um fim aquilo e a pedir que ficasse a uma distância da qual pudesse acompanhar o trabalho sem atrapalhar. Então, de súbito, ocorreu-lhe que podia ocupá-lo fazendo-o ler.

Se ele fosse tão bondoso a ponto de ler para elas, seria uma grande gentileza! Isso tornaria o trabalho dela mais divertido e diminuiria o aborrecimento da Srta. Smith.

O Sr. Elton se dispôs a ler com grande prazer. Harriet ouvia e Emma desenhava em paz. Tinha apenas de permitir que ele frequentemente fosse dar uma olhada; exigir menos do que isso seria pedir demais a um apaixonado e ele mantinha-se atento: à menor imobilização do *crayon*, saltava em pé, ia verificar o progresso e encantava-se. Não havia como zangar-se com um assistente tão encorajador, pois a admiração dele o fazia discernir parecenças no desenho quando isso ainda era impossível. Emma podia não respeitar o olho dele, mas seu amor e sua complacência eram excepcionais.

A sessão foi muito satisfatória de maneira geral e a artista gostou bastante do primeiro dia de trabalho, tanto que se animou a continuar. Havia muita semelhança, ela fora feliz na escolha da pose e fez também uma pequena melhoria na figura, aumentando-lhe um pouquinho a altura, o que lhe proporcionou mais elegância. Estava confiante de que faria um bonito quadro e que faria jus às duas: seria um eterno memorial da beleza de uma, da habilidade da outra e da amizade de ambas, além de muitas outras agradáveis associações que a afeição do Sr. Elton estava prometendo.

Harriet deveria posar outra vez no dia seguinte e o Sr. Elton, como era de se esperar, solicitou permissão para estar presente e ler de novo.

– Com certeza! Ficaremos felizes tê-lo conosco.

As mesmas gentilezas e cortesias, o mesmo sucesso e satisfação tiveram lugar no outro dia e acompanharam todo o progresso do quadro, que foi rápido e bem-sucedido. Agradava a todos que o viam, mas o encanto do Sr. Elton era contínuo, e ele o defendia de toda e qualquer crítica.

– A Srta. Woodhouse deu à amiga a única beleza que lhe falta – comentou a Sra. Weston para ele, sem desconfiar que estava se dirigindo a um apaixonado. – A expressão dos olhos está correta, mas a Srta. Smith não tem aquelas sobrancelhas e aqueles cílios. São as únicas coisas que faltam ao seu rosto.

– A senhora acha? – replicou ele. – Não posso concordar. O retrato me parece perfeito e semelhante em cada traço. Jamais vi tanta fidelidade na minha vida. É preciso considerar o efeito das sombras, a senhora sabe.

– Você a fez alta demais, Emma – observou o Sr. Knightley.

Emma sabia que havia feito isso, mas nunca o admitiria, e o Sr. Elton interferiu:

– Oh, não! Não muito mais alta, com certeza. Repare que ela está sentada... o que, naturalmente, confere uma diferença considerável... e o quadro dá exatamente a ideia... As proporções precisam ser preservadas, como o senhor sabe. Proporções, perspectivas... Oh, não! Dá a ideia exata da altura da Srta. Smith. Exatamente, sem dúvida.

– Está muito bonito – disse o Sr. Woodhouse. – Muito bem pintado! Como seus quadros sempre costumam ser, minha querida. Não conheço ninguém que desenhe tão bem quanto você. A única coisa que não gosto tanto é que ela parece estar sentada ao ar livre, apenas com um pequeno xale sobre os ombros... e faz com que se tenha medo que apanhe um resfriado.

– Mas, papai querido, trata-se de um dia de verão, um dia quente de verão. Veja a árvore.

– Mas nunca é seguro ficar sentado lá fora, meu bem.

– O senhor pode pensar assim – argumentou o Sr. Elton –, mas devo confessar que considerei uma ideia muito feliz colocar a Srta. Smith ao ar livre, e essa árvore tem um toque impressionante de vida! Qualquer outro ambiente seria muito descaracterizado. A ingenuidade das maneiras da Srta. Smith... e tudo o mais... Oh, é admirável! Não posso desviar meus olhos da pintura. Jamais vi tanta fidelidade.

O próximo passo foi emoldurar o quadro, e então surgiram algumas dificuldades. Era preciso fazê-lo imediatamente e para isso a tela pintada teria de ser enviada a Londres. A escolha da moldura deveria ser feita por uma pessoa inteligente e de bom gosto. Isabella, que costumava encarregar-se desses afazeres, não podia cuidar disso no momento, pois era dezembro e o Sr. Woodhouse não suportava a ideia da filha saindo do aconchego de sua casa para as ruas repletas da terrível neblina característica do mês. Mas, assim que o problema foi conhecido pelo Sr. Elton, deixou de existir. Sua galanteria estava sempre alerta. "Ele poderia encarregar-se dessa missão e teria infinito prazer em executá-la! Podia cavalgar até Londres a qualquer momento. Era impossível dizer quanto se sentia honrado por realizar tal incumbência."

"Ele era tão bondoso!" Emma não podia nem sequer pensar nisso! Não queria encarregá-lo de uma das missões mais aborrecidas do mundo." Provocou o número necessário de súplicas e garantias de que não seria problema algum, e então o impasse foi desfeito em poucos minutos.

O Sr. Elton levaria a pintura a Londres, escolheria a moldura e daria todas as orientações necessárias. Emma preocupou-se e perguntou-lhe se ela poderia empacotar o quadro de maneira a garantir-lhe segurança, porém sem que o incomodasse muito enquanto ele demonstrava-se temeroso por não ser incomodado o bastante.

– Que precioso encargo! – disse, com um suspiro terno, ao receber a tela.

"Este homem parece-me quase galante demais para quem está apaixonado", pensou Emma. "É a minha impressão, mas creio que existem cem maneiras de estar apaixonado. Ele é um excelente jovem cavalheiro e serve perfeitamente para Harriet. Exatamente, sem dúvida... como ele mesmo diz. Mas vive suspirando, languidamente; e desmancha-se em mais elogios do que eu poderia suportar se fosse o principal objeto de suas atenções. Já recebo uma boa quantia deles sendo apenas um alvo secundário... Mas é a consideração dele por Harriet."

7

No mesmo dia em que o Sr. Elton viajou para Londres, surgiu uma oportunidade para Emma fazer um pouco mais por sua amiga. Harriet chegara a Hartfield, como sempre, logo depois do café da manhã e algum tempo depois tinha ido embora para voltar mais tarde, a fim de jantar lá. Quando chegou, depois de cumprimentos apressados, anunciou com um olhar ansioso e inquieto que uma coisa extraordinária havia acontecido e que não via a hora de contar. Meio minuto depois contava tudo. Assim que chegara à casa da Sra. Goddard fora informada de que o Sr. Martin estivera lá uma hora antes; ao ver que ela não estava e que não voltaria logo, deixou um pequeno pacote enviado por uma das irmãs dele e foi embora. Ao abrir o pacote ela encontrou uma carta junto com as duas músicas que havia emprestado para Elizabeth copiar. A carta era dele, do Sr. Martin, e continha um pedido direto de casamento. Quem teria pensado numa coisa dessas? Ela estava tão surpresa que não sabia o que fazer. Sim, um verdadeiro pedido de casamento, numa carta muito boa, segundo lhe parecia. Ele escrevera como se realmente a amasse muito, mas ela não soubera o que pensar e, assim, resolvera ir depressa perguntar à Srta. Woodhouse o que devia fazer.

Emma sentiu-se meio envergonhada ao ver que a amiga parecia tão lisonjeada e em dúvida.

– Na minha opinião – disse –, esse jovem está determinado a não perder nada por omissão. Ele pretende relacionar-se bem se puder.

– Quer ler a carta? – perguntou Harriet. – Por favor, leia. Acho que a senhorita deve ler.

Emma não lamentou a insistência. Leu e surpreendeu-se. O estilo da carta mostrava-se muito acima do que esperava. Além de não conter erros gramaticais, sua composição não envergonharia um cavalheiro; a linguagem, embora simples, era decidida, sem afetação, e o sentimento que demonstrava dizia muito bem de seu autor. Era curta, porém exprimia bom-senso, afeto caloroso, liberalidade, propriedade e até mesmo delicadeza de sentimentos. Ficou imóvel enquanto Harriet se punha de pé, demonstrando esperar ansiosamente por sua opinião com um:

– Bem, bem... – E viu-se forçada a acrescentar: – É uma boa carta? Ou é curta demais?

– Sim, sem dúvida, é uma boa carta – respondeu Emma lentamente. – Uma carta tão boa que, considerado as circunstâncias, Harriet, creio que uma das irmãs o ajudou a escrevê-la. Não posso imaginar que o jovem que vi conversando com você no outro dia consiga expressar-se tão bem contando apenas com a própria capacidade e, no entanto, este não é o estilo de uma mulher. Não, certamente. É forte demais e conciso, não leve e disperso como o de uma mulher. Não há dúvida de que é um homem sensível e suponho que tenha algum talento natural, pois pensa com firmeza, claramente, e quando pega uma pena, seu pensamento encontra as palavras certas, com naturalidade. Isto acontece com alguns homens. Sim, compreendo esse tipo de mentalidade vigorosa, decidida, que indica a presença de sentimentos até certo ponto e nada tem de vulgar. Uma carta, Harriet (voltando a ela), bem melhor do que eu esperava.

– Bem – repetiu Harriet, ainda esperando. – Bem... E... e o que devo fazer?

– O que você deve fazer? Em relação a quê? Quer dizer, em relação a esta carta?

– Sim.

– Você está em dúvida, então? Deve responder, é claro... e depressa.

– Sim. Mas o que devo dizer? Querida Srta. Woodhouse, aconselhe-me.

– Oh, não, não. A carta deve ser completamente sua. Você saberá expressar-se com perfeição, tenho certeza. Não há perigo de não se fazer entender, o que é o principal. Sua atitude não deve permitir equívocos. Nada de hesitações ou rodeios. Expressões de gratidão e de ansiedade pela dor que irá infligir, como o decoro exige, irão surgir espontaneamente em *sua mente*, estou convencida disso. Você não precisa escrever de modo a parecer estar triste com a decepção dele.

– Então, quer dizer que a senhorita acha que devo recusar. Harriet abaixou a cabeça.

– Se deve recusá-lo? Minha querida Harriet, o que quer dizer? Tem alguma dúvida quanto a isso? Pensei... Peço-lhe que me perdoe, talvez eu tenha cometido um engano. Com certeza não a compreendi, uma vez que está tendo dúvidas sobre o *conteúdo* de sua resposta. Imaginei que estivesse me consultando apenas sobre a forma de responder.

Harriet ficou em silêncio. Com maneiras um pouco mais reservadas, Emma continuou:

– Parece-me que pretende dar uma resposta favorável.

– Não. De modo nenhum... Quero dizer, não pretendo... O que devo fazer? O que me aconselha a fazer? Por favor, Srta. Woodhouse, diga-me o que devo fazer!

– Não posso dar-lhe conselho algum, Harriet. Nada tenho a ver com isso. É uma questão que você deve resolver de acordo com seus próprios sentimentos.

– Eu não imaginava que ele gostasse tanto de mim – sussurrou Harriet, contemplando a carta.

Por alguns momentos Emma conseguiu se manter em silêncio. Mas ao perceber que o feitiço lisonjeiro daquela carta poderia ser muito poderoso, achou que era melhor falar:

– Costumo seguir uma regra geral, Harriet; a que diz que se uma mulher *duvida* se deve ou não aceitar o pedido de casamento de um homem, com certeza deverá recusá-lo. Caso ela hesite em dizer "sim", deverá dizer "não" imediatamente. Não é seguro casar-se quando se tem sentimentos dúbios, quando apenas metade do coração se acha empenhada. Creio que o meu dever como amiga, como alguém mais velha do que você, é dizer-lhe o que penso. Mas não imagine que pretenda influenciá-la.

– Oh, não! Tenho certeza de que não faria isso... Mas se a senhorita pelo menos pudesse me aconselhar sobre o que é o melhor a fazer...Não, não. Eu não quis dizer isso. Como a senhorita disse, uma pessoa precisa resolver por si só... Não deve hesitar... se for algo realmente sério. Talvez, então, seja mais seguro eu dizer "não"... A senhorita acha que é melhor dizer "não"?

– Por nada deste mundo – Emma sorriu graciosamente – irei aconselhá-la seja de que maneira for. Você é o melhor juiz da sua própria felicidade. Se prefere o Sr. Martin a qualquer outra pessoa, se pensa que ele é o homem mais agradável com quem já esteve, por que deveria hesitar? Você corou, Harriet... Por acaso acaba de pensar em alguém que se encaixa nessa definição? Harriet, Harriet, não engane a si mesma! Não se deixe levar por agradecimento e compaixão. Neste momento, em quem está pensando?

Os sintomas eram favoráveis. Em vez de responder, Harriet voltou-lhe as costas, confusa, e ficou parada diante da lareira. Como a carta se encontrava em suas mãos, os olhos da jovem percorreram-na automaticamente. Emma aguardava o resultado com impaciência, mas também com grande esperança. Por fim, com alguma hesitação, Harriet disse:

– Srta. Woodhouse, como não quer me dar sua opinião, terei de fazer o que posso. Estou determinada e de fato tenho certeza de que devo recusar o pedido do Sr. Martin. Acha que estou certa?

– Completamente, completamente certa, minha querida Harriet. Está agindo como deve. Enquanto você ainda não havia resolvido, vi-me obrigada a guardar minha opinião, mas agora que está tão decidida, não hesito em aprová-la. Querida Harriet, estou muito feliz. Seria bem triste para mim perder sua amizade, o que certamente aconteceria quando se casasse com o Sr. Martin. Enquanto você ainda estava pensando, eu nada disse porque não queria influenciar a sua decisão, mas seria a perda de uma amiga para mim. Eu jamais poderia visitar a Sra. Robert Martin, na Fazenda Abbey-Mill... Agora tenho certeza de que ficaremos juntas para sempre.

Harriet não havia previsto tal perigo, mas a ideia de perder a amiga a afetou violentamente.

– A senhorita não poderia me visitar... – murmurou, horrorizada. – Não, claro que não poderia. E eu não havia pensado nisso! Seria uma coisa terrível! Do que me livrei! Querida Srta. Woodhouse, por nada deste mundo eu desistiria da felicidade e da honra de ser sua amiga íntima!

– Sem dúvida, Harriet, seria uma dor profunda para mim perdê-la, mas, se tivesse de ser, seria. Você se excluiria da boa sociedade e eu não poderia manter nossa amizade.

– Que horror! Eu não poderia suportar isso! Morreria se nunca mais pudesse vir a Hartfield!

– Querida criaturinha afetuosa! *Você* exilada na Fazenda Abbey-Mill! *Você* condenada a uma sociedade iletrada e vulgar por toda a sua vida! Não compreendo como esse jovem teve coragem de pedir-lhe isso. Ele deve ter uma alta opinião sobre si mesmo.

– Não acredito que ele seja presunçoso, de modo geral. – A consciência de Harriet se opunha a essa censura. – É certo que tem uma boa natureza; devo sentir-me muito agradecida e tenho grande consideração por ele... mas isso é muito diferente de... E a senhorita sabe, só porque ele gosta de mim, não quer dizer que eu deva... E, na verdade, devo confessar que desde que venho aqui tenho conhecido pessoas... E quando se tenta comparar pessoas e maneiras, não há comparação possível. *Um deles* é tão bonito e agradável. No entanto, de fato, considero o Sr. Martin um jovem muito amigável e tenho uma excelente opinião a respeito dele. O fato de estar tão apegado a mim... de ter escrito esta carta... Mas separar-me da senhorita é algo que não quero nem sequer levar em consideração.

– Obrigada, muito obrigada, minha pequena e doce amiga!. Nunca nos separaremos. Uma mulher não tem de se casar com um homem simplesmente porque ele a pede em casamento, nem porque ele gosta dela e lhe escreve uma carta tolerável.

– Oh, não! – assentiu Harriet. – E ainda mais uma carta curta.

Emma percebeu o mau gosto de sua amiga, mas deixou-o passar com um "É verdade. E saber que seu marido tinha a capacidade de escrever uma boa carta seria um pequeno consolo durante todas as horas do dia em que fosse afrontada pelas maneiras grosseiras dele".

– Oh, sim! Sim... Ninguém se importa com uma carta; o principal é estar sempre feliz em companhias agradáveis. Estou determinada a recusá-lo. Mas como devo fazer? O que devo dizer?

Emma assegurou-lhe que não teria dificuldade para responder e que era melhor que o fizesse prontamente, conselho que Harriet aceitou de imediato na esperança de conseguir sua assistência. E, embora Emma afirmasse repetidamente que Harriet não precisava de ajuda alguma, acabou por dá-la na formulação de cada frase. Ler mais uma vez a carta para responder enfraqueceu de tal modo a resolução de Harriet que Emma teve de encorajá-la com alguma insistência. Ao mesmo tempo que se afligia com a ideia de torná-lo infeliz, Harriet imaginava o que a mãe e as irmãs do Sr. Martin iriam pensar e dizer. Sentia tal ansiedade por não querer que elas a julgassem uma ingrata que Emma teve certeza de que se o jovem fazendeiro estivesse ali nesse momento, ela o aceitaria sem hesitação.

Todavia, a carta foi escrita, selada e enviada. A situação havia sido resolvida e Harriet estava salva. A jovem permaneceu desanimada o serão inteiro e Emma teve de tolerar a tristeza dela, em certos momentos aliviando-a ao falar na afeição que as unia, em outros ao fazer comentários sobre o Sr. Elton.

– Nunca mais vou ser convidada para ir à Abbey-Mill – comentou Harriet, com tristeza.

– E se fosse, minha Harriet, não sei se eu seria capaz de dividi-la com eles. Você é necessária demais aqui em Hartfield para ser desperdiçada em Abbey-Mill.

– E tenho certeza de que não seria tentada a voltar lá, pois não sou feliz a não ser em Hartfield.

Pouco depois, o comentário foi:

– Creio que a Sra. Goddard ficaria muito surpresa se soubesse o que aconteceu. Tenho certeza de que a Srta. Nash também ficaria, pois ela considera sua irmã muito bem casada e ele é apenas um vendedor de tecidos...

– Seria um desperdício se uma professora de escola possuísse mais orgulho ou refinamento que isso, Harriet, Tenho certeza de que a Srta. Nash invejaria você por qualquer oportunidade de se casar que tivesse. Até mesmo essa sua conquista pareceria invejável para ela. Quanto a alguém superior a você, considero que essa senhorita não sabe de absolutamente nada. Seria muito difícil que as atenções de um certo cavalheiro já estivessem provocando mexericos em Highbury. Tenho certeza de que você e eu somos as únicas pessoas para as quais os olhares e as atitudes dele revelam a verdade.

Harriet corou e sorriu, murmurando algo sobre não conhecer ninguém que gostasse dela. Pensar no Sr. Elton serviu para animá-la um pouco, mas, pouco depois, a moça ainda se sentia angustiada por haver recusado o Sr. Martin.

– Ele já deve ter recebido minha carta... – disse, baixinho. – Imagino o que estarão pensando... se as irmãs dele já sabem... Se o Sr. Martin tiver ficado infeliz, elas também estão sofrendo. Espero que ele não se importe demais.

– Vamos pensar em nossos amigos ausentes que estejam envolvidos em afazeres mais alegres – incentivou Emma. – Quem sabe neste momento o Sr. Elton está mostrando seu retrato para a mãe e as irmãs dele, dizendo que você é muito mais bonita pessoalmente e, depois de fazê-las perguntar umas cinco ou seis vezes, permitirá que ouçam o seu nome, o seu querido nome.

– Meu retrato! Ele deve ter deixado meu retrato na Bond-street.

– Se deixou, não conheço realmente o Sr. Elton. Não, minha querida, pequena e modesta Harriet. Garanto que o retrato só chegará à Bond-street depois que ele montar seu cavalo amanhã. Fará companhia a ele esta noite inteira, será seu consolo, sua alegria. O seu retrato demonstrará as intenções dele para a família, apresentará você a todos, difundirá entre eles aqueles agradáveis sentimentos da natureza humana, a profunda curiosidade e a predisposição a gostar de alguém. Como as mentes deles devem estar alegres, animadas, esperançosas e ocupadas!

Harriet sorriu de novo e dali em diante seus sorrisos tornaram-se mais firmes.

8

Harriet dormiu em Hartfield nessa noite. Havia algumas semanas ela passava mais da metade de seu tempo lá e aos poucos fora ficando com um quarto exclusivamente seu. No momento, Emma, sob os aspectos, considerava mais seguro e mais gentil que a jovem ficasse com ela o máximo possível. Harriet era obrigada a ir todas as manhãs à casa da Sra. Goddard e lá permanecer por uma ou duas horas, mas ficara tacitamente acertado que podia voltar a Hartfield diariamente, para uma visita regular de alguns dias.

Antes da moça chegar, o Sr. Knightley apareceu para visitá-los, ficando algum tempo em companhia do Sr. Woodhouse e de Emma; como o velho cavalheiro estava para sair e fazer seu passeio a pé quando o amigo chegou, a filha o persuadiu a não desistir da caminhada e, apesar de seus escrúpulos em deixar o visitante, o Sr. Woodhouse foi induzido a sair pela insistência de ambos. O Sr. Knightley, que não fazia cerimônia com ninguém, oferecia um divertido contraste com suas respostas decididas às tímidas desculpas e à bem-educada hesitação do outro.

– Bem, acredito que, se o senhor me desculpa e não considera minha atitude grosseira, vou seguir o conselho de Emma e caminhar lá fora por uns quinze minutos. Como o sol está brilhando, creio que é melhor ir dar minha volta enquanto posso. Estou agindo sem cerimônia, Sr. Knightley, nós, inválidos, nos achamos privilegiados.

– Meu caro senhor, não aja comigo como se eu fosse um estranho.

– Vou deixar uma ótima substituta em meu lugar. Emma terá prazer em entretê-lo. Ainda assim, devo pedir-lhe desculpas por deixá-lo a fim de dar meu passeio de inverno.

– No que faz muito bem, senhor.

– Eu pediria para que me desse o prazer de ter sua companhia, Sr. Knightley, mas ando muito devagar e com certeza o senhor acharia o passeio muito tedioso. Além disso, já terá de andar bastante de volta para a sua casa, na Abadia Donwell.

– Obrigado, senhor, muito obrigado. Também estou quase de saída e acredito que quanto antes o *senhor* sair para esse passeio, melhor. Vou buscar o seu casaco e abrir-lhe a porta do jardim.

Por fim, o Sr. Woodhouse saiu, porém o Sr. Knightley, em vez de ir embora como dissera, tornou a sentar-se, parecendo inclinado a conversar mais. Começou falando em Harriet e dirigiu à jovem elogios espontâneos, que Emma jamais o ouvira fazer.

– Posso não considerar a beleza dela tão grande quanto você – disse ele –, mas é uma linda moça e estou inclinado a acreditar que tenha uma boa índole. O caráter dessa jovem depende das pessoas com quem ela estiver, mas em boas mãos se tornará uma mulher de valor.

– Fico feliz que o senhor assim pense e acredito que não faltem boas mãos.

– Vamos – sorriu o cavalheiro –, sei que está ansiosa por um elogio, portanto devo dizer-lhe que, de fato, melhorou muito essa jovem. Curou-a daquela risadinha afetada de estudante. Diz realmente bem de seus méritos.

– Obrigada. Certamente, eu ficaria mortificada se acreditasse que nada havia conseguido, mas nem todo mundo faz elogios, mesmo quando merecidos. Não se pode dizer que o *senhor* tenha dirigido muitos elogios a mim.

– Por acaso, espera que ela venha esta manhã?

– Deverá chegar a qualquer momento, porque já passou bastante da hora em que costuma estar aqui.

– Talvez tenha acontecido algo que a atrasou. Uma visita, quem sabe.

– Mexericos de Highbury! Daquela gente infeliz e cansativa!

– Pode ser que Harriet não considere cansativas as pessoas que você assim considera.

Emma sabia que essa era uma observação acertada e manteve-se em silêncio. Com um sorriso, O Sr. Knightley continuou:

– Não pretendo mencionar momento ou lugar, mas devo dizer-lhe que tenho boas razões para pensar que sua amiguinha em breve saberá algo bom para ela.

– De fato? Como assim? O que seria?

– Algo muito sério, posso afirmar-lhe. – Ele continuava sorrindo.

– Muito sério! Só posso pensar numa coisa... Quem está apaixonado por ela? Quem tomou o senhor como confidente?

Emma tinha grandes esperanças de que o Sr. Elton houvesse deixado escapar alguma coisa, pois o Sr. Knightley era uma espécie de amigo e conselheiro de todos e ela sabia que o jovem cavalheiro o respeitava muito.

– Tenho motivos para pensar – esclareceu ele – que Harriet Smith logo receberá uma proposta de casamento, vinda aliás de uma das mais excepcionais procedências. O Sr. Robert Martin. A visita dela a Abbey-Mill, neste verão, parece ter dado frutos. Ele está completamente apaixonado e pretende casar-se com ela.

– Muito gentil da parte dele – declarou Emma –, mas será que esse senhor tem tanta certeza assim de que Harriet quer casar-se com ele?

– Bem, bem, digamos que pretende pedi-la em casamento, então. Está bem assim? Ele esteve na Abadia dois dias atrás, a fim de me consultar a respeito. Sabe que tenho grande consideração por ele e sua família, portanto, creio, considera-me um de seus melhores amigos. Foi perguntar-me se eu achava imprudente que ele se casasse tão cedo, se considerava Harriet jovem demais; enfim, se eu aprovava sua escolha, uma vez que tem alguma apreensão talvez por considerá-la (principalmente desde que a *senhorita* vem fazendo tanto por ela) num nível social acima do dele. Gostei muito de tudo o que o jovem disse. Jamais conheci alguém com tanto bom-senso quanto Robert Martin: sempre fala aberta e diretamente, é muito ajuizado. Contou-me tudo; suas possibilidades e seus planos, o que pretende fazer por ocasião do casamento. É um excelente homem, seja como filho ou como irmão. Não hesitei em aconselhá-lo a se casar. Ele já provou para mim que é capaz de ser um bom chefe de família e, sendo assim, tenho certeza de que nada melhor do que dar esse passo. Dei minha apreciação sobre a jovem da sua escolha também, e ele foi embora muito feliz. Se até então esse jovem ainda não tivesse dado valor às minhas opiniões, tenho certeza de que nessa noite passou a pensar muito bem de mim.

Atrevo-me a dizer que saiu de minha casa considerando-me o melhor amigo e conselheiro que já teve. Isto aconteceu anteontem à noite. Então, como se pode supor facilmente, ele não deve demorar muito a falar com a jovem e se não falou com ela ontem, com certeza irá à casa da Sra. Goddard hoje... E se Harriet foi retida lá por uma visita, deve ser ele e posso garantir-lhe que ela não deve considerá-lo uma pessoa infeliz e cansativa.

– Por favor, Sr. Knightley – pediu Emma que sorrira interiormente durante a maior parte do discurso dele –, como sabe que o Sr. Martin não falou com ela ontem?

– É claro – respondeu ele, surpreendido – que não sei disso, absolutamente. Mas posso supor. Por acaso, Harriet não passou o dia todo aqui, com a senhorita?

– Vamos! – disse ela. – Vou lhe contar algo em troca do que me contou. Ele falou ontem... Quero dizer, ele escreveu e foi recusado.

Isto teve de ser repetido até que o cavalheiro pudesse acreditar no que ouvia. Aí, o Sr. Knightley ficou rubro de surpresa e descontentamento, ergueu-se indignado e exclamou:

- Então, essa jovem é mais simplória do que pensei! Como ela pôde cometer tal loucura?

– Oh, é claro! – ironizou Emma. – É absolutamente incompreensível para um homem que uma mulher seja capaz de recusar um pedido de casamento. Os homens sempre imaginam que as mulheres devem estar prontas para aceitar o primeiro que as peça.

– Bobagem! Os homens não pensam dessa maneira. Mas qual é o significado disso? Harriet Smith recusa casar-se com Robert Martin? Loucura se ela o fez; mas espero que você esteja enganada.

– Vi a resposta dela e estava bem clara.

– Viu a resposta dela? Será que escreveu a resposta dela, também? Emma, isso é obra sua. Você a persuadiu a recusá-lo.

– E se eu o tivesse feito (coisa que estou longe de admitir), não consideraria ter agido errado. O Sr. Martin é um homem respeitável, mas não posso concordar que seja um igual de Harriet. E fiquei muito surpresa por ele ter ousado pedi-la. Pelo que o senhor disse, parece que esse homem teve alguns escrúpulos. Pena que ele os tenha superado.

– Não é um igual de Harriet! – A voz do Sr. Knightley soou alta e agitada. Depois de alguns momentos, ele acrescentou, mais calmo: – Não, de fato, ele não é um igual dessa jovem, pois é muito superior a ela no bom-senso e na situação. Emma, seu afeto por essa moça a está cegando. Qual pode ser a aspiração de Harriet Smith, seja por nascimento, caráter ou educação, por alguém mais elevado do que Robert Martin? Ela é filha natural de sabe-se lá quem, provavelmente sem nenhuma fortuna e com certeza sem amizades respeitáveis. Sua posição é apenas a de pensionista de uma escola comum. Não é uma moça sensível, nem de cultura apreciável. Não lhe ensinaram nada útil, é jovem demais e simples demais para ter adquirido algum conhecimento por si própria. Na idade dela, não pode ter experiência alguma e, com sua pouca inteligência, também não é provável que venha a ter no futuro. É bonita, tem bom gênio, e isso é tudo. Meu único escrúpulo em aconselhar esse casamento foi devido a ele, por considerar que essa moça acha-se abaixo do que Martin merece e que casar-se com ela lhe será desfavorável. Tenho impressão de que quanto à fortuna, ele poderia conseguir muito melhor, e quanto a uma companheira racional ou esposa útil, não poderia conseguir pior. Mas eu não podia argumentar com um homem apaixonado e queria acreditar que não havia nenhum perigo em Harriet, que tem possibilidade de crescer e tornar-se melhor, graças à sua boa índole e desde que esteja em boas mãos, como as dele. Eu sentia que toda vantagem desse casamento era dela e não tinha a menor dúvida (nem tenho agora) de que haveria um entusiasmo geral pela boa sorte de Harriet. Tinha certeza até mesmo da *sua* satisfação, Emma. Imediatamente passou-me pela cabeça que você não iria lamentar o fato de sua amiga ir embora de Highbury, já que estaria muito bem casada. Lembro-me de ter dito a mim mesmo "Até Emma, que é tão parcial em relação a Harriet, irá achar que este é um bom casamento".

– Não posso deixar de concluir que o senhor conhece Emma muito pouco, se pôde pensar tal coisa. O quê? Achar que um fazendeiro (apesar de todo o seu bom-senso e de todo seu mérito, o Sr.

Martin não é nada mais do que isso) é bom casamento para a minha amiga íntima! Achar que eu não lamentaria que ela fosse embora de Highbury para se casar com um homem que eu jamais admitiria no meu círculo de amizades! Admira-me que o senhor possa ter me considerado capaz de tais sentimentos. Asseguro-lhe que os meus são muito diferentes e que o seu julgamento não é justo. O senhor não reconhece os direitos de Harriet. Felizmente, eles são estimados de maneira diferente da sua por outras pessoas que não eu mesma. O Sr. Martin pode ser o mais rico dos dois, mas sem dúvida é inferior a Harriet em nível social. A esfera em que ela se movimenta está acima da dele. Seria uma degradação.

– Seria degradação para uma filha ilegítima e ignorante casar-se com um respeitável e inteligente senhor fazendeiro?

– Apesar das circunstâncias do nascimento dela, e ainda que no sentido legal Harriet possa ser chamada de Ninguém, isso não é verdade para pessoas de bom-senso. Essa jovem não deve pagar pelos erros dos outros, nem ser colocada abaixo do nível das pessoas entre as quais cresceu. Dificilmente se pode duvidar de que o pai dela seja um cavalheiro... e um cavalheiro de fortuna. A pensão que recebe é bastante alta, assim como não foi feita nenhuma economia para a sua educação e conforto. Para mim, não existe a menor dúvida de que Harriet é filha de um cavalheiro. Tenho certeza, também, de que ninguém pode negar que ela foi associada às filhas de cavalheiros. É uma moça superior ao Sr. Robert Martin.

– Sejam quem forem os pais de Harriet – retrucou o Sr. Knightley –, seja quem for o responsável por ela, não me parece que tenha tido nem sequer a menor intenção de introduzi-la no que você chama de boa sociedade. Depois de receber uma educação bastante indiferente, Harriet foi deixada nas mãos da Sra. Goddard para que ela fizesse o que achasse melhor... Em resumo, foi destinada a mover-se no mundo da Sra. Goddard, a ter as mesmas conexões que a Sra. Goddard. É evidente que a pessoa que assim determinou achava que isso era bastante bom para a jovem e *foi* bastante bom. Ela não queria mais nada além do que possuía. Antes de você decidir torná-la sua amiga, Harriet jamais se desgostou com o mundo em que vivia e não ambicionava nada além dele. Sentia-se perfeitamente feliz por passar os verões com os Martin. Não tinha a menor ideia de ser superior a eles, e se agora tem, deve-o a você. Você não tem sido uma boa amiga para Harriet Smith, Emma. Robert Martin jamais teria ido tão longe se não tivesse certeza de que a moça sente algo por ele. Eu o conheço bem. Tem muita noção da realidade para ser capaz de se dirigir a uma mulher apenas por causa de sua própria paixão. E quanto à presunção, ele é o homem mais despido de vaidade que conheço. Tenho certeza de que foi encorajado.

Era mais conveniente para Emma não dar uma resposta direta a esta consideração; preferiu retomar sua própria linha de raciocínio.

– O senhor é um dedicado amigo do Sr. Martin, mas, como eu já disse, é injusto para com Harriet. O direito dela de se casar bem não é tão absurdo quanto o senhor faz parecer. Ela não é uma moça muito inteligente, realmente, porém tem mais juízo do que o senhor pensa e não merece que seus conhecimentos sejam julgados tão sem valor. Deixando de lado este ponto, entretanto, e supondo que ela seja apenas bonita e de boa índole, como o senhor a descreve, deixe-me dizer-lhe que essas qualidades no grau que Harriet as possui não são simples recomendações para o mundo em geral, pois ela é, de fato, uma moça linda e assim deve ser considerada por noventa e nove por cento das pessoas. E até que os homens sejam muito mais filosóficos do que se pensa a respeito da beleza, até que se apaixonem por mentes bem-informadas em vez de por rostos bonitos, uma moça tão adorável quanto Harriet pode ter a certeza de ser admirada e requisitada, de ter a possibilidade de escolher entre muitos, pois sua beleza lhe dá esse direito. Sua boa índole também lhe dá direitos, uma vez que nesta qualidade se incluem meiguice de caráter e docilidade de maneiras, além de modesta opinião sobre si mesma e uma grande disposição de ser agradável para com os demais. Eu me confessaria profundamente enganada se o seu sexo em geral não concordasse que tais beleza e caráter são as mais elevadas qualidades que uma mulher pode possuir.

– Devo dizer, Emma, que ao ouvi-la empregar dessa maneira o raciocínio que possui quase me faz concordar. É melhor não ter inteligência a usá-la mal como você.

– Sem dúvida! – concordou ela, como se brincasse. – Sei que *esse* é o modo de pensar de todos os senhores. Sei que uma moça como Harriet é exatamente o que encanta um homem, o que ao mesmo tempo enfeitiça os sentidos dele e satisfaz seu julgamento. Oh! Harriet pode procurar e escolher. Se o senhor desejasse se casar, ela seria a mulher ideal. Será que essa moça deve ser obrigada a aceitar o primeiro pedido de casamento que recebe aos dezessete anos, quando está começando a viver, começando a aprender sobre a vida? Não. Por favor, deem-lhe tempo para analisar suas opções.

– Sempre achei que essa era uma amizade realmente insensata – observou o cavalheiro – e guardei esta opinião para mim mesmo, mas agora percebo o quanto ela é prejudicial para Harriet. Você vai sufocá-la de tal modo com suas ideias sobre a própria beleza, sobre as coisas a que ela tem direito que daqui a pouco a pobre menina vai achar que nada é bastante bom para ela. A vaidade agindo em uma cabeça fraca provoca todo tipo de danos. Nada é mais fácil para uma jovem do que elevar demais suas expectativas. A Srta. Harriet Smith poderá não receber uma porção de pedidos de casamento, ainda que seja muito bonita. Os homens de bom-senso, ou seja lá como você queira classificá-los, não gostam de ter esposas bobas. Os homens de boa família não são inclinados a unir-se à uma moça tão pouco relacionada... e a maioria dos homens prudentes teria medo da inconveniência e desgraça que talvez os envolvesse quando o segredo da paternidade dela fosse revelado. Deixe-a casar-se com Robert Martin e ela estará em segurança, será respeitável e feliz para sempre. Mas se você a encorajar a esperar para fazer um casamento mais elevado e ensiná-la a não se satisfazer com nada menos do que um homem de importância e grande fortuna, ela continuará sendo pensionista da Sra. Goddard pelo resto da vida... ou pelo menos até que (pois Harriet é o tipo da moça que se casará de um jeito ou de outro) fique desesperada a ponto de se contentar em casar-se com o filho de um velho professor de caligrafia.

– Pensamos de modos tão diferentes nesta questão, Sr. Knightley, que é impossível conciliarmos nossas opiniões. Apenas vamos conseguir irritar mais um ao outro. Mas quanto a eu *deixar* que Harriet se case com Robert Martin, é impossível. Ela o recusou e tão decididamente que acredito que não haja possibilidade de uma segunda tentativa. Ela terá de enfrentar a consequência de o haver recusado, seja qual for. Quanto à recusa em si, não vou pretender negar que talvez tenha influenciado um pouquinho, porém asseguro-lhe que havia muito pouco para eu ou qualquer outra pessoa fazer. A aparência dele depõe tanto contra si mesmo e suas maneiras são tão ruins que se alguma vez Harriet sentiu qualquer inclinação em aceitar o Sr. Martin, agora já não a sente. Acredito que, enquanto ela não havia conhecido ninguém superior, tolerava esse jovem fazendeiro. Ele é irmão de suas amigas, fez de tudo para agradá-la. Como jamais tinha visto alguém melhor (isso deve ter sido o que mais o ajudou), Harriet não podia achá-lo desagradável enquanto se encontrava em Abbey-Mill. Mas a situação alterou-se. Agora, essa moça sabe o que é um verdadeiro cavalheiro e apenas um cavalheiro em maneiras e cultura terá alguma chance com ela.

– Quanta tolice! Estas foram as maiores tolices que alguém já disse! – revoltou-se ele. – As maneiras de Robert Martin incluem bom-senso, sinceridade e bom humor, qualidades estas que o recomendam. A mentalidade dele possui até mais nobreza do que Harriet Smith pode avaliar.

Emma não respondeu e tentou demonstrar-se alegremente despreocupada, porém, na verdade, sentia-se desconfortável e desejava ardentemente que ele fosse embora. Não se arrependia do que havia feito, ainda se considerava melhor juiz do que ele dos direitos de uma mulher e de seu refinamento, contudo, tinha tal respeito pelos julgamentos do Sr. Knightley em geral que a desgostava vê-lo tão acirradamente contra ela. Era-lhe muito desagradável sentir a profunda raiva com que ele a antagonizava. Alguns minutos passaram-se em angustiante silêncio, com apenas uma tentativa de Emma de falar sobre o tempo, que não obteve resposta. Por fim, o resultado dos pensamentos do Sr. Knightley ficou bem claro nestas palavras:

– Robert Martin não perdeu grande coisa, apesar de ele não saber disso, e espero que não demore muito até que o perceba. Suas opiniões sobre Harriet são bem conhecidas somente por você mesma, Emma. Todavia, como você não faz segredo de seu amor por arranjar casamentos, é de supor que tenha ideias, planos.. Como amigo, devo alertá-la de que se Elton é o homem que escolheu, seu esforço será em vão.

Emma riu e fez um vago gesto de negativa. Ele prosseguiu:

– Pode acreditar, Elton não vai servir. É um excelente homem e um respeitável vigário de Highbury, mas jamais fará um casamento imprudente. Conhece o valor de um bom rendimento melhor do que ninguém. Elton pode falar de maneira sentimental, mas age racionalmente. Conhece tão bem as próprias qualidades quanto você conhece as de Harriet. Ele sabe que é um jovem cavalheiro muito bem-apessoado e que se torna facilmente o favorito aonde quer que vá. Por seu modo de falar em momentos de intimidade, quando há apenas homens presentes, tenho certeza de que não desperdiçará seu potencial. Já o escutei discorrer com entusiasmo sobre jovens senhoritas, pertencentes a uma grande família, que são amigas das irmãs dele e que têm vinte mil libras de dote.

– Estou muito agradecida ao senhor. – Emma riu de novo. – Se eu estivesse empenhada no casamento do Sr. Elton com Harriet, seria muita bondade sua abrir meus olhos, entretanto, no momento, quero Harriet apenas para mim. É verdade que gosto de arranjar casamentos, mas é claro que não tenho esperanças de repetir meu feito em Randalls. Devo parar enquanto ainda tenho êxito.

– Passe um bom dia – disse o cavalheiro, erguendo-se e indo embora abruptamente.

Ele imaginava a decepção sofrida pelo jovem fazendeiro e mortificava-se porque tinha certa culpa devido ao conselho que lhe dera. Além disso, a atuação que, era mais do que certo, Emma tivera nos acontecimentos aborrecia-o profundamente.

Emma também sentia-se nervosa, porém as causas dessa agitação não eram muito claras para ela. Nem sempre estava plenamente satisfeita consigo mesma, nem tinha absoluta certeza de que as suas opiniões eram as certas e as do adversário, erradas, como o Sr. Knightley parecia ter. Ele havia ido embora deixando bem claro que aprovava inteiramente a si mesmo. Ela estava muito desanimada, mas um pouco de tempo e a presença de Harriet bastariam para recuperar-se. A demora da jovem em chegar começava a preocupá-la. A possibilidade de o fazendeiro ter ido à casa da Sra. Goddard pela manhã, de haver encontrado Harriet e defendido sua causa eram ideias alarmantes. O medo do fracasso, por fim, tornou-se ansiedade, e quando Harriet apareceu, alegre e sem nenhum motivo sério para a demora, Emma sentiu uma satisfação que a levou a fazer as pazes com a própria consciência e a convenceu de que, independentemente do que dissesse ou pensasse o Sr. Knightley, não havia feito nada que a amizade e os sentimentos de uma mulher não justificassem.

O Sr. Knightley a havia assustado um pouco em relação ao Sr. Elton, mas concluiu que ele não tivera oportunidade de observar o jovem vigário como ela o fizera, muito menos com o interesse nem (devia admiti-lo a si mesma, apesar das pretensões do Sr. Knightley) com a argúcia de uma observadora como ela. Conseguiu convencer-se de que ele falara impensadamente, levado pela raiva, apenas o que rancorosamente desejava que fosse verdade, e não o que sabia de fato. Era evidente que como homem ele ouvira o Sr. Elton falar com muito mais liberdade do que ela, e que o jovem cavalheiro não devia de fato ser imprudente e desconsiderado em relação a dinheiro, mas sim, pelo contrário, naturalmente atento a esse respeito. Entretanto, o Sr. Knightley não fazia justiça à influência que uma forte paixão poderia exercer sobre a guerra contra motivos de interesse. O Sr. Knightley não via tal paixão e, por isso, não podia ter ideia de seus efeitos. Mas ela vira o suficiente para não duvidar do poder da paixão para superar as hesitações que uma razoável prudência originalmente pudesse provocar. E tinha certeza de que o Sr. Elton não possuía uma prudência acima da razoável.

A disposição alegre de Harriet acalmou-a. A jovem voltara não disposta a pensar no Sr. Martin, mas sim a falar no Sr. Elton. A Srta.

Nash lhe contara uma coisa que ela apressou-se a repetir com enorme contentamento. O Sr. Perry havia ido à casa da Sra. Goddard para examinar uma criança doente e dissera à Srta. Nash que estivera no dia anterior em Clayton Park, onde encontrara o Sr. Elton e ficara surpreso ao saber que ele iria sair em viagem para Londres na manhã seguinte. Haviam jogado uíste*, jogo este em que o Sr. Elton jamais perdia; no entanto, o Sr. Perry afirmou que naquela noite o habilidoso jogador mostrara-se inábil, distraído e perdera muito. Quando resolveu retirar-se, o Sr. Perry tentara convencê-lo a adiar a viagem por um dia, mas ele se recusara, dizendo-se determinado de *maneira muito particular* a viajar, pois tinha que tratar de algo que não poria de lado por nada deste mundo. Parecia tratar-se de um encargo invejável, que colocara nas mãos dele algo muito precioso. O Sr. Perry não ficara sabendo do que se tratava, mas tinha absoluta certeza de que havia uma *dama* naquela história e dissera isso ao Sr. Elton, que apenas o fitara intensamente, sorrira e partira muito animado.

A Srta. Nash havia contado tudo isso a Harriet e feito muitos comentários sobre o Sr. Elton; depois olhara de modo significativo para a jovem e havia comentado que "não pretendia entender de que encargo se tratava, mas tinha certeza de que a mulher preferida pelo Sr. Elton podia se considerar a mais feliz do mundo uma vez que, sem dúvida alguma, ele não tinha igual em beleza ou refinamento".

9

O Sr. Knightley podia brigar com Emma, porém Emma não podia brigar consigo mesma. Ele estava tão aborrecido que demorou mais tempo do que de costume para voltar a Hartfield e, quando o fez,

*Jogo de cartas considerado o ancestral do bridge. (*N. do E.*)

sua atitude grave demonstrava que ela não fora perdoada. Emma lamentava, mas não estava arrependida. Ao contrário, considerou seus planos e atitudes ainda mais justificados, mais adequados diante dos acontecimentos dos dias seguintes.

O quadro, elegantemente emoldurado, foi entregue são e salvo logo depois do regresso do Sr. Elton, e pendurado acima da lareira da sala de estar, de onde era, exatamente como deveria, admirado por ele entre suspiros e expressões de deleite.

Quanto aos sentimentos de Harriet, era evidente que havia um apego tão forte e firme quanto podiam admitir a mentalidade e a juventude dela. Emma estava perfeitamente satisfeita pelo fato de o Sr. Martin não ser lembrado, a não ser para fornecer contraste ao Sr. Elton, sempre com grande vantagem para este último.

A determinação de melhorar a cultura da jovem amiga, com uma boa dose diária de conversas e leituras sérias, não passara de alguns capítulos iniciais e fora sempre adiada para o dia seguinte. Era muito mais fácil conversar sobre coisas amenas do que estudar, muito mais agradável soltar a imaginação e deixá-la trabalhar em favor de Harriet do que esforçar-se para ampliar o conhecimento dela ou exercitar seu raciocínio sobre fatos sérios. A única atividade literária que interessava Harriet no momento, a única provisão mental que ela fazia para o entardecer da vida, era colecionar e transcrever enigmas para finíssimas folhas de papel ornamentadas com criptogramas e troféus, em um caderno fornecido por sua amiga.

Nessa época da literatura, extensas coleções deste tipo eram bastante comuns. A Srta. Nash, professora-chefe da escola da Sra. Goddard, já transcrevera pelo menos trezentas charadas e enigmas; Harriet, que fora estimulada por ela em primeiro lugar, esperava chegar a um número muito mais elevado com a ajuda da Srta. Woodhouse. Emma contribuía com sua criatividade, boa memória e bom gosto, enquanto Harriet possuía uma bonita caligrafia. Era uma parceria de primeira, tanto na forma quanto no conteúdo.

O Sr. Woodhouse mostrava-se quase tão interessado na atividade quanto as moças e muitas vezes tentava colaborar com algo que as interessasse. Havia tantos enigmas e charadas inteligentes quando ele era moço, não entendia por que não conseguia lembrar deles! Mas esperava consegui-lo um dia! E todo seu esforço terminava sempre em "Kitty uma beleza, mas de gelada natureza".

Perry, o bom amigo do Sr. Woodhouse, com quem ele falara a respeito, também não se lembrava de nenhum enigma, mas prometera solenemente que ficaria alerta e que lhe comunicaria qualquer charada ou adivinha de que se lembrasse.

Não era o desejo de sua filha que as mentes em geral de Highbury fossem requisitadas para esse trabalho. A única assistência que pedia era a do Sr. Elton. Ele foi convidado a contribuir com algumas charadas, adivinhas ou enigmas realmente bons dos quais se lembrasse, e Emma teve o prazer de vê-lo empenhado em revisar suas lembranças enquanto, ao mesmo tempo, pôde notar que da maneira mais cuidadosa e galante possível ele não permitia que passasse por seus lábios nada que não fosse um elogio ao sexo frágil. Deviam a ele seus dois ou três quebra-cabeças mais gentis. Foi com alegria e exultação que o jovem cavalheiro por fim não só lembrou, como também recitou sentimentalmente esta bem conhecida charada

> Minha primeira é o lar onde sofro a aflição
> Da qual na segunda não me queixo a chorar
> E sei que nas duas unidas estará
> O remédio para esta aflição curar...

que, com tristeza, elas verificaram que já havia sido transcrita havia algum tempo.

– Por que não cria o senhor mesmo um enigma para nós? – perguntou Emma. – Só assim teríamos certeza de que não existe outro igual e sei que nada seria mais fácil para o senhor.

– Oh, não! Jamais escrevi qualquer coisa parecida em minha vida! Sou um estúpido! E temo que nem mesmo a Srta. Woodhouse – o Sr. Elton hesitou um instante, então prosseguiu – ou a Srta. Smith me dariam inspiração para tanto.

No dia seguinte ficou provado que ele afinal tinha um pouco de inspiração; ele as visitou rapidamente, apenas para deixar sobre a mesa uma folha de papel que continha, explicou, uma charada que um amigo dele havia feito para uma jovem dama, objeto de sua admiração. No entanto, a julgar por seu comportamento, Emma teve a imediata certeza de que o enigma havia sido escrito por ele mesmo.

– Não ofereço esta charada para a coleção da Srta. Smith – justificou-se ele – porque, sendo do meu amigo, não tenho o direito de expô-la de maneira alguma aos olhos do público, mas pensei que gostariam de vê-la.

A explicação foi dada mais para ela do que para Harriet, o que Emma pôde compreender. Ele era um homem tão respeitador que achava mais fácil sustentar o olhar dela do que o de sua jovem amiga e foi embora logo depois de falar. Passaram-se alguns instantes de silêncio e, então:

– Pegue-o – disse Emma, sorrindo e empurrando o papel para Harriet. – É para você. Pegue-o.

Mas Harriet tremia tanto que não conseguiu pegá-lo e Emma, apesar de não querer ser a primeira, foi obrigada a ler.

Para a *senhorita* ________________________

CHARADA

Minhas duas primeiras mostram a riqueza e pompa do
Senhor da Terra! Minha segunda pede agora, neste momento,
Um lenitivo que possa, num inigualável favor,
Da minha terceira acabar com o indizível sofrimento!

Mas, ah! Quando unidas, que reverso vamos encontrar!
Desaparecem orgulho, força e poder do homem, sem agravo;
De senhor de terras e mares ele se torna escravo
De uma mulher, adorável mulher, que passa a reinar.

Tua brilhante inteligência logo vai encontrar
A resposta que, oxalá, possa tua doce alma agradar!

Emma leu, pensou, captou o sentido, leu mais uma vez para se certificar e então, certa da resposta àquela charada, passou-a para Harriet. A seguir, sentou-se e ficou imóvel, feliz, sorrindo e, enquanto a jovem lia aquelas palavras em uma confusão de esperança e perplexidade, pensava:

"Muito bem, Sr. Elton. Muito bem, sem dúvida, já li charadas piores. *Cortejador*, excelente conceito. Tenho que lhe dar o crédito por isso. Seu sentimento e seu pedido estão bem claros: *Por favor, Srta. Smith, permita-me cortejá-la. Aprove minha charada e minhas intenções com sua doce alma.*"

A resposta que, oxalá, possa tua doce alma agradar.

"Harriet, exatamente. Doce é a palavra certa para a alma dessa menina; entre todos os epítetos, o mais adequado possível. Já a brilhante inteligência de Harriet... Bem, um homem precisa estar mesmo muito apaixonado para descrevê-la deste modo. Ah, Sr. Knightley! Queria que o senhor estivesse vendo isto, pois tenho certeza de que se convenceria. Pela primeira vez em sua vida o senhor seria obrigado a reconhecer que se enganou. Excelente charada, sem dúvida! E muito oportuna. As coisas logo se acertarão."

As considerações de Emma provavelmente se prolongariam se não fosse obrigada a interrompê-las diante das perguntas de Harriet, feitas com a maior aflição.

– O que pode ser, Srta. Woodhouse? O que pode ser? Não tenho a menor ideia. Não consigo adivinhar o que é de jeito nenhum. O que pode ser? Tente descobrir, Srta. Woodhouse. Ajude-me. Nunca vi uma charada tão difícil! Quem será o senhor da Terra? E o escravo? Quem poderá ser a mulher adorável? Acha que é uma boa charada? De que mulher ele está falando?

De uma mulher, adorável mulher, que passa a reinar.

– Será que o senhor dos mares é Netuno?

De senhor de terras e mares ele se torna escravo.

– Ou se trata de tridente? Ou de sereia? Ou seria mar? Oh, não, mar tem apenas uma sílaba e a palavra-resposta tem quatro sílabas... Ele deve ser muito inteligente, senão jamais conseguiria fazer esta charada! Oh, Srta. Woodhouse, acha que vamos conseguir decifrá-la?

– Sereias, mar! Bobagens! Minha querida Harriet, o que está pensando? Por que motivo ele nos traria uma charada sobre Netuno, sereias ou mar? Dê-me esse papel e escute. Onde está *Para a senhorita* ______, leia *Para a Srta. Smith*.

Minhas duas primeiras mostram a riqueza e pompa do Senhor da Terra!

– A primeira parte da palavra é *corte*.

Minha segunda pede agora, neste momento,
Um lenitivo que possa num inigualável favor,

– *Já* é a segunda parte da palavra e...

Da minha terceira acabar com o indizível sofrimento!

– ...*dor* é a terceira e parte final da palavra *cortejador*. Agora, o principal:

Mas, ah! Quando unidas que reverso vamos encontrar!
Desaparecem orgulho, força e poder do homem, sem agravo;
De senhor de terras e mares ele se torna escravo
De uma mulher, adorável mulher, que passa a reinar.

– Aí está um gentil e verdadeiro cumprimento! E segue-se a explicação que creio, minha querida Harriet, você não terá muita dificuldade em compreender. Leia e aprecie, pois não há dúvida de que foi escrita sobre você e para você.

Harriet não conseguiu resistir por muito tempo à deliciosa persuasão. Leu as linhas finais e caiu na mais completa e agitada felicidade. Nem sequer conseguia falar. Mas também não era necessário que falasse. Bastava que sentisse. Emma falaria por ela:

– Há tanta intenção, tanto significado especial nesse cumprimento que não posso ter a mínima dúvida sobre as intenções do Sr. Elton. Você é o objeto de admiração dele e não tardará a ter provas definitivas disso. Há tempo eu pensava que assim seria e que não iria me decepcionar. Agora está claro. A disposição dele é mais do que evidente e é tão decidida quanto o foram meus desejos que isso acontecesse, desde o primeiro momento em que a vi. Sim, Harriet. Há muito tempo que venho esperando este momento. Até agora não podia dizer quanto considerava desejável e natural um apego entre você e o Sr. Elton. A probabilidade e a propriedade eram tão iguais! Estou muito feliz. Eu a parabenizo, minha querida Harriet, de todo coração. Esta é a aproximação que uma mulher pode sentir orgulho por ter proporcionado. É a aproximação que apenas pode gerar coisas boas, que vai oferecer a você tudo que lhe falta: consideração, independência, seu próprio lar e irá fixá-la no centro de seus verdadeiros amigos, mantendo-a perto de Hartfield e de mim, conservando a nossa intimidade para sempre. Esta, Harriet, será uma aliança que jamais fará corar nenhuma de nós.

– Querida Srta. Woodhouse!...

E "querida Srta. Woodhouse" foi tudo que Harriet, entre ternos abraços, conseguiu articular repetidamente no começo. Mas quando chegaram a algo um pouco mais parecido com uma conversa, ficou bastante claro para Emma que sua amiga via, sentia, desejava e lembrava-se exatamente como deveria. A superioridade verdadeira do Sr. Elton acabava de ser amplamente reconhecida.

– O que a senhorita diz sempre está certo – afirmou Harriet –, portanto suponho, acredito e espero que assim seja, mas se não fosse por isso, jamais poderia nem sequer imaginar uma coisa dessas. Tudo isso está muito além do que mereço. O Sr. Elton, que poderia casar-se com qualquer pessoa! Impossível haver duas opiniões a respeito *dele*. É um cavalheiro tão superior! Veja, por exemplo, esses doces versos..."Para a senhorita______." Oh, meu Deus, quanta inteligência! Será que eles são, mesmo, dedicados a mim?

– Não quero fazer e ouvir mais nem uma pergunta sequer a este respeito. São, com certeza. Pode acreditar no meu julgamento. É uma espécie de prólogo para uma peça, o título de um capítulo que em breve será seguido pelo texto propriamente dito.

– Mas é o tipo do acontecimento que ninguém poderia esperar. Eu tenho certeza de que um mês atrás não poderia fazer ideia... Como às vezes ocorrem coisas estranhas!

– Quando as senhoritas Smith e os senhores Elton se relacionam, e eles o fazem sem dúvida, é de fato estranho. É algo tão incomum que os acontecimentos mais evidentes, mais completamente desejáveis, que estão de acordo com os planos e desejos das outras pessoas, assumam seu curso natural tão rapidamente. Você e o Sr. Elton devem ficar juntos, estão destinados um ao outro devido a cada uma das circunstâncias que envolveram seus respectivos lares. O casamento de vocês será igual ao do casal de Randalls. Parece que existe algo no ar de Hartfield que orienta o amor na direção certa, que o coloca precisamente no curso que deve seguir...

O curso do verdadeiro amor jamais foi tranquilo.

"Uma edição Hartfield de Shakespeare teria uma longa nota sobre esta passagem.

– Será que o Sr. Elton pode realmente estar apaixonado por mim... por mim, entre todas as pessoas? Eu que não o conhecia, que nunca havia falado com ele até a Festa de São Miguel? Ele, o homem mais lindo que existe, a quem todos admiram, quase como o Sr. Knightley! Sua companhia é tão procurada que todos dizem que o Sr. Elton jamais comeria nem sequer uma refeição sozinho se assim preferisse, que recebe mais convites do que há dias em uma semana. E como é excelente na igreja! A Srta. Nash registrou todos os sermões que ele fez desde que chegou a Highbury. Santo Deus! Quando me lembro da primeira vez que o vi! Nem imaginava! As duas Abbott e eu corremos para a sala da frente e fomos espiar pela veneziana quando ouvimos que ele estava para ir embora. A Srta. Nash apareceu, repreendeu-nos, mandou que nos retirássemos e ficou lá, espiando... Depois, ela me chamou de volta e deixou-me espiar também, o que foi muito bondoso da parte dela. Como nós duas o achamos bonito! Ele estava de braço dado com o Sr. Cole.

– A união de vocês é algo que seus amigos, sejam eles quem forem, irão achar agradável, tenham eles bom-senso; aos tolos não temos por que justificar nossa conduta. Se seus amigos estiverem ansiosos por vê-la *feliz* no casamento, o bom caráter deste senhor pode garantir isso; se desejam que você continue no mesmo lugar e dentro do mesmo círculo em que se encontram, assim será feito, e caso apenas desejem que você, como diz a expressão comum, *se case bem,* aí está a confortável fortuna, o respeitável estabelecimento, a ascensão na vida que deverá satisfazê-los.

– Sim, é verdade. Como a senhorita sabe falar bonito, adoro ouvi-la! A senhorita entende de tudo. A senhorita e o Sr. Elton, um é mais inteligente do que o outro. Esta charada!... Mesmo que eu estudasse durante um ano, jamais poderia fazer alguma coisa parecida.

– Acredito que ele tenha querido testar a própria habilidade antes, pelo modo que se negou a fazê-la ontem.

– Acho que esta é, sem exceção, a melhor charada que já li.

– E eu jamais li uma charada tão oportuna, com certeza.

– Além disso, é tão longa quanto as outras que vimos.

– Não considero que o tamanho a favoreça muito. Essas coisas, em geral, não podem ser muito curtas.

Harriet estava muito atenta às palavras da charada para escutar. As mais satisfatórias comparações desfilavam-lhe pela mente.

– É uma coisa – comentou, com o rosto radiante – ter bom-senso como todo mundo tem e poder, se houver algo a dizer, sentar-se, escrever uma carta e explicar nela tudo que se quer, de maneira breve; mas é outra coisa escrever versos e charadas como estes!

Emma não poderia querer rejeição mais completa à carta escrita pelo Sr. Martin.

– Que linhas tão doces – continuou Harriet – estas duas últimas! Mas eu seria capaz de responder a este poema ou de dizer o que penso a respeito? Oh, Srta. Woodhouse, o que poderemos fazer?

– Deixe comigo. Não faça nada. Tenho certeza de que ele virá aqui esta tarde; eu devolverei a charada, falaremos de coisas sem importância e você não ficará comprometida. A sua doce alma só aprovará a charada dele no tempo certo. Confie em mim.

– Oh, Srta. Woodhouse, que pena eu não poder incluir esta linda charada na minha coleção! Estou certa de que não tenho nenhuma que valha nem sequer a metade dela.

– Deixe de fora as duas últimas linhas e não haverá motivo para que não possa copiá-la.

– Oh, mas essas duas linhas são...

– O melhor de tudo? Eu sei. Mas apenas para apreciação particular, portanto você deve guardá-las para si mesma. Você sabe que elas foram escritas e não desaparecerão, nem seu sentido deixará de existir se não as escrever. Eliminando-as, desaparece qualquer prova de *apropriação* e permanece uma charada bonita, galante, digna de qualquer coleção. No entanto, o Sr. Elton não gostaria de ver seu trabalho mutilado, assim como não iria querer isso para a sua paixão. Um poeta apaixonado deve ser encorajado em ambas as capacidades ou em nenhuma. Dê-me o seu caderno; escreverei a charada nele, assim você não poderá ser acusada de culpa alguma.

Harriet obedeceu, apesar de não se conseguir separar mentalmente aquela parte, sentiu-se segura quando viu que a amiga não estava escrevendo a declaração de amor. Parecia-lhe preciosa demais para ser exposta às outras pessoas.

– Este caderno jamais sairá das minhas mãos – prometeu.

– Muito bem – apoiou Emma. – É um sentimento muito natural e quanto mais tempo ele durar, mais ficarei contente. Mas aí vem meu pai... Se você não se opõe, vou ler a charada para ele, que ficará muito feliz. Ele adora ler esse tipo de versos, principalmente quando elogiam uma mulher. Papai mantém o mais terno espírito de galanteria em relação a nós todas. Tem que me deixar ler para ele.

Harriet ficou séria.

– Minha querida Harriet, você não pode espiritualizar demais esta charada. Acabará por revelar seus sentimentos de maneira imprópria, caso se mostre cuidadosa demais, ansiosa demais, ou se der a impressão de estar atribuindo aos versos mais significado ou até mesmo todo o significado que possa existir neles. Não supervalorize um tributo tão pequeno de admiração. Se o Sr. Elton estivesse ansioso por segredo, não teria entregado a charada na minha presença, mas ele praticamente colocou-a nas minhas mãos em vez de nas suas. Não sejamos solenes demais a respeito. Ele terá encorajamento bastante para prosseguir, mesmo sem os nossos suspiros ou aflições diante desta charada.

– Oh, não! Espero não me tornar assim ridícula. Faça o que achar melhor.

O Sr. Woodhouse entrou e quis imediatamente saber das novidades com sua costumeira indagação:

– Bem, minhas queridas, como vai o caderno de vocês? Apareceu alguma coisa de novo?

– Sim, papai, temos uma novidade que vamos ler para o senhor. Esta manhã encontramos em cima da mesa uma folha (que foi deixada, supomos, por uma fada) com uma charada muito bonita e acabamos de copiá-la.

Leu a charada para o pai, como ele gostava que lhe lessem qualquer coisa, devagar e claramente, umas duas ou três vezes, com explicações sobre cada parte. Ele ouviu com muito agrado e, como Emma previra, ficou encantado com a conclusão elogiosa.

– Sim, está muito certo, sem dúvida, e muito adequadamente dito. Grande verdade. "De uma mulher, adorável mulher." É uma charada tão bonita, minha querida, que posso adivinhar facilmente a fada que a criou. Ninguém escreveria de maneira tão linda a não ser você, Emma.

Ela apenas inclinou a cabeça e sorriu. Depois de pensar um pouco e com um terno suspiro, o velho cavalheiro acrescentou:

– Ah! Não é difícil ver de quem você herdou tão boa qualidade! Sua querida mãe era muito inteligente para essas coisas! Se eu tivesse pelo menos a memória dela! No entanto, jamais consigo me lembrar de nada... nem mesmo daquele enigma que você deve ter me ouvido recitar inúmeras vezes. Consigo lembrar-me apenas da primeira estrofe, e há várias.

> Kitty uma beleza, mas de gelada natureza,
> Acendeu uma chama que ainda lamento.
> O rapaz com capuz que chamei para ajudar
> Tornou seu temor de se aproximar
> Fatal para meu terno e meu tormento.

– É tudo de que me lembro, mas se trata de um poema inteligente até o fim. Creio que você me disse, querida, que o havia copiado.

– Sim, papai. Está aqui, na segunda página do nosso caderno. Nós o copiamos de *Excertos elegantes*. É de Garrick, o senhor sabe.

– Sim, é verdade. Eu gostaria de me lembrar mais dele...

> Kitty uma beleza, mas de gelada natureza

– Esse nome me faz pensar na pobre Isabella, que quase se chamou Catherine, como a sua avó. Espero que ela esteja aqui conosco na semana que vem. Você já pensou, minha querida, onde vai acomodá-la... e qual será o quarto das crianças?

– Oh, sim! Isabella vai ter um quarto apenas para ela, é claro. O quarto que sempre ocupa... E haverá um quarto para as crianças, como sempre, o senhor sabe. Por que haveria qualquer mudança?

– Não sei, minha querida. Mas faz tanto tempo que ela esteve aqui! Foi na última Páscoa e apenas por poucos dias. É muito inconveniente o Sr. John Knightley ser um advogado... Pobre Isabella! Ela sofre tanto por ser mantida longe de nós! E vai ficar muito triste quando chegar e não encontrar a Srta. Taylor aqui!

– Não vai ser nenhuma surpresa, papai.

– Não sei, minha querida. Só sei que fiquei muito surpreso quando soube que a Srta. Taylor iria se casar.

– Poderemos convidar o Sr. e a Sra. Weston para jantarem conosco quando Isabella estiver aqui.

– Sim, minha querida, se houver tempo. Mas... – em um tom muito deprimido – ela vem para ficar apenas uma semana. Não haverá tempo para nada.

– É mesmo uma pena que eles não possam ficar mais... porém, parece que é caso de necessidade. O Sr. John Knightley precisa estar de volta à capital no dia vinte e oito e devemos nos sentir gratos, papai, porque eles vão dedicar a nós todo o tempo que podem passar no campo, pois desta vez não irão ficar dois ou três dias na Abadia Donwell. O Sr. Knightley concordou em esperar sua vez até o Natal... E, o senhor sabe, faz mais tempo que eles não ficam com ele do que conosco.

– Seria muito duro para a pobre Isabella, minha querida, ficar em qualquer outro lugar que não Hartfield.

O Sr. Woodhouse jamais admitiria que o Sr. Knightley tinha algum direito sobre seu irmão e julgava que ninguém tinha qualquer direito sobre Isabella, a não ser ele mesmo. Ficou parado, devaneando, por alguns minutos, então disse:

– Não vejo por que Isabella é obrigada a voltar para casa tão depressa, mesmo o marido tendo de voltar... Acho, Emma, que posso tentar persuadi-la a ficar mais tempo conosco. Ela e as crianças ficariam muito bem aqui.

– Ah, papai! Isso é algo que o senhor nunca compreende e chego a duvidar que queira compreender. Isabella não gosta de ficar longe do marido.

Esta era uma verdade evidente demais para haver qualquer oposição. O velho cavalheiro pôde apenas dar um suspiro conformado. Como viu que o pai sentia-se desanimado diante do amor de sua filha mais velha pelo marido, Emma tratou de introduzir um assunto que pudesse distraí-lo.

– Harriet nos dará o máximo que puder o prazer de sua companhia quando meu cunhado e minha irmã estiverem aqui. Tenho certeza de que ela vai se divertir muito com as crianças. Temos muito orgulho dos pequenos, não é, papai? Quem será que ela vai achar mais bonito, Henry ou John?

– Ah, imagino qual dos dois ela vai preferir... Pobres pequenos queridos! Como ficarão felizes por vir aqui. Eles gostam muito de ficar em Hartfield, Harriet.

– Tenho certeza que sim, senhor. Não sei de ninguém que não goste.

– Henry é um ótimo menino, porém John se parece mais com a mãe. Henry é o mais velho e recebeu o meu nome, não o do pai. John, o segundo, tem o nome do pai. Algumas pessoas se surpreendem, creio, que não seja o mais velho a ter o nome do pai, mas Isabella quis dar-lhe o nome Henry, o que foi muito gentil da parte dela. E Henry é um menino muito inteligente, sem dúvida. Todos eles são notavelmente inteligentes e têm muito bons modos. Eles chegam, param diante da minha cadeira e dizem: "Vovô, o senhor pode me dar um pedaço de barbante?" Uma vez Henry pediu-me um canivete, mas eu lhe disse que canivetes são apenas para avós. Acho que às vezes o pai é muito rude com eles.

– Ele lhe parece rude – observou Emma – porque o senhor é muito gentil; mas se o comparar com os outros pais, não irá achá-lo rude. O Sr. John quer que os filhos sejam ativos e ousados, mas quando fazem alguma coisa errada, ele não hesita em falar-lhes com severidade. Contudo, é um pai afeiçoado... Sim, com certeza o Sr. John Knightley é um pai afeiçoado e as crianças gostam muito dele.

– Quando o tio deles chega, joga-os para o teto daquele modo assustador!

– Mas eles gostam, papai. Não há nada de que eles gostem mais. Adoram a tal ponto que se o tio não organizar regras e revezamento, um jamais daria seu lugar ao outro.

– Bom. Não consigo entender isso.

– É o caso de todos nós, papai. Metade do mundo não consegue entender os prazeres da outra metade.

Mais tarde, nesse mesmo dia, quando as jovens iam separar-se a fim de preparar-se para o costumeiro jantar às quatro horas, o herói da inigualável charada apresentou-se. Harriet ficou meio de lado, porém Emma recebeu-o com o sorriso de sempre e seus olhos rápidos, atentos, perceberam nos dele a consciência de ter feito um lance – como se houvesse arremessado um dado – e ela imaginou que havia vindo para ver o resultado. Todavia, o motivo que ele deu foi perguntar se a mesa de jogo do Sr. Woodhouse poderia prescindir de sua presença nessa noite ou se deveria apresentar-se em Hartfield. Se tivesse que ir, tudo mais seria posto de lado; senão, seu amigo Cole o havia convidado para jantar fora tão insistente que ele prometera aceitar o convite, mas apenas dependendo de confirmação de Hartfield. Emma agradeceu-lhe, mas não iria permitir que ele decepcionasse o amigo por causa de seu pai que, com certeza, teria parceiros para o jogo. Ele insistiu... ela tornou a recusar. O cavalheiro parecia estar prestes a fazer a reverência de despedida quando Emma pegou o papel e estendeu-o para ele, devolvendo-o.

– Aqui está a charada que o senhor teve a gentileza de nos trazer. Agradecemos muito. Gostamos tanto dela que tomei a liberdade de copiá-la na coleção da Srta. Smith. Seu amigo não irá importar-se, espero. Claro, apenas transcrevi as primeiras oito linhas.

Ficou evidente que o Sr. Elton não sabia o que dizer. Olhou-a com ar duvidoso, ou melhor, confuso. Disse algo como "honra", relanceou os olhos por Emma e Harriet; depois, vendo o caderno aberto sobre a mesa, pegou-o e examinou-o atentamente. Procurando pôr fim àquele momento constrangedor, Emma sorriu e disse:

– Por favor, transmita meu pedido de desculpa ao seu amigo, mas uma charada tão boa não pode ficar restrita a uma ou duas pessoas. Ele pode ter a certeza de merecer completa aprovação de qualquer mulher enquanto escrever tais galanterias.

– Não hesito em dizer – respondeu o Sr. Elton, se bem que hesitasse visivelmente enquanto falava –, não hesito em dizer... pois afinal meu amigo sente tudo que *eu* sinto... Não tenho a menor dúvida de que, se ele pudesse ver sua pequena declaração ser honrada como *eu* vejo – olhando de novo para o caderno e recolocando-o sobre a mesa –, consideraria este momento o mais importante de sua vida.

Depois deste discurso, o jovem cavalheiro retirou-se o mais rapidamente que pôde. Emma não poderia achar sua partida mais oportuna, pois, pesar das boas e agradáveis qualidades do Sr. Elton, havia uma espécie de ridículo exibicionismo no seu modo de falar que lhe deu um quase irreprimível impulso de rir. Ela saiu correndo da sala para satisfazer sua vontade, deixando todo o terno e sublime encantamento para Harriet.

10

Apesar de ser meio de dezembro, o tempo ainda não impedia que as jovens senhoritas pudessem realizar seus exercícios regulares, e no dia seguinte Emma se dispôs a fazer uma visita de caridade a uma família pobre e doente que residia a pouca distância de Highbury.

O caminho para o casebre afastado ficava abaixo da alameda do Vicariato, uma rua que ia dar direto na larga, ainda que irregular, rua principal do povoado. E nessa alameda, sinal claro, ficava a abençoada residência do Sr. Elton. Passava-se primeiro por algumas casas de qualidade um tanto inferior e depois, cerca de uns quatrocentos metros alameda abaixo, ficava o Vicariato. Era uma casa antiga e não muito boa, um pouco mais próxima da rua do que deveria ser. Não havia vantagem na localização, mas havia sido bastante melhorada pelo atual proprietário e, desta maneira, não existia a menor possibilidade das duas amigas passarem por ela sem diminuir o passo e observá-la com atenção. A observação de Emma foi:

– Eis aí... onde você e seu caderno de enigmas estarão um dia desses.

A de Harriet foi:

– Oh, que casa mais encantadora! Como é linda! E tem cortinas amarelas, daquelas que a Srta. Nash admira tanto!

– Eu não tenho vindo muito frequentemente para estes lados até *agora* – disse Emma, enquanto continuavam caminhando –, mas no momento em que existir um motivo, virei e irei aos poucos conhecendo intimamente todas as cercas, portões, poças de água e árvores desta parte de Highbury.

Percebeu que Harriet jamais estivera no interior do Vicariato e que uma curiosidade extrema a devorava, o que, considerando aparências e probabilidades, Emma poderia classificar apenas como prova de amor; do mesmo modo que classificara antes o Sr. Elton ver tanta inteligência na jovem.

– Eu gostaria muito se pudéssemos entrar lá – comentou –, mas não tenho nenhuma desculpa razoável para fazê-lo... nenhuma criada pela qual perguntar à governanta dele, nenhum recado do meu pai.

Pensou bem, porém nada encontrou. Depois de um silêncio de alguns minutos, Harriet falou:

– Fico tão admirada, Srta. Woodhouse, pelo fato de a senhorita ainda não ter se casado nem estar para se casar, encantadora como é!

Emma riu e replicou:

– Meu encanto, Harriet, não é o suficiente para me fazer casar. Preciso achar outras pessoas encantadoras... pelo menos uma pessoa. E não apenas não pretendo me casar agora como também não tenho a mínima intenção de me casar no futuro.

– Ah! É o que a senhorita diz, mas não consigo acreditar.

– Eu teria que encontrar alguém muito superior a todos os cavalheiros que conheci até agora, para ser tentada. O Sr. Elton, você sabe – lembrando-se a tempo –, está fora de questão e *não* desejo outra pessoa igual. Não gostaria de ser tentada. A mudança não seria para melhor. Se eu tivesse de me casar, sei que me arrependeria.

– Meu Deus! É tão esquisito ouvir uma mulher falar assim!

– Não tenho nenhum dos motivos que geralmente levam as mulheres a se casarem. Se me apaixonasse, é claro, seria outra coisa! Mas nunca me apaixonei. Não é meu jeito, não está na minha natureza e não creio que isso um dia possa acontecer. E, sem amor, tenho certeza de que seria loucura mudar uma situação como a minha. Não preciso de fortuna, não preciso de ocupação, não preciso de status. Acredito que pouquíssimas mulheres casadas são mais donas de suas casas do que sou dona de Hartfield. E nunca, nunca esperaria ser aos olhos de outro homem tão verdadeiramente amada e indispensável para alguém, tão importante e sempre tão cheia de razão, como sou aos olhos de meu pai.

– Mas, então, quer dizer que vai se tornar uma velha solteirona como a Srta. Bates!

– Esta é a imagem mais terrível que você poderia me apresentar, Harriet. Se eu pensasse que um dia poderia vir a ser como a Srta. Bates, tão tola, tão satisfeita, tão sorridente, tão tagarela, tão insignificante e tão anulada quanto ela, tão apta a falar sobre todo mundo e sobre mim mesma, casaria-me amanhã mesmo! Mas, aqui entre *nós*, tenho certeza de que minha única semelhança com a Srta. Bates será permanecer solteira.

– Mas, mesmo assim, a senhorita vai ser uma velha solteirona! Isso é tão terrível!

– Não se preocupe, Harriet. Jamais serei uma velha solteirona e pobre. A pobreza é o que torna a solteirice desprezível para as pessoas em geral. Uma mulher solteira que tenha uma renda pequena não passa de uma velha solteirona, ridícula e desagradável. Torna-se o divertimento de moços e moças. Mas uma mulher solteira, quando rica, é sempre respeitada e pode ser tão sensível e agradável quanto qualquer um. Essa distinção não diz tão mal da candura e do bom-senso do mundo quanto parece à primeira vista, pois uma renda pequena tem o poder de limitar a mente e azedar o espírito. Aqueles que apenas conseguem se manter e que são obrigados a viver numa sociedade inferior e restrita correm o risco de se tornar mesquinhos e mal-humorados. No entanto, este não é o caso da Srta. Bates, que é apenas bondosa e tola demais para o meu gosto. Mas, de modo geral, ela corresponde ao gosto de muita gente, apesar de ser solteira e pobre. É evidente que a pobreza não a tornou mesquinha: acredito que se ela tivesse apenas um xelim, seria capaz de dar seis *pence* dele a quem precisasse. E ninguém tem medo dela, esse é seu grande encanto.

– Santo Deus! O que a senhorita vai fazer? Como vai empregar seu tempo quando ficar velha?

– Se me conheço bem, Harriet, a minha mente é ativa, ocupada, uma fonte interminável de divertimentos. Não vejo por que eu teria menos coisas nas quais empregar meu tempo aos quarenta ou cinquenta anos do que tenho agora, aos vinte e um. No futuro, as ocupações comuns para as cabeças e as mãos das mulheres continuarão tão ao meu alcance quanto hoje, ou com algumas pequenas modificações. Se eu tiver de pintar e desenhar lentamente, poderei ler mais; se não puder fazer música, poderei fazer tapeçarias. Quanto a objetos de interesse, de afeição, que na verdade são os pontos mais problemáticos e cuja falta é o grande mal a ser evitado quando se opta por *não* se casar, acredito que os terei de maneira suficiente nos filhos de minha irmã, aos quais amo profundamente e aos quais posso me dedicar. Com toda a certeza, eles existirão em número suficiente para suprir todo o calor humano de que se pode necessitar quando a vida entra em declínio. Haverá afeição o bastante para permitir esperanças e para dissipar todos os temores. Ainda que meu apego a eles não possa comparar-se ao de uma mãe, satisfaz melhor a minha ideia de conforto do que se fosse um apego mais dedicado e mais cego. Meus sobrinhos e sobrinhas! Sempre terei uma sobrinha comigo.

– Por acaso, conhece a sobrinha da Srta. Bates? Quer dizer, sei que a viu mil vezes, mas são próximas?

– Oh, sim! Somos obrigadas a ficarmos próximas uma da outra sempre que ela vem a Highbury. Por falar nisso, tal acontecimento pode até fazer as sobrinhas caírem no conceito de alguém. Que Deus me perdoe! Espero jamais entediar as pessoas falando sobre todos os Knightley metade do que ela faz falando somente sobre a Srta. Jane Fairfax! Qualquer um sente-se mal só de ouvir o nome Jane Fairfax. Cada carta dela é lida quarenta vezes, seus cumprimentos enviados aos amigos são transmitidos repetidamente, e se ela envia para a tia o molde de um colete ou tricota um par de ligas para a avó, não se fala em nada além disso durante um mês. Desejo todo o bem do mundo a Jane Fairfax, mas ela me entedia mortalmente.

Já chegavam ao casebre e a conversa foi interrompida. Emma era extremamente compassiva e os sofrimentos dos pobres recebiam sempre toda sua atenção e bondade, seus conselhos e paciência, assim como eram socorridos por sua bolsa. Ela compreendia as atitudes deles, aceitava sua ignorância e fraquezas, não tinha expectativas românticas de encontrar virtudes extraordinárias naqueles que haviam recebido tão pouca educação. Inteirava-se de seus problemas com pronta simpatia e sempre lhes dava assistência com boa vontade e sabedoria. Naquele instante enfrentava pobreza e doença em uma mesma visita e depois de permanecer durante o tempo necessário para oferecer conforto e conselhos, saiu do casebre sob tamanho impacto que disse a Harriet enquanto caminhavam:

– Ver estas cenas, Harriet, faz bem. Faz com que tudo mais pareça fútil! Sinto-me agora como se não pudesse pensar em mais nada a não ser nessas pobres criaturas pelo resto do dia. Quem poderá saber quando essa visão irá deixar a minha mente?

– É verdade – concordou Harriet. – Pobres criaturas, não se pode pensar em mais nada.

Enquanto percorria com passos inseguros o estreito caminho escorregadio que atravessava o terreno diante do casebre e ia dar na alameda, Emma observou:

– Realmente, não creio que essa impressão vá embora logo... Não acho que vá mesmo.

Parou para olhar mais uma vez a esquálida miséria daquele lugar e guardá-la na lembrança.

– Oh, meu Deus, não! – lamentou-se sua companheira. Recomeçaram a andar. A alameda fazia uma suave curva, e assim que a curva terminou, o Sr. Elton apareceu no campo de visão delas, já tão próximo que Emma mal teve tempo para dizer:

– Ah! Harriet, eis um súbito desafio para a continuidade dos nossos bons pensamentos. Bem – sorrindo –, espero que seja permitido dizer que, caso a compaixão motive ações que tragam alívio aos que sofrem, então já cumpriu seu papel. Se nos comovemos pelos infelizes o bastante para fazermos o possível por eles, qualquer comoção a mais é em vão, serve apenas para trazer infelicidade para nós mesmas.

Antes que o jovem cavalheiro se juntasse a elas, Harriet pôde apenas responder:

– Oh, Senhor, sim!

As necessidades e o sofrimento da pobre família, sem dúvida, foram o primeiro assunto do encontro. O jovem cavalheiro ia visitá-las, porém agora a visita podia ser adiada. Tiveram, entretanto, uma interessante conversa sobre o que poderia ser feito e o que deveria ser feito. O Sr. Elton, então, dispôs-se a acompanhá-las.

"Os dois encontrarem-se durante uma missão como esta", pensou Emma, "dedicada à caridade, só pode aumentar o amor que ambos sentem. Chego até a imaginar se não provocaria uma declaração... Com certeza ele se declararia agora se eu não estivesse aqui. Como gostaria de estar em outro lugar!"

Ansiosa por distanciar-se deles o máximo possível, Emma entrou por uma trilha estreita que se abria em um dos lados da rua principal e deixou-os sozinhos. Mas não se haviam passado nem sequer dois minutos quando viu que o hábito de Harriet de imitá-la e segui-la fazia com que ela tomasse a mesma trilha, e em pouco tempo os dois achavam-se bem próximos dela. Não podia ser assim! Emma parou, fingiu que precisava amarrar o cordão de sua bota, abaixou-se ocupando toda a largura da trilha e pediu-lhes que tivessem a bondade de continuar andando, que os alcançaria em meio minuto. Eles atenderam ao pedido e, quando ela julgou que já havia dedicado tempo suficiente à bota, o inesperado veio em seu socorro para que pudesse dar-lhes mais algum tempo a sós. Uma garotinha do casebre alcançou-a, carregando uma vasilha de barro para, segundo as ordens de Emma, ir até Hartfield buscar um pouco de caldo. Andar ao lado dessa criança, falar com ela, fazer-lhe perguntas eram as coisas mais naturais do mundo ou teriam sido se ela estivesse agindo sem nenhum desígnio. Assim, os dois puderam continuar caminhando na frente, sem obrigação alguma de esperá-la. Todavia, Emma terminou por alcançá-los sem querer, porque o passo da menina era rápido e o deles, lento. Aborreceu-se por isso, porque lhe parecia evidente que estavam empenhados em uma conversa que muito os interessava. O Sr. Elton falava com grande animação, Harriet ouvia com expressão satisfeita e atenta, e como a menina se distanciara deles, Emma já imaginava um modo de permanecer um pouco mais para trás quando os dois olharam ao redor e ela viu-se obrigada a juntar-se a eles.

O Sr. Elton ainda falava, parecendo entusiasmado com detalhes interessantes, e Emma ficou desapontada ao perceber que ele estava apenas contando à sua linda companheira a festa de seu amigo Cole, na qual havia ido no dia anterior e que ela deveria estar lá para experimentar o queijo Stilton, o aipo, a beterraba do norte de Wiltshire e todas as sobremesas.

"Não teria demorado para que eles chegassem a um assunto a melhor", foi o pensamento que consolou Emma, "a algo que interessasse a um jovem casal que se ama. Mas qualquer assunto serve para chegar ao que guardam em seus corações. Se eu ao menos tivesse conseguido me manter longe deles por mais algum tempo!"

Continuaram andando todos juntos lado a lado, sossegados, até que a visão da cerca do Vicariato a fez lembrar-se da intenção de fazer Harriet entrar na casa e levou-a a descobrir outra coisa errada com a bota, que mais uma vez forçou-a a ficar para trás. Rápida, rebentou o cordão com um movimento ágil e fingiu tropeçar em uma valeta, obrigando-os a parar e a tomarem conhecimento de sua impossibilidade de caminhar até sua casa de maneira razoavelmente confortável com uma bota naquelas condições.

– O cordão da minha bota rebentou – explicou Emma – e não sei como vou conseguir caminhar. Estou sendo uma péssima companhia para vocês, mas espero nas próximas vezes não causar tantos problemas. Sr. Elton, vejo-me obrigada a pedir-lhe que nos deixe parar em sua casa e pedir à sua governanta uma fita, um pedaço de barbante ou qualquer coisa para amarrar minha bota.

O Sr. Elton demonstrou-se muito feliz com essa oportunidade e nada poderia superar sua rapidez e atenção em conduzi-las para a sua casa, esforçando-se para que tudo nela parecesse o melhor possível. A sala para a qual as jovens damas foram levadas era a que ele mais costumava ocupar e dava para a rua; colada a essa sala havia outra; a porta de comunicação entre elas encontrava-se aberta e Emma passou para a sala seguinte, afim de que a governanta pudesse atendê-la de maneira mais confortável. Foi obrigada a deixar a porta escancarada como a encontrara, mas esperou que o Sr. Elton tomasse a iniciativa de fechá-la. Como, porém, ele não o fez, a porta permaneceu completamente aberta e Emma então passou a tagarelar em voz alta, incessantemente, com a governanta, na esperança de dar ao jovem cavalheiro a possibilidade de falar à vontade na sala ao lado. Por dez minutos não ouviu voz alguma a não ser a própria. Não seria possível protelar mais do que isso a retirada e viu-se obrigada a voltar para a sala da frente.

Os namorados estavam de pé junto a uma das janelas. O quadro era mais do que promissor e por meio minuto Emma sentiu a glória de ter sido bem-sucedida. Mas não acontecera de fato, o Sr. Elton ainda não chegara ao ponto. Havia sido muito agradável, atencioso, dissera a Harriet que as vira passar por ali, que as seguira de propósito e expressara muitas outras pequenas galanterias e alusões gentis, mas nada dissera de sério.

"Cuidadoso, ele é muito cuidadoso", pensou Emma: "está avançando centímetro por centímetro e não se arriscará a nada enquanto não se sentir seguro."

No entanto, ainda que seus engenhosos artifícios não houvessem triunfado totalmente, ela podia rejubilar-se por haver proporcionado muita alegria aos dois e por estar conduzindo-os ao grande acontecimento.

11

Dali por diante, era preciso deixar o Sr. Elton por conta própria. Já não estava mais no poder de Emma apressar a felicidade ou as ações dele. A chegada da família de sua irmã encontrava-se muito próxima primeiro pela emoção da expectativa, em seguida na realidade, e naturalmente tornou-se seu principal objeto de interesse. Durante os dez dias de duração da visita a Hartfield, não era de esperar – ela própria não esperava – que Emma desse mais do que uma fortuita assistência aos namorados. No entanto, eles poderiam avançar rapidamente se quisessem; mas, com certeza, avançariam um pouquinho, quer quisessem ou não. Ela achava que não devia dedicar-lhes muito tempo, pois eram do tipo de pessoas que quanto mais se fizesse por elas, menos faziam por si mesmas.

Como haviam passado muito tempo longe de Surry, o Sr. e a Sra. John Knightley despertavam ainda mais interesse do que habitualmente. Até esse ano, desde o casamento deles, todas as férias longas haviam sido divididas entre Hartfield e a Abadia Donwell. Mas as férias desse outono haviam sido dedicadas a levar as crianças para a praia, então havia vários meses que não viam ninguém de seu círculo em Surry, muito menos o Sr. Woodhouse, que não se deixava convencer a ir para um lugar tão distante como Londres, nem mesmo por amor à pobre Isabella. Como consequência, fora ele quem ficara mais nervoso e apreensivamente feliz à espera da curta visita.

O velho cavalheiro se preocupava muito com as várias ameaças que uma viagem oferecia à sua querida filha e também não se afligia pouco ao pensar no cansaço de seus próprios cavalos e do cocheiro que trariam uma parte dos visitantes na última etapa da viagem. Mas foi um desperdício de suas inquietações, pois os últimos trinta quilômetros foram feitos sem problemas. O Sr. e a Sra. John Knightley, seus cinco filhos e, pouco mais tarde, um número adequado de amas e criadas chegaram a Hartfield sãos e salvos. A confusão e alegria causadas pela chegada, o muito que havia a ser falado, festejado, recebido, tudo o que havia para ser decidido e distribuído produziram tamanho barulho e agitação que os nervos do Sr. Woodhouse não seriam capazes de aguentar se houvessem sido perturbados por outras causas, nem suportado mais tempo do que suportaram mesmo por tal motivo. No entanto, os hábitos de Hartfield e os sentimentos de seu pai eram tão respeitados pela Sra. John Knightley que ela jamais permitia que as crianças se tornassem cansativas para ele, quer por si mesmas ou pela obrigatoriedade de prestar uma atenção contínua nelas. Assim, apesar de sua maternal preocupação com a imediata alegria dos filhos, a jovem senhora dispôs que eles fossem imediatamente acomodados em seus aposentos, alimentados e tivessem a sede satisfeita, para que dormissem ou brincassem sossegados e sem incomodar ninguém.

A Sra. John Knightley era uma mulher pequenina, bonita, elegante, de maneiras tranquilas, de gênio incrivelmente meigo e amigável; dedicada à família, esposa devotada, mãe extremosa e tão ternamente apegada ao pai e à irmã que seria impossível encontrar maior amor que o dela. Jamais seria capaz de ver qualquer falha em nenhum deles. Não era uma mulher de grande inteligência ou esperteza; parecia-se com o pai e herdara muito da constituição dele: tinha saúde delicada, era exageradamente cuidadosa com os filhos, sentia muitos medos, muito nervosismo e apoiava-se tanto no Sr. Wingfield, na capital, quanto seu pai se apoiava no Sr. Perry. Eram muito parecidos também no temperamento benevolente e no forte hábito de ter os velhos conhecidos em elevada consideração.

O Sr. John Knightley, cavalheiro alto e muito inteligente, profissionalmente bem-sucedido, gostava de ficar em casa e levava uma respeitável vida particular, porém suas maneiras eram tão reservadas que o impediam de ser sempre agradável e não era sempre que estava de bom humor. Não que fosse um homem de mau gênio, nem que se mostrasse sempre irritadiço a ponto de merecer críticas, porém seu temperamento não era sua maior qualidade. E, é claro, com uma esposa que o venerava tanto, era difícil que seus defeitos naturais não aumentassem. O temperamento extremamente meigo da Sra. Knightley acabava por chocar-se com o dele. O cavalheiro possuía toda clareza e rapidez de raciocínio que faltavam a ela e às vezes agia de modo desagradável ou fazia-lhe observações severas.

Não era propriamente favorito da cunhada, que não deixava escapar nada que havia de errado nele. Emma era muito sensível às pequenas injúrias contra sua querida irmã, ainda que a própria Isabella nem as percebesse. Talvez Emma pudesse perdoar as maneiras do Sr.

John Knightley se elas fossem um pouco mais lisonjeiras para com a irmã de Isabella, ela própria, porém eram apenas as de um cunhado bondoso e amigo, sem grandes louvores nem cegueira diante de suas falhas. Entretanto, não havia elogio que pudesse fazê-la perdoar o que considerava o maior defeito dele: a falta de uma indulgência respeitosa para com o pai dela.

Nem sempre o Sr. John Knightley tinha para com o Sr. Woodhouse a paciência desejada. As peculiaridades e inquietações contínuas do velho senhor às vezes provocavam nele uma censura racional ou uma resposta mordaz igualmente desagradável. Não era sempre que isso acontecia, pois na verdade o Sr. John tinha o sogro em alto conceito e uma profunda noção do que devia a ele. Mas acontecia com frequência demais para o gosto Emma, pois havia sempre a dolorosa expectativa de uma ofensa, quer esta viesse a acontecer ou não.

Entretanto, o começo de cada visita dos Knightley desenvolvia-se dentro dos sentimentos mais apropriados, e como esta última estada teria de ser curta, havia esperança de que decorresse na mais pura cordialidade.

Não se encontravam sentados e tranquilos havia muito tempo quando, com um melancólico balançar de cabeça e um suspiro, o Sr. Woodhouse chamou a atenção de sua filha para a triste mudança que houvera em Hartfield desde que ela viera pela última vez.

– Ah, minha querida! – disse ele. – Pobre Srta. Taylor, é um caso muito triste!

– Oh, sim senhor! – concordou Isabella, com pronta simpatia. – Como o senhor deve sentir saudade dela! E a querida Emma também. Que perda terrível para ambos! Fiquei tão triste por vocês... Não consegui imaginar como iriam arranjar-se sem ela. É uma mudança muito triste, sem dúvida. Mas espero que a Srta. Taylor esteja bem, senhor.

– Muito bem, minha querida... Espero... Muito bem. Só sei que aquele lugar é tolerável o bastante para ela.

O Sr. John Knightley, a essa altura, perguntou em voz baixa para Emma se havia algum problema com o lar de Randalls.

– Oh, não! Nenhum problema. Jamais vi a Sra. Weston melhor em minha vida. Ela nunca me pareceu tão bem. Papai está falando apenas da própria tristeza.

– Que diz bem de ambos. – Foi a bonita resposta.

– O senhor a vê com razoável frequência? – perguntou Isabella em um tom lamentoso que combinava perfeitamente com o do pai.

O Sr. Woodhouse hesitou:

– Não com a frequência que eu gostaria, minha querida.

– Oh, papai! Deixamos de vê-los somente um dia inteiro desde que eles se casaram. De dia ou à noite, todos os dias, com exceção de apenas um, temos visto o Sr. ou a Sra. Weston, em geral os dois, seja em Randalls ou aqui... Aliás, como pode supor, Isabella, mais frequentemente aqui. Eles são muito, muito agradáveis em suas visitas. O Sr. Weston é tão agradável quanto ela. Papai, se o senhor falar dessa maneira tão triste, vai dar a Isabella uma falsa ideia do que ocorre de fato. Todos sabem que sentimos a falta da Srta. Taylor, mas todos devem saber também que o Sr. e a Sra. Weston procuram evitar por todos os meios ao seu alcance que sintamos a falta dela... o que é a exata verdade.

– Aliás, como deve ser – comentou o Sr. John Knightley – e como eu achava que era pelas suas cartas. Não pode haver dúvidas do desejo dela em demonstrar a atenção que tem pelo senhor e o fato de ele ser um homem sociável, com tempo livre, torna tudo mais fácil. Eu sempre disse a você, meu amor, que não achava que a mudança em Hartfield havia sido tão horrível quanto temia. E agora que ouviu isso de Emma, espero que fique satisfeita.

– Bem, na verdade, é claro... – disse o Sr. Woodhouse. – Sim, com certeza... Não posso dizer que a Sra. Weston, a pobre Sra. Weston, vem nos visitar frequentemente... Mas é que ela é sempre obrigada a ir embora outra vez.

– Seria muito doloroso para o Sr. Weston se ela não fosse, papai! O senhor quase sempre se esquece do pobre Sr. Weston.

– Sem dúvida, penso – interferiu John Knightley, brincalhão – que o Sr. Weston tem algum direito. Você e eu, Emma, devemos nos aventurar a tomar o partido do pobre marido. Eu, na qualidade de marido, e você, por não ser esposa, somos atingidos com igual força pelos direitos desse homem. Quanto a Isabella, já está casada há bastante tempo para perceber a conveniência de colocar de lado os direitos dos Srs. Weston do mundo o máximo possível.

– Eu, meu amor? – indagou a Sra. Knightley tendo ouvido e entendido apenas parte do que o marido havia dito. – Estão falando de mim? Tenho certeza de que ninguém deve ser, ou pode ser, mais a favor do matrimônio do que eu. E se não fosse pela tristeza de ela ter deixado Hartfield, eu jamais duvidaria um instante de que a Srta. Taylor é a mulher mais feliz do mundo. Quanto ao Sr. Weston, o excelente Sr. Weston, creio que não há nada que ele não mereça. Acho que é o homem de melhor temperamento que existe. Com exceção de você e do seu irmão, não conheço outro igual. Nunca vou me esquecer da última Páscoa, quando ventava muito e ele empinou o papagaio para Henry... nem da bondade dele no mês de setembro passado, quando, meia-noite, me enviou aquele bilhete a fim de me acalmar, avisando-me de que não havia nenhum surto de escarlatina em Cobham! Tenho certeza de que não há no mundo homem melhor ou com maior coração... E se há alguém que o mereça, é a Srta. Taylor.

– E onde está o jovem cavalheiro? – perguntou John Knightley. – Ele veio para o casamento... ou não?

– Não veio ainda – respondeu Emma. – Havia uma grande expectativa de que viria logo depois do casamento, porém não deu em nada e não ouvi mais falar nele.

– Você deve contar a eles sobre a carta, minha querida – disse seu pai. – Ele escreveu uma carta para a pobre Sra. Weston, parabenizando-a, e que carta bonita, apropriada... Ela mostrou-a para mim. Creio que foi um gesto muito gentil da parte dele. Mas não posso dizer se foi ideia dele. É ainda muito jovem e talvez o tio...

– Papai, querido, ele tem vinte e três anos. O senhor esqueceu que o tempo passa depressa.

– Vinte e três?! Ele tem tudo isso? Bem, eu nem imaginava... Tinha apenas dois anos quando perdeu a pobre mãe! Bem, o tempo voa, de fato! E a minha memória é muito ruim. Todavia, é uma carta muitíssimo boa, bonita, e deu bastante prazer ao Sr. e à Sra. Weston. Lembro-me de que foi escrita de Weymouth e datava de vinte e oito de setembro... Começava assim "Minha cara madame". Mas não me lembro de como continuava. Estava assinada "F. C. Weston Churchill". Lembro-me desta parte perfeitamente.

– Que gentil e educado! – exclamou a bondosa Sra. John Knightley – Não tenho dúvida de que se trata de um jovem cavalheiro muito amável. Mas como é triste ele não ter vivido na casa do pai! É tão chocante uma criança ser tirada de seus pais, de seu lar natural. Nunca entendi como o Sr. Weston conseguiu se separar dele. Abrir mão de um filho! Jamais conseguiria pensar bem de alguém que fizesse tal proposta a outra pessoa.

– Ninguém jamais pensou bem dos Churchill, acredito – observou o Sr. John Knightley, friamente. – Entretanto, não é o caso de imaginar que Weston sentiu o que você sentiria se tivesse de dar Henry ou John a alguém. O Sr. Weston é mais um homem de temperamento fácil, alegre, do que de sentimentos fortes. Ele aceita as coisas como elas vêm e as torna agradáveis de um modo ou de outro, dependendo, desconfio, mais dos confortos sociais... Quer dizer, dependendo mais de beber e comer bem, de jogar uíste com os vizinhos cinco vezes por semana do que da afeição familiar ou de qualquer coisa que se refira ao lar.

Emma não podia gostar daquele tipo de reflexão sobre o Sr. Weston e teve o impulso de retrucar, porém dominou-se e deixou passar. Queria manter a paz, se fosse possível, e nessas palavras havia algo de respeitável e valioso no que se referia aos fortes hábitos domésticos, ao fato do lar satisfazê-lo plenamente, que resultava na disposição de seu cunhado em considerar com indiferença as relações sociais e aqueles para os quais elas eram importantes. Essa qualidade dele fazia-o merecedor de uma alta indulgência.

12

O Sr. Knightley foi jantar com eles, contrariando os desejos do Sr. Woodhouse, que não gostava de dividir Isabella com ninguém no primeiro dia. No entanto, o senso de justiça de Emma assim havia decidido. Além da consideração que tinha para com os dois irmãos, aquela oportunidade de convidá-lo para vir à sua casa era uma espécie de aproximação, de um primeiro passo depois do desentendimento que haviam tido alguns dias antes.

Ela esperava que pudessem continuar amigos e achava que era tempo de se aproximar. Aproximar-se, contudo, não significava render-se. Com certeza, *ela* não estava errada e *ele* jamais admitiria que errara. Não existia a mínima possibilidade de algum dos dois ceder, mas já era de fingir que jamais haviam brigado.

Emma calculara que seria mais fácil conseguir a restauração da amizade se, quando o cavalheiro entrasse na sala, ela estivesse com uma das crianças. Desta maneira, a mais novinha, uma menininha de quase oito meses que fazia nessa ocasião sua primeira visita a Hartfield, saltava toda alegre nos braços da tia quando ele chegou, muito sério e fazendo apenas perguntas breves. Deu certo, pois dali a alguns momentos, o Sr. Knightley passou a conversar com seu jeito de sempre e foi tirar a criança dos braços dela com a sem-cerimônia característica da perfeita amizade. Emma teve certeza de que eram amigos de novo, ficou muito satisfeita com isso e, enquanto o tio admirava o bebê, não pôde deixar de comentar, com uma pontinha de atrevimento:

– Que grande conforto saber que pensamos da mesma maneira a respeito de sobrinhos e sobrinhas, uma vez que às vezes temos opiniões tão diferentes sobre homens e mulheres! Mas vejo que jamais discordamos quando se trata destas crianças.

– Se em vez de lidar com homens e mulheres sob a influência de fantasias e caprichos, você se deixasse guiar pela natureza ao avaliá-los, como faz com estas crianças, sempre pensaríamos do mesmo modo.

– Quer dizer então que as nossas discordâncias sempre surgem pelo fato de eu estar errada!

– Sim – confirmou ele, sorrindo. – E há um bom motivo para isso: eu tinha dezesseis anos quando você nasceu.

– Uma diferença considerável, de fato – disse ela –, e sem dúvida naquela época de nossas vidas seu poder de julgamento era muito maior do que o meu. Mas será que o espaço de vinte e um anos não fez com que nossos intelectos se tornassem bem mais próximos?

– Sim... bastante *mais próximos*.

– Mas não próximos o suficiente para eu ter sequer uma chance de estar certa quando pensamos de modos diferentes.

– Continuo tendo a vantagem da experiência de ter dezesseis anos a mais do que você, sem considerar que é uma jovem mulher bonita e uma criança mimada. Vamos, minha querida Emma, tratemos de ser amigos e não se fala mais nisso. Diga à sua tia, pequena Emma, que ela devia dar-lhe exemplos melhores do que reviver antigas mágoas e que se não estava errada antes, agora está.

– Isso é verdade – assentiu ela. – Uma grande verdade. Cresça e se torne uma mulher melhor do que a sua tia, pequena Emma, Seja muito mais inteligente, nem metade tão convencida. Agora, Sr. Knightley, mais uma ou duas palavras e deixarei este assunto de lado. No que se refere às boas intenções, *nós dois* estávamos certos e devo dizer que por enquanto nada ainda provou que eu estava errada. Apenas gostaria de saber se o Sr. Martin não está muito, muito amargamente decepcionado.

– Homem algum poderia estar mais decepcionado do que ele. – Foi a resposta curta e clara.

– Ah... Sinto muito... Venha aqui e apertemos as mãos.

Era o que estava sendo feito com grande cordialidade quando John Knightley entrou na sala. “Como vai, George?” e “John, como vai você?” sucederam-se no mais puro estilo inglês, dissimulando sob uma calma que parecia completa indiferença o grande apego que os unia e que os levaria a fazer qualquer coisa pelo bem do outro se fosse necessário.

A noite transcorria calma e agradável quando o Sr. Woodhouse desistiu do jogo de cartas para dedicar-se a uma tranquila conversa com sua querida Isabella, e a pequena reunião dividiu-se naturalmente em duas partes. De um lado, ele e a filha, do outro, os Srs. Knightley, seus assuntos completamente diferentes e que não costumavam misturar. Emma dedicava-se ora a uma dupla, ora à outra.

Os irmãos falavam de suas próprias preocupações e objetivos, mas principalmente sobre os do mais velho, cujo temperamento era mais comunicativo e que, além disso, sempre fora mais falador. Como magistrado, em geral ele tinha alguns pontos da lei sobre os quais consultava John ou, pelo menos, algum caso curioso para contar. Além disso, como fazendeiro e administrador das terras de Donwell, tinha a discorrer a respeito do que cada campo iria produzir no ano seguinte, ou a dar informações locais que com certeza interessariam ao irmão, pois aquela propriedade havia sido o lar dele durante a maior parte de sua vida e era muito grande a ligação de John com ela. O plano para uma drenagem, para a mudança de uma cerca, para a derrubada de uma árvore e a determinação de destinar alguns acres para o plantio de trigo, nabos ou milho despertava bastante o interesse de John, muito mais do que se pensaria possível pelas maneiras frias dele. E se o irmão deixasse de contar algo, suas perguntas chegavam a assumir um tom de curiosidade.

Enquanto os Srs. Knightley se encontravam assim, agradavelmente ocupados, o Sr. Woodhouse deliciava-se com a exposição de uma infinidade de felizes tristezas e temerosas afeições com a filha.

– Minha pobre e querida Isabella. – O velho cavalheiro pegou-lhe a mão e interrompeu por alguns momentos a tarefa da filha, que fazia com rapidez e habilidade um agasalho para um dos cinco filhos. – Como faz tempo, um tempo terrivelmente longo, desde que você esteve aqui! E como deve estar cansada da viagem! Você precisa ir deitar-se cedo, minha querida... e recomendo um pouco de mingau de aveia antes disso. Você e eu vamos tomar um belo prato de mingau de aveia. Minha querida Emma, na verdade acho que todos deveríamos tomar mingau de aveia.

Conhecendo os dois irmãos Knightley como os conhecia, Emma podia imaginar que eles, assim como ela própria, jamais seriam persuadidos a tomar aquele mingau; então, pediu apenas dois pratos. Após mais uma série de louvores ao mingau de aveia, com certa perplexidade por esse alimento não ser consumido todas as noites por todas as pessoas, o Sr. Woodhouse passou a dizer, com ar de grave reflexão:

– É muito estranho, minha querida, que vocês pensem em passar o outono no sul em vez de virem para cá. Jamais gostei muito do ar do mar.

– O Sr. Wingfield insistiu em recomendá-lo, senhor... caso contrário, não iríamos. Ele recomendou praia para todas as crianças, principalmente para a fraqueza da garganta da pequena Bella... Os dois: o ar e o banho de mar.

– Ah, minha querida! Mas Perry tem muitas dúvidas de que o mar possa fazer algum bem a ela. Penso o mesmo. Há muito tempo que estou completamente convencido, embora nunca tenha falado nisso até agora, de é muito difícil que o mar seja útil para alguém. Tenho certeza de que uma vez ele quase me matou.

– Vamos, vamos! – interferiu Emma, vendo que aquele era um assunto perigoso. – Devo implorar-lhes que não falem sobre o mar. Isso me deixa invejosa e miserável... Nunca vi o mar! O sul é um assunto proibido, caso você não saiba, minha querida Isabella! Mas não a ouvi perguntar pelo Sr. Perry até agora; ele jamais se esquece de você.

– Oh, o bom Sr. Perry! Como vai ele, senhor?

– Hum... Bastante bem, mas não completamente bem. O pobre Perry é bilioso e sempre me diz que não tem tempo para cuidar de si mesmo... o que é muito triste... Mas seus serviços são tão necessários em todos os cantos do condado! Acredito que não haja em lugar algum um homem com tanta clientela. Mas, também, não existe em lugar algum um homem tão inteligente quanto ele.

– E como estão a Sra. Perry e as crianças? Elas cresceram muito? Tenho um enorme respeito pelo Sr. Perry. Espero que ele venha nos visitar logo, pois sei que gostará de ver meus filhos.

– Creio que ele deverá vir amanhã, porque tenho uma ou duas perguntas importantes para fazer-lhe sobre mim mesmo. E, minha querida, quando ele vier, você deverá fazê-la examinar a garganta da pequena Bella.

– Oh, meu querido senhor! A garganta dela está tão melhor que já quase não me preocupa. Alguns banhos ajudaram muito, ou creio até que a melhora possa ser atribuída à excelente embrocação* preparada pelo Sr. Wingfield, que estamos aplicando desde agosto.

– Não é provável, minha querida, que os banhos tenham feito bem a ela... E se eu soubesse que você estava querendo uma embrocação, teria falado com...

– Parece-me que você esqueceu-se da Srta. e da Sra. Bates – interrompeu-os Emma. – Não a ouvi perguntar por elas.

– Oh, as boas Bates! Estou tão envergonhada... Mas você as menciona na maioria de suas cartas. Espero que elas estejam bem. A boa e velha Sra. Bates... Irei visitá-la amanhã e levarei meus filhos. Elas sempre gostam tanto de ver as crianças. E a excelente Srta. Bates! Uma gente tão bondosa! Como vão elas, senhor?

– Bastante bem, minha querida, no geral. Mas a pobre Sra. Bates teve um resfriado bastante ruim há cerca de um mês.

– Sinto muito por isso! Mas os resfriados nunca foram tão comuns como neste último outono. O Sr. Wingfield disse, porém, que não viu nenhum muito demorado ou forte... a não ser os que se transformaram em gripe.

– Por aqui houve bastante casos, minha querida, mas não nesse grau que você menciona. Perry disse que os resfriados tiveram muita incidência, mas não tão fortes como costumam ser em novembro. Perry não considerou esta última uma estação de doenças, em geral.

– Não. Não creio que o Sr. Wingfield a tenha considerado uma estação *muito* cheia de doenças a não ser...

– Ah, minha pobre e querida filha! A verdade é que em Londres todas as estação são cheias de doença. Ninguém tem boa saúde em

*Líquido medicamentoso para ser aplicado em parte doente do corpo. (*N. do E.*)

Londres, ninguém pode ter. É uma coisa horrível você ser obrigada a morar lá!... É tão longe! E o ar é tão ruim!

– Não, de modo algum. *Nós* não vivemos num ar ruim. O nosso lado de Londres é bem superior aos demais! Não deve confundir com outras partes de Londres, meu querido senhor. As redondezas da praça Brunswick são muito diferentes das demais. É um local muito arejado! Devo confessar que eu não gostaria de morar em outra parte da cidade... dificilmente haveria um outro lugar no qual eu ficaria satisfeita em criar meus filhos... Mas *nós* somos muito arejados! O Sr. Wingfield acredita que as proximidades da praça Brunswick são decididamente as que apresentam ar mais favorável.

– Ah, minha querida! Mas não é como em Hartfield. Você faz o melhor que pode lá... no entanto, depois que todos vocês ficam uma semana em Hartfield, tornam-se criaturas muito diferentes, não parecem mais as mesmas. Acho que no momento nenhum de vocês parece muito bem.

– Lamento muito ouvi-lo dizer isso, senhor, porém asseguro-lhe que, a não ser pelas dores de cabeça e palpitações das quais não fico inteiramente livre em lugar algum, estou muito bem. E se as crianças estavam um pouco pálidas antes de irem se deitar, isso aconteceu apenas porque se acham um pouco mais cansadas do que de hábito, por causa da viagem e da felicidade da chegada. Espero que pense melhor da aparência delas amanhã, pois asseguro-lhe que o Sr. Wingfield me disse que não teria permitido que saíssemos em viagem se não estivéssemos todos muito bem. Espero, pelo menos, que não esteja achando que o Sr. Knightley parece doente... – Ela voltou os olhos para o marido com afetuosa ansiedade.

– Mais ou menos, minha querida. Não posso elogiá-lo quanto a isso, pois considero o Sr. John Knightley bastante longe de parecer bem.

– De que se trata, senhor? Falou comigo? – perguntou o Sr. John Knightley ao ouvir seu nome.

– Estou aflita por ter acabado de ouvir, meu amor, que meu pai acha que você não parece estar bem... Mas espero que esteja apenas um pouco cansado. Eu gostaria, de qualquer modo, que você tivesse consultado o Sr. Wingfield antes de viajarmos.

– Minha querida Isabella – respondeu ele, impaciente –, por favor, não se preocupe com a minha aparência. Contente-se em fazer consultas e tratamentos para você e as crianças, deixe-me com a aparência que eu escolher.

– Não compreendi direito o que o senhor estava dizendo ao seu irmão – disse Emma – sobre seu amigo, o Sr. Graham, estar pensando em mandar vir um cavalheiro da Escócia para administrar sua nova propriedade. Será que isso vai dar certo? O antigo preconceito não será forte demais?

E ela continuou falando dessa maneira por tanto tempo e com tanto sucesso que, quando foi novamente forçada a dar atenção à conversa entre seu pai e sua irmã, não precisou ouvir nada pior do que Isabella perguntando por Jane Fairfax... Ainda que Jane Fairfax não fosse a favorita dela, naquele momento teve prazer em ajudar Isabella a elogiá-la.

– Aquela doce, encantadora Jane Fairfax! – exclamou a Sra. John Knightley. – Há muito tempo não a vejo, a não ser de passagem na cidade, rapidamente e por acaso! Que felicidade deve ser para sua avó e sua excelente tia quando vem visitá-las! Fico muito triste por Emma que ela não possa vir mais vezes a Highbury, mas agora que a filha do coronel e da Sra. Campbell casou-se, suponho que eles não a impedirão de vir com mais frequência... Acredito que ela será uma excelente companhia para Emma.

O Sr. Woodhouse concordou com tudo, porém acrescentou:

– Nossa querida amiga Harriet Smith, no entanto, é outra espécie de jovem encantadora. Você vai gostar de Harriet. Emma não poderia ter melhor companhia do que a de Harriet.

Esse assunto foi discutido com grande entusiasmo, e outros similares sucederam-se a ele e foram abordados com a mesma harmonia. Mas a noite não poderia encerrar-se sem a volta de um pouco de agitação. O mingau chegou e imediatamente deu muito o que falar – uma porção de elogios e comentários, além de decididas afirmativas a respeito do bem que fazia a todas as constituições físicas e severas filípicas* contra as muitas casas que não o serviam com qualidade suficiente... Todavia, infelizmente, entre as preocupações que Isabella enumerou, a mais recente e mais preocupante referia-se à cozinheira que a acompanharia ao sul: uma jovem temporariamente contratada que jamais conseguira entender o que significava um prato de bom mingau de aveia, fino, mas não ralo demais. Várias vezes Isabella tivera vontade de comer um mingau assim, porém a moça jamais conseguira fazer um que fosse pelo menos razoável. Esta foi uma perigosa abertura.

– Ah! – exclamou o Sr. Woodhouse, sacudindo a cabeça, olhando para a filha com terna preocupação e colocando Emma em alerta. – Não têm fim as tristes consequências da ida de vocês para o sul. Nem se devia falar mais nisso.

E, por um instante, Emma teve esperança de que o pai não falasse mais nesse assunto, que uma ruminação silenciosa lhe bastasse para o desabafo e lhe permitisse voltar para o seu excelente mingau. Contudo, depois de uma pausa de alguns minutos, ele recomeçou:

– Não posso deixar de lamentar muito que você vá para a praia neste outono, em vez de vir para cá.

– Mas por que lamentar, senhor? Asseguro-lhe que vai ser muito bom para as crianças.

– Além disso, se querem de fato ir para a praia, não precisa ser para o sul. É um lugar nada saudável. Perry ficou surpreendido ao saber que vocês vão para o sul.

– Sei que é o que muita gente pensa, mas sem dúvida trata-se de um engano, senhor. Nós todos sempre nos mantivemos em perfeita saúde lá, jamais encontramos o menor inconveniente na lama e o Sr. Wingfield diz que é um enorme erro pensar que não se trata de um lugar saudável. Tenho certeza de que ele sabe o que diz, pois entende muito da natureza do ar e seu próprio irmão vai sempre para lá com a família.

**Filípica*: discurso violento, que lembra os de Demóstenes contra o rei Filipe da Macedônia (as filípicas). (*N. do E.*)

– Vocês poderiam ir para Cromer, minha querida, se querem ir à praia. Perry certa vez passou uma semana em Cromer e afirma que é o melhor local de todos para banhos de mar. Um lindo mar aberto, diz ele, com ar verdadeiramente puro. E, pelo que entendi, você pode encontrar acomodações perto da praia, a cerca de quatrocentos metros e muito confortáveis. Você devia ter consultado Perry.

– Mas, meu querido senhor, existe a diferença de viagem. Considere quanto é mais longa. Seriam cento e sessenta quilômetros em vez de sessenta.

– Ah, minha querida! Como Perry diz, quando se trata de saúde, nada mais importa. E quando se vai viajar, não existe muita diferença entre cento e sessenta ou sessenta quilômetros. É preferível não se mexer do lugar, não sair de Londres, a viajar sessenta quilômetros para ir ficar em um local com ar pior. É que Perry diz. Para ele, essa parece ser uma péssima ideia.

Foram em vão as tentativas de Emma para fazer o pai calar-se e, quando ele chegou a esse ponto, ela não se admirou ao ver que seu cunhado interferia.

– O Sr. Perry – disse ele, a voz demonstrando profundo aborrecimento – deveria guardar suas opiniões para si mesmo até que lhe fossem solicitadas. Por que seria da conta dele preocupar-se com o que faço? Se levarei minha família para um ponto da costa ou outro? Acredito que eu tenha o direito de agir segundo meu julgamento, tanto quanto o Sr. Perry tem de agir segundo o dele. Quero tanto os conselhos dele quanto os seus remédios. – O Sr. John Knightley fez uma pausa, deixou o ambiente gelar por um momento e voltou a falar com sarcástica secura: – Se o Sr. Perry puder me mostrar como levar uma esposa e cinco filhos em uma viagem de cento e sessenta quilômetros sem qualquer acréscimo de despesas ou de inconvenientes do que os de uma viagem de apenas sessenta, então talvez eu possa preferir Cromer ao sul, como ele prefere.

– Verdade, verdade – interveio o Sr. Knightley prontamente. – Absoluta verdade. Esta é uma consideração válida, sem dúvida. Mas, John, eu estava lhe dizendo que não vejo dificuldade alguma em desviar o caminho para Langham levando-o mais para a direita, assim ele não passará entre os bosques perto da casa. Eu não o farei, claro, caso esse desvio venha a trazer alguma dificuldade para os habitantes de Highbury, mas se você imaginar exatamente o percurso da atual estrada... Bem, creio que só poderemos ter certeza se dermos uma olhada no mapa. Espero que você amanhã vá até a Abadia, então poderemos estudar o mapa e você me dará sua opinião.

O Sr. Woodhouse ficara muito agitado com as ásperas considerações a respeito de seu amigo Perry, a quem ele havia, na verdade, inconscientemente atribuído muitas de suas próprias opiniões, mas as carinhosas atenções de suas filhas foram fazendo com que se acalmasse. Além disso, a imediata interferência de um irmão e as prontas recordações do outro evitaram que a situação voltasse a acontecer.

13

Era muito difícil existir no mundo uma mulher mais feliz do que a Sra. John Knightley quando, durante a curta estada em Hartfield, ia todas as manhãs com os filhos visitar velhos conhecidos e quando todas as noites conversava com o pai e a irmã sobre o que havia feito. Nada mais tinha a desejar, a não ser que os dias passassem mais devagar. Aquela era uma visita deliciosa, perfeita principalmente por ser curta.

Em geral, os serões em Hartfield eram menos passados com amigos do que as manhãs. No entanto, não puderam evitar um compromisso para jantar fora de casa no Natal. O Sr. Weston jamais aceitaria uma recusa. Tinham de ir jantar em Randalls e até mesmo o Sr. Woodhouse foi persuadido a pensar que possivelmente iria, pelo menos para não se separar do grupo.

Com certeza o velho cavalheiro teria criado dificuldades em relação ao transporte de todos, se pudesse, mas como a carruagem e os cavalos de seu genro e filha já se encontravam em Hartfield àquela altura, ele mal pôde fazer um questionamento a esse respeito e era-lhe impossível criar uma dúvida; assim não foi difícil para Emma convencê-lo definitivamente ao dizer que como iriam em duas carruagens, teriam lugar para levar também Harriet.

Harriet, o Sr. Elton e o Sr. Knightley foram as outras únicas pessoas convidadas: o jantar teria de ser cedo e os convidados em pequeno número, uma vez que os hábitos do Sr. Woodhouse eram respeitados nesses acontecimentos.

Harriet fora para Hartfield a fim de passar lá a noite anterior ao grande evento (pois era um fato memorável o Sr. Woodhouse concordar em ir jantar fora em um 24 de dezembro), mas havia ido embora para casa por sentir-se muito indisposta por causa de um resfriado tão forte que, se não fosse a intensa ansiedade da moça em insistir que queria ser tratada pela Sra. Goddard, Emma não teria permitido que deixasse a casa. No dia seguinte, apressou-se a visitá-la e encontrou-a impossibilitada de ir a Randalls. Harriet estava febril e com muita dor de garganta; a Sra. Goddard a tratava com o máximo de carinho e afeição, e falavam até em chamar o Sr. Perry. A jovem enferma sentia-se mal e desanimada demais para resistir à autoridade que a proibia de ir ao delicioso compromisso, mas não deixou de falar sobre a grande perda com muitas lágrimas.

Emma permaneceu com a amiga o máximo que pôde, velando-a durante as inevitáveis ausências da Sra. Goddard e ergueu-lhe o moral dizendo quanto o Sr. Elton iria ficar deprimido quando soubesse do seu estado. Por fim, deixou-a razoavelmente acomodada, com o doce consolo de ter recebido uma visita muito confortadora e a certeza de que todos iriam sentir muito a sua falta.

Emma não tinha se distanciado mais do que poucos metros da porta da casa da Sra. Goddard quando encontrou o Sr. Elton que, evidentemente, chegava; mas a acompanhou por um trecho, enquanto conversavam sobre Harriet – de quem ele se apressara a ir buscar notícias, ao correr o rumor de que ela se encontrava muito doente, a fim de levá-las para Hartfield – quando encontraram o Sr. John

Knightley. Ele voltava de sua visita diária a Donwell com os dois filhos mais velhos, cujas faces saudáveis, luminosas, demonstravam todo o benefício de um passeio pelos campos e pareciam assegurar um rápido fim para o carneiro assado e o pudim de arroz que os esperavam em casa. Prosseguiram caminhando juntos e Emma acabava de descrever os sintomas da doença de sua amiga – garganta muito inflamada, elevado calor no corpo inteiro, pulsação rápida, fraqueza etc., a preocupação de ter sabido pela Sra. Goddard que Harriet costumava ter fortes dores de garganta, coisa que muitas vezes alarmara a boa senhora – quando o Sr. Elton, muito preocupado, exclamou:

– Dor de garganta? Espero que não seja infecciosa. Que não seja daquele tipo pútrido de infecção. O Sr. Perry foi vê-la? A senhorita deveria cuidar não apenas de sua amiga, mas também de si. Devo insistir para que não corra riscos. Por que o Sr. Perry ainda não foi vê-la?

Emma, que não estava assustada, tranquilizou esse excesso de apreensão falando sobre a experiência e cuidados da Sra. Goddard; mas permaneceu um pouco de inquietação que ela não viu motivo para desfazer e, ao contrário, preferiu alimentar. Então, apressou-se a comentar, como se fosse outro assunto:

– Está fazendo frio, muito frio. Parece até que vai nevar... Caso se tratasse de outro lugar, de outra ocasião, eu preferiria não ir e dissuadiria meu pai de se aventurar a sair. Mas ele já se animou, e como parece não estar sentindo muito frio, creio que não devo interferir, pois nossa ausência seria uma grande decepção para o Sr. e a Sra. Weston. Mas devo dizer, Sr. Elton, que, se eu fosse o senhor, não iria. O senhor parece-me um tanto rouco e deve pensar em poupar sua voz para o sermão de amanhã. Creio que seria mais prudente se permanecesse em casa e se cuidasse bem esta noite.

O Sr. Elton hesitou, como se não soubesse exatamente o que responder, o que era de fato o caso, pois – apesar de sentir-se muito gratificado pela carinhosa preocupação de tão encantadora dama e não gostando de resistir a um conselho dela – ele não tinha a menor inclinação a não comparecer à visita. Todavia, Emma estava animada e perdida demais em suas ideias preconcebidas para ouvi-lo de maneira imparcial ou vê-lo com clareza, satisfez-se com a muda concordância dele com o seu "frio, muito frio" e regozijou-se por ter livrado o Sr. Elton de ir a Randalls, o que lhe dava a possibilidade de ir visitar Harriet a qualquer hora da tarde e início da noite.

– Pode ficar sossegado – disse-lhe –, pediremos desculpas ao Sr. e à Sra. Weston pelo senhor.

Mas nem bem ela terminara de falar, seu cunhado, civilizadamente, ofereceu-se para levar o Sr. Elton à festa em sua carruagem, caso o mau tempo fosse seu único empecilho, e este aceitou o oferecimento com grande satisfação. Estava resolvido, o Sr. Elton iria ao jantar, e jamais seu rosto redondo expressara tanta alegria como nesse momento; nunca seu sorriso havia sido tão aberto, nem seus olhos haviam expressado tanto prazer como quando encontraram os de Emma naquele momento.

"Que estranho", pensou ela, "depois de eu lhe dar uma oportunidade tão boa, como ele pôde preferir ir conosco e deixar Harriet para trás? Realmente muito estranho! Mas existe nos homens, acredito eu, principalmente nos homens solteiros, uma preferência, uma verdadeira paixão, por jantar fora. Um compromisso para jantar figura tão alto na classificação de seus prazeres, de seus empenhos, de sua dignidade, até mesmo quase de seus deveres, que jamais nem sequer pensam em faltar a esse compromisso, de modo algum. Este deve ser o caso do Sr. Elton que, sem dúvida, é o mais valioso, amigável, agradável jovem cavalheiro do mundo e está apaixonado por Harriet. Contudo, ele não pode recusar um convite, tem que ir jantar fora quando é convidado. O amor é uma coisa muito estranha! Esse jovem cavalheiro consegue enxergar inteligência em Harriet, mas não é capaz de faltar a um jantar ao qual ela não irá!"

O Sr. Elton deixou-os e Emma teve de fazer-lhe justiça, reconhecendo o grande sentimento com que ele falara em Harriet ao despedir-se, a emoção que transparecia no seu tom de voz ao assegurar-lhe que iria pedir notícias de sua linda amiga à Sra. Goddard antes do feliz encontro deles mais tarde naquele dia, quando esperava poder dar-lhe informações mais completas. Em seguida, suspirara e sorrira de tal modo que fizera a balança pender bastante a seu favor.

Depois de alguns minutos de completo silêncio, John Knightley rompeu-o ao dizer:

– Jamais em minha vida vi um homem tão empenhado em ser agradável quanto o Sr. Elton. Ele é incansável no que se refere às atenções para com as senhoras. Com os homens, ele consegue ser racional e sem nenhuma afetação, mas modifica-se quando há senhoras presentes para serem agradadas.

– As maneiras do Sr. Elton não são perfeitas – replicou Emma –, porém, há nele um desejo de ser agradar, e por isso é necessário ser tolerante... Bastante tolerante. É melhor um homem de capacidades medianas que dá o melhor de si do que um homem superior que seja negligente. O bom gênio do Sr. Elton é tal e há tanta boa vontade nele, que não se pode deixar de valorizá-lo.

– Sim – concordou o Sr. John Knightley com um leve toque de zombaria –, parece que ele tem enorme boa vontade para com *você*.

– Comigo? – Emma sorriu, surpresa. – O senhor está imaginando que eu seja alvo das atenções do Sr. Elton?

– De fato, essa possibilidade passou-me pela cabeça, Emma, e caso jamais isso tenha lhe ocorrido, é bom começar a levá-la em consideração a partir de agora.

– O Sr. Elton apaixonado por mim... Que ideia!

– Não afirmei tal coisa, no entanto seria bom que você pensasse que algo parecido poderia acontecer, a fim de agir de acordo. Acho as suas maneiras para com ele muito encorajadoras, Emma. Estou falando como amigo. É conveniente que olhe ao seu redor, que verifique o que está fazendo e sua intenção ao fazê-lo.

– Agradeço muito, porém devo dizer que o senhor está enganado. O Sr. Elton e eu somos muito bons amigos e nada mais.

E Emma prosseguiu falando, divertindo-se ao considerar as conclusões que surgem de um conhecimento apenas parcial das circunstâncias e os erros que às vezes cometem as pessoas com altas pretensões sobre seu poder de julgamento. Mas não se sentia muito contente por seu cunhado considerá-la tão cega, ignorante e necessitada de conselhos. Ele não disse mais nada.

O Sr. Woodhouse mudara por completo de opinião sobre a visita e, apesar do frio estar aumentando de maneira considerável, não pareceu senti-lo e acomodou-se pontualmente com a filha mais velha em sua carruagem, com tanta indiferença ao tempo quanto os outros. Estava empolgado demais com a própria audácia em sair e com o prazer de ir até Randalls para dar atenção ao frio. Além disso, encontrava-se tão agasalhado que seria impossível senti-lo. No entanto, o frio era severo e no momento em que a segunda carruagem pôs-se em movimento, começaram a cair os primeiros flocos de neve e a aparência pesada do céu, assim como a falta absoluta de vento, prometia criar um mundo todo branco em pouco tempo.

Não demorou muito para Emma perceber que o cunhado não estava em um dia de seu melhor humor. Os preparativos para a festa e a saída com aquele tempo, mais o sacrifício de separar-se dos filhos logo depois que eles haviam jantado, eram males, ou no mínimo desconfortos, que o Sr. Knightley custava a tolerar. Ele não conseguia antecipar nada nessa visita que pudesse compensar todo esse desconforto, e durante o trajeto até o Vicariato não parou de expressar seu descontentamento.

– Um homem – dizia ele – precisa ter uma ótima opinião a respeito de si mesmo quando chega a ponto de pedir aos demais que saiam do aconchego de suas lareiras e que enfrentem um tempo como este apenas para ir vê-lo. Ele deve se considerar a pessoa mais agradável do mundo. Eu jamais faria uma coisa dessas. É o maior absurdo... Está nevando neste exato momento! É uma loucura não permitir que os outros fiquem no conforto de suas casas e é mais loucura ainda uma pessoa não ficar no conforto de sua casa quando pode fazê-lo! Vá lá se fôssemos obrigados a sair numa tarde como esta devido a uma visita de obrigação ou de negócios, coisa que assim mesmo tenho dificuldades em imaginar! E aqui estamos, provavelmente com roupas menos pesadas do que deveríamos, saindo por livre e espontânea vontade, sem desculpa alguma, num desafio à voz da natureza que diz ao homem, seja qual for seu ponto de vista ou seus sentimentos, que num dia como este deve ficar em casa e o mais agasalhado que puder... Aqui vamos nós passar cinco enfadonhas horas na casa de um outro homem, onde nada teremos a dizer ou a ouvir que já não tenha sido dito ou ouvido ontem e que não possa ser dito ou ouvido amanhã. Estamos indo com mau tempo para, com certeza, voltar com tempo pior... Quatro cavalos, quatro criados que saíram para nada a não ser para transportar cinco fúteis, trêmulas, criaturas até salas frias e companhia pior do que a que teriam em casa.

Emma não estava disposta a oferecer-lhe a cordial anuência que, sem dúvida, o cunhado se acostumara a receber. Não se dispunha a emular o "É verdade, meu amor" que certamente lhe era oferecido a todos os momentos quando a esposa o acompanhava em viagens. No entanto, estava também determinada a conter-se para não dar uma resposta contrária. Não queria ser complacente, mas também não queria ser briguenta. Seu heroísmo chegou apenas até o silêncio. Deixou-o falar, fechou a cortininha da janela e cobriu-se com a manta, sem abrir a boca.

Chegaram. A carruagem parou, o degrau foi colocado e o Sr. Elton, bem-vestido, todo de preto e sorridente, logo estava com eles. Emma teve a prazerosa esperança de que haveria uma mudança de assunto. O Sr. Elton era todo agradecimentos e alegria. Mostrava-se tão bem-disposto em suas cortesias que Emma começou a pensar que talvez ele houvesse tido notícias sobre Harriet diferentes das que ela tivera. Mandara um criado saber da jovem enquanto se vestia e a resposta havia sido "Do mesmo jeito... não melhorou nada".

– As notícias que a Sra. Goddard deu a *mim* – comentou ela – não foram boas como esperava. "Não melhorou nada" foi a resposta que *eu* recebi.

O rosto do jovem cavalheiro tornou-se sério e havia sentimento em sua voz quando respondeu:

– Oh, não! Fico angustiado por saber... Eu ia contar-lhe que quando bati à porta da Sra. Goddard, aliás foi a última coisa que fiz antes de ir para casa me vestir, disseram-me que a Srta. Smith não estava melhor; ao contrário, havia piorado. Muito aflito e cheio de preocupação, enganei a mim mesmo dizendo-me que ela deveria melhorar com o verdadeiro cordial* que, fiquei sabendo, havia sido uma visita que ela recebera pela manhã.

Emma sorriu e respondeu:

– Minha visita serviu apenas para melhorar a parte nervosa de seus males, espero. Mas nada pude fazer pela dor de garganta; é, de fato, um resfriado muito forte. O Sr. Perry foi vê-la, mas creio que o senhor sabe disso.

– Sim... Imaginei... Quer dizer... Eu não...

– Ele saberá como aliviar o sofrimento de Harriet e espero que amanhã de manhã nós dois possamos ter notícias melhores. Mas é impossível não ficar triste. Que grande perda para a festa de hoje!

– Terrível! Exatamente assim, sem dúvida. A falta dela será sentida a cada momento.

Aquelas eram palavras muito apropriadas e o suspiro que as acompanhou foi realmente valioso, porém não perdurou por muito tempo. Emma ficou extremamente surpresa quando apenas meio minuto depois o jovem cavalheiro passou a falar de outras coisas com uma voz que demonstrava despreocupação e alegria.

– Que excelente ideia – comentou ele – usar pele de ovelha em carruagens. Ficam muito mais confortáveis e é impossível sentir frio com esta precaução. As criações destes tempos modernos sem dúvida tornam a carruagem de um homem perfeitamente completa. Dentro dela as pessoas se encontram protegidas do frio, pois nenhuma corrente de ar pode entrar sem que se permita. O tempo deixa de apresentar quaisquer consequências. Faz uma tarde muito fria, mas dentro desta carruagem nem o percebemos. Ah! Pelo que vejo, está nevando um pouco.

– Está – respondeu John Knightley – e penso que vamos ter muita neve.

*Medicamento ou bebida que fortalece ou conforta. (*N. do E.*)

– É o tempo do Natal – observou o Sr. Elton –, bastante razoável, e devemos pensar que foi uma grande sorte não ter começado ontem, o que poderia impedir que houvesse esta festa hoje, pois o Sr. Woodhouse dificilmente se aventuraria a sair se houvesse muita neve no solo. Mas agora não tem importância e sem dúvida este é o tempo ideal para uma reunião de amigos. No Natal, todos convidam os amigos para irem às suas casas e poucos se importam com o tempo. Certa vez, fiquei retido durante uma semana na casa de um amigo por causa de uma nevasca. Nada poderia ter sido mais agradável. Fui para lá a fim de passar apenas uma noite e só pude ir embora vários dias depois.

O Sr. Knightley fitou-o como se não estivesse compreendendo qual o prazer naquilo, mas disse apenas, friamente:

– Não tenho desejo algum de ficar uma semana em Randalls por causa da neve.

Em qualquer outra ocasião, Emma teria se divertido com aquela resposta, porém estava atônita demais com o excelente ânimo do Sr. Elton para dar lugar a outros sentimentos. Harriet parecia ter sido quase esquecida na expectativa de uma festa agradável.

– Com certeza lá existem excelentes lareiras – continuou ele – e deve haver o maior conforto. O Sr. e a Sra. Weston são pessoas encantadoras... Sem dúvida, a Sra. Weston está muito acima de qualquer elogio e ele é exatamente um homem de valor, tão hospitaleiro, tão apegado à sociedade... Vai ser uma festa pequena, mas as pequenas festas são seletivas e talvez sejam mais agradáveis do que quaisquer outras. A sala de jantar do Sr. Weston não deve acomodar mais do que dez pessoas confortavelmente. Quanto a mim, pelo menos nessas circunstâncias, acho preferível faltarem duas pessoas a sobrarem duas. Creio que a senhorita concordará comigo – voltando-se com jeito suave para Emma –, e certamente terei sua aprovação. Não estou certo quanto à do Sr. Knightley, que deve estar acostumado às grandes festas de Londres, e talvez não compartilhe nossos sentimentos.

– Nada sei a respeito das grandes festas em Londres, senhor... Jamais janto com pessoa alguma.

– Verdade? – Em tom de admiração e piedade. – E eu não sabia que a advocacia escravizava tanto! Bem, senhor, chegará o tempo em que será recompensado por isso, quando terá menos trabalho e mais prazeres.

– Meu maior prazer neste momento – esclareceu John Knightley enquanto passavam pelo portão da propriedade – seria estar são e salvo em Hartfield.

14

Foi necessária uma mudança de atitudes a cada um dos cavalheiros quando entraram na sala de estar da Sra. Weston: o Sr. Elton precisou conter as demonstrações de alegria e o Sr. John Knightley teve de dominar o mau humor. O Sr. Elton teve de sorrir menos, e o Sr. John Knightley mais, para se adequarem melhor ao ambiente. Emma precisou apenas continuar sendo como a natureza a fizera e demonstrou toda a felicidade que sentia. Para ela, de fato constituía um verdadeiro prazer estar com os Weston. O Sr. Weston era seu grande favorito e, além da esposa dele, não havia no mundo outra criatura com quem ela falasse sem a menor reserva, nem com quem se relacionasse com absoluta convicção de ser ouvida, compreendida. Não existia ninguém de quem recebesse uma atenção sempre tão interessada e compreensiva para todos os pequenos problemas, impasses, perplexidades e prazeres do pai e dela mesma. Emma não podia dizer nada a respeito de Hartfield que a Sra. Weston não levasse em alta consideração, e um dos maiores prazeres das duas damas era a meia hora ininterrupta de troca de ideias sobre os pequenos detalhes dos quais a felicidade cotidiana depende.

Este era um prazer que talvez aquela visita inteira não iria proporcionar, pois seria impossível roubar-lhe aquela meia hora de intimidade. Mas só o fato de ver a Sra. Weston e seu sorriso, sentir seu toque, ouvir sua voz era tão gratificante que Emma determinou-se a pensar o menos possível nas estranhezas do Sr. Elton, ou em qualquer outra coisa desagradável, e aproveitar tudo que aqueles momentos lhe ofereceriam de bom.

O infeliz resfriado de Harriet já havia sido mencionado antes que eles chegassem. Quando apareceram, o Sr. Woodhouse já se encontrava muito bem acomodado e tivera tempo bastante para contar essa longa história, assim como a sua própria história, a história da chegada de Isabella e da profunda satisfação de Emma com a possibilidade de James ver a filha. E a Sra. Weston, que até aquele momento dedicara quase toda sua atenção a ele, pôde deixá-lo para receber sua querida Emma.

A intenção de Emma de esquecer o Sr. Elton por algum tempo a fez quase aborrecer-se ao ver que ele tratara de acomodar-se ao seu lado. Era enorme sua dificuldade em afastar da mente a estranha indiferença do jovem cavalheiro em relação a Harriet, uma vez que ele não se limitava a ficar apenas junto de seu cotovelo, como também seu rosto alegre não saía de seu campo de visão e ele mostrava-se solícito ao menor movimento dela. Em vez de esquecê-lo, o modo pelo qual o Sr. Elton se comportava fez Emma pensar: "Será que pode ser como meu cunhado imaginou? Será que este homem está transferindo sua afeição de Harriet para mim? Absurdo e insuportável!"

No entanto, o Sr. Elton demonstrava-se tão preocupado com ela, verificando se estava bem agasalhada, dando grande atenção ao pai dela, mostrando-se tão deliciado com a Sra. Weston e, por fim, passando a admirar os quadros de Emma com tanto zelo e tão pouco conhecimento que ficou mais do que claro: parecia-se terrivelmente com um apaixonado, o que exigiu um grande domínio por parte dela a fim de manter as boas maneiras. Não devia ser rude, pelo seu próprio bem e pelo de Harriet, e, na esperança de que tudo voltasse ao normal, Emma obrigou-se a conservar uma atitude indiscutivelmente civilizada. Mas isso demandava enorme esforço, ainda mais quando a solicitação de suas atenções por parte do Sr. Elton tornaram-se muito insistentes justamente no momento em que as outras pessoas conversavam sobre assuntos que a interessavam de modo particular. Entendeu apenas o bastante para saber que o Sr. Weston estava dando informações sobre seu filho. Ouviu as palavras "meu filho", "Frank" e "meu filho" pronunciadas várias vezes e algumas outras poucas sílabas que a levaram a suspeitar de que ele anunciava a visita do filho para breve. Mas antes que conseguisse aquietar o Sr. Elton, o assunto da conversa mudara completamente, e uma pergunta dela sobre o tópico teria soado estranho.

Apesar da resolução de Emma de jamais se casar, havia algo no nome, na ideia do Sr. Frank Churchill, que sempre a interessava. Ela pensara muitas vezes, principalmente depois do casamento do pai dele com a Srta. Taylor, que se um dia *tivesse* de se casar, esse jovem cavalheiro seria a pessoa indicada pela idade, caráter e condição. Devido à ligação entre as duas famílias, parecia-lhe que Frank Churchill lhe pertencia. Não podia deixar de pensar que aquele seria um casamento que já devia ter passado pela cabeça de todos que os conheciam. Tinha quase absoluta certeza de que o Sr. e a Sra. Weston haviam pensado nisso. Ainda que não tivesse a intenção de ser induzida pelo Sr. Frank Churchill, nem por qualquer outra pessoa, a mudar uma situação que lhe parecia melhor do que qualquer outra que a substituísse, Emma tinha grande curiosidade em conhecê-lo, uma decidida propensão a achá-lo agradável, a acreditar que ele gostaria dela até certo ponto e sentia uma espécie de prazer diante da ideia de formar par com ele na imaginação dos amigos.

Ao lado de tais sensações, as exageradas atenções do Sr. Elton eram terrivelmente inoportunas. Mas Emma encontrava conforto em demonstrar-se muito bem-educada enquanto seus sentimentos eram de profunda aversão, e pensou que era provável que durante o restante da visita o franco Sr. Weston forneceria novamente a informação que perdera, ou pelo menos a substância dela. Seus anseios foram atendidos quando, por fim e felizmente, viu-se livre do Sr. Elton e sentada ao lado do Sr. Weston à mesa de jantar. No intervalo entre as atenções obrigatórias da hospitalidade e o lombo de carneiro, o anfitrião aproveitou para dizer-lhe:

– Faltam apenas duas pessoas para estarmos no número certo. Eu gostaria que essas duas pessoas estivessem aqui... Sua linda amiga, a Srta. Smith, e meu filho. Aí sim, estaríamos de fato completos. Será que, na sala de estar, a senhorita ouviu-me anunciar aos demais que estamos esperando por Frank? Recebi uma carta dele esta manhã, onde diz que estará aqui conosco dentro de uns quinze dias.

Emma respondeu, com imensa satisfação e concordando, que de fato, se o Sr. Frank Churchill e a Srta. Smith estivessem ali, a festa seria completa.

– Ele está querendo vir nos visitar – prosseguiu o Sr. Weston – desde o mês de setembro. Em cada carta repetiu esse desejo, porém não é dono do próprio tempo. É obrigado a agradar aos que devem ser agradados e que (aqui entre nós) às vezes só se sentem agradados com muitos sacrifícios. Mas agora tenho certeza de que meu filho estará aqui na segunda semana de janeiro.

– Creio que o senhor está muito contente! A Sra. Weston deve estar ansiosa para conhecê-lo e acredito até que esteja quase tão feliz quanto o senhor.

– Sim, está. Todavia, ela pensa que poderá haver outro adiamento. Minha esposa não está tão certa da vinda dele quanto eu, mas não conhece a situação como eu conheço... O caso é (que tudo continue a ficar entre nós, pois não disse uma sílaba disto na sala e a senhorita sabe que há segredos em todas as famílias)... O caso é que um grupo de amigos está convidado para visitar Enscombe em janeiro e a vinda de Frank depende de que essa visita seja adiada. Se não adiarem, ele não poderá vir. Mas sei que vão adiar porque há na família, em Enscombe, uma dama de importância que não gosta deles. Embora seja necessário convidá-los a cada dois ou três anos, sempre adiam a data da vinda desses amigos cada vez que chega a hora de eles virem. Não duvido nada de que acontecerá de novo. Tenho tanta certeza de que verei Frank antes da segunda quinzena de janeiro como tenho certeza de ser eu mesmo. Mas a sua boa amiga – indicando com um aceno de cabeça a outra cabeceira da mesa – é tão pouco dada a caprichos e esteve tão pouco acostumada a eles em Hartfield que não consegue calcular os seus efeitos, arte essa de que tenho longa prática.

– Sinto muito que haja alguma dúvida no caso – declarou Emma –, mas vejo-me inclinada a pensar como o senhor. Se acha que ele virá, acredito que assim será, pois o senhor conhece Enscombe.

– Sim... Tenho algum direito de conhecer, apesar de jamais ter estado lá. A Sra. Churchill é uma mulher estranha! Mas nunca me permiti falar mal dela, por conta de Frank, pois tenho certeza de que é muito apegada a ele. Eu acreditava que essa dama jamais seria capaz de gostar de alguém, a não ser de si mesma, porém sempre foi muito bondosa para com ele (a seu modo, permitindo-lhe pequenas extravagâncias e caprichos, mas exigindo que tudo fosse como ela achava que deveria ser). E, na minha opinião, Frank merece um grande crédito por ter despertado a afeição da tia, pois... eu seria incapaz de dizer isso a outra pessoa... ela não tem mais coração do que uma pedra para as pessoas em geral e seu temperamento é infernal.

Emma interessou-se de tal modo por esse assunto que tocou nele assim que se dirigia com a Sra. Weston de volta à sala de estar. Desejou-lhe muita alegria, embora alertando-a para o fato de que o primeiro encontro poderia ser inquietante. A Sra. Weston concordou, mas declarou que ficaria muito feliz se conseguisse dominar a ansiosa espera desse primeiro encontro "pois não posso ter certeza da vinda dele; não posso me demonstrar tão otimista quanto o Sr. Weston, porque temo que tudo acabe em nada; acredito que o Sr. Weston tenha lhe dito como é a situação".

– Sim... Parece que tudo depende do mau humor da Sra. Churchill que, tenho a impressão, é a coisa mais certa deste mundo.

– De fato, Emma! – sorriu a Sra. Weston. – Qual é a certeza que se pode ter de um capricho? – Voltando-se para Isabella, que não ouvira o que haviam dito: – Trata-se do fato, minha querida Sra. Knightley, de que na minha opinião não há certeza da vinda do Sr. Frank Churchill, como o pai dele pensa. Essa visita depende inteiramente da vontade e da boa disposição da tia dele; quer dizer, do humor dela. A vocês, minhas duas filhas, aventuro-me a dizer a verdade. A Sra.

Churchill dita as regras em Enscombe e é uma mulher de temperamento muito complicado. A vinda dele depende se ela vai querer ou não privar-se da companhia do sobrinho.

– Oh, a Sra. Churchill! Todo mundo conhece a Sra. Churchill! – assentiu Isabella. – E, tenha certeza, sempre pensei nesse pobre jovem cavalheiro com muita compaixão. Felizmente, jamais soubemos de qualquer coisa em detalhes, mas ele deve levar uma vida miserável. Que bênção ela jamais ter tido filhos! Pobres pequenas criaturinhas, como ela iria torná-las infelizes!

Emma desejou poder ficar a sós com a Sra. Weston, assim poderia saber mais. A amiga falaria a ela com uma franqueza que não se atreveria a ter diante de Isabella. Desse modo, acreditava realmente, não iria conseguir obter a respeito dos Churchill muito mais do que as imagens do jovem cavalheiro que sua imaginação já se encarregara de estabelecer apenas com um conhecimento instintivo.

Naquele momento, nada mais havia a ser dito. O Sr. Woodhouse não tardou a reunir-se a elas na sala de estar. Ficar sentado por muito tempo à mesa depois do jantar era algo que o velho senhor não conseguia suportar. Nem vinhos nem conversas significavam muito para ele, portanto não tardou a ir juntar-se às pessoas com as quais se sentia mais confortável. Contudo, enquanto ele conversava com Isabella, Emma encontrou uma oportunidade para dizer à Sra. Weston:

– Quer dizer que não considera certa a visita do seu enteado? Sinto muito. O primeiro contato deve ser um pouco desagradável, seja quando for, por isso quanto antes, melhor.

– Sim. Cada adiamento torna-me apreensiva com a possibilidade de outros adiamentos. Mesmo que essa família, os Braithwaite, cancele a visita, temo que outra desculpa possa ser encontrada para nos desapontar. Não posso nem sequer imaginar qualquer relutância por parte de Frank, mas tenho certeza de que o maior desejo dos Churchill é conservá-lo apenas para eles. São ciumentos. Têm ciúme até mesmo do respeito que o jovem nutre pelo pai. Em resumo, não posso crer completamente na vinda dele e preferia que o Sr. Weston não fosse tão otimista.

– Ele virá... – garantiu Emma. – Nem que seja para ficar apenas dois dias, ele virá. É difícil conceber que não permitam a um jovem cavalheiro decidir sobre uma coisa dessas. Uma jovem *mulher*, se caísse em mãos erradas, talvez pudesse ser mantida longe das pessoas com as quais quisesse estar; mas não se pode compreender que um jovem *homem* possa sofrer esse tipo de restrição, que não possa passar uma semana com o pai se assim quiser.

– É preciso ter estado em Enscombe e conhecer os costumes da família para que se possa ser capaz de saber o que esse jovem pode ou não fazer – discordou a Sra. Weston. – É preciso, aliás, ter cautela ao julgar a conduta de um indivíduo de qualquer família. Tenho certeza de que Enscombe não pode ser julgada por regras gerais. *Ela* é muito irracional e tudo tem de passar por ela.

– Mas ela gosta do sobrinho, que é o preferido. Então, de acordo com a ideia que faço da Sra. Churchill, já que ela não faz nenhum sacrifício pelo marido a quem deve tudo, já que vive impondo seus caprichos a *ele*, bem que poderia ser controlada pelo sobrinho, uma vez que nada deve a esse jovem cavalheiro.

– Minha queridíssima Emma, com seu temperamento bondoso, não pretenda compreender alguém que tem um mau temperamento, nem estabelecer regras para essa pessoa. Deixe que ela siga seu caminho. Não duvido que Frank tenha, de vez em quando, uma influência considerável sobre a tia, mas pode ser completamente impossível para ele saber de antemão *quando* a terá.

Depois de ouvir tais palavras, Emma disse com frieza:

– Não ficarei satisfeita a não ser que ele venha.

– Pode ser que ele tenha bastante influência em alguns pontos de vista – continuou a Sra. Weston – e pouca em outros. E entre estes últimos, entre os pontos que se encontram fora do alcance de Frank Churchill, deve estar também a possibilidade de que ele possa vir visitar-nos.

15

Não tardou para que o Sr. Woodhouse estivesse pronto para tomar o chá. E tão logo tomou seu chá, estava pronto para voltar à sua casa. As três damas fizeram tudo que estava ao seu alcance para distraí-lo da hora tardia, até que os demais cavalheiros se juntassem a eles. O Sr. Weston gostava de companhia, de conversar e não admitia separações antes do tempo, fossem de que tipo fossem, porém logo o grupinho da sala de estar começou a receber adesões. O Sr. Elton foi o primeiro a chegar, com excelente humor. A Sra. Weston e Emma estavam acomodadas em um sofá e ele, praticamente sem ser convidado, sentou-se entre as duas.

Também de bom humor diante das perspectivas que a prometida visita do Sr. Frank Churchill apresentavam, Emma dispôs-se a esquecer as últimas impropriedades cometidas pelo Sr. Elton e a mostrar-se benevolente como sempre fora. E como ele fez de Harriet o primeiro assunto de conversa, ela passou a ouvi-lo com o mais amigável dos sorrisos.

Elton declarou-se extremamente ansioso a respeito do estado de sua linda... linda, adorável, encantadora amiga. Sabia de alguma coisa? Tivera alguma notícia dela desde que haviam chegado a Randalls? Estava muito ansioso... e devia confessar que a natureza da enfermidade da jovem o alarmara consideravelmente. E o jovem cavalheiro continuou falando em termos semelhantes por algum tempo, sem esperar muito pela resposta e sempre demonstrando-se aterrorizado com a possibilidade de tratar-se de uma dor de garganta infecciosa. Emma quase sentiu pena dele.

Mas, afinal, pareceu acontecer uma mudança radical: o Sr. Elton demonstrava medo da dor de garganta infecciosa mais por causa dela, Emma, do que por Harriet; estava mais ansioso para que ela conseguisse escapar da infecção do que aflito para que não houvesse nenhuma infecção a lamentar. Começou a procurar convencê-la, com muito ardor, a não voltar ao quarto da doente por enquanto, a obrigá-la a *prometer-lhe* que não voltaria lá enquanto ele não houvesse falado com o Sr. Perry e pedido a opinião dele. Por mais que ela tentasse brincar e recolocar a conversa em seu caminho original, não havia jeito de livrar-se da exagerada solicitude do jovem cavalheiro. Emma ficou aborrecida. Parecia – não havia mais jeito de não ver isso – exatamente que o Sr. Elton estava apaixonado por ela, em vez de por Harriet. Se isso era verdade, tratava-se de uma inconstância das mais inconcebíveis e abomináveis! Tornava-se difícil para ela conter a irritação. O jovem cavalheiro voltou-se para a Sra. Weston a fim de conseguir seu apoio: "Poderia ela ajudá-lo? Poderia juntar-se a ele para persuadir a Srta. Woodhouse a não ir à casa da Sra. Goddard enquanto não houvesse a certeza de que a enfermidade da Srta. Smith não era uma infecção? Ele não ficaria satisfeito sem uma promessa... Será que ela não podia ajudá-lo a consegui-la?"

– Tão escrupulosa com os outros – prosseguiu Elton – e tão descuidada consigo mesma! A Srta. Woodhouse exigiu que eu me prevenisse contra um resfriado ficando em casa hoje e não quer prometer que evitará o perigo de pegar uma dor de garganta infecciosa! Considera isso justo, Sra. Weston? Seja nosso juiz. Não tenho razão de me queixar? Estou certo de que terei seu apoio e ajuda.

Emma notou a surpresa da Sra. Weston, percebeu que era grande e que fora provocada pela evidência, oferecida pelas palavras e as atitudes, de que o Sr. Elton estava assumindo a si o direito de cuidar dos interesses dela. Quanto a Emma, achava-se surpresa e ofendida demais para ter a capacidade de fazer qualquer comentário direto a respeito. Pôde apenas olhar para ele e imaginou que nesse olhar havia o necessário para fazer o jovem cavalheiro cair em si. Por fim, ergueu-se do sofá e foi sentar-se junto de sua irmã, passando a dar-lhe toda a sua atenção.

Não teve tempo para saber como o Sr. Elton havia recebido o gesto de reprovação, porque um outro fato sucedeu-se logo em seguida. O Sr. John Knightley entrou na sala depois de ter verificado o tempo e surpreendeu-os com a informação de que o solo estava coberto de neve, que continuava nevando com intensidade e soprava um vento muito forte. Concluiu com estas palavras, dirigidas ao Sr. Woodhouse:

– Isto vai proporcionar uma nova experiência para seus compromissos de inverno, senhor. Vai ser novidade para seu cocheiro e seus cavalos voltarem para casa sob uma tempestade de neve.

O pobre Sr. Woodhouse manteve-se em consternado silêncio, porém todos os outros tinham algo a dizer. Apressaram-se a mostrar surpresa ou simples aceitação, tinham alguma pergunta a fazer ou algum conforto a oferecer. A Sra. Weston e Emma tentavam, com veemência, animar o velho cavalheiro e distrair-lhe a atenção das palavras do genro, que continuava a desfrutar insensivelmente de seu triunfo.

– Fiquei muito surpreso diante de sua resolução, senhor – dizia ele –, de aventurar-se a sair com esse tempo, pois era possível perceber que iria nevar logo. Qualquer um podia ver que a neve estava chegando. Admirei sua ousadia e atrevo-me dizer que chegaremos a casa muito bem. Mais uma ou duas horas e a neve irá tomar a estrada intransitável. Como estamos em duas carruagens, se *uma* encalhar, teremos a outra à disposição. Acredito que estaremos em Hartfield antes da meia-noite, sãos e salvos.

O Sr. Weston, com outra espécie de triunfo, confessava que tinha visto havia algum tempo que estava nevando, mas não dissera uma palavra porque isso poderia afligir o Sr. Woodhouse e fornecer-lhe uma desculpa para ir embora logo. Quanto a estar caindo ou haver probabilidade de cair uma quantidade de neve que os impediria de voltar, era simples brincadeira e tinha certeza de que eles não passariam por nenhuma dificuldade. Até gostaria que a estrada se tornasse intransitável, pois então poderia acolhê-los todos em Randalls; com a maior boa vontade, declarou ter absoluta certeza de que haveria acomodação para todos. Pediu a confirmação da esposa em que, com um pouco de criatividade, todos ficariam bem acomodados, coisa que ela dificilmente poderia confirmar, uma vez que possuíam apenas dois quartos de hóspedes na casa.

– O que vamos fazer, minha querida Emma? O que vamos fazer? – foi a primeira pergunta e as únicas palavras que o Sr. Woodhouse pôde dizer por algum tempo.

O pai lhe pedia conforto, então as palavras tranquilas de Emma fizeram-no acalmar-se um pouco depois de ela garantir-lhe segurança, a excelência dos cavalos, a habilidade de James e ao lembrá-lo de que se encontravam com amigos.

O alarme da filha mais velha era igual ao dele. O horror causado pela ideia de ficar presa em Randalls, enquanto seus filhos estavam em Hartfield, exacerbava-lhe a imaginação. Supondo que naquele momento a estrada estava transitável para pessoas audaciosas, porém em um estado que não admitia demora, tinha pressa em resolver logo o impasse. O pai e a irmã poderiam ficar em Randalls, enquanto ela e o marido iriam embora antes que houvesse um maior acúmulo de neve que os impedisse.

– Você faria bem em pedir a carruagem imediatamente, meu amor – disse Isabella. – Acho que poderemos chegar lá sem problemas se sairmos já. Se acontecer algum problema sério, poderemos continuar a pé. Não tenho o menor medo. Não me importo se precisar andar metade do caminho. Posso trocar de sapatos assim que estivermos em casa, você sabe, e isso não é o tipo de coisa que me causa resfriados.

– É mesmo? – perguntou ele. – Então, minha querida Isabella, esse é o fato mais extraordinário deste mundo, pois em geral tudo faz você ficar resfriada. Andar até em casa! Você está mesmo com os calçados apropriados para caminhar até em casa? Já vai ser bastante ruim para os cavalos...

Isabella voltou-se para a Sra. Weston em busca de aprovação para o seu plano, não lhe deixando outra saída a não ser aprovar. Então, ela dirigiu-se a Emma, que não pôde dar-lhe uma completa esperança de que estavam em condições de ir embora. Todos discutiam a esse respeito quando o Sr. Knightley, que havia saído da sala imediatamente depois de seu irmão fazer a primeira observação sobre a neve, voltou dizendo que estivera lá fora para examinar a situação e garantiu que não teriam a menor dificuldade em ir para casa, quer saíssem já ou demorassem uma hora, até mesmo mais, para sair. Havia caminhado até além da primeira curva da estrada – já em direção a Highbury

– e a neve não apresentava mais do que dois a três centímetros de espessura, e em muitos pontos nem sequer chegara a embranquecer o solo. No momento caíam alguns flocos esparsos, mas as nuvens estavam se abrindo e não havia sinais de que voltaria a nevar tão cedo. Conversara com os cocheiros e recebera deles a confirmação de que nada havia a temer.

Foi enorme o alívio de Isabella ao ouvir aquelas palavras e elas não pareceram menos agradáveis para Emma, principalmente por causa do pai, que se tranquilizou tanto quanto sua natureza nervosa permitia. Mas o alarme que a discussão anterior despertara nele não se deixou suavizar o suficiente para permitir que voltasse a sentir-se confortável enquanto permanecesse em Randalls. O velho cavalheiro estava contente por saber que não havia perigo algum em retornar à casa, mas nada que lhe dissessem conseguiria convencê-lo de que era seguro ficar. Enquanto os demais atropelavam-se com sugestões e conselhos variados, entre o Sr. Knightley e Emma desenvolvia-se o seguinte e breve diálogo:

– Se seu pai não consegue sentir-se tranquilo, por que não vão embora?

– Estou pronta para ir se os demais estiverem.

– Posso tocar a campainha?

– Sim, pode.

A campainha foi tocada, as carruagens pedidas e alguns minutos depois Emma esperava que um perturbador companheiro fosse deixado em sua casa, para ficar novamente sóbrio e controlado, e que o outro recuperasse o ânimo e a felicidade quando aquela visita cheia de contratempos estivesse encerrada.

As carruagens chegaram e o Sr. Woodhouse, sempre a pessoa mais bem cuidada nessas ocasiões, foi acompanhado até a dele pelo Sr. Knightley e o Sr. Weston, mas nenhum dos dois pôde evitar que as aflições do velho senhor fossem renovadas quando ele viu a neve que caíra e a noite escura que teriam de enfrentar. Ele temia que fizessem um trajeto ruim. Temia que a pobre Isabella não gostasse daquela situação. E a pobre Emma, que estaria na carruagem que iria atrás?

Ele não sabia o que era melhor fazer. Teriam de ficar o mais próximos o possível uns dos outros. E James foi solicitado para que fizesse os cavalos andarem bem devagar e esperasse pela outra carruagem.

Isabella subiu depois do pai; John Knightley, esquecendo-se de que não fizera parte daquela grupo na ida, também subiu na primeira carruagem, logo depois da esposa. Assim, Emma viu-se escoltada e acompanhada para dentro da segunda carruagem pelo Sr. Elton; a porta fechou-se e encontraram-se diante de uma pequena viagem a sós. Se não fossem as situações suspeitas desse dia, seria um passeio prazeroso, ela poderia conversar com ele sobre Harriet, então o quilômetro e meio pareceria apenas alguns metros. Mas no momento ela preferia que aquilo não houvesse acontecido. Tinha impressão de que o Sr. Elton bebera um pouco demais do bom vinho do Sr. Weston e dominou-a a certeza de que ele iria dizer inconveniências.

Para contê-lo o máximo possível fazendo uso de suas boas maneiras, Emma preparou-se para falar com profunda calma e seriedade sobre o tempo e a noite. Mas nem bem começara a falar, mal haviam transposto o portão da propriedade e se aproximado da primeira carruagem, a mão dela foi aprisionada, sua atenção solicitada, e o Sr. Elton passou a declarar-lhe um amor profundo. Usando a preciosa oportunidade em proveito próprio, expôs sentimentos que julgava já serem bem conhecidos, esperançoso, amedrontado, adorando-a e pronto para morrer se ela o recusasse. Mas, ao mesmo tempo vangloriava-se de seu ardente sentimento, de seu inigualável amor, de sua paixão única que, tinha certeza absoluta, não poderiam deixar de surtir efeito e demonstrava-se seriamente decidido a ser aceito o mais rápido possível. Foi de fato assim. Sem escrúpulos, sem hesitação, sem nenhum indício de desconfiança, o Sr. Elton, o admirador de Harriet, professava-se como admirador *dela*!

Emma tentou contê-lo, mas foi em vão. Ele continuou a falar e disse tudo. Mesmo zangada como estava, a situação em que se encontravam a fez resolver falar de modo ponderado. Acreditava que aquela loucura houvesse sido causada pela bebida e, portanto, era possível que tudo aquilo não existisse dali a uma hora. De acordo com esse raciocínio, com uma mistura de seriedade e divertimento, que esperava ser a melhor atitude diante do estado dele, ela respondeu:

– Estou muito surpreendida, Sr. Elton. Dizer essas coisas a *mim*! O senhor está enganado... está me confundindo com a minha amiga. Ficarei feliz em passar qualquer recado para a Srta. Smith, mas não aja mais desse modo *comigo*, por favor.

– Srta. Smith! Recado para a Srta. Smith! O que ela pode significar?

– Sr. Elton, a sua é a conduta mais extraordinária que já vi e apenas posso julgar que o senhor está fora de si, ou não falaria comigo e de Harriet dessa maneira. Controle-se para não dizer mais nada e vamos procurar esquecer o que houve.

Contudo, o Sr. Elton havia bebido vinho apenas na quantidade suficiente para criar coragem e não a ponto de confundir seu intelecto. Sabendo perfeitamente o que fazia, protestando com ardor contra a injuriosa suspeita e tocado pelo respeito que dedicava à Srta. Smith como amiga dela, mas expressando seu espanto, pois a Srta. Smith não tinha por que ser mencionada ali, ele definiu o objeto de sua paixão e pediu com urgência uma resposta favorável.

Passando a considerar menos a embriaguez dele do que sua inconstância e presunção, sem maiores preocupações com requintes de polidez, Emma falou:

– É impossível para mim continuar hesitando. O senhor foi muito claro. Sr. Elton, meu espanto é tão grande que não tenho palavras para expressá-lo. Depois do seu comportamento em relação à Srta. Smith, que testemunhei durante o mês passado, depois das atenções que adquiri o hábito de observar diariamente... o senhor, dirigindo-se a mim dessa maneira, demonstra uma fraqueza de caráter que eu jamais suporia existir! Acredite-me, senhor, estou longe, muito longe, de me sentir lisonjeada por ser objeto dos sentimentos que o senhor acaba de professar.

– Santo Deus! – exclamou o jovem cavalheiro. – O que significa isso? Srta. Smith! Jamais pensei na Srta. Smith durante todo o decorrer da minha existência... Jamais prestei atenção nela, a não ser como sua amiga. Jamais me importei se ela estava viva ou morta, a não ser como sua amiga. Se a Srta. Smith imaginou outra coisa, iludiu-se sozinha e lamento muito... lamento muito, de fato. Mas, a Srta. Smith, francamente! Oh, Srta. Woodhouse! Quem pensaria na Srta. Smith quando a Srta. Woodhouse se encontra por perto? Não! Pela minha honra, não se trata de caráter fraco. Sempre pensei apenas na senhorita. Protesto e nego que alguma vez tenha dado a menor atenção a qualquer outra jovem dama. Tudo o que eu disse e fiz, durante as muitas semanas passadas, foi com a única finalidade de demonstrar minha adoração pela senhorita. Na verdade, a senhorita não pode duvidar seriamente disso. Não! – Em um tom que pretendia ser insinuante. – Tenho certeza de que a senhorita viu e me entendeu.

Seria impossível descrever o que Emma sentiu ao ouvir isso, qual de suas sensações era a mais forte. Estava pasma demais para ter capacidade de retrucar e seu silêncio pareceu um encorajamento ao Sr. Elton que, no estado mental otimista em que se encontrava, tentou segurar de novo a mão dela enquanto dizia alegremente:

– Encantadora Srta. Woodhouse! Deixe-me interpretar seu interessante silêncio. Ele confessa que a senhorita entendeu-me há muito tempo.

– Não, senhor! – protestou Emma. – Meu silêncio não confessa isso. Em vez de haver entendido o senhor há muito tempo, vivi completamente enganada a seu respeito até este momento. Quanto a mim, sinto profundamente que o senhor tenha se deixado levar por tais sentimentos... Nada poderia estar mais longe das minhas intenções. Seu apego à minha Harriet, sua corte a ela (pelo menos, pareceu-me que a cortejava) causou-me imenso prazer e o tempo todo desejei ardentemente que alcançasse sucesso. Mas, se me ocorresse por um instante que não era ela quem o atraía a Hartfield, com certeza eu o julgaria mal devido às visitas tão frequentes. Devo acreditar que o senhor jamais pensou em aproximar-se da Srta. Smith? Que jamais pensou nela com... seriedade?

– Jamais, senhorita! – garantiu ele, ofendido também. – Jamais, posso assegurar-lhe, *eu* pensei seriamente na Srta. Smith! Ela é uma excelente moça e eu ficaria feliz se a visse respeitavelmente casada. Quero-lhe muito bem e, sem dúvida, devem existir homens que não objetariam a... Cada qual tem seu nível; quanto a mim, não sou... Penso que não estou tão perdido! Não me sinto desesperado para casar-me a ponto de ter de recorrer a alguém do nível da Srta. Smith! Não, Srta. Emma, minhas visitas a Hartfield eram apenas para a senhorita e o encorajamento que recebi...

– Encorajamento?! Eu o encorajei, senhor? Enganou-se completamente ao supor uma coisa dessas. Eu o recebi apenas como admirador da minha amiga. O senhor nunca poderia significar para mim nada mais do que um conhecido. Estou muito chocada, mas é bom que este equívoco se esclareça e se encerre aqui. Se o senhor prosseguisse com o comportamento que vinha tendo, a Srta. Smith seria levada a interpretar suas intenções de maneira errada, sem estar ciente, assim como eu não estou, dessa diferença de nível à qual o senhor parece ser tão sensível. Mas, desta maneira, a decepção é menor e, espero, não será duradoura. Por enquanto, não penso em matrimônio.

O Sr. Elton estava zangado demais para dizer qualquer coisa. A atitude dela era definitiva o bastante para impedir que ele pensasse em súplicas. Assim, em um estado de tenso ressentimento e estando ambos profundamente mortificados, continuaram juntos por mais algum tempo porque os temores do Sr. Woodhouse obrigava as carruagens a um lento avanço. Se não houvesse tanto rancor, com certeza teria havido um profundo constrangimento, porém os sentimentos francamente expostos não haviam deixado espaço para os pequenos meandros do embaraço. Sem perceber que a carruagem entrara na alameda do Vicariato nem quando ela parou, de repente os dois notaram que se encontravam diante da casa dele, e o Sr. Elton desceu sem pronunciar nem sequer uma sílaba. Emma achou que era indispensável desejar-lhe boa-noite. O cumprimento foi apenas retribuído com frieza e orgulho. Em seguida, ela viu-se a caminho de Hartfield, dominada por uma indescritível irritação.

Foi recebida com o maior entusiasmo pelo pai, que até então tremera sem cessar, pensando nos perigos que ela enfrentaria, sozinha, na alameda do Vicariato... virando uma esquina na qual ele não conseguia nem pensar... sozinha em mãos estranhas... um simples cocheiro... não James. Parecia ao velho senhor que a chegada da filha era o bastante para fazer tudo correr bem, pois o Sr. John Knightley, envergonhado de seu mau humor, agora era todo simpatia, atenções e tão preocupado com o conforto do sogro a ponto de parecer disposto a tudo para agradar o velho cavalheiro – menos acompanhá-lo em um prato de mingau, embora até fosse capaz de reconhecer seus inúmeros benefícios.

E o dia concluiu-se em paz e sossego para o pequeno grupo, a não ser para Emma. Jamais sua mente estivera tão perturbada, obrigando-a a um constante esforço para demonstrar-se atenta e alegre, até que a hora costumeira de se recolherem aos seus quartos permitiu-lhe entregar-se ao alívio de uma calma reflexão.

16

Depois dos cabelos enrolados e a criada dispensada, Emma sentou-se para pensar, sentindo-se miserável. Sem dúvida, era uma situação terrível. A ruína de tudo o que ela planejara tão cuidadosamente. O pior resultado possível. Que golpe para Harriet! Isto era o pior de tudo. Cada componente daquela situação provocava-lhe dor e humilhação, mas isso não era nada comparado à situação de Harriet. Emma concordaria de boa vontade em sentir-se ainda mais errada, mais enganada, mais infeliz do que já estava por ter avaliado mal as circunstâncias se isso fizesse com que as consequências daquele enorme equívoco pudessem ser sentidas apenas por ela.

"Se não tivesse persuadido Harriet a gostar desse homem, eu seria capaz de suportar qualquer coisa. Ele poderia ter sido ainda mais presunçoso em relação a mim, mas... Pobre Harriet!"

Como podia ter se enganado tanto? Ele afirmara que jamais havia pensado seriamente em Harriet... jamais! Tentou ao máximo se recordar das ações dele, mas tudo parecia confuso. Talvez tivesse feito suas suposições e então interpretado os acontecimentos de acordo com elas, refletiu, mas as maneiras dele deviam ter sido dúbias, vagas, ambíguas, caso contrário ela nunca teria se enganado.

O quadro! Como o Sr. Elton havia sido prestativo com o quadro! E a charada! E mil outras circunstâncias... E todas pareciam apontar claramente para Harriet. Na verdade, a charada com aquela afirmativa "tua inteligência brilhante" não servia para ela... Mas havia o "tua doce alma"... Na verdade, não servia para nenhuma das duas. Era uma completa falta de bom gosto ou de veracidade. Quem teria sido capaz de enxergar a verdade entre tanta insensatez?

Todavia, Emma via-se obrigada a admitir, notara que as maneiras dele haviam se tornado galantes demais em relação a ela, principalmente nos últimos dias. Mas passara por cima do fato, considerando-o um mero erro de julgamento, de cultura, de bom gosto, de mais uma prova de que aquele jovem cavalheiro nem sempre tinha vivido na boa sociedade, pois, ainda que com todo o refinamento de suas maneiras, às vezes lhe faltava a verdadeira elegância. Mas até esse dia ela jamais suspeitara, nem por um instante, que as atitudes do Sr. Elton significavam qualquer outra coisa a não ser um agradecido respeito a ela, como amiga de Harriet.

Devia ao Sr. John Knightley a primeira ideia que contrariava essa certeza, o primeiro indício de outra possibilidade. Não podia negar que os dois irmãos eram muito observadores. Lembrou-se do que o Sr. Knightley lhe havia dito um dia sobre o Sr. Elton, a advertência que lhe fizera, sua convicção de que o jovem vigário nunca se casaria indiscriminadamente. Corou ao lembrar-se do verdadeiro conhecimento que o cavalheiro demonstrara então sobre o caráter do Sr. Elton, ao passo que ela o avaliara mal. Era muito mortificante, mas tinha de reconhecer que o Sr. Elton havia se demonstrado, em muitos aspectos, o contrário do que ela havia pensado dele. Era orgulhoso, arrogante, preconceituoso, cheio de si e sem consideração pelos sentimentos dos outros.

Ao contrário do que costuma acontecer, o empenho do Sr. Elton em demonstrar admiração por Emma fez com que ele caísse muito no conceito dela. Sua declaração e a proposta de casamento não ajudaram. Ela não dava nenhum valor à afeição dele e sentia-se insultada por suas esperanças. O jovem cavalheiro queria casar-se bem e tivera a arrogância de erguer os olhos para ela, alegando que a amava; porém, Emma tinha plena certeza de que não havia decepção amorosa com a qual se importar. O Sr. Elton não demonstrara nenhum sinal de afeição verdadeira em seu modo de falar ou em suas atitudes. Havia emitido suspiros e pronunciado inúmeras belas palavras, mas em nenhuma daquelas expressões ou no tom de voz dele transparecia o menor indício de amor. Não precisava dar-se ao trabalho de sentir pena dele. O Sr. Elton desejava apenas subir na vida, enriquecer, e se a Srta. Woodhouse de Hartfield, a herdeira de trinta mil libras, não fosse uma conquista tão fácil quanto ele havia esperado, logo iria tentar com outra Srta. Qualquer, herdeira de vinte ou de dez mil libras.

No entanto, era revoltante ele ter tido a ousadia de falar em encorajamento, de achar que ela havia percebido suas intenções e as aceitara, desejando (para resumir) casar-se com ele! Como pudera considerar-se a altura dela? Desprezara sua amiga, enxergara perfeitamente bem quando alguém se encontrava em níveis abaixo do dele, mas fora tão cego em relação aos níveis acima a ponto de julgar-se digno de se casar com Emma. Talvez não fosse muito justo exigir que o jovem cavalheiro percebesse o quanto era inferior a ela em talento e em todos os refinamentos da mente. A própria falta dessas qualidades o impediam de perceber isso. Mas teria sido fácil para o Sr. Elton notar que Emma era muito superior a ele em fortuna e status. Ele devia saber que os Woodhouse viviam havia várias gerações em Hartfield, um jovem ramo de uma antiga família... E os Elton não eram ninguém. As terras de Hartfield talvez não fossem consideráveis, uma vez que eram como uma espécie de ponto encravado na propriedade da Abadia Donwell, à qual o restante de Highbury pertencia. Entretanto, a fortuna dos Woodhouse, vinda de outras fontes, era tão grande que tornava inferiores apenas à própria Abadia de Donwell em todos os demais aspectos. Há muito tempo a vizinhança tinha os Woodhouse em alta conta enquanto o

Sr. Elton só passara a fazer parte havia dois anos, abrindo caminho como podia, sem quaisquer ligações que não fossem as da profissão, sem nada que o recomendasse a não ser seu ofício e sua boa educação.

E ainda assim ele imaginara que Emma o amava. Na verdade, tivera certeza disso! Depois de algumas reflexões irritadas sobre a aparente incongruência entre maneiras gentis e gênio presunçoso, Emma foi obrigada a admitir que seu modo de agir para com o Sr. Elton havia sido tão complacente e gentil, tão repleto de cortesias e atenções que (supondo-se que as verdadeiras intenções dela não haviam sido percebidas) poderiam permitir a um homem sem sutilezas e com uma capacidade de observação medíocre, como ele, imaginar-se um favorito. Uma vez que *ela* interpretara tão mal os sentimentos dele, não tinha o direito de exigir que *ele* não se enganasse em relação aos dela, principalmente estando cego pelos próprios interesses.

O primeiro e pior erro fora dela. Era loucura, era errado desempenhar um papel tão ativo para unir duas pessoas. Era aventurar-se longe demais, interferir demais, tratar levianamente algo que devia ser levado a sério, complicar o que devia ser simples. Sentia-se preocupada e envergonhada, e decidiu nunca mais fazer essas coisas.

"Induzi a pobre Harriet a apegar-se demais a esse homem. Se não fosse por mim talvez ela jamais houvesse pensado nele; e com certeza jamais haveria pensado nele com esperança se eu não lhe tivesse assegurado que o Sr. Elton gostava dela, pois é uma jovem modesta e humilde, como pensei que ele fosse. E lembrar que fiquei tão satisfeita por ter conseguido persuadi-la a não aceitar o jovem Martin! Nisto eu estava certa, fiz o que deveria ter feito. Mas também deveria ter parado por aí e deixado o resto nas mãos do tempo e do destino. Eu já a estava introduzindo na boa sociedade, dando-lhe oportunidade para agradar a alguém de maior importância. Não devia ter tentado mais nada. Mas, agora, pobre moça, vai perder a paz por algum tempo. Fui apenas meio amiga dela, e se Harriet *não* ficar decepcionada demais, não tenho a menor ideia de outra pessoa que seja indicada para ela. William Coxe... Oh, não! Não suporto William Coxe, um petulante jovem advogado!"

Emma deteve esses pensamentos, depois corou e riu de seu lapso. Em seguida, pensou com a maior e mais desanimadora seriedade em tudo que havia acontecido, no que poderia acontecer e no que deveria acontecer. A difícil explicação que precisaria dar a Harriet, quanto a pobre moça viria a sofrer com o constrangimento de futuros encontros, as dificuldades em continuar ou interromper essa amizade, os sentimentos envolvidos, os ressentimentos ocultos, o escândalo evitado, tudo isso era o bastante para ocupar-lhe a mente em tristonhas reflexões durante muito tempo. Por fim, acabou indo deitar-se sem ter tirado conclusão alguma e tendo chegado apenas à convicção de haver errado terrivelmente.

Para uma natureza alegre e jovem como a dela, mesmo depois das ansiedades temporárias durante a noite, o renascer da luz do dia dificilmente não traria de volta seu ânimo. Existe uma feliz analogia entre a juventude e a alegria da manhã, além de uma poderosa influência, e se a tristeza não for dolorosa o bastante para manter os olhos abertos a noite inteira, com certeza eles se abrirão ao amanhecer com sensação de dor amortecida e de maior esperança.

Nessa manhã, Emma levantou-se mais disposta a sentir-se confortada do que quando se deitara, mais inclinada a ver que as coisas não eram tão ruins e que havia boas chances de resolvê-las de modo bastante razoável.

Era um grande consolo que o Sr. Elton provavelmente não a amasse de fato, ou que pelo menos não fosse tão amável a ponto de fazer Emma lamentar muito tê-lo decepcionado. Também ajudava o fato da natureza de Harriet não ser daquele tipo superior que torna os sentimentos mais intensos e duradouros, de não haver necessidade de que ninguém além dos três soubesse o que se passara, sobretudo para evitar que seu pai se preocupasse com os acontecimentos.

Eram esses os pensamentos animadores de Emma, e a visão do solo coberto de neve lhe trouxe ainda mais alegria, pois qualquer desculpa para que os três permanecessem separados era bem-vinda.

O tempo estava sendo favorável a ela. Embora fosse Natal, não podia ir à igreja. O Sr. Woodhouse iria sentir-se profundamente infeliz caso sua filha tentasse sair e por isso ela estava a salvo de ter ou despertar qualquer pensamento desagradável ou inconveniente. O campo coberto de neve e a atmosfera encontravam-se naquele instável estado entre congelar e degelar, que é o mais desaconselhável para caminhadas. Provavelmente, ela se tornaria prisioneira durante uma longa sucessão de manhãs, que se iniciariam com chuva ou neve e tardes que cairiam com um frio de congelar. Era impossível comunicar-se com Harriet a não ser por bilhetes; nada de igreja no domingo, como no dia de Natal; além disso, não precisaria procurar desculpas para dar a seu pai pela ausência do Sr. Elton.

Era o tipo do tempo que confinaria todos dentro de suas casas e, ainda que Emma preferisse que o Sr. Woodhouse tivesse mais distrações com uma ou outra pessoa vindo fazer-lhe companhia, era muito agradável vê-lo satisfeito por ficar em casa, prudente demais que era para sair, e ouvi-lo dizer ao Sr. Knightley que nem mesmo o mau tempo conseguia manter inteiramente longe deles.

– Ah, Sr. Knightley! Por que não ficou em casa como o pobre Sr. Elton?

Aqueles dias de confinamento seriam, a não ser pelas reflexões de Emma, bastante confortáveis, uma vez que agradavam também ao seu cunhado, cujo bom humor era de grande importância para quem se encontrava perto ele. E, após descarregar todo o seu mau humor em Randalls, a boa disposição não o abandonou durante o restante da estada em Hartfield. Ele se mostrava sempre agradável e atencioso, conversando amigavelmente com todos.

No entanto, mesmo com a esperança de alegria e com o atraso tranquilizador, a grande preocupação com o momento de dar explicações a Harriet vivia pesando sobre a cabeça de Emma impedindo-a de sentir-se completamente à vontade.

17

O Sr. e a Sra. Knightley não ficaram por muito tempo em Hartfield. Logo o tempo melhorou o bastante para que os que precisavam viajar pudessem fazê-lo. O Sr. Woodhouse, como de costume, depois de tentar persuadir a filha a ficar, com as crianças, foi obrigado a ver o grupo inteiro partir e pôde concentrar suas lamentações no destino da pobre Isabella – a pobre Isabella que, vivendo com as pessoas que amava, orgulhosa de seus méritos, cega para seus defeitos e sempre prazerosamente ocupada, podia ser apontada como o modelo da perfeita felicidade feminina.

A manhã do dia em que eles partiram trouxe também um bilhete do Sr. Elton para o Sr. Woodhouse. Um longo, bem-educado e cerimonioso bilhete para dizer, com os melhores cumprimentos, "que, na manhã seguinte, ele estava prestes a deixar Highbury a caminho de Bath onde, cedendo à agradável insistência de amigos, iria passar algumas semanas e que lamentava muito a impossibilidade, devida a várias circunstâncias relativas a tempo e trabalho, de ir despedir-se pessoalmente do Sr. Woodhouse, a cujas gentis atenções sempre iria ser grato – e se o Sr. Woodhouse tivesse qualquer ordem, ele seria feliz em obedecer-lhe.

Emma foi quem mais se surpreendeu, e agradavelmente. O que desejava naquele momento era justamente a ausência do Sr. Elton. Admirava-o pela atitude tomada, embora não houvesse muito mérito na maneira que a anunciava: seria impossível demonstrar com mais clareza o ressentimento do que referindo-se às gentis atenções do pai dela de um modo que a excluía por completo. Nenhum elogio foi feito a ela; seu nome não fora sequer mencionado e havia tal mudança de atitude, tão estranha solenidade naquela despedida repleta de agradecimentos que Emma pensou que não poderiam deixar de despertar suspeitas no Sr. Woodhouse.

Mas não despertaram. Seu pai, de fato, ficou surpreendido com a viagem repentina e foi no mesmo instante tomado pelo medo de que o Sr. Elton não a terminasse são e salvo, porém nada viu de extraordinário na maneira com que ele se expressara. Tratava-se de um bilhete muito útil, pois forneceu-lhes assunto novo para pensar e conversar durante aquele serão solitário. O Sr. Woodhouse falou sobre seus temores e Emma teve ânimo para afastá-los, com sua habitual energia.

A seguir, ela concluiu que não devia continuar deixando Harriet no escuro. Tinha motivos para imaginar que a jovem já devia estar boa do resfriado e seria conveniente que tivesse o máximo de tempo possível para lamentar-se e se refazer antes que o jovem cavalheiro voltasse.

Assim, no dia seguinte, Emma foi à casa da Sra. Goddard disposta a sofrer todas as consequências da penosa confissão que precisava fazer, por mais severas que fossem. Destruiria todas as esperanças que havia tão laboriosamente criado e alimentado, revelaria o caráter reprovável de alguém que considerara tanto e reconheceria ter errado grosseiramente em todas as suas ideias, observações, convicções e profecias feitas nas últimas seis semanas.

A confissão a fez reviver intensamente toda a vergonha que sentira no primeiro momento e, diante das lágrimas de Harriet, achou que nunca mais estaria em paz consigo mesma.

Harriet suportou a revelação da melhor maneira possível, sem culpar ninguém –, demonstrando com sua atitude uma ingenuidade e uma completa ausência de vaidade que naquele momento pareceram vantagens muito especiais para a sua amiga.

Emma encontrava-se com disposição para considerar simplicidade e modéstia qualidades muito valiosas. Tudo de mais amável, de mais cativante, parecia provir de Harriet, não dela. A jovem não achava que tinha direito a lamentar-se; o afeto de um homem como o Sr. Elton teria sido uma honra grande demais para ela. Jamais poderia merecê-lo e ninguém, a não ser uma amiga parcial e gentil como a Srta. Woodhouse, seria capaz de achar tal coisa possível.

As lágrimas desciam, abundantes, pelo rosto de Harriet e a dor que ela sentia era tão verdadeira, tão sem artifícios, que mesmo uma atitude mais altiva não a tornaria mais respeitável aos olhos da amiga, que a ouviu e tentou consolá-la com todo carinho e compreensão. De fato, naquele momento, Emma estava convencida de que das duas, Harriet era a criatura superior e que ser mais como ela faria muito mais por seu bem-estar e felicidade do que toda sua genialidade e inteligência.

Todavia, era tarde demais para que Emma pudesse tornar-se uma pessoa simplória e ignorante, mas deixou a amiga decidida a ser humilde, discreta e de reprimir a própria imaginação pelo resto da vida.

A seguir, considerou que seu grande dever, inferior apenas às atenções que devia ao pai, era proporcionar conforto a Harriet e empenhar-se em provar-lhe sua afeição por meio de um método melhor do que arranjar seu casamento. Levou-a para Hartfield e cobriu-a de gentilezas, empenhando-se em distraí-la com livros e conversas para tirar o Sr. Elton de seus pensamentos.

O tempo, Emma sabia, iria encarregar-se disso e ela não poderia se considerar um juiz imparcial desses assuntos, além de ser pouco indicada para compreender um apego pelo Sr. Elton em particular. Mas lhe parecia razoável que na idade de Harriet, e depois de extintas todas as esperanças, seria possível atingir certa compostura e dignidade até o retorno dele. Dessa maneira o jovem cavalheiro e Harriet poderiam se reencontrar na rotina normal, que incluía conhecidos comuns, sem que houvesse nenhum perigo de trair sentimentos ou aprofundá-los.

Harriet ainda o achava a própria perfeição, e mantinha a opinião de que não existia no mundo de alguém igual a ele em aparência ou bondade e, na verdade, provou estar mais apaixonada do que Emma previra. No entanto, parecia à jovem tão natural e inevitável empenhar-se em lutar contra a tendência a um amor *não correspondido* que ela não acreditava que este fosse continuar com a mesma intensidade por muito tempo.

Se, ao voltar, o Sr. Elton demonstrasse uma indiferença evidente e indubitável, como achava que com certeza ele iria ansiosamente fazer, Emma acreditava que Harriet não persistiria em considerar o máximo da felicidade apenas o fato de vê-lo ou de lembrar-se dele.

O fato de eles estarem fixados, e tão absolutamente fixados, no mesmo local era ruim para cada um e para todos os três. Nenhum deles tinha possibilidade de mudar-se ou de fazer qualquer alteração substancial no círculo de amizades. Teriam de se encontrar sempre e deveriam fazê-lo do melhor modo possível.

Harriet era mais infeliz ainda por causa de suas companheiras no pensionato da Sra. Goddard, uma vez que o Sr. Elton era adorado por todas as professoras e pela maior parte das moças da escola. Assim, Hartfield era o único lugar onde havia alguma chance de ela ouvir falar do jovem cavalheiro com fria moderação ou com revoltante veracidade. Onde o ferimento tinha sido causado, haveria mais oportunidade de ser curado do que em qualquer outro lugar. E Emma sabia que enquanto sua amiga não estivesse próxima de se curar desse ferimento, não haveria paz para ela.

18

O Sr. Frank Churchill não veio. Quando aproximou-se a data em que ele deveria vir, os temores da Sra. Weston justificaram-se com a chegada de uma carta com um pedido de desculpa. No momento, ele não poderia viajar, para sua "imensa mortificação e tristeza, mas tinha a esperança de ir a Randalls em dia não muito distante".

A Sra. Weston ficou muito desapontada – na verdade, mais desapontada do que o marido –, apesar de suas expectativas terem sido muito mais realistas que as do Sr. Weston, pois um temperamento otimista, embora sempre espere mais coisas boas do que de fato chegam a acontecer, não costuma pagar por suas esperanças com uma depressão proporcional: ao contrário, logo passa por cima da decepção presente e recomeça a ter esperanças para o futuro. O Sr. Weston ficou surpreso e triste por meia hora, mas depois começou a considerar que seria mesmo bem melhor se Frank viesse dali a dois ou três meses. Era uma época mais bonita do ano, de tempo melhor e, sem nenhuma dúvida, ele poderia prolongar mais sua estada do que se viesse antes.

Tais pensamentos não tardaram a devolver-lhe o ânimo enquanto a Sra. Weston, com seu temperamento menos otimista, nada previa a não ser a repetição de adiamentos e desculpas. E, por causa de toda a sua preocupação com o sofrimento futuro do marido, ela sofria ainda mais.

A essa altura, Emma não se encontrava com disposição para se importar se o Sr. Frank Churchill viria ou não, a não ser pela decepção que sofreriam seus amigos em Randalls. A ideia de conhecê-lo não a entusiasmava no momento. Mais do que tudo, queria ficar sossegada e longe de qualquer tentação; porém, assim mesmo, era aconselhável que tentasse ao máximo agir de seu modo habitual, por isso tomou cuidado para expressar o máximo de interesse pelo que acontecia e compartilhar a tristeza do Sr. e da Sra. Weston, como era natural devido a amizade que os unia.

Emma foi a primeira a contar a novidade ao Sr. Knightley e reprovou com ênfase (talvez até um pouco mais do que o necessário, pois representava um papel) a conduta dos Churchill ao reter o jovem cavalheiro longe do pai. Em seguida, passou a falar sobre a vantagem que seria a inclusão do jovem cavalheiro à sociedade de Surry, valorizando-a mais do que de fato valorizava. Falou do prazer de ver gente nova, da festa de gala que Highbury faria no dia em que Frank Churchill fosse lá e terminou com outras considerações sobre os Churchill, vendo-se mais uma vez envolvida em uma discórdia com o Sr. Knightley. E, para seu grande divertimento, percebeu que assumia o lado contrário da sua verdadeira opinião e que servia-se dos argumentos que antes a Sra. Weston usara na discussão com ela.

– De fato, os Churchill estão em falta – disse o Sr. Knightley friamente –, mas atrevo-me a dizer que ele poderia vir se de fato quisesse.

– Não entendo por que o senhor diz isso. Ele quer muito vir, mas o tio e a tia o impedem.

– Não posso acreditar que ele não poderia vir mesmo caso se empenhasse. É muito difícil para mim acreditar nisso sem uma prova.

– Como o senhor é esquisito! O que fez o Sr. Frank Churchill para que o julgue uma criatura tão desnaturada?

– Não o estou julgando uma criatura desnaturada ao suspeitar de que ele deve ter aprendido a se julgar superior a determinados parentes e a não se importar com nada além de seu próprio prazer, tendo vivido tanto tempo com pessoas que lhe deram esse tipo de exemplo. É mais do que natural que um jovem, quando criado por pessoas orgulhosas, convencidas e egoístas, se torne orgulhoso, convencido e egoísta. Se Frank Churchill quisesse realmente ver o pai, teria vindo entre setembro e janeiro. Um homem com a idade dele... quantos anos ele tem?... vinte e três ou vinte e quatro... não pode não ter meios de fazer no mínimo isso. É impossível.

– Isso é fácil de dizer e fácil de sentir para o senhor, que sempre foi dono de si mesmo. O senhor é o pior juiz do mundo, Sr. Knightley, quando se trata das dificuldades da dependência. O senhor não sabe como é ter de lidar com temperamentos difíceis.

– Não é concebível que um homem de vinte e quatro anos não tenha liberdade de pensamento e de movimento até esse ponto. Dinheiro não lhe falta... tempo também não. Ao contrário, sabemos que ele tem grande quantidade de ambos e que o demonstra com agradáveis andanças por todos os cantos do país. Sempre se ouve dizer que ele se encontra em um ou outro balneário. Há pouco tempo estava em Weymouth, o que prova que pode deixar os Churchill.

– É, às vezes ele pode.

– E essas vezes são quando ele acha que lhe convém, quando é levado por alguma tentação de prazer.

– É muito injusto julgar a conduta de alguém sem um íntimo conhecimento da situação. Ninguém que não tenha vivido no interior de uma família pode saber quais são as dificuldades que um indivíduo dela apresenta. Teríamos que ter estado em Enscombe e conhecer o temperamento da Sra. Churchill antes de querer decidir o que o sobrinho dela pode ou não fazer. É possível que ele seja capaz de fazer determinadas coisas e outras, não.

– Existe algo, Emma, que um homem tem sempre de poder fazer, se quiser: o seu dever. E deve fazê-lo não com artifícios e sutilezas, mas sim com vigor e determinação. O dever de Frank Churchill é dar atenção ao pai. Ele demonstra saber disso, por suas promessas e cartas, e, se quisesse, já o teria feito. Um homem direito deveria dizer à Sra. Churchill, de forma clara e decidida: "A senhora sempre me encontrou pronto para qualquer sacrifício em vista de sua conveniência, mas tenho que ir ver meu pai imediatamente. Sei que ele ficaria magoado se eu lhe faltasse com meu respeito nesta ocasião. Assim, deverei partir amanhã." Se ele houvesse dito isso à tia na primeira vez, com a decisão de quem se tornou homem, não haveria oposição à sua vinda.

– Não! – contestou Emma, rindo. – Mas talvez houvesse oposição à sua volta. Isso não é linguagem para um jovem cavalheiro completamente dependente usar! Ninguém, a não ser o senhor, poderia imaginar uma coisa dessas. E o faz porque não tem a menor ideia de como é preciso agir em uma situação tão diferente da sua. Imagine, o Sr. Frank Churchill fazer semelhante discurso à tia e ao tio que o criaram e que vão prover seu futuro! E deveria fazê-lo parado no meio da sala, suponho, falando o mais alto que pudesse! Como o senhor pode pensar em uma conduta tão impraticável?

– Pode ter certeza, Emma, um homem sensível não teria a menor dificuldade em fazê-lo. Bastaria que se sentisse no seu direito e a declaração seria feita, é claro, da maneira apropriada, como um homem com bom-senso a faria e seria extremamente benéfico, tornaria-o muito mais digno diante dos olhos daqueles de quem ele depende do que esses artifícios e sutilezas que usa. Ele obteria desta forma o respeito deles, não apenas a afeição. Os tios saberiam que podem confiar nele; que o sobrinho, respeitando o pai, demonstra que respeitará a eles; pois eles sabem, assim como ele próprio sabe, assim como todo mundo sabe, que ele deve visitar o pai. E, ainda que exerçam seu poder para impedi-lo, no fundo não pensam bem dele por se submeter a este capricho. Todos são capazes de reconhecer e respeitar uma conduta correta. Se esse jovem preferisse agir da maneira certa, seguindo bons princípios de modo consistente e determinado, as mentes pequeninas de seus tios iriam curvar-se à dele.

– Duvido muito disso. O senhor gosta muito de curvar mentes pequenas; mas quando as mentes pequenas pertencem a pessoas ricas e poderosas, creio que elas têm uma propensão para inchar até se tornarem tão difíceis de curvar quanto as grandes mentes. Posso compreender que se o senhor, do jeito que é, Sr. Knightley, estivesse na situação do Sr. Frank Churchill, seria capaz de dizer e fazer o que acaba de recomendar para ele e conseguiria um bom resultado. Talvez os Churchill não tivessem nem sequer uma palavra para dizer em resposta... Mas se assim fosse, o senhor não teria de romper antigos hábitos de obediência. Para o Sr. Frank, que os tem, não seria tão fácil colocar-se de repente em pleno estado de independência, anular as inúmeras reivindicações de seus tios baseadas na gratidão e no respeito dele. Ele pode ter uma profunda noção do que é certo, como o senhor tem, sem que, ao se encontrar sob as mesmas circunstâncias, aja do modo que o senhor agiria.

– Neste caso, Frank Churchill não tem uma noção tão profunda assim. Se ele falha em produzir um esforço equivalente, significa que não tem a mesma convicção.

– E a diferença de situação e hábitos? Eu gostaria que o senhor tentasse entender o que um amável cavalheiro pode ser capaz de sentir ao se opor diretamente àqueles aos quais sempre obedeceu e admirou em toda sua vida de criança e adolescente.

– O seu amável cavalheiro na verdade é um cavalheiro fraco se na primeira ocasião que se apresentou negou-se a fazer o que é certo para não ir contra a vontade dos outros. Ele já deveria ter adquirido o hábito, durante sua vida, de cumprir seu dever em vez de submeter-se e obedecer. Entendo perfeitamente os temores de uma criança, mas não os de um homem. Ao tornar-se racional, ele deveria ter-se rebelado e se tornado livre de tudo que está errado na autoridade dos tios. Ele deveria ter-se oposto à primeira tentativa deles de fazê-lo desconsiderar os sentimentos do pai. Se tivesse agido corretamente desde o princípio, não haveria agora nenhuma dificuldade.

– Nunca iremos concordar a respeito dele – desanimou-se Emma –, mas isso não é nada extraordinário. Não tenho a menor impressão de que o Sr. Frank seja um homem fraco. Tenho certeza de que não é. O Sr. Weston não pode ser tão completamente cego, nem mesmo a respeito do próprio filho. É evidente que ele tem uma visão mais complacente, mais indulgente e suave do que sobre o que é perfeito para um homem do que o senhor. Ouso dizer que o senhor tem certa razão, mas que, apesar de isso significar algumas desvantagens para ele, oferece também inúmeras vantagens.

– Sim. Vantagens como não fazer nada nos momentos em que deveria agir, ou como levar uma vida de meros prazeres pessoais e tornar-se um especialista em encontrar desculpas para isso. Esse jovem pode sentar-se e escrever uma floreada e lindíssima carta, cheia de escrúpulos e falsas promessas, persuadindo-se de que descobriu o melhor método do mundo para manter a paz em casa e impedir que o pai tenha qualquer direito de se queixar. As cartas dele me dão nojo.

– Sua reação é muito estranha: todos gostaram delas!

– Desconfio de que a Sra. Weston não gostou. Essas cartas não poderiam contentar uma mulher com a sensibilidade e o bom-senso que ela tem; encontra-se no lugar de mãe, mas não tem a afeição maternal para cegá-la. É por respeito a ela que atenções a Randalls são duplamente devidas e isso deve tê-la feito sentir a omissão duas vezes mais. Se ela fosse uma pessoa importante, acredito que ele teria vindo; mas também não faria mais diferença se ele viesse ou não. Pode imaginar sua amiga atormentada por estas considerações? Não acha que ela já disse essas coisas inúmeras vezes a si mesma? Não, Emma. Seu jovem amigo pode ser amável apenas em francês, nunca em inglês: Frank pode ser *aimable,* ou seja, ter boas maneiras e ser muito agradável, porém não tem a consideração inglesa pelos sentimentos dos outros. Na verdade, nada há de amável nele.

– O senhor parece determinado a julgá-lo mal.

– Eu? De maneira nenhuma! – O Sr. Knightley pareceu bastante aborrecido. – Não quero pensar mal dele. Estou disposto a reconhecer seus méritos como faria com qualquer outro homem, apenas não vi nenhum a não ser os meramente pessoais: que ele cresceu bem, tem boa aparência e possui boas-maneiras, muito refinadas.

– Bem, mesmo que não haja nada além disso para recomendá-lo, esse jovem cavalheiro já seria um tesouro em Highbury. Não é sempre que deparamos com homens refinados, bem-educados e agradáveis. Não seria bonito da nossa parte exigirmos todas as virtudes. O senhor pode imaginar, Sr. Knightley, a *sensação* que a vinda dele irá produzir? Não haverá outro assunto entre as paróquias de Donwell e de Highbury: haverá apenas um assunto, um só objeto de curiosidade: o Sr. Frank Churchill. Não pensaremos e não falaremos em ninguém mais.

– Queira desculpar-me se sou exagerado, mas se eu o achar interessante, terei o maior prazer em conhecê-lo, No entanto, se ele for apenas um janota pretensioso, não lhe dedicarei muito do meu tempo ou do meu pensamento.

– Tenho a impressão de que ele é capaz de conversar sobre os gostos de todos, que tem o poder, assim como o desejo, de ser agradável com todo o mundo. Com o senhor, ele irá conversar sobre fazendas: comigo, sobre pintura ou música, e assim por diante com qualquer pessoa. Deve possuir informações sobre todos os assuntos, estando apto a acompanhar ou até mesmo definir o rumo de uma conversa, capaz de seguir as normas de etiqueta apropriadas e de dizer coisas extremamente interessantes sobre qualquer tema. Esta é a minha impressão dele.

– E a minha – replicou o Sr. Knightley com veemência – é que se ele realmente for assim, será uma pessoa insuportável! O quê? Aos vinte e três anos ser o rei do seu grupo... o grande homem... o político prático que é capaz de apreender num relance o caráter de cada pessoa e usar seus talentos para demonstrar a própria superioridade; que distribuirá suas lisonjas por todos os lados, fazendo com que os demais pareçam tolos comparados a ele! Minha querida Emma, seu bom-senso não suportaria alguém assim.

– Não quero mais falar nele! – exclamou Emma. – O senhor distorce tudo. Nós dois estamos com preconceitos: o senhor contra, eu a favor. E não vamos resolver este impasse a não ser quando ele estiver aqui.

– Preconceito! Eu não sou preconceituoso.

– Mas eu sou, muito, e não sinto a menor vergonha disso. O meu amor pelo Sr. e a Sra. Weston faz com que tome partido em favor dele.

– Não tenho o mínimo interesse por Frank Churchill.

O Sr. Knightley disse isso com tal desprezo que Emma decidiu imediatamente falar de outra coisa, embora não compreendesse por que ele se zangara tanto.

Desprezar dessa maneira um jovem cavalheiro, apenas porque ele parecia pensar de maneira diferente da dele era algo que não combinava com a mentalidade liberal que o Sr. Knightley sempre demonstrara. Apesar da alta opinião que ele tinha sobre si mesmo, e que ela tantas vezes usava para provocá-lo, Emma jamais tinha imaginado que ele pudesse ser injusto para com os méritos de outro.

19

Emma e Harriet passeavam juntas pela manhã e, na opinião de Emma, já tinham falando sobre o Sr. Elton o bastante por aquele dia. Não podia acreditar que seu pecado e o alívio de Harriet exigissem mais conversas sobre tal tema; portanto, tentava arduamente mudar de assunto enquanto voltavam. No momento em que pensou que havia conseguido, ao comentar por algum tempo como os pobres deviam sofrer no inverno, obteve como resposta apenas um choroso "O Sr. Elton é tão bondoso com os pobres!", e compreendeu que precisava fazer algo.

Como se aproximavam da casa onde moravam a Sra. e a Srta. Bates, ela decidiu fazer-lhes uma visita, procurando, desta maneira, buscar segurança na companhia de outras pessoas. Havia mais do que motivos suficientes para essa atenção: a Sra. e a Srta. Bates adoravam receber visitas e Emma sabia que os poucos que conseguiam ver imperfeições nela consideravam-na negligente a este respeito, culpada de não contribuir como podia para aumentar o escasso conforto que as duas damas tinham.

Recebera várias insinuações do Sr. Knightley e do seu próprio coração sobre essa sua deficiência, mas nenhuma delas havia sido capaz de neutralizar o fato de que seria extremamente desagradável, uma completa perda de tempo, de que as Bates eram terrivelmente enfadonhas, além do sério risco de encontrar outras pessoas desagradáveis, pertencentes ao segundo ou terceiro nível de Highbury, que sempre visitavam as Bates. Por isso, raramente se aproximava delas. Mas dessa vez tomou a súbita resolução de não passar pela porta delas sem entrar e, ao propor a Harriet que o fizessem, procurou esclarecer que, segundo seus cálculos, estavam a salvo de qualquer carta de Jane Fairfax.

A casa pertencia a pessoas ativas. A Sra. e a Srta. Bates encontravam-se na sala de estar da residência de dimensões modestas que era tudo o que possuíam, onde as visitas eram recebidas com cordialidade e quase gratidão. A tranquila e simples velha senhora, que se encontrava sentada no canto mais aquecido, tricotando, quis ceder seu lugar para a Srta. Woodhouse. Sua filha, mais agitada e faladora, mostrava-se disposta a cobrir as visitantes de cuidados e gentilezas, agradecimentos pela visita, perguntas sobre o estado de seus sapatos, indagações a respeito da saúde do Sr. Woodhouse, alegres comentários sobre o estado de sua mãe e também um pedaço de bolo do bufê: "A Sra. Cole, que chegara para uma visita de dez minutos, mas que tivera a bondade de sentar-se por uma hora ali com elas, *aceitara* uma fatia do bolo e havia sido bondosa a ponto de dizer que tinha gostado muito; esperava, agora, que a Srta. Woodhouse e a Srta. Smith também lhe dessem a honra de aceitar uma fatia..."

A menção da Sra. Cole, é claro, foi seguida pela menção da Sr. Elton. Havia grande amizade entre o jovem vigário e o Sr. Cole, que vinha recebendo notícias dele desde que viajara. Emma sabia o que viria a seguir; iria ouvir um resumo de carta mais uma vez, saber há quanto tempo o Sr. Elton tinha ido embora, que já fizera uma porção de conhecidos, que se tornava o favorito aonde quer que fosse, como havia sido concorrido o baile do Mestre das Cerimônias... E passou por tudo isso muito bem, demonstrando o máximo interesse e fazendo todos os comentários adequados, sempre adiantando-se para evitar que Harriet fosse obrigada a dizer alguma coisa.

Na verdade, estava preparada para agir dessa maneira quando entrara na casa. Esperava, no entanto, que depois de conversar tranquilamente sobre o jovem cavalheiro, ficasse livre de novos tópicos desagradáveis e tivesse apenas de divagar por algum tempo sobre as senhoras e senhoritas de Highbury com seus serões de jogo de baralho. Não estava preparada para enfrentar Jane Fairfax após discutir o Sr. Elton. Mas o jovem cavalheiro foi logo afastado da conversa pela Srta. Bates, que falou apenas rapidamente sobre os Cole para então discutir uma carta de sua sobrinha.

– Oh, sim... O Sr. Elton... Ouvi dizer que foi visto dançando... A Sra. Cole contou-me que os bailes nos salões de Bath são... A Sra. Cole foi muito gentil em ficar aqui algum tempo conosco, conversando sobre Jane; assim que entrou, perguntou por ela. Gosta muito de Jane! Sempre que ela está conosco, a Sra. Cole não sabe como demonstrar tanta bondade e devo dizer que Jane merece isso tanto quanto alguém pode merecer. E, então, a Sra. Cole começou a perguntar imediatamente sobre ela, dizendo: "Sei que não devem ter recebido notícias de Jane ainda, porque não é o dia de ela escrever", e quando respondi logo "Mas recebemos, sim, chegou uma carta dela hoje de manhã", creio que nunca vi ninguém mais surpreendido. "Receberam mesmo, de verdade?", perguntou ela. "Bem, isso é algo inesperado. Conte-me o que ela disse."

A educação de Emma a fez sorrir com interesse e indagar:

– Quer dizer que receberam notícias recentes da Srta. Fairfax? Fico muito feliz com isso. Espero que ela esteja bem.

– Muito obrigada, a senhorita é tão gentil! – agradeceu, contente, a iludida tia enquanto procurava ansiosamente a carta. – Oh, aqui está! Tinha certeza de que não poderia estar muito longe. Coloquei meu avental sobre a carta sem perceber e ela ficou quase escondida, mas se encontrava na minha mão até agora há pouco e eu tinha quase certeza de que devia estar em cima da mesa. Eu a estava lendo mais uma vez para minha mãe, pois é uma felicidade tão grande para ela... uma carta de Jane... que nunca acha que já escutou o suficiente. Por isso, eu achava que não devia estar muito longe e aqui a encontrei, bem embaixo do meu avental... Já que as senhoritas são tão bondosas a ponto de querer saber o que ela diz... Mas primeiro de tudo, eu realmente devo, para fazer justiça a Jane, pedir desculpa por ela ter escrito uma carta tão curta... apenas duas páginas, as senhoritas veem? Mal chegam a duas... Em geral ela enche o papel todo e mais alguns. Minha mãe sempre se admira por eu conseguir colocá-los todos em ordem e muitas vezes diz quando abro o envelope: "Bem, Hetty, agora creio que você vai ter de resolver esse quebra-cabeça... " Não é, madame? E, então, eu lhe digo que ela mesma seria capaz de resolver, se decidisse fazê-lo sozinha, se não tivesse ninguém que o fizesse por ela... cada palavra daqui... tenho certeza de que conseguiria estudar tudo cuidadosamente até ler todas as palavras. E, sem dúvida, apesar de que os olhos de minha mãe já não sejam tão bons quanto eram, ela ainda consegue enxergar bastante bem, graças a Deus!, com a ajuda de óculos. É uma verdadeira bênção! Os olhos de minha mãe são realmente muito bons. Jane sempre diz quando vem aqui: "Tenho certeza, vovó, de que a senhora deve ter tido olhos muito fortes para ver como vê agora... e para fazer os delicados trabalhos que fez! Só quero que os meus possam se conservar assim tão bem."

Tudo isso foi falado tão depressa que obrigou a Srta. Bates a parar para respirar e Emma disse algo bem-educado sobre a excelência da caligrafia da Srta. Jane Fairfax.

– A senhorita é extremamente gentil – declarou a Srta. Bates, muito agradecida – e é uma excelente juíza, já que também tem uma caligrafia muito bonita. Tenho certeza de que não existe elogio de mais ninguém que possa nos dar tanta satisfação quanto o da Srta. Woodhouse. Minha mãe não deve ter ouvido. Ela está ficando um pouco surda, a senhorita sabe... Madame – dirigiu-se à mãe –, a senhora ouviu o que a Srta. Woodhouse foi tão gentil em dizer da caligrafia de Jane?

E Emma teve o prazer de ouvir seu inócuo elogio repetido duas vezes antes que a velha senhora o entendesse. Enquanto isso, ponderou sobre a possibilidade de, sem parecer muito rude, escapar antes de ouvir a carta de Jane Fairfax, e já estava resolvida a recorrer diretamente a uma desculpa qualquer quando a Srta. Bates voltou-se para ela de novo e requisitou-lhe a atenção.

– A surdez de minha mãe é bastante leve, como a senhorita viu... não é quase nada. Basta-me erguer a voz e repetir duas ou três vezes e ela ouve; mas é também porque está acostumada com a minha voz. É muito interessante, porém, como ela ouve Jane melhor do que a mim. Jane fala de maneira tão clara! No entanto, ela não irá achar a avó mais surda do que era há dois anos. Isso significa muito tempo considerando a idade de minha mãe... e faz realmente dois anos inteirinhos, a senhorita sabe, desde a última vez que minha sobrinha esteve aqui. Nunca havíamos ficado tanto tempo sem vê-la e, como eu dizia à Sra. Cole, não sabemos o que fazer para ela agora.

– Estão esperando a Srta. Fairfax em breve?

– Oh, sim! Na semana que vem.

– É mesmo? Será um grande prazer.

– Obrigada. A senhorita é muito gentil. Sim, na semana que vem. Todos ficam muito surpresos e todos dizem as mesmas coisas agradáveis. Tenho certeza de que ela ficará feliz em ver seus amigos de Highbury, assim como eles por vê-la. Sim, sexta-feira ou sábado; ela não pôde dar certeza porque o coronel Campbell irá precisar da carruagem num desses dois dias. Eles são tão bondosos em trazê-la até aqui! Eles sempre fazem isso, a senhorita sabe. Oh, sim, sexta-feira ou sábado. Foi o que ela disse na carta, e foi por isso que escreveu fora do dia certo, como dissemos, pois, normalmente, só deveríamos receber carta de Jane na próxima terça ou quarta-feira.

– Sim, era o que eu estava esperando. Temia não ter notícias da Srta. Fairfax hoje.

– Tão gentil da sua parte! De fato, não haveria nenhuma notícia se não fosse por essa circunstância especial, quer dizer, se ela não viesse logo para cá. Minha mãe está tão maravilhada! Jane vai ficar pelo menos três meses conosco. Três meses é o que afirma ela sem a menor dúvida, como vou ter o prazer de ler para a senhorita. O caso é, a senhorita sabe, que os Campbell viajarão para a Irlanda. A Sra. Dixon convenceu seu pai e sua mãe a irem até lá para vê-la imediatamente. Eles não pretendiam ir antes do verão, porém ela está tão impaciente para vê-los! Até o dia em que se casou, no mês de outubro passado, a Sra. Dixon nunca havia ficado longe dos pais por mais de uma semana, o que deve fazer com que ela ache muito estranho estar num reinado, eu ia dizer, num país diferente... Então, ela escreveu para a mãe... ou para o pai. Confesso que não sei para qual dos dois, mas podemos verificar na carta de Jane... Escreveu em seu nome e no do Sr. Dixon para pedir-lhes que fossem imediatamente. O casal irá encontrá-los em Dublin e os levará para a propriedade que tem no campo, em Balycraig. Um lugar lindo, imagino. Jane ouviu falar muito na beleza dele; pelo Sr. Dixon, creio. Não sei se ela terá ouvido alguma outra pessoa falar sobre esse lugar. Mas era muito natural, a senhorita sabe, que ele gostasse de falar de seu lar quando cortejava a Srta. Campbell e Jane sempre saía a passeio com eles, pois o coronel e a Sra. Campbell eram muito cuidadosos em não deixar sua filha passear sozinha com o Sr. Dixon, e não posso censurá-los. É claro, então, que Jane ouvia tudo que ele dizia à Srta. Campbell sobre sua casa na Irlanda. E penso que ela uma vez nos contou numa de suas cartas que ele havia mostrado alguns desenhos do lugar; paisagens que ele mesmo desenhara. É um jovem cavalheiro dos mais amáveis, encantador, creio. Jane chegava quase a sentir vontade de ir à Irlanda ao ouvi-lo falar de lá.

Nesse momento, uma engenhosa e animadora suspeita formou-se na mente de Emma, a respeito de Jane Fairfax, desse encantador Sr. Dixon e do estranho fato de Jane Fairfax não ir à Irlanda. Então disse, com o propósito de fazer descobertas:

– A senhorita deve estar muito feliz por a Srta. Fairfax poder vir passar algum tempo aqui. Considerando-se a amizade muito especial entre ela e a Sra. Dixon, seria difícil qualquer pessoa imaginar que ela não acompanharia o coronel e a Sra. Campbell.

– É verdade, verdade mesmo, sem dúvida. Essa era uma coisa da qual quase tínhamos medo, pois não gostaríamos que minha sobrinha ficasse tão longe de nós durante tantos meses... sem possibilidade de vir se alguma coisa acontecesse. Mas, a senhorita vê, tudo terminou bem. Eles (o Sr. e a Sra. Dixon) queriam muito que Jane fizesse essa viagem com o Sr. e a Sra. Campbell; chegaram quase a exigir que ela fosse; nada poderia ser mais agradável ou insistente no convite *de ambos*, como diz Jane e como a senhorita irá escutar. O Sr. Dixon não parece em nada relutante nas suas atenções, é o jovem cavalheiro mais encantador do mundo. Desde o inestimável favor que fez para Jane em Weymouth, quando se encontravam numa festa, num barco, e ela, devido a um movimento repentino de algo que se refere às velas, poderia ter caído no mar... e teria caído de fato se esse cavalheiro não tivesse, com uma grande presença de espírito, segurado Jane pela roupa (jamais consigo pensar nisso sem tremer!). Desde que soubemos o que aconteceu nesse dia, gostamos muito do Sr. Dixon!

– No entanto, apesar de toda a insistência dos amigos e da vontade que ela tem de conhecer a Irlanda, a Srta. Fairfax preferiu dedicar seu tempo à senhorita e à Sra. Bates?

– Sim. Inteiramente por vontade sua, completamente por escolha própria, e o coronel e a Sra. Campbell acreditam que ela está certa, que é o que lhe recomendariam porque, sem dúvida, *queriam* que ela voltasse a respirar seu ar nativo, uma vez que ultimamente não anda se sentindo muito bem.

– Fico preocupada ouvindo isso. Acredito que eles tenham razão... Mas a Sra. Dixon deve estar muito desapontada. Ouvi dizer que ela não é nenhuma beleza notável; pelo menos, comparada com a Srta. Fairfax.

– Oh, não! A senhorita é muito bondosa ao dizer essas coisas. Mas, com certeza, não. Não existe comparação entre elas. A Srta. Campbell sempre foi absolutamente comum... porém é extremamente elegante e amável.

– Sim, claro.

– Jane pegou um forte resfriado, pobrezinha!, há tempo, desde o dia sete de novembro (como vou ler para a senhorita) e a partir de então nunca mais ficou completamente boa. Não é muito tempo para permanecer resfriada? Minha sobrinha não havia nos contado antes porque não queria nos assustar. É bem ela, tão atenciosa! Entretanto, ainda está tão longe de ficar boa que seus dedicados amigos Campbell pensaram que seria aconselhável ela vir para casa, onde se dá melhor com o ar. Eles acham que com três ou quatro meses em Highbury, Jane ficará completamente curada... e, de fato, é muito melhor que ela venha para cá do que ir para a Irlanda se não está bem de saúde. Ninguém saberá cuidar dela como nós.

– Sim, esse me parece o melhor arranjo do mundo.

– Então, ela vai chegar na próxima sexta-feira, ou no sábado, e os Campbell deixarão a capital, a caminho para Holyhead, na segunda-feira seguinte... como a senhorita poderá ver na carta de Jane. Tão de repente! Creio que é possível imaginar, minha querida Srta. Woodhouse, como fiquei nervosa! Se não fosse o inconveniente da doença dela... Tenho medo de que Jane esteja magra, muito abatida. Falando nisso, deixe-me contar que infelicidade me aconteceu. Sempre costumo ler as cartas da minha sobrinha só para mim, antes de ler em voz alta para minha mãe, a senhorita sabe, por medo de que haja nela alguma notícia que possa alarmá-la. Jane disse-me para fazer assim e sempre faço. E, então, comecei a ler esta carta com o cuidado que costumo tomar, mas quando cheguei ao ponto em que ela diz não estar bem, fiquei muito assustada e exclamei "Por Deus, a pobre Jane está doente!" Minha mãe, que estava esperando, atenta, ouviu claramente e levou um enorme susto. No entanto, continuei a ler e vi que ela não estava tão mal como me pareceu em princípio. No mesmo momento expliquei a mamãe que não precisava se preocupar. Mas não consigo entender como fui apanhada tão de surpresa! Caso Jane não sare logo, chamaremos o Sr. Perry. Não se pensa em gastos nessas horas e ele é tão generoso, gosta tanto de Jane que é capaz de não querer receber nada pela consulta, o que não poderemos admitir de modo algum, a senhorita sabe. Ele tem esposa e filhos para sustentar e não é justo que perca seu tempo. Bem, agora que já lhe dei uma ideia do que Jane escreveu, voltemos à carta e tenho certeza de que ela conta sua própria história bem melhor do que eu.

– Receio que precisemos ir embora – disse Emma, relanceando um olhar para Harriet e começando a erguer-se. – Meu pai deve estar nos esperando. Eu não tinha intenção de demorar, pensei que não ficaríamos mais do que cinco minutos. Apenas bati à porta porque não podia passar aí na frente sem perguntar como está a Sra. Bates, e no fim fui tão agradavelmente detida! Agora, no entanto, temos de desejar um bom-dia à senhorita e à Sra. Bates.

E nenhuma das tentativas de detê-las deu resultado. Emma ganhou a rua feliz, pois, embora tivesse ficado mais do que gostaria, embora houvesse sido obrigada a ouvir em resumo o que a carta de Jane Fairfax dizia, conseguira escapar de ouvir a carta em si.

20

Jane Fairfax era órfã, filha única da filha mais nova da Sra. Bates.

O casamento do lugar-tenente Fairfax, do Regimento de Infantaria, com a Srta. Jane Bates havia tido seu dia de fama e esplendor, de esperança e interesse; mas nada restara dele a não ser a melancólica lembrança do jovem lugar-tenente morrendo em ação no exterior, de sua viúva definhando logo depois, vítima da dor e da saudade – e essa filha.

Por nascimento, Jane pertencia a Highbury. Quando aos três anos perdera a mãe tornara-se então a propriedade, o fardo, o consolo, o encanto da avó e da tia. Nessa época parecera certo que a pequena fosse se fixar permanentemente nessa cidade. Se assim fosse, não poderia receber educação melhor do que os parcos meios das duas Bates permitiriam e teria crescido sem vantagens, sem bons relacionamentos e sem chance de ampliar o que a natureza lhe dera: aparência agradável, inteligência, bom coração e facilidade para fazer amizades.

Mas a compaixão de um amigo do pai dela mudou seu destino. Tratava-se do coronel Campbell, amigo próximo de Fairfax, a quem considerava um excelente oficial e um jovem digno. Além disso, julgava-se devedor dele: o oficial Fairfax cuidara do coronel em campanha, quando ele fora acometido de violenta febre, e o velho militar achava que o jovem lhe salvara a vida. E o coronel Campbell não esqueceu esses acontecimentos, apesar de apenas anos depois da morte do pobre Fairfax ele ter retornado à Inglaterra e podido fazer então alguma coisa por ele. Ao voltar, soube do nascimento da menina e procurou obter notícias dela. Era casado, tinha apenas uma filha mais ou menos da mesma idade de Jane, e esta última tornou-se convidada constante da família, passando longas temporadas com eles e, assim, foi crescendo como favorita de todos. E antes de ela completar nove anos, o apego da filha dos Campbell por Jane somado ao fato de o coronel desejar ser um verdadeiro amigo fizeram com que ele se oferecesse para assumir completamente a educação da pequena órfã. Sua oferta foi aceita e desde então Jane passou a pertencer à família do coronel Campbell e a viver com eles, indo visitar a avó de vez em quando.

O plano era que ela fosse educada para educar outros, uma vez que as poucas centenas de libras que herdara do pai tornavam sua independência impossível. Estava fora das possibilidades do coronel oferecer-lhe mais do que isso; embora seu ganho fosse razoável, incluindo soldo e recebimento extra pela provisão de cargo, sua fortuna pessoal era modesta e deveria ser passada para a filha. No entanto, ele considerava que dando educação a Jane, estaria garantindo uma subsistência digna para ela no futuro.

Esta era a história de Jane Fairfax. Ela havia caído em boas mãos, recebera carinho e uma excelente educação dos Campbell. Vivendo constantemente entre pessoas de bom caráter e bem informadas, seu coração e mente receberam todas as vantagens da disciplina e da cultura. Como a residência do coronel Campbell era em Londres, até o menor de seus talentos fora devidamente cultivado pelos melhores professores. Seu caráter e habilidades também mereceram o máximo de incentivo de seus amigos. E por isso aos dezoito ou dezenove anos, Jane Fairfax era tão competente para o ofício de educar quanto a idade permitia. Todavia, era amada demais para que a deixassem partir. Nem o pai ou a mãe eram capazes de aceitar tal coisa, nem a filha conseguia suportar a ideia Esse mau dia era sempre adiado, sendo fácil para os Campbell alegarem que ela era ainda muito jovem. E Jane permaneceu com eles, compartilhando, como se fosse outra filha, todos os prazeres permitidos por uma sociedade elegante e por uma equilibrada mistura de lar e divertimento, sendo sua única infelicidade a expectativa do futuro, tendo Jane o seu próprio bom-senso a lembrá-la sempre de que tudo aquilo logo iria terminar.

A afeição de toda a família, em particular o grande apego da Srta. Campbell, eram ainda mais louváveis devido à clara superioridade de Jane, tanto em aparência quanto na capacidade intelectual. Era impossível a jovem Campbell não perceber a beleza com que a natureza havia agraciado Jane, assim como sua grande inteligência não podia deixar de ser notada pelos pais dela. Entretanto, permaneceram juntos, com inalterada estima uns pelos outros, até o casamento da

Srta. Campbell, que, por sorte – aquela sorte que com frequência faz concretizar-se aquilo que desafia completamente as previsões em casos matrimoniais, a pessoa mais comum foi considerada mais atraente do que a pessoa superior – conquistara a afeição do Sr. Dixon, um jovem cavalheiro rico e amável, assim que se haviam conhecido. Deste modo, a filha do coronel estava bem casada e feliz, enquanto Jane Fairfax ainda precisava obter o pão de cada dia.

Esse acontecimento se dera havia pouco tempo; muito pouco, aliás, para que a desafortunada amiga dos Campbell tivesse tido tempo de começar a percorrer seu caminho para o dever, embora já houvesse alcançado a idade que ela própria havia determinado para começar. Havia muito tempo Jane Fairfax decidira que vinte e um anos era a idade certa. Com a determinação oferecida por um devotado aprendizado, chegara à conclusão de que a idade de vinte e um anos era adequada para o sacrifício completo, ou seja, para desligar-se dos prazeres da vida, das amizades que possuía na alta sociedade, da paz, da esperança e entregar-se à penitência e à mortificação eternas.

O bom-senso do coronel e da Sra. Campbell não conseguiu opor-se a tal resolução, apesar de seus sentimentos serem contra. Enquanto fossem vivos, Jane Fairfax não precisaria esforçar-se, a casa deles estaria aberta para ela, o conforto deles seria sempre compartilhado com ela. Mas agir assim seria egoísmo: o que teria de ser um dia, era melhor que fosse logo. Recentemente haviam começado a pensar que talvez teria sido mais bondoso e sábio se eles houvessem resistido à tentação de qualquer adiamento e evitado que Jane sentisse o gosto de uma vida de luxo e prazeres para depois ter de renunciar a ela. No entanto, o afeto que sentiam fazia com que se apegassem a qualquer justificativa que tornasse possível adiar aquele momento triste. Jane não se sentia bem desde o casamento da filha deles, e até que ela recuperasse completamente as forças, o coronel e a Sra. Campbell haviam-na proibido de iniciar suas obrigações, que pareciam exigir não um organismo enfraquecido e uma disposição inconstante, mas no mínimo algo além da perfeição da mente e do corpo humanos para que fossem suportadas com tolerável conforto.

No que se refere ao fato de Jane não ter viajado com eles para a Irlanda, o que ela escrevera para a tia era a absoluta verdade, embora pudessem existir verdades não ditas. De fato, fora escolha dela ir para ficar em Highbury durante a ausência dos Campbell a fim de passar, quem sabe, seus últimos meses de liberdade com as parentes que a amavam tanto. E os Campbell, independentemente de seu motivo, ou motivos, fosse ele simples, duplo ou triplo, haviam concordado com a decisão dela e afirmado que a recuperação de sua saúde dependia, mais do que qualquer outra coisa, de que passasse alguns meses respirando o ar de sua terra natal. Por isso é que ela iria para lá.

Assim, Highbury, em lugar de receber a grande novidade que lhes fora prometida – o Sr. Frank Churchill –, iria receber de presente a Srta. Jane Fairfax, que traria apenas a novidade de dois anos de ausência.

Emma não estava contente. Ter de ser bem-educada com uma pessoa de quem não gostava por três longos meses! Ter de ficar fazendo mais do que gostaria e ainda assim menos do que era devido. Por quê ela não gostava de Jane Fairfax, era uma pergunta difícil de responder. Certa vez o Sr. Knightley havia dito que isso acontecia porque Emma via em Jane uma jovem realmente dedicada e realizada, como ela gostaria de ser. E ainda que tal acusação houvesse sido refutada no mesmo instante, havia momentos de autocrítica em que a consciência de Emma não a absolvia. De qualquer forma, ela jamais seria amiga de Jane Fairfax; não sabia nem mesmo por quê, mas percebia nela uma espécie de frieza e reserva; uma evidente indiferença se lhe agradava ou não; e, além disso, a tia dela, uma eterna faladora; e todo o mundo a achava grande coisa!; e pensavam que deveriam ser amigas; acreditavam que Jane e Emma eram muito íntimas, simplesmente por terem a mesma idade. Estes eram os motivos; pelo menos Emma não conhecia nenhum melhor.

Era uma aversão completamente injusta. Cada defeito inventado era logo ampliado pela imaginação de Emma a tal ponto que jamais conseguia rever Jane Fairfax, depois de uma ausência considerável, sem ter a sensação de haver sido injuriada por ela. E foi por isso que durante a visita obrigatória às Bates, depois que a Srta. Fairfax finalmente retornara após uma ausência de dois anos, ficou particularmente impressionada com a aparência e maneiras dela, que havia depreciado tanto durante todo aquele tempo em que a moça ficara longe.

Jane Fairfax era muito elegante, notavelmente elegante, e Emma valorizava muito a elegância. A altura dela era boa o bastante para que todos a considerassem alta, porém não tanto que alguém pudesse considerá-la alta demais; tinha um corpo muito gracioso; seu tamanho podia ser considerado médio, entre gorda e magra, embora a aparência um tanto abatida de saúde abalada conferisse-lhe o mau aspecto da segunda.

Emma não pôde deixar de notar isso tudo. Depois, o rosto dela, seus traços... Havia mais beleza no conjunto do que se lembrava. Não eram traços regulares, mas compunham uma beleza agradável. Os olhos, de um cinzento profundo, com sobrancelhas e cílios castanho-escuros, nada ficavam a dever aos elogios que recebiam. A pele, na qual Emma jamais reparara, estava sem cor, mas tinha tal transparência e suavidade que não precisava de colorido artificial. Sua beleza possuía um estilo marcado principalmente pela elegância que Emma, de acordo com todos os seus princípios, via-se obrigada a admirar. Elegância que, fosse em pessoa ou mente, encontrava-se pouquíssima em Highbury. Nessa moça, em vez de vulgaridade, havia distinção e mérito.

Em resumo, durante a primeira visita, Emma permaneceu sentada, olhando para Jane Fairfax com dupla complacência. Experimentando um sentimento de satisfação e de estar fazendo justiça, decidiu-se a não mais desgostar dela. Quando pensou em sua história de vida, em sua situação assim como em sua beleza, quando considerou para que toda aquela elegância estaria destinada, para onde Jane se dirigia, como iria fazer para viver, parecia-lhe impossível deixar de sentir outra coisa que não compaixão e respeito por aquela moça. Se cada detalhe que já conhecia despertava-lhe interesse, este era aumentado pela alta probabilidade de que a Srta. Fairfax pudesse sentir algum apego pelo Sr. Dixon, como Emma já havia cogitado. Neste caso, nada poderia ser mais merecedor de pena ou mais digno do que o sacrifício que ela havia feito. A esta altura, Emma estava inclinada a achar que Jane Fairfax não havia tentado roubar a afeição que o Sr. Dixon tinha pela esposa, nem agido das maneiras reprováveis que sua imaginação havia sugerido. Se houvesse amor naquele caso, seria um amor simples e infeliz, existente apenas do lado dela. Com certeza, Jane absorvera inconscientemente o triste veneno enquanto a amiga lhe fazia confidências. Então, com os melhores, os mais puros motivos, negara-se a viajar para a Irlanda, resolvida a manter-se bem distante dele e a tomar o mais depressa possível as providências para começar a trabalhar.

Em conjunto, Emma deixou-a sentindo-se inclinada a impulsos caridosos que a fizeram olhar ao redor enquanto voltava para casa, e a lamentar que Highbury não tivesse nenhum jovem cavalheiro capaz de oferecer independência a Jane, ninguém que ela pudesse incluir em um esquema de aproximação com essa moça.

Estes eram lindos sentimentos, porém não muito duradouros. Antes que Emma se comprometesse publicamente declarando uma eterna amizade por Jane Fairfax ou fizesse mais para reconhecer erros e preconceitos passados do que dizer ao Sr. Knightley "Sim, ela é bonita, é mais do que bonita!", Jane foi passar um serão em Hartfield com a avó e a tia. Então, as coisas retornaram ao estado normal. Antigas provocações reapareceram. A Srta. Bates se tornara mais cansativa do que nunca porque à veneração que tinha pelas qualidades da sobrinha unira a ansiedade pela saúde dela, de modo que todos tiveram de escutar a descrição detalhada de como Jane comera um nadinha de pão com manteiga no café da manhã, uma fatia finíssima de carneiro ao jantar, além de terem de admirar as toucas e bolsas que a jovem havia feito para a avó e para a tia. E mais: voltaram as ofensas de Jane. Fizeram música; Emma foi obrigada a tocar e os agradecimentos e elogios que necessariamente foram feitos pareceram-lhe ter uma candura afetada, um ar de grandeza que pareciam demonstrar em alto estilo a superioridade que Jane atribuía às próprias performances. E o que era pior: além de tudo, ela mostrava-se tão fria, tão cautelosa. Não emitia suas verdadeiras opiniões. Envolta em um manto de polidez, parecia determinada a não se arriscar de modo algum. Era desagradavelmente reservada.

Se fosse possível, ela era ainda mais reservada sobre Weymouth e os Dixon. Parecia determinada a não dar uma ideia do caráter do Sr. Dixon, nem do valor que atribuía à companhia dele, menos ainda de sua opinião a respeito da compatibilidade do casal. Emitia uma aprovação superficial e suave, nada de revelador ou determinante. Mas isso não lhe adiantou de nada. Sua cautela foi inútil. Emma percebeu o artifício e voltou às suas antigas opiniões. Provavelmente *havia* algo mais a considerar naquele caso do que as preferências de Jane Fairfax; talvez o Sr. Dixon houvesse chegado muito perto de trocar uma amiga pela outra ou escolhido a Srta. Campbell apenas por causa das futuras doze mil libras.

A mesma reserva prevalecia nos demais assuntos. Jane e o Sr. Frank Churchill haviam estado em Weymouth na mesma época. Era sabido que os dois se conheciam, mas Emma não conseguiu a menor informação de como ele realmente era. "Ele era bonito?" "Ela achava que era considerado um jovem cavalheiro refinado." "Era agradável?" "Em geral, considerava-se que era." "Ele parece ser um cavalheiro sensível, culto?" "Em uma estação de águas ou em uma casa de conhecidos comuns em Londres, era difícil determinar esses pontos. No máximo, podia apenas julgar o comportamento do Sr. Churchill, pelo pouco tempo que o conhecia. Acreditava que todos consideravam suas maneiras agradáveis."

Emma não pôde perdoá-la.

21

Emma não podia perdoá-la, mas como nem ressentimento ou provocação haviam sido percebidos pelo Sr. Knightley, que estivera presente à reunião e vira apenas uma bem-educada atenção e atitudes afáveis de ambos os lados, na manhã seguinte, ao comparecer a Hartfield para uma visita de negócios ao Sr. Woodhouse, ele expressou sua aprovação, embora não tão abertamente quanto teria feito se o pai dela não estivesse na sala. Apenas falou com uma simplicidade bastante inteligível para Emma. Ele a considerava injusta com Jane e agora demonstrava seu contentamento por ver que a situação mudara.

Assim que o Sr. Woodhouse terminou de dizer o que era necessário, depois de garantir que entendera tudo e os papéis de negócios foram guardados, o Sr. Knightley disse:

– Foi um serão muito agradável, ontem. Agradável como poucos. Você e a Srta. Fairfax nos ofereceram boa música. Não conheço luxo maior, senhor, do que ficar sentado, com toda comodidade, e ser entretido o serão inteiro por duas jovens como elas, às vezes com música, outras por meio de conversa. Tenho certeza de que a Srta. Fairfax achou a noite encantadora, Emma. Você não se esqueceu de nada. Fiquei contente por você ter conseguido fazer com que Jane tocasse tanto. Como não existe piano na casa da avó dela, deve ter sido um verdadeiro deleite.

– Fico feliz que o senhor tenha aprovado – sorriu Emma –, mas espero que eu não costume ser deficiente na atenção devida aos convidados de Hartfield.

– Não, minha querida – disse o pai dela, no mesmo instante –, tenho certeza de que *isso* você jamais seria. Não existe pessoa que seja metade tão atenciosa e gentil quanto você. Talvez seja até atenciosa demais. Ontem à noite, por exemplo, acredito que se os *muffins* tivessem sido servidos apenas uma vez teria sido o bastante.

– Não – o Sr. Knightley falou quase ao mesmo tempo –, você quase nunca é deficiente... Não é deficiente em atenções ou entendimento. Creio que portanto me entende...

As sobrancelhas dela ergueram-se, exprimindo "Eu o entendo perfeitamente", mas Emma disse apenas:

– A Srta. Fairfax é muito reservada.

– Eu sempre disse que ela era... um pouco. Mas você logo irá perceber que é possível ultrapassar essa barreira de reserva, uma vez que se baseia na desconfiança. O que advém da discrição deve ser respeitado.

– O senhor a considera desconfiada. Eu não penso assim.

– Minha querida Emma – ele movimentou sua cadeira para mais perto dela –, não vai me dizer, espero, que não gostou de ontem à noite.

– Oh, não! Gostei demais da minha perseverança em fazer perguntas e me diverti muito pensando sobre como obtive pouquíssima informação.

– Estou decepcionado. – Foi o simples comentário do Sr. Knightley.

– Espero que todos tenham passado um serão agradável ontem à noite – disse o Sr. Woodhouse, com seu jeito tranquilo. – Eu passei. Em certo momento achei o fogo forte demais, então, afastei um pouco a minha cadeira da lareira, bem pouquinho, e o calor não me incomodou mais. A Srta. Bates estava muito conversadeira e bem-humorada, como sempre, apenas falava um pouco depressa demais. No entanto, ela é muito agradável e a Sra. Bates também, só que de um modo diferente. Gosto de velhos amigos. A Srta. Jane Fairfax é uma jovem muito bonita. De fato, é muito bonita e bem comportada. Ela deve ter gostado do serão, Sr. Knightley, por causa da companhia de Emma.

– Sem dúvida, senhor. E Emma, pela companhia da Srta. Fairfax.

Emma percebeu a ansiedade dele e desejando aplacá-la, pelo menos por enquanto, disse com uma sinceridade que ninguém poderia questionar:

– Ela é tão elegante que se torna difícil deixar de olhá-la. Não pude deixar de admirá-la e sinto pena dela com todo o meu coração.

O Sr. Knightley fitou-a como se estivesse mais agradecido do que poderia expressar e antes que ele dissesse alguma coisa, o Sr. Woodhouse, cujo pensamento estava nas Bates, interferiu:

– É realmente uma pena que elas sofram tantas privações! Uma grande pena mesmo. Sempre pensei... mas é tão pouco o que se pode fazer... em oferecer-lhes pequenos presentes sem valor, coisas pouco comuns. Agora, por exemplo, matamos um porco e Emma está considerando mandar-lhes um lombo ou um pernil... São peças pequenas e delicadas... Os porcos de Hartfield não são como os outros... mas sempre se trata de porco e, minha querida Emma, a menos que possa ser cortado em bifes e muito bem fritos, como fritamos os nossos, sem a mínima gordura, e que não seja assado... pois estômago nenhum suporta carne de porco assada... Acho que seria melhor mandar-lhes um pernil... Você não concorda, minha querida?

– Meu querido papai, mandei-lhes um quarto traseiro, pois tinha certeza de que o senhor aprovaria. Assim elas têm o pernil para salgar, como o senhor sabe que fica muito bom, e o lombo, que poderão preparar da maneira que mais apreciarem.

– Com certeza, minha querida, muito bem. Eu não havia pensado nisso, mas de fato é a melhor solução. Se elas preferirem, não precisam salgar o pernil e se não o salgarem, se ele for bem cozido, como Serle cozinha os nossos, fica muito bom comido moderadamente com salsão cozido, um pouco de cenoura e pastinaca.*

– Emma – interferiu o Sr. Knightley –, tenho uma novidade para você. Sei que gosta de novidades e quando vinha para cá ouvi algo que acredito ser do seu interesse.

– Novidade! Oh, sim, adoro novidades. O que é? Por que o senhor está rindo? Onde ouviu essa novidade? Em Randalls?

Ele teve apenas tempo para dizer:

– Não. Não foi em Randalls, pois nem sequer estive perto de Randalls...

A porta abriu-se nesse instante, dando passagem às Srtas. Bates e Fairfax, que entraram na sala. Cheia de agradecimentos e de novidades, a Srta. Bates não sabia por quais dos dois começar. O Sr. Knightley compreendeu imediatamente que havia perdido sua oportunidade e que não teria a menor chance de comunicação daí por diante.

– Oh, meu querido senhor! Como se sente nesta manhã? Minha querida Srta. Woodhouse! Não sei nem como me expressar! Que maravilhoso quarto traseiro de porco! A senhorita é tão generosa! Já soube da novidade? O Sr. Elton vai se casar.

Nos últimos dias, Emma não havia tido tempo para pensar no Sr. Elton e foi apanhada completamente de surpresa. Não pôde evitar um perceptível sobressalto nem de ficar vermelha ao ouvir aquilo.

**Pastinaca sativa* – Legume europeu, da família da cenoura. (*N. do T.*)

– Era essa a minha novidade... Pensei que iria interessá-la – comentou o Sr. Knightley, com um sorriso significativo.

– Mas onde o *senhor* ouviu a notícia? – indagou a Srta. Bates. – Como é possível que tenha sabido, Sr. Knightley? Não faz mais de cinco minutos que recebi um bilhete da Sra. Cole... Isso, não pode fazer mais do que cinco minutos... talvez dez, no máximo... O tempo de eu pegar meu chapéu, minha capa e chegar aqui... Parei apenas um instante para contar a Patty sobre o porco... Jane ficou esperando no corredor... Não foi, Jane?... É que mamãe ficou com medo de não termos uma vasilha grande o bastante para salgar o porco. Então, eu disse que iria sair para ver se pegava uma emprestada e Jane falou "Posso ir em seu lugar? Creio que você está para pegar um resfriado e Patty lavou a cozinha dela hoje". Oh, minha querida, eu disse, e foi nesse exato momento que chegou o bilhete. Com a Srta. Hawkins... É tudo que sei. A Srta. Hawkins, de Bath. Mas como é possível que já tenha ficado sabendo, Sr. Knightley? No mesmo momento em que o Sr. Cole contou para a Sra. Cole, ela sentou-se e escreveu-me o bilhete. A Srta. Hawkins...

– Estive com o Sr. Cole há uma hora e meia, tratando de negócios. Quando cheguei, ele estava lendo a carta do Sr. Elton e deu-me para que a lesse.

– Bem! Isso é realmente... Suponho que jamais tivemos uma noticia tão interessante. Meu querido senhor, é de fato tão generoso! Minha mãe envia-lhe seus melhores cumprimentos e atenções, além de milhares de agradecimentos. Mandou dizer que o senhor quase a matou com tanta gentileza.

– Consideramos nosso porco, aqui de Hartfield – declarou o Sr. Woodhouse –, superior a qualquer outro porco, e ele realmente o é, de modo que Emma e eu não poderíamos ter maior prazer do que...

– Oh, meu querido senhor! Como minha mãe diz, nossos amigos são todos muito bondosos para conosco. Se existem pessoas que, sem ter riqueza alguma, têm tudo o que poderiam desejar, essas pessoas certamente somos nós. Costumamos dizer que "nosso canto fica em uma bem-aventurada propriedade"... Bem, Sr. Knightley, quer dizer que leu a carta. Muito bem...

– É uma carta curta, praticamente um comunicado... mas alegre, exultante, é claro. – Aqui houve um rápido olhar malicioso do Sr. Knightley para Emma. – O Sr. Elton pareceu-me tão feliz quanto alguém que... fogem-me as palavras exatas... mas não tem importância. A informação era, como já foi dito aqui, que ele vai casar-se com a Srta. Hawkins. Pelo jeito que as coisas se encontram, parece que já está tudo certo.

– O Sr. Elton vai se casar! – exclamou Emma, assim que conseguiu falar. – Ele receberá de todos os melhores votos de felicidade.

– Ele é jovem demais para casar-se. – Foi a observação do Sr. Woodhouse. – Seria melhor não ter pressa. Parece-me muito bem como está. Sempre ficamos felizes em vê-lo aqui em Hartfield.

– Teremos uma nova vizinha, Srta. Woodhouse! – alegrou-se a Srta. Bates. – Minha mãe ficou tão contente! Ela diz que não suporta ver o pobre velho Vicariato sem uma dama. Esta é uma grande notícia, sem dúvida alguma. Jane, você nunca viu o Sr. Elton! Não é de admirar que sinta tanta curiosidade em vê-lo.

A curiosidade de Jane não parecia ser do tipo que se apoderava de seu pensamento.

– Não, jamais vi o Sr. Elton – declarou ela, respondendo ao apelo da tia. – Ele é... é alto?

– Quem poderia responder a tal pergunta? – Emma exclamou. – Meu pai diria "sim", o Sr. Knightley diria "não", a Srta. Bates e eu diríamos que a estatura dele é adequadamente mediana. Depois que estiver aqui por algum tempo, Srta. Fairfax, irá perceber que o Sr. Elton é o padrão de perfeição de Highbury, tanto física quanto mentalmente.

– É verdade, Srta. Woodhouse, ela irá perceber. Ele é o melhor jovem cavalheiro... Mas, minha querida Jane, caso você não se lembre, ainda ontem eu lhe disse que ele é exatamente da altura do Sr. Perry. A Srta. Hawkins, atrevo-me a afirmar, é uma excelente jovem dama. A extrema atenção dele para com minha mãe, fazendo-a sempre sentar-se no banco reservado ao Vicariato, para que possa ouvir melhor, porque ela é um pouco surda, a senhorita sabe... Não muito surda, mas não escuta com muita clareza. Jane disse que o coronel

Campbell é um tanto surdo. Ele pensou que banhos poderiam lhe fazer bem... banhos em termas... mas ela contou-me que não deram resultado algum. O coronel Campbell, a senhorita sabe, é nosso anjo da guarda. E o Sr. Dixon parece ser um cavalheiro verdadeiramente cheio de encanto, muito merecedor. É uma felicidade quando se juntam pessoas de fato tão bondosas... e elas sempre se juntam. Vejamos agora, por exemplo, o Sr. Elton e a Srta. Hawkins; há também os Cole, excelentes pessoas, todos sabem; há os Perry... Suponho que não exista casal mais feliz ou melhor do que o Sr. e a Sra. Perry. Devo dizer, senhor – voltando-se para o Sr. Woodhouse –, que existem pouquíssimas cidades com uma sociedade como a de Highbury. Eu sempre disse que somos abençoados pelos vizinhos que temos. Meu querido senhor, se há uma coisa da qual minha mãe mais gosta no mundo é carne de porco... lombo de porco assado.

– Quanto a quem ou o que a Srta. Hawkins é ou há quanto tempo ele se relaciona com ela – comentou Emma –, acredito que ninguém saiba. No entanto, é possível supor que não se conhecem há muito tempo. Ele foi para lá apenas há quatro semanas.

Ninguém tinha esclarecimento algum a dar e, depois de pensar por alguns momentos, Emma prosseguiu:

– Está tão silenciosa, Srta. Fairfax! Contudo, espero que pretenda interessar-se por essa noticia. A senhorita, que ficou ouvindo e observando recentemente um caso como esse, que deve ter participado intimamente do namoro da Srta. Campbell... Não a perdoaríamos se insistisse em se manter indiferente diante do compromisso entre o Sr. Elton e a Srta. Hawkins.

– Acredito que ficarei interessada – respondeu Jane –, depois que conhecer o Sr. Elton... Preciso *desta* condição para me interessar. E como já faz alguns meses desde que a Srta. Campbell se casou, talvez as minhas impressões já estejam um pouco embotadas.

– Sim. Ele viajou há justamente quatro semanas, se fizermos as contas, Srta. Woodhouse – esclareceu a Srta. Bates. – Fez quatro semanas ontem. Quanto à Srta. Hawkins... Bem, sempre imaginei que deveria haver alguma jovem dama fora daqui. Não que eu tenha... A Sra. Cole uma vez fez-me um comentário em segredo... porém imediatamente retruquei "Não. O Sr. Elton é um homem digno de confiança", mas... Em resumo, não me acredito especialmente esperta para esses tipos de descobertas. Nem pretendo ser. O que está diante dos meus olhos eu vejo. Ao mesmo tempo, ninguém pode saber se o Sr. Elton teria desejado... A Srta. Woodhouse deixa-me ficar falando desse jeito, e se mantém com tanto bom humor! Ela sabe que não tenho intenções de ofender ninguém neste mundo. Como vai a Srta. Smith? Ela parece estar recuperada. Tem recebido notícias da Sra. John Knightley? Oh, aquelas adoráveis crianças dela! Jane, sabe que sempre imaginei o Sr. Dixon parecido com o Sr. John Knightley? Refiro-me ao porte... alto, com aquele tipo de olhar... e mais calado.

– Totalmente errado, minha querida tia. Não existe a menor semelhança entre eles.

– Muito estranho! Mas ninguém deve, jamais, imaginar como uma pessoa é, porque nos apegamos a uma ideia e tudo passa a girar ao redor dela. Você não disse que o Sr. Dixon era bonito, francamente falando?

– Bonito? Oh, não! Muito longe disso. Eu disse à senhora que ele é comum.

– Minha querida, você disse que a Srta. Campbell não admitiria que dissessem que ele era comum e que você mesma...

– Oh! Na verdade, meu julgamento nada vale. Quando estimo uma pessoa, sempre acho que ela tem boa aparência. Mas repeti o que acreditava ser a opinião geral quando disse que ele era comum.

– Bem, minha querida Jane, creio que está na hora de irmos embora. O tempo parece já não estar tão bom e a vovó vai ficar preocupada. É muitíssimo gentil, minha querida Srta. Woodhouse, mas realmente precisamos ir. Esta foi a mais agradável notícia que tivemos, sem dúvida. Vou passar pela casa da Sra. Cole, porém não pretendo ficar lá por mais de três minutos. E, Jane, você poderá ir diretamente para casa... Eu não gostaria que apanhasse chuva!... Achamos que o melhor para ela é, de fato, Highbury. Obrigada de verdade, porém temos que ir. Não pretendo convidar a Sra. Goddard porque, realmente, não creio que ela goste de carne de porco a não ser *cozida*; quando formos fazer o pernil, será outra coisa. Um bom dia para o senhor, meu querido Sr. Woodhouse. Oh! O Sr. Knightley está indo embora também. Bem, isso é tão apropriado!... Tenho certeza de que se Jane ficar muito cansada, o senhor terá a bondade de dar-lhe o braço... O Sr. Elton e a Srta. Hawkins... Todos tenham um bom dia!

Ao ficar sozinha com o pai, metade da atenção de Emma foi solicitada por ele, que lamentou o fato de os jovens terem tanta pressa de se casar... e de casar-se com estranhos... Quanto à outra metade, ela pôde dedicar-se ao trabalho de formar sua própria opinião sobre o assunto. No que lhe dizia respeito, a novidade era bem recebida, uma vez que vinha provar que o Sr. Elton não sofrera por muito tempo. Porém, não podia deixar de ficar triste por causa de Harriet. A jovem iria sentir muito e tudo o que Emma podia esperar é que se fosse a primeira a lhe falar nesse assunto, pelo menos impediria que ela recebesse a notícia abruptamente pelos outros. Estava mais ou menos no horário da jovem vir visitá-la. E se ela encontrasse a Srta. Bates no caminho? Ao notar que havia começado a chover, Emma temeu que o mau tempo a detivesse na casa da Sra. Goddard e que ela acabasse recebendo a notícia sem estar preparada.

A chuva foi pesada, porém breve, e cessara havia não mais de cinco minutos quando Harriet chegou com o olhar brilhante e expressivo de quem está com o coração agitado. E o "Oh, Srta. Woodhouse, se soubesse o que aconteceu!" que imediatamente escapou-lhe dos lábios tinha toda a evidência de profunda perturbação. Já que o mal fora feito, Emma compreendeu que não poderia fazer nada além de ouvi-la, e Harriet, deixada à vontade, passou a falar no mesmo momento a respeito do que a angustiava.

Havia saído da casa da Sra. Goddard fazia cerca de meia hora... tinha ficado preocupada, pensando que iria chover... e com medo de que a chuva começasse a qualquer momento... mas achou que deveria ir primeiro até Hartfield... Então, correu o mais depressa que podia; mas, quando ia passando pela casa de uma senhora que estava fazendo uma saia para ela, achou que deveria parar e ver em que estado se encontrava a costura; não entrou lá por mais de um momento e quando saiu havia começado a chover; sem saber o que fazer, correu até chegar à Ford, onde se abrigou.

A Ford era a principal loja de tecidos e miudezas de armarinhos de Highbury; a principal tanto em tamanho quanto na qualidade das mercadorias.

E lá ficara ela, sem a menor ideia do que fazer, no máximo talvez por dez minutos quando, de repente, imagine só quem entrou... Com certeza foi muito esquisito! Mas o fato é que eles sempre iam à Ford... Então, Elizabeth Martin e seu irmão entraram! Querida Srta. Woodhouse! Pense por um momento! Tive a sensação de que iria desmaiar. Não sabia o que fazer. Estava sentada perto da porta! Elizabeth me viu na mesma hora, mas ele não me viu porque estava ocupado com o guarda-chuva. Tenho certeza de que ela me viu, mas desviou o olhar imediatamente e fingiu não me ver! Os dois foram direto para o fim da loja, enquanto continuei sentada perto da porta! Oh, meu Deus! Sentia-me tão miserável! Tenho certeza de que estava branca como meu vestido. Eu não podia sair, a senhorita sabe, por causa da chuva, mas queria estar em qualquer lugar do mundo, menos ali! Oh, querida Srta. Woodhouse... Bem, por fim, acho, ele olhou ao redor e me viu; em vez de irem fazer suas compras, começaram a cochichar um com o outro. Tenho certeza de que falavam de mim e não pude deixar de pensar que ele estava tentando persuadir a irmã a falar comigo (acha que ele fez isso, Srta. Woodhouse?), pois ela aproximou-se de mim, perguntou-me como eu ia e parecia pronta para apertar-me a mão se eu estendesse a minha. Elizabeth não se dirigiu a mim do jeito que costumava, pude perceber que estava alterada, mas parecia *estar tentando* ser amigável e apertamo-nos as mãos, depois conversamos por algum tempo. No entanto, não sei o que disse... tremia tanto! Lembro-me de que Elizabeth falou que havia ficado muito triste por não ter me visto mais, o que achei tão bondoso da parte dela! Deus, Srta. Woodhouse, eu me sentia tão miserável! A chuva tinha começado a diminuir e decidi que nada me impediria de ir embora. Então... imagine só!... vi que ele vinha em minha direção também... muito devagar, a senhorita sabe, como se não soubesse o que eu iria fazer. Ele chegou, falou, e respondi... Fiquei ali de pé por um minuto, sentindo-me terrivelmente mal, a senhorita sabe, ninguém conseguiria imaginar quanto e como. Aí, criei coragem e disse que não estava mais chovendo, que precisava ir. Saí e não me encontrava nem a três metros distante da porta quando ele me alcançou apenas para dizer que se eu vinha para Hartfield, seria muito melhor se desse a volta pelas cocheiras do Sr. Cole, pois o caminho para cá devia ter ficado enlamaçado por causa da chuva. Oh, Deus! Pensei que iria morrer! Então, respondi que estava muito agradecida a ele; a senhorita sabe, eu não poderia agir de outro jeito. Então, ele voltou para junto de Elizabeth e eu vim, dando a volta pelas cocheiras... Pelo menos, creio que o fiz, mas na verdade não sabia onde estava, por onde andava... Oh, Srta. Woodhouse! Eu não teria feito nada para que acontecesse o que aconteceu. No entanto, agora, a senhorita sabe, sinto uma espécie de satisfação por ele ter agido de maneira tão agradável e tão bondosa! E Elizabeth também. Oh, Srta. Woodhouse! Fale comigo e faça com que me sinta bem outra vez.

Emma gostaria, sinceramente, de poder fazê-lo, porém tal coisa não se encontrava ao seu alcance. Precisava parar e pensar. Ela própria não se sentia bem. A conduta do jovem fazendeiro e de sua irmã parecia resultado de um sentimento real e Emma não podia deixar de sentir pena deles. Do modo que Harriet descrevera os acontecimentos, podia-se imaginar que existia uma interessante mistura de magoada afeição e genuína delicadeza na atitude de ambos. Ela já sabia, de antemão, que se tratava de gente boa, digna. Que diferença isso fazia nos pontos desfavoráveis de um casamento entre eles? Era loucura preocupar-se com esse detalhes, agora. Claro, o Sr. Martin devia estar triste por ter perdido Harriet... todos eles deviam estar tristes. A ambição, assim como o amor, provoca mortificação. Com certeza, eles haviam tido esperança de subir graças aos conhecidos de Harriet. E, afinal, qual era o valor da narrativa da jovem? Ela era tão fácil de contentar, tinha tão pouco discernimento... O que significavam seus louvores?

Emma fez um esforço, tentando deixá-la confortável e fazê-la considerar que tudo aquilo não passava de uma bobagem e, portanto, não merecia maiores atenções.

– Pode estar sendo difícil neste momento – disse –, mas você agiu extremamente bem. E acabou-se. É provável que um encontro como esse não aconteça mais e, de fato, como primeiro encontro, jamais acontecerá, então não há necessidade de pensar mais nisso.

Harriet disse "isso mesmo" e que "não iria pensar mais nisso", porém continuou falando a respeito, como se não conseguisse fixar a atenção em outra coisa. Por fim, para tirar os Martin da cabeça dela, Emma foi obrigada a contar-lhe logo a novidade, coisa que pretendera fazer com muito mais cuidado. Quando o fez, não soube se deveria regozijar-se ou zangar-se, sentir vergonha ou divertir-se diante do estado confuso de Harriet e diante da própria conclusão de que o Sr. Elton pouca importância tinha para a jovem!

Contudo, os privilégios do Sr. Elton aos poucos foram revivendo. Ainda que Harriet não sentisse diante daquela notícia o choque que sentiria se a recebesse no dia anterior, ou uma hora atrás, o interesse dela cresceu, e antes que a conversa entre as moças terminasse, passou por várias sensações: curiosidade, admiração e tristeza, dor e satisfação diante daquela Srta. Hawkins que era capaz de recolocar os Martin em seu devido lugar na imaginação dela.

Por sua vez, Emma descobriu que ficara satisfeita com aquele encontro. Ele fora útil para suavizar o primeiro choque, sem ter exercido nenhuma influência que merecesse alarme. Do modo que Harriet vivia agora, os Martin não poderiam chegar perto dela sem ir procurá-la em Hartfield e com certeza lhes faltaria coragem ou segurança própria para fazê-lo, porque depois que Harriet recusara a proposta do irmão, as duas jovens Martin nunca mais tinham ido à casa da Sra. Goddard e um ano poderia passar sem que se encontrassem de novo e sem que tivessem nenhuma necessidade, ou mesmo possibilidade, de conversar.

22

A natureza humana é de tal maneira inclinada a pensar bem daqueles que se encontram em situações interessantes que um jovem, quer se case ou morra, com certeza será mencionado com boas palavras por todos.

Não se passara ainda uma semana desde que o nome da Srta. Hawkins havia sido mencionado pela primeira vez em Highbury e já havia sido descoberto, de um modo ou de outro, que sua aparência e caráter possuíam todas as recomendações possíveis. Era bonita, elegante, muito bem-educada e perfeitamente amável. Quando o Sr. Elton regressara em triunfo, com suas felizes perspectivas e disposto a espalhar a fama dos méritos de sua prometida, havia restado pouquíssimo a fazer a não ser revelar seu nome de batismo e que músicas, principalmente, ela tocava.

O Sr. Elton voltara como um homem realmente feliz. Fora embora rejeitado, mortificado, decepcionado em sua esperança otimista, adquirida depois de uma série do que lhe havia parecido espontâneo encorajamento. E não apenas perdera a senhorita certa, como também se vira rebaixado ao nível da errada. Havia ido embora profundamente ofendido e voltava noivo de uma outra tão superior, é claro, quanto a primeira e em circunstâncias nas quais ele mais havia ganhado do que perdido. Voltara alegre e com o orgulho satisfeito, animado e cheio de planos, pouco se importando com a Srta. Woodhouse e desdenhando a Srta. Smith.

A encantadora Augusta Hawkins, além de todas as já mencionadas vantagens de beleza e méritos variados, possuía uma fortuna independente de vários milhares de libras, que parecia chegar acima de dez. Este era um ponto de orgulho, além de conveniência, como a história bem demonstrava: ele não saíra prejudicado, pois ganhara uma mulher de dez mil libras ou mais. E a ganhara com deliciosa rapidez. Depois da primeira hora que se seguira à apresentação, desenvolvera-se uma atenção reveladora. A história que ele contara ao Sr. Cole sobre o nascimento e o progresso daquele caso de amor era gloriosa – os passos tão rápidos desde o encontro acidental no jantar do Sr. Green, depois na festa da Sra. Brown... sorrisos e rubores aumentando de importância... percepção e agitação ricamente despertadas... A jovem dama tão facilmente impressionada, tão docemente receptiva, se tornara em pouco tempo, para usar uma frase mais expressiva, tão disposta a aceitá-lo que a vaidade e a prudência sentiram-se imediatamente contentadas.

Ele conseguira forma e conteúdo, fortuna e afeição; tornara-se o homem feliz que devia ser; falava apenas de si mesmo e de seus interesses – esperando ser cumprimentado, pronto para receber todos os sorrisos – e passara a dirigir-se às jovens senhoritas do lugar com cordiais sorrisos e sem medo, quando antes, havia poucas semanas, teria sido bem mais cuidadosamente galante com elas.

O casamento seria para logo, uma vez que os noivos tinham apenas a si mesmos para dar satisfações e não havia necessidade de preparos que exigissem espera.

Quando o Sr. Elton partiu novamente para Bath, deixou na cidade a expectativa geral, que um olhar da Sra. Cole parecia não contradizer, de que, quando voltasse a Highbury, traria sua futura esposa.

Durante a breve estada dele, Emma mal o vira, mas o havia visto o bastante para notar que a sensação do último encontro não havia se dissipado e para saber que ele não estava melhor agora que havia uma mistura de ressentimento e pretensão na atitude dele. Diante disso, chegara até mesmo a perguntar-se como um dia pudera considerar o Sr. Elton agradável. A visão dele achava-se tão solidamente ligada a sensações ruins que iria sentir-se grata se tivesse certeza de nunca mais precisar vê-lo, a não ser do ponto de vista moral, como uma penitência, uma lição, uma fonte de saudável humilhação para sua própria presunção.

Desejava-lhe felicidade, porém a presença dele causava-lhe dor e se a felicidade desse jovem cavalheiro fosse ser obtida a mais de trinta quilômetros de distância, Emma ficaria muito contente.

Mas, com certeza, a dor causada por ele continuar residindo em Highbury seria suavizada pelo casamento. Muitas vãs solicitudes poderiam ser evitadas, diminuindo-se assim as ocasiões de constrangimento. Uma *Sra. Elton* consistiria em uma boa desculpa para a modificação dos laços que os ligavam; a antiga amizade poderia, assim, desaparecer sem despertar estranheza. Seria até possível recomeçar um novo e bem-educado relacionamento.

Quanto à Srta. Hawkins em si, Emma pensava pouquíssimo nela, Sem dúvida, devia ser boa o suficiente para o Sr. Elton; perfeita para Highbury – bonita talvez, porém não o suficiente para não passar de uma beleza comum comparada a Harriet. Quanto a possíveis conexões, Emma sentia-se completamente tranquila, persuadida de que depois de suas arrogantes acusações e desdém por Harriet, ele acabara por não obter ninguém que fosse muito mais bem-relacionada. Nesse ponto, parecia que ela visualizara a verdade. O *que* a Srta. Hawkins era podia permanecer incerto, porém *quem* ela era poderia ser descoberto e, colocando-se de lado as dez mil libras, essa moça não parecia superior a Harriet.

Augusta Hawkins não tinha nome, sangue, importância. Era a mais nova de duas filhas de um comerciante de Bristol – se assim podia-se classificá-lo; mas em conjunto os lucros das atividades comerciais desse senhor pareciam ter sido tão modestos que não era injusto concluir que sua linha de comércio também era muito modesta, A Srta. Hawkins costumava passar parte do inverno em Bath, porém Bristol era seu lar, o coração de Bristol. Seu pai e sua mãe haviam morrido havia alguns anos; restava um tio, na área de direito, sobre o qual nenhuma outra informação relevante havia, e era com ele que morava a Srta. Hawkins desde a morte dos pais. Emma desconfiava de que esse senhor era o faz-tudo de um advogado e burro demais para subir na profissão. Toda a grandeza da família parecia residir na irmã mais velha, *muito bem casada* com um cavalheiro de *grande estilo*, que morava perto de Bristol e tinha duas carruagens! Este era o fim da história, esta era toda a glória da Srta. Hawkins.

Se Emma pudesse contar para Harriet o que sentia diante disso tudo! Havia conduzido a jovem ao amor, mas, infelizmente, não estava sendo fácil desviá-la dele. Era muito difícil arrancar uma ideia depois que ela se fixava nos muitos pontos vazios da mente de Harriet. Seria preciso substituir o Sr. Elton por outro cavalheiro na cabecinha dela e com certeza isso poderia ser feito; nada seria mais fácil e até mesmo Robert Martin bastaria para consegui-lo.

No entanto, Emma temia que nada fosse capaz de curar sua jovem amiga. Harriet era uma dessas pessoas que, depois que se apaixonavam pela primeira vez, estariam sempre apaixonadas por alguém. E, pobrezinha!, seu estado havia se tornado muito pior com o regresso do Sr. Elton. Não o vira todos os dias, mas estava sempre prestes a vê-lo, de um modo ou de outro. Emma o havia visto apenas uma vez, porém Harriet *quase* o tinha visto duas ou três vezes por dia, *quase* esbarrara nele, *quase* ouvira a voz dele ou vira seu ombro, *quase* conseguira deixar de pensar nele, porém continuara imaginando surpresas e fazendo conjecturas esperançosas. Além disso, estava continuamente ouvindo falar nele pois, a não ser quando se encontrava em Hartfield, achava-se entre as pessoas que não viam a menor imperfeição no Sr. Elton e não tinham nada mais interessante para conversar a não ser sobre ele e sua vida. Assim, todas as informações, pelo menos as suposições de tudo que estava acontecendo ou que iria acontecer por causa daquele casamento, inclusive a renda, criados e móveis, viviam em constante agitação ao redor de Harriet. Sua admiração aumentava com os constantes elogios a ele e sua tristeza era mantida viva, os sentimentos exacerbados pela incessante menção à felicidade da Srta. Hawkins e contínua observação de quanto ele parecia gostar dela! A expressão dele quando andava pela casa, o mero gesto ao colocar o chapéu, tudo se tornava prova de como ele estava apaixonado!

Se não houvesse o sofrimento de sua amiga nem a culpa que ela própria sentia, Emma acharia divertidas as divagações da mente de Harriet e riria das constantes variações. Às vezes o Sr. Elton predominava, outras vezes eram os Martin, e a cada mudança, um era usado para aplacar os pensamentos relativos ao outro. O noivado do Sr. Elton servira para curar a agitação causada pelo encontro com o Sr. Martin e a infelicidade despertada pela notícia do próximo casamento servira para diminuir a importância da visita que Elizabeth Martin havia feito à Sra. Goddard alguns dias depois. Harriet não estava em casa, mas um bilhete fora deixado para ela; havia sido escrito em um estilo tocante, uma mistura de uma leve censura com alta dose de carinho, e até estar pessoalmente diante do Sr. Elton, Harriet ocupara-se muito com esse bilhete, imaginando o tempo todo de que maneira deveria responder e retribuir a visita, desejando fazer mais do que ousava admitir. Contudo, a visão do Sr. Elton em pessoa desviara-lhe as atenções. Daí por diante, enquanto ele permanecera em Highbury, os Martin haviam ficado esquecidos e só na manhã em que ele viajara de novo para Bath, Emma achara melhor voltar ao assunto da visita de Elizabeth Martin, em uma tentativa para dissipar a tristeza em que Harriet mergulhara.

Quanto essa visita deveria receber de atenções, em que quantidade essas atenções eram necessárias e inofensivas, haviam sido pontos de profundas e hesitantes considerações. Seria uma ingratidão imperdoável ignorar completamente o convite da mãe e irmãs do Sr. Robert Martin para que as visitasse. Não poderia fazer isso. Mas havia o perigo da renovação dessa amizade!

Depois de muito pensar, Emma não encontrou nada melhor do que Harriet retribuir a visita de Elizabeth, porém de maneira que, se ela, a mãe e a irmã fossem inteligentes, as convencesse de que não passava de simples visita formal. Poderia levar Harriet de carruagem, deixá-la na Fazenda Abbey-Mill, ir dar uma volta e regressar para apanhá-la em um intervalo de tempo curto o bastante para que não houvessem insinuações, nem menções perigosas ao passado, definindo, desse modo, qual seria o grau de intimidade entre elas escolhido por Harriet para o futuro.

Emma não pôde descobrir nada melhor a fazer, e embora houvesse naquilo tudo algo que seu coração não conseguia aprovar – algo como uma ingratidão levemente atenuada –, sabia que devia ser feito, senão o que seria de Harriet?

23

Harriet não se animara com essa visita. Meia hora antes da amiga ir apanhá-la na casa da Sra. Goddard, sua má sorte dirigiu-a justamente para o lugar em que, naquele momento, um baú endereçado *Para o Rev. Philip Elton, White-Hart, Bath* estava sendo erguido a fim de ser colocado na carroça do açougueiro, que iria transportá-lo para entrega. Imediatamente, o mundo inteiro desapareceu diante de seus olhos, menos aquele baú.

No entanto, ela foi; quando chegaram à fazenda e Harriet desceu diante do largo e limpo caminho forrado de cascalho, ladeado por macieiras, que chegava até a porta da frente, a visão do local onde fora feliz criou uma leve agitação em seu íntimo. Quando a carruagem se movimentou, deu para Emma reparar que sua amiga olhava ao redor com temerosa curiosidade, o que a fez determinar-se a não permitir que a visita se prolongasse por mais do que os combinados quinze minutos. Empregou esse tempo para visitar uma antiga criada que se casara e morava em Donwell.

Quinze minutos depois, ela se encontrava, pontualmente, diante da porteira branca, e assim que a Srta. Smith foi avisada de que Emma chegara, saiu sem estar acompanhada por nenhum alarmante jovem fazendeiro. Harriet percorreu sozinha o caminho de cascalho, depois de se despedir com cerimoniosa educação de uma das Srtas. Martin que a acompanhara até a porta.

Por algum tempo, Harriet não conseguiu dizer nada de inteligível. Estava muito emocionada, porém Emma compreendeu o bastante para ficar ciente de que tipo aquele encontro fora e da espécie de dor que causara. A jovem vira apenas a Sra. Martin e as duas moças. Haviam-na recebido com certo distanciamento, quase com frieza, e nenhum assunto importante foi tocado, a conversa limitando-se apenas a meras futilidades durante todo o tempo. Quando, por fim, em certo momento a Sra. Martin dissera que tinha a impressão de que a Srta. Smith havia crescido, surgiu um assunto interessante e o ambiente tornou-se mais cálido. Estavam na mesma sala em que ela e as duas amigas haviam medido suas alturas, em setembro do ano anterior. As marcas feitas a lápis e as anotações ainda se encontravam na moldura da janela. *Ele* as fizera. Todas, imediatamente, haviam se lembrado com nitidez daquele dia, da hora, das pessoas presentes – ficara evidente que tinham as mesmas sensações, a mesma saudade. Haviam crescido na mesma proporção (Harriet, desconfiava Emma, fora a que mais se dispusera a ser cordial, a sentir-se feliz) e pareciam a ponto de retornar à antiga amizade, ao bom entendimento que antes as unia quando a carruagem chegou e tudo terminou. O tom da visita e sua brevidade haviam sido decisivos. Apenas catorze minutos para estar com amigas com as quais alegremente passara seis semanas menos de seis meses antes!

Foi impossível Emma não imaginar a cena, não sentir o quanto elas estavam magoadas e como Harriet sofria, o que era natural. Havia sido uma péssima ideia. Ela faria tudo, aceitaria qualquer coisa para que os Martin fossem de um nível social mais elevado. Eram pessoas tão dignas que, se estivessem *um pouquinho* mais acima na sociedade, seria o suficiente; mas, da forma que era, o que ela poderia fazer? Impossível! Não devia arrepender-se. Harriet e Robert Martin tinham de ficar separados, mas o processo provocava muito sofrimento. Emma também sofria tanto a essa altura que sentiu necessidade de consolo e, a fim de consegui-lo, resolveu passar por Randalls antes de voltarem para casa. Sua mente estava cansada de pensar no Sr. Elton e nos Martin. Era absolutamente necessário que procurasse alívio em Randalls.

Era uma boa ideia; porém, ao chegar à porta da casa dos amigos, ouviu um "o senhor e a senhora não estão em casa". Os dois haviam saído juntos e o criado disse que acreditava que poderiam ter ido para Hartfield.

– Isso é ruim – lamentou-se Emma enquanto faziam o caminho de volta –, com certeza iremos nos desencontrar deles. Que coisa mais irritante! Não me lembro de outra ocasião em que eu tenha me sentido tão desapontada!

Deixou-se cair contra o encosto do banco para entregar-se aos resmungos ou reprimi-los; talvez um pouco de ambas as coisas, o que era a reação comum de uma disposição naturalmente bem-humorada. De repente, o cocheiro deteve a carruagem; Emma olhou e viu que haviam sido detidos pelo Sr. e a Sra. Weston, que se encontravam junto da carruagem e queriam falar com ela. Teve uma reação de alegria ao vê-los e essa alegria aumentou ao ouvir o Sr. Weston dizer:

– Como vai? Como vai? Estivemos com seu pai e ficamos felizes por ver que ele está bem. Frank vai chegar amanhã... Recebi uma carta dele hoje cedo. Nós o teremos conosco ao jantar amanhã, com toda certeza. Hoje ele chegará a Oxford e virá para ficar uns quinze dias. Sei que vai ficar! Se ele tivesse vindo no Natal, não teria permanecido mais do que três dias, por isso preferi que não viesse naquela ocasião. E, agora, é a melhor época para ele estar aqui: tempo seco, estável... Vamos aproveitar a companhia de meu filho completamente. Tudo aconteceu da melhor maneira que poderíamos desejar.

Era impossível resistir a tal novidade, impossível não participar da felicidade que iluminava o rosto do Sr. Weston e que era confirmada pelas palavras e atitude de sua esposa, menos febril e menos agitada, porém não menos feliz. Saber que *ela* considerava essa vinda certa era o bastante para Emma acreditar nela também e para fazê-la acompanhá-los sinceramente em sua alegria. Essa era a melhor maneira de reanimar uma pessoa abatida. O passado desagradável foi anulado pelo frescor e alegria anunciados pelo futuro e, no fulgurar de um momento, ela teve esperança de que dali por diante não se falaria mais no Sr. Elton.

O Sr. Weston contou-lhe a história dos arranjos em Enscombe, que haviam permitido que o filho viesse passar quinze dias com ele, assim como qual havia sido o caminho percorrido, como seria o caminho ainda a percorrer e o método de viagem; ela ouviu, sorriu e felicitou-o.

– Logo o levarei a Hartfield – prometeu o cavalheiro ao concluir o relato.

Emma teve a impressão de ver a esposa dele tocar-lhe o braço ao ouvir isso, quando falou:

– É melhor continuarmos, Sr. Weston, estamos retendo demais as meninas.

– Está bem, está bem. Estou pronto! – Voltou-se de novo para Emma: – Mas não fique esperando por um jovem cavalheiro refinado *demais*. Ouviu apenas a *minha* opinião a respeito dele, como sabe. Devo dizer que Frank não é nada de extraordinário...

No entanto, os olhos do cavalheiro brilhavam enquanto ele dizia isso, mostrando exatamente uma convicção contrária.

Emma demonstrou-se perfeitamente ingênua e inocente, dando uma dessas respostas educadas que nada significam.

– Espere-me amanhã, pelas quatro horas, Emma – disse a Sra. Weston com certa ansiedade, falando em voz baixa, apenas para Emma.

– Quatro horas? Pode acreditar que ele chegará por volta das três!

A correção do Sr. Weston foi rápida e assim terminou o feliz encontro. O ânimo de Emma elevara-se de maneira a fazer com que se sentisse quase feliz: tudo assumira cores diferentes; James e seus cavalos já não lhe pareciam vagarosos como antes. Quando olhou para a sebe à beira da estrada, pensou que o filho pródigo não tardaria a chegar, e, quando voltou-se para Harriet, viu no rosto dela algo como a sombra de um terno sorriso, que a fez pensar na primavera.

No entanto, a pergunta que sua jovem amiga fez não augurou nada de bom:

– O Sr. Frank Churchill passará por Bath ao vir de Oxford?

Nem a tranquilidade, nem a geografia poderiam ser oferecidas ao mesmo tempo, mas Emma já estava com ânimo bastante para concluir que era possível alcançar uma e oferecer a outra no tempo certo.

Chegou, por fim, a manhã do grande dia e o filho do Sr. Weston não foi esquecido às dez, às onze, às doze horas, uma vez que Emma esperava ver a amiga às quatro da tarde.

"Minha querida e ansiosa amiga!", dizia ela num monólogo mental, enquanto saía do quarto e descia a escada, "sempre preocupada ao máximo com o bem-estar dos outros e esquecendo-se do próprio; posso vê-la em toda sua discreta inquietação, indo várias vezes ao quarto destinado a Frank Churchill para ter certeza de que tudo está em ordem..."

O relógio bateu meio-dia enquanto ela atravessava o hall, sempre sem deixar de falar consigo mesma, mentalmente:

"Meio-dia... Não vou deixar de pensar em você nas quatro horas que faltam. Talvez amanhã a esta hora, ou um pouco mais tarde, os três possam estar aqui. Tenho certeza de que eles irão trazê-lo cedo para cá."

Abriu a porta da sala e viu dois cavalheiros sentados com seu pai: o Sr. Weston e o filho. Tinham chegado havia apenas alguns minutos e o Sr. Weston acabara de explicar que Frank se encontrava adiantado um dia em seu programa de viagem. O pai dela perdia-se em suas civilizadas demonstrações de boas-vindas e cumprimentos quando Emma entrou para receber sua parte da surpresa e de prazer ao ser apresentada.

O Frank Churchill tão falado, que despertara tanto interesse, ali estava diante dela. Foi-lhe apresentado e Emma achou que os louvores feitos a ele haviam ficado aquém da verdade; era um jovem cavalheiro *muito* bem apessoado; tinha altura, aparência, porte excepcionais e seu comportamento era muito semelhante ao do pai em vivacidade e alegria; parecia inteligente e sensível. Ela sentiu imediatamente que poderia gostar dele. Os modos de Frank Churchill eram calmos e descontraídos, indicando excelente educação, e tal franqueza ao falar que a convenceram de que ele pretendia tornar-se amigo dela e que isso logo iria acontecer.

O jovem cavalheiro chegara a Randalls na noite anterior. Emma gostou de ver que ele teve pressa em chegar, por isso alterou seus planos partindo antes, viajando por mais tempo e mais depressa, a fim de ganhar meio dia.

– Eu lhes disse ontem – exultava o Sr. Weston –, eu disse a todos que ele estaria aqui antes do horário determinado. Lembrei-me de que eu costumava agir assim: não sossegava enquanto não saísse em viagem, não conseguia evitar de viajar mais depressa do que havia planejado e o prazer de chegar antes que começassem a me esperar era tão grande que compensava todos os esforços para consegui-lo.

– É um grande prazer quando se consegue algo que se propôs – considerou Frank Churchill –, se bem que eu não faria tanto esforço para chegar a qualquer casa, mas faria qualquer coisa para chegar logo ao lar.

A palavra *lar* fizera o pai olhá-lo com grande prazer. Emma percebeu imediatamente que o jovem cavalheiro sabia como ser agradável e esta convicção aprofundou-se com o que veio a seguir. Ele gostara muito de Randalls, considerava-a uma casa agradavelmente bem planejada, não achava que era assim tão pequena, admirava sua localização, bem como a viagem até Highbury, a própria Highbury, Hartfield ainda mais; confessou sentir pelo campo um interesse que nada, a não ser o *próprio* campo pode despertar e demonstrou grande curiosidade em conhecê-lo. Num átimo de desconfiança, passou pela cabeça de Emma a questão de por que ele jamais havia satisfeito tal interesse antes; mas mesmo que fosse uma afirmação falsa, era bastante lisonjeira e fora dita de maneira muito agradável. Os modos dele não tinham o menor indício de exagero: agia e falava como se de fato se encontrasse em estado de incomum deslumbramento.

Os assuntos abordados foram, em geral, aqueles que se discutiam durante uma apresentação. Ele fazia perguntas: "Ela cavalgava?" "Havia bons passeios a se fazer?" "Tinham muitos vizinhos?" "Será que havia uma sociedade considerável em Highbury?" "Havia várias casas muito bonitas na cidade?" "Davam bailes?" "Era uma sociedade em que havia muita música?"

Depois de satisfeita a curiosidade nesses pontos e tendo o conhecimento entre eles avançado proporcionalmente, Frank Churchill conseguiu encontrar uma oportunidade enquanto os dois pais conversavam entre si, de mencionar sua madrasta, e falou nela com tão comovente estima, tão cálida admiração, tanta gratidão pela felicidade que ela dava ao pai dele, da recepção calorosa que lhe fizera, que deu uma prova adicional de como sabia agradar e de que ele achava que valia a pena agradar a ela, Emma. Não disse uma palavra a mais em louvor à Sra. Weston do que Emma sabia que ela de fato merecia; no entanto, ele não podia ter muito conhecimento a respeito. Era evidente que percebia até onde podia ir para agradar, porém não podia saber muito mais.

– O casamento de meu pai – disse o Sr. Frank – foi sua atitude mais certa, os amigos devem regozijar-se por isso e a família da qual ele recebeu tal bênção deveria ser considerada por ele credora de sua mais alta obrigação.

Frank Churchill chegou perto de agradecer a Emma pelas qualidades da Srta. Taylor sem dar, no entanto, impressão de esquecer que, no desenvolvimento natural das coisas, era de supor que a Srta. Taylor havia formado o caráter da Srta. Woodhouse, e não que a Srta. Woodhouse influenciara o caráter da Srta. Taylor. E, por fim, como se resolvesse qualificar sua opinião completa e claramente, passando levemente ao redor deste assunto, contou o quanto se surpreendera diante da beleza e juventude da madrasta.

– Eu estava preparado para encontrar uma dama elegante, de maneiras agradáveis – explicou ele –, mas confesso que, consideradas todas as coisas, não esperava mais do que uma senhora de certa idade, razoavelmente bem-apessoada. Nunca imaginei que iria encontrar uma mulher jovem e bonita como a Sra. Weston.

– O senhor não pode ver na Sra. Weston mais perfeições do que eu vejo – replicou Emma. – Se quisesse dizer que pensou que ela tivesse *dezoito anos*, eu ouviria com prazer, mas *ela* estaria pronta para brigar com o senhor se o escutasse. Nunca a deixe desconfiar de que falou nela como uma mulher jovem e bonita.

– Espero... – respondeu ele – na verdade, tenho certeza – com uma reverência galante – de que, ao conversar com a Sra. Weston, saberei a quem posso lisonjear sem o perigo de ser extravagante.

Emma imaginou se a suspeita que lhe ocorrera de que os demais esperavam que algo acontecesse quando eles se conhecessem também passara pela mente do Sr. Frank Churchill e se os cumprimentos dele deveriam ser considerados sinais de aceitação ou indícios de desafio. Teria de passar mais tempo com ele para compreender seus hábitos, mas, por enquanto, achava-os agradáveis.

Não tinha dúvida de que o Sr. Weston também pensava nessas coisas. Percebera várias vezes seus olhos rápidos passarem por eles com uma expressão de felicidade; além disso, Emma tinha certeza de que quando não os olhava, o cavalheiro os ouvia com a maior atenção.

A perfeita ausência de qualquer pensamento desse tipo em seu pai, a total deficiência dele em perspicácia ou suspeita era muito oportuna. Felizmente, o Sr. Woodhouse estava tão longe de aprovar um casamento quanto de prevê-lo. Embora jamais apoiasse qualquer casamento, o velho cavalheiro ao menos nunca sofrera com antecedência a respeito de qualquer um deles. Dava a impressão de que ele não podia pensar mal o suficiente do bom-senso de duas pessoas a ponto de acreditar que elas pretendiam se casar, a menos que houvesse provas do contrário. Emma abençoava essa feliz cegueira. Assim, sem o obstáculo de uma simples suspeita inquietadora, sem nem sequer um olhar a qualquer possibilidade de uma possível deslealdade de seu convidado, seu pai podia dar largas à sua bondosa civilidade com solícitas indagações sobre as acomodações do Sr. Frank Churchill durante a viagem, sobre os tristes demônios que o haviam espreitado da beira das estradas durante duas noites e expressar uma genuína, pura ansiedade por saber se ele realmente escapara de apanhar um resfriado, embora não acreditasse que isso pudesse ser afirmado com certeza, ao menos não sem mais uma noite de descanso.

Passado um tempo razoável de visita, o Sr. Weston dispôs-se a retirar-se. "Precisava ir, tinha negócios a tratar na Crown sobre seu feno e várias encomendas da Sra. Weston para pegar na Ford; porém, como ninguém mais tinha pressa a não ser ele." Todavia, seu filho, bem-educado demais para atender à insinuação, levantou-se imediatamente dizendo:

– Já que o senhor precisa ir cuidar de obrigações, vou aproveitar a oportunidade para fazer uma visita que teria de ser feita um dia ou outro e que pode muito bem ser feita agora. Tive a honra de conhecer uma vizinha da senhorita – voltando-se para Emma –, uma jovem dama que reside próximo de Highbury, da família de nome Fairfax. Creio que não terei dificuldade para encontrar a casa dela, embora Fairfax não seja o sobrenome das parentes dessa senhorita que moram aqui. Parece-me que é Barnes ou Bates... A senhorita conhece uma família com este nome?

– Claro que conhecemos! – animou-se o pai dele. – A Sra. Bates... Passamos pela casa dela e vi a Srta. Bates à janela. Claro, claro, você está se referindo à Srta. Fairfax. Lembro-me de que soube que a conheceu em Weymouth. É uma excelente jovem. Sim, vá visitá-la.

– Não há necessidade de fazer essa visita nesta manhã – retrucou o jovem cavalheiro. – Outro dia também estará bem; mas houve um grau de amizade em Weymouth que...

– Oh! Vá hoje mesmo, vá hoje mesmo. Não adie a visita. O que é certo deve ser feito logo. No entanto, devo fazer-lhe uma advertência, Frank. É preciso dedicar a ela toda a atenção possível *aqui*. Você a viu com os Campbell, dos quais a Srta. Fairfax parecia uma igual, mas aqui ela mora com uma avó muito pobre, que mal tem com que viver. Se não for visitá-la logo, poderá parecer uma falta de consideração.

O filho demonstrou-se convencido.

– Ouvi falar de que a havia conhecido – comentou Emma. – Ela é uma jovem muito elegante.

Frank Churchill concordou apenas com um suave "sim" que a fez duvidar de que pudesse haver uma verdadeira concordância; no entanto, deveria haver uma espécie bem diferente de elegância aceitável no mundo da alta sociedade se Jane Fairfax era vista como apenas ordinariamente elegante.

– Caso o senhor não tenha se impressionado especialmente com a Srta. Fairfax ao conhecê-la – continuou ela –, creio que hoje isso vai acontecer. Irá vê-la melhor, irá ouvi-la... Não. Creio que não a ouvirá muito, porque a tia dela jamais dá paz à própria língua.

– Conhece a Srta. Fairfax, senhor? – perguntou o Sr. Woodhouse, sempre o último a participar da conversa. – Então, deixe-me garantir-lhe que irá considerá-la uma jovem muito agradável. Ela encontra-se aqui em visita à avó e à tia, senhoras muito boas. Eu as conheço durante minha vida inteira. Tenho certeza de que elas irão gostar muito de conhecê-lo e um de meus criados poderá acompanhá-lo para mostrar-lhe o caminho.

– Meu caro senhor, de jeito nenhum. Meu pai poderá me indicar o caminho.

– Mas seu pai não precisa ir tão longe. Ele vai apenas até a Crown, quase do outro lado da estrada. Há muitas casas na cidade e o senhor poderá perder-se. Os caminhos são enlameados, a não ser que o senhor pegue a trilha para pedestres... Meu cocheiro poderá ensiná-lo a chegar lá pelos melhores caminhos.

O Sr. Frank Churchill recusou o oferecimento mais uma vez, mantendo-se o mais sério que podia, e o pai deu-lhe apoio ao interferir:

– Meu bom amigo, não é preciso. Frank sabe reconhecer uma poça de água quando a vê e da Crown ele chegará à casa da Sra. Bates num pulo.

Enfim, o Sr. Woodhouse permitiu-lhes que fossem embora sozinhos, e com um cordial aceno de cabeça de um, uma gentil reverência do outro, os dois cavalheiros retiraram-se. Emma ficou contente com aquele primeiro contato e dali por diante poderia pensar no Sr. Frank Churchill em Randalls a qualquer hora do dia, sentindo confiança na felicidade dos amigos.

24

A manhã seguinte trouxe novamente o Sr. Frank Churchill. Ele chegou com a Sra. Weston, por quem parecia ter muita consideração, tanto quanto considerava Highbury. Havia permanecido sentado ao lado da madrasta, em casa, até a hora rotineira do exercício dela, então resolveu escolher para onde iriam em seu passeio e imediatamente ele sugeriu Highbury. Não duvidava de que havia outros lugares aprazíveis para passear, mas, se deixassem, escolheria sempre o mesmo. Highbury, a encantadora, alegre, aprazível Highbury seria sua constante atração. Highbury queria dizer Hartfield para a Sra. Weston e ela confiava que significava o mesmo para seu enteado. Deste modo, haviam ido diretamente para lá.

Emma não estava esperando por eles, pois o Sr. Weston, que havia os visitado apenas por alguns minutos a fim de que lhe dissessem que seu filho era muito bonito, não sabia dos planos da esposa. Por isso foi uma grande surpresa para ela vê-los aproximando-se da casa, de braços dados. Estava querendo ver de novo o Sr. Frank Churchill e, na verdade, preferia vê-lo em companhia da Sra. Weston, a fim de poder observar o comportamento dele para com ela; disso iria depender sua opinião sobre o jovem cavalheiro. Caso fosse um comportamento deficiente, nada a faria perdoá-lo. Mas só de olhá-los aproximando-se juntos, ficou perfeitamente satisfeita. O jovem Sr. Churchill não cumpria seu dever apenas com palavras refinadas ou elogios hiperbólicos; nada poderia ser mais apropriado e gentil do que seu jeito de tratar a madrasta – nada poderia demonstrar mais agradavelmente seu desejo de tê-la como amiga e de conquistar sua afeição. E houve tempo suficiente para Emma fazer uma avaliação razoável, pois a visita deles prolongou-se por toda a manhã. Os três passearam por uma ou duas horas – primeiro pelo bosque de Hartfield, depois por Highbury. Frank Churchill encantava-se com todas as coisas; admirou Hartfield o bastante para a alegria do Sr. Woodhouse e, quando se dispuseram a ir mais longe, confessou seu desejo de conhecer a cidade inteira e encontrou muito mais assuntos dignos de comentários e interesse do que Emma julgara possível.

Alguns dos objetos de sua curiosidade falavam de sentimentos louváveis. Ele pediu-lhes que mostrassem a casa em que seu pai vivera muito tempo, perguntou-lhes qual havia sido a casa de seu avô e, ao saber que a mulher que fora sua ama ainda vivia, bem velhinha, saiu à procura do casebre dela andando de uma rua para outra e, como muitas das partes de Highbury que haviam despertado seus elogios não possuíam realmente tanto mérito assim, ele demonstrou boa vontade para com a cidade em geral, o que provavelmente significava que havia um grande mérito para as pessoas do lugar.

Emma observou-o e concluiu: uma vez que Frank Churchill tinha os sentimentos que lhes demonstrava, não se poderia pensar com justiça que ele havia ficado voluntariamente ausente de Highbury por tanto tempo, nem que estivesse representando um papel e exibindo falsas inclinações; com certeza, o Sr. Knightley não havia sido justo ao julgá-lo.

A primeira parada deles foi diante da Hospedaria Crown, uma construção insignificante, embora a única do gênero, onde havia um par de cavalos de aluguel, mais para conveniência da vizinhança do que para alguma viagem longa; as duas damas não consideravam que houvesse qualquer interesse ali, mas, ao passar, contaram a história da grande sala que fora visivelmente anexada à construção. Esse anexo tinha sido construído havia muitos anos como salão de baile e enquanto sua vizinhança se conservara particularmente populosa e era chegada a danças, fora usado como tal em algumas ocasiões; porém, esses dias de grande esplendor haviam passado e, agora, sua principal finalidade era acomodar um clube de uíste fundado por alguns cavalheiros e alguns menos cavalheiros do local. O Sr. Frank interessou-se imediatamente. O caráter de salão de baile chamou-lhe a atenção e, em vez de passar diretamente, ele parou por alguns minutos a fim de olhar através de duas janelas de guilhotina que se encontravam abertas, para tentar calcular a capacidade do salão e para lamentar que não se houvesse conservado seu propósito inicial. Não viu defeito algum no salão e não concordou com nenhum dos defeitos que elas apontaram. Não, o salão era longo o bastante, largo o bastante, bonito o bastante. Tinha capacidade para um grande número de pessoas se acomodarem confortavelmente. Seria possível organizar-se bailes nele pelo menos a cada quinze dias, durante o inverno. Por que a Srta. Woodhouse não fazia reviver os bons tempos do velho salão? Ela era uma pessoa que poderia fazer o que bem quisesse em Highbury! É claro que seria possível alegar a falta de famílias apropriadas nas imediações e a convicção de que as pessoas que morassem longe não seriam tentadas a comparecer, mas não eram argumentos satisfatórios. Ninguém neste mundo conseguiria persuadir o jovem cavalheiro desse ponto; com tantas casas bonitas que havia visto na cidade, era impossível não haver pessoas em número suficiente para bailes. Mesmo depois que detalhes e famílias foram descritos, ele continuou não querendo admitir a inconveniência de uma mistura social, que isso poderia ser ruim, nem que haveria nenhuma dificuldade para as pessoas voltarem às suas casas na manhã seguinte. Ele argumentava como se fosse um jovem muito dado a danças e Emma estava bastante surpreendida por ver que o espírito animado dos Weston prevalecia claramente sobre os hábitos dos Churchill. O jovem cavalheiro parecia ter a vida, o ânimo, a alegria, as inclinações sociais de seu pai e nada do orgulho e da reserva de Enscombe. Quanto ao orgulho, talvez, na verdade houvesse de menos. Sua indiferença à mistura de níveis sociais chegava quase às raias de uma mentalidade deselegante. No entanto, ele não poderia julgar o mal que havia no que não levava em conta. Tanto entusiasmo não passava de efusão de um espírito intenso, animado.

Afinal, o Sr. Frank Churchill foi convencido a sair da frente da Crown; pouco depois achavam-se quase em frente à casa em que as Bates moravam; Emma lembrou-se da visita que ele pretendera fazer no dia anterior e perguntou-lhe se a havia feito.

– Sim, oh, sim! – respondeu o Sr. Frank. – Eu ia justamente falar nisso. Foi uma visita de grande sucesso. Vi as três damas e senti-me muito grato à senhorita por me haver prevenido. Se a tia falante me houvesse apanhado de surpresa, teria sido a morte para mim. Do jeito que foi, preparei-me para fazer uma visita apenas razoável. Dez minutos seria o suficiente, talvez o mais apropriado, e eu disse a meu pai que talvez chegasse em casa antes dele... No entanto, não houve pausa que me permitisse despedir-me e, para meu enorme espanto, quando meu pai (depois de não me encontrar em lugar algum) foi buscar-me lá, descobri que estava sentado com elas havia quase três quartos de hora. A boa senhora não havia me dado a menor chance de escapar até então.

– E o que o senhor achou da aparência da Srta. Fairfax?

– De uma pessoa doente, muito doente... Isto é, se for permitido achar que uma jovem senhorita pode parecer doente. Mas é uma expressão dificilmente admissível, não é, Sra. Weston? As senhoras jamais podem parecer doentes. E, na verdade, a Srta. Fairfax é naturalmente muito pálida, a ponto de às vezes dar impressão de que está mal de saúde. Uma deplorável falta de cor na pele.

Emma não queria concordar com isso e iniciou uma ardorosa defesa da pele da Srta. Fairfax. "Com certeza, não se tratava de uma pele maravilhosa, porém não se percebia nela a menor aparência de doença, em geral; e a pele da Srta. Fairfax era de uma tal suavidade e delicadeza que conferia uma peculiar beleza ao seu tipo de rosto."

Ele a ouviu com todo o respeito; confessou que já várias pessoas lhe haviam dito a mesma coisa; porém, assim mesmo, via-se obrigado a confessar que ninguém conseguiria convencê-lo de que não faltava a luminosidade sutil da saúde à pele daquela jovem dama. Quanto às feições, era diferente; uma pele fina dava beleza a qualquer rosto e, quando os traços eram bonitos, o efeito se tornava... Felizmente, ele não precisava tentar descrever esse efeito.

– Bem – observou Emma –, gosto é algo que não se pode discutir. Afinal, o senhor a admira inteira, menos a pele dela.

Ele sacudiu a cabeça e riu:

– Não posso separar a Srta. Fairfax da pele dela.

– O senhor viu-a muitas vezes em Weymouth? Encontraram-se muitas vezes no mesmo grupo social?

Nesse momento, aproximavam-se da Ford e ele exclamou, rápido:

– Ah! Deve ser essa a loja à qual todo o mundo vem em todos os dias de suas vidas, segundo meu pai me informou. Ele contou-me que costuma vir a Highbury seis dias em sete e sempre tem o que fazer na Ford. Se não houver nenhum inconveniente para as senhoras, peço-lhes que entremos nela para que eu prove a mim mesmo que pertenço a este lugar, que sou um verdadeiro cidadão de Highbury. Preciso comprar algumas coisas na Ford. Isso vai garantir a minha liberdade... Com certeza, eles vendem luvas.

– Oh, sim! Luvas e tudo o mais. Admiro seu patriotismo. O senhor vai ser adorado em Highbury. Já era bastante popular antes de chegar, por ser filho do Sr. Weston... mas depois que deixar meio guinéu na Ford, sua popularidade irá firmar-se, independentemente de todas as suas virtudes.

Entraram na loja e, enquanto os perfeitos e bem amarrados pacotes de "Castor para Homens" e "Pelica Castanha" eram descidos das prateleiras e colocados sobre o balcão, ele disse:

– Peço-lhe que me perdoe, Srta. Woodhouse. A senhorita dizia alguma coisa no momento em que se inflamou em mim o *amor patriae*.* Não me deixe perder o que ia dizer. Garanto-lhe que nem mesmo a mais calorosa fama pública compensaria a perda da felicidade na minha vida particular.

– Eu simplesmente havia perguntado se o senhor conheceu bem a Srta. Fairfax e o grupo dela em Weymouth.

– Agora que compreendo sua pergunta, devo declarar que é muito injusta. É sempre direito da dama decidir o grau de amizade. Talvez a Srta. Fairfax poderia dar uma ideia a respeito. Não posso declarar mais do que ela iria querer revelar.

– Juro que sua resposta é tão discreta quanto poderia ser a dela. Mas as descrições que a Srta. Fairfax costuma fazer a respeito de qualquer coisa deixam muito a desejar. É uma jovem reservada ao extremo, não gosta de dar informações sobre ninguém, por isso penso que o senhor pode dizer o que bem quiser sobre seu relacionamento com ela.

– Posso, realmente? Então, vou dizer a verdade e nada me parece melhor do que isso. Eu a encontrava frequentemente em Weymouth.

---

*Em latim no original: amor pela pátria. (*N. do T.*)

Conheci um pouco os Campbell, quando nos encontrávamos na cidade de Weymouth e fazíamos parte do mesmo grupo. O coronel Campbell é um homem muito agradável e a Sra. Campbell, uma atenciosa, bondosa dama. Gosto deles todos.

– Imagino que o senhor conheça a situação de vida da Srta. Fairfax e saiba o que ela está destinada a ser.

– Sim... – um tanto hesitante – acredito que sim.

– Está tocando em assunto muito delicado, Emma – avisou a Sra. Weston, sorrindo. – Lembre-se de que estou aqui. O Sr. Frank Churchill mal soube o que dizer quando você falou na situação de vida da Srta. Fairfax. Creio que vou me distanciar um pouco.

– É verdade, eu me esqueci de pensar *nela* – assentiu Emma –, porque a Sra. Weston é, mais do que minha amiga, minha melhor amiga.

O Sr. Frank pareceu entender completamente e admirar tal sentimento.

Depois das luvas serem compradas, saíram da loja e ele disse:

– Por acaso, já ouviu a moça de quem estávamos falando tocar piano?

– É evidente que ouvi! – afirmou Emma. – O senhor esqueceu que ela pertence a Highbury. Eu a ouvi tocar cada ano de nossas vidas, desde que começamos. Ela toca de modo encantador.

– Pensa assim, de fato? Eu queria a opinião de alguém que soubesse realmente julgar. Pareceu-me que ela toca muito bem, quero dizer, com técnica e tem gosto apreciável, mas não entendo nada disso. Gosto demais de música, contudo não tenho a menor habilidade ou direito de julgar a execução de pessoa alguma. Sempre ouvi comentários admirados sobre ela e lembro-me de ter tido uma prova de que toca bem: um cavalheiro, homem muito musical e apaixonado por outra mulher... aliás, noivo dessa dama e prestes a casar-se... jamais pediu que sua noiva sentasse ao piano se a senhorita em questão estivesse presente e pudesse tocar... Ele jamais pareceu gostar tanto de ouvir a noiva tocar como gostava de ouvir a outra. Então pensei que essa era uma grande prova, já que vinha de um cavalheiro conhecido como verdadeiro talento musical.

– Sem dúvida, uma indiscutível prova! – assentiu Emma, parecendo divertir-se muito. – O Sr. Dixon é muito musical, não é mesmo? Conversando por meia hora com o senhor, ficamos sabendo mais sobre todos eles do que saberíamos falando com a Srta. Fairfax durante meio ano.

– Sim. Essas pessoas eram o Sr. Dixon e a Srta. Campbell. E acho que é realmente uma grande prova.

– Sim, com certeza. E, para falar a verdade, mesmo sendo uma grande prova, se *eu* fosse a Srta. Campbell, eu não acharia isso muito agradável. Eu não poderia perdoar um homem que desse mais importância à música do que ao amor... mais valor aos ouvidos do que aos olhos... que tivesse sensibilidade mais aguçada em relação a sons perfeitos do que aos meus sentimentos. Por acaso, a Srta. Campbell parecia gostar disso?

– Elas eram amigas íntimas, a senhorita sabe.

– Isso não é grande conforto! – riu Emma. – Qualquer dama suportaria melhor ver uma estranha preferida do que sua amiga íntima... com uma estranha isso poderia jamais ocorrer novamente, mas como deve ser terrível ter constantemente ao lado uma amiga íntima que faz tudo melhor do que nós fazemos! Pobre Sra. Dixon! Bem, estou contente por ela ter ido morar na Irlanda.

– A senhorita tem razão. Não era muito lisonjeiro para a Srta. Campbell, mas ela realmente parecia não se importar.

– O que é muito bom... ou muito ruim. Não sei dizer qual dos dois. Mas fosse doçura ou estupidez dela... o poder da amizade ou a meiguice de sentimentos, havia uma pessoa que devia importar com isso, creio. A própria Srta. Fairfax. *Ela* deveria considerar essa diferença imprópria e perigosa.

– Quanto a isso, eu não...

– Oh! Não imagine que eu espere que a Srta. Fairfax haja descrito seus sentimentos para o senhor, nem para qualquer outra pessoa. Desconfio que eles não são conhecidos por nenhum outro ser humano a não ser ela mesma, mas se concordava em tocar toda vez que o Sr. Dixon lhe pedia... cada um pode imaginar o que quiser...

– Parecia-me haver um bom entendimento entre eles três... – começou o jovem cavalheiro, rapidamente. Porém, conteve-se e acrescentou: – No entanto, é impossível para mim dizer em que termos realmente o relacionamento deles se encontrava... Não sei o que poderia estar por trás das aparências. Apenas posso dizer que parecia haver absoluta tranquilidade. Mas a senhorita, que conhece a Srta. Fairfax desde criança, deve ser melhor juiz do que eu sobre o caráter dela e como ela agiria normalmente em situações críticas.

– Eu a conheço desde menina, sem dúvida. Fomos crianças e nos tornamos mulheres juntas; portanto, é natural supor que seríamos amigas íntimas... que fizéssemos confidências uma à outra quando ela viesse visitar os amigos, mas nunca o fizemos. Mal sei como isso aconteceu; talvez tenha sido também um pouco por culpa minha, uma vez que me inclinava a sentir aversão por uma menina tão idolatrada e louvada como ela sempre foi pela tia e a avó. E ainda é. Além disso, há a reserva da Srta. Jane Fairfax... Jamais consegui me aproximar de qualquer pessoa tão completamente reservada.

– Esta é uma característica que afasta as pessoas, sem dúvida – concordou ele. – Conveniente algumas vezes, porém nunca agradável. Há segurança na reserva, mas não atração. Não se pode amar alguém reservado.

– Não, até que a reserva deixe de existir para uma determinada pessoa; neste caso, a atração pode tornar-se mais forte do que nunca. Mas eu teria que estar precisando muito de uma amiga ou de uma companhia agradável para, quem sabe, dar-me ao trabalho de anular a reserva de alguém a fim de que se tornasse minha amiga. Intimidade entre mim e a Srta. Fairfax é algo completamente fora de questão. Não tenho motivos para pensar mal dela, de maneira alguma, a não ser contra sua extrema e perpétua cautela no falar e no agir, como se tivesse medo de emitir suas verdadeiras opiniões, o que leva à suspeita de que ela tem algo a esconder.

O Sr. Frank Churchill concordou plenamente com ela e, depois de caminharem por longo tempo juntos, de demonstrarem pensar da mesma maneira, Emma sentiu-se tão próxima dele que mal podia acreditar que era apenas o segundo encontro entre os dois. O jovem cavalheiro não era exatamente o que ela esperava, não se tratava do homem do mundo que imaginara, nem era um filhinho mimado pela fortuna; o que era bem melhor do que havia esperado. Suas ideias pareciam mais moderadas e seus sentimentos mais calorosos do que julgara que seriam. Ficou impressionada principalmente pelas maneiras dele ao considerar a casa do Sr. Elton que, assim como a igreja, ele quis ir olhar; não via os defeitos que elas apontavam nas construções. Não, o Sr. Churchill não considerava aquela uma casa ruim, pelo menos não a ponto de alguém sentir pena do homem que morasse nela. E se fosse partilhada com a mulher amada, homem nenhum merecia pena por ser dono dessa casa, onde havia espaço bastante para se ter verdadeiro conforto. O homem que quisesse mais do que isso seria um estúpido.

A Sra. Weston riu e disse que ele não sabia do que estava falando. Acostumado com uma casa grande e sem nunca haver pensado nas vantagens e no conforto que estavam diretamente relacionadas ao tamanho de uma residência, o Sr. Frank não podia imaginar as privações que inevitavelmente faziam parte de uma casa pequena.

Mas Emma, de acordo com seu próprio raciocínio, concluiu que, com certeza, ele *sabia* do que estava falando, que demonstrava uma admirável inclinação em estabelecer-se cedo na vida e em casar-se pelos motivos certos. Era claro que Frank Churchill não devia ter consciência dos estragos na paz doméstica que poderiam ser ocasionados por não haver um quarto para uma governanta ou uma copa, mesmo que ruim, mas não duvidou de que ele sentia perfeitamente que a enorme Enscombe não poderia fazê-lo feliz e que, por mais que fosse apegado a essa propriedade, desistiria sem nenhuma hesitação de parte de sua riqueza para se casar cedo e ter o próprio lar.

25

A excelente opinião de Emma sobre Frank Churchill foi um tanto abalada no dia seguinte quando ficou sabendo que ele havia ido a Londres simplesmente para cortar o cabelo. Uma súbita pressa parecera apoderar-se dele durante o café da manhã, então pediu uma caleche e partiu, sem nenhum outro motivo importante a não ser cortar o cabelo, avisando que estaria de volta para o jantar. Não havia mal algum nessa viagem de mais de vinte e seis quilômetros de ida e outro tanto de volta com tal objetivo; no entanto, existia naquela atitude um quê de presunção e insensatez que ela não podia aprovar. Não combinava com a racionalidade, o bom-senso e até mesmo com o coração calidamente altruísta que ela acreditara identificar nele no dia anterior. Aquela era uma demonstração de vaidade, de extravagância, de amor pela mudança constante ou de espírito desassossegado e significava alguma coisa, boa ou má que fosse. Negligência para com os sentimentos do pai e da Sra. Weston, indiferença em relação a como sua conduta poderia parecer aos olhos dos demais. O jovem cavalheiro expunha-se a todas estas possibilidades. O pai classificou-o apenas de vaidoso e acreditava que o acontecimento rendia uma boa história; a Sra. Weston não gostou, o que ficou bastante claro pela rapidez com que ela passou por cima do fato, não fazendo nenhum outro comentário além de "todos os jovens têm suas pequenas extravagâncias".

A não ser por esse pequeno incidente, Emma constatou que a visita do enteado dera à sua grande amiga apenas boas impressões a respeito dele. A Sra. Weston estava sempre pronta para testemunhar o companheiro atencioso e agradável que ele era e o muito que apreciava sua disposição para tudo. O jovem cavalheiro parecia ter um temperamento muito franco, pelo menos alegre e vigoroso; pudera observar que nada havia de errado nas noções dele, que pareciam todas decididamente muito ajuizadas; falava sobre o tio com estima e gostava de falar nele – dissera que ele seria o melhor homem do mundo se o deixassem fazer o que gostaria; embora não parecesse muito apegado à tia, reconhecia a bondade dela com gratidão e parecia sempre disposto a falar sobre ela com respeito. Isso tudo era muito promissor.

Sendo assim, uma infeliz decisão de cortar o cabelo não deveria torná-lo indigno da honra que a imaginação de Emma lhe conferira; a honra de, se ainda não apaixonado por ela, ao menos estar bem próximo disso, e não fosse a indiferença de Emma (que ainda mantinha sua firme resolução de nunca se casar), ele teria a honra, enfim, de ser considerado destinado a ela por todos os que os conheciam.

Por sua vez, o Sr. Weston acrescentou a virtude de uma revelação que tinha algum peso. Ele deu a entender a Emma que Frank a admirava extremamente, que a achava muito bonita e, de fato, encantadora. Assim, por mais que se pudesse criticar a conduta recente dele, Emma concluiu que não deveria julgá-lo com excessiva dureza. Como a Sra. Weston observara, "todos os jovens têm suas pequenas extravagâncias".

Em Surry, havia apenas uma pessoa entre os novos conhecidos do Sr. Frank Churchill que não tinha essa mesma disposição condescendente em relação a ele. Em geral, era julgado com grande parcialidade nas paróquias de Donwell e Highbury. Concessões liberais eram feitas para os pequenos excessos de um jovem cavalheiro tão bonito, que vivia sempre sorrindo e fazia reverências encantadoras. Mas entre toda aquela gente havia um espírito que não deixava que seu poder de censura fosse suavizado por sorrisos ou reverências: o Sr. Knightley. Contaram o fato a ele em Hartfield; no momento, o cavalheiro se manteve em silêncio, porém Emma ouviu-o dizer a si mesmo, quase imediatamente, por cima do jornal que segurava nas mãos:

– Hum! É exatamente o rapazinho fútil e bobo que pensei. – Emma esteve a ponto de se ressentir e responder, mas depois de um instante de observação, convenceu-se de que o Sr. Knightley havia falado apenas para aliviar os próprios sentimentos e não para provocá-la. Então, deixou passar.

Ainda que por um lado portadores de uma novidade não muito boa, a visita do Sr. e da Sra. Weston naquela manhã foi bastante oportuna em outro aspecto. Enquanto os dois estavam em Hartfield, aconteceu uma coisa que fez Emma querer o conselho deles e, o que foi melhor ainda, o casal acabou por lhe dar exatamente o conselho que ela desejava ouvir.

Foi isto que aconteceu: os Cole tinham ido morar em Highbury havia alguns anos e eram pessoas muito boas – amigáveis, liberais e despretensiosas. Mas, por outro lado, eram de origem inferior, comerciantes e apenas moderadamente educados. Nos primeiros tempos depois de sua chegada à cidade, haviam vivido de acordo com sua renda, com tranquilidade, sem grandes gastos, relacionando-se com poucas pessoas; porém, nos últimos dois anos, os rendimentos deles haviam aumentado de maneira considerável, a casa da capital passara a dar maiores lucros e a fortuna em geral havia sorrido para os Cole. Com a riqueza, o horizonte do casal também crescera e eles acabaram sentindo necessidade de uma casa maior e de mais amigos. Então, haviam tratado de ampliar a casa, de aumentar o número de criados e as despesas de todo tipo; assim, tinham alcançado, por fim, em fortuna e modo de vida, o segundo lugar na cidade, ficando abaixo apenas da família de Hartfield. O amor deles pela sociedade e sua nova sala de jantar estavam agora prontos para receber convidados importantes; já haviam sido realizadas algumas reuniões, só que apenas para homens solteiros. Emma duvidava de que os Cole se atrevessem a convidar as melhores famílias, que eram as de Donwell, Hartfield e Randalls. Caso a convidassem, nada poderia fazer com que *ela* desejasse comparecer e a única coisa que lamentava era que os conhecidos hábitos de seu pai diminuíssem o significado que ela desejava conferir à sua recusa. Os Cole eram muito respeitáveis ao modo deles, mas precisavam aprender que não lhes competia ditar os termos nos quais as famílias superiores deveriam visitá-los. Temia que, infelizmente, eles teriam de receber essa lição apenas dela; neste ponto tinha poucas esperanças quanto ao modo de agir do Sr. Knightley e nenhuma quanto ao Sr. Weston.

Antecipando-se aos acontecimentos, Emma tratou de preparar seu espírito para a maneira de enfrentar a presunção dos Cole várias semanas antes que eles se manifestassem; todavia, quando por fim o insulto foi feito, acabou por afetá-la de maneira muito diferente do que esperava. As famílias de Donwell e de Randalls haviam recebido convites, porém nem uma palavra fora dirigida a seu pai ou a ela. O fato fora encarado pela Sra. Weston como "Creio que eles não ousaram tomar tanta liberdade com vocês: sabem que não costumam jantar fora..." Contudo, essas palavras não haviam sido o suficiente para confortá-la e Emma descobrira que gostaria de ter tido a oportunidade de recusar; além disso, a ideia de que a festa seria dada sem a sua presença e que reuniria justamente as pessoas que mais apreciava não lhe saía da cabeça a ponto de fazê-la pensar que não sabia se não se sentiria tentada a aceitar o convite, caso o houvesse recebido.

Harriet e as Bates também estariam lá, só que apenas para o serão. Elas mesmas haviam contado isso a Emma ao encontrarem-se em Highbury, no dia anterior, e Frank Churchill lamentara ardentemente ao saber que ela não iria. Será que a noite terminaria num baile?, fora a pergunta dele. A simples possibilidade de tal coisa acontecer irritara-a de maneira atroz e era um pequeno consolo ficar solitária com sua grandeza, mesmo que a omissão devesse ser interpretada como um elogio.

Assim, a chegada do convite num momento em que os Weston encontravam-se em Hartfield tornou a presença deles ainda mais providencial, pois, apesar de Emma ter comentado imediatamente que "é evidente que deve ser declinado", logo perguntou ao casal o que deveria fazer e o conselho de que ela deveria ir à festa foi imediato e bem recebido.

Emma merecia isso; considerando-se todas as coisas, ela sentia certa inclinação pela festa. Os Cole expressavam-se muito adequadamente – havia uma evidente atenção na maneira com que o faziam – e com profunda consideração para com seu pai. "Teriam solicitado essa honra com maior antecedência, porém haviam estado aguardando a entrega de um biombo vindo de Londres que, esperavam, protegeria o Sr. Woodhouse de qualquer possível corrente de ar e, assim, poderiam convencê-lo com maior facilidade a dar-lhes a honra de sua companhia." Em pouco tempo, Emma deixou-se persuadir e com a Sra. Weston decidiu o que deveria ser feito para que o conforto do velho cavalheiro não fosse negligenciado – com certeza, a Sra. Goddard, se não a Sra. Bates, poderia ser chamada para fazer companhia a ele; levariam o Sr. Woodhouse a concordar em que a filha saísse para jantar e que passasse o serão todo longe dele. Quanto à ida *dele*, Emma não achava que o pai a considerasse possível: a festa terminaria tarde demais e haveria muita gente. Ele logo se resignou.

– Não gosto de jantar fora – disse ele –, jamais gostei. Emma também não. Jantar tarde não combina conosco. Sinto muito que o Sr. e a Sra. Cole tenham organizado uma reunião neste horário. Acredito que será muito melhor se eles puderem vir aqui em alguma tarde do próximo verão para tomar uma xícara de chá conosco... Poderemos passear juntos à tarde. Não há dúvida de que seria possível, pois nossos horários são muito razoáveis e eles estarão de volta às suas casas antes que caia a umidade do entardecer. Não me atreveria a expor ninguém ao orvalho das noites de verão. No entanto, como os Cole parecem estar muito ansiosos por terem minha querida Emma presente ao jantar e como vocês dois estarão lá, além do Sr. Knightley, não desejo impedi-la de ir, desde que o tempo esteja bom, sem orvalho, sem frio e sem vento. – Então, voltando-se para a Sra. Weston, com um olhar de gentil censura: – Ah, Srta. Taylor, se não tivesse se casado, ficaria aqui em casa comigo!

– Bem, senhor – riu o Sr. Weston –, como levei a Srta. Taylor embora, é minha incumbência substituí-la, se puder. Trarei a Sra. Goddard para fazer-lhe companhia, e se o senhor assim desejar posso ir convidá-la imediatamente.

No entanto, a ideia de qualquer coisa que fosse feita *imediatamente* aumentava a agitação do Sr. Woodhouse, ao invés de diminuí-la. As damas sabiam melhor como apaziguá-lo. Bastou que o Sr. Weston ficasse calado e logo as coisas se ajeitaram.

Com as atenções das duas, o Sr. Woodhouse não demorou a acalmar-se o bastante para voltar a falar com seu jeito habitual. "Ficaria muito satisfeito em ver a Sra. Goddard. Tinha grande estima pela Sra. Goddard, e Emma poderia escrever-lhe um bilhete, convidando-a a vir. James poderia levá-lo. Mas, primeiro, era preciso enviar uma resposta por escrito à Sra. Cole."

– Apresente-lhe as minhas desculpas, minha querida, o mais gentilmente possível. Você deve dizer-lhe que estou quase inválido, que não vou a lugar nenhum e que, assim, sou obrigado a declinar do seu amável convite. Inicie com meus *cumprimentos,* é claro. Mas sei que você fará tudo direito. Não preciso lhe dizer como as coisas devem ser feitas. Precisamos nos lembrar de avisar James de que a carruagem terá de estar pronta na terça-feira. Não temerei se você for com ele. Não estivemos por lá desde que a nova estrada foi aberta, mas sem nenhuma dúvida James a levará sã e salva. E quando chegar lá, você deve dizer a ele a que horas quer que vá buscá-la; é melhor que não marque um horário muito tarde. Você não gosta de se deitar tarde demais e vai estar bastante cansada quando terminarem de servir o chá.

– Mas o senhor não quer que eu venha antes de me sentir cansada, quer, papai?

– Oh, não, meu amor! Só quando você se sentir cansada. Haverá muita gente lá falando ao mesmo tempo. Você não vai gostar do barulho.

– Mas, meu caro senhor – interferiu o Sr. Weston –, se Emma sair muito cedo, irá estragar a festa!

– O estrago não será assim tão grande – retrucou o velho cavalheiro. – Quanto mais cedo uma festa acabar, melhor.

– Mas o senhor não está considerando como os Cole irão interpretar tal atitude. Emma sair imediatamente depois do chá será uma ofensa. Eles são pessoas muito bondosas e pensam pouco em seus próprios direitos, porém irão sentir que não é muito respeitoso um convidado ir embora logo depois do chá. E se justamente a Srta. Woodhouse se retirar, certamente chamará mais atenção do que qualquer outro convidado. Tenho certeza, senhor, de que não quer que os Cole fiquem decepcionados e ofendidos. Além de serem excelentes pessoas, eles são vizinhos do senhor há *dez* anos.

– Não quero isso por nada deste mundo, e agradeço-lhe muito por me lembrar, Sr. Weston. Eu ficaria muito aflito se por acaso infligisse qualquer sofrimento a eles. Sei que são pessoas muito dignas. Perry me contou que o Sr. Cole jamais toma licor de malte. O senhor não diria ao olhá-lo, porém ele é bilioso... O Sr. Cole é muito bilioso.

Não, não quero causar nenhum aborrecimento a eles. Minha querida Emma, há este fato a considerar. Tenho certeza de que é melhor você ficar na festa um pouquinho mais do que é seu desejo, a fim de não correr o risco de ofender o Sr. e a Sra. Cole. Não correrá o risco de se cansar demais, e estará perfeitamente a salvo, você sabe, entre os nossos amigos.

– Oh, sim, papai. Não tenho medo algum por mim mesma e não teria a menor dúvida em ficar até o mesmo horário que a Sra. Weston, a não ser por causa do senhor. Tenho medo, apenas, que o senhor se preocupe comigo. Não temo quanto a seu conforto, pois ficará muito bem com a Sra. Goddard. Ela adora jogar *piquet*,* como sabe, mas quando ela for para casa, tenho receio de que o senhor fique aqui sentado, em vez de ir deitar-se na sua hora de costume... e essa ideia me deixa extremamente desconfortável. Tem que me prometer que não ficará aqui sentado sozinho.

Ele prometeu, desde que a filha também fizesse algumas promessas. Tais como: caso sentisse frio, procuraria aquecer-se imediatamente; se tivesse fome, comeria alguma coisa sem demora; que a criada dela a esperasse acordada; que Serle e o mordomo não fossem se deitar até a virem sã e salva em casa, como sempre.

26

O Sr. Frank Churchill voltou. E se, por acaso, ele deixara o pai a sua espera para o jantar, isso jamais veio a ser sabido em Hartfield, pois a Sra. Weston valorizava demais que ele se tornasse querido pela Srta. Woodhouse para revelar-lhe qualquer imperfeição que pudesse esconder.

**Piquet* – Em francês no original, antigo jogo de baralho, também conhecido como "jogo dos cento", com 32 cartas. (*N. do T.*)

Ele voltou com o cabelo cortado e riu para si mesmo com verdadeira benevolência, sem parecer nem um pouco envergonhado pelo que havia feito. Não tinha motivo algum para deixar o cabelo comprido nem para esconder seu rosto; não havia razão para evitar de gastar dinheiro, desde que isso melhorasse sua disposição. Permanecia alegre e cheio de vida, como sempre fora. Depois de vê-lo, Emma chegou até a dar uma lição de moral a si mesma:

"Não sei de que modo isso acontece, mas o fato é que as coisas bobas deixam de ser bobas quando feitas por pessoas sensíveis e de maneira impudente. A maldade é sempre maldade, porém a loucura nem sempre é loucura. Depende do caráter da pessoa em questão. Sr. Knightley, o Sr. Frank Churchill *não* é um jovem cavalheiro fútil, nem bobo! Se fosse, ele teria agido de modo bem diferente. Teria se vangloriado da sua proeza ou se mostraria envergonhado. Caso agisse de um destes modos, tratar-se-ia de duas coisas: ostentação de um vaidoso ou evasão de uma mente fraca demais para defender as próprias vaidades. Não. Tenho certeza de que ele não é fútil nem bobo."

Com a terça-feira, chegou para Emma a agradável perspectiva de vê-lo novamente, quando teria mais tempo do que até então para avaliar as maneiras de Frank Churchill em geral e, em particular, pela observação de como ele agiria em relação a ela; calculou quanto tempo deveria deixar passar até permitir que se dissipasse a frieza que houvesse no ar e imaginou as observações que iriam fazer as pessoas que os veriam juntos pela primeira vez.

Pretendia divertir-se, mesmo que os acontecimentos tivessem que se desenrolar na casa do Sr. Cole, e apesar de não ser capaz de esquecer que entre os deslizes do Sr. Elton, mesmo nos seus dias como favorito, nenhum a perturbara mais do que a propensão que ele tinha a ir jantar com o Sr. Cole.

O conforto de seu pai estava perfeitamente assegurado, pois tanto a Sra. Bates quanto a Sra. Goddard já haviam chegado para fazer-lhe companhia. Deste modo, o último e agradável dever de Emma, antes de sair de casa, foi apresentar seus respeitos às duas damas, já acomodadas na sala depois do jantar. Enquanto o pai admirava, encantado, a beleza de seu vestido, Emma, numa tentativa de fazer todas as reparações em seu poder, serviu a elas grandes fatias de bolos e copos cheios de vinho, pois o cuidado de seu pai com a saúde provavelmente obrigaria as senhoras a uma série de renúncias durante a refeição. Emma havia providenciado um farto jantar para elas, e apenas gostaria de ter a certeza de que seu pai havia permitido que elas o comessem.

A carruagem de Hartfield chegou à porta do Sr. Cole logo atrás de outra e Emma viu, contente, que era a do Sr. Knightley. O cavalheiro não criava cavalos, não gostava de desperdiçar seu dinheiro e tinha muita saúde, energia e independência, e por isso era demasiadamente inclinado, na opinião de Emma, a caminhar para onde quer que fosse, usando sua carruagem com muito menos frequência do que o proprietário da Abadia Donwell deveria. Ela imediatamente teve uma oportunidade de expressar-lhe sua aprovação, pois ele parara para ajudar-lhe a descer.

– Esta é uma chegada que o senhor sempre deveria fazer – comentou Emma. – Como um cavalheiro. Estou muito feliz em vê-lo.

O Sr. Knightley agradeceu e retribuiu:

– É uma felicidade termos chegado ao mesmo tempo, pois se nos tivéssemos encontrado na sala de estar, duvido que fosse capaz de perceber se estou sendo mais cavalheiro do que de hábito! Você não seria capaz de dizer como cheguei aqui, observando apenas meu aspecto ou minhas atitudes.

– Seria, sim. Tenho certeza de que seria. Há sempre um toque de reconhecimento ou um leve alvoroço quando uma pessoa se locomove usando um meio que sabe ser inferior a ela. O senhor pensa que disfarça muito bem, mas atrevo-me a dizer que exibe uma espécie de audácia, um ar de afetada despreocupação que sempre observei no senhor quando o encontrei em circunstâncias como esta. *Agora*, o senhor nada tem a provar. Não precisa temer que possam supor que se sinta envergonhado. Não tem necessidade de provar que é maior do que qualquer outra pessoa. *Agora* posso de fato sentir-me feliz em estar na mesma sala que o senhor.

– Menina absurda! – Foi a resposta dele, mas não havia raiva em sua voz.

Emma tinha muitos motivos para estar tão satisfeita com os demais convidados como estava com o Sr. Knightley. Foi recebida com um cordial respeito que não podia deixar de agradá-la e lhe dava toda a importância que ela poderia querer. Quando os Weston chegaram, os mais afetuosos olhares de amizade, as maiores expressões de admiração foram para ela, vindos tanto do marido quanto da esposa. O filho aproximou-se imediatamente e com alegria, o que a indicou merecedora de sua atenção em especial, e ao jantar sentou-se ao seu lado, o que conseguiu não sem ter de fazer algum esforço, acreditou ela.

Havia muitos convidados e entre eles incluía-se outra família – sem a menor dúvida, uma família do campo, que os Cole tinham a honra de considerar seus amigos – e alguns homens da família do Sr. Cox, o advogado de Highbury. As damas menos importantes iriam chegar apenas para o serão, entre elas a Srta. Bates, a Srta. Fairfax e a Srta. Smith; porém, mesmo assim, durante o jantar, os convidados eram numerosos demais para que o assunto da conversa pudesse ser geral. Então, enquanto os demais falavam em política e no Sr. Elton, Emma pôde dedicar-se inteiramente ao agradável vizinho. O primeiro som vindo de outro local ao qual ela viu-se obrigada a prestar atenção foi o nome de Jane Fairfax. A Sra. Cole estava contando algo sobre ela que parecia ser muito interessante. Ouviu um pouco e achou que valia a pena prestar atenção. Era muito importante para Emma receber divertidos suprimentos para alimentar sua fantasia. A dona da casa dizia que havia feito uma visita à Srta. Bates e que, assim que entrou na sala, ficou impressionada ao ver um piano – instrumento de rara elegância –, não muito grande, de forma quadrada e de bom tamanho; ao final da repetição do longo diálogo que se seguiu à surpresa, construído pelas perguntas e congratulações por parte da Sra. Cole e pelas explicações por parte da Srta. Bates, a substância da narrativa era que o piano havia chegado de Broadwood no dia anterior. Este acontecimento causara um espanto enorme tanto na tia quanto na sobrinha, pois no começo, segundo afirmativas da Srta. Bates, a própria Jane sentiu-se muito surpreendida, quase pasma, ao tentar descobrir quem poderia ter enviado o piano; no entanto, depois chegaram à conclusão de que o instrumento só poderia ter vindo de um lugar – e é claro que esse lugar era a casa do coronel Campbell.

– De fato, não era possível imaginar qualquer outra coisa – acrescentou a Sra. Cole –, e cheguei a estranhar que pudesse haver alguma dúvida a respeito. Mas Jane, parece, tinha recebido uma carta pouco antes, na qual esse fato nem sequer era mencionado. Ela conhece bem os hábitos dos Campbell, porém só posso considerar um motivo sobre o silêncio deles a respeito desse presente: quiseram fazer-lhe uma surpresa.

Muitos dentre os convidados concordaram com a Sra. Cole e todos que passaram a fazer comentários a respeito acabaram por se mostrar igualmente convencidos de que o piano viera do coronel Campbell e alegraram-se com a anfitriã por tal presente ter sido feito. Foi dita uma infinidade de coisas que permitiriam a Emma formar sua própria ideia enquanto continuou ouvindo a Sra. Cole:

– Confesso, não sei há quanto tempo eu não ouvia algo que me desse tanta satisfação! Sempre me fez ficar triste o fato de Jane Fairfax, que toca tão bem, não poder ter um piano. Parecia-me até vergonhoso, principalmente por considerar quantas casas por aí têm instrumentos finos que ficam completamente abandonados. Um fato assim é como se nos dessem uma bofetada, com certeza! Ainda ontem eu estava dizendo ao Sr. Cole que me sentia envergonhada quando olhava para nosso grande piano na sala de visitas, pois acontece que não distingo uma nota de outra, nossas filhinhas estão apenas começando e talvez nunca dominem essa arte, enquanto a pobre Jane Fairfax, que é uma mestra em música, não tinha sequer a sombra de um piano, nem mesmo a mais velha espineta do mundo para divertir-se com ela. Eu estava dizendo isso ao Sr. Cole ontem e ele imediatamente concordou comigo; acontece que meu marido é apaixonado por música a tal ponto que não pôde resistir à tentação de comprar um piano, na esperança de que um dos nossos bons vizinhos possa fazer de vez em quando o grande favor de dar a ele melhor uso do que podemos dar. Este é o verdadeiro motivo pelo qual o piano foi comprado; caso contrário, tenho certeza de que sentiríamos vergonha de possuí-lo. Temos grande esperança de que a Srta. Woodhouse seja persuadida a tocá-lo esta noite.

A Srta. Woodhouse manifestou sua aquiescência da maneira apropriada e, considerando que nada mais de interessante viria de qualquer relato da Sra. Cole, voltou-se para o Sr. Frank Churchill.

– Por que o senhor está sorrindo? – indagou ela.

– Eu? E a senhorita, por que sorri?

– Eu?... Creio que estou sorrindo de satisfação por ver que o coronel Campbell é tão rico e tão liberal... Ele deu um belíssimo presente.

– Muito.

– Chego até a me perguntar por que não fez isso antes.

– Deve ter sido porque a Srta. Fairfax jamais ficou ausente da casa deles por tanto tempo.

– Ou porque não preferiram enviar à Srta. Fairfax seu próprio piano antigo, que agora deve estar fechado na casa deles, em Londres, sem ser tocado por ninguém.

– O piano que eles têm é de cauda, grande demais para a casa da Sra. Bates.

– O senhor *disse* o que achou mais correto dizer, porém sua atitude demonstra que seus *pensamentos* a esse respeito são iguais aos meus.

– Não sei. Creio, na verdade, que a senhorita está dando mais créditos à minha percepção do que mereço. Sorri porque a senhorita sorriu e pode ser que, provavelmente, suspeitarei do que quer que a senhorita suspeite, mas no momento não vejo por que questionar esse fato. Se não foi o coronel Campbell, quem poderia ter sido?

– O que acha da Sra. Dixon?

– A Sra. Dixon! É verdade! Eu não havia pensado na Sra. Dixon. Ela deve saber, tanto quanto seu pai, o valor que um piano poderá ter. E talvez o modo de dar o presente, o mistério, a surpresa, seja mais próprio de uma mulher jovem do que de um homem idoso. Foi a Sra. Dixon, ouso dizer. Eu bem disse que a minha suspeita poderia ser a mesma que a sua.

– Se for realmente, o senhor terá que ampliá-la para incluir o *Sr. Dixon*.

– O Sr. Dixon... Muito bem. Sim, é mais do que evidente que se trata de um presente em conjunto do Sr. e da Sra. Dixon. Ainda outro dia, lembra-se, comentamos o grande admirador que ele é das performances da Srta. Fairfax.

– Sim, e o que o senhor me disse naquela ocasião confirmou uma hipótese que já havia me ocorrido antes... Não pretendo duvidar das boas intenções do Sr. Dixon ou da Srta. Jane Fairfax, mas também não posso deixar de suspeitar que, depois de ter pedido a mão da sua amiga, ele tenha se apaixonado por *ela* ou talvez tenha percebido a existência de uma pequena afeição por parte dela. Pode-se desconfiar de vinte coisas sem chegar exatamente à que é certa, mas tenho absoluta convicção de que deve existir um motivo particular para essa jovem ter preferido vir para Highbury em vez de ir com os Campbell para a Irlanda. Aqui, a Srta. Fairfax está destinada a levar uma vida de privações e de penitência; lá, teria todos os divertimentos. Quanto à justificativa de que o ar de sua cidade natal irá fazer-lhe bem, considero uma simples desculpa. No verão, ainda poderia ser, mas que bem o ar desta terra natal pode fazer nos meses de janeiro, fevereiro e março? Boas lareiras e carruagens são bem mais recomendadas para saúde delicada e, devo dizer, principalmente a dela. Não exijo que participe de todas as minhas suspeitas, embora o senhor já tenha se dado o nobre dever de fazê-lo, mas devo dizer-lhe honestamente quais elas são.

– E, sou obrigado a reconhecer, suas hipóteses parecem muito prováveis. Posso afirmar que a preferência do Sr. Dixon pela música da amiga em vez de preferir a da noiva era muito clara...

– Além disso, ele salvou-lhe a vida. O senhor sabia disso? Numa festa num barco, houve um acidente e ela ia caindo no mar; o Sr. Dixon segurou-a.

– Sabia. Eu estava lá... Era um dos convidados.

– Estava, de fato? Bem!... Mas é evidente que nessa ocasião não observou nada, já que esta é uma nova ideia para o senhor. Se eu tivesse estado lá, tenho certeza de que haveria feito algumas descobertas.

– Creio que não tenho outro jeito se não concordar. Mas, simplesmente, devo dizer que não vi mais nada além do fato em si. A Srta. Fairfax estava prestes a cair do barco e o Sr. Dixon segurou-a... Aconteceu em apenas um momento. A seguir, os consequentes choque e alarme foram grandes e muito mais demorados... tanto que se passou cerca de meia hora, acredito, antes que todos nós estivéssemos calmos de novo... depois disso, permaneceu no ambiente uma sensação geral de ansiedade que impediu que quaisquer particularidades fossem observadas. Não posso afirmar, no entanto, que a senhorita não teria feito descobertas.

A conversa foi interrompida nesse ponto, pois eles viram-se obrigados a participar daquela espécie de constrangimento que acontece quando há um longo intervalo entre dois pratos, que obriga todos a se tornarem formais e silenciosos. Mas assim que a mesa se achava novamente servida, que cada travessa havia sido colocada em seu lugar exato e todos voltaram a ocupar-se com a comida, Emma disse:

– A chegada desse piano é decisiva para mim. Eu queria saber um pouco mais e este fato veio dizer-me o bastante... Pode estar certo de que logo ouviremos alguém comentar que foi um presente do Sr. e da Sra. Dixon.

– E se os Dixon puderem negar absolutamente terem conhecimento desse presente, deveremos concluir que o piano, na verdade, veio dos Campbell.

– Não. Tenho certeza de que não veio dos Campbell. A Srta. Fairfax sabe que o piano não foi enviado pelos Campbell, caso contrário ela os teria citado imediatamente à chegada do presente; é claro que Jane Fairfax não teria ficado perplexa se achasse que eles o haviam mandado. Talvez eu não consiga convencê-lo, porém estou perfeitamente convencida de que o Sr. Dixon é o personagem principal dessa trama.

– De fato, a senhorita me magoa acreditando que não estou convencido. Seu raciocínio arrastou com ele meu julgamento por completo. Em princípio, enquanto eu supunha que a senhorita estivesse satisfeita com a ideia de que o coronel Campbell era o autor do presente, considerei-o apenas resultado de uma bondade paternal e achei que se tratava da coisa mais natural deste mundo. Mas quando a senhorita mencionou a Sra. Dixon, senti que provavelmente poderia muito bem tratar-se de um tributo partido de profunda amizade feminina. Agora, não posso mais ver esse piano em outra luz que não a de uma oferenda de amor.

Não houve oportunidade para que continuassem a analisar o caso. A convicção parecia real e o ar do jovem cavalheiro era de quem acreditava nisso. Emma nada mais disse e outros assuntos vieram à baila. Daí por diante o jantar decorreu normalmente até o fim; veio a sobremesa, as crianças vieram à sala, foram inquiridas e admiradas em meio a uma pausa na conversa geral; foram ditas algumas coisas inteligentes, outras completamente tolas, mas nenhuma dessas duas coisas em grandes proporções – nada pior do que os comentários usuais, as cansativas repetições, as velhas novidades e as anedotas batidas.

As senhoras não se encontravam havia muito tempo na sala de estar quando as convidadas da segunda sessão chegaram. Emma observou principalmente a entrada de sua querida amiga e, se não pôde exultar por sua dignidade e graça, pôde não só admirar a meiga doçura de seu modo de ser sem artifícios, como também lhe foi possível regozijar-se de coração com a luminosidade, a alegria, a tranquila disposição que demonstravam que a jovem conseguira encontrar alívio mesmo em meio à dor causada pela desilusão amorosa. Ela sentou-se e – quem poderia imaginar o quanto de lágrimas derramara ultimamente? – com certeza era o bastante para a felicidade de Harriet nesse dia estar em companhia daquelas pessoas, muito bem-vestida e vendo outras mulheres bem-vestidas, sorrindo, apenas sendo bonita e não dizendo nada. Jane Fairfax parecia e agia como superior, porém Emma desconfiava de que ela gostaria de poder trocar de lugar com Harriet, que ficaria contente de estar sofrendo uma desilusão amorosa – sim, mesmo se se tratasse do Sr. Elton – em vez de render-se ao perigoso prazer de saber ser amada pelo marido da melhor amiga.

Em um grupo tão grande não havia necessidade de Emma aproximar-se da Srta. Fairfax. Não queria conversar com ela sobre o piano; sentia-se como se ela mesma guardasse um segredo, o que a impedia de considerar justa uma demonstração de curiosidade ou de interesse indevidos. Assim, manteve-se distante da jovem de propósito. No entanto, o assunto foi trazido à baila pelas outras damas e imediatamente Emma notou o rubor de perturbação com que as parabenizações eram recebidas e o rubor de culpa que acompanhou a menção "meu excelente amigo, o coronel Campbell".

A Sra. Weston, de coração meigo e muito interessada por música, interessou-se particularmente pelo acontecimento e Emma não pôde deixar de se divertir com a perseverança dela de sustentar o assunto; como encontrava muito a comentar sobre tom, tônus das teclas e pedais, tornou-se extremamente difícil falar no assunto o mínimo possível, desejo que ela percebia claramente na expressão da bonita heroína da noite.

Não tardou que os cavalheiros se juntassem a elas e o primeiro a chegar foi Frank Churchill. Ele entrou, o primeiro e o mais bonito. Depois de fazer seus cumprimentos ao passar pela Srta. Bates e a sobrinha, dirigiu-se diretamente para o lado oposto do círculo, onde a Srta. Woodhouse achava-se sentada, e enquanto não vagou um lugar ao lado dela, ele não se sentou. Emma adivinhou o que todos os presentes estavam pensando. Ela era a finalidade dele e ninguém poderia deixar de percebê-lo. Apresentou a ele sua amiga, a Srta. Smith, e num momento oportuno, mais adiante, ouviu o que cada um pensava do outro: "Ele jamais tinha visto um rosto tão lindo e estava encantado com a ingenuidade dela." E ela: "Não que fosse o caso de estar fazendo um grande cumprimento ao jovem cavalheiro, mas achava que ele a fazia lembrar-se do Sr. Elton em alguns detalhes." Emma conteve a indignação e apenas olhou para Harriet em silêncio.

Sorrisos de compreensão foram trocados por ela e o Sr. Frank Churchill, depois do primeiro relancear de olhos pela Srta. Fairfax, porém o mais prudente era evitar qualquer comentário. Ele lhe disse que estava impaciente para sair da sala de jantar – detestava ficar sentado por muito tempo e era sempre o primeiro a se erguer assim que podia fazê-lo sem quebrar a etiqueta –, que seu pai, o Sr. Knightley, o Sr. Cox e o Sr. Cole estavam ocupadíssimos falando em negócios das paróquias, e que, apesar de ter sido obrigado a permanecer lá por muito tempo, tivera grande prazer em fazê-lo, pois considerava aquele um grupo de homens gentis e sensíveis; falou de maneira tão bonita também de Highbury – considerava que a cidade tinha muitas e agradáveis famílias – que Emma começou a pensar que talvez houvesse sido exagerada em seu desprezo pela cidade. Perguntou a ele sobre a sociedade de Yorkshire, sobre a extensão da vizinhança de Enscombe e arredores. Pôde perceber pelas respostas que no que se referia a Enscombe havia pouco a dizer: as visitas feitas pelos Churchill restringiam-se ao círculo familiar e não se estendiam a ninguém das proximidades de onde moravam; que quando as viagens eram marcadas e os convites aceitos, sempre havia a possibilidade de a Sra. Churchill não estar bem de saúde ou não ter disposição para ir; que faziam questão de não visitar pessoas recém-chegadas e isso, ainda que Frank Churchill tivesse seus compromissos particulares, fazia com que encontrasse grande dificuldade em sair; precisava de considerável habilidade para viajar *de vez em quando* e para conseguir apresentar um novo amigo aos tios.

Emma pôde concluir com facilidade que Enscombe não era capaz de satisfazê-lo e que Highbury, vista por seu melhor lado, teria mesmo que agradar a um jovem cavalheiro retido em casa muito mais do que gostava. Era evidente a influência que ele tinha em Enscombe. Frank Churchill não se gabava, mas traiu-se naturalmente ao contar que persuadia a tia quando seu tio nada conseguia e, diante da risada da Srta. Woodhouse quando percebeu isso, afirmou que acreditava (com exceção de um ou dois pontos) que poderia *com o tempo* persuadir a tia do que desejasse. Então, ele mencionou um dos pontos em que sua influência falhara. Queria muito viajar para o exterior – sem dúvida queria muito –, mas a Sra. Churchill não queria nem sequer ouvir falar no assunto. Isso acontecera no ano anterior. *Agora*, disse ele, já começava a não sentir mais o mesmo desejo.

Não disse qual era o outro ponto em que a Sra. Churchill não se deixava persuadir, mas Emma desconfiou de que se referia ao pai dele.

– Fiz uma triste descoberta – disse o jovem cavalheiro, depois de uma breve pausa. – Amanhã vai fazer uma semana que estou aqui... chegamos à metade do meu tempo. Jamais vi os dias passarem tão depressa. Uma semana, amanhã! E eu mal comecei a me divertir. Apenas acabo de conhecer a Sra. Weston e os demais... Detesto lembrar-me disso.

– Talvez agora o senhor comece a lamentar ter perdido um dia inteiro para cortar o cabelo, quando lhe resta tão pouco tempo.

– Não – sorriu ele. – Não lamento isso de modo algum. Não tenho prazer em ver meus amigos se eu não puder ser visto com prazer por eles.

Como nesse momento os demais cavalheiros entraram na sala, Emma viu-se obrigada a desviar a atenção do Sr. Churchill por alguns minutos e dedicá-la ao Sr. Cole. Quando o Sr. Cole distanciou-se dela e poderia voltar a dar atenção a Frank Churchill, viu que ele olhava atentamente para a Srta. Fairfax, que se encontrava exatamente do outro lado da sala, em frente a eles.

– O que foi? – perguntou ela.

Ele teve um sobressalto.

– Obrigado por me despertar – respondeu. – Creio que fui muito rude, mas realmente a Srta. Fairfax arranjou os cabelos de um modo tão esquisito... que eu não conseguia deixar de olhá-la. Jamais vi algo tão ultrapassado!... Aqueles cachos!... Deve ter sido ideia dela. Não vejo senhorita nenhuma arrumada daquela maneira!... Devo ir perguntar-lhe se, por acaso, trata-se de moda irlandesa. Devo fazê-lo?... Sim, devo... Tenho certeza de que sim e a senhorita saberá de que maneira minha pergunta será recebida, se ela vai corar ou não.

Sem esperar por uma resposta, ele foi. Emma viu-o parar diante de Jane Fairfax e falar com ela; no entanto, não pôde observar absolutamente nada da reação da moça porque o Sr. Frank Churchill ficou exatamente entre as duas, obstruindo seu campo de visão.

Antes que ele voltasse ao seu lugar, a Sra. Weston ocupou a cadeira ao lado de Emma.

– Esta é a vantagem de uma grande festa – comentou ela –, pode-se chegar perto de qualquer pessoa e falar a vontade. Minha querida Emma, eu estava querendo muito conversar com você. Fiz interessantes descobertas e arquitetei alguns planos, do mesmo modo que você costuma fazer, e gostaria de explicá-los enquanto as ideias ainda estão frescas. Sabe de que modo a Srta. Bates e a sobrinha vieram aqui?

– De que modo? Foram convidadas, não foram?

– Oh, sim! Mas "como" vieram... Quero dizer, como chegaram aqui?

– Caminhando, suponho. De que outra maneira poderiam vir?

– É verdade. Bem, foi o que também concluí e agora mesmo comecei a pensar como deve ser triste para Jane Fairfax voltar andando para casa tão tarde, com as noites frias como as que estão fazendo agora. Olhei para ela e então, embora não a tenha visto muitas vezes, pareceu-me muito acalorada e por isso bastante arriscada a apanhar um resfriado. Pobre moça! Não pude suportar essa ideia; desta maneira, assim que o Sr. Weston entrou na sala de estar, aproximei-me dele e falei sobre a carruagem. Você pode imaginar que ele concordou imediatamente e, tendo sua aprovação, fui falar com a Srta. Bates, a fim de assegurar-lhe que nossa carruagem ficaria às suas ordens antes de irmos para casa. Achei que desta maneira ela poderia ficar mais sossegada na festa. Que boa alma! Ela demonstrou-se o mais agradecida possível, pode ter certeza. No entanto, disse-me entre mil agradecimentos: "Ninguém é mais afortunada do que eu! Todavia, a senhora não precisa incomodar-se por nós, porque a carruagem do Sr. Knightley nos trouxe e nos levará de volta para casa." Fiquei muito surpresa. Bastante contente, é claro, porém muito surpresa. Tão gentil, tão atencioso... De fato, uma gentileza que pouquíssimos homens fariam! E, conhecendo os hábitos do Sr. Knightley como conheço, estou muito inclinada a pensar que hoje escolheu vir de carruagem apenas para que elas a usassem. Desconfio de que ele nunca usaria um par de cavalos apenas para seu próprio conforto e que o fez pura e simplesmente para atendê-las.

– É possível – assentiu Emma. – É bem possível. Não conheço homem mais inclinado a agir assim do que o Sr. Knightley... alguém tão capaz de fazer algo realmente bondoso e útil, tão atencioso e benevolente. Ele não é um cavalheiro galante, porém é muito humano. E, considerando-se a saúde de Jane Fairfax, deve ter-lhe parecido um caso de humanidade... Quanto a ser um caso de bondade sem ostentação, eu não poderia esperá-lo de ninguém mais a não ser do Sr. Knightley. Aliás, sabia que ele havia vindo de carruagem hoje... Chegamos juntos e até brinquei a respeito, mas ele não disse uma só palavra que o pudesse trair.

– Bem – sorriu a Sra. Weston –, você julga se tratar do mais simples e desinteressado ato de bondade, mas eu não. Enquanto conversava com a Srta. Bates, uma suspeita passou-me pela cabeça e não consegui mais livrar-me dela. Quanto mais penso, mais essa desconfiança me parece provável. Enfim, estou prevendo um casamento entre o Sr. Knightley e Jane Fairfax. Está vendo o que me aconteceu por estar sempre em sua companhia? O que acha da ideia?

– O Sr. Knightley e Jane Fairfax! – exclamou Emma. – Pelo amor de Deus, minha querida Sra. Weston! Como pôde pensar numa coisa dessas? O Sr. Knightley!... O Sr. Knightley não pode se casar!... A senhora quer que o pequeno Henry deixe de herdar Donwell?... Oh, não! Henry tem que ser o dono de Donwell. Não posso conceber, de modo algum, que o Sr. Knightley se case e tenho certeza de que ele não pensa em se casar. Estou muito surpresa que a senhora tenha tido tal ideia!

– Minha querida Emma, expliquei o que me levou a ter essa ideia... Não que eu queira esse casamento. Longe de mim querer prejudicar o pequeno Henry... mas a ideia me foi dada pelas circunstâncias. Se acontecer de o Sr. Knightley querer de fato se casar, você não pode criticá-lo por não levar Henry em conta; afinal, trata-se de um menino com seis anos, que nada sabe do que está acontecendo.

– Posso, sim. Não vou admitir que Henry seja prejudicado... O Sr. Knightley casar-se! Não. Jamais tive tal ideia e não vou concordar com ela de modo algum. E logo com Jane Fairfax, entre todas as mulheres!

– Por quê? Ela sempre foi a primeira preferida dele, como você bem sabe.

– Mas esse casamento seria uma imprudência!

– Não estou discutindo sua prudência, mas sua probabilidade.

– Não vejo nenhuma probabilidade, a menos que a senhora tenha mais base do que mencionou para pensar isso. A boa natureza, a humanidade dele, como eu já disse, são o bastante para que usasse seus cavalos. Ele tem as Bates em alta estima, a senhora sabe... independentemente de Jane Fairfax... e sempre fez questão de ser atencioso com elas. Minha querida amiga, por favor, não arranje casamentos.

Iria fazê-lo muito mal. Jane Fairfax, senhora da Abadia!... Oh, não, não! Fico revoltada só de pensar nisso. Pelo bem do próprio Sr. Knightley, eu não gostaria que cometesse essa loucura.

– Imprudência, pode ser... mas nunca uma loucura. A não ser por desigualdade de fortuna e talvez uma pequena diferença nas idades, nada vejo de inconveniente.

– Mas o Sr. Knightley não deve querer casar-se. Tenho certeza de que ele jamais sequer pensou nisso. Não enfie essa ideia na cabeça dele. Por que deveria casar-se? É feliz quanto lhe é possível com sua fazenda, suas ovelhas, sua biblioteca e a paróquia toda para dirigir. Além disso, gosta demais dos filhos de seu irmão. Ele não tem a menor necessidade de se casar, nem para preencher seu tempo nem seu coração.

– Minha querida Emma, se de fato ele pensar assim, que seja. Mas se realmente o Sr. Knightley amar Jane Fairfax...

– Ideia insensata! Ele não dá a menor atenção a Jane Fairfax. Quanto a amá-la, tenho certeza que não. Ele gosta de ser bondoso com ela, com a família dela, mas...

– Sim – riu a Sra. Weston. – E talvez o maior bem que ele possa fazer a elas seja dar uma vida confortável para Jane.

– Se isso for um bem para ela, tenho certeza de que para ele será um mal; uma ligação de fato vergonhosa e degradante. Como o Sr. Knightley irá suportar ter a Srta. Bates como sua parente? Ela viverá assombrando a Abadia e agradecendo a ele, o dia inteiro, pela bondade em ter se casado com Jane... "Tão bondoso e gentil!... Mas também, ele sempre foi um vizinho muito atencioso!" E daí por diante, mudando de assunto a cada sentença, falando da saia velha da mãe. "Não é uma saia tão velha assim, pois ainda vai durar bastante tempo... E, sem dúvida, ela deve dar graças por suas saias serem todas muito duráveis."

– Que vergonha, Emma! Não a imite! Você me obriga a rir, mesmo indo contra a minha consciência. E, posso afirmar, não acredito que o Sr. Knightley fosse ficar muito aborrecido com a presença da Srta. Bates. Pequenas coisas não o irritam. Pode ser que ela fale muito, mas se ele quiser dizer alguma coisa, bastará que eleve bem a voz e a boa senhorita se calará. No entanto, a questão não é se esse casamento seria ruim para ele, mas sim se ele o deseja. E creio que sim, uma vez que sempre o ouvi falar muito bem a respeito de Jane Fairfax e creio que você também. O interesse que demonstra por ela, a ansiedade por sua saúde, a preocupação pelo fato de essa jovem não ter boas perspectivas! Eu o ouvi expressar-se com tanto ardor sobre esses pontos! E como admira as execuções dela ao piano e sua voz! Certa vez ele disse, eu mesma ouvi, que seria capaz de ficar escutando-a tocar para sempre. Oh! Quase ia me esquecendo de uma outra ideia que me ocorreu: aquele piano deve ter sido mandado a Jane Fairfax por alguma outra pessoa... apesar de termos ficado satisfeitas ao considerá-lo um presente dos Campbell, não poderia ser um presente do Sr. Knightley? Não posso deixar de suspeitar dele. Considero-o uma pessoa capaz de tal gesto, mesmo sem estar apaixonado.

– Então não pode servir de prova de que ele esteja apaixonado. Mas não acredito que o Sr. Knightley fosse capaz de fazer uma coisa dessas. Ele jamais faz mistérios.

– Eu já o ouvi lamentar muitas vezes por ela não possuir instrumento algum, bem mais do que ele pensaria em lamentar em circunstância normais.

– Muito bem! Porém, se ele pretendesse dar-lhe um piano, teria dito a ela.

– Poderia não ter dito por delicadeza, minha querida Emma. Tenho uma forte desconfiança de que foi ele quem o mandou. Achei-o particularmente silencioso quando a Sra. Cole nos contou o fato, durante o jantar.

– Quando tem uma ideia, minha amiga, a senhora vai adiante com ela de qualquer jeito, da mesma maneira que me reprovou tantas vezes por fazê-lo, Não vejo nenhum sinal de apego... não acredito nessa história do piano... e não há nenhuma prova que me convença de que o Sr. Knightley tenha a menor intenção de se casar com Jane Fairfax.

As duas continuaram discutindo o assunto por bastante tempo, dessa mesma maneira; Emma parecia convencer lentamente a amiga, pois entre as duas, a Sra. Weston era a mais acostumada a ceder. Até que uma leve agitação na sala demonstrou que o chá havia terminado e que estavam aprontando o piano; no mesmo instante, o Sr. Cole aproximou-se a fim de solicitar à Srta. Woodhouse que lhes desse a honra de tocar para eles. O Sr. Frank Churchill, a quem no calor da discussão com a Sra. Weston ela perdera de vista e apenas notara que ele se havia sentado ao lado da Srta. Fairfax, havia se juntado ao Sr. Cole em seu convite insistente para que ela tocasse, e como era natural para Emma liderar, em todos os sentidos, ela deu-lhe completa aquiescência.

Emma conhecia as próprias limitações o suficiente para não tentar ir além das músicas que podia executar com êxito. Não lhe faltava bom gosto nem espírito para reconhecer as pequenas canções que eram aceitáveis em geral e que iam bem com sua voz. Enquanto cantava uma das músicas escolhidas, teve uma grata surpresa: a segunda voz foi corretamente feita pelo Sr. Frank Churchill. Assim que soou a última nota, ele pediu-lhe perdão e seguiram-se as manifestações habituais. O jovem cavalheiro foi acusado de ter uma voz deliciosa e perfeito conhecimento musical. O que foi negado de maneira apropriada por ele: não tinha voz alguma e era desafinado. Cantaram juntos mais uma vez e então Emma precisou resignar-se a ceder o lugar para a Srta. Fairfax, cuja apresentação, tanto instrumental quanto vocal, era infinitamente superior à dela, como Emma não poderia nem tentar esconder de si mesma.

Com sentimentos confusos, ela sentou-se um pouco distante do piano para ouvir. Frank Churchill cantou de novo. Ouvira dizer que eles haviam cantado juntos uma ou duas vezes em Weymouth. A visão do Sr. Knightley entre os que mais atentamente escutavam acabou por ocupar metade da mente de Emma e ela viu-se pensando nas suspeitas da Sra. Weston, pensamentos esses que eram apenas momentaneamente interrompidos pelos sons harmoniosos das vozes do Sr. Churchill e da Srta. Fairfax. Suas objeções ao casamento do Sr. Knightley não diminuíram. Só podia ver mal nele. Se acontecesse, seria uma grande decepção para o Sr. John Knightley, em consequência também para Isabella, além de ser uma verdadeira tragédia para as crianças – uma mudança terrível, que as faria sofrer uma grande perda material – e para ela, que não conseguia nem suportar a ideia de Jane Fairfax na Abadia Donwell. Uma Sra. Knightley à qual todos eles teriam de fazer concessões! Não. O Sr. Knightley jamais deveria se casar. O pequeno Henry tinha de continuar sendo o herdeiro de Donwell.

Naquele exato momento, o Sr. Knightley olhou para trás e foi sentar-se ao lado dela. Primeiro, conversaram apenas sobre a performance. A admiração que ele demonstrava era calorosa, porém, se não fosse pela Sra. Weston, ela nunca teria pensado que ele pudesse estar apaixonado. Como uma espécie de teste, no entanto, Emma começou a falar na bondade dele ao oferecer generosamente o transporte para tia e sobrinha até ali; a resposta recebida mostrava que ele desejava evitar o assunto, o que ela interpretou apenas como a costumeira relutância dele em falar sobre qualquer ato de caridade que fizesse.

– Sempre lamentei – disse Emma – que *nossa* carruagem não fosse mais útil em tais ocasiões. E não porque eu não o desejasse, mas o senhor sabe como papai julgaria o fato de James ser utilizado com esse propósito.

– Completamente fora de questão, completamente fora de questão – anuiu o Sr. Knightley. – Mas tenho certeza de que você sempre o desejou.

E o cavalheiro sorriu, parecendo tão contente com tal convicção que ela pôde dar mais um passo, dizendo:

– Esse presente dos Campbell... o piano... foi uma grande gentileza.

– Sim – concordou ele, sem a menor sombra aparente de embaraço. – No entanto, eles teriam agido melhor se a tivessem avisado. É loucura fazer surpresas. O prazer de quem recebe o presente fica limitado e existe muita possibilidade de embaraçosos inconvenientes. Esperava que o coronel Campbell fosse mais cauteloso.

Daquele momento em diante, Emma tornou-se capaz de jurar que o Sr. Knightley não dera o piano. Mas que não houvesse nenhum apego da parte dele pela Srta. Fairfax, que não existia realmente qualquer preferência... Disso Emma ainda não tinha certeza. No fim da segunda música que Jane cantava, a voz dela tornou-se um pouco rouca.

– Agora chega. – murmurou o Sr. Knightley, como se pensasse alto. – Você já cantou muito esta noite... Agora, fique calada.

Contudo, pediram-lhe que continuasse cantando; "Só mais uma!", imploravam, prometendo que não iriam cansar a Srta. Fairfax além da conta e que não pediriam mais do que uma canção. Aí, ouviu-se a voz de Frank Churchill, que dizia:

– Acredito que a senhorita possa cantar esta sem esforço... A primeira parte é muito fácil, pois toda força da canção está na segunda voz.

O Sr. Knightley zangou-se.

– Esse rapaz – disse, indignado – só pensa em exibir a própria voz! Não deve ser assim. – E tocando o braço da Srta. Bates, que passava por perto nesse instante, disse: – Srta. Bates, está louca? Deixando sua sobrinha cantar, a garganta dela ruim como está? Vá lá e impeça-a. Eles não têm piedade dela.

A Srta. Bates, levada pela verdadeira ansiedade que sentia pela sobrinha, mal agradeceu antes de correr adiante e acabar com qualquer possibilidade de mais cantoria. Assim terminou a parte do serão dedicada a concertos, uma vez que a Srta. Woodhouse e a Srta. Fairfax eram as únicas musicistas presentes. Contudo, logo depois (cerca de cinco minutos), a ideia de dançar – surgida ninguém sabia exatamente de onde – foi incentivada de maneira tão eficaz pelo Sr. e a Sra. Cole que rapidamente abriram o espaço necessário para o baile. A Sra. Weston, excelente em danças campestres, sentou-se ao piano e começou uma irresistível valsa. O Sr. Frank Churchill, aproximando-se de Emma com gesto de alta galanteria, tomou-lhe a mão e levou-a para a pista.

Enquanto esperavam que outros jovens pares se formassem, e apesar dos elogios que recebia em relação a sua voz e seu bom gosto, Emma teve tempo para olhar ao redor e ver o que fazia o Sr. Knightley. Aquela seria uma prova decisiva. Ele não costumava dançar. Se estivesse preocupado em tirar Jane Fairfax para dançar, poderia significar algo. Mas não o encontrava... Não. Ele estava conversando com a Sra. Cole e parecia despreocupado: Jane foi tirada por alguém e ele continuou falando com a Sra. Cole.

Emma deixou de se alarmar por Henry: os interesses dele estavam a salvo, por enquanto. Então, ela entregou-se à dança com disposição e alegria. Não se haviam formado mais do que cinco pares, porém a rapidez com que o baile fora inventado e a raridade com que costumavam dançar tornava tudo delicioso, mesmo porque seu par estava à sua altura. Formavam um casal que merecia ser admirado.

Infelizmente, duas danças foi tudo que lhes permitiram. Estava ficando tarde e a Srta. Bates mostrava-se ansiosa para voltar para casa, porque estava preocupada com sua mãe. No entanto, depois de algumas tentativas para continuarem dançando mais um pouco, foi preciso agradecer à Sra. Weston e, com tristeza, dar o baile por terminado.

– Talvez tenha sido melhor assim – disse Frank Churchill, enquanto acompanhava Emma até a carruagem dela. – Eu teria de tirar a Srta. Fairfax e o jeito lânguido que ela tem de dançar não me agradaria, depois de ter dançado com a senhorita.

27

Emma não se arrependeu da concessão que fez indo à festa dos Cole. Esse comparecimento proporcionou-lhe inúmeras lembranças agradáveis para o dia seguinte e tudo o que ela poderia julgar ter perdido quanto a sua dignificante reclusão parecia ter sido compensado pelo esplendor conferido pela popularidade. Dera grande prazer aos Cole – gente digna que merecia ser feita feliz! E deixara atrás de si uma reputação que não se apagaria tão cedo.

A felicidade perfeita não é comum, nem mesmo nas lembranças, e havia dois pontos que a incomodavam. Perguntava a si mesma se não havia descumprido o dever de mulher para mulher ao revelar ao Sr. Frank Churchill suas desconfianças a respeito dos sentimentos de Jane Fairfax. Não fora correto, mas a ideia lhe viera com tanta força que a deixara escapar involuntariamente e a anuência dele a tudo que ela ia dizendo parecera-lhe um elogio tão grande a sua perspicácia que se tornara difícil para ela lembrar-se de que deveria segurar a língua.

O outro ponto de inquietação também se referia a Jane Fairfax e quanto a ele Emma não tinha dúvidas. Lamentava sinceramente que seu domínio do piano e do canto fosse indiscutivelmente inferior ao dela. Arrependia-se amargamente da preguiça que a dominara quando criança e adolescente, e sentou-se ao piano e estudou por uma hora e meia com impressionante vigor.

Foi interrompida pela chegada de Harriet e, se os elogios da jovem amiga fossem capazes de confortá-la, teria ficado em paz dentro de pouco tempo.

– Oh! Se eu soubesse tocar tão bem quanto a senhorita e a Srta. Fairfax!

– Não nos coloque no mesmo nível, Harriet, Minha execução é tão diferente da dela quanto a luz de uma lâmpada da luz do sol.

– Oh, Deus!... Acho que a senhorita toca melhor do que ela... Acho que a senhorita toca tão bem quanto ela. Tenho certeza de que prefiro ouvir a senhorita. Ontem à noite, todos comentavam como a senhorita toca bem.

– As pessoas que conhecem alguma coisa de música devem ter sentido a diferença. A verdade, Harriet, é que se minha execução é apenas boa o bastante para ser elogiada, a de Jane Fairfax vai muito além.

– Bem, na verdade, penso que a senhorita toca tão bem quanto ela e creio que se há alguma diferença, ninguém percebe. O Sr. Cole disse que a senhorita tem muito bom gosto... O Sr. Frank Churchill falou muito sobre seu gosto e afirmou que valoriza mais o bom gosto do que a execução.

– Ah! Mas Jane Fairfax possui ambos, Harriet.

– A senhorita tem certeza? Percebi que ela toca muito bem, mas não sabia que tinha bom gosto. Ninguém falou a respeito disso. E odeio canções italianas, não é possível entender sequer uma palavra. Aliás, se ela toca assim tão bem não faz mais do que a obrigação, porque vai dar aulas. Ontem à noite os Cox conversavam sobre se ela conseguiria trabalhar em alguma família importante. O que a senhorita achou dos Cox ontem?

– O mesmo de sempre: muito vulgares.

– Eles me disseram uma coisa... – Harriet hesitou visivelmente. – Mas não é nada de importante.

Emma viu-se obrigada a perguntar o que os Cox haviam dito, apesar do temor de que se tratasse de algo sobre o Sr. Elton.

– Os Cox me disseram... que o Sr. Martin jantou na casa deles no sábado passado.

– Oh!

– Falaram muito a respeito dele, principalmente Anne Cox. Não sei o que ela pretendia, mas perguntou-me se eu achava que este ano também poderia ir para lá, passar o verão.

– Parece que essa moça é impertinente e curiosa como só pode ser uma Anne Cox.

– Ela falou que foi muito agradável o dia em que o Sr. Martin jantou lá. Sentou-se ao lado dela durante o jantar. A Srta. Nash acredita que qualquer uma das Cox gostaria de casar-se com ele.

– É bem possível... Eu as considero, sem exceção, as moças mais vulgares de Highbury.

Harriet precisava fazer compras na Ford e Emma achou que seria prudente acompanhá-la. Era possível outro encontro casual com o Sr. Martin e isso seria perigoso no estado em que ela se encontrava.

Harriet, tentada por todas as coisas e indecisa sobre o que escolher, demorava muito para fazer compras e, enquanto largava uma musselina para pegar outra, mudando de ideia a cada instante, Emma foi até a porta para distrair-se. Não era de esperar muito nem mesmo tratando-se da parte mais movimentada de Highbury. O Sr. Perry caminhava com seu passo muito rápido, o Sr. William Cox chegava à porta do escritório, a carruagem do Sr. Cole voltava depois do exercício dele ou um perdido garoto de recados montado em uma teimosa mula formavam o máximo da distração que ela poderia esperar; e quando seus olhos depararam por fim com o açougueiro carregando seu tabuleiro, com uma asseada velha senhora saindo de uma loja levando a sacola cheia e encaminhando-se para casa, com dois cães vira-latas brigando por um osso imundo e com um grupo de crianças vadias, os narizes esmagados contra o vidro da vitrina da padaria namorando os pães doces, Emma achou que não tinha motivo de queixa, que se divertia o bastante; pelo menos, o suficiente para continuar parada à porta. Uma mente alegre e desocupada pode divertir-se com pouco e pouco pode ver que não a divirta.

Emma olhou a estrada que ia para Randalls. O cenário ampliou-se e duas pessoas surgiram: a Sra. Weston e seu enteado vinham chegando a Highbury, com certeza a caminho de Hartfield. No entanto, pareciam pretender passar primeiro na casa da Sra. Bates, que ficava quase em frente à loja Ford. Mas quando viram Emma, não bateram à porta. Imediatamente atravessaram a rua em direção a ela e os bons momentos passados juntos na noite anterior pareceram tornar esse encontro ainda mais agradável. A Sra. Weston informou-a de que iria fazer uma visita às Bates a fim de ouvir o piano novo.

– Pois meu acompanhante me garante – explicou ela – que ontem à noite prometi solenemente à Srta. Bates que viria aqui hoje pela manhã. Não me lembrava mais disso. Não sei se marquei o dia em que viria, mas, se ele diz que marquei, resolvi ir agora.

– E, enquanto a Sra. Weston faz sua visita – disse Frank Churchill –, espero que a senhorita me permita acompanhá-la e esperar por ela em Hartfield... se é que a senhorita está indo para casa agora.

A Sra. Weston pareceu ficar desapontada.

– Pensei que você fosse comigo. Elas ficariam muito contentes.

– Eu? A única coisa que faria seria atrapalhar. Mas quem sabe... quem sabe estou atrapalhando também aqui... Parece-me que a Srta. Woodhouse não me quer. Minha tia sempre me expulsa para longe quando faz compras; ela diz que eu a irrito mortalmente. E a Srta. Woodhouse parece estar a ponto de dizer a mesma coisa. O que será de mim?

– Não vim aqui para fazer compras – esclareceu Emma –, estou apenas esperando minha amiga. Provavelmente, ela terminará logo e voltaremos para casa. Mas creio que seria melhor o senhor ir com a Sra. Weston, para ouvir o piano.

– Bem... desde que a senhorita assim ordena... Mas – com um sorriso –, se por acaso o coronel Campbell encarregou da compra um amigo menos cuidadoso e o piano for de má qualidade... o que poderei dizer? Não tenho possibilidade de dar apoio algum à Sra. Weston. Ela pode perfeitamente sair-se muito bem sozinha. Uma verdade desagradável seria aceitável vinda de seus lábios, mas sou péssimo para dizer as mentiras que pede a boa educação.

– Não acredito em nada disso – replicou Emma. – Tenho certeza de que o senhor pode ser tão pouco sincero quanto seus vizinhos, quando é necessário. Mas não há motivo para supor que o piano seja de má qualidade. Deve ser o contrário, se entendi bem o que a Srta. Fairfax disse ontem à noite.

– Vamos, Frank, venha comigo – insistiu a Sra. Weston –, a não ser que seja muito desagradável para você. Não precisaremos ficar por muito tempo e iremos logo em seguida para Hartfield. Iremos pouco depois delas. Eu gostaria muito que me acompanhasse, seria uma grande atenção para a senhora e a Srta. Bates... Pensei que você pretendia ir.

O Sr. Frank Churchill não teve jeito de recusar e, com a perspectiva de Hartfield para confortá-lo, voltou com a Sra. Weston para a porta da casa da Sra. Bates. Emma ficou olhando até que entrassem, depois foi juntar-se a Harriet diante do interessante balcão e tentou convencê-la de que se ela pretendia comprar musselina de cor lisa, de nada adiantava estar olhando musselina estampada e que aquela fita azul, mesmo sendo muito bonita, jamais combinaria com o tecido amarelo. Por fim, ficou tudo resolvido, menos para onde o pacote seria enviado.

– Devo enviá-lo para a residência da Sra. Goddard, madame? – perguntou a Sra. Ford.

– Sim... Não... Sim, para a casa da Sra. Goddard. Apenas o molde do vestido deve ir para Hartfield. Não, a senhora pode mandar tudo para Hartfield, por favor. Mas a Sra. Goddard irá querer vê-lo... Bem, é claro que poderei levá-lo para casa um dia. Mas quero usar a fita logo... talvez seja melhor ir para Hartfield... pelo menos a fita. E possível fazer dois pacotes, não é, Sra. Ford?

– Harriet, não é preciso dar à Sra. Ford o trabalho de fazer dois pacotes.

– Não precisa fazer...

– Não seria trabalho nenhum, madame – garantiu a gentil Sra. Ford.

– Oh! Mas sem dúvida seria menos trabalhoso fazer apenas um pacote. Então, por favor, a senhora pode enviar tudo para a casa da Sra. Goddard... Não sei... Não. Acho, Srta. Woodhouse, que seria melhor que o pacote fosse mandado para Hartfield e eu o levarei para casa esta noite. O que a senhorita acha?

– Que você não deve pensar nem sequer mais meio segundo nesse assunto. Para Hartfield, por favor, Sra. Ford.

– Sim, é o melhor a fazer – assentiu Harriet, demonstrando-se bastante alegre. – Eu não ficaria completamente satisfeita se o mandasse para a casa da Sra. Goddard.

Vozes aproximaram-se da loja, ou melhor, uma voz e duas damas, então a Sra. Weston e a Srta. Bates surgiram à porta.

– Minha querida Srta. Woodhouse – disse a última –, vim correndo a fim de pedir-lhe o favor de vir sentar-se conosco um pouco e dar sua opinião sobre o piano novo; a senhorita e a Srta. Smith. Como vai, Srta. Smith?... Muito bem, obrigada. Implorei à Sra. Weston que viesse comigo, para ter certeza de que seria bem-sucedida.

– Espero que a Sra. Bates e a Srta. Fairfax estejam...

– Muito bem, obrigada, senhorita! Minha mãe está deliciosamente bem e Jane não apanhou nenhum resfriado ontem à noite. Como está o Sr. Woodhouse?... Fico muito feliz em saber que ele está bem. A Sra. Weston disse-me que a senhorita estava aqui... Oh!, eu disse então, preciso ir correndo até lá; tenho certeza de que a Srta. Woodhouse jamais se negará a vir se eu for pessoalmente lhe pedir que venha aqui em casa; minha mãe ficaria tão contente em vê-la... e como agora temos uma agradável companhia, a Srta. Woodhouse não poderia recusar. "Sim, por favor, faça isso", disse-me o Sr. Frank Churchill. "Uma opinião da Srta. Woodhouse sobre o piano seria muito importante." Mas, disse eu, haveria maior chance de sucesso se um dos dois fosse comigo. "Oh!", ele exclamou, "espere meio minuto, que terminarei meu trabalho." Isso porque, pode acreditar, Srta. Woodhouse, da maneira mais gentil deste mundo, ele está recolocando o parafusinho dos óculos da minha mãe. O parafusinho caiu, a senhorita sabe, hoje bem cedo. Que gentileza! Se a minha mãe não estiver usando os óculos, não pode fazer nada. E, por falar nisso, todos deveriam ter dois pares de óculos; deveriam mesmo. Jane também acha. Eu pretendia levá-lo para John Saunders, era a primeira coisa que iria fazer hoje de manhã, porém uma coisa e outra foram me retendo a manhã inteira; primeiro uma coisa, depois outra, não dá nem para saber direito, a senhorita sabe. Numa das vezes, Patty chamou-me para dizer que achava que a chaminé da cozinha precisava de limpeza. Oh!, eu disse, Patty, não comece a me trazer más notícias. Já aconteceu de cair o parafusinho dos óculos da sua patroa. Aí, chegaram as maçãs assadas que a Sra. Wallis enviou por seu menino; os Wallis sempre foram muito bem-educados e atenciosos conosco... Ouvi algumas pessoas dizerem que a Sra. Wallis às vezes é muito mal-educada e dá respostas rudes, porém jamais recebi dela nada que não fosse a maior atenção. E não pode ser pelo nosso valor como fregueses, pois a senhora pode imaginar qual é o nosso consumo de pão... Somos apenas três... e isso agora que Jane veio para cá... mas ela não come quase nada, o seu café da manhã é chocantemente frugal. Se a senhorita visse! Sempre procuro evitar que minha mãe fique sabendo que Jane come tão pouco... Então, conto uma coisa, depois conto outra, assim mamãe não percebe. Mas, no meio do dia, minha sobrinha sente fome e não há nada que ela goste mais do que maçãs assadas, que são muito nutritivas, pois outro dia tive oportunidade de perguntar ao Sr. Perry a esse respeito; encontrei-o por acaso na rua. Não que eu tivesse qualquer dúvida antes de falar com ele... sempre ouvi o Sr. Woodhouse recomendar maçãs assadas. Penso que esse é o único jeito que o Sr. Woodhouse acredita que a fruta conserva todas as suas qualidades. No entanto, sempre fazemos bolinhos de maçãs. Patty faz excelentes bolinhos de maçãs. Bem, Sra. Weston, espero que a presença da senhora tenha influenciado essas senhoritas e que elas nos façam a honra...

Emma ficaria "muito feliz em esperar na casa da Sra. Bates etc." e por fim elas saíram da loja sem mais demora, a não ser a suficiente para a Srta. Bates dizer:

– Como vai, Sra. Ford? Peço-lhe que me perdoe, eu não a tinha visto antes. Ouvi dizer que a senhora recebeu uma encantadora coleção de fitas da capital. Jane voltou para casa encantada, ontem. Muito obrigada, as luvas ficaram ótimas... apenas um pouquinho largas no pulso, mas Jane vai usá-las assim mesmo. – O que eu estava dizendo, agora há pouco? – perguntou ela, recomeçando a falar quando já estavam na rua.

Emma não soube o que indicar-lhe de toda aquela miscelânea de assuntos.

– Confesso que não me lembro do que estava dizendo... Ah, sim! Eu falava dos óculos da minha mãe. Tão gentil e prestativo o Sr. Frank Churchill! "Oh!", disse ele, "creio que posso apertar o parafusinho: gosto de trabalhos que exigem habilidade"... No que ele demonstrou ser de uma habilidade extrema, a senhorita sabe... Sem dúvida, ouvi falar muito a respeito dele e por mais que esperasse, o Sr. Churchill excedeu a minha expectativa em tudo... Aceite meus mais ardentes cumprimentos, Sra. Weston. Ele parece ser o mais adorável filho que os pais podem... "Oh!", ele disse, "posso colocar o parafusinho logo. Gosto de trabalhos que exigem habilidade." Jamais me esquecerei da boa educação dele. E quando tirei as maçãs assadas do armário com a esperança de que nossos amigos aceitassem um pouco, ele disse imediatamente: "Oh! Não há nenhuma fruta mais gostosa e essas parecem-me as melhores maçãs assadas em casa que já vi na minha vida." Isto, a senhorita sabe, foi tão... E tive certeza, pelo modo que ele falou, de que não se tratava apenas de um elogio. Sem dúvida são maçãs muitíssimo deliciosas e deve-se fazer justiça à Sra. Wallis, que faz as melhores maçãs assadas... Nunca fizemos maçãs assadas mais do que duas vezes e o Sr. Woodhouse nos fez prometer que faríamos a terceira... mas a Srta. Woodhouse é bondosa demais e não irá contar isso a ele. O fato é que temos as melhores maçãs para serem assadas, não há o que discutir, todas vindas de Donwell... um dos oferecimentos mais generosos do Sr. Knightley. Ele nos manda um saco a cada ano e com certeza não reserva para si mais do que a produção de uma de suas macieiras... talvez de duas, penso. Minha mãe diz que o pomar de Donwell já era famoso em seu tempo de moça.

Mas, realmente, fiquei chocada outro dia... O Sr. Knightley veio nos visitar certa manhã quando Jane comia uma dessas maçãs; conversávamos a respeito, então eu disse quanto ela gostava de maçãs e ele perguntou se o nosso estoque já havia terminado. "Tenho certeza de que terminou", disse o cavalheiro, "e vou mandar-lhes outro tanto, já que tenho muito mais maçãs do que poderei usar. Este ano, William Larkins deixou para mim uma quantidade bem maior do que de costume. Vou mandar-lhes algumas, antes que elas se estraguem e não sirvam para nada." Nesse ponto, implorei ao cavalheiro que não o fizesse... Mas não pude negar a verdade, pois as maçãs que ele nos dera já estavam terminando e eu não podia, absolutamente, dizer que ainda tínhamos muitas... Restava-nos cerca de uma dúzia, creio, que iríamos deixar apenas para Jane. Não tinha coragem de permitir que o Sr. Knightley nos mandasse mais, uma vez que já havia sido tão generoso! E Jane disse a mesma coisa. Depois que ele se retirou, minha sobrinha quase brigou comigo... Não. Não estou me referindo a uma briga de verdade, porque jamais tivemos uma só em nossa vida; mas ela ficou aborrecida por eu haver admitido que as maçãs estavam quase acabando. Ela achava que eu deveria tê-lo feito acreditar que ainda tínhamos muitas. Justifiquei-me diante dela, dizendo-lhe: "Oh, minha querida, eu disse tanto quanto podia dizer..." E foi assim que na tarde desse mesmo dia William Larkins veio com uma enorme cesta de maçãs, quase trinta e seis litros, creio, e senti-me muito agradecida; desci e falei com William Larkins e disse-lhe tudo o que pensava, como a senhorita pode imaginar. William Larkins é um velho conhecido nosso! Sempre fico feliz em vê-lo. Todavia, mais tarde, fiquei sabendo por Patty que William havia dito que *aquelas* eram as últimas maçãs que o patrão dele tinha; William as trouxe todas e agora seu patrão não tinha nem sequer uma maçã para assar ou cozinhar. Ele disse, também, que não se importava e que até ficava contente, pois seu patrão já havia vendido tantas maçãs! William, a senhorita sabe, pensa mais nos lucros do patrão do que em qualquer outra coisa; porém, ele havia dito também que a Sra. Hodges tinha ficado muito aborrecida pelo fato de o Sr. Knightley ter mandado todas as maçãs. Ela não se conformava porque seu patrão não iria ter nem sequer uma torta de maçãs nesta primavera. Ele disse isso tudo para Patty, mas avisou-a de que não se importasse e que não nos dissesse nada do que lhe havia contado, pois de vez em quando a Sra. Hodges *podia* ser um tanto mal-humorada e já que tantos sacos haviam sido vendidos, não importava quem comesse as maçãs restantes. Mas assim que Patty contou-me todas essas coisas, fiquei muito chocada, de verdade! Só que não queria que o Sr. Knightley soubesse daqueles falatórios por nada deste mundo! Ele ficaria muito... Quis também esconder esses fatos de Jane, mas infelizmente comecei a falar neles num momento em que estava distraída.

A Srta. Bates estava neste exato ponto quando Patty abriu a porta e as visitantes começaram a subir a escada, sem esperar por outra narrativa regular, perseguidas apenas pelas frases atenciosas da falante senhorita:

– Por favor, tome cuidado, Sra. Weston, há um degrau nessa volta aí em cima. Por favor, tenha cuidado, Srta. Woodhouse, a nossa escada é muito escura... mais escura e estreita do que gostaríamos que fosse. Por favor, tome cuidado, Srta. Smith. Srta. Woodhouse, sinto muito, tenho certeza de que tropeçou... Srta. Smith, há um degrau aí nessa volta.

28

A pequena sala de estar em que elas entraram estava completamente tranquila. A Sra. Bates, impossibilitada de se dedicar à sua única ocupação usual, cochilava junto da lareira; Frank Churchill, à uma mesa perto dela, entregava-se ao conserto dos óculos e Jane Fairfax, de pé e de costas para ele, mexia em seu piano.

No entanto, mesmo ocupado como estava, o jovem cavalheiro teve tempo para demonstrar seu contentamento ao ver Emma de novo.

– Este é um grande prazer – comentou ele bem baixinho –, que tenha chegado pelo menos dez minutos antes do que eu esperava. Como vê, estou tentando ser útil... Diga-me se acredita que terei sucesso.

– O quê? – zombou a Sra. Weston. – Ainda não terminou isso? Você não teria uma vida muito confortável trabalhando como artesão em prata se continuasse lento desse jeito.

– Não pude trabalhar sem interrupções – replicou ele. – Estive ajudando a Srta. Fairfax a estabilizar seu piano, que estava balançando muito. Alguma irregularidade no piso, parece-me. Como pode ver, colocamos uma folha de jornal bem dobrada embaixo de um dos pés. Foi muita bondade da senhorita ter concordado em vir. Fiquei com medo de que já tivesse ido para casa.

O Sr. Churchill manobrou para que Emma sentasse ao seu lado, empenhou-se em escolher a melhor maçã assada para ela e tentou fazê-la ajudá-lo ou, pelo menos, aconselhá-lo no trabalho que realizava, até que Jane Fairfax demonstrou-se quase pronta para sentar-se a seu piano. Que a jovem não se achava completamente preparada para isso Emma percebeu pelo evidente estado de nervos dela. Jane não tivera o piano em seu poder pelo tempo suficiente ainda para tocá-lo sem ficar ansiosa; acalmava-se com evidente esforço e Emma não pôde deixar de ter pena dela por tal nervosismo, fosse qual fosse sua origem. Não pôde deixar de comprometer-se a nunca mais fazer nada que afligisse sua vizinha novamente.

Por fim, Jane começou a tocar e, embora as primeiras teclas tenham sido tocadas com hesitação, gradativamente a jovem tornou-se capaz de fazer justiça à qualidade do instrumento. A Sra. Weston já se deliciara antes e deliciava-se de novo. Emma uniu-se a ela nos elogios, e o piano, com todas as discriminações apropriadas, foi considerado em conjunto altamente prometedor.

– Seja quem for que o coronel Campbell tenha encarregado de cuidar disso – comentou Frank Churchill com um sorriso para Emma –, a pessoa não escolheu mal. Ouvi falar muito bem do gosto do coronel Campbell em Weymouth e suavidade das notas mais altas deste instrumento, tenho certeza, é exatamente a que foi particularmente apreciada por ele e *por todos* que estavam lá. Atrevo-me até a dizer, Srta. Fairfax, que ele deu ao amigo instruções minuciosas ou escreveu para Broadwood para dá-las. A senhorita também não acha?

Jane não ergueu os olhos para ele. Não era obrigada a ouvir, uma vez que a Sra. Weston falava com ela nesse mesmo momento.

– O senhor não está sendo correto – sussurrou Emma. – A minha é apenas uma suspeita. Não a atormente.

Ele sacudiu a cabeça com um sorriso, e ficou evidente que tinha pouquíssima dúvida e pouquíssima misericórdia, uma vez que recomeçou:

– Já pensou em como os seus amigos, lá na Irlanda, devem estar calculando sua alegria nesta ocasião, Srta. Fairfax? Tenho quase certeza de que pensam na senhorita e imaginam qual seria o dia, o dia exato em que o piano chegaria em suas mãos. A senhorita acredita que o coronel Campbell sabe, justamente neste momento, que tudo foi feito como ele recomendou? Acredita que esse presente seja consequência de uma encomenda direta dele ou acha que o coronel deu apenas instruções gerais e fez uma encomenda indefinida, que poderia depender de contingências e conveniências?

O Sr. Churchill esperou. Jane Fairfax não podia ter deixado de ouvir e foi obrigada a responder.

– Até que eu receba uma carta do coronel Campbell – ela disse, com voz forçadamente calma –, não posso imaginar nada, nem mesmo com a mínima certeza. Tudo que se pensar a respeito poderão ser apenas conjecturas.

– Sim, conjecturas... Às vezes as conjecturas estão certas, outras vezes são erradas. Eu gostaria de poder conjecturar quando vou conseguir apertar este parafusinho com a firmeza necessária. Quando se está fazendo um trabalho difícil, Srta. Woodhouse, é uma insensatez garantir qualquer coisa... Suponho que um verdadeiro trabalhador segura a própria língua; mas nós, cavalheiros laboriosos, se pudéssemos conter a palavra... A Srta. Fairfax disse algo sobre conjecturar. Pronto, terminei. Tive o prazer, madame – para a Sra. Bates –, de consertar seus óculos, que no momento estão perfeitos.

Ambas, mãe e filha, agradeceram-lhe muito; para escapar principalmente da última, ele aproximou-se do piano e pediu à Srta. Fairfax, que ainda se encontrava sentada ao instrumento, que tocasse mais alguma coisa.

– Se a senhorita pudesse fazer a bondade – especificou ele –, gostaria que fosse uma das valsas que dançamos ontem à noite... a fim de que eu possa reviver aqueles momentos. Creio que não os apreciou como eu, pois pareceu-me cansada o tempo todo. Tive impressão de que até ficou contente por não podermos dançar mais, porém eu teria dado mundos... todos os mundos que alguém poderia dar... por mais meia hora.

Ela tocou.

– Que emocionante é ouvir de novo uma música que nos *tornou* felizes. Se não me engano, esta foi dançada em Weymouth.

A jovem musicista fitou-o por um instante, corou fortemente e tocou outra música. Frank Churchill pegou algumas partituras de uma cadeira que se encontrava ao lado do piano, voltou-se para Emma e disse:

– Estas músicas são completamente novas para mim. A senhorita as conhece? Cramer... E aqui estão músicas irlandesas novas. Quase um quarto delas são irlandesas, pode-se dizer. Foram todas enviadas junto com o piano. Muito atencioso da parte do coronel Campbell, não? Ele sabia que a Srta. Fairfax não tinha partituras aqui. Admiro principalmente esse lado da consideração do bom cavalheiro, demonstra que é de coração. Nada foi feito às pressas, nada foi deixado incompleto. Apenas uma afeição verdadeira inspiraria um presente desses.

Emma desejava que ele fosse menos contundente, mas não podia deixar de se divertir. E quando, ao relancear os olhos por Jane Fairfax, notou a sombra de um sorriso nos lábios dela e viu que, apesar do intenso rubor recatado, ela sorria com secreto prazer, deixou de ter tanto escrúpulo em divertir-se e muito menos compunção em relação à moça. Aquela amável, elegante, perfeita Jane Fairfax pelo jeito acalentava sentimentos muito reprováveis.

O Sr. Frank Churchill levou as partituras para Emma e, enquanto as olhavam juntos, ela aproveitou para murmurar:

– O senhor está falando claro demais. Ela deve ter compreendido...

– Espero que sim. Quero que ela me entenda e não sinto a menor vergonha do que estou fazendo.

– Mas eu, de fato, estou meio envergonhada e gostaria de jamais ter tido essa ideia.

– Pois estou muito contente que a senhorita a tenha tido e passado para mim. Agora consegui a explicação para as atitudes diferentes e o jeito esquisito dessa senhorita. Deixe que ela sinta vergonha. Se essa moça está agindo errado, precisa mesmo envergonhar-se.

– Não acho que ela deixe de envergonhar-se.

– Não vejo muitos sinais disso. Neste momento, está tocando *Robin Aidar*... a música favorita *dele*.

Pouco depois, a Srta. Bates, ao passar perto da janela, percebeu o Sr. Knightley a cavalo, não muito longe.

– É o Sr. Knightley, juro! Preciso falar com ele, se for possível, apenas para agradecer-lhe. Não quero abrir a janela aqui, porque vocês poderiam resfriar-se, mas posso ir para o quarto da minha mãe, vocês sabem. Tenho certeza de que ele irá querer entrar quando souber quem está aqui. Que coisa maravilhosa ter vocês todos reunidos! Nossa pequena sala está tão honrada!

Enquanto falava, ela foi entrando no quarto, abriu a janela e imediatamente chamou a atenção do Sr. Knightley; cada sílaba da conversa entre eles foi distintamente ouvida pelos outros, como se conversassem na mesma sala.

– Como vai o senhor? Como vai o senhor? Muito bem, obrigada. Agradeço também pela carruagem ontem à noite. Chegamos bem a tempo: mamãe estava começando a se inquietar. Por favor, entre, entre. O senhor encontrará pessoas amigas aqui.

Assim começou a Srta. Bates e o Sr. Knightley parecia determinado a também se fazer ouvir por sua vez, porque a voz forte soou firme e em tom de comando quando disse:

– Como vai a sua sobrinha, Srta. Bates? Gostaria de saber das três, mas principalmente da sua sobrinha. Como está a Srta. Fairfax? Espero que não tenha se resfriado ontem à noite. Como está ela, hoje? Diga-me como a Srta. Fairfax está.

E a Srta. Bates viu-se obrigada a dar uma resposta direta antes que ele se dispusesse a ouvi-la dizer qualquer outra coisa. Os demais que os ouviam estavam se divertindo e a Sra. Weston lançou um olhar significativo para Emma, que imediatamente sacudiu a cabeça demonstrando ceticismo.

– Agradecemos tanto ao senhor! Estamos mesmo muito gratas por sua carruagem – repetiu a Srta. Bates.

O cavalheiro cortou o assunto:

– Estou indo para Kingston. Posso fazer alguma coisa pela senhorita?

– Oh, Deus! O senhor vai para Kingston? Outro dia a Sra. Cole disse-me que queria alguma coisa de Kingston.

– A Sra. Cole tem criados que pode mandar até lá. Posso fazer alguma coisa para a *senhorita*?

– Não, muito obrigada. Mas, entre. Quem o senhor imagina que está aqui? A Srta. Woodhouse e a Srta. Smith, que vieram bondosamente quando as chamei para ouvir o piano novo. Deixe seu cavalo na Crown e venha para cá.

– Bem – respondeu o cavalheiro –, por cinco minutos talvez.

– A Sra. Weston e o Sr. Frank Churchill também estão aqui!... Não é delicioso estar com tantos amigos?

– Não. Agora, não posso. Muito obrigado. Eu não poderia ficar nem sequer dois minutos. Preciso ir para Kingston o mais depressa que puder.

– Oh! Entre. Eles ficariam muito felizes vendo o senhor.

– Não, não. Sua sala já está bastante cheia. Virei outro dia, para ouvir o piano.

– Bem... Mas estou tão triste!... Oh, Sr. Knightley, como foi maravilhosa a festa de ontem, foi muitíssimo agradável... O senhor viu o baile?... Não foi delicioso? A Srta. Woodhouse e o Sr. Frank Churchill... Eu nunca tinha visto nada igual!

– Oh, foi muito bonito, sem dúvida. Não posso dizer outra coisa, pois suponho que a Srta. Woodhouse e o Sr. Frank Churchill estão ouvindo tudo que dizemos. E – erguendo a voz ainda mais – não vejo por que não devamos mencionar também a Srta. Fairfax. Acho que a Srta. Fairfax dança muito bem e que a Sra. Weston é a melhor executante de músicas para dançar de toda a Inglaterra, sem exceção. Agora, se seus amigos forem um pouquinho bem-agradecidos, irão dizer em retribuição alguma coisa agradável sobre mim e a senhorita, bastante alto também... mas não posso ficar para ouvir.

– Oh, Sr. Knightley, mais um minuto! É algo importante... Tão chocadas!... Jane e eu ficamos tão chocadas com as maçãs!

– Chocadas, por quê?

– Pensar que o senhor nos mandou todo o seu estoque de maçãs! O senhor tinha muitas, agora não tem nem sequer uma. Realmente, ficamos muito chocadas! A senhora Hodges tem razão em estar zangada. William Larkins contou-me... O senhor não devia ter feito isso. Não devia, sem dúvida. Ah! Ele foi embora. Não suporta ouvir agradecimentos. Pensei que fosse ficar mais um pouco e é uma pena eu não ter lhe dito que... Pois é – voltando para a sala –; não fui bem-sucedida. O Sr. Knightley não pôde ficar. Ele está indo para Kingston. Perguntou-me se eu queria alguma coisa...

– Sim – interrompeu-a Jane –, nós ouvimos a gentil oferta dele. Ouvimos tudo.

– Oh, sim, minha querida! Eu devia ter imaginado que ouviriam, porque a porta estava aberta, a janela também estava aberta e o Sr. Knightley falou muito alto. É claro que vocês devem ter ouvido tudo. "Estou indo para Kingston. Posso fazer alguma coisa pela senhorita?", ele disse. Então, respondi que... Oh, Srta. Woodhouse, já vai embora? A senhorita acaba de chegar... Foi tão bondosa em vir aqui!

Emma achou que realmente era hora de ir para casa; a visita já se prolongara até demais. Consultando os relógios, todos viram que boa parte da manhã já se havia passado. Tanto assim que a Sra. Weston e seu acompanhante também decidiram ir embora e se dispuseram a acompanhar as duas jovens até os portões de Hartfield antes de seguirem para Randalls.

29

É perfeitamente possível ficar sem dançar. Sabe-se de jovens que passaram muitos e muitos meses consecutivos sem ir a bailes sem que sofressem dano algum na mente ou no corpo, mas, quando a dança começa, quando sente-se um mínimo da felicidade dos movimentos da dança, seria na verdade muito difícil não pedir mais.

Frank Churchill dançara uma vez em Highbury e ansiava por dançar novamente. A última meia hora da noite em que o Sr. Woodhouse fora convencido a ir com a filha a Randalls foi passada com os dois jovens fazendo planos para consegui-lo. Foi Frank quem deu a ideia e foi ele quem mais se empenhou em levá-la adiante, pois Emma era quem avaliava melhor as dificuldades, além de se preocupar mais com acomodações e aparências. Mas, ainda assim, ela sentia-se bastante inclinada a mostrar às pessoas novamente quão maravilhosamente bem dançavam o Sr. Frank Churchill e a Srta. Woodhouse – a realizar a única atividade que não a deixava vermelha ao se comparar com Jane Fairfax – e também pelo simples prazer que sentia em apenas dançar, sem nenhum maldoso apelo à vaidade, ajudou-o a medir a sala em que estavam para ver o que poderiam fazer ali; em seguida, apesar de todas as garantias do Sr. Weston de que eram exatamente do mesmo tamanho, foram tirar também as medidas da outra sala, na esperança de que esta fosse um pouco maior.

A primeira proposição e pedido dele, de que o baile começado na casa do Sr. Cole terminasse ali – o mesmo grupo devia ser reunido e os mesmos músicos convidados – teve aprovação imediata. O Sr. Weston aprovou a ideia com grande alegria, e a Sra. Weston concordou, demonstrando-se disposta a tocar durante todo o tempo que eles quisessem dançar, e passaram a determinar exatamente quem deviam convidar, calculando o espaço indispensável para cada casal.

– A senhorita, sua amiga, a Srta. Smith, e a Srta. Fairfax serão três; mais as duas senhoritas Cox, serão cinco – foi a frase repetida vezes sem conta. – Poderão vir os dois Gilbert, o jovem Cox, meu pai e eu, além do Sr. Knightley. Sim, este é um número suficiente de pessoas para uma boa festa. A senhorita, a sua amiga, Srta. Smith, e a Srta. Fairfax serão três, com as duas senhoritas Cox serão cinco e haverá espaço mais que suficiente para cinco casais.

Mas logo a certeza deixou de ser tão certa.

– Será que vai haver espaço bastante para cinco casais? Eu, na verdade, não sei...

Ou, então:

– Afinal de contas, cinco casais não são o bastante para fazer uma festa. Cinco casais não são nada quando se pensa seriamente sobre isso. Não vale a pena nem *convidar* cinco casais. Vale apenas como um pensamento passageiro.

Alguém disse que a Srta. Gilbert estava sendo esperada na casa do irmão e também poderia ser convidada. Outra pessoa disse acreditar que a Sra. Gilbert teria dançado na outra noite se tivesse sido convidada. Falaram também no segundo jovem Cox e o Sr. Weston mencionou um grupo de primos que precisavam ser incluídos; havia também a família de um velho conhecido que não podia ser deixada de fora. E, por fim, os cinco casais tornaram-se pelo menos dez, causando muita especulação sobre como poderiam ser acomodados no espaço que tinham.

As portas das duas salas ficavam uma diante da outra. "Eles não poderiam usar ambas e dançar passando pelas portas?" Essa parecia ser a melhor ideia. Mas não era ainda boa o bastante, pois todos queriam o melhor possível. Emma disse que aquilo ficaria esquisito; a Sra. Weston ficou preocupada com o jantar e o Sr. Woodhouse opôs-se com veemência, por causa da saúde. Aqueles planos o deixaram tão triste que não havia como colocá-los em prática.

– Oh, não! – disse ele. – Seria a pior das imprudências. Eu não permitiria que Emma participasse! Emma não é forte. Ela pegaria um terrível resfriado. E também a pobre Harriet. E todos vocês. Sra. Weston, não pode concordar com isso; não permita nem sequer que eles falem em algo tão inconsequente. Por favor, não os deixe falar mais nisso. Aquele jovem rapaz – prosseguiu ele, falando mais baixo – não pensa direito. Não diga ao pai dele, mas aquele rapaz não é coisa boa. Esteve abrindo as portas com grande frequência esta tarde, e as manteve abertas sem a menor consideração. Ele não pensa nas correntes de ar. Não quero colocá-la contra ele, mas, de fato, aquele moço não é coisa boa!

A Sra. Weston ficou triste com esse ataque. Sabia a importância da situação e fez tudo o que pôde para consertá-la. Todas as portas foram imediatamente fechadas, o plano das portas abertas foi descartado e o de dançarem em uma só sala voltou a ser o oficial. E com toda a boa vontade de Frank Churchill, o espaço que quinze minutos antes não seria suficiente para cinco casais agora poderia comportar tranquilamente os dez.

– Fomos exagerados – justificou ele. – Calculamos espaço demais. Dez casais ficarão muito bem acomodados aqui.

Emma se opôs.

– Seria uma multidão. Uma multidão triste, pois o que pode ser pior do que dançar sem espaço para girar?

– É verdade – concordou Frank Churchill. – Seria terrível... – Mas continuou com as medições e, por fim, disse: – Acho que haverá espaço bastante para dez casais.

– Não, não – protestou ela. – Você não está sendo razoável. Sera terrível ficarmos todos tão próximos! Nada prejudica mais o prazer do que dançar no meio de uma multidão... Pior, uma multidão em uma sala pequena!

– Não há como negar – concordou ele. – Você está certa. Uma multidão em uma sala pequena. Srta. Woodhouse, tem a arte de pintar quadros com poucas palavras. Maravilhoso, realmente maravilhoso! Ainda assim, tendo avançado tanto, não podemos deixar de relutar em desistir. Seria uma enorme decepção para meu pai e, além de tudo, mesmo sem estar totalmente certo, sou da opinião de que dez casais caberiam aqui muito bem.

Emma percebeu que apesar do galanteio ele estava sendo muito teimoso e que ele preferia se opor a perder o prazer de dançar com ela. Então, aceitou o cumprimento e perdoou o resto. Se estivesse pensando em se *casar* com ele, poderia valer a pena parar e pensar no assunto, tentar compreender o valor de sua preferência e o caráter de seu temperamento. Mas para os propósitos de um relacionamento apenas de amizade, ele era bastante aceitável.

Antes da metade do dia seguinte, Frank Churchill estava em Hartfield. E entrou na sala com um sorriso tão agradável que confirmava a continuação do esquema. Logo ficou claro que ele viera anunciar um progresso.

– Bem, Srta. Woodhouse – começou ele, quase imediatamente –, espero que não tenha perdido seu entusiasmo pela dança por causa dos terrores que são as pequenas salas de meu pai. Trago uma nova proposta: uma ideia de meu pai, que espera apenas por sua aprovação para colocá-la em prática. Posso ter a honra de ser seu cavalheiro nas duas primeiras danças do nosso pequeno baile que seria dado não na casa Randalls, mas sim na Hospedaria Crown?

– Na Crown?!

– Sim, se a senhorita e o Sr. Woodhouse não fizerem objeção, e creio que não farão, pois meu pai espera que os amigos dele sejam gentis o bastante para ir até lá nessa festa. Poderá prometer a eles melhores acomodações e uma acolhida não menos calorosa do que na casa. A ideia foi dele. A Sra. Weston não faz objeção, desde que a senhorita concorde. É o que todos esperamos. Oh, sim! A senhorita tinha toda a razão! Seria insuportável manter dez casais em qualquer das duas salas de Randalls! Terrível! Eu sabia o tempo todo que a senhorita estava certa, mas me sentia tão ansioso que me agarraria a *qualquer* oportunidade. A troca não é boa? Vai concordar? Posso ter esperança de que a senhorita vai concordar?

– Parece-me ser um plano contra o qual ninguém pode fazer objeção, se o Sr. e a Sra. Weston o aprovam. Penso que é admirável. E quanto a mim, fico muito contente. Papai, não acha que é uma excelente ideia?

Ela teve de repetir e explicar tudo outra vez, antes de o velho cavalheiro compreender tudo. E depois, novas exposições e argumentos foram necessários para tornar a proposta aceitável.

Não. Ele achava que estava muito longe de ser uma excelente ideia. Ao contrário, achava que era um péssimo plano, muito pior do que o outro. Uma sala de hospedaria é sempre úmida e perigosa, nunca é arejada como deveria ser, nem serve para que alguém fique ali dentro. Se eles quiserem dançar, era melhor que o fizessem em Randalls. Ele nunca estivera em uma sala da Crown em toda a sua vida, e não conhecia ninguém que sequer a tivesse visto. Oh, não, um péssimo plano. Eles poderiam apanhar resfriados piores na Crown do que em qualquer outro lugar.

– Eu já ia observar, senhor – disse Frank Churchill –, que uma das grandes recomendações desta mudança é justamente o perigo mínimo de qualquer pessoa pegar um resfriado; esse perigo é muito menor na Crown do que em Randalls! O Sr. Perry pode ter razões para lamentar a alteração, porém mais ninguém as tem.

– Senhor – argumentou o Sr. Woodhouse, de forma bastante calorosa –, está muito enganado se pensa que o Sr. Perry é esse tipo de pessoa. O Sr. Perry fica muito preocupado quando algum de nós fica doente. Mas não compreendo como a sala na Crown pode ser mais segura que a sala da casa de seu pai.

– Pelo simples fato de ser maior, senhor. Não teremos motivo para abrir as janelas nem uma vez durante a noite inteira. E, como o senhor bem sabe, o que causa a doença é esse terrível hábito de abrir as janelas, deixando o ar frio em contato com os corpos quentes.

– Abrir as janelas! Mas certamente, Sr. Churchill, ninguém pensaria em abrir as janelas na casa de seu pai. Ninguém seria tão imprudente! Nunca ouvi falar de algo assim. Dançar com as janelas abertas! Tenho certeza de que nem seu pai nem a Sra. Weston (que era a pobre Srta. Taylor) fariam isso.

– Ah, senhor, mas uma pessoa jovem às vezes entra por trás das cortinas e abre a janela, sem que ninguém perceba. Eu mesmo já vi isso ser feito.

– Viu mesmo, senhor? Por Deus! Eu jamais imaginaria algo assim. Mas vivo distante do mundo e é comum ficar chocado com o que ouço. No entanto, isso faz toda a diferença. Todavia, algo assim requer longa consideração. Não se trata de um fato que permite uma decisão de forma apressada. Se o Sr. e a Sra. Weston quiserem vir nos visitar uma destas manhãs, poderemos conversar a respeito e ver o que pode ser feito.

– Mas, infelizmente, senhor, meu tempo aqui é tão limitado...

– Oh! – interrompeu-o Emma. – Haverá todo o tempo necessário para conversar sobre tudo. Não há pressa alguma. Se a decisão for pela Crown, papai, será muito conveniente para os cavalos. Eles estarão muito próximos de suas cocheiras.

– É verdade, minha querida. E isso é ótimo. Não que James alguma vez reclame. Mas é bom preservarmos nossos cavalos quando for possível. Se eu tiver certeza de que as salas são adequadamente arejadas... Mas será que podemos confiar na Sra. Stokes? Tenho minhas dúvidas. Não a conheço, nem mesmo de vista.

– Posso garantir qualquer coisa quanto a isso, senhor, porque tudo estará sob os cuidados da Sra. Weston. Ela irá supervisionar o que disser respeito à festa.

– Aí está, papai! Agora o senhor deve estar satisfeito. A nossa querida Sra. Weston, que é o cuidado em pessoa. O senhor não se lembra do que o Sr. Perry disse, há tantos anos, quando tive rubéola? "Se a *Srta. Taylor* declarou que vai deixar a Srta. Emma boa, o senhor não tem nada a temer." Quantas vezes não ouvi o senhor repetir essas palavras como elogio a ela!

– Sim, é verdade. O Sr. Perry disse mesmo isso. Nunca deverei me esquecer. Pobre pequenina Emma! Você ficou tão mal com a rubéola, quer dizer, teria ficado muito mal se não fosse a grande atenção de Perry. Ele foi vê-la quatro vezes por dia durante uma semana e disse, logo no princípio, que era de um tipo bom, o que foi um grande conforto para todos nós. Porém, essa doença é mesmo terrível. Espero que Isabella chame Perry se os filhos dela tiverem rubéola.

– Meu pai e a Sra. Weston estão na Crown neste momento – informou Frank Churchill –, examinando as condições da casa. Eu os deixei lá e vim para Hartfield, impaciente por ouvir a opinião da senhorita e na esperança de persuadi-la a ir juntar-se a eles para ajudar na decisão. Pediram-me para dizer-lhe que será um grande prazer para eles se me deixar levá-la até lá. Eles não poderiam decidir nada sem sua presença.

Emma ficou mais do que feliz por ser chamada a fim de participar de tal conselho; seu pai, desejando pensar em tudo aquilo a sós, quis que ela saísse e mandou que os jovens fossem para a Crown no mesmo instante. Lá já estavam o Sr. e a Sra. Weston. Ficaram deliciados em vê-la e receber sua aprovação, cada qual muito ocupado e muito feliz às suas maneiras diferentes: ela com a costumeira ansiedade; ele, como sempre, achando que tudo estava perfeito.

– Emma – disse ela –, este papel está pior do que eu esperava. Veja! Em alguns lugares pode-se ver que está muito sujo. E os painéis estão mais amarelos do que jamais imaginei possível.

– Minha querida, você está sendo muito detalhista – observou o marido dela. – O que importam esses pormenores? Nada disso será visível à luz de velas. Estará tão limpo quanto Randalls à luz de velas. Nunca reparamos nessas coisas nas noites que vamos aos clubes.

Neste ponto, as mulheres provavelmente trocaram olhares que queriam dizer "os homens nunca sabem quando as coisas estão sujas ou não" e os homens talvez tenham pensado, cada qual consigo mesmo, que as mulheres sempre se preocupavam com bobagens.

No entanto, surgiu uma questão que não pôde ser desprezada pelos homens. Foi em relação à sala de jantar. Quando a sala de baile fora construída, não se costumava oferecer jantares. Por isso, havia apenas uma pequena sala de jogo. O que poderiam fazer? A sala de jogos provavelmente seria usada para jogar; mas mesmo se os quatro decidissem que não iriam organizar jogos de cartas, ainda assim a sala não seria pequena demais para um jantar confortável? Havia outra sala, de tamanho mais adequado, que poderia ser destinada para tal propósito. Mas ficava do outro lado do edifício e, para alcançá-la, era preciso percorrer uma passagem longa e estreita. Isso era um problema. A Sra. Weston temia que as correntes de ar atingissem os jovens na passagem enquanto Emma e os cavalheiros não podiam tolerar a ideia de os convidados ficarem amontoados para o jantar.

A Sra. Weston propôs, então, que não se fizesse um jantar completo, mas apenas sanduíches e etc. a serem servidos na sala pequena. Mas a ideia foi considerada ruim e recusada imediatamente: um baile sem jantar adequado seria considerado um desrespeito aos direitos de cavalheiros e damas. A Sra. Weston não tocou mais no assunto, olhou de novo para sala em questão e suas ideias tomaram outro rumo.

– Não creio que seja assim *tão* pequena. Não seremos muitos, afinal.

Ao mesmo tempo, o Sr. Weston, andando com seu largos passos pela passagem, anunciava:

– Você exagerou a extensão desta passagem, minha querida. Não é quase nada, afinal de contas. E não vem nenhuma correnteza de ar da escada.

– Eu queria – disse a Sra. Weston – era saber que arranjo os convidados iriam preferir. Nosso objetivo deve ser fazer o que for do agrado da maioria, se é que alguém pode dizer qual será a preferência deles.

– Sim, é verdade! – exclamou Frank. – É verdade. É preciso conhecermos as opiniões dos nossos vizinhos. Os Cole, por exemplo. Moram aqui perto. Devo ir chamá-los? Ou a Srta. Bates? Ela mora ainda mais perto e parece-me plenamente capaz de conhecer os gostos e inclinações de todos. Creio que precisamos de um conselho maior. O que acham de eu convidar a Srta. Bates para vir juntar-se a nós?

– Bem, se assim deseja... – considerou a Sra. Weston, um tanto hesitante. – Se acha que ela pode ajudar...

– Não iremos conseguir nada com a Srta. Bates – discordou Emma. – Ela se desmanchará em agradecimentos e ficará extremamente feliz, mas não dará opinião alguma. Nem mesmo escutará as perguntas. Não vejo vantagem alguma em consultar a Srta. Bates.

– Mas ela é tão divertida, extremamente divertida! Gosto muito de ouvir a Srta. Bates falar. E não será preciso trazer a família toda, você sabe.

O Sr. Weston juntou-se a eles e, após ouvir a sugestão de Frank, deu sua completa aprovação.

– Sim, faça isso, Frank. Vá buscar a Srta. Bates e vamos encerrar a questão de uma vez por todas. Ela vai gostar do esquema, tenho certeza. E não posso imaginar uma pessoa mais adequada para nos ajudar a lidar com as dificuldades que temos. Traga a Srta. Bates. Estamos ficando receosos demais. Ela é uma lição ambulante de como ser feliz. Traga ambas. Convide as duas.

– Ambas, senhor? A velha dama seria...?

– A velha dama não! A jovem dama, é claro. Eu o consideraria um tolo, Frank, se trouxesse a tia sem a sobrinha.

– Oh, perdoe-me, senhor. Não compreendi de imediato. Evidentemente, se assim o deseja, convidarei as duas.

E com isso Frank saiu.

Muito antes de ele retornar acompanhando a tia, baixinha, bem-arrumada e de movimentos rápidos, e sua elegante sobrinha, a Sra. Weston, como a mulher de temperamento doce e boa esposa que era, examinara a passagem novamente e verificara que as desvantagens eram muito menores do que julgara. E assim terminaram as dificuldades da decisão. O resto, incluindo as especulações ao final, foi muito mais fácil. Todos os pequenos arranjos de mesas e cadeiras, luzes e músicas, chás e jantares foram rapidamente resolvidos ou deixados para serem decididos mais tarde pela Sra. Weston e a Sra. Stokes. Todos os convidados iriam com certeza. Frank já escrevera para Enscombe sugerindo ficar mais alguns dias além dos quinze dias determinados, o que não poderia ser recusado. E seria um baile maravilhoso.

Quando chegou, a Srta. Bates concordou com tudo. Na verdade, não havia sido convocada como conselheira, mas sim como aprovadora (papel este muito mais seguro). Sua aprovação, instantânea, calorosa e incessante, era o que faltava para animá-los. E por mais meia hora eles ficaram andando de um lado para outro, entre as salas, conversando, todos felizes com o projeto. O grupo não se separou sem que Emma concordasse em ceder suas duas primeiras danças ao herói do dia, nem sem que ouvisse o Sr. Weston murmurar para a esposa:

– Ele pediu a ela, minha querida. Sim. Eu sabia que ele o faria!

30

Faltava apenas uma coisa para tornar a perspectiva do baile totalmente satisfatória para Emma: a data ser marcada para um dia antes da partida de Frank Churchill de Surry. Apesar da confiança do Sr. Weston, ela considerava bem possível que os Churchill não permitissem que o sobrinho ficasse um dia além das duas semanas que lhe haviam concedido. Contudo, os demais achavam que tal coisa não poderia ser feita: os preparativos levariam muito tempo e nada ficaria pronto antes de, no mínimo, três semanas; durante alguns dias estariam planejando, trabalhando e torcendo, pois haveria a incerteza e o risco – na opinião dela, um grande risco – de ser tudo feito em vão.

Enscombe, no entanto, foi benevolente, benevolente na essência, ainda que não na forma. O desejo demonstrado pelo sobrinho de ficar mais tempo claramente não agradou, mas não teve oposição. Tudo ficou em ordem. Contudo, resolver um problema geralmente abria espaço para outro. Emma, agora certa de que o baile aconteceria, adotou como nova fonte de aborrecimentos a provocante indiferença do Sr. Knightley quanto ao baile. Fosse porque ele não dançasse ou porque o plano fora formulado sem que o tivessem consultado, ele parecia ter decidido que o baile não era de seu interesse, determinando-se a não demonstrar a mínima curiosidade, nem esperar do evento qualquer prazer. Para sua comunicação voluntária, Emma não conseguiu resposta melhor que um:

– Está bem. Se os Weston pensam que é adequado dar-se a tamanho trabalho para algumas horas de diversão barulhenta, nada tenho a dizer contra isso, mas que não escolham prazeres para mim. Oh, sim, estarei lá. Não poderia recusar e ficarei acordado quanto conseguir, mas preferiria estar em casa, conferindo a contabilidade semanal de William Larkins. Preferiria isso, confesso. Prazer em assistir a um baile! Não, confesso que nunca fico olhando e não sei quem o faz. Acredito que dançar bem, assim como a virtude, deve ser a própria recompensa de quem pratica. Mas os que apenas assistem geralmente estão pensando em coisas bem diferentes.

Emma sentiu que aquela observação era dirigida a ela e ficou muito zangada. Mas não era por atenção a Jane Fairfax que ele se mostrava tão indiferente e tão indignado; era evidente que não se guiava pela opinião *dela* ao reprovar o baile, pois *ela* aprovara a ideia de forma entusiástica; ficara animada e, sem reservas, dissera com espontaneidade:

– Oh! Srta. Woodhouse, espero que nada impeça o baile de acontecer. Seria uma grande decepção! Espero ansiosa por ele, com *grande* prazer.

Então, não era para agradar Jane Fairfax que ele preferia a companhia das contas prestadas por William Larkins. Não! Emma estava cada vez mais convenci da de que a Sra. Weston se havia enganado em sua suposição. Existia muita amizade e compaixão por parte dele, mas não amor.

Infelizmente, não houve muito tempo para discutir com o Sr. Knightley, porque os dois dias de despreocupada alegria foram imediatamente seguidos por uma enorme reviravolta. Chegou uma carta do Sr. Churchill pedindo o retorno imediato do sobrinho. A Sra. Churchill não estava bem – na verdade sentia-se mal demais para poder continuar sem a presença dele. Ela já estava muito mal (pelo menos, era o que dizia o marido) quando escrevera para o sobrinho dois dias antes, no entanto, nada dissera por conta de sua usual determinação de não causar sofrimento a ninguém e com seu hábito de nunca pensar em si mesma. Mas agora ficara doente demais para fingir que nada havia e por isso pedia que ele retornasse o mais depressa possível a Enscombe.

Assim que esta carta chegou, seu conteúdo foi passado a Emma, em uma nota da Sra. Weston. Quanto à volta de Frank, era inevitável. Ele deveria partir dentro de algumas horas, apesar de não estar sentindo nenhuma aflição real em relação à tia que diminuísse sua revolta. Sabia que as doenças dela só apareciam quando lhe era conveniente.

A Sra. Weston acrescentou "que, depois do café da manhã, ele só teria tempo para correr até Highbury, a fim de se despedir dos poucos amigos que imaginava que tivessem algum interesse por ele, e que devia ser esperado em Hartfield a qualquer momento".

Esse terrível bilhete foi o fim para o café da manhã de Emma. Depois de ler, não houve o que fazer além de lamentar. A perda do baile, a perda do jovem cavalheiro e tudo o que ele deveria estar sentindo! Era terrível demais. Teria sido uma noite tão deliciosa! Todos tão felizes! Ela e seu companheiro seriam os mais felizes de todos.

"Sabia que isso aconteceria", era tudo que podia dizer a si mesma para se consolar.

Os sentimentos de seu pai foram bem diferentes. Ele pensou primeiro na doença da Sra. Churchill, quis saber como ela era tratada, e, quanto ao baile, tinha muita pena por ver sua querida Emma desapontada, mas todos ficariam mais seguros em casa.

Emma estava pronta para receber o visitante algum tempo antes de ele aparecer. Mas, se isso provocara sua impaciência, o olhar triste e o desânimo total que ele demonstrou ao entrar foram suficientes para redimi-lo. Frank Churchill sentia tanto ter de partir que quase não podia falar. Sua decepção era evidente. Sentou-se e ficou calado, realmente perdido em pensamentos por alguns minutos; quando se levantou, foi para dizer:

– De todas as coisas horríveis, dizer adeus é a pior.

– Mas o senhor vai voltar – disse Emma. – Esta não será sua única visita a Randalls.

– Ah! – exclamou ele, balançando a cabeça. – A incerteza de quando poderei retornar! Farei de tudo para voltar! Será o objeto de todos os meus pensamentos e atenções! E se meu tio e tia forem para a capital na primavera... Mas temo que decidam não ir, eles não foram na última primavera, e tenho receio de que isso tenha se tornado um costume eterno.

– Nosso pobre baile terá de ser esquecido.

– Ah, o baile! Por que tivemos que adiá-lo? Por que não nos apoderamos do prazer sem pensar em nada? Quantas vezes a felicidade é destruída por preparativos, os tolos preparativos! A senhorita disse que isso poderia acontecer. Oh, Srta. Woodhouse, por que está sempre tão certa?

– Sim, estou realmente triste por ter razão desta vez. Preferia ser feliz a estar certa.

– Se eu puder retornar, então faremos nosso baile. Não se esqueça das minhas duas danças.

Emma olhou-o com um sorriso.

– Mas que quinze dias foram esses! Cada dia foi mais precioso e melhor do que o anterior! Cada dia me tornou menos apto a suportar qualquer outro lugar. Felizes aqueles que podem permanecer em Highbury!

– Já que nos faz tanta justiça agora – riu Emma –, eu poderia me aventurar a perguntar-lhe se não estava cheio de dúvidas antes de vir? Não superamos suas expectativas? Tenho certeza de que sim. Estou certa de que não esperava muito de nós. Não teria demorado tanto para vir se tivesse uma boa impressão de Highbury.

Ele riu e, apesar de negar tais ideias, Emma teve certeza de que assim fora.

– Precisa ir embora hoje de manhã?

– Sim, meu pai vai me encontrar aqui, vamos retornar juntos e devo partir imediatamente. A cada minuto que passa temo vê-lo chegar.

– Será que não tem nem sequer cinco minutos para nossas amigas, as Srta. Fairfax e Bates? Que tristeza! A poderosa mente da Srta. Bates poderia reforçar a sua.

– Sim... Eu *já fui* até lá. Ao passar diante da porta delas, pensei melhor e achei que seria a melhor coisa a fazer. Entrei por três minutos e fui retido porque a Srta. Bates não estava. Então, foi-me impossível não esperar por seu retorno. Ela é uma mulher de quem se pode, de quem *se tem* que rir, mas com quem ninguém gostaria de ser indelicado. Era melhor visitá-la, então...

O Sr. Frank Churchill hesitou, levantou-se e foi até a janela.

– Resumindo – prosseguiu ele –, talvez, Srta. Woodhouse, creio que é impossível que não tenha suas desconfianças...

Ele a olhou como se quisesse ler-lhe os pensamentos e ela não soube o que dizer. Aquelas palavras pareciam ser a introdução para algo muito sério, que Emma não podia imaginar o que era. Forçando-se a falar, na esperança de impedi-lo, ela disse:

– O senhor agiu certo, era muito natural que fosse visitá-las...

O jovem cavalheiro ficou em silêncio, fitando-a, e Emma acreditou que provavelmente refletia sobre o que ela dissera, tentando compreender o sentido. Ouviu-o suspirar. Era natural para ele imaginar que tinha *motivo* para suspirar. Não podia acreditar que ela o estivesse encorajando. Um momento estranho passou e ele sentou-se novamente, dizendo de forma mais determinada:

– Passei a sentir que todo tempo que terei em minha vida deverá ser oferecido a Hartfield. Minha consideração por Hartfield é a mais calorosa...

Ele calou-se outra vez, levantou-se de novo e pareceu embaraçado. Estava mais apaixonado por ela do que Emma imaginava e quem poderia dizer como tudo teria terminado se o pai dele não aparecesse? O Sr. Woodhouse apresentou-se logo em seguida e foi preciso um grande esforço para Frank Churchill se recompor.

Alguns minutos depois, a reunião terminou. O Sr. Weston, sempre alerta quando algo devia ser feito e incapaz de retardar qualquer mal que fosse inevitável, assim como era incapaz de prever um mal incerto, disse:

– Está na hora de irmos...

Então, o jovem cavalheiro, com mais um suspiro, não pôde deixar de concordar e levantou-se para partir.

– Vou receber notícias de todos vocês – disse ele. – Este é meu consolo. Quero saber de tudo que acontecer por aqui. Já fiz a Sra. Weston prometer que se corresponderia comigo. Ela foi gentil e concordou. Oh, a bênção de uma correspondente mulher quando se está de fato interessado em receber notícias! Ela vai me contar tudo. Nas cartas dela, estarei na querida Highbury novamente.

Um amigável aperto de mãos e um gentil "até logo" encerraram a despedida e logo a porta era fechada atrás de Frank Churchill. A notícia chegara em um instante e esta fora também a duração do encontro deles. E, agora, ele se fora. Emma estava tão triste por causa da separação e previa tamanha perda para a pequena sociedade local com a partida dele que logo começou a se inquietar por se ver lamentando tanto e sentindo mais do que deveria.

Foi uma mudança triste. Vinham se encontrando todos os dias desde que ele chegara. Certamente, a estada dele em Randalls animara muito as duas últimas semanas, uma animação indescritível. A expectativa que Emma sentia antes de vê-lo a cada manhã, a segurança de saber que seria alvo de suas atenções, a vivacidade, a educação dele! Haviam sido duas semanas muito felizes e seria triste vê-las naufragando no ritmo comum dos dias de Hartfield. Para completar,

Frank Churchill *quase* dissera que a amava. Que força ou constância a afeição dele tinha era outra questão. Mas, no momento, ela não tinha dúvidas de que era dona da admiração dele, que havia uma preferência consciente por ela, e esta certeza, unida a todo o resto, a fazia pensar que *devia* estar um pouco apaixonada por ele, apesar de toda sua prévia determinação contra isso.

"Devo estar apaixonada mesmo", pensou Emma. "Esta sensação de falta de vontade, desânimo, estupidez, esta indisposição para me sentar e trabalhar, esta sensação de que nada tem a menor graça, de que tudo é insípido nesta casa! Devo estar apaixonada. Seria a criatura mais estranha do planeta se não estivesse... por algumas semanas, pelo menos. Bem! O mal para alguns é sempre o bem para outros. Terei muitos companheiros em minha tristeza por causa do baile, se não por Frank Churchill. Mas o Sr. Knightley ficará feliz. Ele poderá passar a noite com seu querido William Larkins se quiser."

O Sr. Knightley, no entanto, não demonstrou uma triunfante felicidade. Não podia dizer que estava triste por sua causa, pois o olhar alegre o teria desmentido se o fizesse. Mas ele disse, e com seriedade, que lamentava pela decepção dos demais e, com admirável gentileza, acrescentou:

– Você, Emma, que tem tão poucas oportunidades de dançar, está realmente sem sorte. É, está mesmo com pouca sorte!

Passaram-se alguns dias até que Emma encontrasse Jane Fairfax e pudesse julgar a sinceridade da tristeza dela diante daquela triste mudança. Mas, quando se encontraram, a digna compostura dela foi odiosa. No entanto, Jane havia passado particularmente mal, sofrendo de dores de cabeça até certo ponto, o que fez sua tia declarar que se tivessem mesmo dado o baile, achava que Jane não poderia ter comparecido e era bastante caridoso da parte de Emma atribuir pelo menos parte de sua condenável indiferença ao mal-estar produzido pela doença.

31

Emma continuou convencida de que estava apaixonada. Só não tinha certeza de quanto. No começo, pensou que era muito. Mais tarde, achou que era pouco. Tinha enorme prazer ao ouvir falar de Frank Churchill e, por causa dele, tinha um prazer ainda maior em ir visitar o Sr. e a Sra. Weston. Vivia pensando nele e sentia profunda impaciência por receber uma carta, porque assim poderia saber como ele passava, qual era o seu estado de ânimo, como estava a tia dele e qual era a chance de voltar a visitar os Randalls ainda durante a primavera. Mas, por outro lado, não podia se considerar infeliz nem, depois da primeira manhã, que tivesse menos disposição para as atividades habituais. Continuava ocupada, alegre e, apesar de Frank Churchill ser agradável, ela conseguia muito bem ver que possuía defeitos. E, mais do que pensar muito nele, enquanto costurava ou desenhava, imaginava milhares de esquemas interessantes e variados a respeito de como o relacionamento entre eles poderia evoluir e se concluir; criava diálogos interessantes, construía mentalmente cartas elegantes. E a conclusão de cada declaração imaginária que Frank Churchill lhe fazia era de que ela o *rejeitava*. Nas situações que imaginava, a afeição que sentiam sempre se transformava em amizade. Cada cena suave e encantadora servia para marcar a separação, mas ainda assim sempre tinham de separar-se. Quando percebeu isso, chegou à conclusão de que não podia estar muito apaixonada. Pois, apesar de sua determinação anterior de nunca abandonar o pai, de nunca se casar, certamente uma afeição de fato profunda iria provocar um conflito muito mais forte do que ela podia vislumbrar em seus próprios sentimentos.

"Não me vejo fazendo nenhum uso da palavra *sacrifício*", pensou ela. "Em nenhuma de minhas respostas espertas, minhas delicadas negativas, há qualquer alusão a fazer um sacrifício. Suspeito de que o Sr. Frank Churchill não é realmente necessário para minha felicidade. É muito melhor assim. E, com certeza, não vou querer me persuadir a sentir mais do que de fato sinto. Estou apaixonada o bastante e lamentaria se estivesse mais."

De forma geral, ela estava igualmente contente com a visão que tinha dos sentimentos de Frank Churchill.

"*Ele* está sem dúvida muito mais apaixonado. Tudo denota isto. Realmente, muito apaixonado! Quando Frank retornar, se sua afeição permanecer, devo tomar cuidado para não encorajá-la. Seria indesculpável agir de outra forma, já que estou bastante decidida. Não que imagine que o tenha encorajado antes. Não. Se ele acreditasse que eu retribuía seus sentimentos, não teria ficado em estado tão deplorável. Se achasse que estava sendo encorajado, seu aspecto e palavras ao partir teriam sido diferentes. Mas, apesar disso, devo ficar preparada. Isto supondo que o interesse dele por mim permaneça como está agora, mas não espero que isso aconteça. Não acho que ele seja desse tipo de homem. Não tenho grande confiança em sua firmeza ou constância. Seus sentimentos são calorosos, mas tenho a impressão de que também são muito volúveis. Para resumir, cada vez que faço considerações sobre esse assunto, sinto-me mais agradecida pela grande felicidade de não estar profundamente envolvida. Devo voltar a me sentir muito bem depois de algum tempo. E, então, isso tudo será uma boa lembrança do passado, pois dizem que todo mundo se apaixona pelo menos uma vez na vida e acredito que terei me saído muito bem."

Quando chegou a carta do Sr. Frank Churchill para a Sra. Weston, Emma a leu com grande cuidado, com um grau de prazer e admiração que a deixou em princípio trêmula por causa de suas próprias sensações, o que a fez pensar que não avaliara direito o que sentia. Era uma carta longa e bem escrita, dando detalhes da viagem e dos sentimentos dele; expressando toda a afeição, gratidão e respeito, o que era natural e muito digno; descrevendo com espírito e precisão cada detalhe exterior e local que julgava poder ser atraente. Não havia floreios suspeitos de pedido de desculpas ou preocupação. Era a linguagem do verdadeiro sentimento dirigido à Sra. Weston. E a transição de Highbury para Enscombe, o contraste entre os locais em algumas das primeiras bênçãos da vida social eram apenas mencionados de leve para mostrar como ele as sentira profundamente, e quanto mais ele diria se não fossem as restrições de caráter. O encanto de seu próprio nome não estava faltando. *Srta. Woodhouse* aparecia mais de uma vez e nunca sem alguma conexão prazerosa, fosse um elogio ao seu gosto ou a lembrança de algo que ela dissera. Emma ainda lembrava-se bem de haver discernido nele o efeito de sua influência e de seu modo de pensar, no último instante em que seus olhos se haviam encontrado, no momento da despedida, quando haviam expressado os sentimentos dele sem nenhum arroubo de galanteria; e este era o maior cumprimento que poderia receber, o mais importante de todos os elogios. Comprimidas no cantinho vazio mais abaixo na folha de papel, estavam as palavras: "Não tive um momento livre na terça, como sabe, para despedir-me da pequena e bela amiga da Srta. Woodhouse. Envie-lhe minhas desculpas e um adeus." Essas palavras, Emma não tinha dúvida, dirigiam-se a ela mesma. Harriet era lembrada apenas como *sua* amiga. As informações e perspectivas de Frank em relação a Enscombe não eram piores nem melhores do que ela havia antecipado. A Sra. Churchill estava se recuperando e ele ainda não ousava, nem sequer em pensamento, marcar a data de seu retorno a Randalls.

Por mais que a carta fosse gratificante e significasse muito estímulo no aspecto material, enquanto a dobrava e devolvia à Sra. Weston, Emma descobriu que não acrescentara nenhum sentimento duradouro, que ela ainda poderia viver sem o remetente e que ele deveria aprender a viver sem ela. As intenções da jovem não haviam mudado. A resolução de recusá-lo tornou-se ainda mais interessante pela subsequente adição de um esquema para o consolo e felicidade de Frank Churchill. O fato de ele haver mencionado Harriet e as palavras com que a descrevera, "pequena e bela amiga", sugeriam a ideia de que Harriet poderia sucedê-la nas afeições do jovem cavalheiro. Seria impossível? Não. Harriet, sem dúvida, era muito inferior a ele quanto à inteligência, mas o deixara impressionado com a beleza de seu rosto e a simplicidade calorosa de suas maneiras. Todas as probabilidades de circunstâncias e aproximações estavam a seu favor. Para Harriet, seria realmente encantador e uma grande vantagem.

"Não devo acalentar tal ideia", advertiu-se Emma. "Não devo pensar nisso. Já aprendi o risco de fazer tais especulações. Mas aconteceram coisas estranhas... E quando pararmos de gostar um do outro, como gostamos agora, será uma excelente maneira de confirmar a amizade desinteressada que teremos, pela qual já aguardo ansiosamente."

Era bom saber que existia à mão uma possibilidade de fazer algo por Harriet, apesar de ser mais sábio não forçar a fantasia, pois o mal sempre se encontrava à espreita nessas coisas. Da mesma maneira que a chegada de Frank Churchill substituíra o noivado do Sr. Elton nas conversas em Highbury, agora, com a partida dele, tudo que se referisse ao Sr. Elton voltara a exercer a mais poderosa atração. O dia do casamento foi anunciado. O jovem clérigo logo estaria entre eles novamente. O Sr. Elton e sua noiva. Mal houve tempo para falar sobre a primeira carta vinda de Enscombe antes que "o Sr. Elton e sua noiva" estivessem em todas as bocas e Frank Churchill fosse esquecido. Emma ficou doente com a ideia. Tivera três semanas de alegre esquecimento do Sr. Elton e alimentava grande esperança de que a mente de Harriet já houvesse começado a se recuperar. Depois, com o baile da Sra. Weston prestes a se realizar, houvera um completo desinteresse quanto a outros assuntos. Todavia, era mais do que evidente que a jovem ainda não alcançara um estado de compostura capaz de enfrentar o que estava se aproximando: carruagem nova, sinos badalando e tudo o mais.

A pobre Harriet encontrava-se num estado de espírito ainda sensível demais, que requeria convencimentos, incentivos e atenções de todo os tipos que Emma pudesse lhe dar. Emma sabia que nunca fazia mais por Harriet do que ela merecesse, que ela possuía todo o direto a sua completa engenhosidade e a sua paciência. Mas era um trabalho difícil ser convincente sem jamais produzir efeito, obter concordância sem que suas opiniões fossem realmente iguais. Harriet escutou submissa e disse que "era verdade, que as coisas eram direitinho como a Srta. Woodhouse descrevia, que não valia a pena pensar naquilo e não pensaria mais". No entanto, não adiantava mudar de assunto, e na meia hora seguinte ela voltava a mostrar-se tão ansiosa e agitada a respeito dos Elton quanto antes. Mas, por fim, Emma atacou em outro campo.

– Permitir-se a ficar tão ocupada e infeliz com o casamento do Sr. Elton, Harriet, é a maior reprovação que poderia fazer a *mim*. Não poderia reprovar-me de maneira pior do que essa pelo erro que cometi. Foi tudo minha culpa, eu sei. E não esqueci, posso assegurar-lhe. Ao me enganar, imperdoavelmente também enganei você, o que vai ser para mim uma lembrança dolorosa até o fim de minha vida. Não pense que esquecerei.

Harriet emocionou-se tanto com aquelas palavras que mal pôde emitir uma exclamação. Emma prosseguiu:

– Não lhe pedi, Harriet, que se esforce por mim. Não peço que pense menos, fale menos sobre o Sr. Elton pelo meu bem. É pelo seu conforto, que é mais importante do que o meu, que desejo que você consiga se controlar, que tenha consideração para com o que é seu dever, que dê valor ao caráter, que adote um modo de agir que evite as suspeitas dos outros, que procure proteger sua saúde, sua reputação e que restaure sua tranquilidade. Estes são os motivos pelos quais venho pressionando você. São muito importantes e lamento que não possa senti-los o bastante para agir por eles. Evitar que eu sofra é algo sem importância. O que quero é que evite uma dor maior a você mesma.

Esse apelo aos sentimentos da jovem teve mais resultado que do todo o resto. A ideia de não estar tendo a gratidão e consideração para com a Srta. Woodhouse, a quem realmente amava muito, angustiou Harriet por algum tempo, mas quando a violência da tristeza acabou por se suavizar, o que restou era forte o bastante para fazê-la ver a forma correta de agir e conseguir adotá-la razoavelmente bem.

– A senhorita tem sido a melhor amiga que já tive na vida! Quanta ingratidão de minha parte! Ninguém é como a senhorita! Ninguém é mais importante para mim que a senhorita! Ah, Srta. Woodhouse, como tenho sido ingrata!

Tais expressões, que eram acompanhadas por gestos eloquentes, fizeram Emma sentir que nunca amara tanto Harriet, que jamais valorizara sua afeição como nesse momento.

"Não há nada mais encantador do que a ternura do coração", comentou ela consigo mesma, mais tarde. "Não há nada que se compare a isso. Calor e ternura do coração unidos a maneiras afetuosas e francas sempre vencerão qualquer mente privilegiada deste mundo quando se tratar de atração. Tenho certeza disto. É a ternura do coração que faz meu pai tão amado como é e o que dá tanta popularidade a Isabella. Não tenho esta qualidade, mas sei valorizá-la e respeitá-la. Harriet é superior a mim em relação a todo o encanto e felicidade que ela traz. Querida Harriet! Eu não a trocaria pela mulher mais inteligente, de maior discernimento e melhor bom-senso deste mundo. Oh! A frieza de uma Jane Fairfax! Harriet vale cem Janes. E para uma esposa... a dedicada esposa de um homem sensível... esse encanto é muito valioso. Não vou mencionar nomes, mas feliz é o homem que trocar Emma por Harriet!"

32

A Sra. Elton foi primeiramente vista na igreja, mas embora a devoção pudesse ser interrompida, a curiosidade não pôde ser satisfeita apenas em ver uma noiva recém-chegada em um banco de igreja; ficaria a cargo das visitas que seriam feitas determinar se ela era realmente muito linda, apenas um pouco bonita ou se não tinha nenhuma beleza.

Emoções que eram menos de curiosidade do que de orgulho ou de propriedade manifestaram-se em Emma para fazê-la decidir que não seria a última a ir apresentar seus respeitos aos recém-casados, e resolveu que Harriet iria com ela, a fim de acabar o mais depressa possível com a pior parte daquela situação desagradável.

Não poderia entrar naquela casa outra vez, nem encontrar-se de novo na sala em que entrara graças a um artifício, para amarrar sua bota, como fizera havia três meses, sem *recordar.* Mil pensamentos vexatórios lhe ocorreriam. Cumprimentos, charadas, erros horríveis, e era de esperar que a pobre Harriet também viesse a sofrer com isso. Mas ela se comportou perfeitamente bem, ficando apenas um pouco pálida e silenciosa. Evidentemente, a visita foi bastante curta; o grande embaraço e as mentes tão ocupadas contribuíram tanto para encurtá-la que Emma não pôde permitir-se formar uma imagem definitiva da dama e de forma alguma emitiria um comentário sobre ela, exceto com as expressões usuais, dizendo apenas que "vestia-se de forma bastante elegante e era muito agradável".

Emma realmente não gostou da Sra. Elton. Não iria se apressar para encontrar e apontar defeitos, mas desconfiava de que nela não havia elegância – no máximo, tranquilidade, mas não elegância. Estava quase certa de que, para uma mulher jovem, uma estranha, uma noiva, havia até tranquilidade exagerada. Seu aspecto era bastante bom, o rosto não era feio, mas nenhuma de suas feições ou o jeito, a voz ou as maneiras, eram elegantes. Pelo menos era o que parecia a Emma.

Quanto ao Sr. Elton, seus modos não haviam parecido... Não, ela não iria se permitir nem sequer uma palavra sobre os modos dele. Era sempre muito embaraçoso receber visitas de casamento e um homem precisava ser muito espirituoso para se sair bem em tal situação. Para a mulher, era mais fácil: ela possuía a assistência de roupas finas e o privilégio da timidez, mas o homem podia contar apenas com seu bom-senso. E quando ela considerava o quão peculiarmente infeliz o pobre Sr. Elton devia sentir-se por estar ao mesmo tempo numa sala em presença da mulher com quem acabara de se casar, da mulher com quem era esperado que ele se casasse e da mulher com quem ele quisera se casar, via-se obrigada a conceder-lhe o direito de parecer pouco brilhante, de estar muito embaraçado e de ficar tão pouco à vontade quanto era de se imaginar.

– Bem, Srta. Woodhouse – disse Harriet quando deixaram a casa e depois de esperar em vão que a amiga falasse primeiro. – Bem, Srta. Woodhouse – repetiu, com um pequeno suspiro. – O que achou dela? Não é encantadora?

Houve uma pequena hesitação antes de Emma responder.

– Oh, sim! É uma jovem muito, muito agradável.

– Achei que é bonita, bastante bonita.

– E também muito bem-vestida. Usava um vestido elegante.

– Não estou nem um pouco surpresa por ele ter se apaixonado.

– Oh, não. Não há mesmo nada que pudesse causar surpresa; uma bela fortuna. Foi muita sorte ela ter aparecido no caminho dele.

– Eu ousaria dizer – e Harriet suspirou outra vez –, eu ousaria dizer que ela parece estar muito apegada a ele.

– Talvez esteja. No entanto, não é o destino de todos os homens casarem-se com as mulheres que mais os amam. A Srta. Hawkins talvez quisesse um lar e considerou esta a melhor oferta que receberia.

– Sim – concordou Harriet. – Sem dúvida, acredito que não teria proposta melhor. Bem, desejo que sejam felizes, de todo coração. E, agora, Srta. Woodhouse, não creio que me importe se tiver de vê-los outra vez. O Sr. Elton continua tão superior quanto sempre foi, mas, sabe, estando casado, tudo se torna muito diferente. Não, Srta. Woodhouse, não precisa ter medo. Daqui por diante poderei sentar-me e admirá-lo sem nenhum grande sofrimento. Saber que ele não se casou com qualquer uma é um enorme conforto! A Sra. Elton parece ser uma jovem encantadora, exatamente como ele merece. Que criatura feliz! Ele a chamou de "Augusta". Que encantador!

Quando a visita foi retribuída, Emma pôde decidir-se. Teve, então, oportunidade para observar mais e fazer melhor julgamento. Como Harriet não se encontrava em Hartfield nesse dia, e com a presença de seu pai exigindo toda a atenção do Sr. Elton, ela teve quinze minutos de conversa exclusiva com a jovem dama e pôde dedicar-se apenas a estudá-la. Esses quinze minutos bastaram para convencê-la de que a Sra. Elton era uma mulher fútil, extremamente cheia de si e que dava imenso valor à própria importância. Ela queria brilhar e mostrar-se muito superior, mas tinha modos que vinham de uma escola inferior. Todas as suas noções se haviam originado de apenas um grupo de pessoas e de um único estilo de vida. Se não fosse tola, era ignorante, e sua proximidade não faria nenhum bem ao Sr. Elton.

Harriet teria sido uma esposa melhor. Mesmo não sendo inteligente e refinada, ela o teria introduzido no convívio com pessoas que eram ambas as coisas. Mas Augusta Hawkins, como se tornava fácil deduzir pelo que ela demonstrava pensar de si mesma, era o melhor que havia em seu grupo. O rico cunhado que morava perto de Bristol, sua casa e suas carruagens eram o orgulho daquela aliança.

Assim que se sentaram, o primeiro assunto foi comparar Maple Grove, "a residência de meu cunhado, o Sr. Suckling", com Hartfield. O terreno de Hartfield era pequeno, mas muito cuidado e belo; a casa era moderna e bem construída. A Sra. Elton pareceu bastante impressionada pelo tamanho da sala, com a entrada e com tudo mais que podia ver ou imaginar.

Muito parecido com Maple Grave! Ela estava tão impressionada com a semelhança! Esta sala é do mesmo formato e tamanho da sala matinal de Maple Grave, que era a favorita de sua irmã...

Foi invocado o testemunho do marido: "Não é incrivelmente parecido? Ela quase podia jurar que estava em Maple Grove!"

– E a escada – prosseguiu ela. – A senhorita sabe, quando entrei, logo percebi como a escada é parecida, colocada exatamente na mesma parte da casa. Não pude evitar uma exclamação! Asseguro-lhe, Srta. Woodhouse, é muito delicioso para mim ser levada a lembrar-me de um lugar tão querido quanto Maple Grove. Passei tantos meses felizes lá! – Emitiu um pequeno suspiro. – É um lugar encantador, não há dúvida, e todos que o conhecem ficam impressionados com sua beleza. Mas, para mim, foi um verdadeiro lar. Quando for transplantada, Srta. Woodhouse, como fui, a senhorita compreenderá como é maravilhoso encontrar um ambiente como o que deixamos para trás. Sempre digo que este é um dos males do casamento.

Emma respondeu da forma mais breve possível, porém não precisava mesmo mais do que isso para a Sra. Elton, que só queria continuar falando.

– Tão parecida com Maple Grove! E não é apenas a casa, sabe? Até onde pude ver, o terreno também é muito parecido. Os louros em Maple Grove crescem com a mesma profusão que aqui e acham-se distribuídos quase do mesmo modo, logo depois do gramado. E vislumbrei uma árvore grande, com um banco ao redor, que também me fez lembrar de outra idêntica! Meu cunhado e minha irmã ficarão maravilhados com este lugar. As pessoas que possuem grandes extensões de terra ficam sempre maravilhadas com qualquer propriedade no mesmo estilo.

Emma duvidava da veracidade daquela afirmativa. Achava que pessoas com grandes extensões de terra preocupavam-se muito pouco com as terras dos outros, mas não valia a pena discutir a respeito desse erro de julgamento, por isso disse apenas:

– Quando a senhora houver visto mais desta região, creio que irá concluir que valorizou Hartfield mais do que o lugar merece. Surry está cheio de belezas.

– Oh, sim! Sei bem disso. É o jardim da Inglaterra, a senhorita sabe. Surry é o jardim da Inglaterra.

– Sim, mas não devemos acreditar em tal distinção. Muitas regiões, creio, são chamadas de jardim da Inglaterra, assim como Surry.

– Não, creio que não – replicou a Sra. Elton, com um sorriso satisfeito. – Nunca ouvi nenhuma outra região além de Surry ser chamada assim.

Emma ficou em silêncio.

– Meu cunhado e minha irmã prometeram nos visitar na primavera ou, no máximo, no próximo verão – prosseguiu a Sra. Elton. – E esse será o período das descobertas. Pois assim que eles estiverem conosco, vamos explorar muito a região, ouso dizer. Eles deverão vir com seu landau,* que comporta perfeitamente quatro pessoas e, portanto, sem precisarmos utilizar a *nossa* carruagem, poderemos explorar as diferentes belezas daqui com o máximo de conforto. Eles não viriam com a caleche, creio, naquele período do ano. Sem a menor dúvida, quando chegar a hora, vou decididamente recomendar-lhes que venham no landau. Será muito preferível. Quando alguém chega a um lugar tão lindo como aqui, Srta. Woodhouse, é muito natural que deseje conhecê-lo o mais possível e o Sr. Suckling gosta muito de explorar. Chegamos até a explorar King's-Weston duas vezes no verão passado, logo depois que eles haviam comprado o landau, e foi delicioso. Por acaso, durante o verão, aqui se costuma fazer explorações assim, Srta. Woodhouse?

*Carruagem de quatro rodas, com dupla capota que se levanta e abaixa. (*N. do E.*)

– Não, aqui não. Estamos a distâncias muito grandes de belezas tão impressionantes que costumam atrair o tipo de grupos de que a senhora está falando; somos pessoas muito quietas, creio. Preferimos ficar em casa a nos aventurar em viagens de prazer.

– Ah! Não há nada como ficar em casa, para ter conforto de verdade. Ninguém pode ser mais devotada à própria casa do que eu. Era famosa por isso em Maple Grove. Muitas vezes Selina dizia quando viajava para Bristol: "Não consigo fazer esta menina sair de casa de jeito nenhum. Eu absolutamente preciso ir, apesar de odiar ter de viajar sozinha no landau, mas creio que Augusta jamais iria muito além do jardim por vontade própria." Minha irmã disse isso várias vezes, mas, na realidade, não gosto do completo isolamento. Pelo contrário, penso que quando uma pessoa se isola completamente da sociedade, é uma coisa muito ruim; creio que é muito mais recomendável misturar-se com o mundo em um grau adequado, sem viver dedicado a ele demais, nem de menos. Compreendo perfeitamente sua situação, no entanto, Srta. Woodhouse... – Olhando para o Sr. Woodhouse. – O estado de saúde de seu pai deve ser um grande problema. Por que ele não tenta Bath? Ele devia, sem a menor dúvida. Deixe-me recomendar-lhe Bath. Garanto-lhe que não tenho dúvidas de que faria bem ao Sr. Woodhouse.

– Meu pai já tentou mais de uma vez, mas não obteve o menor benefício. E o Sr. Perry, cujo nome não lhe é desconhecido, ouso acreditar, não crê que Bath possa ser de qualquer utilidade agora.

– Ah, é uma grande pena! Asseguro-lhe, Srta. Woodhouse, quando as águas concordam, é maravilhoso o alívio que propiciam. Na minha vida em Bath, vi tantas vezes isso acontecer! E é um lugar agradável, o que não deixaria de ser bom para o espírito do Sr. Woodhouse que, compreendo, fica às vezes deprimido. E quanto às recomendações para a *senhorita*, creio que não preciso fazer nenhum esforço para convencê-la. As vantagens que Bath oferece aos jovens são bastante conhecidas. Seria uma mudança encantadora para você, que tem levado uma vida tão isolada, e eu poderia imediatamente lhe assegurar uma apresentação na melhor parte da sociedade local. Bastaria que eu escrevesse uma linha para garantir-lhe um pequeno grupo de senhoras dispostas a hospedá-la. Além disso, minha amiga íntima, a Sra. Partridge, a dama na casa onde sempre me hospedei toda vez que estive em Bath, ficaria mais do que feliz em recebê-la e seria a pessoa ideal com quem a senhorita poderia ser vista em público.

Aquilo era tudo o que Emma podia suportar, sem ser mal-educada. A ideia de dever algo à Sra. Elton pelo que ela denominava *apresentação*; de ser vista em público sob os auspícios de uma amiga da Sra. Elton – provavelmente uma viúva vulgar e escandalosa que conseguia o suficiente para viver à custa de algumas pensionistas! Nesse caso, a dignidade da Srta. Woodhouse, de Hartfield, realmente estaria naufragando!

Todavia, ela se conteve e não pronunciou nenhuma das respostas que tinha em mente; apenas agradeceu friamente à Sra. Elton, "pois sua ida a Bath estava totalmente fora de questão e não estava nem um pouco convencida de que essa cidade poderia ser melhor para ela do que fora para o pai". E, então, para evitar quaisquer outros ultrajes e indignações, mudou imediatamente de assunto:

– Não vou nem perguntar se aprecia música, Sra. Elton. Nessas ocasiões, em geral, o caráter de uma dama a precede e Highbury há muito sabe que a senhora é uma musicista excepcional.

– Oh, não! Na verdade, não. Devo protestar contra tal ideia. Musicista excepcional! Estou muito longe disso, posso garantir-lhe. Considere que a informação que recebeu veio de alguém parcial. Gosto muito de música, apaixonadamente, eu diria, e minhas amigas dizem que não sou desprovida por completo de bom gosto, mas quanto a tudo o mais, minha performance é no máximo *medíocre*. Já a senhorita, sei que toca maravilhosamente. Garanto que foi uma grande satisfação, conforto e prazer para mim saber que estou entrando em uma sociedade musical. Não posso passar sem música, de maneira alguma. É uma necessidade vital para mim. E como a vida inteira fui acostumada a fazer parte de uma sociedade muito musical, tanto em Maple Grove quanto em Bath, teria sido um sacrifício muito grande ficar longe da música. Eu disse isto honestamente ao Sr. E. quando ele estava falando do meu futuro lar. Ele expressou seus temores de que a mudança na minha vida pudesse ser desagradável; temia também pela inferioridade da casa, sabendo com o que eu estava acostumada... Era evidente que ele se encontrava bastante apreensivo. Quando ele falou desse modo, eu, honestamente, disse-lhe que poderia abrir mão de todo o *mundo,* das festas, bailes, jogos, pois não temia o retiro. Abençoada com tantos recursos existentes em mim mesma, o mundo não era necessário para *mim.* Posso passar muito bem sem ele. Para aqueles que não possuem recursos, é muito diferente. Esses meus recursos me tornam bastante independente. E quanto a viver em salas menores do que aquelas às quais estava acostumada, nem mesmo pensei no assunto. Era bem verdade que me acostumara aos luxos de Maple Grove. Mas garanti a ele que duas carruagens não eram necessárias para a minha felicidade, nem apartamentos espaçosos. "Mas", eu disse também, "para ser honesta, não posso viver sem uma sociedade musical. Não peço nada mais, porém sem música, a vida não teria graça para mim."

– E não podemos supor – comentou Emma sorrindo – que o Sr. Elton tenha hesitado em lhe garantir que existia uma sociedade *muito* musical em Highbury e espero que ele não tenha exagerado a verdade para além do que possa ser perdoado, levando-se seus motivos em consideração.

– Não, realmente, não tenho nenhuma dúvida nesse sentido. Estou deliciada por encontrar-me em tal círculo. Espero que possamos fazer muitos pequenos concertos juntas. Penso, Srta. Woodhouse, que devemos criar um clube musical e realizar encontros semanais em sua casa ou na nossa. Não acha que é um bom plano? Se nos esforçarmos, creio que logo teremos muitos associados. Algo desta natureza seria particularmente desejável para *mim*, pois me faria continuar a praticar. Mulheres casadas, a senhorita sabe... Há um triste histórico em relação a elas. São muito propensas a abandonar a música.

– Mas, sem dúvida, a senhora, que gosta tanto dela, não corre esse perigo.

– Espero que não. Contudo, tremo quando olho ao redor. Selina abandonou a música completamente, jamais encosta no piano, apesar de tocar de forma muito doce. O mesmo pode ser dito da Sra. Jeffreys, antiga Clara Partridge, e das duas Milman, agora Sra. Bird e Sra. James Coopero. E muitas outras que poderia enumerar. Afirmo-lhe que isso é o bastante para assustar. Eu costumava ficar zangada com Selina, mas agora começo a compreender que uma mulher casada tem muitas coisas a exigir-lhe a atenção. Creio que fiquei meia hora hoje fechada com minha governanta.

– Mas esse tipo de coisa – comentou Emma – logo será tão regular que...

– Bem – disse a Sra. Elton, rindo –, veremos!

Emma, vendo-a tão determinada a negligenciar sua música, nada mais tinha a dizer. E, depois de uma pausa, a Sra. Elton encontrou outro assunto.

– Fizemos uma visita a Randalls e encontramos os donos em casa. São pessoas muito agradáveis. Gostei extremamente deles. O Sr. Weston parece ser uma excelente criatura; sem dúvida já é um favorito para mim, garanto-lhe. E *ela* parece ser realmente boa. Há algo de maternal e de bom coração na Sra. Weston que conquista uma pessoa no mesmo instante. Ela foi sua governanta, correto?

Chocada demais, Emma não teve condições para responder. Mas a Sra. Elton mal esperou pela afirmativa antes de prosseguir:

– Como já sabia disso, fiquei realmente surpresa ao vê-la tão parecida com uma dama! Mas ela é realmente muito distinta.

– As maneiras da Sra. Weston – declarou Emma – sempre foram muito boas. Seu caráter, simplicidade e elegância fazem dela o modelo mais seguro para qualquer jovem dama.

– E quem a senhorita acha que apareceu enquanto estávamos lá? – Emma não sabia o que dizer. O tom indicava que devia tratar-se de algum velho conhecido. Quem poderia ser?

– Knightley! – revelou a Sra. Elton. – O próprio Knightley! Não foi uma sorte? Como eu não estava em casa quando ele fez sua visita, não o conhecia pessoalmente e, claro, sendo um amigo tão próximo do Sr. E., sentia-me muitíssimo curiosa. "Meu amigo Knightley" foi tantas vezes pronunciado que eu estava de fato impaciente para vê-lo. E devo fazer justiça ao meu *caro sposo*,* afirmando que ele não deve sentir vergonha do amigo que tem. Knightley é um verdadeiro cavalheiro. Gostei muito dele. Sem a menor dúvida, creio que é um verdadeiro cavalheiro.

Felizmente, chegou a hora de se despedirem. Eles se foram e Emma pôde voltar a respirar.

"Que mulher insuportável!", foi sua exclamação mental imediata. "Ela é pior do que eu supunha. Absolutamente insuportável! Knightley! Inacreditável! Knightley! Nunca o viu antes e o chama de Knightley! E descobriu que é um cavalheiro! Um ser vulgar, com seu Sr. E., com o *caro sposo*, com seus recursos, com todo aquele ar pretensioso e de falso refinamento! Descobrir que o Sr. Knightley é um cavalheiro! Duvido que ele retribua o cumprimento descobrindo que ela é uma dama. Não posso acreditar! E propor que nos unamos para criar um clube musical! As pessoas pensariam que somos amigas! E a Sra. Weston! Ela ficou impressionada porque a pessoa que me criou é uma dama! Pior e pior. Nunca conheci alguém como ela. E espero não conhecer. Harriet será desgraçada por qualquer comparação. Oh! O que Frank Churchill diria dela se estivesse aqui? Como ficaria furioso e como se divertiria! Ah! Aqui estou eu, pensando nele de novo. É sempre a primeira pessoa em que penso! Frank Churchill vive aparecendo em minha mente!"

Tudo isso passou rapidamente pela cabeça de Emma, de modo que já se encontrava em condições de ouvir com a atenção necessária quando seu pai, após passada a agitação decorrente da saída dos Elton, estava pronto para falar.

– Bem, minha querida – começou ele –, considerando que nunca a vimos antes, ela parece ser uma jovem bastante agradável. E ouso dizer que gostou muito de você. Ela fala um pouco depressa demais. E esse falar muito rápido de vez em quando fere os ouvidos. Mas creio que sou um pouco difícil, não gosto de vozes estranhas e ninguém

Caro sposo – Em italiano no original: querido esposo. (*N. do T.*)

fala como você ou como a pobre Srta. Taylor. No entanto, ela parece uma jovem dama muito bem comportada, educada e sem dúvida será uma boa esposa para o Sr. Elton, apesar de eu achar que seria melhor se ele tivesse ficado solteiro. Procurei dar as melhores desculpas que pude por não ser capaz de visitar ele e a Sra. Elton nessa ocasião feliz, dizendo que esperava *poder* fazê-lo durante o verão. Mas eu devia ter ido antes. Não visitar uma noiva é muito censurável. Ah, isso mostra que sou um inválido! Mas não gosto da esquina da alameda do Vicariato.

– Creio que posso afirmar que suas desculpas foram aceitas, senhor. O Sr. Elton o conhece.

– Sim, mas uma jovem dama, uma noiva... devo apresentar meus respeitos a ela se possível. Não foi correto!

– Mas, meu querido papai, o senhor não é um adepto do matrimônio e, portanto, por que deveria ficar ansioso por apresentar seus respeitos a uma *noiva*? Não seria uma boa recomendação ao *senhor*. Se fizesse isso, seria o mesmo que encorajar as pessoas a se casarem.

– Não, minha querida, nunca encorajei ninguém a se casar, mas sempre desejei demonstrar o devido respeito a uma dama, e especialmente uma noiva nunca deve ser negligenciada. Uma noiva, você sabe, minha querida, é sempre a mais importante em um grupo, seja quem forem os outros.

– Bem, papai, se isso não é encorajamento para o matrimônio, não sei o que seria. E nunca esperei que o senhor aprovasse tais estímulos às vaidades de uma pobre jovem dama.

– Minha querida, não está me compreendendo. Trata-se de mera questão de polidez e de boa educação; nada tem a ver com qualquer encorajamento às pessoas se casarem.

Emma calou-se. Seu pai estava ficando nervoso e não a compreendia. Ela voltou a pensar nas ofensas da Sra. Elton, que a mantiveram ocupada por longo, longo tempo.

33

Nenhuma descoberta subsequente obrigou Emma a mudar a má impressão que tivera da Sra. Elton. Sua observação fora muito correta. A impressão que a jovem senhora lhe causou no segundo encontro e nos que se seguiram depois foi a mesma. Ares de importância, presunção, atrevimento, ignorância, falta de refinamento. Tinha alguma beleza, era esperta e habilidosa, mas seu julgamento era tão falho que achava ter um conhecimento superior do mundo com o qual poderia enriquecer e melhorar seus vizinhos do campo. E acreditava que a Srta. Hawkins havia tido uma posição tão elevada na sociedade que apenas a importância da Sra. Elton conseguia igualar.

Não existiam motivos para supor que o Sr. Elton pensasse diferente da esposa. Ele parecia não apenas feliz com ela, mas também orgulhoso. Parecia muito satisfeito consigo mesmo por ter trazido tal mulher para Highbury, alguém a que nem mesmo a Srta. Woodhouse poderia igualar. E a maior parte das pessoas, que estava acostumada a elogiar ou não tinha o hábito de julgar, mostrava-se satisfeita em seguir a liderança da boa natureza da Sra. Bates ou julgando que a noiva devia ser realmente tão esperta e agradável quanto ela mesma se dizia. Assim, os elogios a respeito da Sra. Elton passavam de boca em boca, sem intervenção da Srta. Woodhouse, que continuava a emitir com toda a educação sua primeira opinião, dizendo que ela "era muito agradável e vestia-se de forma bastante elegante".

Em um aspecto, a Sra. Elton mostrou-se muito pior do que em princípio. Mudou de sentimentos em relação a Emma. Ofendida, provavelmente pelo pouco encorajamento que suas tentativas de aproximação tinham recebido, foi aos poucos tornando-se fria e distante e, apesar do efeito desse afastamento ser bastante agradável, a má vontade que o acompanhava foi necessariamente aumentando a antipatia de Emma em relação a ela. Seus modos também, e os do Sr. Elton eram desagradáveis em relação a Harriet. Mostravam-se desrespeitosos e negligentes. Emma esperava que essa atitude apressasse a cura de Harriet, mas as sensações causadas por tal comportamento abatiam muito as duas jovens. Havia dúvida de que o apego da pobre Harriet tinha sido revelado em nome da indiscrição conjugal; e era evidente que a participação dela nos acontecimentos também havia sido transmitida à jovem esposa com uma cor desfavorável para ela e favorável para ele. Não havia dúvida de que Harriet era objeto do desagrado do casal. Quando não tinham nada mais sobre o que conversar, devia ser sempre fácil fazer comentários maldosos a respeito da Srta. Woodhouse, e a animosidade, o desrespeito que não ousavam demonstrar claramente a ela eram expressos abertamente pelo tratamento insolente que dedicavam a Harriet.

Desde o princípio, a Sra. Elton se aproximara muito de Jane Fairfax. Não porque o estado de animosidade em relação a uma jovem dama supostamente a inclinava a achegar-se à outra; foi de fato uma atração instantânea. E ela não se satisfazia apenas com expressar uma admiração natural e razoável: sem receber nenhum encorajamento, motivo ou prerrogativa, decidiu tornar-se amiga da Srta. Fairfax de qualquer jeito. Antes mesmo de Emma tê-la afastado, quando ainda estavam em seu terceiro encontro, ouvira a Sra. Elton comentar com ar quase sonhador:

– Jane Fairfax é absolutamente encantadora, Srta. Woodhouse. Eu realmente a adoro. Que criatura doce, interessante! Tão meiga, educada e com tantos talentos! Garanto-lhe que essa moça possui talentos extraordinários. Não tenho escrúpulos em dizer que ela toca extremamente bem. Conheço o suficiente de música para poder fazer afirmativas a esse respeito. Oh, ela é mesmo muito, mas muito encantadora! A senhorita poderá rir do meu entusiasmo, mas não consigo falar de outra coisa a não ser de Jane Fairfax. E a situação dela é tão tocante que não pode deixar de comover os outros! Srta. Woodhouse, temos de nos esforçar e fazer alguma coisa por ela. Precisamos ajudá-la. Talentos tão preciosos não devem permanecer desconhecidos. Tenho certeza de que a senhorita conhece as encantadoras palavras do poeta:

Muitas flores desabrocham sem serem vistas
E desperdiçam sua fragrância no ar do deserto.

– Não podemos permitir que tal coisa venha a acontecer com a doce Jane Fairfax.

– Não creio que haja perigo de isso acontecer. – Foi a calma resposta de Emma. – E, quando a senhora ficar conhecendo melhor a situação da Srta. Fairfax e compreender que o lar dela foi a casa do coronel e da Sra. Campbell, tenho certeza de que perceberá que os talentos dela não são desconhecidos.

– Oh, mas querida Srta. Woodhouse, ela está atualmente em tal isolamento, em tal obscuridade, tão jogada fora. Qualquer vantagem que possa ter conseguido com os Campbell está tão claramente terminando! E creio que ela sente isso. Tenho certeza de que sente. É muito tímida e silenciosa. É fácil ver que precisa de encorajamento. Gosto ainda mais dela por isso. Devo confessar que esse modo de ser causa uma ótima impressão. Sou uma grande defensora da timidez e tenho certeza de que não é muito comum encontrá-la. E nas pessoas que são de um nível inferior, é algo extremamente cativante. Oh, eu lhe garanto, Jane Fairfax tem uma personalidade adorável e interessa-me mais do que posso expressar.

– A senhora parece de fato sentir-se como diz... Mas não consigo ver por que a senhora ou qualquer outra conhecida da Srta. Fairfax, que a conhecem há mais tempo do que a senhora, possam dar a ela mais atenção do que...

– Minha querida Srta. Woodhouse, muito pode ser feito por aqueles que ousam agir. A senhorita e eu nada devemos temer. Se *nós* dermos o exemplo, muitos nos seguirão enquanto puderem, apesar de nem todos se encontrarem na nossa situação. *Nós* temos carruagens para mandar buscá-la e depois levá-la para casa e *nós* vivemos com um estilo no qual a adição de Jane Fairfax jamais será um fardo, em tempo algum. Eu ficaria extremamente aborrecida se o jantar preparado por Wright não fosse farto o suficiente para que Jane Fairfax pudesse participar dele. Nem concebo algo assim. Não sei se *deveria*, considerando o modo pelo qual estou acostumada a viver. Talvez, o maior perigo que corro ao cuidar de uma casa pode ser o oposto, quero dizer, exagerar em tudo, fazer demais por não saber me preocupar com gastos. É provável que Maple Grove tenha se tornado meu padrão mais do que deveria, pois nossos rendimentos não se igualam aos de meu cunhado, o Sr. Suckling. No entanto, minha determinação é conhecer Jane Fairfax. Quero, estou certa disso, tê-la com frequência em minha casa; quero apresentá-la aonde eu for, sempre que possível; organizarei apresentações musicais para mostrar os talentos dela e estarei constantemente atenta a qualquer oportunidade de arranjar-lhe uma situação confortável. Conheço muita gente e duvido que não consiga logo algum arranjo adequado. Vou apresentá-la, claro, especialmente a meu cunhado e a minha irmã quando vierem nos visitar. Tenho certeza de que vão gostar imensamente dela. E quando a Srta. Fairfax os conhecer um pouco, seus temores irão desaparecer por completo, pois as maneiras deles são absolutamente acolhedoras. Quero tê-la sempre comigo quando eles estiverem aqui e ouso dizer que encontraremos um lugar para ela na carruagem quando sairmos em exploração.

"Pobre Jane Fairfax!", pensara Emma. "A senhorita não merece isso. Pode ter agido mal em relação ao Sr. Dixon, mas este é um castigo muito além do que merece! A afeição e a proteção da Sra. Elton! Jane Fairfax e Jane Fairfax! Céus! Espero que ela não faça o mesmo comigo, falando com todo o mundo sobre Emma Woodhouse! Mas parece não haver limite para a língua desta mulher!"

Emma não escutara mais declarações desta natureza novamente, pelo menos nenhuma dirigida exclusivamente a ela, enfeitadas de forma tão desagradável com aqueles "minha querida Srta. Woodhouse".

A mudança da atitude da Sra. Elton em relação a ela ocorrera logo depois e Emma foi deixada em paz, sem ser forçada a ser amiga íntima da Sra. Elton nem, sob a direção dela, uma benfeitora ativa de Jane Fairfax. Passara simplesmente a conviver com elas de maneira geral, sabendo o que era sentido, o que era pensado e o que era feito.

Observava os acontecimentos com algum divertimento. A gratidão da Srta. Bates pelas atenções da Sra. Elton para com Jane era naquele seu estilo simples repleto de calor. Ela merecia o carinho que lhe tinham, uma vez que era a mulher mais amigável, afável e bondosa que havia por ali, tão empreendedora e condescendente quanto a Sra. Elton gostaria de ser considerada. A única surpresa de Emma foi ver Jane Fairfax aceitar aquelas atenções e tolerar a Sra. Elton, como parecia estar fazendo. Ouviu falar de um passeio que ela dera com os Elton, que se sentara com os Elton, que passara o dia com os Elton! Aquilo era surpreendente! Emma jamais julgaria possível que o bom gosto e o amor-próprio da Srta. Fairfax lhe permitissem suportar a convivência e a amizade de alguém como a Sra. Elton.

"Ela é um enigma, um verdadeiro enigma!", disse a si mesma. "Preferir ficar aqui mês após mês, passando por privações de todos os tipos! E agora escolhe a mortificação das atenções da Sra. Elton e a penúria de sua conversa, em vez de se voltar para as companhias superiores que sempre a amaram com uma profunda e sincera afeição."

Em princípio, Jane viera para Highbury para um período de três meses. Os Campbell haviam ido para a Irlanda por três meses, mas em seguida prometeram à filha que ficariam pelo menos até o meio do verão e, recentemente, a Srta. Fairfax havia recebido convites para ir juntar-se a eles lá. De acordo com a Srta. Bates – as informações vinham todas dela –, a Sra. Dixon escreveu de forma mais insistente. Se Jane decidisse ir, encontrariam meios, enviariam criados, amigos seriam mobilizados e não haveria dificuldade alguma durante a viagem. Mas, ainda assim, ela declinou.

"Jane Fairfax deve ter algum motivo, mais poderoso do que se pode imaginar, para recusar o convite", concluiu Emma. "Ela deve estar pagando alguma penitência, imposta pelos Campbell ou por si mesma. Há muito medo, muita cautela, muita resolução em algum lugar. Ela *não* quer estar com os *Dixon*. Mas por que consente em ficar com os Elton? Este é um outro enigma."

Quando Emma falou a respeito dessas especulações com os poucos que conheciam sua opinião sobre a Sra. Elton, a Sra. Weston apresentou esta justificativa para Jane:

– Não podemos supor que ela se divirta muito no Vicariato, minha querida Emma, mas é melhor estar lá do que ficar sempre em casa. A tia dela é uma criatura boa, mas deve ser cansativa como companhia constante. Devemos nos lembrar de onde a Srta. Fairfax vem, antes de condenar para onde ela vai.

– Está certa, Sra. Weston – apoiou de forma calorosa o Sr. Knightley. – A Srta. Fairfax é tão capaz quanto qualquer um de nós de formar uma opinião sensata sobre a Sra. Elton. Se pudesse escolher com quem fazer amizade, não a teria escolhido. Mas – dirigiu um sorriso de reprovação para Emma – ela voltou sua atenção para a Sra. Elton, já que mais ninguém a procura.

Emma sentiu que a Sra. Weston a olhava de relance e foi também atingida pela insinuação do cavalheiro. Ruborizando de leve, respondeu:

– Essas atenções da Sra. Elton, imagino, deveriam desagradar e não interessar à Srta. Fairfax. Eu preferiria qualquer outra coisa a aceitar os convites da Sra. Elton.

– E eu penso – disse a Sra. Weston – se a Srta. Fairfax talvez não tenha sido levada além de suas inclinações pela ansiedade da tia em aceitar as atenções da Sra. Elton. A pobre Srta. Bates pode muito bem ter aceitado convites em nome da sobrinha, levando-a a demonstrar a aparência de uma intimidade maior do que o bom-senso dela teria permitido, apesar de um desejo muito natural por um pouco de mudanças.

As duas damas estavam um tanto ansiosas por ouvir o Sr. Knightley dar sua opinião e, depois de alguns minutos de silêncio, ele disse:

– Outra coisa que também deve ser levada em consideração é que a Sra. Elton não *fala com* a Srta. Fairfax da mesma forma que *fala dela*. Todos sabemos a diferença entre um tratamento cerimonioso e aquele mais simplesmente usados entre pessoas próximas. Todos sentimos a influência de algo além da simples civilidade no relacionamento pessoal que mantemos com os outros... algo implantado anteriormente. Não podemos dar a qualquer um indícios desagradáveis de que podemos estar muito cansados com o que fizemos na hora anterior. Sentimos as coisas de forma diferente. E, além disso, como princípio geral, pode-se ter certeza de que a Srta. Fairfax impressiona a Sra. Elton por sua superioridade, tanto de mente quanto de maneiras, e que, cara a cara, a senhora a trata com todo o respeito que ela merece. Provavelmente, nunca apareceu na vida da Sra. Elton uma mulher como Jane Fairfax e não há nível de vaidade que possa impedi-la de notar como é comparativamente inferior a ela não só na forma de agir como também na maneira de pensar.

– Sei o bom conceito que o senhor tem sobre Jane Fairfax... – lembrou Emma.

O pequeno Henry estava em seus pensamentos e uma mistura de alarme e delicadeza a impediu de dizer alguma coisa mais.

– De fato – respondeu ele. – Todos sabem que tenho bom conceito sobre ela.

– E ainda assim...

Emma começara a falar com dureza, porém se conteve. No entanto, concluiu que era preferível ficar sabendo logo o pior e apressou-se em dizer:

– E, ainda assim, talvez o senhor não avalie bem o quanto isso pode significar. A extensão de sua admiração pode surpreendê-lo qualquer dia desses.

O Sr. Knightley parecia estar dedicando profundo interesse aos botões de suas polainas, e o esforço para abotoá-las, ou talvez alguma outra coisa, fez seu rosto ficar vermelho enquanto respondia:

– Oh, você já chegou a esse ponto? Pois saiba que está bastante atrasada. O Sr. Cole já me fez insinuações a esse respeito faz umas seis semanas.

Ele se calou. Emma sentiu que a Sra. Weston pisava-lhe significativamente um pé e não soube o que pensar. Um instante depois, ele continuou a falar:

– No entanto, posso lhe assegurar que isso nunca acontecerá. Atrevo-me a dizer que a Srta. Fairfax não me aceitaria se eu a pedisse e posso garantir que não o farei.

Emma retribuiu o contato do pé de sua amiga com vontade e gostou o bastante da resposta para exclamar:

– Posso afirmar-lhe que o senhor não é nada fútil, Sr. Knightley!

Ele mal pareceu ouvi-la. Estava pensativo e, de um modo que não demonstrava o menor prazer, disse:

– Então, quer dizer que você decidiu que devo me casar com Jane Fairfax.

– Não, de fato não decidi. O senhor advertiu-me demais sobre minha mania de tentar arranjar casamentos para que tomasse tal liberdade a seu respeito. O que eu disse agora mesmo nada significa. Às vezes dizemos esse tipo de coisas, mas sem um significado sério, é claro. Oh, não, dou minha palavra de que não tenho nenhuma intenção de que se case com Jane Fairfax ou com qualquer outra Jane. Se fosse casado, o senhor não viria aqui, para sentar-se e conversar conosco como faz.

O Sr. Knightley ficou pensativo outra vez, antes de dizer:

– Não, Emma, não creio que a extensão de minha admiração por ela vá jamais me pegar de surpresa. Nunca pensei nela desta forma, posso garantir. Jane Fairfax é uma jovem muito encantadora, mas nem mesmo Jane Fairfax é perfeita. Ela tem um defeito: não possui o temperamento franco que um homem desejaria em sua esposa.

Emma ficou feliz ao ouvi-lo afirmar que Jane Fairfax tinha um defeito e perguntou:

– Suponho, então, que o senhor logo haja silenciado o Sr. Cole?

– Sim, logo. Ele fez apenas uma leve insinuação, eu lhe disse que estava errado, ele pediu desculpas e não tocou mais no assunto. Cole não quer ser mais inteligente ou esperto do que seus vizinhos.

– Nesse aspecto, como é diferente a querida Sra. Elton, que quer ser mais inteligente e esperta do que todo o mundo! Imagino o que ela diz dos Cole, do que os chama! Que apelido encontraria para eles, em sua vulgaridade atrevida? Se ela se refere ao senhor apenas como Knightley, como será que se refere ao Sr. Cole? E não me surpreendo por Jane Fairfax aceitar o convívio dela. Seus argumentos me pareceram muito convincentes, Sra. Weston. Eu poderia aceitar com mais rapidez a tentação de afastar-me da Srta. Bates do que acreditar no triunfo da mente da Srta. Fairfax sobre a da Sra. Elton. Não tenho fé que a Sra. Elton se reconheça inferior em pensamento, palavra ou ação ou que tenha qualquer noção de limites além dos proporcionados por seu pretenso refinamento. Não posso acreditar que deixe de insultar continuamente a Srta. Fairfax com elogios, encorajamentos e ofertas de favores; que não entre continuamente nos detalhes de suas maravilhosas intenções que podem ir desde procurar uma situação permanente para ela até incluí-la em suas maravilhosas explorações de landau.

– Jane Fairfax tem sensibilidade – afirmou o Sr. Knightley. – Sem dúvida, não posso acusá-la de ser insensível. Sua sensibilidade, desconfio, é profunda e seu temperamento excelente nas questões que exigem paciência e autocontrole. Mas falta nela franqueza. Ela é reservada; mais reservada, creio, do que era antes. E aprecio muito os temperamentos francos. Não. Até Cole levantar a hipótese de meu interesse por ela, jamais me havia ocorrido essa ideia. Via Jane Fairfax e conversava com ela sempre com admiração e prazer, mas nunca com segundas intenções.

– Bem, Sra. Weston – disse Emma, triunfante, quando ele as deixou. – O que me diz agora sobre o Sr. Knightley casar-se com Jane Fairfax?

– Realmente, minha querida Emma, eu diria que ele está tão ocupado em afirmar que *não está* apaixonado por ela que não me surpreenderia se, no final, for exatamente esta a verdade. Não me bata.

34

Todos em Highbury que já haviam alguma vez visitado o Sr. Elton estavam dispostos a prestar homenagens a seu casamento. Festas à noite e jantares foram oferecidas a ele e à esposa; os convites chegavam em tal quantidade que a recém-casada logo teve o prazer de saber que não passariam um dia sem estar em companhia.

– Já percebi como vai ser – comentou ela. – Vejo que tipo de vida deverei levar entre vocês. Parece mesmo que somos o casal da moda. Se isso é viver no campo, nada tem de terrível. De segunda a sábado, asseguro que não ficaremos sozinhos um só dia! Mesmo uma mulher com menos recursos do que eu teria problemas para lidar com uma situação dessas!

Nenhum dos convites pareceu-lhe importuno. Os hábitos que tinha em Bath faziam com que as festas noturnas lhe parecessem absolutamente naturais e Maple Grove a havia ensinado a apreciar jantares. Ficara um pouco chocada com a falta de duas salas de estar, com as fracassadas tentativas de fazerem bolos aceitáveis e por não haver gelo nas reuniões para jogos de cartas em Highbury. A Sra. Bates, a Sra. Perry, a Sra. Goddard e as outras estavam bem atrasadas em conhecimentos do mundo, mas *ela* logo lhes mostraria como tudo deveria ser feito. No decorrer da primavera, determinara-se a retribuir os convites organizando reuniões muito superiores para os quais suas mesas para jogo de cartas seriam montadas cada uma com as próprias velas – com caixas de baralho ainda fechadas, no estilo correto – e mais criados seriam contratados para essas noites, quando não fossem em número suficiente para servir os refrescos na hora exata e na ordem adequada.

Enquanto isso, Emma não poderia ficar satisfeita enquanto não oferecesse um jantar em Hartfield para os Elton. Não deviam fazer menos que os outros ou ficaria exposta a odiosas suspeitas, nas quais a imaginariam capaz de alimentar um desprezível ressentimento. Tinha de ser um jantar. Depois de ouvir a filha falar sobre isso por dez minutos, o Sr. Woodhouse não pôde se declarar contrário e apenas estipulou que não se sentaria à cabeceira da mesa, seguindo-se a habitual dificuldade em decidir quem, então, o faria em seu lugar.

Não precisou pensar muito em quem convidar. Além dos Elton, é claro que convidariam os Weston e o Sr. Knightley. Isso era mais do que evidente. E não era menos inevitável convidar a pobre Harriet para completar oito pessoas. Mas este convite não foi feito com muita satisfação e, por vários motivos, Emma ficou contente quando Harriet lhe implorou para que lhe permitisse declinar. Ela preferia não estar na companhia *dele* se pudesse evitar. Não conseguia vê-lo com a encantadora e feliz esposa sem sentir algum desconforto. Se a Srta. Woodhouse não se magoasse demais, ela preferia ficar em casa. Era exatamente o que Emma desejaria se considerasse apropriado desejar uma coisa dessas. Ficou deliciada com a decisão de sua jovem amiga, pois sabia que ela estava sendo muito forte em abrir mão da chance de ir a uma reunião e ficar em casa. Depois disso, via-se livre para convidar a pessoa que realmente queria para completar os oito: Jane Fairfax. Desde sua última conversa com a Sra. Weston e o Sr. Knightley, estava mais consciente sobre Jane Fairfax do que jamais estivera. As palavras do cavalheiro não lhe saíam da mente. Ele dissera que Jane Fairfax voltara sua atenção para a Sra. Elton, já que mais ninguém a procurava.

"Isso é verdade", concordou ela. "Pelo menos no que diz respeito a mim, e era intenção dele mostrar-me justamente isso, o que me deixou envergonhada. Sendo da mesma idade... Conhecendo-a desde sempre... Eu deveria ter sido mais amigável. Agora, ela jamais vai gostar de mim. Eu a negligenciei por tempo demais. Mas vou demonstrar-lhe mais atenção do que demonstrei até agora."

Todos os convites foram aceitos. Nenhum dos convidados tinha compromisso e ficaram contentes. Todavia, as exigências preparatórias do jantar ainda não estavam concluídas. Uma circunstância bastante infeliz ocorreu. Os dois meninos Knightley mais velhos deveriam fazer uma visita de algumas semanas ao avô e à tia, na primavera, e o pai propôs levá-los; quando o fizesse, passaria o dia inteiro em Hartfield e esse dia seria exatamente o da festa. As responsabilidades profissionais impediam que o Sr. John Knightley levasse os filhos em outra data e tanto o pai quanto a filha ficaram perturbados com isso. O Sr. Woodhouse considerava que oito pessoas em um jantar era o máximo que seus nervos podiam aguentar e agora haveria uma nona; Emma considerou que seria uma nona pessoa muito aborrecida por não ter possibilidade de ir a Hartfield por quarenta e oito horas sem que acabasse tendo de suportar uma festa.

Ela confortou o pai melhor do que pôde confortar a si mesma, dizendo que sem dúvida seriam nove, mas o Sr. John Knightley era tão calado que o aumento de barulho seria mínimo. Emma considerou que, na verdade, era uma mudança triste para ela própria, que o teria sentado a sua frente, com seus olhares graves e conversa relutante, em vez de seu irmão.

O evento, afinal, seria mais favorável para o Sr. Woodhouse do que para Emma. John Knightley compareceria, sim, mas o Sr. Weston foi subitamente chamado à capital e ficaria fora o dia inteiro; deveria juntar-se a eles à noite, mas certamente não para o jantar. O Sr. Woodhouse ficou mais tranquilo e, vendo-o assim, com a chegada dos meninos e a completa compostura do cunhado em aceitar o próprio destino, Emma também ficou mais tranquila.

O dia chegou, o grupo reuniu-se pontualmente, e o Sr. John Knightley parecia disposto a fazer todo o possível para ser agradável. Em vez de levar o irmão até uma janela enquanto esperavam pelo jantar, ele ficou conversando com a Srta. Fairfax. Para a Sra. Elton, tão elegante quanto as rendas e pérolas podiam fazê-la, ele olhou em silêncio – apenas com a finalidade de observar o suficiente para informar Isabella –, mas a Srta. Fairfax era uma velha conhecida, uma moça quieta, por isso podia falar com ela. Os dois haviam se encontrado antes do café da manhã quando o Sr. John Knightley voltava de um passeio com os filhos pequenos justamente no momento em que começava a chover. Era natural, então, que conversassem sobre o assunto e ele disse:

– Espero, Srta. Fairfax, que não tenha ido muito longe esta manhã ou sem dúvida tenho certeza de que ficou molhada. *Nós* mal conseguimos chegar em casa a tempo. Espero que tenha voltado imediatamente.

– Fui apenas até o correio – informou ela – e voltei para casa antes de a chuva ficar mais forte. É minha tarefa diária. Sempre vou buscar as cartas quando estou aqui. Ajudo um pouco e é um motivo para sair. Um passeio antes do café da manhã me faz bem.

– Mas não um passeio na chuva, imagino.

– Não, porém não estava chovendo quando saí.

O Sr. John Knightley sorriu e respondeu:

– Isso quer dizer que preferiu mesmo dar seu passeio, pois não estava a mais de dez metros da porta de sua casa quando tive o prazer de encontrá-la. Henry e John viram cair muito mais gotas do que conseguem contar. O correio exerce um grande encantamento em certo período de nossas vidas. Mas, quando tiver a minha idade, vai achar que as cartas não valem o transtorno de andar na chuva.

Ela ficou um pouco vermelha antes de responder:

– Não devo esperar jamais ter uma situação como a sua, em meio a cada pessoa querida, e, portanto, não posso ter esperança de que simplesmente ficando mais velha possa me tornar indiferente às cartas.

– Indiferente! Oh, não. Não imagino que venha a ficar indiferente. As cartas jamais são objeto de indiferença; em geral, constituem uma praga muito positiva.

– Está falando de cartas de negócios enquanto as minhas são de amigos.

– Sempre as considerei as piores das duas – declarou ele friamente. – Negócios, a senhorita sabe, podem trazer dinheiro; amizades raramente o fazem.

– Ah! O senhor não está falando sério agora. Conheço o Sr. John Knightley muito bem. Tenho certeza de que o senhor compreende o valor da amizade tão bem quanto qualquer um. Posso acreditar facilmente que as cartas representem pouco para o senhor, muito menos que para mim, mas não por ser dez anos mais velho que eu. O que faz a diferença não é a idade, mas sim a situação. As pessoas a quem ama estão todas muito próximas do senhor, enquanto eu provavelmente nunca os terei por perto outra vez. E, portanto, até que eu tenha vivido mais que todos os que amo, creio que uma agência do correio sempre terá o poder de me fazer sair, mesmo com um tempo pior que o de hoje.

– Quando falei de sua alteração pelo tempo, com a progressão dos anos, quis me referir também a uma mudança de situação que o tempo geralmente traz. Considero que uma inclui a outra. O tempo costuma diminuir o interesse das amizades que deixam de fazer parte do círculo diário, mas esta não é a mudança que imaginei para a senhorita. Como um velho amigo, deve permitir-me esperar, Srta. Fairfax, que daqui a dez anos tenha tantas afeições nas quais se concentrar quanto tenho.

Essas palavras foram ditas de modo gentil e muito distante de qualquer ofensa. Um amável "muito obrigada" em tom leve e alegre foi a resposta, mas foi acompanhado por rubor, lábios trêmulos e lágrimas nos olhos que demonstraram que haviam provocado algo além de alegria. A atenção da Srta. Fairfax foi então solicitada pelo Sr. Woodhouse que chegava finalmente a ela após, de acordo com seus costumes nessas ocasiões, percorrer o círculo dos convidados e cumprimentar especialmente as damas; com seu jeito atencioso e suave o velho cavalheiro disse:

– Lamento ter sabido, Srta. Fairfax, que esta manhã a senhorita tenha saído na chuva. As jovens damas devem se cuidar muito bem, pois são como plantas delicadas. Devem cuidar da saúde e da compleição. Minha querida, você trocou de meias?

– Sim, senhor, troquei. E fico muito agradecida por toda a sua preocupação comigo.

– Minha querida Srta. Fairfax, jovens damas devem sempre despertar preocupação. Espero que suas boas avó e tia estejam bem. São algumas das minhas mais antigas amigas. Eu queria que minha saúde me permitisse ser um vizinho melhor. A senhorita nos honra muito tendo vindo aqui hoje. Minha filha e eu estamos altamente sensibilizados com sua bondade e temos a maior das satisfações por recebê-la em Hartfield.

Depois disso, o bondoso e velho cavalheiro, muito bem-educado e de bom coração, foi sentar-se com a satisfação de quem cumprira seu dever, deixando todas as damas à vontade.

A essa altura, o passeio na chuva já chegara ao conhecimento da Sra. Elton, que declarou seu desagrado a Jane.

– Minha querida Jane, o que foi que ouvi? Ir até a agência do correio debaixo de chuva! Isso não pode ser feito, lhe garanto. Menina má, como pôde fazer uma coisa dessas? Não teria feito isso se eu estivesse cuidando de você.

Jane, com toda a paciência, garantiu que não pegara nenhum resfriado.

– Oh! Não venha dizer isso a *mim*. Você é mesmo uma menina má, que não sabe cuidar de si mesma. A agência do correio! Sra. Weston, já ouviu falar de algo assim? Nós duas devemos realmente exercer nossa autoridade.

– Com certeza – disse a Sra. Weston, de forma gentil e persuasiva –, sinto-me tentada a dar meu conselho. Srta. Fairfax, não deve correr tais riscos. Sensível como tem estado a gripes sérias, deveria ser muito cuidadosa, especialmente nesta época do ano. Creio que a primavera sempre requer mais do que simples cuidado. É melhor esperar uma ou duas horas, ou até mesmo meio dia por suas cartas do que correr o risco de ter a tosse de volta. Não está sentindo que a tosse está querendo voltar, não é? Sim, eu sei, a senhorita é uma pessoa razoável... Creio que não vai fazer algo assim novamente.

– Oh, ela *não vai* mesmo fazer algo assim outra vez – garantiu depressa a Sra. Elton. – Não vamos permitir que faça tal coisa outra vez. – E, meneando vigorosamente a cabeça, continuou: – Devemos tomar alguma providência, sem dúvida. Vou falar com o Sr. E. O homem que traz nossas cartas todas as manhãs (um dos nossos homens, sempre esqueço seu nome) pode pegar as suas também e entregá-las. Isso vai eliminar qualquer dificuldade. E realmente creio, querida Jane, que não deve ter escrúpulos em aceitar tal oferecimento de *nossa* parte.

– A senhora é extremamente generosa – disse Jane –, mas não posso deixar de fazer minha caminhada matinal. Recebi a recomendação de permanecer ao ar livre tanto quanto for possível e de caminhar durante algum tempo, então a agência de correio é um objetivo ideal para que o faça. Posso garantir-lhes que jamais tive uma manhã tão ruim como a de hoje.

– Minha querida Jane, não diga mais nada a respeito. Está tudo combinado – rindo com afetação – até onde posso combinar qualquer coisa sem o consentimento de meu amo e senhor. Como sabe, Sra. Weston, nós duas devemos ter cautela sobre a maneira como nos expressamos. Mas tenho confiança, minha querida Jane, de que minha influência exercerá algum efeito. Se eu não encontrar nenhuma barreira insuperável, considere a questão acertada.

– Perdoe-me – declarou Jane, muito séria –, mas não posso de forma alguma consentir nesse arranjo, que seria tão trabalhoso para seu criado. Se a caminhada não fosse um prazer para mim, esse trabalho poderia ser feito por uma serva de minha avó, como aliás acontece quando não estou aqui.

– Oh, minha querida, mas Patty tem tanto a fazer! E é uma gentileza ter algo para nossos homens fazerem.

Jane parecia não estar disposta a ceder, mas, em vez de responder, começou a falar novamente com o Sr. John Knightley.

– A agência do correio é um maravilhoso estabelecimento! – disse ela. – A regularidade e presteza deles! Se pensamos em tudo o que é preciso fazer e em tudo que fazem tão bem, é de fato muito surpreendente!

– Sim, é um serviço certamente bem controlado.

– Tão bem que é muito raro acontecer qualquer tipo de negligência ou mal entendido! Tão raramente que apenas uma carta é entregue em endereço errado entre as milhares que vão de um lado a outro do reino, constantemente. Imagino que não seja perdida nem sequer uma em um milhão! E, quando consideramos a variedade de caligrafias, assim como a existência também de más caligrafias que devem ser decifradas, só faz aumentar a maravilha!

– Os funcionários tornam-se especialistas nisso, com o passar do tempo. Eles precisam ter acuidade de visão e habilidade com as mãos para começar, depois a prática os torna melhores. Caso a senhorita precise de explicações de qualquer tipo – continuou ele, sorrindo –, eles são pagos para atendê-la. Esta é a chave para que se alcance uma grande capacidade. O público paga e deve ser bem servido.

As variedades de escrita manual foram debatidas e foram feitas as observações de costume.

– Verifiquei – contou John Knightley – que o mesmo tipo de caligrafia geralmente predomina em uma família e onde o mesmo professor ensina, o que é absolutamente natural. Mas, por esta razão, imagino que as letras bonitas são principalmente femininas, porque os rapazes recebem pouco ensino de caligrafia após certa idade e conservam o pouco jeito para escrever que tenham aprendido até então. Isabella e Emma, creio, escrevem de modo muito parecido. Eu mesmo nem sempre consigo distinguir a caligrafia de uma e de outra.

– Sim – confirmou o irmão dele, hesitante. – Existe uma semelhança. Sei o que quer dizer, porém a mão de Emma é mais forte.

– Isabella e Emma, as duas escrevem de forma muito bela – disse o Sr. Woodhouse –, e sempre escreveram. Assim como também a pobre Sra. Weston – declarou ele, com meio suspiro e meio sorriso para ela.

– Nunca vi a caligrafia de um cavalheiro... – começou Emma. Nesse instante olhou para a Sra. Weston e calou-se ao perceber que a Sra. Weston dava sua atenção a outra pessoa e a pausa lhe deu tempo para refletir. "E agora? Como vou fazer para falar nele? Devo mencionar seu nome diante de tantas pessoas? Será que seria melhor se eu lançasse mão de uma frase que fizesse um rodeio? Seu amigo de Yorkshire... seu correspondente de Yorkshire... Este seria o melhor modo, suponho, se eu estivesse mesmo mal. Não. Posso perfeitamente pronunciar o nome dele sem nenhuma perturbação. É mais do que evidente que estou ficando melhor a cada dia. Agora vamos a isso!"

A Sra. Weston ficou livre novamente e Emma recomeçou:

– O Sr. Frank Churchill tem uma das melhores caligrafias de cavalheiro que já vi.

– Eu não a admiro – rebateu o Sr. Knightley. – A letra dele é muito pequena, falta-lhe força. É como a escrita de uma mulher.

Isso não foi aceito por nenhuma das damas. Elas vingaram-se da grande calúnia: "Não. Absolutamente, não faltava força à letra dele. Não é uma letra grande, mas é muito clara e certamente forte. Por acaso a Sra. Weston não teria nenhuma carta dele consigo para mostrar?"

Não, ela havia recebido uma carta do enteado recentemente, mas a havia guardado depois de tê-la respondido.

– Se estivéssemos na outra sala – afirmou Emma –, se eu tivesse aqui a minha mesa de escrever, tenho certeza de que conseguiria encontrar um exemplo. Tenho um bilhete dele. Lembra-se, Sra. Weston, de ter pedido a ele que uma vez escrevesse para mim em seu lugar?

– Ele pediu-me que o deixasse escrever...

– Bem, bem... Tenho esse bilhete e poderei mostrá-lo depois do jantar, para convencer o Sr. Knightley.

– Oh! Quando um jovem cavalheiro galante como o Sr. Frank Churchill – retrucou secamente o Sr. Knightley – escreve para uma bela dama como a Srta. Woodhouse, é mais do que certo que o faz com o maior dos empenhos.

O jantar foi servido e a Sra. Elton estava de pé antes que fosse chamada e, antes de o Sr. Woodhouse chegar junto dela a fim de oferecer-lhe o braço para conduzi-la até a sala de jantar ela começou a dizer:

– Devo ser a primeira a ir? Realmente, fico com tanta vergonha de ser sempre quem abre o caminho!

O empenho demonstrado por Jane em ir buscar pessoalmente a correspondência não escapara de Emma. Ela prestara atenção, havia escutado tudo e sentia alguma curiosidade em saber se a caminhada na chuva da manhã rendera alguma carta. Suspeitava que *sim*. Ela suspeitava que Jane não teria se encaminhado ao correio tão resolutamente se não estivesse esperando carta de alguém muito querido e que o esforço não havia sido em vão. Parecia-lhe até que no rosto da moça havia uma expressão de felicidade que não era usual, uma luminosidade que era tanto própria da pele quanto advinda de um mais elevado estado de espírito.

Emma poderia ter feito uma ou duas perguntas a respeito da expedição e do preço de selos de cartas para a Irlanda – estava na ponta de sua língua –, mas se conteve: havia se determinado a não dizer mais nada que pudesse ferir os sentimentos de Jane Fairfax.

Seguiram as demais damas que saíam da sala, de braços dados, com uma expressão de boa vontade que favorecia muito a beleza e graça das duas.

35

Quando as damas retornaram à sala de estar, depois do jantar, Emma descobriu que era quase impossível impedir que formassem dois grupos distintos – com muita perseverança em julgar e em comportar-se mal, a Sra. Elton conversava muito com Jane Fairfax e pouco com Emma. Assim, ela e a Sra. Weston viam-se obrigadas a conversar uma com a outra ou a ficarem caladas. A Sra. Elton não lhes dava a menor escolha: Jane tentara controlar a situação por algum tempo, mas ela logo recomeçava a falar. E apesar de abaixarem a voz até quase sussurrar durante a maior parte do tempo, especialmente a

Sra. Elton, não havia como ignorar seus principais assuntos: o correio, apanhar resfriados, ir buscar cartas, amizade; temas estes que ficaram longamente sob discussão e a eles sucedeu outro, que devia ser pelo menos igualmente desagradável para Jane: perguntas sobre se ela já se informara de algum emprego que a agradasse e informações a respeito da intenção da Sra. Elton em ajudá-la.

– Abril está chegando! – exclamou a Sra. Elton. – Estou ficando ansiosa quanto a sua situação. Junho estará logo aí.

– No entanto, jamais fixei junho ou qualquer outro mês. Apenas esperava pelo verão em geral.

– Mas não soube, mesmo, de nada?

– Na verdade, nem procurei saber. Ainda não quero procurar nada.

– Oh, minha querida! Não podemos começar tarde demais. Você não sabe como é difícil encontrar o tipo certo de ocupação.

– Eu não sei? – Jane balançou a cabeça. – Querida Sra. Elton, quem pode ter pensado mais nisso do que eu?

– Mas você não conhece tanto o mundo quanto eu, não sabe quantos candidatos existem para um *primeiro* emprego. Vi muito disso nas vizinhanças de Maple Grove. Uma prima do Sr. Suckling, a Sra. Bragge, tinha uma infinidade de talentos e todos viviam ansiosos por formar família com ela porque a Sra. Bragge se relacionava com pessoas do mais alto nível. Velas de cera na sala de aula! A senhorita pode imaginar como devia ser agradável! De todas as casas no reino, é na da Sra. Bragge que *eu* mais desejo ver a senhorita.

– O coronel e a Sra. Campbell devem estar de volta à capital no meio do verão – disse Jane. – Devo ir passar algum tempo com eles. Tenho certeza de que vão querer que eu o faça. Depois disso, provavelmente, ficarei feliz em dispor de mim mesma. Mas não posso permitir que a senhora se dê o trabalho de começar a procurar uma posição para mim agora.

– Trabalho! Conheço seus escrúpulos. Está com medo de me dar trabalho, mas posso garantir-lhe, minha querida Jane, que até mesmo os Campbell dificilmente estariam mais preocupados com você do que eu já estou. Vou escrever para a Sra. Partridge daqui a um ou dois dias e passar-lhe a estrita incumbência de começar a procurar por alguma posição adequada.

– Obrigada, mas prefiro que não mencione esse assunto com ela. Enquanto não chegar o momento adequado, não quero dar trabalho a ninguém.

– Mas, minha querida criança, o momento *já está* chegando. Abril está aí, junho e até mesmo julho, com tanta coisa a realizarmos até lá! Sua inexperiência realmente me surpreende! A situação que a senhorita merece, que suas amigas querem que consiga, não é algo que acontece todos os dias e não se obtém de um momento para outro. Temos de começar a procurar agora mesmo!

– Perdoe-me, madame, mas essa não é de forma alguma a minha intenção. Eu mesma quero procurar meu emprego e lamentaria se minhas amigas o fizessem por mim. Estou bastante determinada quanto ao momento de fazê-lo e não tenho medo algum de ficar desempregada por mais tempo do que espero. Na capital existem lugares, escritórios, onde uma busca com certeza logo revelaria algo... Escritórios que negociam, não exatamente carne humana, mas intelecto.

– Oh, minha querida, carne humana! Você me horroriza se estiver se referindo ao comércio de escravos. Posso assegurar-lhe que o Sr. Suckling sempre foi um amigo da abolição.

– Não, eu não estava pensando em comércio de escravos – replicou Jane. – "Comércio" de governantas, é nisso que pensei. Algo totalmente diferente no que diz respeito à culpa de quem o realiza: mas quanto à miséria, não sei dizer-lhe qual da "vítimas" é a mais atingida. Todavia, eu queria apenas dizer que existem escritórios de anúncios e que, recorrendo a eles, eu sem dúvida poderei encontrar logo algum emprego que me sirva.

– Emprego que lhe sirva! – repetiu a Sra. Elton. – Sim, *isso* se enquadra na imagem humilde que faz de si mesma! Sei que criatura modesta você é, mas suas amigas não ficarão satisfeitas vendo-a aceitar qualquer coisa que lhe seja oferecida, qualquer colocação comum, inferior até, em uma família que não pertença a determinado círculo ou que seja incapaz de viver com os mais simples refinamentos da vida.

– A senhora é muito amável, mas, quanto a isso, sou totalmente indiferente. Não seria bom para mim viver entre os ricos, minha mortificação seria apenas maior, eu sofreria mais com a comparação, A família de um cavalheiro é a única condição que exijo.

– Eu a conheço, eu a conheço! Você aceitaria qualquer coisa. Mas serei um pouco mais exigente e tenho certeza de que os bons Campbell irão concordar comigo. Com suas qualidades superiores, você tem o direito de ingressar nos mais elevados círculos. Apenas seu conhecimento musical já a qualificaria para determinar, sob suas próprias condições, a colocação que quiser e para entrar no convívio da família que desejar. Quer dizer... não sei... Se você tocasse harpa também, certamente poderia agir dessa maneira, tenho absoluta certeza. No entanto, como canta tão bem quanto toca, sim, eu realmente creio que possa. Creio que mesmo sem a harpa, poderá exigir o que desejar. E você precisa estar alegre, honrada e confortavelmente estabelecida para que os Campbell e eu possamos ter descanso.

– A senhora pode perfeitamente classificar um emprego de alegre, honrado e confortável – retrucou Jane –, pois são três sinônimo. No entanto, falo seriamente quando afirmo não querer que nada seja feito no presente momento. Sra. Elton, sou-lhe muito grata e também agradeço a todos que sentem algo por mim, mas estou decidida a não querer que nada seja feito até o verão. Por mais dois ou três meses, devo permanecer onde estou e como estou.

– E também falo muito sério, posso garantir – insistiu a Sra. Elton –, que estarei sempre vigilante, assim como minhas amigas, a fim de que nada excepcional possa me escapar.

E ela prosseguia nesse estilo, sem que nada a pudesse deter até que o Sr. Woodhouse entrou na sala. Só então a vaidade dela provocou uma mudança de assunto e Emma ouviu-a usar do mesmo meio sussurro para dizer a Jane:

– Aí vem aquele meu querido e belo velho cavalheiro! Pense só na galanteria dele ao vir antes dos outros homens! Que criatura adorável! Asseguro-lhe que gosto dele excessivamente. Admiro toda essa original e antiquada educação, é muito mais ao meu gosto do que a desenvoltura moderna: a desenvoltura moderna desagrada-me na maioria das vezes. Mas esse bom Sr. Woodhouse, eu queria que você tivesse ouvido o modo galante com que falou comigo durante o jantar. Oh, asseguro que comecei a pensar que meu *caro sposo* ficaria com ciúme. Imagino até que eu seja sua favorita, pois ele notou meu vestido. Gosta de meu vestido? Foi escolha de Selina. Eu o acho belo, mas talvez seja enfeitado demais... Detesto a ideia de que possa ser. Seria um horror. Tenho de usar alguns ornamentos *agora*, porque é o que se espera de mim. Uma noiva, a senhorita sabe, deve parecer uma noiva, mas meu gosto natural é pela simplicidade; o estilo simples de vestir é tão preferível! Mas sou uma das únicas, creio; poucas pessoas parecem valorizar a simplicidade no vestir, luxo e ostentação é que importam. Estive pensando em colocar debruns em branco e prata no meu vestido de popelina. Acha que ficará bom?

O grupo mal voltara a se reunir por inteiro na sala de visitas quando o Sr. Weston chegou. Ele fora para casa e depois caminhara até Hartfield, assim que terminara de jantar. Todos esperavam por ele. Seria demais esperar que os presentes demonstrassem surpresa... porém houve grande alegria. O Sr. Woodhouse parecia tão feliz em vê-lo naquele momento quanto ficaria triste em vê-lo chegar antes.

John Knightley era o único atônito. Sentia-se profundamente impressionado ao ver um homem – que havia viajado para Londres, passara o dia trabalhando, viajara de volta – que tinha a chance de passar a noite tranquilamente em casa, mas que escolhia caminhar oitocentos metros até a casa de um amigo apenas para estar na companhia de um grupo de pessoas até a hora de ir dormir, terminando seu dia entre demonstrações de cortesia e barulho. Um homem que estivera em atividade desde as oito da manhã e que poderia agora estar deitado, que estivera falando longamente, e poderia agora estar calado, que estivera em mais de uma multidão, e poderia agora estar sozinho! Um homem que deixara a tranquilidade e independência do aconchego de sua própria lareira e saíra de novo para o mundo numa gelada noite de abril! Se ele pudesse, com um simples toque de seus dedos, levar a esposa de volta à casa imediatamente, então haveria um motivo. Mas sua chegada provavelmente prolongaria o jantar em vez de abreviá-lo. John Knightley continuou a olhá-lo com espanto por alguns minutos, depois deu de ombros e disse:

– Eu não acreditaria nisso, mesmo vindo *dele*.

Enquanto isso, o Sr. Weston, sem nem desconfiar da indignação que causava, feliz e alegre como sempre, com todo o direito de ser o centro das atenções, já que passara o dia longe de casa, começava a adaptar-se facilmente aos demais. E tendo respondido satisfatoriamente às perguntas da esposa quanto a seu jantar, convencendo-a de que nenhuma de suas cuidadosas instruções para os criados haviam sido esquecidas, contou aos outros as notícias que tinha ouvido, passando então à comunicação familiar, que, apesar de dirigida especialmente à Sra. Weston, ele sabia ser de grande interesse para todos que se encontravam na sala. Entregou-lhe um envelope endereçado a ela; era uma carta de Frank, que pegara no caminho e tomara a liberdade de abrir.

– Leia, leia – insistiu ele –, vai lhe dar prazer. Apenas algumas linhas, não vai demorar. Leia a carta para Emma.

As duas damas leram a carta juntas enquanto o Sr. Weston sentou-se, sorrindo e falando com elas o tempo todo, com voz um tanto baixa, porém bem audível para todos.

– Bem, ele está vindo. Como vê, são boas notícias, creio. Bem, o que você acha disso? Sempre disse que ele estaria de volta logo, não disse? Anne, minha querida, não é verdade que eu sempre lhe disse isso, mas você não acreditou? Chegará à capital na semana que vem, no máximo, vê? Pois *ela* fica tão impaciente quanto o velho quando algo deve ser feito. O mais provável é que cheguem amanhã ou sábado. Quanto à doença dela, não era nada, é claro. Mas será excelente ter Frank entre nós outra vez... Quer dizer, tão perto, na capital. Quando viajam, por fim, eles ficam uma boa temporada, e meu filho passará metade de seu tempo conosco. É isso precisamente o que eu queria. Bem, são notícias muito boas, não são? Você terminou? Emma já leu tudo? Guarde a carta, guarde, vamos ter uma boa conversa sobre isso a qualquer momento, não agora. Eu só poderia mencionar as circunstâncias aos outros de maneira geral...

Naquele momento, a Sra. Weston ficou muito contente. Seu olhar e palavras não mostravam nada contrário. Ela estava feliz, sabia que estava feliz, e sabia que devia estar feliz. Suas congratulações para com o marido foram calorosas e francas, mas Emma não conseguia sentir e expressar-se de forma tão fluente. *Ela* estava um tanto ocupada em analisar seus próprios sentimentos, tentando compreender o grau de sua agitação, que avaliava como considerável.

O Sr. Weston, no entanto, rápido demais para ser bom observador, comunicativo demais para permitir que os outros falassem, ficou muito satisfeito com o pouco que ela disse e logo aproximou-se dos demais para fazer os amigos felizes comunicando parcialmente o que a sala inteira já tinha ouvido.

Era uma felicidade que o Sr. Weston tomasse como certa a alegria de todos os presentes, ou poderia ter reparado que nem o Sr. Woodhouse ou o Sr. Knightley estavam particularmente contentes. Eles eram os primeiros da lista, depois da Sra. Weston e Emma, a ficarem felizes com a notícia; depois viria a Srta. Fairfax, mas ela estava muito concentrada na conversa com John Knightley e não seria adequado interrompê-los. Como se encontrava perto da Sra. Elton, que não estava conversando com ninguém, ele começou então a conversar com ela.

36

— Espero logo ter o prazer de apresentar-lhe meu filho – disse o Sr. Weston.

A Sra. Elton, muito disposta a supor que havia um elogio embutido naquelas palavras, sorriu com infinita graça.

– Deve ter ouvido falar de um certo Frank Churchill, presumo – continuou ele. – E é meu filho, apesar de não ter meu sobrenome.

– Oh, sim. E ficarei muito contente em conhecê-lo. Tenho certeza de que o Sr. Elton não perderá tempo em visitá-lo. E ambos ficaremos muito contentes em recebê-lo no Vicariato.

– A senhora é muito gentil. Frank ficará extremamente feliz com isso, tenho certeza. Ele deverá chegar a Londres na semana que vem, se não antes. Recebemos esta notícia em uma carta que chegou hoje. Peguei a correspondência quando fui para Londres esta manhã e, ao ver a caligrafia de meu filho num dos envelopes, abri-o, apesar de não estar endereçado a mim, mas à Sra. Weston. Ela é a principal correspondente dele, posso garantir. Eu raramente recebo uma carta.

– Então, o senhor abriu o envelope endereçado a ela! Oh, Sr. Weston, devo protestar contra isso! – Riu afetadamente. – Eis aí precedente realmente muito perigoso! Imploro para que não deixe seus vizinhos seguirem seu exemplo. Se é isso que nós, mulheres casadas, devemos esperar, precisamos começar a nos cuidar! Oh, Sr. Weston, eu nunca poderia acreditar que faria uma coisa dessas!

– Sim... Nós, homens, somos criaturas más. Deve tomar cuidado, Sra. Elton. Esta carta nos diz... é uma carta bem curta, escrita às pressas, apenas para nos dar a notícia... A carta diz que eles estão vindo diretamente para a capital por causa da Sra. Churchill... Ela não passou nada bem o inverno inteiro e acha que Enscombe é fria demais... Assim, eles todos irão mudar-se para o sul, sem perda de tempo.

– Não me diga! De Yorkshire, imagino. Enscombe fica em Yorkshire?

– Sim, a cerca de trezentos quilômetros de Londres. É uma viagem considerável.

– Sim, sem dúvida, muito considerável. Cem quilômetros a mais do que de Maple Grove para Londres. Mas, o que importa a distância, Sr. Weston, para pessoas muito ricas? O senhor se surpreenderia ao ficar sabendo como meu cunhado, o Sr. Suckling, costuma perambular por aí. O senhor dificilmente poderia acreditar, mas por duas vezes em uma semana ele e o Sr. Bragge foram para Londres e retornaram com quatro cavalos.

– O mal da distância de Enscombe – disse o Sr. Weston – é que a Sra. Churchill, *pelo que sabemos,* não consegue levantar-se do sofá há uma semana inteira. Na última carta de Frank, ele contou que a tia reclamava por estar fraca demais para ir até a estufa, a não ser que tivesse o apoio dos braços dele e do tio! Isso, a senhora sabe, demonstra um grande estado de fraqueza, mas agora ela está tão impaciente para chegar à capital que não se importa de dormir duas noites na estrada.

É o que diz a carta de Frank. Sem dúvida, as damas delicadas às vezes têm excelentes constituições físicas, Sra. Elton. A senhora com certeza terá de concordar comigo.

– Não, na verdade, não posso concordar nem um pouco. Sempre tomo o partido de meu próprio sexo. E devo avisá-lo: o senhor vai encontrar em mim uma antagonista formidável a esse respeito. Sempre defendo as mulheres e posso afirmar que se o senhor soubesse como Selina se sente a respeito de dormir em hotéis, não iria se surpreender tanto com o fato de a Sra. Churchill fazer o máximo para evitá-los. Selina disse que é um verdadeiro horror para ela e acredito que acabei adquirindo um pouco da aversão que ela sente. Sempre viaja com seus próprios lençóis, o que é uma excelente precaução. Será que a Sra. Churchill faz o mesmo?

– Pode ter certeza de que a Sra. Churchill faz tudo que qualquer outra dama refinada faria. A Sra. Churchill não fica abaixo de nenhuma dama da Terra no que se refere...

Ansiosa, a Sra. Elton interrompeu-o:

– Oh, Sr. Weston, não me entenda mal! Selina não é uma dama refinada, eu lhe garanto. Não tire conclusões precipitadas.

– Não é? Então, ela não pode ser um modelo para a Sra. Churchill, que é uma dama do mais alto nível.

A Sra. Elton começou a pensar que agira mal por ter feito aquela afirmação de forma tão enérgica. Não estava de acordo com seus objetivos declarar que sua irmã *não era* uma dama refinada e fora uma falta de presença de espírito ter dito uma coisa dessas. Considerava qual seria o melhor modo de consertar o erro quando o Sr. Weston começou a falar:

– A Sra. Churchill não está muito em minhas boas graças, como deve suspeitar, mas isso fica entre nós. Essa senhora gosta muito de Frank e, portanto, jamais falaria mal dela. Além disso, não está bem de saúde; contudo, pelo que ela mesma diz, esse é seu estado normal. Eu não diria o que vou dizer agora para qualquer pessoa, Sra. Elton, mas não acredito muito na doença da Sra. Churchill.

– Se ela está realmente doente, por que não vai a Bath, Sr. Weston? Para Bath ou Clifton?

– Acontece que a Sra. Churchill cismou que Enscombe é frio demais para ela. O fato é, desconfio, que ela cansou-se de Enscombe. Há muito tempo que não sai de lá; está em Enscombe há mais tempo do que ficou em qualquer outro lugar, e deve estar querendo mudar-se. É um local afastado. Muito bonito, ótimo mesmo, porém muito afastado.

– Sim, como Maple Grove, ouso dizer. Propriedade nenhuma fica mais longe da estrada do que Maple Grove. E com uma plantação tão imensa ao redor! Quando estou lá, sinto-me afastada de tudo, no mais completo retiro. E a Sra. Churchill, provavelmente, não tem tanta saúde ou disposição quanto Selina para gostar desse tipo de reclusão. Ou talvez ela não tenha os recursos pessoais suficientes para qualificar-se para a vida no campo. Sempre digo que uma mulher não pode ter recursos demais e sou muito agradecida por ter recursos suficientes para me permitir ser independente da sociedade.

– Frank esteve aqui em fevereiro.

– Sim, ouvi dizer. Ele vai encontrar uma *adição* à sociedade quando voltar. Quer dizer, se é que posso chamar a mim mesma de adição. Contudo, talvez ele jamais tenha ouvido falar de tal...

Aquele era um pedido de elogio evidente demais para se deixar passar e o Sr. Weston, com muita habilidade, exclamou imediatamente:

– Minha cara senhora! Ninguém além da senhora mesma poderia imaginar tal coisa. Não ouvir falar de sua existência! Creio que as últimas cartas da Sra. Weston com certeza trataram de muito poucos outros assuntos que não se referissem à Sra. Elton.

Ele cumprira sua obrigação e podia retornar ao filho. Prosseguiu, então:

– Quando Frank partiu, estava bastante incerto sobre quando poderíamos voltar a vê-lo, o que faz as notícias de hoje duplamente bem-vindas. Foi completamente inesperado. Quer dizer, *eu* sempre estive convencido de que ele voltaria logo; tinha certeza de que isso aconteceria dentro de pouco tempo, mas ninguém acreditava em mim. A Sra. Weston e meu filho não acreditavam nem um pouco. "Como ele poderá vir?" "Como meu tio e minha tia poderão ficar sem mim novamente?" e assim por diante. Sempre senti que algo aconteceria a nosso favor e assim aconteceu, como pode ver. No decorrer da minha vida, pude observar, Sra. Elton, que se as coisas estão ruins em um mês, sempre melhoram no seguinte.

– É verdade, Sr. Weston, a mais pura verdade. É justamente o que eu costumava dizer para certo cavalheiro neste recinto quando ele ainda me fazia a corte pois, quando as coisas não iam muito bem e não progrediam com a velocidade com que ele gostaria, chegou a dizer que tinha certeza de que chegaríamos ao mês de *maio* antes que o manto cor de açafrão de Himeneu* fosse estendido para nós! Oh, as dificuldades que encontrei para afastar da mente dele tais ideias sombrias e fazer com que sentisse alguma alegria novamente! Lembro-me muito bem da carruagem... Certa manhã, estávamos tendo problemas com a carruagem e ele procurou-me, profundamente desesperado.

Ela foi interrompida por um leve acesso de tosse e o Sr. Weston, no mesmo instante, aproveitou a oportunidade para prosseguir:

– A senhora falou em maio. Pois é... Ordenaram à Sra. Churchill, ou ela ordenou a si mesma, que a partir do mês de maio ela resida em um lugar mais quente do que Enscombe... Resumindo, ela precisa ir a Londres nesse mês e, assim, teremos a agradável perspectiva de receber visitas frequentes de Frank durante toda a primavera, precisamente a estação do ano que uma pessoa escolheria para fazer visitas. Os dias são mais longos, o clima agradável, sempre convidativo, e nunca quente demais para se caminhar. Quando ele esteve aqui, aproveitamos muito. Mas o tempo estava bastante úmido e sem graça. É sempre assim em fevereiro, sabe, e não pudemos fazer metade do que queríamos. Agora haverá tempo. Será muito divertido... Até acredito, Sra. Elton, que a expectativa de nossos encontros, aquela constante espera por não ter certeza se ele virá nos ver hoje ou amanhã e a que horas, não nos proporcionará mais felicidade do que efetivamente tê-lo em casa. Creio que sim. Creio que é esse estado da mente que nos

*Na mitologia grega, deus do casamento. (*N. do E.*)

oferece mais ânimo e prazer. Espero que goste de meu filho, mas não deve esperar um prodígio. A parcialidade da Sra. Weston em relação a ele é imensa e, como pode supor, muito gratificante para mim. Ela acha que ninguém se iguala a ele.

– E lhe garanto, Sr. Weston, que tenho poucas dúvidas de que minha opinião será decididamente favorável a ele. Ouvi tantos elogios sobre o Sr. Frank Churchill! Ao mesmo tempo, é justo observar que sou uma daquelas pessoas que sempre julgam por si mesmas, que não se deixam guiar pelos outros. Devo dizer que formarei minha opinião sobre seu filho quando o conhecer. E não sou uma aduladora.

O Sr. Weston pareceu meditativo.

– Espero – disse ele – não ter sido muito severo em relação à pobre Sra. Churchill. Se ela estiver de fato doente, ficarei triste por ter-lhe feito uma injustiça. Mas há certos traços no caráter dela que tornam difícil para mim falar dessa senhora com a benevolência que gostaria. Não deve ignorar, Sra. Elton, o tipo de ligação que tenho com a família, nem o tratamento que recebi deles. E, cá entre nós, a Sra. Churchill tem toda a culpa do que aconteceu. Foi ela a instigadora. A mãe de Frank nunca teria sido desprezada pela família se não fosse por ela. O Sr. Churchill é orgulhoso, mas seu orgulho nem se compara ao da esposa. Ele é um cavalheiro quieto, indolente, com um tipo de orgulho que não prejudica ninguém e apenas o torna um tanto desamparado e cansativo. Mas o orgulho dela é a arrogância, é insolência! E o que leva as pessoas a suportá-la ainda menos é o fato dessa senhora não possuir família ou sangue. Ela não era ninguém antes de se casar com ele, mal podia dizer que era filha de um cavalheiro. Mas, desde que se tornou uma Churchill, ela passou a usar o nome com toda a pretensão de que era capaz. Mas em si, não é mais que uma nova-rica.

– Imagine! Bem, isso deve ser profundamente revoltante! Tenho horror a novos-ricos. Maple Grove deu-me o desgosto de conhecer gente assim, pois há uma família na vizinhança que incomoda tanto meu cunhado quanto minha irmã com os ares que se atribuem! Sua descrição da Sra. Churchill fez-me pensar neles. O nome deles é Tupman, assentaram-se lá há muito pouco tempo e fizeram muitas amizades inferiores, mas dão-se grandes ares de importância e agem como se estivessem no mesmo nível das famílias já estabelecidas. Não devem estar morando em West Hall há mais que um ano e meio, e ninguém sabe de que modo fizeram fortuna. Vieram de Birmingham, o que não é muito promissor, como bem sabe, Sr. Weston. Uma pessoa de Birmingham não tem grandes esperanças. Eu sempre disse que há algo de ominoso no som desse nome. Todavia, nada mais se sabe sobre os Tupman, apesar de haver muitas suspeitas. E, ainda assim, pela maneira como agem, é evidente que se julgam iguais até mesmo a meu cunhado, o Sr. Suckling, que por acaso é um de seus vizinhos mais próximos. Essa é uma situação muito ruim. O Sr. Suckling, que vive há onze anos em Maple Grove e cujo pai possuía a propriedade antes dele... pelo menos é o que creio... pois estou quase certa de que o velho Sr. Suckling terminou de pagar a propriedade antes de morrer.

Foram interrompidos nesse momento. O chá estava sendo servido e o Sr. Weston, tendo dito tudo o que desejava dizer, aproveitou a oportunidade para distanciar-se imediatamente.

Depois do chá, o Sr. e a Sra. Weston e o Sr. Elton uniram-se ao Sr. Woodhouse para jogar cartas. Os outros cinco foram deixados juntos e Emma duvidava que se saíssem muito bem, pois o Sr. Knightley parecia pouco disposto a conversar. A Sra. Elton queria uma atenção que ninguém desejava lhe dar, e ela estava em tal estado de agitação que seria melhor se ficasse quieta.

O Sr. John Knightley mostrou-se mais falador do que o irmão. Iria deixá-los na manhã do dia seguinte e começou dizendo:

– Bem, Emma, não creio que eu precise fazer mais nenhuma recomendação sobre os meninos. Já lhe dei a carta de sua irmã e tudo está muito bem explicado nela, tenho plena certeza disso. Minhas instruções seriam muito mais concisas do que as dela e, provavelmente, não teriam o mesmo espírito, já que tudo que eu gostaria que fosse feito pode ser resumido em não mimá-los e não dar-lhes remédios.

– Espero poder satisfazer vocês dois – assentiu Emma – e com certeza farei tudo o que puder para deixar os meninos felizes, o que, acredito, será o bastante para Isabella, e a felicidade exclui o excesso de indulgências e o uso desnecessário de remédios.

– E se achar que causam problemas, deverá mandá-los de volta para casa.

– Assim será feito, fique sossegado. Acha que causarão, não é?

– Sei que eles podem se tornar barulhentos demais para seu pai... ou mesmo um empecilho em sua vida social, caso seus compromissos continuem a aumentar da forma que vem acontecendo ultimamente.

– Aumentar?

– Certamente. Não reparou como os últimos seis meses fizeram uma grande diferença em seu estilo de vida?

– Diferença? Não, não notei.

– Não há dúvida de que está muito mais interessada em ter companhia do que costumava querer. Veja neste exato momento. Vim aqui para ficar apenas um dia e a encontro oferecendo um jantar! Pode me dizer se isso ou algo parecido aconteceu antes? Seus vizinhos estão aumentando e vejo que está se misturando mais com eles. Há algum tempo, cada carta que envia a Isabella contém relatos de novas aventuras: jantares na residência do Sr. Cole ou bailes na Crown. É muito grande a diferença do tempo em que Randalls, e apenas os Weston, era o único destino de suas saídas de casa.

– Sim – concordou o irmão dele, depressa. – E tudo isso acontece a partir de Randalls.

– Muito bem. E como não acredito que a influência de Randalls vá diminuir, Emma, me ocorreu que Henry e John poderão atrapalhar seus planos... Se por acaso isso acontecer, apenas lhe peço que os mande para casa.

– Não – interferiu o Sr. Knightley. – Não é preciso chegar até esse ponto. Eles poderão ir para Donwell. Com certeza, estarei livre.

– Dou-lhe minha palavra – exclamou Emma –, o senhor me surpreende! Eu gostaria de saber em qual de meus numerosos compromissos, em qual das festas a que compareci o senhor não estava presente. E por que eu estaria em perigo de ficar sem ter tempo a ponto de não poder nem sequer cuidar dos meninos? Esses incríveis compromissos que tive... O que foram? Um jantar com os Cole e planejar um baile que nunca aconteceu. Posso compreender o senhor – fazendo um gesto em direção do Sr. John Knightley –, a boa sorte que o fez encontrar tantos de seus amigos aqui, de uma só vez, o delicia demais para que não teça comentários a respeito. Mas o senhor – e ela voltou-se para o Sr. Knightley –, que sabe muito bem o quanto é raro que eu passe duas horas longe de Hartfield, não posso nem sequer imaginar por que prevê para mim uma vida repleta de dissipação. E quanto a meus queridos pequenos, devo dizer que se a tia Emma não tiver tempo para eles, não creio que ficariam muito melhor sob os cuidados do tio Knightley, que costuma passar fora de casa cerca de cinco horas para cada hora que a tia o faz. E mais: quando ele permanece em casa, fica lendo ou cuidando das contas.

O Sr. Knightley pareceu querer impedir-se de sorrir, o que conseguiu sem maiores dificuldades, pois a Sra. Elton começou a falar com ele.

37

Uma pequena reflexão silenciosa foi o bastante para satisfazer Emma quanto à natureza de sua agitação ao ouvir as novidades sobre Frank Churchill. Não tardou a convencer-se de que não era por si mesma que estava tão apreensiva ou embaraçada, mas sim por ele. O sentimento que julgara nutrir por Frank Churchill logo havia se reduzido a praticamente a nada, transformara-se em algo em que nem sequer valia a pena pensar; mas se ele, que sem dúvida sempre fora o mais apaixonado dos dois, retornasse com o mesmo calor de sentimentos com que partira, seria muito perturbador. Se uma separação de dois meses não tivesse esfriado seus sentimentos, haveria perigos e males no futuro dela; nesse caso, seria necessário que tivesse cautela por si mesma e por ele também. Não queria que seus sentimentos fossem novamente despertados e precisaria evitar encorajá-lo de qualquer jeito.

Desejava ser capaz de impedir que ele fizesse uma declaração explícita. Seria uma conclusão tão dolorosa do relacionamento entre eles! E, no entanto, não podia deixar de imaginar que haveria algo decisivo. Tinha a sensação de que a primavera não poderia passar sem que trouxesse uma crise, um acontecimento, algum fato que alteraria seu atual estado composto e tranquilo.

Não demorou muito, apesar de durar mais do que o previsto pelo Sr. Weston, para que Emma tivesse a possibilidade de formar uma opinião sobre os sentimentos de Frank Churchill. A família de Enscombe não chegou à capital tão depressa quanto se imaginara, mas ele chegou a Highbury logo depois. O jovem cavalheiro cavalgou por cerca de duas horas, pois não poderia fazer mais do que isso, porém, como foi para Hartfield imediatamente depois de chegar a Randalls, ela pôde lançar mão de seu profundo poder de observação e determinar imediatamente qual era a disposição dele e o modo pelo qual deveria agir. Encontraram-se com grande alegria. Não podia haver dúvida do enorme prazer que ele sentia em vê-la. Mas Emma teve um instante de dúvida quanto a Frank ainda gostar dela, a nutrir ainda com a mesma intensidade a ternura que lhe demonstrara. Observou-o bem. Era evidente que estava menos apaixonado do que quando partira. O afastamento, somado à provável convicção da indiferença dela, produzira de forma muito natural esse bem-vindo efeito.

Frank Churchill demonstrava-se de ótimo humor, tão disposto a falar e rir quanto antes, parecendo feliz em comentar sua visita anterior, em recordar velhas histórias. E não lhe faltava agitação: não era na calma do jovem cavalheiro que Emma percebia sua relativa indiferença. Ele não estava calmo; era evidente que havia grande agitação em seu íntimo. Ele não sossegava sequer por um instante. Sempre fora e continuava ativo, porém era como se não houvesse atividade que pudesse satisfazê-lo. No entanto, o que deu-lhe maior certeza de que alguma coisa diferente acontecia foi o fato de Frank Churchill ficar com ela apenas quinze minutos e sair quase apressadamente para fazer outras visitas em Highbury. "Ele tinha visto um grupo de velhos conhecidos quando passara na cidade. Claro, não havia parado, pois não pararia por nada deste mundo. Mas se concedia a vaidade de considerar que esses amigos ficariam decepcionados se não fosse visitá-los e, por mais que gostasse de permanecer em Hartfield, precisava ir embora."

Emma não tinha dúvida de que ele estava menos apaixonado, mas toda aquela agitação e a pressa com que o jovem cavalheiro havia ido embora indicavam que a cura talvez não tivesse sido perfeita. E estava inclinada a pensar que aquele estado talvez indicasse o medo de um retorno ao apego, que talvez significasse que ele ainda não tinha confiança em si mesmo para ficar mais tempo com ela.

Essa foi a única visita de Frank Churchill em dez dias. Ele estava sempre querendo, pretendendo vir, mas algo sempre o impedia. A tia não podia suportar que ele a deixasse; pelo menos fora o que ele comunicara ao pai. Se estivera sendo sincero, se realmente tentara ir visitá-lo, devia-se então inferir que remover a Sra. Churchill para Londres não diminuíra em nada a obstinação dela ou a parte nervosa de sua doença. Que essa senhora se encontrava muito doente era algo certo. Ele se declarara convencido na última vez que esteve em Randalls. Mesmo que uma boa parte da doença pudesse ser uma farsa, Frank não podia duvidar, quando olhava para o passado, de que o estado de saúde da tia era mais frágil naquele momento do que havia sido seis meses antes. Todavia, acreditava que se tratava de algum mal que remédios e cuidados poderiam resolver e que, pelo menos, a Sra. Churchill ainda devia ter muitos anos de existência pela frente. Mas não podia concordar com a opinião decidida de seu pai, para quem todas as reclamações da tia eram apenas imaginárias, que ela estava mais forte do que nunca.

Logo ficou claro que Londres não era o lugar para a Sra. Churchill. Ela não suportava o barulho. Seus nervos ficavam sob contínua irritação, causando-lhe profundo sofrimento, e ao fim de dez dias a carta que seu sobrinho enviou a Randalls comunicava uma mudança de planos. Iriam mudar-se para Richmond. Haviam recomendado um eminente médico dessa cidade à Sra. Churchill e ela decidira ir para lá. Já tinham alugado uma casa mobiliada e decorada, em um local privilegiado, e esperavam-se muitos benefícios com a mudança.

Contaram a Emma que Frank escrevera com a maior das esperanças sobre essa nova decisão e que parecia estar muito animado com a bênção de ter diante de si dois meses para ficar tão próximo dos seus amigos queridos, pois a casa havia sido alugada pelos meses de maio e junho. Garantiram-lhe que na carta ele demonstrava grande confiança em poder estar sempre com eles, quase tanto quanto desejava.

Emma reparou que o Sr. Weston estava interpretando aquela perspectiva de maneira errada: ele a considerava origem de toda a felicidade que a carta demonstrava. Desejou que não fosse isso. Dali a dois meses teria a prova.

A própria felicidade do Sr. Weston era incontestável. Ele estava realmente deliciado. Era o que tanto desejava: agora, de fato, teria Frank por perto. O que eram catorze quilômetros para um homem jovem como seu filho? Uma hora a cavalo. Viria vê-los com frequência. A diferença a esse respeito entre Richmond e Londres era a mesma que a possibilidade de vê-lo sempre e de não vê-lo nunca. Vinte e cinco quilômetros... Não, vinte e nove – pois deviam ser vinte e nove bem medidos até a Manchester-street – significavam um obstáculo bem mais sério. Caso Frank conseguisse sair, iria levar um dia só para vir e voltar. Assim, não haveria vantagem em que ele ficasse em Londres; daria no mesmo que estar em Enscombe. Mas Richmond ficava a uma distância mais fácil de ser percorrida. Era mais do que perto!

Essa mudança fez com que algo muito bom voltasse a ser levado em conta: o baile na Crown. Não que houvessem se esquecido dessa ideia, mas, com tudo que acontecera, haviam decidido que não tinha sentido marcar uma data. Agora, no entanto, isso seria feito. Os preparativos todos seriam reiniciados. E logo depois dos Churchill terem ido para Richmond, algumas linhas de Frank, dizendo que a tia já estava se sentindo muito melhor e que ele não duvidava de que a qualquer momento poderia ficar com os amigos por vinte e quatro horas, induziu-os a escolher o dia mais próximo possível.

O baile do Sr. Weston seria por fim realizado. Havia apenas alguns dias entre os jovens de Highbury e a felicidade.

O Sr. Woodhouse já havia se resignado. Nessa época do ano, seu mal-estar diminuía. Maio era um mês muito mais apropriado que fevereiro. A Sra. Bates passaria a noite em Hartfield. James já fora avisado, e o velho cavalheiro esperava, confiante, que nem o pequeno Henry nem o querido e pequeno John tivessem qualquer problema enquanto sua querida Emma estivesse ausente.

38

Não aconteceu nada que impedisse a realização do baile. O dia se aproximava, o dia chegou. E, depois de uma manhã de certa espera ansiosa, Frank Churchill, com toda aquela confiança em si mesmo, chegou a Randalls antes do jantar, e tudo estava bem.

Ainda não havia ocorrido um segundo encontro entre ele e Emma. A sala da Crown seria o palco desse acontecimento – mas seria muito melhor que um desses encontros comuns em meio a uma multidão. O Sr. Weston fora muito enfático em expressar o desejo de que ela chegasse antes de todos os demais convidados, logo depois deles, a fim de dar sua opinião sobre se as salas estavam propriamente arrumadas e confortáveis. Emma não pudera recusar e, assim, teria oportunidade de passar alguns momentos quase apenas em companhia do jovem cavalheiro.

Emma foi buscar Harriet: então, seguiram juntas para a Crown e chegaram pouco depois dos Randalls.

Frank Churchill parecia ter estado vigiando o relógio e, ainda que não o dissesse, seus olhos declaravam que pretendia passar uma noite maravilhosa. Percorreram as salas, todos juntos, para verificar se tudo estava como devia, e depois de alguns minutos juntaram-se a eles convidados que haviam acabado de chegar. Emma foi apanhada de surpresa, pois não ouvira o barulho da carruagem deles e ia exclamar "Mas ainda é tão cedo!", quando notou que se tratava da família de velhos amigos que haviam vindo antes dos demais, como ela mesma, por desejo expresso do Sr. Weston, para ajudá-lo. E à carruagem deles seguiu-se outra, muito rapidamente, de primos a quem também se pedira que viessem mais cedo pelos mesmos motivos. Por fim, parecia que metade dos convidados da festa logo estariam reunidos para a inspeção preparatória.

Assim, Emma percebeu que seu gosto não era o único ao qual o Sr. Weston desejava consultar e sentiu que ser uma favorita e amiga íntima de um homem que tinha tantos amigos íntimos e confidentes não era uma distinção que servisse para alimentar a vaidade. Ela gostava dos modos francos do cavalheiro, porém achava que se tivesse o coração um pouco mais fechado, teria uma personalidade melhor. Benevolência geral, e não amizade geral, era o que fazia de um homem o que ele devia ser. E ela podia imaginar esse tipo de homem.

O grupo inteiro andou por todos os lados, olhando e elogiando. Então, como ninguém mais tinha o que fazer, formou-se uma espécie de semicírculo ao redor da lareira para conversar; apesar de já ser maio, um fogo à noite ainda era muito agradável.

Emma descobriu que não era por culpa do Sr. Weston que o seleto grupo de conselheiros não fosse ainda maior. Eles haviam parado na casa da Sra. Bates para oferecer levar tia e sobrinha em suas carruagens, porém elas seriam levadas pelos Elton.

Frank permanecia a maior parte do tempo em pé junto dela, mas não parava quieto. Havia uma agitação evidente nele, demonstrando que não estava tranquilo em seu íntimo: olhava ao redor, a todo momento ia até a porta, parecendo esperar ouvir a chegada de outras carruagens, impaciente para que o baile começasse ou com medo de estar sempre perto dela.

Por fim, ele falou na Sra. Elton:

– Creio que ela deverá chegar logo. Sinto enorme curiosidade em conhecer a Sr. Elton, depois de tanto ouvir falar a respeito dela. Acho que não vai demorar muito a chegar.

Ouviu-se o rumor de uma carruagem. Frank Churchill saiu no mesmo instante, porém logo retornou, dizendo:

– Esqueci que não fui apresentado a ela. Nem mesmo vi o Sr. ou a Sra. Elton até agora. Não posso me adiantar desta forma.

O Sr. e a Sra. Elton apareceram. Todos trocaram sorrisos e as apresentações foram feitas.

– Mas... e a Srta. Bates e a Srta. Fairfax? – indagou a Sra. Weston, olhando ao redor. – Achamos que iriam trazê-las.

O deslize não havia sido grave. Enviaram a carruagem para ir buscá-las. Emma estava ansiosa por saber a opinião de Frank sobre a Sra. Elton, por ver se fora afetado pela elegância estudada do vestido dela, por seus sorrisos e graciosidade, e ele se preparava para emitir uma opinião, dando a ela a atenção adequada assim que lhe foi apresentado.

Em alguns minutos a carruagem voltou e alguém falou em chuva.

– Vou ver se encontro algum guarda-chuva, senhor – disse Frank ao pai. – A Srta. Bates não pode ser esquecida.

O jovem cavalheiro ia saindo da sala e o Sr. Weston estava por segui-lo, mas foi detido pela Sra. Elton, que pretendia gratificá-lo com sua opinião a respeito de seu filho. E o fez tão depressa e tão alto que, apesar de estar andando depressa, Frank Churchill ainda estava ao alcance da voz dela quando a senhora disse:

– Um jovem cavalheiro muito fino, sem dúvida alguma, Sr. Weston. Lembra-se de que eu lhe disse que formaria minha própria opinião e estou feliz em declarar que ele me agradou muito. Deve acreditar em mim, pois jamais elogio à toa. Acho que é um jovem muito bonito e os modos dele são exatamente como gosto e aprovo... Tão verdadeiramente cavalheiro, sem nenhuma extravagância ou presunção. Deve saber que detesto homens afetados, tenho verdadeiro horror. Eles nunca foram tolerados em Maple Grove. Nem o Sr. Suckling nem eu jamais tivemos paciência com eles e às vezes dissemos coisas realmente duras! Selina, que é quase excessivamente indulgente, consegue tolerá-los bem melhor.

Enquanto a senhora falava do filho dele, garantiu a atenção do Sr. Weston, mas quando começou a falar de Maple Grove, o cavalheiro percebeu que havia outras damas chegando, que precisava ir recebê-las e, entre sorrisos amáveis, distanciou-se depressa.

A Sra. Elton voltou-se para a Sra. Weston:

– Não tenho dúvidas de que foi nossa carruagem que chegou, com as Srta. Bates e Jane. Nosso cocheiro e cavalos são extremamente rápidos! Creio que andamos mais depressa do que qualquer outro.

Que prazer é ceder nossa carruagem a uma amiga! Compreendo que a senhora foi muito gentil fazendo a oferta, mas da próxima vez não será necessário. Pode ter certeza de que sempre cuidarei *delas*.

Escoltadas pelos dois cavalheiros, a Srta. Bates e a Srta. Fairfax entraram no salão e a Sra. Elton parecia pensar que era sua obrigação ir recebê-las, tanto quanto da Sra. Weston. Seus gestos e movimentos seriam facilmente compreendidos por alguém observador como Emma, mas suas palavras, assim como as de todos os outros, perderam-se sob o falatório da Srta. Bates, que já entrou falando e não terminou seu discurso nem mesmo alguns minutos depois de ter sido admitida no círculo junto da lareira. Assim que a porta foi aberta, já se podia ouvi-la:

– Muito obrigada aos senhores, mas não havia chuva alguma. Pelo menos, não uma chuva séria. Por mim, não faço questão. Meus sapatos são bem grossos. E Jane diz... Oh, bem! – Assim que chegou à porta. – Muito bem! Isso está de fato brilhante! Admirável! Perfeitamente realizado se querem minha opinião. Não falta nada. Eu não poderia ter imaginado algo assim. Tão bem iluminado. Jane, Jane, veja! Você já viu algo assim? Oh, Sr. Weston! O senhor deve mesmo ter a lâmpada de Aladim! A boa Sra. Stokes não conseguiria reconhecer sua própria sala. Eu a vi ao chegar, estava parada à entrada. "Oh, Sra. Stokes", eu disse, mas não tive tempo de dizer mais nada. – Nesse momento a Sra. Weston aproximou-se para recebê-la. – Muito bem, obrigada, senhora. Espero que esteja bem. Fico feliz em ouvir isso. Temia que tivesse arranjado uma boa dor de cabeça! Eu a via passar com tanta frequência e imaginava quanto de trabalho devia estar tendo. Realmente, fico deliciada em saber. Ah, minha querida Sra. Elton! Muito obrigada pela carruagem! Chegou na hora exata. Jane e eu tínhamos acabado de nos arrumar. Os cavalos não esperaram nem um minuto. É uma carruagem muito confortável. Oh! Sei também que devemos lhe agradecer, Sra. Weston, por sua oferta. A Sra. Elton também enviou, muito gentilmente, um bilhete para Jane. Mas duas ofertas assim no mesmo dia! Nunca tivemos vizinhos tão bons. Eu disse à minha mãe: "Ouça o que digo, madame..." Obrigada, minha mãe está excelente. Foi para a casa do Sr. Woodhouse. Fiz com que ela levasse o xale, pois as noites não estão quentes; aquele xale largo, novo, presente de casamento da Sra. Dixon. Foi tanta gentileza dela pensar em minha mãe! Comprado em Weymouth, a senhora sabe, escolhido pela Sra. Dixon. Havia três outros, contou-me Jane, e elas hesitaram por algum tempo. O coronel Campbell preferia um cor de oliva. Minha querida Jane, tem certeza de que não molhou os pés? Caíam apenas uma ou outra gota, mas estou com medo. Contudo, o Sr. Frank Churchill foi tão educado e havia um tapete sobre o qual caminhar... Nunca esquecerei a extrema educação dele. Oh, Sr. Frank Churchill, devo dizer-lhe que os óculos de minha mãe nunca mais se estragaram, os parafusinhos nunca mais saíram. Minha mãe sempre fala na bondade do senhor. Não é verdade, Jane? Não falamos sempre do Sr. Frank Churchill? Ah, aqui está a Srta. Woodhouse. Querida Srta. Woodhouse, como está? Muito obrigada, vou bem. Esta é mesmo uma reunião no reino das fadas! Que transformação! Não deveria elogiar, eu sei – olhando para Emma de forma complacente –, seria um comportamento rude, mas dou minha palavra, Srta. Woodhouse, a senhorita parece... O que acha do cabelo de Jane? A senhorita será a juíza. Ela mesma o arrumou. Maravilhoso como ela sabe arrumar o próprio cabelo! Não creio que uma cabeleireira de Londres pudesse fazer algo igual. Ah, doutor Hughes, eu declaro... e a Sra. Hughes! Preciso ir falar com o doutor e com a Sra. Hughes por um momento. Como vai? Como vai? Muito bem, obrigada. Está tudo uma maravilha, não é? Onde está o querido Sr. Richard? Oh, ali está ele. Não o perturbe. É muito melhor que fique conversando com as jovens damas. Como está, Sr. Richard? Eu o vi outro dia, quando cavalgava pela cidade. Srta. Otway! E o bom Sr. Otway, a Srta. Otway e a Srta. Caroline. Quantos bons amigos! E o Sr. George e o Sr. Arthur! Como está? Como estão todos? Muito bem, muito obrigada. Nunca estive melhor. Não é outra carruagem chegando? Quem poderia ser? Devem ser os Cole. Dou-lhes minha palavra, é um verdadeiro encanto estar no meio de tantos bons amigos! E uma lareira tão nobre! Estou quase assando. Não, café não, muito obrigada. Nunca tomo café. Um pouco de chá, por favor, senhor, claro, não há pressa. Oh, aí está ele. Tudo está tão maravilhoso!

Frank Churchill voltou a seu posto junto de Emma, e assim que a Srta. Bates calou-se, ela pôde escutar perfeitamente a conversa da Sra. Elton com a Srta. Fairfax, que estavam paradas às suas costas, a pouca distância. Ele ficou pensativo. Se estava escutando também, Emma não poderia dizer. Depois de muitos elogios a Jane por seu vestido e aparência, recebidos com muita educação e propriedade, a Sra. Elton demonstrou com clareza que também queria elogios ao lançar mão de um "A senhorita gostou do meu vestido? O que acha de como Wright fez meu cabelo?", além de muitas outras perguntas semelhantes, todas respondidas com educada paciência. Então, a Sra. Elton disse:

– De modo geral, ninguém pensa menos em vestidos do que eu, mas numa ocasião como esta, quando todos os olhos estão voltados para mim e em cumprimento aos Weston, que sem dúvida estão dando este baile principalmente em minha honra, eu não queria parecer inferior a ninguém. E vejo, na verdade, poucas pérolas no salão além das minhas. Quer dizer que, pelo que andei ouvindo, Frank Churchill é um bom dançarino! Vamos ver se nossos estilos combinam. Com certeza, Frank Churchill é um jovem cavalheiro muito distinto. Gostei demais dele.

Nesse momento, Frank começou a falar com voz tão estentórea, que Emma não pôde deixar de imaginar que ele ouvira o elogio e não queria ouvir mais nada; as vozes das duas damas foram abafadas por algum tempo, até que outro momento de silêncio tornou as palavras da Sra. Elton compreensíveis novamente. O Sr. Elton acabara de se juntar a elas e a esposa exclamava:

– Oh! Por fim, você nos encontrou em nosso isolamento, não é? Eu estava dizendo a Jane que você devia estar impaciente por nos encontrar.

– Jane! – repetiu Frank Churchill, com um olhar de surpresa e desprazer. – Quanta intimidade... porém, imagino que a Srta. Fairfax não aprova.

– Gostou da Sra. Elton? – perguntou Emma com um sussurro.

– Nem um pouco.

– Seu ingrato.

– Ingrato? O que quer dizer? – Então, a expressão séria dele mudou para um sorriso: – Não, não me diga. Não quero saber o que queria dizer. Onde está meu pai? Quando começamos a dançar?

Emma mal pôde entendê-lo. Ele parecia estar com um humor estranho. Distanciou-se à procura do pai, mas logo voltou com o Sr. e a Sra. Weston. Ele os encontrara em meio a uma desconcertante questão que queriam submeter à opinião de Emma. Ocorrera à Sra. Weston que deveriam perguntar à Sra. Elton se gostaria de abrir o baile. Com certeza ela estava esperando por isso, o que contrariava a intenção deles de oferecer esse privilégio a Emma, que escutou essa triste verdade com compostura.

– E o que faremos para encontrar um parceiro adequado para ela? – perguntou o Sr. Weston. – Ela deve estar esperando que Frank a tire para dançar.

Frank virou-se instantaneamente para Emma, pois havia muito tempo pedira as duas primeiras danças para ela, e respondeu que já tinha par, o que o pai aceitou com toda a aprovação. Então, pareceu que a Sra. Weston decidiu que *ele* dançaria com a Sra. Elton e precisaram convencê-lo a concordar, o que foi feito rapidamente. O Sr. Weston e a Sra. Elton saíram à frente do cortejo rumo ao salão de baile, com o Sr. Frank Churchill e a Srta. Emma Woodhouse imediatamente atrás deles.

Emma teve de se conformar em ser a segunda depois da Sra. Elton, apesar de saber que o baile era em sua homenagem. Isso era quase o bastante para fazê-la pensar em casamento.

Sem dúvida, a Sra. Elton havia levado vantagem dessa vez e sua vaidade estava satisfeita, pois embora houvesse esperado abrir o baile com Frank Churchill, nada perdera com a mudança. O Sr. Weston com certeza era superior ao filho. Apesar do pequeno desgosto, Emma sorria feliz, deliciada por ver a considerável fila que ia se formando atrás deles e por saber que tinha uma quantia incomum de horas de divertimento à sua frente. O que de fato a perturbava mais do que tudo era ver que o Sr. Knightley não dançava. Lá estava ele, entre os observadores, onde não devia estar; deveria estar dançando e não em companhia dos maridos, pais e jogadores de uíste que apenas fingiam ter interesse em assistir à dança enquanto a partida não começava. Jovem como ele ainda era! Em nenhuma outra situação o Sr. Knightley teria chamado tanta atenção quanto no momento. Alto e elegante, parado entre as formas arredondadas dos homens mais velhos, era tão impressionante que Emma sentiu que ele atraía todos os olhares e, exceto por seu parceiro, não havia nenhum entre os homens mais jovens que pudesse se comparar a ele.

O cavalheiro deu alguns passos que foram o bastante para demonstrar como ele poderia dançar com graça natural se quisesse se dar ao trabalho. Sempre que os olhos de Emma encontravam os dele, ela o fazia sorrir, mas em geral a fisionomia dele permanecia séria. Ela queria muito que o Sr. Knightley pudesse gostar mais de um baile e que também gostasse mais de Frank Churchill. Contudo, ele parecia estar sempre observando-a. Emma não tinha motivo para se envaidecer acreditando que o cavalheiro admirava seu modo de dançar, mas também não temia críticas dele ao seu comportamento. Não havia nada parecido com flerte entre ela e seu parceiro. Pareciam mais bons e alegres amigos do que namorados. Não havia a menor dúvida de que Frank Churchill gostava menos dela agora do que antes.

O baile prosseguia agradavelmente. Os cuidados ansiosos e as incessantes atenções da Sra. Weston não tinham sido em vão. Todos pareciam felizes e os elogios, que afirmavam ser aquele um baile maravilhoso e que normalmente só costumavam ser feitos depois que a festa terminava, eram repetidos incessantemente desde o início do baile. Fatos importantes, daqueles que não se esquecem, aconteceram nesse evento na mesma proporção em que costumam acontecer em festas desse tipo. Houve um, no entanto, especialmente marcante para Emma.

Haviam começado as duas últimas danças antes do jantar e Harriet não havia sido tirada para dançar. Era a única jovem sentada e o número de dançarinos até então tinha estado tão certo que era uma surpresa que houvesse sobrado uma dama. Mas a surpresa de Emma desapareceu ao ver o Sr. Elton. Ele não pediria uma dança a Harriet se isto pudesse ser evitado, tinha absoluta certeza, e esperava que ele escapasse a qualquer momento para a sala de jogo de cartas.

Mas escapar, no entanto, não era o plano do jovem clérigo. Ele dirigiu-se até o lugar da sala onde estavam sentadas as pessoas que não dançavam, falou com algumas delas, passeou de lá para cá como se quisesse exibir sua liberdade e a resolução de conservá-la. Algumas vezes parou bem perto ou diante da Srta. Smith, conversando com os que se achavam perto dela. Emma reparou nisso. Ainda não estava dançando, caminhava para o fundo do salão e tinha tempo para olhar ao redor, bastando-lhe virar a cabeça para vê-los. Quando se encontrava a meio caminho, o grupo ficou exatamente atrás dela e não ousou virar-se para trás a fim de olhá-los: no entanto, o Sr. Elton estava tão próximo que ela podia escutar cada sílaba do diálogo que ocorria entre ele e a Sra. Weston; percebeu, então, que a esposa dele, parada imediatamente ao lado dela, não apenas escutava, como também o encorajava com olhares significativos. A boa e gentil Sra. Weston deixara a cadeira onde se encontrava acomodada para dizer-lhe:

– Não está com vontade de dançar, Sr. Elton?

– Sem dúvida, Sra. Weston, se me der a honra de dançar comigo.

– Eu? Oh! Não, não, preferiria arrumar-lhe um par melhor do que eu. Não sou boa dançarina.

– Se a Sra. Gilbert desejar dançar – disse ele –, terei imenso prazer, tenho certeza. Pois, apesar de começar a sentir-me um velho homem casado e achar que meus dias de dançarino acabaram, teria grande satisfação em dançar com uma velha amiga como a Sra. Gilbert.

– A Sra. Gilbert não quer dançar, mas há uma jovem dama sem par que eu gostaria muito de ver dançando. A Srta. Smith.

– Oh, não tinha notado! A senhora é muito observadora. Se eu não fosse um homem casado... Mas meus dias de dançarino acabaram, Sra. Weston. Perdoe-me. Qualquer outra coisa que me pedisse eu faria com prazer, mas meus dias de dançarino acabaram.

A Sra. Weston não disse mais nada e Emma pôde imaginar com que surpresa e mortificação ela devia ter retornado a sua cadeira. Assim era o Sr. Elton! O amigável, gentil e educado Sr. Elton. Ela olhou ao redor por um momento, viu que ele se juntara ao Sr. Knightley, a alguma distância, e estava preparando-se para uma conversa enquanto sorrisos largos eram trocados entre ele e a esposa.

Emma não olhou novamente. Seu coração estava em fogo e temia que seu rosto, igualmente quente, estivesse vermelho.

No momento seguinte, uma visão muito mais feliz apresentou-se diante de seus olhos: o Sr. Knightley estava conduzindo Harriet para a pista de dança! Nunca tivera uma surpresa maior, nem ficara mais deliciada do que naquele instante. Sentia imenso prazer e gratidão, tanto por Harriet quanto por si mesma, e ansiava por agradecer ao cavalheiro. E, apesar da distância ser grande demais para falar, sua expressão disse tudo quando conseguiu encontrar novamente os olhos dele.

Viu que o Sr. Knightley dançava exatamente como ela imaginara: com elegância e muito bem. E Harriet poderia ter se considerado extremamente sortuda, se não fosse pela cruel cena de poucos instantes antes; ainda assim, seu rostinho demonstrava uma alegria e um orgulho que lhe caíam muito bem. Ela movimentava-se com mais graça e leveza do que nunca, com sorrisos iluminando-lhe as feições delicadas.

O Sr. Elton retirara-se para a sala de jogos parecendo (era o que Emma achava) muito tolo. Ela não acreditava que ele fosse tão rude quanto a esposa, apesar de estar ficando como ela. *Ela* falava de suas emoções com seu parceiro, em voz bem alta:

– Knightley ficou com pena da pobre Srta. Smith! Que bom coração ele tem!

O jantar foi anunciado. O movimento começou e a Srta. Bates poderia ser ouvida a partir daquele instante, sem interrupção, até ser levada à mesa e pegar sua colher.

– Jane, Jane, minha querida Jane, onde está você? Olhe, eis seu xale. A Sra. Weston implora que o coloque. Ela disse que está com medo de que haja correntes de ar na passagem, apesar de tudo ter sido feito para evitá-lo... Uma porta foi pregada! Uma quantidade de placas de metal... Minha querida Jane, vamos, coloque-o. Sr. Churchill! O senhor é tão gentil! Como a ajudou de forma graciosa! E como dança bem! Sim, minha querida, fui à nossa casa, como disse que faria, para ajudar a colocar vovó na cama, retornei e ninguém deu por minha falta. Saí sem dizer uma palavra, como lhe disse que faria. Vovó está muito bem, teve uma ótima noite com o Sr. Woodhouse, conversaram muito e jogaram gamão. O chá foi servido embaixo, com biscoitos, maçãs assadas e vinho, antes da vovó voltar. Ela teve muita sorte no jogo e perguntou por você, se estava gostando e quem eram seus parceiros. "Oh", eu disse, "não contarei tudo no lugar dela. Deixei-a dançando com o Sr. George Otway e sei que ela vai adorar lhe contar tudo pessoalmente, amanhã. O primeiro parceiro dela foi o Sr. Elton e não sei quem a convidará em seguida, talvez o Sr. William Cox." Meu caro senhor, foi mesmo muito gentil. Não há outra pessoa que queira acompanhar? Não sou inválida. O senhor é mesmo especial. Jane em um braço e eu no outro! Pare, pare, vamos esperar um pouco, a Sra. Elton está abrindo caminho, a querida Sra. Elton, como está elegante! Rendas tão lindas! Agora, vamos atrás dela. É a rainha da festa! Bem, aqui estamos na passagem. Dois degraus, Jane, cuidado com os dois degraus. Oh, há apenas um. Bem, eu estava convencida de que eram dois. Nunca vi nada com tanto conforto e estilo, há velas por todos os lados. Estava lhe falando de sua avó, Jane. Houve um pequeno desapontamento. As maçãs assadas e os biscoitos são excelentes a seu modo, você sabe. Mas um delicado fricassê de pão doce e aspargos foi servido antes e o bom Sr. Woodhouse, considerando que os aspargos não tinham sido assados corretamente, mandou devolver tudo. Não há nada que mamãe adore mais do que pão doce e aspargos, então ela ficou desapontada, mas combinamos que não falaríamos disso com ninguém, temendo que a boa Srta. Woodhouse ficasse sabendo. Ela ficaria tão preocupada! Bem, esta festa está brilhante! Estou realmente impressionada! Não podia imaginar nada assim! Tanta elegância! Não via nada assim desde... Bem, onde devemos nos sentar? Onde vamos nos sentar? Em qualquer lugar onde Jane não fique no vento. Onde *eu* me sentar não importa. Oh, o senhor recomenda este lado? Bem, estou certa, Sr. Churchill, parece ótimo, assim como está dizendo. O que o senhor recomendar nesta casa não pode estar errado. Querida Jane, como vamos fazer para descrever ao menos metade dos pratos para vovó? E sopa também! Meu Deus! O cheiro é excelente, mal posso esperar para experimentar.

Emma não teve oportunidade de falar com o Sr. Knightley até o final do jantar, mas, quando estavam todos no salão de baile novamente, os olhos dela o convidaram de forma irresistível para vir receber seus agradecimentos. Ele reprovou ardentemente a conduta do Sr. Elton. Fora uma grosseria imperdoável, e os olhares da Sra. Elton também receberam sua cota de censura.

– Eles queriam magoar mais do que Harriet – observou ele. – Emma, por que são seus inimigos?

O cavalheiro a fitava com um olhar penetrante, sorrindo. Como não recebia resposta, acrescentou:

– *Ela* não devia estar zangada com você, desconfio, apesar de ele estar. Quanto a isso, você não vai dizer nada, é claro. Confesse, Emma, você queria que ele se casasse com Harriet.

– É verdade – assentiu ela. – E eles não vão me perdoar por isso.

O Sr. Knightley balançou a cabeça, mas havia um sorriso de indulgência em seus lábios quando disse apenas:

– Não vou criticá-la. Vou deixá-la com suas próprias reflexões.

– O senhor confia em mim diante desses bajuladores? Será que meu fútil espírito vai me dizer que estou errada?

– Não seu fútil espírito, mas sim seu espírito sério. Se um a leva a cometer erros, tenho certeza de que o outro a adverte a respeito.

– Confesso que estive completamente errada quanto ao Sr. Elton. Há uma pequenez nele que o senhor logo percebeu, mas eu não: me convenci plenamente de que ele estava apaixonado por Harriet. Foi uma série de mal-entendidos!

– E, em troca por você reconhecer isso, vou fazer justiça dizendo-lhe que havia escolhido por ele melhor do que ele escolheu por si mesmo. Harriet Smith tem algumas qualidades de alto nível, as quais faltam totalmente à Sra. Elton. É uma moça despretensiosa, educada e sem artifícios, que deveria ser preferida por qualquer homem de bom-senso e bom gosto a uma mulher como a Sra. Elton. E descobri que Harriet conversa bem melhor do que eu esperava.

Emma ficou extremamente gratificada. Foram interrompidos pelo convite do Sr. Weston para que todos dançassem outra vez.

– Venham, Srta. Woodhouse, Srta. Otway, Srta. Fairfax, o que estão esperando? Venha, Emma, dê o exemplo. Todos estão muito preguiçosos! Estão quase dormindo!

– Estou pronta – declarou Emma. – Assim que me tirarem.

– Com quem você vai dançar? – perguntou o Sr. Knightley.

Ela hesitou um momento, e então respondeu:

– Com o senhor se me convidar.

– Você gostaria? – Ele estendeu-lhe a mão.

– Muito! O senhor demonstrou que dança muito bem e sabe que não somos irmão e irmã para tornar isto impróprio.

– Irmão e irmã! Não, realmente.

39

A rápida conversa com o Sr. Knightley deu a Emma considerável prazer. Foi uma das boas recordações que ficaram do baile, que ela rememorou enquanto passeava pelo jardim na manhã seguinte. Estava muito feliz por terem chegado a um bom entendimento quanto aos Elton e que suas opiniões sobre o casal fossem tão parecidas. Além disso, o elogio que ele fizera a Harriet, sua concessão em favor dela era particularmente gratificante. A impertinência dos Elton, que por alguns minutos ameaçara arruinar o restante da noite, por fim havia sido a causadora de uma de suas maiores satisfações e ela olhava para o futuro esperando mais um resultado feliz: a cura da paixão não correspondida de Harriet. Isso porque o modo como sua jovem amiga falava dos acontecimentos antes que elas saíssem do salão de baile lhe dera forte esperança. Parecia que os olhos dela haviam sido finalmente abertos, permitindo-lhe ver que o Sr. Elton não era a criatura superior que acreditava ser. A febre terminara e Emma não precisaria temer mais que seu coração acelerasse por causa de cortesias injuriosas. Tratou de aprofundar o desagrado que sentia pelos Elton para conseguir toda a disciplina necessária a fim de tratá-los com a merecida e contundente indiferença sempre que fosse preciso. Com Harriet racional, Frank Churchill não muito apaixonado e o Sr. Knightley deixando de discutir com ela, que verão feliz teria pela frente!

Não iria ver Frank Churchill naquela manhã. Ele dissera que não poderia ter o prazer de passar por Hartfield, pois deveria estar em casa ao meio-dia. Emma não lamentava isso.

Depois de ter analisado, acertado e colocado em ordem esses assuntos, Emma voltava com o ânimo renovado para atender as exigências de seus dois pequenos sobrinhos e as do avô deles, quando o imenso portão de ferro foi aberto e duas pessoas entraram. Duas pessoas que ela jamais esperara ver juntas: Frank Churchill de braço dado com Harriet. Harriet! Precisou de apenas um momento para concluir que algo de extraordinário havia ocorrido. Harriet mostrava-se muito pálida, assustada, e o jovem cavalheiro procurava animá-la. O portão de ferro e a porta principal da casa não ficavam a mais que vinte metros um do outro, então os três não tardaram a entrar na sala e Harriet imediatamente deixou-se cair em uma cadeira, desmaiada.

Uma jovem dama que desmaia precisa ser socorrida. Perguntas devem ser respondidas e coisas estranhas explicadas. Esses acontecimentos são muito interessantes, mas o suspense deles não devem durar muito. Alguns minutos depois, Emma já sabia o que ocorrera.

A Srta. Smith e a Srta. Bickerton, outra aluna da Sra. Goddard que também estivera no baile, tinham saído juntas para passear e haviam seguido por uma estrada, a estrada para Richmond que, apesar de ser movimentada o bastante para ser segura, as levara a uma situação terrível. A cerca de um quilômetro além de Highbury, ao fazer uma curva súbita e densamente imersa nas sombras de olmos que se perfilavam de ambos os lados, a estrada tornava-se bastante erma por um bom trecho e, quando as jovens damas avançaram um tanto por esse trecho, subitamente avistaram um grupo de ciganos, acampados a pouca distância, em uma área aberta num dos lados do caminho. Uma criança que vigiava a estrada correu até elas para pedir-lhes esmola. A Srta. Bickerton, completamente assustada, soltou um grito alto e, dizendo a Harriet que a seguisse, subiu em um barranco inclinado, pulando uma pequena cerca lá em cima, e saiu correndo por um atalho, até chegar a Highbury. Mas a pobre Harriet não pôde segui-la. Sofrera muito com cãibras depois de dançar e sua primeira tentativa de subir o barranco fez as cãibras retornarem, deixando-a totalmente prostrada; nesse estado, e tremendamente apavorada, ela foi obrigada a ficar parada onde se encontrava.

Ninguém poderia dizer como os vadios teriam se comportado se as duas jovens damas houvessem demonstrado mais coragem, mas aquele verdadeiro convite ao ataque não poderia ser desperdiçado e Harriet foi atacada por meia dúzia de crianças, comandadas por uma mulher grandalhona e um menino maior; eram todos muito barulhentos, de olhar atrevido, embora não dissessem nada ameaçador. A cada momento mais assustada, Harriet apressou-se a prometer que lhes daria dinheiro; então, abriu a bolsa, deu-lhes um xelim e implorou que não exigissem mais e que não lhes fizessem mal. Só então ela pôde caminhar, embora apenas muito lentamente, e já se encontrava a alguma distância, porém seu terror e sua bolsa eram tentadores demais e Harriet foi seguida, ou melhor seria dizer cercada pelo grupo todo, que exigia mais.

Foi nessa situação que Frank Churchill a encontrara, trêmula e aterrorizada, rodeada pelas crianças barulhentas e insolentes. Por sorte a partida dele de Highbury havia sido retardada, por isso pôde prestar assistência à jovem senhorita naquele momento crítico. A manhã agradável o induzira a caminhar, por isso combinara que seus cavalos fossem esperá-lo mais adiante na estrada, a uns dois ou três quilômetros de Highbury. Como na noite anterior pegara uma tesoura emprestada com a Srta. Bates e se esquecera de devolvê-la, havia ido até a casa dela para fazê-lo; diante de muita insistência, aceitou entrar por alguns minutos, por isso se atrasara a sair para a viagem e, como estava a pé, não havia sido notado pelo grupo de crianças até estar quase junto dele. O terror que a mulher e o menino maior infligiam a Harriet então passou a ser deles. O Sr. Frank Churchill os deixou completamente apavorados e Harriet agarrou-se a ele, quase incapaz de falar, mal tendo forças para chegar a Hartfield. Foi ideia dele levá-la para lá. Ele não conseguiu pensar em outro lugar.

Era esta a história completa, contada primeiro por ele e depois por Harriet, quando a jovem recuperou os sentidos e a voz. O jovem cavalheiro não podia demorar-se mais e, assim que a viu bem, disse que precisava ir embora. Os vários atrasos não lhe permitiriam perder nem sequer mais um minuto e, pedindo a Emma para que mandasse avisar à Sra. Goddard que Harriet estava bem e ao Sr. Knightley sobre a presença daquela gente nos arredores da cidade, ele partiu depois de receber todos os agradecimentos que ela pôde fazer por sua amiga e por si própria.

Uma aventura como esta, um jovem cavalheiro e uma jovem dama reunidos de tal forma, sem dúvida provocaria certas ideias até mesmo no mais frio dos corações e no mais preguiçoso dos cérebros. Pelo menos, assim Emma pensava. Seria possível que um linguista, um gramático ou mesmo um matemático vissem o que ela vira, testemunhassem a chegada dos dois e ouvissem aquela história sem perceber que as circunstâncias trabalhavam para fazer com que os dois jovens se tornassem singularmente interessantes um para o outro? E como alguém cheia de imaginação como ela poderia deixar de arder no fogo de especulações e previsões? Isso sem falar no terreno já tendo sido preparado para isso pelas ideias a respeito que lhe haviam passado pela mente.

Era algo extraordinário, sem dúvida! Nunca uma coisa horrível daquelas havia acontecido com uma dama da cidade ou dos arredores, pelo menos que se soubesse. E agora acabava de acontecer com uma determinada pessoa, na hora exata em que outra determinada pessoa iria passar para salvá-la! Era, com certeza, uma coisa impressionante. E era ainda mais incrível que nessa ocasião ambos se encontrassem num estado de espírito favorável, como Emma bem sabia que se encontravam. Ele estava ansioso por dar o melhor de si mesmo a uma jovem dama e ela se recobrava da paixão pelo Sr. Elton. Era como se tudo se houvesse combinado para gerar os mais interessantes resultados. E não era possível que tais acontecimentos não recomendassem fortemente um ao outro.

Na conversa de poucos minutos que tivera com o Sr. Frank Churchill, enquanto Harriet encontrava-se parcialmente inconsciente, ele mencionara o terror e a ingenuidade dela, o desespero com que se agarrara a seu braço, que o comovera e divertira: por fim, depois que o relato da própria Harriet foi feito, ele expressou sua indignação contra a abominável Srta. Bickerton de modo bastante veemente.

No entanto, tudo deveria seguir seu curso natural, sem ser estimulado ou dirigido. Emma não forçaria nenhum passo, nem faria qualquer insinuação. Não. Já interferira demais. Contudo, não podia haver mal algum em um simples esquema, um esquema passivo. Na verdade, não era mais que um desejo. Além disso, ela já se determinara a não interferir.

A primeira resolução de Emma foi impedir que o pai soubesse o que havia acontecido, pois sabia o alarme e ansiedade que causaria no idoso cavalheiro. Todavia, logo percebeu que seria impossível esconder. Em meia hora a história já estaria conhecida em toda Highbury. Era o tipo de coisa que atraía a atenção justamente dos que mais falavam, os jovens e os inferiores; não tardaria muito para que todos os jovens e serventes se encontrassem envolvidos pela alegria daquelas novas e excitantes notícias. Os relatos do baile da noite anterior se nem se comparavam às histórias sobre os ciganos.

O pobre Sr. Woodhouse tremeu sentado em sua poltrona e, como Emma previra, não ficou satisfeito enquanto elas não lhe prometeram que jamais chegariam nem sequer perto do bosque outra vez. Foi de algum conforto para o Sr. Woodhouse que ele e a Srta. Woodhouse, assim como a Srta. Smith fossem obrigados a responder a muitas perguntas, sem cessar, pelo resto daquele dia (os vizinhos sabiam que ele adorava responder perguntas). E ele teve o prazer de dizer aos curiosos que todos ali estavam bastante perturbados, o que não era exatamente verdade, uma vez que sua filha estava bem, e Harriet estava quase bem, mas Emma preferiu não interferir. Para o Sr. Woodhouse, a filha mantinha um infeliz estado de saúde, pois mal sabia o que era qualquer indisposição, e se ele não inventasse doenças para ela, jamais poderia fazer uma boa figura sem ter fatos interessantes a relatar.

Os ciganos não esperaram pela ação da justiça e trataram de ir embora bem depressa e por iniciativa própria. As jovens damas de

Highbury puderam novamente passear em segurança antes que o pânico se espalhasse e a história toda acabou tornando-se assunto de pouca importância, exceto para Emma e seus sobrinhos: na imaginação dela, aquela situação permanecia, ao mesmo tempo que Henry e John pediam todos os dias que lhes contasse a história de Harriet e os ciganos, corrigindo-a com firmeza toda vez que ela fazia a menor variação no modo como a história fora originalmente contada.

40

Alguns dias tinham passado após essa aventura quando, certa manhã, Harriet foi visitar Emma com um pequeno pacote nas mãos. Depois de sentar-se e hesitar um pouco, afinal ela disse:

– Srta. Woodhouse, se tiver tempo... tenho algo que gostaria de lhe contar... E uma espécie de confissão... e então, tudo estará terminado.

Emma ficou surpresa, mas pediu-lhe que continuasse. Havia uma seriedade tanto nos modos quanto nas palavras de Harriet que a prepararam para algo bastante incomum.

– É meu dever, e estou certa de que é meu desejo – começou Harriet –, não ter reserva alguma para com a senhorita quanto a este assunto. Sou uma criatura felizmente bem diferente em *determinado aspecto* e acho que é certo que a senhorita tenha a satisfação de saber disso. Não quero falar mais do que o necessário, estou muito envergonhada por ter deixado que as coisas acontecessem assim e ouso dizer que a senhorita já me compreende.

– Sim – concordou Emma –, espero que sim.

– Não entendo como pude ter me enganado por tanto tempo! – exclamou Harriet calorosamente. – Parece loucura! Não consigo ver nada de extraordinário nele agora. Não me importo se o encontro ou não, apesar de que das duas opções prefiro a de não encontrá-lo, e realmente percorrerei qualquer distância para evitar que isso aconteça. Não invejo nem um pouco a esposa dele. Não o admiro nem a invejo mais, como já fiz. Ela é muito encantadora e tudo o mais, mas acho que tem um temperamento ruim e é desagradável. Nunca esquecerei o olhar dela na outra noite! No entanto, posso assegurar-lhe, Srta. Woodhouse, que não desejo mal a ela. Não. Que sejam felizes juntos! Isso não me causará nem mais um momento de dor e, para convencê-la de que estou falando a verdade, agora vou destruir o que já deveria ter destruído há muito, o que jamais deveria ter guardado, sei muito bem – ficando vermelha ao dizer isto. No entanto, agora vou destruir tudo e é meu desejo particular fazê-lo em sua presença, para que possa ver que enfim tornei-me racional. Pode imaginar o que há neste pacotinho?

– Não tenho a menor ideia. Ele chegou a lhe dar alguma coisa?

– Não. Não posso dizer que tenham sido presentes. Mas são coisas a que dei muito valor.

Ela mostrou o pacote e Emma leu *Tesouros muito preciosos*, escrito em cima. A curiosidade dela aumentou muito. Harriet abriu o pacote enquanto a amiga observava com impaciência. Em meio à abundância de papel prateado, havia uma pequena e bela caixa Tunbridge, que Harriet abriu. A caixa era forrada com o algodão mais macio e, além do algodão, Emma viu apenas um pequeno pedaço de esparadrapo.

– Agora – disse Harriet –, a senhorita deve se lembrar...

– Não, não lembro.

– Oh, Deus! Não pensei que fosse possível que a senhorita esquecesse o que aconteceu, aqui nesta sala mesmo, com o esparadrapo, numa das últimas vezes que me encontrei com ele aqui! Foi alguns dias antes de eu ter aquela horrível dor de garganta, pouco antes de o Sr. e da Sra. John Knightley chegarem... Creio até que foi na mesma noite. Será que não lembra que ele cortou o dedo com seu novo canivete e que a senhorita recomendou que usasse esparadrapo? Mas como a senhorita não tinha nenhum e sabia que eu tinha, pediu-me que o fornecesse a ele; assim, peguei o meu e cortei um pedaço para ele. Porém, como era largo demais, ele cortou-o para diminuí-lo e ficou brincando um pouco com o pedaço que sobrou, antes de devolvê-lo a mim. Então, naquela minha loucura, não pude evitar de considerá-lo um tesouro... Guardei-o para que jamais fosse usado e olhava para ele de vez em quando como uma sagrada relíquia.

– Minha querida Harriet! – Emma cobriu o rosto com as mãos e se pôs de pé. – Você me deixa mais envergonhada do que posso suportar. Lembrar-me disso? Sim, lembro-me de tudo agora. De tudo, exceto de você guardando essa relíquia. Não sabia de nada a respeito até este momento, lembrava-me apenas do dedo cortado, de minha recomendação para o uso de esparadrapo e de dizer que não tinha nenhum comigo! Oh, meus pecados, meus pecados! E eu tinha tantos esparadrapos em meu bolso! Foi mais um de meus ridículos artifícios! Mereço ficar ruborizada pelo resto da vida! Bem... – sentando-se de novo – prossiga. E o que mais?

– Então, quer dizer que a senhorita tinha esparadrapo? Nunca desconfiei, a senhorita agiu de forma tão natural.

– Quer dizer que você guardou esse pedaço de esparadrapo!

Emma havia se recuperado do aflitivo estado de vergonha e passara a ficar dividida entre maravilhada e surpresa. Secretamente, acrescentou para si mesma: "Santo Deus! Quando eu teria pensado em guardar dessa forma um pedaço de esparadrapo com o qual Frank Churchill brincou! Eu jamais faria uma coisa dessas."

– Aqui... – voltou a falar Harriet, mexendo na caixa novamente – aqui está algo ainda mais valioso, quero dizer, *que foi* mais valioso, porque realmente pertencia a ele enquanto o esparadrapo nunca foi dele.

Emma ficou ansiosa para ver mais aquele tesouro superior. Era o toco de um lápis velho, que já estava sem grafite.

– Isto foi mesmo dele – reforçou Harriet. – A senhorita se lembra daquela manhã?... Não, imagino que não se lembre. Mas certa manhã, não recordo exatamente de que dia, talvez tenha sido a terça ou quarta-feira antes *daquela noite*, ele queria redigir um lembrete em sua caderneta, algo sobre cerveja caseira. O Sr. Knightley estava lhe dizendo algo sobre a cerveja e ele quis escrever, mas quando pegou o lápis, este estava tão pequeno que o grafite logo acabou; então, como esse lápis não servia mais, a senhorita emprestou-lhe o seu e ele deixou o velho sobre a mesa, como lixo. Mas mantive os olhos nele e, assim que tive coragem, peguei-o e nunca mais me separei dele desde aquele momento.

– Eu me lembro! – exclamou Emma. – Lembro me perfeitamente. Lembro-me da conversa sobre a cerveja e, sim, lembro-me de quando o Sr. Knightley e eu dissemos que gostávamos dela, então o Sr. Elton ficou determinado a aprender a gostar dessa cerveja também. Lembro-me perfeitamente. Mas... espere... O Sr. Knightley estava parado bem aqui, não estava? É, creio que ele se encontrava bem aqui.

– Ah, não sei. Não consigo recordar. É muito estranho, mas não consigo me lembrar. O Sr. Elton estava sentado aqui, disso eu me lembro, exatamente onde estou agora.

– Bem, prossiga.

– Oh! Isso é tudo. Não tenho mais nada para mostrar ou para dizer, a não ser que vou jogar estas duas coisas no fogo e gostaria que a senhorita me visse fazendo isto.

– Minha pobre e querida Harriet! Você se sentia feliz enquanto mantinha esses objetos guardados como tesouros?

– Sim, como fui ingênua! Mas agora sinto muita vergonha por ter feito isso e desejava poder esquecer tudo com a mesma facilidade que posso queimar estes objetos. Foi uma atitude muito errada de minha parte, sabe, manter estas recordações depois que ele se casou. Eu sabia que era errado, mas não tinha determinação bastante para separar-me delas.

– Mas, Harriet, é necessário queimar o esparadrapo? Não tenho nada contra queimar o pedaço de lápis velho, mas o esparadrapo pode ser útil.

– Ficarei mais feliz se o queimar – replicou Harriet. – Ele me traz más recordações. Quero livrar-me de tudo! Lá vão eles e aí está, graças aos céus, o fim do Sr. Elton.

"E quando", pensou Emma, "haverá um começo para o Sr. Churchill?"

Ela passou a ter razões para acreditar que o começo já ocorrera e alimentava a grande esperança de que os ciganos, apesar de não terem *predito* a fortuna de Harriet, a tivessem trazido para ela.

Cerca de quinze dias depois do grande susto, as duas jovens damas acabaram por ter uma explicação, e sem pretendê-la. Emma não pensava no assunto naquele momento, o que tornou ainda mais valiosa a informação que recebeu. Durante uma conversa trivial, ela apenas disse a Harriet que, quando ela se casasse, deveria fazer isso e aquilo; já nem lembrava do que tinha dito quando, após um minuto de silêncio, ouviu Harriet dizer, com um tom de voz muito grave:

– Nunca me casarei.

Emma ergueu os olhos e imediatamente viu o que ocorria. Depois de debater a questão por um momento, se devia ou não deixar aquela afirmação passar em branco, replicou:

– Nunca vai se casar? Ah, esta é uma resolução nova!

– Sim, mas jamais irei mudá-la.

Depois de outra rápida hesitação, Emma voltou a falar:

– Espero que o motivo não seja... Bem, não é por causa do Sr. Elton, é?

– O Sr. Elton? – indagou Harriet, indignada. – Claro que não! – E Emma pôde distinguir apenas algumas das palavras seguintes. – Ele é tão superior ao Sr. Elton.

Dessa vez, Emma considerou o que acabava de ouvir por um longo tempo. Devia seguir adiante, deixar passar e fingir que não desconfiava de nada? Talvez isso fizesse Harriet pensar que estava fria ou zangada com ela. Ou, talvez, se ficasse em silêncio, poderia levar Harriet a dizer mais do que deveria. E já havia decidido não repetir a indiscrição do passado, a excessiva discussão de esperanças e oportunidades. Acreditava que seria mais prudente falar e saber de uma vez tudo que era necessário dizer e saber. Agir com franqueza sempre era a melhor atitude. Já havia determinado previamente como agir em uma situação igual àquela, e seria mais conveniente e seguro para ambas ter a judiciosa lei de seu cérebro aplicada de maneira rápida. Estava decidida e por isso falou:

– Harriet, não vou fingir estar em dúvida sobre o que você quis dizer. Sua resolução, ou melhor, sua expectativa de nunca vir a se casar resulta da ideia de que a pessoa que você escolheria estaria em uma situação muito superior para nem sequer pensar em você? Não é isso?

– Oh, Srta. Woodhouse! Acredite que não tenho a presunção de supor... É evidente que não sou assim louca. Mas é um prazer para mim admirá-lo a distância, pensar na infinita superioridade dele sobre todo o resto do mundo, com a gratidão, o deslumbramento e a veneração que são tão próprios, especialmente em mim.

– Não estou absolutamente surpreendia com você, Harriet. O serviço que ele lhe prestou foi sem dúvida grande o bastante para aquecer seu coração.

– Serviço? Oh! Foi uma extrema indulgência! Só de me lembrar daquilo e tudo o que senti no momento, quando o vi chegando, seu olhar nobre e meu estado miserável antes... Que mudança! Em um instante houve uma inexplicável mudança! Passei da profunda tristeza à perfeita felicidade.

– É muito natural. É natural e honrado. Sim, honrado, considero, escolher tão bem e com tanta gratidão. Mas que seja uma preferência afortunada é mais do que posso prometer. Não a aconselho a alimentar essa inclinação, Harriet, não posso dizer que o seu afeto é correspondido. Verifique bem todas as possibilidades. Talvez seja mais prudente você sufocar seus sentimentos enquanto ainda consegue e, de qualquer modo, não deixar que a levem muito longe, a menos que esteja convencida de que ele gosta de você. Observe-o. Deixe o comportamento dele ser o guia das suas sensações. Faço-lhe estas advertências porque nunca voltarei a lhe falar sobre este assunto. Estou determinada a não realizar nenhuma interferência. Daqui por diante, não sei nada sobre esse fato. Não devemos jamais pronunciar o nome dele. Estávamos totalmente enganadas antes, por isso seremos cautelosas agora. Ele é seu superior, não há dúvida, existem objeções e obstáculos de natureza muito séria, mas ainda assim, Harriet, coisas até mais maravilhosas do que essa aconteceram, há casais muito mais díspares. Mas cuide bem de si mesma. Eu não gostaria de vê-la otimista demais. Porém, seja qual for o fim de tudo isto, saiba que o fato de você ter dirigido seus pensamentos para *ele* é sinal de muito bom gosto. Sempre saberei valorizar isto em você.

Harriet beijou-lhe a mão em silêncio, com submissa gratidão. Emma estava muito inclinada a pensar que o apego que sua amiga sentia agora não seria ruim para ela. A tendência seria melhorar e refinar a mente da jovem, o que a salvaria do perigo da degradação.

41

Nesse ambiente de esquemas, esperanças e conivências, junho chegou a Hartfield. Para Highbury em geral, o mês não trouxe mudanças consideráveis. Os Elton ainda falavam de uma provável visita dos Suckling e do uso que fariam do luxuoso landau deles. Jane Fairfax continuava na casa da avó e, como o retorno dos Campbell da Irlanda havia sido adiado mais uma vez, a data da volta marcada para agosto em vez de no meio do verão, ela deveria permanecer na cidade por mais dois meses, desde que conseguisse escapar da Sra. Elton e evitasse de ser levada a aceitar uma "situação fantástica" contra sua vontade.

O Sr. Knightley que, por alguma razão só por ele conhecida, desgostara de imediato de Frank Churchill, gostava cada vez menos dele. Começou a desconfiar de que o jovem cavalheiro tinha segundas intenções ao aproximar-se de Emma. Parecia incontestável que a jovem dama era objeto de sua afeição. Tudo deixava isso bem claro: as atenções dele, as insinuações do pai, o silêncio reservado da madrasta, tudo combinava com perfeição; palavras, atitudes, discrição e indiscrição, tudo contava a mesma história. Mas enquanto tantos empurravam o Sr. Frank Churchill para Emma e Emma o empurrava para Harriet, o Sr. Knightley começava a desconfiar de que o jovem cavalheiro nutria certos sentimentos por Jane Fairfax. Ele não conseguia compreender bem o que havia, porém notou que havia sintomas de entendimento entre eles – ou pelo menos era o que ele pensava; sintomas de admiração por parte do jovem que, depois de notá-los, o Sr. Knightley não podia persuadir a si mesmo de que fossem totalmente desprovidos de significado. No entanto, ele não queria cometer um erro semelhante aos erros de imaginação de Emma. *Ela* não se encontrava presente quando a suspeita surgiu. O Sr. Knightley estava jantando na casa dos Elton, em companhia da família de Randalls e Jane. Vira um olhar, nada mais do que um único olhar, para a Srta. Fairfax que, partindo do admirador da Srta. Woodhouse, pareceu-lhe um tanto fora de lugar. Quando se encontrou de novo em companhia deles, não pôde evitar de lembrar-se do que vira, nem evitar observações que, a menos que fossem como Cowper e seu fogo ao lusco-fusco

Imaginando o que vi

trouxeram-lhe suspeitas ainda mais profundas de que havia uma atração particular e até de que existia mesmo um entendimento entre Frank Churchill e Jane.

Certo dia, depois do jantar, ele dirigiu-se a pé para Hartfield a fim de passar algumas horas lá, como sempre costumava fazer. Emma e Harriet estavam saindo para uma caminhada, então ele as acompanhou e, ao retornarem, encontraram um grande grupo que, como eles, haviam julgado melhor caminhar cedo, pois ameaçava chover. O grupo encontrado por acaso era formado pelo o Sr. e a Sra. Weston, o filho dele, a Srta. Bates e a sobrinha. Todos se juntaram e, ao chegar aos portões de Hartfield, sabendo que seria o tipo de visita do agrado de seu pai, Emma convidou todos para entrarem e tomarem chá. O grupo de Randalls concordou de imediato e depois de falar durante tempo bastante longo, a Srta. Bates, que poucos escutaram, também considerou possível aceitar o convite da Srta. Woodhouse.

Quando entravam, o Sr. Perry passou a cavalo. Os cavalheiros conversaram a respeito do cavalo dele.

– Falando nisso – disse Frank Churchill à Sra. Weston –, o que aconteceu com o plano do Sr. Perry de comprar uma carruagem?

Surpreendida, a Sra. Weston respondeu:

– Jamais soube que ele tivesse feito tal plano.

– Como assim? Foi a senhora quem me informou. Escreveu-me contando isso, há uns três meses.

– Eu? Impossível.

– Mas o fez, sim. Lembro-me perfeitamente. Até especificou que isso deveria acontecer logo. A Sra. Perry havia contado a alguém e estava muito feliz com a ideia. Tinha sido tudo obra da persuasão *dela*, pois temia que o fato de ele ficar exposto ao tempo poderia fazer-lhe muito mal. A senhora lembra, agora?

– Juro que nunca ouvi falar desse assunto até este momento.

– Nunca ouviu? Santo Deus! Como pode ser? Então, devo ter sonhado... Mas acreditava totalmente que... Srta. Smith, parece-me que está caminhando como se estivesse cansada. Creio que não ficaria triste se estivesse em sua casa neste momento.

– O que foi? O que foi? – interferiu o Sr. Weston. – Estão falando sobre Perry e a carruagem? Perry vai comprar uma carruagem, Frank? Fico feliz por ele poder comprar uma. Ele mesmo lhe contou?

– Não, senhor – negou o filho, rindo. – Parece que ninguém me contou isso. Mas é muito estranho! Eu, na verdade, acreditava que a Sra. Weston houvesse mencionado esse fato em uma de suas cartas que recebi em Enscombe, há várias semanas. Mas como ela declara que nem sequer sabia do assunto, é claro que deve ter sido um sonho. Sou um grande sonhador. Sonho com as pessoas de Highbury quando estou longe daqui e, depois de ter sonhado com todos os meus amigos, começo a sonhar com o Sr. e a Sra. Perry.

– É muito estranho mesmo – concordou o pai – que você sonhe regularmente com pessoas nas quais não pensa com frequência enquanto está em Enscombe. Perry comprando uma carruagem! E a esposa persuadindo-o a fazê-lo, por causa de sua saúde... Isso deverá acontecer mesmo, mais cedo ou mais tarde, mas não por enquanto. Que tipo de coisas nos aparecem em sonhos! Quantos absurdos! Bem, Frank, esses sonhos sem dúvida mostram que Highbury fica em seus pensamentos quando você está longe. Emma, você também sonha muito, não é?

Emma encontrava-se fora do alcance da voz dele, havia entrado antes dos convidados para avisar o pai da chegada deles e não ouviu a pergunta do Sr. Weston.

– Bem, para dizer a verdade – adiantou-se a Srta. Bates, que tentava em vão ser ouvida havia mais de dois minutos –, se devo falar desse assunto, não há como negar que o Sr. Frank Churchill deve ter sonhado... Não estou querendo dizer que ele não sonhou, porque sei que tenho os sonhos mais estranhos do mundo, mas, se me perguntassem, eu responderia que ouvi comentários a respeito dessa ideia na primavera passada, pois a Sra. Perry em pessoa mencionou-a para minha mãe e os Cole também sabiam disso... Mas era quase um segredo que mais ninguém sabia, e eles só pensaram nisso por uns três dias. A Sra. Perry estava muito ansiosa por ter uma carruagem e certa manhã chegou lá em casa, para visitar minha mãe, muito animada porque achava que tinha conseguido. Jane, você não lembra de sua avó nos contando isso quando chegamos em casa? Não lembro de onde estávamos retornando, provavelmente de Randalls... Sim, creio que havíamos estado em Randalls mesmo. A Sra. Perry sempre gostou muito de minha mãe... Na verdade, não conheço ninguém que não goste dela... E contou-lhe isso em confidência. Não fez objeção a que soubéssemos, claro, mas avisou que não deveríamos passar a notícia adiante. E, daquele dia até agora, nunca mencionei o fato a ninguém. Por outro lado, não posso garantir que não haja mencionado o assunto sem querer, porque sei que às vezes falo de algo antes de perceber do que se trata. Falo muito, todos sabem. E agora mesmo acabo de deixar escapar algo que não deveria ter falado. Não sou como Jane. Bem que gostaria de ser! Posso garantir que *ela* nunca traiu o menor segredo de alguém em sua vida. Onde está ela? Oh, um pouco mais atrás. Lembro-me claramente da Sra. Perry lá chegando... Um sonho extraordinário, sem dúvida!

Entravam na casa. Os olhos do Sr. Knightley passaram da Srta. Bates para Jane. Do rosto de Frank Churchill, onde imaginou perceber confusão reprimida ou oculta sob uma risada, o cavalheiro passou involuntariamente a olhar para ela, que se encontrava de fato um pouco mais para trás, muito ocupada com seu xale. O Sr. Weston já havia entrado. Os outros dois cavalheiros esperavam à porta que ela passasse e o Sr. Knightley desconfiou de que Frank Churchill queria atrair o olhar dela, fitando-a com surpreendente intensidade. Mas foi em vão, pois Jane passou entre eles sem olhar para nenhum dos dois.

Não havia tempo para maiores explicações. Devia-se aceitar a ideia do sonho e o Sr. Knightley tomou seu lugar à grande e moderna mesa circular que Emma introduzira em Hartfield. Ninguém além dela teria o poder de colocá-la ali e persuadir o pai a usá-la, em vez da pequena mesa Pembroke na qual duas das refeições diárias do velho cavalheiro tinham sido servidas durante quarenta anos. Chegou o momento de tomar chá e ninguém parecia ter pressa de partir.

– Srta. Woodhouse – disse Frank Churchill, após examinar uma mesa às suas costas, que podia alcançar mesmo sentado –, seus sobrinhos levaram embora o alfabeto deles, a caixa de letras? Ela costumava ficar aqui. Onde está? A tarde está monótona e deve ser tratada como uma tarde de inverno, e não de verão. Nós nos divertimos muito com aquelas letras, certa manhã. Poderíamos fazê-lo novamente.

Emma gostou da ideia. Foi pegar a caixa e as letras foram rapidamente espalhadas pela mesa. Várias pessoas passaram a formar palavras para si mesmas ou parte dela para que os demais completassem. Aquele jogo silencioso era particularmente atraente para o Sr. Woodhouse, que costumava sentir-se perturbado com as brincadeiras mais animadas que o Sr. Weston ocasionalmente introduzia. Naquele momento, o idoso senhor dedicava-se à felicidade de lamentar, com suave melancolia, a partida dos "pobres menininhos" ou a comentar, animado, quando pegava uma das letras largadas perto dele, como Emma as desenhara belamente.

Frank Churchill formou uma palavra diante da Srta. Fairfax, que olhou rapidamente ao redor da mesa e dedicou sua atenção à palavra. Frank estava sentado ao lado de Emma, Jane diante dos dois, e o Sr. Knightley colocado de forma a ver todos eles. E era sua intenção observar o mais que pudesse, chamando o mínimo possível de atenção. A palavra foi descoberta e posta de lado com um leve sorriso. As letras que a formavam deviam ser imediatamente misturadas com as outras, impedida à visão dos demais, porém as letras, já misturadas entre si, não foram juntadas às outras e Harriet, ansiosa por montar uma palavra, dedicou-se febrilmente ao trabalho. Estava sentada ao lado do

Sr. Knightley e virou-se para ele em busca de ajuda. A palavra era *gafe* e, quando Harriet declarou-a em voz alta, com entusiasmo, o rosto de Jane ficou vermelho, dando à circunstância um significado que de outro modo não seria perceptível. O Sr. Knightley tentou relacionar a palavra com o sonho, mas como isso poderia se dar estava além de sua compreensão. Como encarar a delicadeza e a discrição de sua favorita depois daquelas manobras que percebera? Ele temia que houvesse algum envolvimento. Artimanhas e fingimentos pareciam estar à espera dele a cada passo. Aquelas letras tinham sido instrumentos de galanteria e de truques. Era um jogo de criança, porém fora escolhido para esconder um jogo mais profundo por parte de Frank Churchill.

Com grande indignação, continuou a observar o jovem cavalheiro. Inquieto e desconfiado, acompanhou também as ações das duas ingênuas companhias dele. Frank preparou uma palavra curta para Emma, apresentando-a a ela com olhar astuto e discreto; ficou evidente que Emma logo a decifrou, considerando-a altamente divertida, apesar de ser algo que ela achava digno de censura, pois disse:

– Que insensatez, que vergonha!

Então, o Sr. Knightley ouviu Frank Churchill dizer, indicando Jane com o olhar:

– Vou dar a mesma para ela... Devo?

E a resposta de Emma soou imediata, com uma rápida e calorosa risada:

– Não, não! Não deve. Não deve mesmo, de forma alguma.

Mas era tarde demais. Aquele jovem galante, que parecia amar sem sensibilidade e recomendar-se sem nenhuma modéstia, passou a palavra para a Srta. Fairfax e, com uma boa dose de tranquila civilidade, convidou-a a estudá-la. Muito curioso para saber que palavra era, o Sr. Knightley aproveitou cada oportunidade para espiar e logo descobriu que as letras formavam o nome *Dixon*. A percepção de Jane Fairfax pareceu acontecer ao mesmo tempo que a dele. Só que ela estava certamente mais preparada para perceber o sentido oculto, a intenção apenas sugerida daquelas cinco letras. Claramente aborrecida, a Srta. Fairfax ergueu o rosto, viu que era observada, ficou vermelha e disse apenas:

– Eu não sabia que nomes próprios eram permitidos! – Ela empurrou as letras para longe de si com um gesto que o Sr. Knightley achou ser de raiva, e parecia decidida a parar de jogar. Desviou o olhar daqueles que haviam feito o ataque e voltou-se para a tia.

– Sim, tem razão, minha querida! – exclamou esta última, apesar de Jane não ter dito nada. – Eu ia dizer a mesma coisa. Está mesmo na hora de irmos. A noite está chegando e a vovó vai ficar preocupada. Meu caro senhor, o senhor é muito gentil, mas temos mesmo de dizer boa-noite.

Jane levantou de imediato, mostrando que estava tão pronta para ir quanto sua tia havia suposto. Contudo, várias outras pessoas também se moveram e ela não conseguia deixar a mesa, e o Sr. Knightley teve impressão de ter visto outro grupo de letras ser empurrado ansiosamente na direção dela, que o afastou sem olhar. Foi, então, em busca de seu xale e Frank Churchill tratou de ajudá-la a procurar. Estava escurecendo e a sala ficou imersa em confusão, de modo que o Sr. Knightley não saberia dizer de que modo haviam se despedido.

Depois que todos os demais já haviam saído, ele ficou em Hartfield, pensando no que vira, concentrado, e, quando as velas foram acesas, decidiu que devia, como amigo, um amigo preocupado, dar a Emma algum conselho, fazer-lhe algumas perguntas. Não podia vê-la em uma situação de tal perigo sem tentar preservá-la. Era seu dever.

– Diga, Emma – começou –, posso perguntar qual foi a graça daquela palavra maldosa mostrada por último a você e à Srta. Fairfax? Vi qual era e estou curioso por saber por que se mostrou tão interessante para uma e tão perturbadora para a outra.

Emma ficou extremamente confusa. Ela não podia dar a verdadeira explicação, pois, apesar de suas suspeitas se manterem, estava muito envergonhada, pois na verdade jamais deveria ter formado tais ideias.

– Oh! – exclamou, evidentemente embaraçada. – Não quer dizer nada, é apenas uma brincadeira entre nós.

– Parece-me que essa brincadeira – replicou ele com gravidade – foi apenas entre você e o Sr. Churchill.

Ele esperou que Emma dissesse algo, mas ela não o fez: preferia fazer qualquer coisa a falar. O cavalheiro ficou em dúvida e vários pensamentos sombrios passaram-lhe pela cabeça. Interferência infrutífera. A confusão de Emma e a intimidade que percebera entre os dois pareciam evidenciar a afeição dela. Mas devia falar. Devia isso a ela, por seu bem-estar, mesmo que se arriscasse a cometer uma interferência mal recebida.

– Minha querida Emma – disse ele por fim, com toda gentileza –, acha que compreende perfeitamente o grau de relação entre o cavalheiro e a jovem dama dos quais estamos falando?

– Entre o Sr. Frank Churchill e a Srta. Fairfax? Oh, sim, perfeitamente. Por que pergunta isso?

– Você nunca teve motivos para pensar que ele a admira, ou que ela o admira?

– Nunca, nunca! – exclamou Emma, com a mais franca certeza. – Tal ideia jamais me ocorreu, nem por um vigésimo de um segundo. E como isso surgiu em sua mente?

– Nos últimos dias tenho tido a impressão de ver sintomas de afeição entre eles... Certos olhares significativos que não creio que eles tenham intenção de tornar públicos.

– Oh! O senhor me diverte tanto. Fico feliz por constatar que o senhor também consegue dar asas a sua imaginação, mas lamento informar que fracassou em sua primeira tentativa. Lamento muito. Mas não há afeto entre eles, eu lhe asseguro, e os indícios que o senhor testemunhou foram apenas obra de circunstâncias peculiares, de sentimentos com natureza totalmente diferente do que imagina. É impossível explicar exatamente, mas há muita coisa sem sentido no que o senhor observou e a única parte disso tudo que pode receber crédito, que faz sentido, é que eles estão tão longe de ter interesse um pelo outro, tanto quanto é possível que dois seres no mundo estejam. Quer dizer, *presumo* que seja assim por parte dela e posso *afirmar* que assim é por parte dele. Posso responder pela indiferença do jovem cavalheiro.

Emma falou com tanta confiança e satisfação que silenciou o Sr. Knightley. Estava alegre e teria prolongado a conversa, desejando ouvir os detalhes da suspeita dele, a descrição de cada olhar e todos os ondes e comos daquela circunstância altamente interessante para ela: mas ele não se encontrava no mesmo estado de ânimo. Descobrira que não poderia ser útil e sentia-se irritado demais com isso para continuar conversando. Para que a irritação não se transformasse em uma febre, com a ajuda do fogo que os hábitos de saúde delicada do Sr. Woodhouse exigiam toda noite, o cavalheiro foi embora pouco depois. Dirigiu-se para a sua casa, para a frieza e solidão da Abadia Donwell.

42

Depois de longamente alimentada com a expectativa de uma visita do Sr. e da Sra. Suckling, a curiosa população de Highbury teve de conviver com a terrível notícia de que eles não poderiam vir antes do outono. Uma novidade como essa não poderia mais enriquecer as intelectuais conversas da população. Em sua troca diária de novidades, ficariam novamente restritos a outros tópicos que a vinda iminente dos Suckling havia relegado ao abandono, como o estado da saúde da Sra. Churchill, que parecia variar todos os dias, e a situação da Sra. Weston, cuja felicidade parecia ter chegado ao ponto de ser aumentada pela vinda de um filho, assim como a felicidade dos vizinhos, contentes por ela.

A Sra. Elton ficou muito desapontada ao ver seu grande prazer adiado. Suas apresentações e favores teriam de esperar, assim como teria de apenas continuar a planejar as futuras reuniões. Ou foi o que ela pensou em princípio. Mas uma pequena consideração convenceu-a de que nem tudo estava perdido. Por que não poderiam explorar Box Hill, mesmo sem a companhia dos Suckling? E no outono, poderiam ir lá novamente com eles. Foi decidido que iriam a Box Hill. Que esse passeio viria a ser feito, já era mais do que sabido e até dera a ideia de outro. Emma nunca tinha ido a Box Hill e queria conhecer o que todos diziam tanto que valia a pena ver. Então, ela e o Sr. Weston concordaram em escolher uma bela manhã para irem até lá. Apenas mais duas ou três pessoas seriam convidadas para acompanhá-las e tudo seria feito de maneira silenciosa, elegante, despretensiosa, de um modo infinitamente superior, sem o alvoroço e barulhento preparo dos costumeiros jantares e piqueniques dos Elton e dos Suckling.

Ficara tudo tão bem acertado entre eles que Emma não pôde deixar de sentir uma grande surpresa e uma pequena contrariedade ao ouvir do Sr. Weston que ele convidara a Sra. Elton, já que o irmão e a cunhada não tinham vindo, propondo que os grupos se unissem e fizessem o passeio juntos. Contou que a Sra. Elton estava pronta para aceitar a ideia, desde que Emma não fizesse objeção. Como sua objeção não era outra que não o fato de não suportar a Sra. Elton, como o Sr. Weston sabia perfeitamente, não havia sentido em manifestar seus sentimentos novamente. Não poderia fazê-lo sem dar impressão de que o reprovava, o que causaria dor à esposa ele. Assim, viu-se obrigada a concordar com um arranjo do qual gostaria imensamente de se ver livre. Um arranjo que provavelmente a exporia à degradação de ouvir dizer que fazia parte do grupo da Sra. Elton! Sentia-se ofendida de todos os modos e a impossibilidade de fugir àquela submissão a levou a fazer considerações bastante severas a respeito da incontrolável boa vontade do Sr. Weston.

– Estou muito contente por ter sua aprovação ao que fiz – ele disse, com a maior tranquilidade. – Mas eu sabia que aprovaria. Passeios desse tipo não são bons sem a participação de muitas pessoas. Nesses casos, não há grupo que seja grande demais, pois um grupo grande é garantia de diversão. E, afinal de contas, a Sra. Elton é uma boa criatura. Não se deveria deixá-la de fora.

Emma não contestou nada em voz alta, porém não concordou com nada intimamente.

Era meio de junho e o tempo estava bom. A Sra. Elton mostrava-se impaciente para marcar o dia da viagem e conversava com o Sr. Weston sobre a possibilidade de levarem tortas de pombo e carneiro frio quando um cavalo de carruagem, que um problema na pata tornou manco, fez todo o plano tornar-se incerto. Passariam semanas, ou quem sabe apenas poucos dias, até o cavalo estar novamente bom, mas não se poderia fazer planos e tudo mergulhou em uma estagnação melancólica. Os recursos interiores da Sra. Elton não foram suficientes para suportar essa circunstância.

– Não é profundamente irritante, Knightley? – reclamou ela. – E com o tempo tão bom para explorar! Esses adiamentos e decepções são odiosos. O que vamos fazer? O ano vai terminar neste ritmo, sem que nada se realize. No ano passado, antes desta época, já tínhamos organizado um maravilhoso grupo de exploração indo de Maple Grave para Kings Weston.

– Então, seria melhor explorar até Donwell – sugeriu o Sr. Knightley –, pois pode-se fazê-la sem necessidade de cavalos. Vamos, concorde em ir até lá e poderá comer meus morangos. Estão amadurecendo depressa.

Se o Sr. Knightley não estava falando sério em princípio, logo foi obrigado a passar a encarar o fato com seriedade, pois sua proposta foi aceita com entusiasmo e o "Oh! Eu gostaria de fazer isso mais do que qualquer coisa!" não foi discreto nem nas palavras, nem nas maneiras. Donwell era famosa por suas plantações de morangos, que pareciam implorar por convites, mas não foi preciso implorar. Repolhos teriam sido suficientes para tentar a dama, que só queria ir a algum lugar. Ela prometeu e tornou a prometer a ele que iria, demonstrando-se extremamente gratificada pelo que considerou uma grande prova de intimidade.

– Pode confiar em mim – procurou tranquilizá-lo. – Eu irei, certamente. Diga quando e irei. Você permitirá que eu leve Jane Fairfax?

– Não posso escolher um dia – disse ele –, até ter falado com alguns dos outros que gostaria que também a acompanhassem.

– Oh, nesse caso, deixe tudo comigo! Apenas me dê carta branca. Sou ótima organizadora dessas coisas. É minha festa, levarei amigos comigo.

– Espero que leve Elton... Mas não vou incomodá-la, encarregando-a de fazer os demais convites.

– Oh, agora está parecendo muito dissimulado. Mas considere, não precisa ter medo de delegar poder a *mim*. Não sou uma jovem dama inexperiente. Mulheres casadas, como sabe, podem assumir tal responsabilidade com segurança. É minha festa. Deixe tudo comigo. Selecionarei seus convidados.

– Não – recusou ele, calmamente. – Há apenas uma mulher casada no mundo a quem eu permitiria convidar quem desejasse para ir a Donwell, e essa mulher é...

– A Sra. Weston, suponho. – Interrompeu a Sra. Elton, mortificada.

– Não. A Sra. Knightley. E como não há nenhuma, eu mesmo vou tomar conta desses assuntos.

– Ah, mas você é uma criatura ímpar! – exclamou ela, feliz por ver que não havia nenhuma outra preferida a ela. – Você é um humorista e pode dizer o que bem queira. Que humorista! Bem, levarei Jane comigo, Jane e a tia dela. O resto deixo com você. Não faço objeção alguma em encontrar a família Hartfield. Não se preocupe, sei que é ligado a eles.

– A senhora certamente os encontrará se minha vontade for feita e visitarei a Srta. Bates a caminho de casa.

– Isso não é necessário, vejo Jane todos os dias. Mas faça como quiser. Sabe, Knightley, o passeio deve ser feito pela manhã, algo bem simples. Usarei uma touca de aba larga e levarei uma cestinha pendurada no braço. Veja, provavelmente será esta cesta com uma fita cor-de-rosa. Nada pode ser mais simples. E Jane usará algo parecido. Não é preciso haver etiqueta e pompa, seremos como uma espécie de grupo cigano. Vamos andar por seus jardins, colher morangos e sentar sob as árvores... e o que mais você quiser oferecer, desde que o faça ao ar livre. Uma mesa posta à sombra, talvez. Tudo o mais natural e simples que seja possível. Não é o que está pensando?

– Não, exatamente. Minha ideia de simples e natural implica uma mesa na sala de jantar. A natureza e simplicidade dos cavalheiros e damas, com seus servos e mobília, creio que é melhor observada com refeições dentro de casa. Quando se cansar de comer morangos no campo, haverá uma refeição fria dentro de casa.

– Bem, se é o que prefere... Apenas não faça nada muito grandioso. E, por sinal, eu ou minha governanta podemos ser de alguma valia com nossas opiniões? Mas seja sincero, Knightley, se quiser que eu fale com a Sra. Hodges ou que inspecione qualquer coisa...

– Não haverá necessidade, obrigado.

– De acordo, mas se aparecer qualquer dificuldade, minha governanta é extremamente competente.

– A isso devo responder dizendo que creio que a minha também é bastante competente e não vai precisar da assistência de ninguém.

– Eu gostaria de termos um burrinho. Assim poderíamos chegar em burrinhos... Jane, a Srta. Bates e eu... E meu *caro sposo* a pé, andando ao lado. Devo realmente falar com ele sobre comprar um burrinho. Na vida do campo, creio que é algo muito necessário, pois mesmo que uma mulher possua muitos recursos, não é possível que fique sempre fechada dentro de casa. E as caminhadas muito longas são impossíveis no verão, quando há poeira, e no inverno, quando há lama.

– Não encontrará nenhuma dessas duas coisas entre Donwell e Highbury. A estrada para Donwell nunca é poeirenta e agora está perfeitamente seca. Mas se preferir ir montada em um burrinho, poderá pedir emprestado o da Sra. Cole. Eu apreciaria que tudo fosse tão ao seu gosto quanto possível.

– Tenho certeza de que sim... Realmente lhe faço justiça, meu bom amigo. Sob esses seus modos peculiares, secos e extremamente diretos, sei que há um coração caloroso. Como digo ao Sr. E., você é um perfeito humorista. Sim, creia em mim, Knightley, estou plenamente sensível a sua atenção nessa reunião que pretende organizar. Você pensou em tudo de modo a me agradar.

O Sr. Knightley tinha outro motivo para evitar a mesa ao ar livre, à sombra. Queria persuadir o Sr. Woodhouse, assim como Emma, a juntarem-se ao grupo e sabia que fazer qualquer um dos dois sentar fora de casa para comer com certeza desagradaria ao velho cavalheiro. O Sr. Woodhouse não poderia ser deixado infeliz simplesmente por um passeio matinal e de uma ou duas horas a serem passadas em Donwell.

Ele foi convidado de boa-fé. Nenhum horror oculto o estaria espreitando aproveitando-se de sua ingênua credulidade. O Sr.

Woodhouse concordou. Fazia dois anos que não ia a Donwell. "Em uma bela manhã, ele, Emma e Harriet poderiam ir sem problemas, ele poderia sentar-se com a Sra. Weston, enquanto as queridas meninas caminhassem pelos jardins. Não acreditava que pudesse haver umidade nessa época, no meio do dia. Iria gostar de ver a velha casa novamente e ficaria muito feliz em encontrar o Sr. e a Sra. Elton, além de outros vizinhos. Não, não faria nenhuma objeção a isso, assim como Emma ou Harriet; iriam até lá numa bela manhã. Era maravilhoso da parte do Sr. Knightley convidá-los, muito gentil e atencioso, muito melhor que um convite para jantar. Ele não gostava de jantar fora...

O Sr. Knightley teve sorte com os convidados. Todos receberam muito bem o convite, a ponto de parecer que, como a Sra. Elton, todos acreditavam que a recepção era uma homenagem pessoal a cada um. Emma e Harriet demonstraram elevadas expectativas e muito prazer diante da ideia. O Sr. Weston, mesmo sem que lhe fosse pedido, prometeu que levaria Frank também, se fosse possível, em uma demonstração de aprovação e gratidão que poderia muito bem ser dispensada, porém o Sr. Knightley foi obrigado a dizer que gostaria imensamente que o jovem cavalheiro também fosse; dessa maneira, o Sr. Weston não perdeu tempo em escrever, nem economizou argumentos para induzir o filho a comparecer.

Enquanto isso, o cavalo manco recuperou-se rapidamente, de modo que a ida em grupo para Box Hill voltou a ser considerada alegremente. Por fim, a ida a Donwell foi marcada para um dia e a Box Hill, para o dia seguinte, já que o tempo parecia perfeito.

Sob um brilhante sol do meio-dia, quase na metade do verão, o Sr. Woodhouse estava a salvo dentro de sua carruagem, com uma janela aberta, para fazer parte do grupo. E o velho senhor foi instalado em uma das salas mais confortáveis da abadia, especialmente preparada para ele, com a lareira acesa desde de manhã, tornando-o pronto para falar com prazer sobre a proeza que acabava de realizar e para aconselhar a todos que se sentassem e não se aquecessem demais. A Sra. Weston, que parecia ter caminhado até lá com o propósito de se cansar para ficar o tempo todo sentada ao lado dele, portou-se como sua paciente ouvinte enquanto os demais foram convidados ou persuadidos a sair.

Fazia tanto tempo desde que Emma estivera na Abadia Donwell e, assim que se certificou de que o pai se encontrava confortável, sentiu-se feliz em deixá-lo, ansiosa como estava para refrescar e corrigir sua memória com observações mais atentas aos detalhes da casa e às terras, que sempre haviam sido muito interessantes para ela e toda a sua família.

Sentiu todo o orgulho sincero e a complacência que sua ligação com o atual e com o futuro proprietário podia garantir, ao ver o respeitável tamanho e estilo da imponente construção, seu formato característico e atraente, baixo e abrigado, os amplos jardins e, em seguida, plantações que desciam para o campo plano, banhado por um rio, e a sequência de bosques a perder de vista. A casa era maior do que Hartfield e totalmente diferente, estendendo-se por uma grande área de terreno irregular, com muitas salas confortáveis e uma ou duas realmente fantásticas. Era exatamente como devia ser e parecia ser o que era. Emma sentiu um respeito crescente pelo local, como residência de uma família de verdadeira nobreza e sem manchas na reputação. John Knightley, de fato, tinha um temperamento um pouco difícil, mas Isabella fizera um casamento excepcional. Ela não lhes dera motivos, nem nomes nem lugares que pudessem provocar vergonha. Estes eram sentimentos muito agradáveis, e ela continuou andando pela casa, pensando nessas coisas, até que precisou reconhecer que era necessário fazer o que os outros faziam e saiu para ir colher morangos. O grupo inteiro estava reunido, com exceção de Frank Churchill, que deveria chegar de Richmond a qualquer momento. A Sra. Elton, com todo seu aparato de felicidade, a touca com aba imensa e a cesta, achava-se pronta para liderar e indicar o caminho para que fossem colher morangos. O assunto do grupo, agora, eram apenas morangos:

"A melhor fruta da Inglaterra, a favorita de todos, sempre deliciosa... Aqueles eram os melhores canteiros com plantas da melhor espécie... Era delicioso colher morangos para si mesmo, era o único modo de realmente sentir o gosto delicioso... A manhã era decididamente a melhor hora... Não se sentia cansaço... Não havia comparação, os outros mal podiam ser comidos... Mas o preço dos morangos em Londres... Eram muito abundantes em Bristol. Maple Grove... Cultivo... Quando as plantas têm de ser renovadas... Os plantadores dizem o contrário... Não existe uma regra geral. Não se deve obrigar os plantadores a fazerem o que não querem... Fruta deliciosa, apenas saborosa demais para se comer muito... Inferior às cerejas... As groselhas eram mais refrescantes... A única objeção a colher-se morangos era ter de se abaixar... O sol forte... Um terrível cansaço. Não dava para aguentar mais... Era preciso ir sentar à sombra."

E assim a conversa prolongou-se por meia hora e foi interrompida apenas uma vez pela Sra. Weston que, em sua solicitude para com o enteado, veio para ir perguntar se ele chegara. Ela estava um tanto preocupada. Temia pelo cavalo dele.

Encontraram lugares razoavelmente bons, à sombra, para sentar-se e Emma foi forçada a ouvir o que a Sra. Elton e Jane Fairfax diziam. Conversavam sobre um emprego. Estava em questão uma colocação muito desejável. A Sra. Elton recebera a notícia naquela manhã e estava exultante. Não era nada que se referisse à Sra. Suckling, nem à Sra. Bragge, mas em felicidade e esplendor era quase o mesmo de trabalhar para elas. Dizia respeito a uma prima da Sra. Bragge, amiga da Sra. Suckling, muito conhecida em Maple Grave. Delicada, encantadora, superior, dos círculos mais elevados e alta sociedade. Tudo! E a Sra. Elton queria aceitar a oferta o mais depressa possível. Ela era só calor, energia, triunfo e, definitivamente, recusava-se a aceitar a negativa da Srta. Fairfax, apesar de sua amiga continuar assegurando que não pretendia assumir nenhum compromisso, repetindo os mesmos motivos que enumerara antes. Mas a Sra. Elton continuava insistindo em receber a autorização para escrever logo na manhã seguinte. Emma não conseguia compreender como Jane podia suportar aquilo. A jovem dama parecia aborrecida, falava em tom áspero e, por fim, com uma decisão de ação incomum para ela, propôs que saíssem dali: "Não seria melhor caminharem um pouco? O Sr. Knightley não ficara de mostrar os jardins? Todos os jardins? Ela queria conhecer tudo."

A pertinácia da amiga parecia mais do que a Srta. Jane Fairfax podia suportar.

Fazia calor e depois de andar algum tempo pelos jardins em grupos dispersos, de no máximo três pessoas, os convidados se dirigiram, quase sem perceber, para a deliciosa sombra de uma larga avenida de limeiras, que se estendia além do jardim, sempre à mesma distância do rio, parecendo delimitar o final da área agradável para passeios. Dali em diante, não havia caminho para mais lugar algum, não havia nada, exceto a paisagem além de um baixo muro de pedras com altos pilares que pareciam feitos para ter um portão que desse acesso à casa, mas que jamais fora colocado. Apesar daquela limitação de gosto discutível, aquela fora uma caminhada agradável e a vista que descortinava daquele local era extremamente bela. A encosta considerável, ao pé da qual ficava a abadia, gradualmente ia adquirindo um perfil alcantilado, bem mais íngreme além do terreno ao redor da casa, e a uns oitocentos metros erguia-se um penhasco abrupto de considerável grandiosidade, bem coberto por árvores, e ao fundo dessa encosta, em local abrigado e favorável, iniciava-se a Fazenda Abbey-Mill, com campos à frente e o rio fazendo uma curva fechada e bonita ao seu redor.

Era uma paisagem bucólica, suave para os olhos e para a mente. A vegetação inglesa, a agricultura inglesa, o conforto inglês, vistos sob um sol brilhante, sem ser opressivo.

Ao aproximarem-se desse ponto, Emma e o Sr. Weston encontraram os outros e, ao passar os olhos pelo grupo, ela percebeu que o Sr. Knightley e Harriet achavam-se ligeiramente afastados dos outros, tranquilamente liderando o passeio. O Sr. Knightley e Harriet! Era um estranho *tête-à-tête*,* mas ficava feliz por vê-lo. Houvera um tempo em que ele não aceitaria a jovem como companhia e se afastaria dela sem grande cerimônia. Contudo, pareciam conversar de forma agradável. Houvera um tempo em que Emma ficaria triste por ver Harriet em um lugar tão favorável para avistar a Fazenda Abbey-Mill,

**Tête-à-tête*- Em francês no original, conversa a sós, sem testemunha. (*N. do T.*)

mas agora não sentia o menor temor diante disso. Do ponto em que se encontravam, a fazenda podia ser vista com nitidez em todos os detalhes de prosperidade e beleza; os pastos luxuriantes, os rebanhos espalhados por eles, os pomares em flor e a suave coluna de fumaça subindo ao céu. Emma aproximou-se deles, junto ao muro, e descobriu que estavam mais interessados na conversa do que em apreciar a paisagem ao redor. Ele explicava para Harriet as várias modalidades de agricultura etc. Endereçou a Emma um sorriso que parecia dizer: "Estas são minhas preocupações. Tenho o direito de falar destes assuntos, sem que desconfiem que estou me referindo a Robert Martin." Emma não desconfiava dele, aquele já era um caso superado. Com certeza, Robert Martin já nem lembrava mais de Harriet. Caminharam juntos por algum tempo. A sombra era refrescante e Emma considerou aquele o melhor momento do dia.

A caminhada seguinte foi de volta para casa, pois todos precisavam comer. Já se encontravam sentados, comendo e conversando, havia algum tempo e nada de Frank Churchill chegar. A Sra. Weston olhava a todo momento para a porta, mas era em vão. O pai do jovem cavalheiro não se permitia ficar inquieto e ria dos temores da esposa, que não conseguia deixar de desejar que ele houvesse vindo em sua égua preta. Frank Churchill havia garantido que iria. Ele dissera que "a tia estava bem melhor e não tinha dúvidas de que poderia ir juntar-se a eles".

No entanto, como muitos dos presentes tratavam de lembrá-la a fim de que se acalmasse, o estado da Sra. Churchill era dado a tantas e tão súbitas variações que poderia ter feito o sobrinho ficar. Por fim, a Sra. Weston foi convencida a acreditar, ou a fingir que acreditava, que possivelmente algum ataque da Sra. Churchill é que impedira seu enteado de chegar. Emma olhou para Harriet enquanto esse assunto era discutido e constatou que ela se comportava muito bem, sem revelar nenhum tipo de emoção.

A refeição fria terminou e o grupo saiu novamente para ver o que ainda não tinha sido visto, como os antigos tanques de peixes da abadia, e talvez para ir até o campo de trevos, que começariam a ser cortados no dia seguinte ou, se não fossem até lá, pelo menos para ter o prazer de sentir o calor e refrescar-se depois. O Sr. Woodhouse, que já realizara seu rápido passeio pelas partes altas do jardim, onde nem mesmo ele temia a umidade do rio, não quis sair novamente e a filha decidiu ficar com ele, para que a Sra. Weston pudesse sair com o marido a fim de caminhar e distrair-se, como parecia precisar.

O Sr. Knightley providenciara tudo que estava a seu alcance para entreter o Sr. Woodhouse. Livros de gravuras, caixas com medalhas, camafeus, corais, conchas e todas as outras coleções da família que estavam guardadas em armários haviam sido colocadas ao alcance das mãos do velho amigo. E os preparativos não foram em vão: o Sr. Woodhouse ficara maravilhado. A Sra. Weston lhe mostrara tudo e agora ele mostraria tudo a Emma – por sorte, o velho cavalheiro não tinha nenhuma outra semelhança com uma criança além do fascínio que sentia por aquelas relíquias; era metódico, lento e constante. Antes dessa segunda passagem pelas recordações, Emma foi até o hall, desejando alguns momentos de solidão para observar a entrada da casa e o jardim em frente. Mal havia chegado lá quando Jane Fairfax entrou, vindo apressada do jardim parecendo estar fugindo de alguém. Como não esperava encontrar a Srta. Woodhouse no hall, ela estacou, surpresa. Mas era justamente a Srta. Woodhouse quem Jane estava procurando.

– A senhorita faria a gentileza – pediu-lhe – de dizer que fui para casa quando os outros perceberem que sumi? Estou indo agora mesmo. Minha tia não tem noção de como já é tarde, nem de há quanto tempo estamos fora de casa, mas tenho certeza de que precisam de nós em casa e estou decidida a ir embora imediatamente. Não falei nada para ninguém, porque só iria causar preocupações e oposições. Uma parte do grupo foi até os tanques, a outra para a avenida das limeiras. Não vão perceber a minha falta até retornarem e, quando isso acontecer, a senhorita fará a bondade de dizer que já fui?

– Claro, se é o que deseja... Mas vai caminhar até Highbury sozinha?

– Sim... O que poderia me acontecer? Ando depressa. Devo chegar em casa em vinte minutos.

– Mesmo assim, é longe demais para que vá sozinha. Deixe que o criado de meu pai a leve. Deixe-me pedir a carruagem, ela estará pronta em cinco minutos.

– Obrigada, obrigada, mas não é necessário. Prefiro andar. E quanto a *eu* ter medo de andar sozinha... Eu, que logo terei de proteger os outros!

Havia muita agitação na voz e nos gestos da jovem, então Emma comentou com extrema delicadeza:

– Essa não é uma razão para que se exponha a perigos agora. Vou pedir a carruagem. O próprio calor pode ser um perigo e a senhorita já está cansada.

– Estou mesmo – concordou Jane Fairfax. – Estou cansada, mas não *esse* tipo de cansaço. Andar depressa até que será refrescante. Srta. Woodhouse, todos nós sabemos o que é ter de vez em quando um cansaço espiritual. Meu espírito, confesso, está exausto. A maior gentileza que pode me prestar é deixar que eu vá como desejo e apenas dizer que já fui embora quando for necessário.

Emma não se opôs mais. Compreendeu tudo. E compreendendo as emoções da jovem, ajudou-a a partir no mesmo instante, observando-a sair em segurança, com o zelo de uma amiga. Seu olhar de despedida era agradecido e suas palavras finais, "Oh, Srta. Woodhouse, que conforto é às vezes ficar sozinha!" pareceram vir diretamente de um coração angustiado, revelando a contínua pressão que ela sofria, até mesmo por parte das pessoas que mais a amavam.

"Que casa, realmente! E que tia ela tem!", pensou Emma enquanto voltava para a sala. "Tenho muita pena de você, e quanto maior sensibilidade demonstrar a tais horrores, mais gostarei de você."

Não fazia nem sequer quinze minutos que Jane saíra e o Sr. Woodhouse e Emma haviam apenas começado a observar algumas pinturas da Praça de São Marcos, em Veneza, quando Frank Churchill entrou na sala. Emma não estava pensando nele, esquecera-se completamente, mas ficou muito feliz por vê-lo. Agora, a Sra. Weston ficaria tranquila. A égua era inocente: estavam todos certos ao prever que a Sra. Churchill era o motivo do atraso. Ele fora detido por um súbito recrudescimento da doença dela, um choque nervoso, que durara algumas horas; chegara até a abandonar a ideia de vir, até bem mais tarde. Se soubesse como seria quente a cavalgada, que chegaria tão atrasado, ele não teria vindo. O calor era excessivo, nunca tinha sofrido algo assim. Nada o afetava tanto quanto o calor. Conseguia suportar qualquer nível de frio, mas o calor era intolerável. E ele sentou-se a maior distância possível do remanescente do fogo que fora aceso para o Sr. Woodhouse. Estava num estado deplorável.

– O senhor irá refrescar-se logo se ficar parado – aconselhou-o Emma.

– Assim que me refrescar, terei de retornar. Eu bem que poderia ter evitado isso tudo, mas como havia prometido vir... Vocês também retornarão logo, imagino. O grupo já está se desfazendo. Encontrei *uma* pessoa no caminho. Loucura, com este tempo! Completa loucura!

Emma escutou, observou e não tardou a perceber que o estado de Frank Churchill poderia ser perfeitamente explicado pelo mau humor. Algumas pessoas sempre ficavam assim quando submetidas ao calor. Com certeza era esse o caso dele e, como sabia que comer e beber em geral eram a cura para essas queixas incidentais, recomendou que ele fosse tomar um refresco e indicou a porta; encontraria uma grande quantidade de comida e bebida na sala de jantar.

Não, ele não queria comer. Não estava com fome e comer só o faria ficar com mais calor. Em dois minutos, no entanto, o Sr. Churchill levantou-se e, murmurando algo sobre cerveja, saiu da sala. Emma voltou a dar atenção ao pai, dizendo para si mesma: "Fico feliz por não ter me apaixonado por ele. Eu não gostaria de viver com um homem que fica tão perturbado apenas por uma manhã de calor. Já o temperamento meigo de Harriet não se importaria com isso."

Ele saíra da sala havia tempo suficiente para ter feito uma refeição razoável quando voltou. Estava muito melhor e com os bons modos que costumava ter; puxou uma cadeira para perto deles, interessando-se pelo que faziam e lamentou-se, desta vez com maneiras corretas, por ter se atrasado. Não se encontrava na melhor das disposições, mas parecia empenhado em melhorá-la. E, por fim, passou a conversar sobre amenidades de forma muito agradável. Estavam admirando vistas da Suíça.

– Assim que minha tia ficar boa, pretendo viajar para o exterior – disse ele. – Não conseguirei ficar em paz enquanto não puder ver esses lugares. De vez em quando mandarei desenhos para que os vejam, relatos para que os leiam ou meus poemas. Farei alguma coisa para me tornar conhecido.

– Pode ser, mas não com desenhos da Suíça. O senhor nunca irá para a Suíça. Seu tio e tia jamais permitirão que deixe a Inglaterra.

– Poderei convencê-los a ir também. Um clima mais quente pode ser prescrito para ela. Tenho mais do que uma leve esperança de irmos todos para o exterior. Garanto que tenho. Senti uma intensa certeza, esta manhã, de que logo estarei no exterior. Quero viajar. Estou cansado de não fazer nada. Quero uma mudança. Estou falando sério, Srta. Woodhouse, seja o que for que seus penetrantes olhos estejam vendo. Estou cansado da Inglaterra e partiria amanhã se fosse possível.

– Está cansado da prosperidade e da indulgência. Não pode inventar algumas obrigações e dificuldades para si mesmo e contentar-se em ficar aqui?

– *Eu*, cansado de prosperidade e de indulgência? Está completamente enganada. Não vejo a mim mesmo como próspero e indulgente. Todas as coisas materiais me contrariam e não me considero uma pessoa assim tão afortunada.

– Mas também já não está se sentindo tão miserável como se sentia quando chegou a esta casa. Vá, coma e beba mais um pouco, e vai sentir-se ainda melhor. Outra fatia de carne fria, outro gole de Madeira e água o deixarão tão feliz quanto o resto de nós.

– Não, não quero. Prefiro ficar sentado aqui, com a senhorita e seu pai. A senhorita é minha melhor cura.

– Amanhã iremos a Box Hill. Acha que poderá ir conosco? Não é a Suíça, mas já será algo para um jovem cavalheiro tão desejoso de mudanças. Ficará para ir conosco?

– Não, certamente não. Pretendo voltar para casa no frescor do entardecer.

– Mas poderá voltar para cá no frescor da madrugada, amanhã.

– Não, não valerá a pena. Se vier, sentir-me-ei mal.

– Então, por favor, fique em Richmond.

– Mas, se ficar lá, vou sentir-me pior. Será terrível ficar pensando em vocês todos lá, sem mim.

– O senhor terá de decidir sozinho quão mal deseja sentir-se. Não o pressionarei mais.

O resto do grupo começou a retornar e logo depois estavam todos ali. Alguns ficaram muito felizes ao ver Frank Churchill enquanto outros suportaram sua presença com muita compostura. Mas houve um descontentamento geral quando foi explicado o motivo do desaparecimento da Srta. Fairfax. Estava na hora de todos irem embora, foi a conclusão. E, com uma rápida combinação para o passeio do dia seguinte, o grupo foi embora. A pouca inclinação de Frank Churchill para excluir-se no dia seguinte diminuiu ainda mais, e suas últimas palavras para Emma foram:

– Bem, se a *senhorita* quer que eu fique e vá ao passeio, é o que farei.

Ela sorriu, concordando. Nada, a não ser um chamado urgente de Richmond, poderia fazer com que ele perdesse o passeio do dia seguinte.

43

O dia estava lindo para o passeio a Box Hill e todas as circunstâncias envolvendo organização, acomodações e pontualidade, foram favoráveis ao animado grupo. O Sr. Weston guiou a excursão, passando por Hartfield e pelo vicariado sem imprevistos, e todos foram pontuais. Emma e Harriet foram juntas, a Srta. Bates e a sobrinha, com os Elton e os cavalheiros, a cavalo. A Sra. Weston ficou em Hartfield com o Sr. Woodhouse. Nada mais faltava ao chegarem lá, a não ser que todos fossem felizes. Onze quilômetros haviam sido percorridos sob a expectativa de diversão e todos emitiram exclamações de admiração ao chegar, mas, no cômputo geral do dia, houve deficiência. Havia um langor, uma falta de ânimo, uma falta de união que não podiam ser ignorados. Dividiam-se continuamente em grupos menores. Os Elton caminhavam juntos, o Sr. Knightley encarregou-se de acompanhar a Srta. Bates e Jane, enquanto Emma e Harriet caminhavam em companhia de Frank Churchill. O Sr. Weston tentou em vão fazer com que todos se juntassem. Em princípio a divisão pareceu acidental, mas os grupos não se desfizeram. O Sr. e a Sra. Elton, na verdade, demonstravam toda a boa vontade em se misturar com os demais e em ser o mais agradáveis que podiam. Mas durante as duas horas que passaram na colina, a tendência à separação entre os outros dois grupos pareceu tão forte que nem as belas vistas, a excelente comida fria ou mesmo a alegria do Sr. Weston conseguiram remover.

Em princípio tudo parecia extremamente tedioso para Emma. Ela nunca vira Frank Churchill tão silencioso e tão pouco inteligente: não dizia nada que valesse a pena ouvir, olhava sem ver, admirava sem atenção, escutava sem entender o que era dito. Uma vez que ele se mostrava tão tedioso, não era de admirar que Harriet se comportasse do mesmo modo, e os dois se tornaram insuportáveis.

Quando todos sentaram-se juntos foi melhor – aliás, para o gosto de Emma, muito melhor, pois Frank Churchill voltou a ser falante e alegre, dirigindo-se principalmente a ela, dedicando-lhe toda atenção que podia oferecer. Era impossível não perceber que o único objetivo dele era impressioná-la, diverti-la e ser agradável a seus olhos. Emma, feliz por ser adulada, sem nenhuma objeção a ser admirada, também se tornou alegre e comunicativa, oferecendo ao jovem cavalheiro um encorajamento amigável e liberdade para que fosse galante de um modo que jamais fizera, nem mesmo durante o primeiro e mais animado período do conhecimento entre eles, pois para ela a própria atitude nada significava, embora, aos olhos de todos os demais ali presentes, só houvesse uma palavra para definir o comportamento entre eles: flerte. "O Sr. Frank Churchill e a Srta. Woodhouse estão flertando de maneira excessiva." Os dois mostravam-se claramente merecedores desta frase e de que esta fosse escrita em uma carta para Maple Grove, remetida por certa dama, e em uma carta para a Irlanda, remetida por outra.

Não que Emma estivesse alegre e despreocupada por sentir uma felicidade real. Era mais porque estava menos feliz do que esperava. Ria porque se sentia desapontada e, ainda que gostasse das atenções – fossem elas de amizade, de admiração, de brincadeira, Emma as achava perfeitamente apropriadas –, não estavam reconquistando seu coração. Continuava vendo Frank Churchill apenas como amigo.

– Quanto devo à senhorita – disse ele – por ter me convencido a vir hoje! Se não fosse por isso, certamente eu teria perdido toda a alegria deste passeio. Estava, de fato, determinado a ir embora ontem.

– Sim, o senhor estava muito mal-humorado. E não sei por que, a não ser que tenha sido porque chegou atrasado para saborear os morangos mais bonitos. Fui uma amiga muito melhor do que o senhor merecia. Mas o senhor foi humilde. Implorou para que eu lhe pedisse que viesse.

– Não diga que eu estava mal-humorado. Estava cansado. O calor me fatigou.

– Hoje está mais quente do que ontem.

– Não para mim. Estou me sentindo perfeitamente bem hoje.

– O senhor está se sentindo bem porque está sob controle.

– Sob controle da senhorita? Sim.

– Talvez eu tivesse a intenção de que o senhor dissesse isso, mas apenas quis me referir ao autocontrole. De um modo ou de outro, ontem o senhor ultrapassou seus limites e acabou escapando até mesmo do próprio controle. Mas hoje voltou a controlar-se novamente e, como não posso estar sempre com o senhor, é melhor que acredite que mantém seu temperamento sob seu próprio controle e não sob o meu.

– É a mesma coisa. Não posso ter autocontrole sem uma motivação. A senhorita me dá ordens, quer o faça em voz alta, quer não. E pode, sim, estar sempre comigo. A senhorita está sempre comigo.

– Somente desde as três horas da tarde de ontem. Minha influência constante não poderia ter começado a não ser naquele momento, ou o senhor não estaria tão mal-humorado antes.

– Três da tarde de ontem! Esta é sua data. Creio que a vi pela primeira vez em fevereiro.

– Não há como responder a sua galanteria. Mas – abaixando a voz – ninguém está conversando a não ser nós dois e é um pouco demais ficar falando bobagens para entreter sete pessoas silenciosas.

– Eu não disse nada de que me envergonhe – replicou ele, com atrevida impudência. – Eu a vi pela primeira vez em fevereiro. Que todos aqui me ouçam se puderem. Que minhas palavras voem até Mickleham e Dorking. Eu a vi pela primeira vez em fevereiro. – E então, sussurrando: – Nossos companheiros são excessivamente idiotas. O que devemos fazer para animá-los? Qualquer amenidade serve. Eles *precisam* falar. Senhoras e senhores, a Srta. Woodhouse (que, esteja onde estiver, é quem comanda) ordenou-me que lhes dissesse que deseja saber o que estão pensando.

Alguns riram e deram respostas bem-humoradas. A Srta. Bates começou a falar sem parar, a Sra. Elton ficou remoendo a ideia da Srta. Woodhouse comandar e a resposta do Sr. Knightley foi a mais distinta:

– A Srta. Woodhouse tem certeza de que quer ouvir o que todos estamos pensando?

– Oh, não! – exclamou Emma, rindo da maneira mais natural que pôde. – Por nada deste mundo. É a última coisa que eu poderia desejar neste momento. Quero ouvir qualquer coisa, menos o que estão pensando. Mas não todos que se encontram aqui. Há talvez uma ou duas pessoas – relanceou os olhos pelo Sr. Weston e por Harriet – das quais não temo saber o que pensam.

– Esse é o tipo de coisa – exclamou a Sra. Elton, de maneira enfática – que *eu* nunca pensaria ter o privilégio de perguntar! Sei bem que, como *comandante* de grupo, talvez *eu* nunca tenha estado em círculo algum... em grupos de exploração... de jovens damas... de mulheres casadas...

As palavras gaguejadas da senhora eram na maioria dirigidas ao marido, e ele murmurou em resposta:

– É verdade, meu amor, é verdade. Exatamente isso. Nunca se ouviu falar de algo assim, mas algumas damas dizem o que lhes vem à cabeça. Melhor deixar passar como se fosse uma brincadeira. Todos sabem o respeito que lhe é devido.

– Não deu certo – segredou Frank para Emma. – Eles ficaram ofendidos. Vou atacá-los com mais determinação. Senhoras e senhores, a Srta. Woodhouse ordenou-me que dissesse que ela declina de seu direito de saber exatamente o que estão pensando e pede apenas que algo muito interessante seja dito por cada um de vocês. Aqui temos sete pessoas, além de eu mesmo, que, ela tem o prazer de dizer, já diverti bastante o grupo... Então, ela pede apenas que cada um dos presentes diga uma coisa muito inteligente, seja em prosa ou em verso, inédito ou conhecido... Ou, então, duas coisas moderadamente inteligentes ou mesmo três coisas tolas. Ela promete rir de tudo que for dito.

– Oh, muito bem! – exclamou a Srta. Bates. – Então, não devo me preocupar. "Três coisas tolas"... Vai ser muito fácil para mim. Creio que digo muito mais do que três coisas tolas assim que abro a boca, não é? – Olhou ao redor, aguardando, bem-humorada, que todos assentissem. – Todos aqui não concordam comigo?

Emma não conseguiu resistir.

– Ah, madame! Mas aqui surge uma dificuldade. Perdoe-me, mas terá de limitar-se ao número: apenas três coisas de cada vez.

A Srta. Bates, confundida pelo sarcástico tom cerimonioso de Emma, não entendeu de imediato o significado das palavras. Mas, quando percebeu, não ficou zangada, apenas corou um pouco, demonstrando que fora dolorosamente atingida.

– Ah, bem... Sim, entendi o que ela quis dizer... – voltou-se para o Sr. Knightley – e tentarei segurar minha língua. Devo ter sido muito desagradável ou ela não teria dito tal coisa para uma velha amiga.

– Gostei dessa ideia! – interferiu o Sr. Weston. – Concordo, concordo. Farei o máximo que puder. Vou apresentar-lhes uma adivinhação. Como uma adivinhação será classificada?

– Muito baixo, lamento, senhor – respondeu o filho dele. – Mas seremos indulgentes, especialmente com quem nos trouxe aqui.

– Não, não – protestou Emma. – A classificação não será baixa. Uma adivinhação do Sr. Weston servirá para liberar tanto ele quanto a pessoa ao seu lado. Vamos, senhor, quero ouvir sua adivinhação.

– Duvido que seja muito inteligente – justificou-se o Sr. Weston. – É muito banal, mas aqui vai ela. Que duas letras do alfabeto expressam perfeição?

– Que duas letras... expressam perfeição? Não sei.

– Ah, jamais saberia! A senhorita – para Emma – nunca vai adivinhar. Vou dizer-lhe. M e A. Em... ma. Entendeu?

A compreensão e a satisfação chegaram juntas. Podia ser uma brincadeira sem muita graça, mas Emma riu bastante dela, assim como Frank e Harriet. O restante do grupo, porém, não compartilhou tanto essa alegria; alguns chegaram a não expressar alegria alguma e o Sr. Knightley disse gravemente:

– Isso explica o tipo de coisa inteligente que se espera e o Sr. Weston saiu-se muito bem. Mas ele acabou com as chances dos outros. A *perfeição* não devia vir logo no começo.

– Oh, quanto a mim, peço para ser dispensada – solicitou a Sra. Elton. – Eu, *realmente,* não posso sequer tentar. Não gosto desse tipo de coisa. Uma vez enviaram-me um acróstico com meu próprio nome e não gostei nem um pouco. Eu sabia quem o tinha mandado. Um rapaz abominável! Sabe o que quero dizer... – Ela fez um aceno para o marido. – Brincadeiras desse tipo ficam bem no Natal – quando as pessoas estão sentadas ao redor do fogo. Porém, na minha opinião, são totalmente inapropriadas quando se está excursionando pelo campo, no verão. A Srta. Woodhouse deve perdoar-me. Não sou daqueles que produzem improvisos interessantes em louvor de outras pessoas. Não finjo ser uma grande inteligência. Tenho muita vivacidade a meu próprio modo, mas acredito que sei quando devo falar e quando devo conter minha língua. Eu passo, Sr. Churchill. O Sr. E. também passa... Knightley também, assim como Jane e eu mesma. Não temos nada de inteligente a dizer... Nenhum de nós.

– Sim, sim, *eu* passo – confirmou o marido dela, com uma leve expressão depreciativa. – *Eu* nada tenho a dizer que possa entreter a Srta. Woodhouse ou qualquer das jovens damas presentes. Um velho homem casado, bom para quase nada... Vamos passear, Augusta?

– Com prazer. Estou realmente cansada de permanecer por tanto tempo em um só local. Vamos, Jane, dê-me seu braço.

Jane declinou do convite e o casal afastou-se.

– Que casal feliz! – comentou Frank Churchill, assim que eles não podiam mais escutá-lo. – Como combinam um com o outro! Foi muita sorte casarem-se como eles se casaram, pois se conheceram apenas algumas semanas antes, em um local público! Creio que se conheceram apenas por algumas semanas, em Bath! Uma sorte incomum! Todos sabem que em Bath, assim como em qualquer outro local público, o conhecimento real que se pode obter de uma pessoa é quase nulo, praticamente impossível. Apenas quando se vê uma mulher em sua própria casa, seu verdadeiro lar, do modo como ela é realmente, é que se pode formar algum juízo. Fora disto, é tudo apenas conjectura e sorte. E, na maioria dos casos, má sorte. Quantas vezes um homem se compromete sem conhecer direito a mulher e depois lamenta isso pelo resto da vida!

A Srta. Fairfax, que mal falara antes, a não ser com as pessoas próximas, resolveu fazê-lo nesse momento:

– Coisas assim acontecem, sem dúvida...

Um acesso de tosse impediu-a de continuar e Frank Churchill voltou-se para ela a fim de escutar.

– A senhorita dizia... – incentivou-a gravemente.

Ela recuperou a voz.

– Ia apenas observar que apesar dessas circunstâncias infelizes ocorrerem às vezes, tanto com homens quanto com mulheres, não creio que sejam muito frequentes. Pode ocorrer uma ligação apressada e imprudente, mas geralmente há tempo para recuperar-se dela depois. Quero que compreendam bem que eu quero dizer que apenas as personalidades fracas e irresolutas... cuja felicidade depende sempre do fator sorte... permitem que um conhecimento infeliz se torne uma inconveniência, uma opressão para sempre.

Frank Churchill não respondeu, apenas ficou olhando, em seguida fez uma reverência em aprovação. Logo depois falou, em tom animado:

– Bem, tenho tão pouca confiança em meu próprio julgamento que quando for me casar espero que alguém escolha a esposa para mim. A senhorita o fará? – Voltou-se para Emma. – Vai escolher uma esposa para mim? Tenho certeza de que gostarei de qualquer noiva que seja escolhida pela senhorita. A senhorita cuida da minha família, sabe? – Sorriu para o pai. – Então, encontre alguém para mim. Não tenho pressa. Adote-a, eduque-a.

– Para torná-la igual a mim.

– Se puder.

– Muito bem. Aceito a missão. O senhor terá uma esposa encantadora.

– Ela deve ser animada e ter olhos amendoados. Não me importo com o resto. Devo ir para o exterior por um ou dois anos e, quando retornar, virei procurá-la, para conhecer minha esposa. Não esqueça.

Não havia perigo de Emma esquecer. Era uma missão que satisfazia cada um de seus anseios. Harriet não seria a pessoa descrita por ele? Exceto pelos olhos amendoados. Todavia, dois anos poderiam fazer com que ela obtivesse todos os demais requisitos. Ele poderia até mesmo estar pensando em Harriet ao dizer aquelas palavras. Quem poderia saber? A referência à educação poderia muito bem indicar que era dela que ele falara.

– Agora, madame – disse Jane para a tia –, será que podemos ir ao encontro da Sra. Elton?

– Se quiser, minha querida. Com todo o meu coração. Estou pronta. Estava pronta para ir com ela, mas assim também está bom. Logo ela deverá aparecer por aqui... Ali está ela! Não, não é ela. É uma das damas da carruagem do grupo irlandês e nada parecida com ela. Bem, creio que...

Elas saíram andando, sendo logo seguidas pelo Sr. Knightley.

O Sr. Weston, seu filho, Emma e Harriet permaneceram. E a animação do jovem cavalheiro aumentou, chegando a um ponto quase desagradável. Até mesmo Emma ficou cansada dos elogios e desejou estar caminhando em silêncio com os outros ou sentada sozinha, observando tranquilamente a beleza da paisagem. O aparecimento dos criados procurando por eles para dar notícias sobre as carruagens foi uma visão bem-vinda, e mesmo a agitação de preparar-se para a partida e a insistência da Sra. Elton para que *sua* carruagem fosse a primeira foram suportadas com alegria, diante da perspectiva de uma viagem em silêncio, que encerraria as questionáveis diversões desse dia de prazer. Ela esperava nunca mais ter de participar de outro esquema como aquele, composto por gente tão mal escolhida.

Enquanto esperavam pela carruagem, Emma notou que o Sr. Knightley estava a seu lado. Ele olhou ao redor, como para confirmar que não havia mais ninguém por perto, e então disse:

– Emma, devo mais uma vez falar com você com a franqueza que estou acostumado. Trata-se de um privilégio mais suportado que encorajado, talvez, mas preciso usá-lo. Não posso vê-la agindo mal sem fazer-lhe uma advertência. Como pôde ser tão insensível com a Srta. Bates? Como pôde ser tão insolente para com uma mulher com o caráter, a idade e a situação dela? Emma, jamais pensei que isso pudesse ser possível.

Emma, ao lembrar-se do que se tratava, ficou vermelha, lamentou o que fizera, mas tentou rir.

– Mas como eu poderia deixar de dizer o que disse? Ninguém poderia ter evitado. E não foi assim tão ruim. Ouso dizer até que ela não me compreendeu.

– Garanto-lhe que compreendeu. Ela entendeu por completo o que você quis dizer. Desde então, a Srta. Bates só falou disso e eu gostaria que você a tivesse ouvido, para testemunhar seu candor e generosidade. Gostaria que a ouvisse elogiando sua paciência, Emma, lembrando como você foi tão bondosa com ela, que sempre recebeu tantas atenções de você e do seu pai, mesmo sendo tão cansativa.

– Oh! – exclamou Emma. – Sei que não há criatura melhor do que ela no mundo, mas o senhor deve concordar que, infelizmente, a bondade e o ridículo estão igualmente presentes nela.

– É verdade, reconheço essa mistura, e se ela fosse uma dama próspera, eu poderia admitir que há em alguns momentos até certo domínio do ridículo sobre o bom. Se ela fosse uma mulher de fortuna, deixaria que os absurdos inofensivos dela tivessem suas consequências, eu não chamaria sua atenção por ter tomado aquela liberdade. Se ela fosse sua igual em situação... Mas, Emma, considere quão distante isso está de ser a realidade. A Srta. Bates é pobre, perdeu o conforto entre o qual nasceu e se ela viver até uma idade avançada, provavelmente irá perder ainda mais. A situação dela deveria provocar sua compaixão. Sua atitude muito errada, sem dúvida! Você, a quem ela conhece desde a infância, a quem viu crescer em um período em que a atenção dela era uma honra... agora diverte-se à custa dela, submete-a a humilhações e, pior ainda, na frente da sobrinha, diante de outras pessoas... (*algumas* com certeza... poderão vir a imitar o modo como *você* a trata.) Não foi uma atitude correta de sua parte, Emma, e não me agradou nem um pouco. Mas devo, e vou... vou lhe dizer verdades enquanto puder, satisfeito em provar que sou seu amigo e fiel conselheiro, acreditando que você no futuro irá fazer-me maior justiça do que faz agora.

Enquanto falavam, caminhavam na direção da carruagem, que já esperava, pronta. E, antes que ela pudesse dizer mais alguma coisa, ele ajudou-a a subir. O Sr. Knightley interpretou erroneamente as emoções que a faziam manter a cabeça baixa e a boca calada. Essas emoções resumiam-se apenas em raiva de si mesma, mortificação e profundo arrependimento.

Ela não havia conseguido falar, sentou-se e permaneceu imóvel dentro da carruagem. Logo começou a se reprovar por nada ter dito, por ter ido embora sem se despedir, aparentemente ofendida, e olhou para fora disposta a demonstrar a ele que não era isso. Porém, era tarde demais. O Sr. Knightley já lhe voltara as costas e os cavalos punham-se em movimento. Emma continuou a olhar para trás, mas foi em vão. Com o que pareceu ser uma velocidade extraordinária, logo estavam a meio caminho colina abaixo e tudo ficou para trás. Sentia-se tão profundamente transtornada que nem conseguiria explicar, quase mais do que conseguiria esconder. Nunca, em nenhuma circunstância da sua vida, sentira-se tão agitada, mortificada e triste. Não havia como negar a verdade do que ele dissera. Sentia isso em seu coração. Como pudera ser tão brutal, tão cruel com a Srta. Bates? Como podia ter exposto a si mesma a ponto de fazer uma pessoa de quem gostava formular uma opinião tão ruim a seu respeito? E como fora capaz de deixar que ele ficasse lá, sem dizer-lhe uma palavra de concordância, de gratidão, de cortesia?

O tempo não a ajudou a se recompor. Quanto mais refletia, pior parecia sentir-se. Nunca estivera tão deprimida. Felizmente, não precisava falar. Em sua companhia estava apenas Harriet, que não parecia também com vontade de conversar.

E Emma sentiu as lágrimas correrem por seu rosto durante todo o trajeto, até em casa, sem se dar ao trabalho de enxugá-las, tão extraordinárias elas eram.

44

O fracassado passeio a Box Hill não saiu dos pensamentos de Emma a noite inteira. Ela não saberia dizer o que os demais componentes do grupo estavam pensando. Em suas diferentes casas, com seus diferentes modos de pensar, eles poderiam estar se lembrando da excursão com prazer, mas para ela havia sido uma manhã desperdiçada, totalmente despida de qualquer satisfação durante o tempo todo e parecia-lhe ainda pior quando pensava nela; havia sido pior do que qualquer outra manhã que já vivera. Uma tarde inteira jogando gamão com o pai, isso era felicidade. Nisso, realmente, residia o verdadeiro prazer, pois essas eram as mais doces das vinte e quatro horas do dia quando se dedicava ao conforto dele e sentia que – ainda que não merecesse completamente a profunda afeição do pai e sua confiança – não merecia nenhuma reprovação severa à sua conduta geral em relação a ele. Como filha, esperava não poder ser classificada de sem coração, esperava que ninguém pudesse censurá-la: "Como pôde ser tão insensível com seu pai? Mas devo, e vou... vou lhe dizer verdades enquanto puder."

A Srta. Bates jamais poderia... Não, nunca. Se as atenções que destinasse a ela no futuro pudessem apagar o passado, poderia quem sabe ser perdoada um dia. Sua consciência lhe dizia que havia sido negligente muitas vezes. Talvez houvesse sido mesmo mais negligente em pensamentos do que de fato; desdenhosa, desagradável. Mas isso não aconteceria mais. No calor do verdadeiro arrependimento, prometeu-se que iria visitar a Srta. Bates na manhã seguinte e que de sua parte esse seria o começo de uma série de visitas regulares, benevolentes e agradáveis.

Quando a manhã chegou, sua determinação não diminuíra; procurou sair cedo, para que nada pudesse impedi-la de realizar seu plano. Não era impossível, pensou, que encontrasse o Sr. Knightley no caminho. Ou quem sabe ele chegasse durante a visita. Não fazia objeções. Não ficaria envergonhada se parecesse estar cumprindo uma penitência, uma vez que era o que merecia. Seus olhos voltaram-se para a direção de Donwell enquanto caminhava, mas não o viu.

– As senhoras estão todas em casa.

Emma nunca sentira tanta satisfação ao ouvir essas palavras, nem entrara pelo corredor, nem subira a escada com tanta intenção de causar alegria. Antes, sempre havia entrado nessa casa como se fosse uma obrigação, sem esperar qualquer prazer que não o de ouvir as tolices da Srta. Bates.

Ouviu ruídos ao se aproximar, movimentos e vozes. Escutou a voz da Srta. Bates falando de algo que precisava ser feito às pressas. A criada que a precedia parecia assustada e sem jeito. Perguntou se ela se importaria de esperar um momento, mas por fim introduziu-a muito depressa na sala. Teve impressão de que tia e sobrinha fugiam, escapando para o aposento contíguo e que Jane parecia estar doente. Antes que a porta fosse fechada, ouviu a Srta. Bates dizer:

– Bem, minha querida, *vou dizer* que você está de cama. Tenho certeza mesmo que está doente...

A pobre e idosa Sra. Bates, educada e humilde como sempre, parecia não compreender o que estava acontecendo.

– Temo que Jane não esteja muito bem – disse ela –, mas não sei. Elas me *dizem* que ela está bem. Eu diria que minha filha logo virá, Srta. Woodhouse. Espero que encontre uma cadeira. Gostaria que Hetty não tivesse saído. Não posso... Encontrou uma cadeira, madame? Sentou-se onde desejava? Tenho certeza de que ela virá já.

Emma esperava muito que isso acontecesse. Temeu por um momento que a Srta. Bates se negasse a recebê-la, mas ela logo apareceu, "muito feliz, obrigada", porém a consciência de Emma lhe dizia que a boa criatura não agia com a mesma volubilidade alegre de sempre e parecia menos à vontade do que antigamente. Teve esperança de que se perguntasse amigavelmente pela Srta. Fairfax, poderia fazer com que o ambiente voltasse a ser como antes. O resultado foi mais do que imediato.

– Ah, Srta. Woodhouse, como a senhorita é gentil! Suponho que tenha ouvido dizer... e que por isso veio nos dar esta alegria. Posso não parecer muito alegre no momento – piscou rápido para livrar-se de uma ou duas lágrimas –, mas será muito difícil para nós nos separarmos dela, depois de tê-la conosco por tanto tempo, e ela está com uma terrível dor de cabeça neste momento, porque esteve escrevendo muito esta manhã... Foi preciso escrever cartas muito longas, sabe, ao coronel Campbell e à Sra. Dixon. "Minha querida", eu disse a Jane, "desse jeito você vai ficar cega!", pois havia lágrimas nos olhos dela o tempo todo. Mas não é de admirar, não é mesmo de admirar. Trata-se de uma grande mudança e, ainda que ela esteja sendo imensamente afortunada... acredito que nenhuma outra jovem dama conseguiu uma colocação como essa em sua primeira tentativa... Não pense que somos ingratas, Srta. Woodhouse, diante de tal surpreendente sorte – de novo secando as lágrimas –, mas pobre alma! Se visse a dor de cabeça que a atormenta! Quando alguém sente muita dor, é difícil ficar feliz com as boas notícias. Minha sobrinha está muito mal. Olhando para ela, ninguém imaginaria o quanto está feliz e satisfeita por ter arranjado esse emprego... A senhorita deve perdoá-la por não vir recebê-la... Ela não pode e foi para seu quarto... Quero que fique deitada na cama. "Minha querida", eu lhe disse, "vou explicar que você está de cama." Mas, no entanto, ela não está... Não para de andar pelo quarto. Porém, agora que já escreveu as cartas, ela diz que logo estará bem. Jane vai ficar muito triste por não poder vê-la, Srta. Woodhouse, mas sei que a perdoará, a senhorita é muito bondosa. Fizeram-na esperar à porta... Que vergonha... Entretanto, houve uma confusão, pois aconteceu de não ouvirmos bater, e até que a senhorita chegasse à escada, não sabíamos que havia alguém chegando. "É apenas a Sra. Cole", eu disse, "mais ninguém viria tão cedo" e ela respondeu "Bem, tem que ser feito mais cedo ou mais tarde, então é melhor que seja logo". Mas, então, Patty entrou e disse que era a senhorita. "Oh", eu disse, "é a Srta. Woodhouse: tenho certeza de que você vai gostar de vê-la." "Não posso ver ninguém", ela me disse, levantou-se e saiu da sala... Foi por isso que fizemos a senhorita esperar, pelo que lamentamos muito e estamos envergonhadas. "Se quer assim, querida", eu disse a ela, "então vá e direi que está de cama".

Emma ficou sinceramente interessada. Havia muito que seu coração vinha aceitando Jane, cada dia mais, e essa imagem do sofrimento dela agiu como uma cura para toda suspeita que ainda sentia pela jovem e nada mais restou além de pena. A lembrança das sensações menos justas e menos gentis do passado a fizeram aceitar o fato de Jane poder muito bem concordar em ver a Sra. Cole, ou qualquer outra amiga mais próxima enquanto não aceitava recebê-la. Ela falou do que sentia, com grande arrependimento e solicitude, desejando sinceramente que as circunstâncias mencionadas pela Srta. Bates fossem totalmente favoráveis à Srta. Fairfax. "Seria um verdadeiro choque para todos... Havia entendido que nenhuma resolução seria tomada até o regresso do coronel Campbell..."

– Quanta gentileza! – maravilhou-se a Srta. Bates. – Contudo, a senhorita sempre foi gentil.

Não havia como suportar aquele "sempre" e, para livrar-se daquela imerecida gratidão, Emma decidiu ser direta:

– Permite-me perguntar para onde a Srta. Fairfax irá?

– Para a casa da Sra. Smallridge... Uma dama encantadora, muito refinada... Para cuidar de suas três pequenas e maravilhosas filhas. Seria impossível conseguir uma colocação mais repleta de confortos, a não ser, é claro, talvez com a família da Sra. Suckling ou da Sra. Bragge... Mas a Sra. Smallridge é amiga íntima de ambas, e vive na mesma região... Sua residência fica a apenas seis quilômetros de Maple Grove. Jane ficará a apenas seis quilômetros de Maple Grove...

– Suponho, então, que é a Sra. Elton a pessoa a quem a Srta. Fairfax deve...

– Sim, nossa boa Sra. Elton. A mais incansável e fiel das amigas. Ela jamais aceita uma negativa. Não deixou Jane dizer "não". Pois quando minha sobrinha ficou sabendo disso... o que aconteceu anteontem, naquela manhã em que estivemos em Donwell... Então, quando Jane ouviu falar nisso, ficou bastante decidida a recusar a oferta, justamente pelas razões que a senhorita mencionou. Assim como a senhorita disse, ela havia resolvido esperar pelo retorno do coronel Campbell e nada a faria aceitar nenhum emprego antes... Foi o que Jane explicou repetidas vezes à Sra. Elton e eu não imaginava que ela fosse mudar de ideia! Mas a boa Sra. Elton, cujo julgamento nunca falha, enxergou mais longe do que eu. Não seria todo o mundo que insistiria da forma amigável como ela o fez, recusando-se a aceitar a resposta negativa de Jane, e ontem declarou que *não* iria escrever recusando a colocação, como Jane queria que fizesse; iria esperar e, então, ontem à noite ficou decidido que minha sobrinha iria. Que surpresa para mim! Eu não fazia a menor ideia! Jane levou a Sra. Elton para longe de todos e lhe disse, de repente, que depois de pensar nas vantagens do emprego oferecido pela Sra. Smallridge, havia decidido aceitá-lo. Eu não sabia nada sobre isso até estar tudo resolvido.

– Quer dizer que estiveram com a Sra. Elton ontem?

– Sim, todas nós. A Sra. Elton nos convidou. E o fez lá na colina, quando caminhávamos em companhia do Sr. Knightley. "Vocês *todos* devem ir esta tarde para a nossa casa", disse ela. "Insisto para que *todos* passem o serão conosco."

– O Sr. Knightley também foi?

– Não, o Sr. Knightley não. Ele declinou do convite desde o primeiro instante e, apesar de eu achar que iria porque a Sra. Elton declarou que não o deixaria escapar, ele não foi. Mas minha mãe, Jane e eu estávamos todas lá e foi uma noite muito agradável. São tão bons amigos, Srta. Woodhouse, foram tão agradáveis, apesar de todos estarem cansados depois do passeio pela manhã! Até mesmo os prazeres, a senhorita sabe, são cansativos e não posso dizer que nenhum deles pareça ter gostado muito daquele passeio. No entanto, *eu* achei que foi ótimo e sou profundamente grata aos bons amigos que me incluíram nele.

– A Srta. Fairfax, imagino, apesar de a senhorita talvez não estar sabendo, deve ter passado o dia todo pensando nesse problema.

– Ouso dizer que sim.

– Quando o momento de ela ir embora chegar, com certeza será muito difícil para ela e todos os seus amigos... Mas espero que essa decisão dê a ela o melhor possível, quero dizer, no que se refere ao caráter e modos da família com o qual vai morar.

– Obrigada, minha querida Srta. Woodhouse. Sim, sem dúvida é uma situação que pode fazer minha sobrinha muito feliz. Excetuando-se os Suckling e os Bragge, não há outra colocação para cuidar de crianças que seja tão liberal e elegante entre todas as famílias que a Sra. Elton conhece. A Sra. Smallridge é uma dama maravilhosa! Com um estilo de vida quase igual ao de Maple Grove... E quanto às crianças, excetuando-se os pequenos Suckling e Bragge, não existem outras mais meigas e bem-educadas. Jane será tratada com tanta gentileza! A vida dela será uma vida de completa alegria. E o salário! Na verdade, não posso lhe dizer de quanto será seu salário, Srta. Woodhouse. Mesmo a senhorita, acostumada como está a grandes somas, mal poderia acreditar no quanto uma pessoa jovem como Jane irá ganhar.

– Ah, madame! – exclamou Emma. – Se outras crianças forem como me lembro de ter sido, um salário cinco vezes maior que o que costumam pagar seria bem merecido!

– A senhorita tem ideias tão nobres!

– E quando a Srta. Fairfax vai deixá-las?

– Em breve, muito em breve. Isso é o pior de tudo. Dentro de duas semanas. A Sra. Smallridge precisa muito de ajuda. Minha pobre mãe não sabe como suportar isto. Então, tento fazê-la não pensar mais nesse fato e lhe digo: "Coragem, madame, não vamos mais pensar nisso!"...

– Todos os amigos da Srta. Fairfax lamentarão perdê-la. Será que o coronel e a Sra. Campbell não ficarão magoados por ela ter se empregado antes do retorno deles?

– Sim, Jane diz que eles sem dúvida irão magoar-se, mas mesmo assim é um emprego que ela não pode recusar. Fiquei surpreendida quando minha sobrinha contou-me o que dissera à Sra. Elton, e quando a Sra. Elton, no mesmo momento, veio me dar os parabéns! Foi antes do chá... Não, não pode ter sido antes do chá, porque estávamos a ponto de jogar cartas e... Sim, foi antes do chá porque recordo-me de ter pensado... Oh, não! Lembro-me agora, algo aconteceu antes do chá, mas não foi isso. O Sr. Elton foi chamado para fora da sala antes do chá, porque o filho do velho John Abdy queria falar com ele. Pobre velho John, tenho grande respeito por ele... Foi tabelião do meu pobre pai por vinte e sete anos e agora o pobre velho está preso à cama, em péssimo estado, reumático, com gota nas juntas... Preciso ir visitá-lo hoje mesmo. Jane também irá, tenho certeza, se sentir vontade de sair. E o filho do pobre John tinha ido falar com o Sr. Elton sobre o quanto toda a paróquia se sente satisfeita... Ele próprio está muito bem, pois sendo o encarregado da Crown, cuida dos cavalos, e cuida de tudo que se relaciona com aquela área... Mesmo assim, não pode amparar o pai sem receber alguma ajuda... Quando retornou à sala, o Sr. Elton nos contou o que John lhe tinha dito: que havia mandado o cavalo para Randalls a fim de que o Sr. Frank Churchill fosse embora para Richmond. Foi isso que ocorreu antes do chá. Jane conversou com a Sra. Elton depois do chá.

A Srta. Bates jamais deu a Emma tempo para que dissesse que aquela notícia era absolutamente nova para ela e continuou a falar. Por que a Srta. Bates deu todos os detalhes da partida do Sr. Frank Churchill, mesmo supondo que a Srta. Woodhouse já os conhecesse, entretanto, é irrelevante.

O que o Sr. Elton ficara sabendo do cavalariço sobre aqueles acontecimentos fora o somatório do que o cavalariço e os servos de Randalls sabiam, ou seja, que um mensageiro viera de Richmond, logo depois do grupo haver regressado de Box Hill, e que a mensagem, no entanto, não fora mais do que se esperava: algumas linhas do Sr. Churchill para o sobrinho, com um relato das condições de saúde da Sra. Churchill e com o desejo expresso de que ele não atrasasse seu retorno além da manhã seguinte. Porém, o Sr. Frank Churchill decidira voltar imediatamente para casa, sem esperar, e como seu cavalo parecia ter pego um resfriado, Tom fora enviado à Crown para alugar uma carruagem e pouco depois o cavalariço vira o jovem cavalheiro a uma boa velocidade.

Nada havia de surpreendente ou interessante nesse relato e ele chamou a atenção de Emma apenas por parecer relacionar-se com uma ideia que já estava em sua mente. Chamou-lhe a atenção o contraste entre a importância, no mundo, da Sra. Churchill e a de Jane Fairfax. Uma era tudo e a outra, nada. Ficou pensando, então, na diferença do destino de uma mulher, sem ter a menor consciência de onde seus olhos se fixavam, até ser despertada pela voz da Srta. Bates, que dizia:

– Sim, imagino no que a senhorita está pensando... O piano... O que vai ser dele? É verdade. A pobre Jane estava falando nisso agora mesmo. "Você deve ir embora daqui", ela falou. "Você e eu temos que nos separar. Você não terá mais o que fazer aqui. Mas deixe-o ficar aqui por enquanto, dê abrigo a ele até o coronel Campbell voltar. Falarei sobre o piano com ele, que deverá resolver tudo para mim... Ele me ajudará a sair de todas as dificuldades." E até agora, creio, Jane não sabe se o piano foi presente dele ou da filha.

Agora, Emma era forçada a pensar também no piano. E a lembrança de todas aquelas imaginárias e injustas conjeturas pareciam-lhe tão censuráveis e maldosas que convenceu a si mesma de que a visita já durara bastante e, com uma repetição de tudo que podia aventurar-se a dizer com sinceridade sobre as boas coisas que desejava, ela foi embora.

45

As meditações de Emma, enquanto caminhava de volta para Hartfield, não foram interrompidas. Mas ao entrar em casa, encontrou aqueles que deviam suspendê-las. O Sr. Knightley e Harriet haviam chegado enquanto estava fora e faziam companhia para seu pai. O Sr. Knightley levantou-se de imediato e, em um tom perceptivelmente mais grave do que o habitual, disse:

– Eu estava decidido a não sair antes de ver você, mas não tenho tempo a perder. Portanto, devemos ir direito ao assunto. Estou indo para Londres, onde pretendo passar alguns dias com John e Isabella. Você tem algo a dizer ou enviar, além do "amor" que ninguém precisa carregar?

– Não, nada. Mas não decidiu essa viagem de forma súbita demais?

– Aparentemente, sim. Contudo, vinha pensando nela há algum tempo.

Emma tinha certeza de que ele não a perdoara: não era mais o mesmo. O tempo, no entanto, mostraria que deviam ser amigos novamente. Enquanto o cavalheiro se erguia, como que pretendendo ir embora, mas retardando a saída, o Sr. Woodhouse começou com suas perguntas:

– Bem, minha querida, chegou lá a salvo? E como encontrou minha boa e velha amiga e sua filha? Ouso dizer que devem ter ficado encantadas com sua visita. Como eu lhe disse antes, Sr. Knightley, a querida Emma foi visitar a Sra. e Srta. Bates. Minha filha é sempre tão atenciosa com elas!

O rosto de Emma enrubesceu, sem que ela pudesse impedir, diante daquele elogio não merecido. Então, com um sorriso e um balançar da cabeça que revelavam muito, ela olhou para o Sr. Knightley. Pareceu-lhe que isso provocara uma reação instantânea a seu favor, como se os olhos dele tivessem lido a verdade nos dela e tudo que havia de bom nos sentimentos dela houvesse sido registrado e apreciado no mesmo instante. Surgiu um brilho de respeito nos olhos dele enquanto a fitavam. Ela sentiu-se grata. O Sr. Knightley pegou-lhe a mão, mas Emma não saberia dizer se havia sido ele ou não quem fizera o primeiro movimento. Era possível que ela houvesse, talvez, oferecido a mão... O fato é que ele pegou-a, apertou-a e certamente estava a ponto de levá-la aos lábios quando de súbito largou-a por algum motivo. Emma não conseguia entender por que ele sentira escrúpulo em beijar-lhe a mão, por que mudara de ideia. Ele teria agido melhor se não houvesse desistido, pensou ela. No entanto, a intenção existira, sem nenhuma dúvida. E fosse porque em geral o Sr. Knightley era dado a pouquíssimos galanteios ou porque alguma outra coisa acontecera, nada lhe parecera mais apropriado. Assim era ele, com sua natureza tão simples e tão digna. O fato é que ela não podia impedir-se de pensar com grande satisfação naquele impulso contido, pois ele falava de uma amizade perfeita.

O Sr. Knightley deixou-os pouco depois, saindo sem nenhuma hesitação. Ele mantinha sempre a mente alerta e agia de forma jamais indecisa nem hesitante. Todavia, naquele momento, sua atitude parecera mais decidida do que de costume.

Emma não se arrependia por ter ido visitar a Srta. Bates, mas desejava ter saído da casa dela uns dez minutos antes. Teria tido grande prazer em falar com o Sr. Knightley sobre a situação de Jane Fairfax. Também não podia lamentar que ele estivesse indo para a praça Brunswick, pois sabia como sua visita seria apreciada. No entanto, bem que isso tudo poderia ocorrer em um momento mais oportuno, e se houvesse sido comunicado com mais antecedência também teria sido melhor . De qualquer modo, haviam se despedido como amigos e ela não podia estar enganada quanto ao significado da expressão dele e quanto ao galanteio não concluído. Tudo aquilo havia sido feito para garantir-lhe que recuperara a boa imagem aos olhos dele. Ela ficara sabendo que o Sr. Knightley permanecera sentado em sua sala por meia hora e mais do que nunca lamentou por não haver retornado antes!

Na esperança de o pai – que não podia concordar com o fato de o Sr. Knightley estar indo para Londres, de fazê-lo de forma tão súbita e, o que tornava tudo pior ainda, de viajar a cavalo –, Emma contou-lhe a novidade sobre Jane Fairfax e esta teve o efeito esperado, pois criou um novo e profundo interesse que não perturbava o idoso cavalheiro. Havia muito que Emma o tranquilizara em relação a Jane Fairfax tornar-se uma governanta, e por isso ele podia receber a notícia com alegria. Mas a ida do Sr. Knightley a Londres era, definitivamente, um golpe inesperado.

– Estou muito feliz, realmente, minha querida, por saber que essa jovem ficará confortavelmente instalada. A Sra. Elton tem uma ótima natureza, é muito agradável e ouso dizer que os conhecidos dela são exatamente o que deveriam ser. Espero que se trate de um local seco e que a saúde da Srta. Fairfax receba bons cuidados. Isso deveria ser uma prioridade, como posso afirmar que a saúde da pobre Srta. Taylor sempre foi para mim. Sabe, minha querida, a Srta. Jane Fairfax será para essa senhora o que a Srta. Taylor foi para nós. E espero que seja melhor em um aspecto, não decidindo ir embora, depois de fazer da casa dessa madame seu lar por muito tempo.

O dia seguinte trouxe notícias de Richmond que fizeram tudo o mais ser esquecido. Um telegrama chegou a Randalls para anunciar a morte da Sra. Churchill! Embora o sobrinho não houvesse tido nenhum motivo especial para voltar tão depressa por causa dela, a senhora não vivera mais do que trinta e seis horas após o retorno dele. Um súbito ataque, de natureza diferente de todos os demais sintomas que faziam parte de seu estado geral de saúde, causara-lhe a morte, depois de uma curta batalha. A grande Sra. Churchill não mais existia.

O triste acontecimento foi sentido como essas coisas devem ser sentidas. Todos foram envolvidos por diferentes níveis de pesar e tristeza, de benevolência em relação à falecida, de solicitude para com os amigos sobreviventes e, dentro do prazo razoável, de curiosidade para saber onde ela seria enterrada. Goldsmith nos diz que quando uma mulher adorável se entrega à loucura, nada mais tem a fazer exceto morrer e que quando torna-se desagradável a morte é igualmente recomendável para anular a má fama. A Sra. Churchill, depois de não ser apreciada por mais de vinte e cinco anos, passava a ser considerada com os descontos proporcionados pela compaixão. Em um ponto ela recebeu justiça. Até então, ninguém admitira que ela estava, de fato, seriamente enferma. O falecimento livrou-a de todas as acusações de fingimento, de egoísmo e de reclamações imaginárias.

– Pobre Sra. Churchill! Não há dúvida de que sofreu muito, mais do que qualquer um pode ter imaginado, e dores contínuas podem alterar o temperamento. Foi muito triste, um grande choque. Mesmo com todos os seus defeitos, o que seria do Sr. Churchill sem ela? Para o Sr. Churchill, a perda da esposa deve mesmo ser terrível. Ele jamais irá superar isto.

Até mesmo o Sr. Weston balançou a cabeça, solene, e disse:

– Ah, pobre mulher, quem teria pensado!

E determinou que seu luto seria o mais decoroso possível, e sua esposa permaneceu ali, sentada, suspirando e falando sobre as grandes qualidades da falecida, como comiseração e bom-senso, verdade e constância.

Como esse acontecimento afetaria Frank foi um dos primeiros pensamentos de ambos. Essa foi, também, uma das primeiras perguntas que surgiram na mente de Emma. Seus pensamentos passaram rápidos, com pesar e compaixão, pelo caráter da Sra. Churchill e a tristeza de seu marido, indo deter-se em como Frank seria afetado pelo falecimento da tia, se haveria benefícios para ele, se passaria a ter mais liberdade. Em um instante conseguiu perceber todo o bem que poderia advir. Daí por diante, um compromisso com Harriet Smith não teria oposição. O Sr. Churchill, sem a influência da esposa, não causava temor a ninguém; era um homem fácil de lidar, que podia ser guiado, ser persuadido a fazer qualquer coisa pelo sobrinho. Tudo o que Emma poderia desejar agora era que o sobrinho estivesse querendo esse compromisso já que, mesmo com toda a sua parcialidade, ela não tinha a menor certeza de que ele desejasse essa ligação.

Harriet comportou-se extremamente bem na ocasião, demonstrando ter muito autocontrole. Qualquer esperanças que tivesse não era demonstrada. Emma ficou gratificada por observar tal prova da força do caráter de sua jovem amiga e conteve-se para não fazer nenhuma alusão que pudesse interferir e alterar tanta dignidade. Dessa maneira, conversou com ela de forma contida sobre a morte da Sra. Churchill.

Chegaram a Randalls cartas breves de Frank, comunicando tudo o que era de imediata importância para a atitude e planos dos Weston. O Sr. Churchill estava melhor do que se poderia esperar e sua primeira providência, com o envio do caixão fúnebre para Yorkshire, seria ir para a casa de um grande e velho amigo em Windsor, a quem havia dez anos prometia visitar.

No momento, não havia nada o que pudesse fazer por Harriet, Emma pôde apenas desejar-lhe felicidade no futuro.

Por enquanto, era mais importante dar atenção a Jane Fairfax, cujas perspectivas fechavam-se enquanto as de Harriet se abriam, e cujo compromisso de trabalho não permitia qualquer atraso da parte de ninguém, em Highbury, que desejasse demonstrar-lhe alguma consideração. E, para Emma, este representava um desejo de primeira grandeza. Arrependia-se da frieza que demonstrara no passado e a pessoa a quem negligenciara tanto por tantos meses era agora aquela a quem desejava dar mostras de afeto e simpatia. Queria ajudá-la, queria demonstrar que valorizava sua companhia, que lhe tinha respeito e consideração. Decidiu convencê-la a passar um dia em Hartfield. Escreveu um bilhete convidando-a. O convite foi recusado com uma mensagem verbal. "A Srta. Fairfax não estava bem o bastante para escrever." E quando o Sr. Perry foi a Hartfield, naquela mesma manhã, parecia que ela estava indisposta demais até mesmo para receber visitas. Jane Fairfax estava com sérias dores de cabeça e uma febre nervosa tão forte que ele duvidava que pudesse viajar para a casa da Sra. Smallridge no dia marcado. A saúde da jovem parecia estar totalmente abalada – perdera o apetite por completo – e o Sr. Perry estava muito preocupado com ela, apesar de não haver nenhum sintoma alarmante, nem indício algum de que havia problema com os pulmões – o que era a grande preocupação da família. Achava que a moça havia feito mais esforços do que podia suportar. Ela parecia ter perdido o ânimo por completo. Ele não pudera deixar de observar que a casa da avó de Jane Fairfax não era um bom lugar para curar-se de um distúrbio nervoso. A jovem permanecia confinada a um quarto, o que não lhe parecia bom. E sua bondosa tia, apesar de ser uma velha amiga dele, não podia ser considerada a melhor companhia para uma pessoa com esse tipo de enfermidade. O cuidado e atenção da Srta. Bates não podiam ser questionados; eram até mesmo exagerados e ele temia que tais cuidados acabassem por fazer mais mal do que bem à doente.

Emma escutou o Sr. Perry com grande atenção, ficou ainda mais preocupada e procurou descobrir um modo de mostrar-se útil. Tirar Jane Fairfax, nem que fosse por apenas uma ou duas horas, da companhia da Srta. Bates, dar-lhe uma oportunidade de respirar ar puro, de ver coisas diferentes, de poder manter uma conversa tranquila e racional, mesmo que por apenas uma ou duas horas, eram coisas que deveriam fazer-lhe bem. E, na manhã seguinte, nos termos mais gentis, ela escreveu novamente um bilhete para Jane, dizendo que iria buscá-la de carruagem na hora que ela preferisse, mencionando que o

Sr. Perry manifestara opinião favorável a que sua paciente fizesse tal exercício. A resposta foi apenas esta simples frase:

> A Srta. Fairfax cumprimenta e agradece, mas não pode entregar-se a tal exercício.

Emma achava que seu bilhete merecia resposta melhor, mas era impossível discutir com as palavras cujo desenho trêmulo demonstrava tão claramente a indisposição de quem as escrevera. Tratou de pensar, então, em como vencer tal falta de inclinação a ser visitada ou ajudada.

Assim, apesar da resposta, ordenou que a carruagem fosse preparada e foi até a casa da Srta. Bates, esperando que Jane pudesse ser induzida a acompanhá-la num passeio, mas nada conseguiu. A Srta. Bates chegou até a porta da carruagem, cheia de gratidão, concordando em que ar fresco seria ótimo e dizendo que fora tentado tudo que o bilhete dela dizia, mas os esforços haviam sido vãos. A boa senhorita via-se forçada a confessar que não tivera o menor sucesso. Jane mantinha-se irremovível e a simples ideia de sair parecia deixá-la pior. Emma gostaria de poder vê-la e tentar convencê-la pessoalmente, mas no momento em que ia dizer que gostaria de falar com Jane, a Srta. Bates deixou claro que havia prometido à sobrinha que de forma alguma deixaria a Srta. Woodhouse entrar.

A verdade é que a pobre Jane não suportava receber ninguém, ninguém mesmo. A Sra. Elton, claro, não podia ser impedida de entrar... A Sra. Cole exigira de tal forma... E a Sra. Perry havia falado tanto... Mas, exceto elas, Jane não podia receber mais ninguém.

Emma não gostaria de ser classificada da mesma maneira que as Sras. Elton, Perry e Cole, que eram capazes de forçar a entrada em qualquer lugar, nem acreditava ter algum direito de preferência, portanto aceitou a decisão e apenas perguntou à Srta. Bates a respeito da dieta e do apetite da sobrinha, no que gostaria de auxiliar. Neste aspecto, a Srta. Bates estava muito triste e mostrou-se muito comunicativa. Jane mal comia. O Sr. Perry recomendara alimentos nutritivos, mas nada do que enviavam (e ninguém jamais tivera vizinhos tão bons) era do agrado dela.

Assim que chegou em casa, Emma procurou a governanta, para ir pessoalmente examinar a despensa com ela: algumas ararutas de qualidade superior foram imediatamente enviadas à Sra. Bates com um bilhete amigável. Em meia hora, as ararutas foram devolvidas, com mil agradecimentos por parte da Srta. Bates, mas "a querida Jane não ficaria satisfeita se não fossem devolvidas; é algo que ela não pode aceitar e, mais do que isso, ela insiste em dizer que não precisa de nada".

Depois, Emma deixou de ter qualquer dúvida quando lhe contaram que Jane Fairfax fora vista andando pelos prados, a certa distância de Highbury, na tarde do mesmo dia em que recusara de forma tão peremptória sair em sua carruagem, dizendo que não conseguia fazer exercício algum. Somando todos os fatos, teve de reconhecer que Jane estava decidida a não receber nenhuma demonstração de bondade da parte *dela*. Ficou triste, muito triste. Lamentava de coração, e mergulhou em um estado dos mais lamentáveis, em que se misturavam inquietação da alma e inconformismo por sentir-se tão impotente. Sentia-se mortificada por ver que seus sentimentos mereciam tão pouco crédito e sua amizade era tão pouco estimada. Mas tinha um grande consolo: pelo menos sabia que suas intenções eram boas e que podia dizer a si mesma que o Sr. Knightley teria aprovado todas as suas tentativas de auxiliar Jane Fairfax, e que se ele pudesse enxergar dentro do seu coração, não teria, nesse momento, encontrado nada reprovável.

46

Uma manhã, cerca de dez dias depois da morte da Sra. Churchill, Emma foi avisada de que o Sr. Weston acabava de chegar, estava lá embaixo e "não podia ficar nem sequer cinco minutos, mas queria falar com ela em particular". Ele a esperava à porta da sala e, depois de mal perguntar-lhe como estava em tom natural de voz, passou a falar baixo, para não ser ouvido pelo pai dela:

– Será que pode ir a Randalls ainda esta manhã, assim que possível? Faça-o, por favor... A Sra. Weston quer vê-la. Aliás, *precisa* vê-la.

– Ela não está bem?

– Não, não. Não é nada disso. Ela apenas está um pouco agitada. Teria pedido a carruagem e viria até aqui falar com a senhorita, mas quer vê-la *sozinha.* – Indicou o Sr. Woodhouse, com um gesto de cabeça. – Hummm... Será que pode ir?

– Claro. Neste mesmo momento – se o senhor assim preferir. É impossível recusar o que está pedindo dessa forma. Mas o que pode estar acontecendo? Ela realmente não está doente?

– Não, acredite em mim. Por favor, não faça mais perguntas. A senhorita saberá de tudo no momento adequado. Trata-se de algo que não deve ser comentado de maneira alguma! Por isso, silêncio, silêncio!

Imaginar do que poderia se tratar era impossível, mesmo para Emma. A expressão dele demonstrava sem sombra de dúvidas que era algo de fato muito importante. Todavia, como sua amiga estava bem, ela não devia se afligir. Depois de informar ao pai sua saída, para dar sua caminhada costumeira, Emma e o Sr. Weston logo se encontravam fora da casa e seguiram a passos rápidos para Randalls.

– Agora – disse Emma, quando já se encontravam bem distantes dos portões –, Sr. Weston, pode me contar o que está acontecendo?

– Não, não – respondeu ele com gravidade. – Não me pergunte. Prometi à minha esposa deixar que ela contasse tudo e sei que o fará melhor do que eu poderia fazer. Não seja impaciente, Emma. Vai saber do que se trata em poucos instantes.

– Por favor, conte-me! – Emma não se continha mais e parou, aterrorizada. – Por Deus! Sr. Weston, conte-me de uma vez. Aconteceu alguma coisa ruim na praça Brunswick. Sei que aconteceu. Conte-me, quero que me conte neste momento o que aconteceu!

– Não, você está enganada.

– Sr. Weston, não brinque comigo. Considere quantos dos meus parentes mais queridos estão agora na praça Brunswick. A qual deles refere-se o que preciso saber? Peço por tudo que há de sagrado, não me esconda nada.

– Dou minha palavra, Emma...

– Sua palavra? E por que não sua honra? Por que não jura, por sua honra, que nada tem a ver com nenhum deles? Por Deus! O que teriam de me contar que não seja relacionado com alguém daquela família?

– Juro pela minha honra – disse ele, muito sério –, afirmo que nada tem a ver com eles. Não se trata, nem sequer remotamente, de qualquer pessoa que leve o nome Knightley.

A coragem de Emma retornou e ela voltou a andar.

– Agi muito errado – continuou ele – em ter falado com a senhorita como fiz. De fato, o assunto não lhe diz respeito. Diz respeito a mim mesmo, quero dizer, esperamos que sim. Em resumo, minha querida Emma, não há motivo algum para que fique apreensiva. Não posso afirmar que não se trata de algo desagradável, mas as coisas poderiam ser muito piores. Se andarmos depressa, logo estaremos lá.

Emma compreendeu que teria mesmo de esperar e, depois do esclarecimento, isso requeria pouco esforço. Não fez mais perguntas, mergulhou em pensamentos e por fim concluiu que devia tratar-se de algum problema de dinheiro ou de algo de natureza desagradável em relação à família Weston, algo que o recente luto acontecido em Richmond fizera vir à tona. Sua mente estava mais ativa do que nunca. Meia dúzia de filhos naturais, talvez, e o pobre Frank fora do testamento. Um fato como esse, apesar de muito indesejável, não seria causa de agonia para ela. Inspirava apenas um pouco mais do que simples curiosidade.

– Quem é aquele cavalheiro a cavalo? – perguntou Emma, depois de caminharem um pouco.

Ela falava de outra coisa mais para ajudar o Sr. Weston a conservar seu segredo do que por curiosidade.

– Não sei. Talvez um dos Otway. Não é Frank, com certeza. A senhorita não o verá. Ele está a meio caminho de Windsor, neste momento.

– Então, seu filho esteve em sua casa?

– Oh, sim! A senhorita não sabia? Bem, bem, não importa.

O Sr. Weston ficou em silêncio por um momento e então acrescentou, em um tom muito mais contido:

– Sim, Frank veio esta manhã, apenas para perguntar como estávamos.

Como eles andavam depressa, logo chegaram a Randalls.

– Bem, minha querida – disse ele, assim que entraram na sala –, eu a trouxe. Agora, espero que logo se sinta melhor. Vou deixá-las sozinhas. Não há sentido em continuar adiando... No entanto, se precisar de mim, é só chamar, estarei por perto. – Emma ouviu-o acrescentar distintamente, antes de sair da sala: – Fui fiel à minha palavra: ela não tem a menor ideia do que se trata.

A Sra. Weston estava tão abatida e tinha um ar de tamanha perturbação que a ansiedade de Emma voltou a crescer, e no momento em que se viram sozinhas, ela perguntou:

– O que houve, minha querida amiga? Parece-me que aconteceu algo de natureza muito desagradável. Diga-me diretamente o que foi. Vim o caminho todo em completo suspense. Detestamos o suspense, portanto não permita que o meu se prolongue por mais tempo. Vai lhe fazer bem falar sobre o que a perturba, seja lá o que for.

– Você não tem, de fato, nenhuma ideia do que seja? – perguntou a Sra. Weston com voz trêmula. – Você não consegue, minha querida Emma, formar uma ideia do que vai ouvir?

– Só consigo imaginar que deve ser algo relacionado ao Sr. Frank Churchill.

– Está certa. É algo relacionado com ele e eu lhe direi diretamente: ele esteve aqui esta manhã para realizar uma tarefa das mais extraordinárias. É impossível expressar nossa surpresa. Ele veio falar com o pai sobre um assunto... veio para anunciar sua afeição...

A Sra. Weston parou para respirar. Emma pensou primeiro em si mesma, depois em Harriet.

– É mais que uma simples afeição, na verdade – prosseguiu a Sra. Weston. – É um noivado. Com toda a certeza, um noivado. O que você diria, Emma, o que todos dirão, ao saberem que Frank Churchill e a Srta. Fairfax estão noivos? Que estão noivos há um bom tempo?

Emma quase pulou, tal sua surpresa, e em seguida, tomada pelo terror, exclamou:

– Jane Fairfax! Por Deus! Não está falando sério, está? Isso é uma brincadeira?

– Você tem toda a razão para estar surpresa... – murmurou a Sra. Weston, ainda evitando os olhos de Emma. Sem dar tempo para a jovem amiga se recobrar, continuou a falar, repetindo com ansiedade: – Você tem toda a razão para estar surpresa. Mas é isso mesmo. Houve um acordo entre eles em outubro, realizado em Weymouth, e mantido em segredo de todos. Ninguém sabia de nada; nem os Campbell, nem a família dela, ninguém. É tão extraordinário que, apesar de perfeitamente convencida do fato, continua sendo incrível para mim. É difícil acreditar. E achava que o conhecia...

Emma mal ouvia o que estava sendo dito. Sua mente achava-se dividida entre duas ideias: suas próprias conversas com Frank Churchill sobre a Srta. Fairfax e a pobre Harriet. Por algum tempo só conseguiu emitir exclamações e pedir confirmações repetidas vezes.

– Bem – disse ela por fim, tentando se recuperar –, é uma circunstância na qual preciso pensar por pelo menos meio dia, antes de compreendê-la completamente. Céus! Ele já estava noivo dela durante o inverno, antes mesmo de virem para Highbury?

– Estão noivos desde outubro... Um noivado secreto. Isso me magoou, Emma, magoou muito. E feriu o pai dele do mesmo modo. *Uma parte* dessa conduta dele não pode ser desculpada.

Emma ponderou tudo por um momento e então declarou:

– Não vou fingir que *não* entendo o que você está dizendo. E para proporcionar-lhe todo o alívio que posso, fique sossegada, porque as atenções que o Sr. Frank Churchill dedicou-me não surtiram em mim o efeito que você imagina.

A Sra. Weston ergueu o rosto, com medo de acreditar, mas as feições de Emma transmitiam tanta tranquilidade e firmeza quanto suas palavras.

– Para que possa ter menos dificuldade para acreditar nisso, ou seja, em minha perfeita indiferença a ele – prosseguiu Emma –, eu lhe direi que houve um período, no começo do nosso relacionamento, em que de fato gostei de Frank, em que me senti muito disposta a ter algo mais do que amizade com ele. Não... Na verdade, senti algo mais do que amizade por ele, e como isso veio a terminar é talvez algo fantástico. Felizmente, contudo, esse interesse acabou. Na verdade, pelo menos durante os três últimos meses não tive nenhum pensamento mais profundo em relação a ele. Pode acreditar em mim Sra. Weston. É a pura verdade.

A Sra. Weston beijou-a, derramando lágrimas de alegria e, quando conseguiu falar, assegurou que aquelas palavras lhe causavam mais alegria que qualquer outra coisa no mundo poderia causar.

– O Sr. Weston ficará tão aliviado quanto eu – disse ela. – Estávamos arrasados por causa disso. Era nosso desejo que vocês dois se ligassem um ao outro e estávamos persuadidos de que nosso sonho iria se realizar. Imagine o que sentimos ao saber da verdade e ao pensar em você!

– Escapei e isso deve ser um motivo de gratidão e maravilhamento para você e para mim mesma. Mas não significa perdão para *ele,* minha querida amiga. E devo dizer que considero o Sr. Frank Churchill grandemente culpado. Que direito tinha ele de aparecer entre nós com sua afeição, com sua palavra comprometida e agir com modos que o demonstravam *tão* livre de qualquer compromisso? Que direito tinha de esforçar-se para agradar, como ele certamente fez, de distinguir uma jovem dama com sua constante atenção, como fez de maneira indiscutível, quando de fato já pertencia a outra? Como ele pode dizer que não percebeu o mal que fazia? Como poderia saber que não agia de maneira a fazer com que eu me apaixonasse por ele? O Sr. Frank Churchill agiu mal, muito mal!

– Por uma coisa que ele disse, minha querida Emma, imagino...

– E como *ela* pôde suportar tal comportamento? Testemunhou tudo! Ficou observando enquanto repetidas atenções eram oferecidas a outra mulher, em sua frente! É um grau de placidez que não posso nem compreender nem respeitar.

– Houve desentendimentos entre eles, Emma. Frank contou-nos rapidamente, porém não tinha tempo para explicar direito. Esteve aqui por apenas quinze minutos e em tal estado de agitação que não permitiu que aproveitasse bem o pouco tempo disponível. Mas tiveram alguns desentendimentos, como ele nos falou. A crise que atravessam neste momento parece ter sido causada apenas por eles. Acredito que talvez esses desentendimentos possam ter sido causados pela conduta imprópria de Frank.

– Imprópria! Oh, minha cara amiga, seu modo de censurar é calmo demais. O que o Sr. Frank fez foi muito mais do que impróprio! Ele caiu... Nem sei dizer quanto ele caiu em meu conceito. Agiu de maneira tão imprópria para um cavalheiro! Não demonstrou a mínima integridade, do estrito apego à verdade e aos princípios que um homem deve demonstrar em cada atitude tomada em sua vida.

– Não, querida Emma! Agora devo tomar o partido dele, pois apesar de Frank ter cometido erros, eu o conheço o bastante para saber que tem muitas, muitas boas qualidades e...

– Por Deus! – interrompeu-a Emma. – E a Sra. Smallridge, também! Jane estava a ponto de tornar-se uma governanta! Como ele permitiu isso? Ela assumiu um emprego... Como ele deixou que ela cogitasse tal coisa?

– Ele não sabia de nada a esse respeito, Emma. Nesse aspecto, posso perdoá-lo. Foi uma resolução particular por parte dela, não comunicada a ele ou, pelo menos, não de um modo que demonstrasse convicção. Sei que até ontem Frank nada sabia dos planos dela. Ele tomou ciência, não sei como, por meio de uma carta ou recado, e foi a descoberta do que a Srta. Jane Fairfax faria, a descoberta desse plano dela, que o fez tomar a decisão de resolver a situação de uma vez, de contar tudo ao tio e, em resumo, colocar um fim na miserável situação de segredo que eles vêm mantendo há tanto tempo.

Nesse momento Emma já começara a prestar mais atenção no que a Sra. Weston dizia.

– Devo receber notícias dele... – continuou a Sra. Weston. – Quando foi embora, Frank me disse que escreveria logo. E o fez de um modo que parecia prometer-me muitos detalhes que não podiam ser dados hoje. Vamos esperar, portanto, pela carta dele. Pode trazer muitas explicações. Pode tornar muitas coisas compreensíveis e desculpáveis, coisas que agora não conseguimos entender. Não vamos ser severas, não vamos nos apressar em condená-lo. Precisamos ter paciência. Devo amá-lo, e agora que estou satisfeita quanto a um ponto, o único ponto que de fato tinha importância para mim, estou sinceramente ansiosa para que tudo termine bem e pronta para esperar que isso de fato aconteça. Eles dois devem ter sofrido muito com todo esse segredo.

– Os sofrimentos *dele* – replicou Emma, secamente – não parecem ter lhe causado muito mal. Bem... como o Sr. Churchill recebeu isso tudo?

– Da forma mais favorável para o sobrinho. Deu seu consentimento sem nenhuma dificuldade. Imagine o que os acontecimentos de uma semana fizeram àquela família! Enquanto a pobre Sra. Churchill estava viva, suponho que não poderia haver esperança, nenhuma chance, possibilidade alguma... Assim que seus restos mortais foram postos para descansar no túmulo da família, o marido foi persuadido a agir exatamente da forma oposta à que ela teria exigido. Que bênção é quando uma influência má não sobrevive ao túmulo! O Sr. Churchill deu seu consentimento depois de um mínimo de persuasão.

"Ah", pensou Emma, "e poderia ter feito isso por Harriet!"

– Foi tudo acertado ontem à noite e Frank veio para cá assim que amanheceu. Parou por algum tempo em Highbury, na casa da Sra. Bates, imagino, e veio para cá. Mas estava tão apressado para estar de novo ao lado de seu tio... para quem é mais necessário do que nunca... que, como lhe disse, não pôde permanecer conosco mais do que quinze minutos. Estava muito agitado. Muito mesmo. Seu nervosismo alcançou um nível que o fazia parecer completamente diferente do que sempre foi. Além de todo o resto, houve também o choque de encontrar a Srta. Jane Fairfax tão mal, fato do qual ele não suspeitava.

– E acredita, realmente, que o noivado deles foi tratado com tanto segredo? Os Campbell, os Dixon, ninguém sabia de nada?

Emma não conseguia dizer o nome "Dixon" sem ruborizar um pouco.

– Não, ninguém sabia. Frank tem certeza de que ninguém sabia no mundo, exceto eles dois.

– Bem – disse Emma –, suponho que aos poucos possamos nos conformar com a ideia e desejo a eles toda a felicidade. Mas sempre considerarei abominável a conduta do Sr. Frank Churchill. O que mais foi senão uma exibição de hipocrisia, falsidade... espionagem, traição? Vir para nosso meio professando ser uma criatura franca e simples, para depois agir em segredo, dessa forma! Aqui estávamos nós, durante o inverno e a primavera, totalmente enganados, imaginando que éramos todos iguais em verdade e honra, com duas pessoas em nosso meio que comparavam e julgavam sentimentos e palavras que nunca deveriam ter ouvido ou visto. Eles bem que mereceram as consequências se tiverem ouvido falar um do outro de uma forma que talvez não tenha sido muito agradável!

– Estou tranquila quanto a essa parte – respondeu a Sra. Weston. – Tenho certeza de que eu nunca disse nada de um ou de outro que ambos não pudessem ter ouvido.

– Tem sorte, muita sorte, cara amiga! Sua única gafe ficou restrita aos meus ouvidos, quando desconfiou que certo amigo nosso estava apaixonado pela dama em questão.

– É verdade. Mas sempre tive uma boa opinião da Srta. Fairfax, portanto nunca falei mal dela. E quanto a falar mal dele, com certeza não o fiz.

Nesse momento o Sr. Weston apareceu diante da janela, a pouca distância, evidentemente observando-as. A esposa olhou-o de uma forma que o convidava a entrar e, enquanto ele dava a volta, continuou:

– Agora, querida Emma, deixe-me pedir que diga a meu marido apenas coisas que possam deixar o coração dele em paz e incliná-lo a ficar satisfeito com os noivos. Vamos fazer com que a situação se torne a melhor possível. E, realmente, quase tudo pode ser dito a favor dela. Não se trata de um casamento que satisfaça todas as pretensões, mas se o Sr. Churchill não pensa assim, por que deveríamos pensar? E pode muito bem ser uma circunstância afortunada para ele, para Frank, quero dizer, que ele tenha se ligado a uma senhorita com tanta firmeza de caráter e bom juízo. Foi o que sempre pensei dela e continuo disposta a pensar assim, apesar deste único grande desvio da regra inflexível do que é apropriado e certo. E quanto pode ser dito da situação dela para compensar esse erro!

– Muito, realmente – concordou Emma. – Se uma mulher pode ser desculpada por pensar apenas em si mesma, é alguém que está na mesma situação que Jane Fairfax. Neste caso, pode-se quase dizer que "o mundo não é seu, nem as leis do mundo"

Recebeu o Sr. Weston sorrindo e exclamando:

– Foi um belo truque o do senhor! Foi uma trama, creio, para despertar minha curiosidade e exercitar meu talento de adivinhar. Mas o senhor realmente chegou a me assustar! Pensei que havia perdido metade de sua propriedade, pelo menos. E aqui, em vez de encontrar uma notícia digna de condolências, encontrei um motivo para congratulações. Dou-lhe os parabéns, Sr. Weston, de todo meu coração, diante da perspectiva de o senhor vir a ter uma das mais adoráveis e completas jovens damas da Inglaterra como nora.

Um olhar entre o Sr. Weston e a esposa convenceu-o de que tudo estava bem, assim como a declaração de Emma acabava de fazer. E o efeito feliz no espírito dele foi imediato. Seu aspecto e voz recuperaram a animação habitual, ele apertou a mão da jovem senhorita com gratidão e entrou no assunto de maneira a provar que agora só precisava de tempo para se persuadir a pensar que aquele noivado não era uma coisa muito ruim. As duas damas sugeriram apenas o que poderia prevenir a imprudência ou suavizar as objeções depois que os três haviam conversado a respeito de tudo e ele ter voltado a conversar apenas com Emma, quando a acompanhara de volta a Hartfield, o Sr. Weston voltara a reconciliar-se perfeitamente com a vida e não estava longe de acreditar que aquela era de fato a melhor coisa que Frank poderia ter feito.

47

— Harriet, pobre Harriet!

Essas palavras exprimiam as ideias angustiantes das quais Emma não conseguia se livrar e que constituíam a verdadeira miséria que sentia diante de tudo aquilo. Frank Churchill agira muito mal com ela, agira muito mal de várias maneiras, mas não era tanto o comportamento *dele*, mas sim o *dela mesma*, que a deixava tão zangada com o jovem cavalheiro. Era o problema para o qual ele a arrastara, por causa de Harriet, que a fazia sentir-se mais ofendida. Pobre Harriet! Ser pela segunda vez vítima da vaidade e dos erros de Emma. O Sr. Knightley falara de forma profética ao dizer: "Emma, você não tem sido amiga de Harriet Smith." Ela temia ter prestado apenas desserviços para Harriet. Era verdade que não podia assumir toda a culpa dessa vez, como ocorrera da outra quando fora a única autora do engano, ao provocar sentimentos que de outro modo não teriam sequer passado pela cabeça de Harriet. Dessa vez, sua jovem amiga havia lhe falado sobre sua admiração e preferência por Frank Churchill antes que Emma lhe sugerisse qualquer ideia a respeito. Ainda assim, sentia-se completamente culpada por ter encorajado o que devia ter reprimido. Ela poderia ter evitado que Harriet se entregasse a tais sentimentos, aprofundando-os. Sua influência teria sido o bastante. E, agora, tinha plena consciência de que devia ter impedido. Sentia que andara arriscando a felicidade da amiga sem qualquer fundamento. O bom-senso devia ter feito com que dissesse a Harriet que não devia pensar no Sr. Frank Churchill, que havia uma chance contra quinhentas de ele vir a gostar dela.

"Mas temo", admitiu a si mesma, "que não tenho muito bom-senso."

Estava extremamente zangada consigo mesma. Se não pudesse estar também brava com Frank Churchill, teria sido terrível. Quanto a Jane Fairfax, podia pelo menos deixar de afligir-se com as intenções de levar consolo e ânimo a ela. Harriet, sim, é que estaria bastante necessitada de apoio. Não precisava mais ficar infeliz por causa de

Jane, cujos problemas e cuja doença tinham evidentemente a mesma origem e ambos já deviam estar sendo curados. Seus dias de insignificância e privações estavam terminados. Ela logo estaria bem, feliz e próspera. Agora Emma podia imaginar por que suas atenções tinham sido recusadas daquela forma. Aquela grande descoberta esclarecia muitos mistérios menores. Não havia dúvida de que o motivo havia sido o ciúme. Aos olhos de Jane, ela era uma rival e, por isso, qualquer assistência que desejasse prestar-lhe tinha de ser recusada. Um passeio na carruagem de Hartfield devia ser o máximo dos horrores e a araruta proveniente da despensa de Hartfield devia ser como veneno. Agora compreendia tudo aquilo e – na proporção em que sua mente conseguia distanciar-se da injustiça e egoísmo provocados pela raiva –, reconhecia que Jane Fairfax não teria nem elevação nem felicidade que não merecesse. Mas a situação da pobre Harriet era cada vez pior! Havia pouca compaixão para ser desperdiçada com outras pessoas. Emma temia que essa segunda decepção pudesse ser ainda mais impactante do que a primeira. Devia ser pior, de fato, considerando-se o valor superior do segundo objeto dos interesses dela; devia ser pior, também, julgando-se seu efeito aparentemente mais forte na mente de Harriet, a ponto de proporcionar-lhe reserva e autocontrole.

No entanto, mais uma vez teria de comunicar à querida amiga a dolorosa verdade, o mais depressa possível. Houvera um pedido de segredo na declaração final do Sr. Weston. No momento, o caso inteiro estava em completo segredo. O Sr. Churchill assim o exigira, em sinal de respeito à falecida esposa, e todos haviam concordado que assim deveria ser.

Emma prometera, mas teria de abrir uma exceção para Harriet. Era seu dever contar-lhe.

Apesar da infelicidade que sentia, não podia deixar de perceber que era quase ridículo que devesse desempenhar em relação a Harriet o mesmo perturbador e delicado papel que a Sra. Weston tivera de desempenhar em relação a ela. Seu coração bateu mais forte ao ouvir os passos da amiga e sua voz, da mesma forma que o coração da pobre Sra. Weston devia ter disparado ao ouvi-la se aproximando. Se pelo menos o resultado pudesse ser o mesmo! Mas disso, infelizmente, não havia a menor chance.

– Bem, Srta. Woodhouse! – exclamou Harriet enquanto entrava na sala, parecendo ansiosa. – Esta não é a notícia mais estranha do mundo?

– De que notícia está falando? – perguntou Emma, incapaz de imaginar, pela expressão ou voz, que Harriet já houvesse sabido da novidade.

– Sobre Jane Fairfax. A senhorita já tinha ouvido algo tão estranho? Oh, não precisa temer contar-me, pois o Sr. Weston já contou. Encontrei-o agora mesmo. Ele me disse que é um grande segredo e, portanto, não devo falar a respeito com mais ninguém a não ser a senhorita.

– O que o Sr. Weston lhe contou? – tateou Emma, ainda perplexa.

– Oh! Ele contou-me tudo! Que Jane Fairfax e o Sr. Frank Churchill vão se casar, que estavam noivos em segredo já faz um bom tempo. Que estranho!

Era, realmente, muito estranho. O comportamento de Harriet era extremamente estranho e Emma não conseguia entendê-lo. O caráter de sua jovem amiga parecia ter mudado. Ela não demonstrava a menor agitação, nem desapontamento, nem mesmo um interesse especial naquela novidade. Emma permaneceu olhando para ela, quase incapaz de falar.

– A senhorita tinha alguma ideia – voltou a falar Harriet – de que ele estava apaixonado por Jane Fairfax? Bem, creio que a senhorita talvez tivesse. A senhorita, que consegue enxergar dentro do coração de qualquer pessoa, poderia e mais ninguém...

– Dou-lhe minha palavra – replicou Emma – que começo a duvidar de algum dia ter tido esse talento. Mas você, Harriet, como é capaz de me perguntar com tanta seriedade se imaginei alguma ligação dele com outra mulher ao mesmo tempo em que eu estava encorajando sua afeição por ele? É claro que o fazia de um modo tácito e não abertamente. Mas jamais tive a menor desconfiança, até o último instante, de que o Sr. Frank Churchill tivesse qualquer interesse por Jane Fairfax. Pode ter certeza de que se soubesse de uma coisa dessas, eu a teria avisado.

– A mim?! – surpreendeu-se Harriet, ficando intensamente vermelha. – Por que a senhorita deveria avisar-me? Não está pensando que tenho algum interesse pelo Sr. Frank Churchill, está?

– Fico feliz e maravilhada por vê-la falando de forma tão direta desse assunto – sorriu Emma. – Mas não creio que ouse negar que houve um tempo, um tempo não muito distante, em que me deu a entender que estava interessada nele...

– Nele?! Não, nunca. Querida Srta. Woodhouse, como pôde ter confundido dessa forma o que eu disse? – Harriet estava muito abalada.

– Harriet... – murmurou Emma, após uma pausa de alguns instantes. – O que quer dizer? Por Deus, o que quer dizer? Confundir? Então, quem...

Ela não pôde dizer mais nenhuma palavra. Perdeu a voz e sentou-se. Esperava, numa espécie de terror, que Harriet respondesse.

Harriet, que estava a alguma distância e de costas para ela, não disse nada por alguns momentos. E, quando falou, sua voz soou tão agitada quanto a de Emma.

– Nunca pensei que isso fosse possível... – começou ela. – Nunca imaginei que a senhorita pudesse ter me entendido mal! Sei que concordamos em jamais dizer o nome dele, mas considerando que se trata de um cavalheiro infinitamente superior a todos os outros, não imaginei que fosse possível a senhorita pensar em qualquer outra pessoa. O Sr. Frank Churchill, realmente! Não sei quem jamais olharia para ele estando na companhia do outro. Espero ter um gosto bem melhor, que nunca me permitiria interessar-me pelo Sr. Frank Churchill, que não é ninguém se comparado a ele. E é impressionante que justamente a senhorita possa ter feito essa confusão! Eu tinha certeza de que a senhorita compreendera, aprovava e queria encorajar o meu apego por *ele*. Em princípio, considerei que era uma presunção grande demais da minha parte atrever-me a pensar nele. Em princípio, se a senhorita não tivesse me dito que coisas mais maravilhosas já aconteceram, que há casais da maior disparidade... Creio que foram essas as suas palavras... Eu jamais ousaria permitir-me a... Eu nunca pensaria que seria possível... Mas se a *senhorita*, que sempre foi muito bem relacionada com ele, estava me dizendo...

– Harriet! – interrompeu-a Emma, recuperando-se. – Vamos nos fazer entender de uma vez por todas, sem deixar nenhuma possibilidade de engano. Você está falando do... do Sr. Knightley?

– Com certeza estou. Nunca pensei em qualquer outra pessoa e tinha certeza de que a senhorita sabia disso. Quando falamos sobre ele, pareceu-me tão claro quanto era possível.

– Não tão claro assim... – respondeu Emma, com calma forçada. – Pelo que você disse naquele dia, pareceu-me que se referia a outra pessoa. Eu poderia jurar que você quase disse o *nome* do Sr. Frank Churchill! Tenho certeza de que naquela época conversamos sobre o serviço que o Sr. Frank Churchill lhe prestou, protegendo-a dos ciganos.

– Oh, Srta. Woodhouse! Como pôde se esquecer?!

– Minha querida Harriet, lembro-me perfeitamente da substância do que eu disse naquela ocasião. Disse-lhe que não ficava surpreendida com aquele seu interesse. Que era extremamente natural, considerando o serviço que ele lhe havia prestado. E você concordou, expressando-se de forma calorosa quanto ao serviço que ele lhe prestara e mencionando, até mesmo, suas sensações no momento em que ele se aproximou para socorrê-la. A impressão daquele momento ainda está viva em minha memória.

– Oh, Deus! Agora entendo o que quer dizer... Mas naquele momento eu pensava em algo muito diferente. Não estava me referindo aos ciganos nem ao Sr. Frank Churchill. Não! Naquele momento eu pensava em uma circunstância muito mais preciosa... no Sr. Knightley vindo convidar-me para dançar quando o Sr. Elton recusou-se a fazê-lo e quando não havia nenhum outro cavalheiro disponível no salão. Aquela foi uma atitude muito gentil, de benevolência e generosidade. Foi essa atitude que me fez começar a pensar em como ele é superior a qualquer outro ser na Terra.

– Por Deus! – exclamou Emma. – Esse foi o mais infeliz, o mais deplorável dos enganos! O que podemos fazer agora?

– A senhorita não teria me encorajado se houvesse compreendido. Assim mesmo, eu não estaria melhor neste momento se fosse o *outro* o objeto do meu interesse... E agora... *existe* a possibilidade...

Ela fez uma pausa. Emma não conseguia falar.

– Não fico surpresa, Srta. Woodhouse, que considere haver uma grande diferença entre o Sr. Knightley e qualquer outra pessoa, principalmente eu. Deve achar que ele se encontra quinhentos milhões de vezes acima de mim do que de qualquer outra dama. Assim mesmo tenho esperanças, Srta. Woodhouse, apesar do muito estranho que isso possa parecer. Estas palavras foram ditas pela senhorita: as coisas *mais* maravilhosas acontecem e casais de *grande* disparidade formaram-se... mais díspares do que o Sr. Frank Churchill e eu. Portanto, parece-me que se alguma coisa assim já aconteceu... E se eu tiver muita sorte, além do que se pode expressar... E se o Sr. Knightley realmente... Se *ele* não se importar com a disparidade, eu espero, querida Srta. Woodhouse, que a senhorita também não se importe, que não tente colocar dificuldades no caminho. Mas a senhorita é bondosa demais para agir dessa maneira, tenho certeza.

Harriet estava em pé junto uma das janelas. Emma virou-se para fitá-la, consternada, e disse com dificuldade:

– Você tem algum motivo para pensar que o Sr. Knightley corresponde a sua afeição?

– Sim – respondeu Harriet, com modéstia, mas sem medo. – Devo dizer que sim.

Os olhos de Emma imediatamente se fecharam e ela sentou-se. Ficou em silêncio e imóvel, meditando por alguns minutos. Esses poucos minutos foram o bastante para que ela conhecesse seu coração. Uma mente como a dela fazia progressos rápidos, uma vez que fosse aberta para a suspeita. Percebeu que dessa vez chegava à completa verdade. Por que parecia-lhe tão pior que Harriet estivesse apaixonada pelo Sr. Knightley em vez de Frank Churchill? Por que era ainda mais terrível que Harriet tivesse esperanças de ser correspondida? A resposta transpassou-lhe a mente com a velocidade de uma flecha e essa resposta era: o Sr. Knightley não deveria casar-se com nenhuma outra moça a não ser ela mesma!

Nesses poucos minutos sua própria conduta, assim como seu coração, apresentou-se nitidamente diante dela. Viu com clareza tudo o que nunca conseguira ver até então. Como agira de modo impróprio com Harriet! Como sua conduta havia sido indelicada e irracional! Que cegueira, que loucura a haviam conduzido! Todas essas revelações atingiram-na com violência e ela sentiu-se capaz de classificar seu modo de agir com todos os nomes feios do mundo. No entanto, apesar de todos esses deméritos, uma parte do respeito por si mesma, alguma preocupação com a própria aparência e um arraigado senso de justiça para com Harriet (não havia necessidade de sentir *compaixão* pela jovem que se julgava amada pelo Sr. Knightley, mas a justiça requeria que não lhe causasse tristeza agindo friamente naquele momento) fizeram Emma tomar a resolução de obrigar-se a permanecer ali, sentada, e de aguentar tudo com calma, até mesmo com aparente gentileza. Aliás, para sua própria vantagem, deveria verificar até que ponto chegavam as esperanças de Harriet. Afinal, Harriet não havia feito nada que traísse a amizade e a confiança que lhe haviam sido oferecidas e mantidas de forma absolutamente voluntária; também nada fizera para merecer maus-tratos da pessoa cujos conselhos nunca a haviam auxiliado.

Portanto, concluindo sua reflexão e contendo as emoções, Emma voltou-se novamente para Harriet e, em tom mais convidativo, retomou a conversa. Quanto ao assunto que a iniciara, a maravilhosa história de Jane Fairfax, esta havia ficado de lado, completamente esquecida. Nenhuma das duas conseguiria pensar em nada além do Sr. Knightley e de si mesmas.

Harriet, que até então ficara perdida em fantasias nada infelizes, ainda assim ficou contente ao vê-las interrompidas pela maneira encorajadora de tão grande juíza e amiga como a Srta. Woodhouse e precisou apenas de um pequeno estímulo para contar a história de suas esperanças com profundo e emocionado deleite. Os tremores de Emma, ao perguntar e escutar, foram mais bem disfarçados do que os de Harriet, mas não foram menos intensos. Sua voz mantinha-se firme enquanto a mente abalava-se com toda a perturbação pelo que ocorria. Ela escutava todos os detalhes narrados por Harriet, sofrendo interiormente, mas comportando-se com perfeita paciência. Não podia esperar que esses detalhes fossem metódicos, bem arranjados ou bem descritos, mas – quando separados da fraqueza e tautologia, isto é, das repetições cansativas da narração – continham uma substância que deixavam Emma ainda mais infeliz, especialmente as circunstâncias que tudo confirmavam e despertavam em sua própria memória as lembranças que comprovavam a melhora da opinião que o Sr. Knightley tinha a respeito de Harriet.

Harriet tivera consciência de uma mudança no comportamento dele desde aquelas duas danças decisivas. Emma sabia que o Sr. Knightley, naquela ocasião, descobrira que a jovem era muito superior a suas expectativas. Depois daquela noite, ou pelo menos depois que a Srta. Woodhouse a encorajara a pensar nele, Harriet tornara-se muito mais sensível do que antes a tudo que o cavalheiro lhe dizia, notando que ele se dirigia mais a ela, que seus modos tinham se tornado diferentes, traduzindo certa gentileza e até mesmo doçura! Com o tempo, fora se tornando mais e mais consciente disso. Quando estavam todos caminhando juntos, ele parecia sempre procurar um jeito para ficar a seu lado e falava com ela de forma tão deliciosa! Dava impressão de querer conhecê-la melhor.

Emma sabia que era exatamente esse o caso. Havia observado a mudança, quase do mesmo modo que sua amiga. Harriet repetia expressões de aprovação e elogios ao Sr. Knightley e Emma sentia que eram muito parecidas com o que sabia serem as opiniões dele sobre Harriet. Ele a elogiava por não usar de artifícios e afetação, por ter sentimentos simples, honestos, generosos. Ela sabia que o cavalheiro via nessas qualidades uma recomendação para Harriet; referira-se a esses detalhes do caráter dela mais de uma vez. Muito disso Harriet havia guardado na memória, vários detalhes das atenções que recebera dele, um olhar, uma frase, o puxar de uma cadeira, um cumprimento, implicavam a realidade de uma preferência que Emma não havia notado porque Emma jamais tivera desconfiança alguma delas. Circunstâncias que eram capazes de preencher meia hora de conversa e continham múltiplas provas do que vira e haviam passado despercebidas por ela, que agora as reconhecia ao ouvi-las descritas. Mas os dois últimos acontecimentos a serem mencionados, e que significavam as mais fortes promessas para Harriet, haviam sido notados até certo ponto por Emma. O primeiro fora o Sr. Knightley caminhar ao lado de Harriet separados dos demais quando estavam em Donwell; haviam andado assim durante algum tempo até um pouco antes de Emma se aproximar, e ele se dera ao trabalho (segundo Harriet estava convencida) de afastá-la dos outros a fim de ficarem a sós, e durante esse passeio ele conversara com ela certa intimidade, como jamais fizera, um modo realmente muito mais íntimo! (Harriet não podia recordar-se disso sem ficar ruborizada.) Ele parecia quase lhe perguntar se sua afeição já se achava comprometida. Mas assim que ela (a Srta. Woodhouse) se aproximara, o cavalheiro mudara de assunto e começara a falar da fazenda. O segundo havia sido quando o Sr. Knightley sentou-se para conversar com ela por quase meia hora, enquanto Emma não voltava da visita que fora fazer, naquela última manhã em que ele esteve em Hartfield, apesar de, ao chegar, ter anunciado que não podia ficar mais do que cinco minutos e de ter dito a ela, enquanto conversavam, que apesar de ter de ir para Londres, partia muito contra a vontade. Essas palavras (como Emma sentiu) eram muito mais importantes do que as que ele havia dito a *ela*. O grau superior de confidência que ele dedicava a Harriet, como esta última situação deixava bem claro, causava-lhe uma dor profunda.

Depois de refletir por algum tempo sobre o primeiro acontecimento, Emma arriscou-se a fazer a seguinte pergunta:

– Mas será que ele não estaria... Não seria possível que ao lhe perguntar, como você imagina, a respeito de sua afeição, o Sr. Knightley não estava pensando no Sr. Martin? Será que ele não estava tendo em vista os interesses do Sr. Martin?

Harriet rejeitou essa ideia com veemência:

– O Sr. Martin? Não! Não houve nenhum indício de que ele pensasse no Sr. Martin. Espero que eu esteja muito acima, agora, de me interessar pelo Sr. Martin ou de que alguém possa imaginar isso de mim.

Quando terminou de expor as evidências, Harriet implorou que sua querida Srta. Woodhouse dissesse se havia ou não boas bases para suas esperanças:

– Eu jamais teria tido a menor ideia de pensar nisso se não fosse a senhorita me aconselhar a observá-la com cuidado e deixar que o comportamento dele fosse o guia do meu. Assim fiz. Agora, tenho a impressão de que posso merecê-lo o e que, se ele me escolher, isso não será uma coisa assim tão extraordinária.

As amargas emoções provocadas por essa declaração, emoções extremamente amargas, exigiram o máximo autocontrole de Emma para que ela conseguisse dizer:

– Harriet, apenas me arriscarei dizer que o Sr. Knightley é o último homem no mundo que faria uma mulher acreditar que seus sentimentos por ela são mais intensos do que realmente são.

Harriet mostrou-se pronta para idolatrar a amiga pela decisão tão satisfatória e Emma só foi salva dos agradecimentos e emoções, que no momento lhe causariam um sofrimento terrível, pelo som dos passos de seu pai. Ele vinha pelo corredor. Harriet estava agitada demais para ter um encontro com o velho cavalheiro. Precisava de tempo para se recompor, e vê-la naquele nervosismo iria alarmar muito o Sr. Woodhouse; então, era melhor que fosse embora. E, com todo o encorajamento da amiga, ela passou por outra porta da sala, e no instante em que já saía pela porta principal da casa, os sentimentos de Emma provocaram esta sincera explosão:

"Oh, Deus! Gostaria de jamais tê-la conhecido!"

O restante do dia e a noite quase não foram suficientes para os pensamentos dela. Estava chocada com a confusão que a atingira nas últimas horas. Cada momento trouxera uma nova surpresa e cada surpresa havia lhe trazido humilhação. Como compreender aquilo tudo? Como compreender as decepções que havia provocado para si mesma e continuar vivendo com isso? Como eram intensas a ignorância e cegueira de sua mente e coração! Sentou-se, andou, tentou ficar em seu quarto, tentou caminhar pelo bosque... Mas em cada lugar, em cada atitude, percebia que agira de maneira fraca, que prejudicara outros de forma mortificante, que também se prejudicara de um jeito ainda mais mortificante, que se encontrava em um estado deplorável e que, provavelmente, descobriria que aquele dia era apenas o começo de seu sofrimento.

Compreender totalmente seu coração era o primeiro desafio. Empregava nesse propósito cada momento livre que os cuidados com seu pai permitiam e qualquer momento de distração involuntária.

Desde quando o Sr. Knightley era tão caro para ela, como cada sentimento demonstrava-lhe agora que ele era? Quando a influência dele, *aquela influência*, começara? Quando ele passara a ocupar aquele lugar em sua afeição, o mesmo lugar que Frank Churchill ocupara por tão pouco tempo? Examinou o passado; comparou os dois. Comparou-os verificando o quanto significavam em sua estima, desde o momento em que conhecera o segundo. Percebia agora que devia ter feito essa comparação havia muito tempo. Ah, que abençoada felicidade se houvesse lhe ocorrido fazer essa comparação antes! Viu que nunca houvera tempo em que não considerasse o Sr. Knightley infinitamente superior ou em que a consideração dele não significasse muito mais para ela. Viu que se havia persuadido, que até mesmo fingira para si mesma que não era assim, que vivera uma completa ilusão, ignorando totalmente o próprio coração e, em resumo, que nunca se importara realmente com Frank Churchill!

Esta foi a conclusão da primeira série de reflexões. Este foi o conhecimento de si mesma que Emma alcançou com a primeira inquirição e sem que fosse preciso levar muito tempo para consegui-lo. Estava indignada e triste, envergonhada de cada sentimento, exceto do que acabara de se revelar: sua afeição pelo Sr. Knightley. Tudo o mais em sua mente lhe provocava desgosto.

Com que vaidade havia se considerado capaz de enxergar os segredos de todas as pessoas, com que arrogância propusera-se a determinar o futuro dos outros! Acabava de ter as provas de que estava totalmente enganada e que não conseguira simplesmente nada como resultado: pior, havia conseguido causar mal. Causara mal a Harriet, a si mesma e temia que também o houvesse causado ao Sr. Knightley. Se esse casamento, um dos mais desiguais que poderiam existir, viesse a ocorrer, poderia culpar-se por ter começado tudo, pois caso houvesse afeição da parte dele, esta provavelmente teria surgido em resposta à dela, e mesmo que não fosse o caso, com certeza ele jamais teria conhecido Harriet se não fosse sua loucura.

O Sr. Knightley e Harriet Smith! Era uma união que se encontrava além da mais fértil imaginação. A ligação entre Frank Churchill e Jane Fairfax tornava-se o acontecimento mais banal do mundo em comparação, sem causar surpresa alguma, sem demonstrar a menor disparidade ou provocar qualquer comentário. O Sr. Knightley e Harriet Smith! Que elevação seria para ela! E que queda para ele! Era horrível para Emma pensar como tal união o iria diminuir diante da opinião geral; ele iria tornar-se motivo de risadinhas, de sarcasmo. Provocaria o desdém e a mortificação do irmão dele, além de milhares outras inconveniências para si mesmo. Será que uma coisa dessas poderia acontecer? Não, era impossível. Mas a verdade é que estava longe, muito longe, de ser impossível. Um homem de alto nível ser cativado pelos encantos de uma jovem de classe muito inferior era, por acaso, uma circunstância tão nova assim? Seria novidade que um cavalheiro, talvez ocupado demais para procurar, acabasse como prêmio de uma moça que o procurasse? Seria isto uma novidade neste mundo por ser algo desigual, inconsistente, incongruente, ou pela sorte e circunstância (como causas secundárias) que costumavam dirigir o destino humano?

Oh, jamais deveria ter estimulado Harriet como fizera! Se a tivesse deixado onde deveria ficar, onde o Sr. Knightley lhe dissera que a jovem devia ficar! Se não tivesse, com uma tolice inexprimível, impedido que Harriet se casasse com o rapaz sem nada de especial – mas que a teria tornado feliz e respeitável no nível de vida que ela merecia ter –, tudo estaria bem, aquela situação horrível não teria ocorrido.

Antes, Harriet jamais teria a presunção de erguer os olhos para o Sr. Knightley! Jamais ousaria imaginar-se como a escolhida de um cavalheiro como esse, nunca estaria tão absolutamente certa disso como estava! Mas, agora, Harriet era menos humilde e tinha menos escrúpulos do que antes. Sua inferioridade, fosse de mente ou de situação, parecia menos percebida por ela. Parecera mais sensível à possibilidade do Sr. Elton não se querer casar com ela do que se mostrava agora, diante da mesma situação com o Sr. Knightley. Infelizmente, não fora isso que ela mesma, Emma, provocara? Quem, se não ela, ensinara Harriet que devia elevar-se o mais possível e que devia tentar conseguir um lugar melhor no mundo? Se Harriet, antes humilde, havia se tornado vaidosa, a culpa era toda sua.

48

Até aquele momento, em que se via ameaçada de perdê-la, Emma nunca percebera quanto sua felicidade dependia de ser a *primeira* aos olhos do Sr. Knightley; primeira em interesse e afeição. Com absoluta certeza de que assim era, e considerando-o pertencendo a ela sem nenhuma sombra de dúvida, havia desfrutado sem preocupações e só quando se viu correndo o risco de ser suplantada é que descobriu o quanto ele era importante para ela. Havia muito, muito tempo, sentia-se a primeira em tudo, pois ele não tinha outra mulheres na família, apenas Isabella, e ela sempre soube exatamente o quanto ele amava e estimava Isabella. Emma, de fato, havia sido a primeira para ele por muitos anos, mas não o merecera: foi sempre negligente ou perversa quando se opunha totalmente a ele ou mesmo quando desprezava seus conselhos; demonstrou-se insensível à metade dos méritos do cavalheiro, chegando a discutir com ele porque se negava a participar da falsa e insolente estima que ela nutria por si mesma. Ainda assim, talvez pelo apego que tinha à família dela, talvez por hábito ou por ser um homem muito bom, ele a amou e cuidou dela desde criança, esforçando-se para fazer com que ela melhorasse; ansioso para que Emma fizesse tudo direito, de um modo que ninguém mais fazia. Apesar de todos os seus defeitos, ela sabia que era querida por ele... Será que até não poderia dizer, *muito* querida?

Quando começaram a formar-se as sugestões de esperança, que não poderiam deixar de aparecer a seguir, Emma não pudera se deixar levar por elas. Harriet Smith podia acreditar que era digna de ser profunda, exclusiva e apaixonadamente amada pelo Sr. Knightley. Mas *ela,* não. Sabia que ele não era cego suas faltas por causa do amor por *ela.* Teve muito recentemente uma prova da imparcialidade dele: como ficou chocado com o comportamento dela em relação à Srta. Bates! Como se expressou de forma direta e firme sobre o que achava de sua atitude! Não firme demais considerando-se a gravidade do erro, mas muito firme, o bastante para demonstrar que não era guiado por algum sentimento mais suave do que a justiça e a boa vontade. Emma não tinha esperança, nem nada que merecesse o nome de esperança, de que ele tivesse por ela o tipo de afeição que estava agora em questão. Mas havia uma esperança (às vezes muito tênue, outras muito poderosa) de que Harriet estivesse enganada e que houvesse exagerado o significado das atenções dele para com *ela*. Emma desejava, para o bem dele, que assim fosse e que ele permanecesse solteiro, ainda que isso não significasse nada para ela. Ficaria perfeitamente satisfeita se ao menos pudesse ter certeza de que ele jamais se casaria, que continuaria a ser o mesmo Sr. Knightley de sempre para ela e seu pai, o mesmo Sr. Knightley para o mundo inteiro. Desde que Donwell e Hartfield não perdessem nada das preciosas amizade e confiança que as unia, sua paz estaria assegurada. Casamento, de fato, não havia sido feito para ela. Seria incompatível com o que devia ao pai e com o que sentia por ele. Nada poderia separá-la do pai. Não se casaria, mesmo que o Sr. Knightley pedisse sua mão.

Desejava ardentemente que Harriet estivesse enganada e esperava que quando os visse juntos novamente, pudesse ao menos estabelecer quais as chances disso ter acontecido. Iria, portanto, observá-los com a maior atenção daí por diante e, apesar dos erros que cometera até então na observação dos outros, acreditava que não iria cometê-los em relação a eles. O Sr. Knightley deveria retornar logo e poderia avaliar seu poder de observação em breve. Assustadoramente cedo, parecia-lhe, quando seus pensamentos tomavam outros rumos. Enquanto isso, decidiu não ver mais Harriet. Não faria bem a nenhuma das duas, não faria bem discutir o assunto mais do que já fora. Estava decidida a não se deixar convencer enquanto pudesse duvidar, mas ainda não tinha convicção suficiente para opor-se às confidências de Harriet. Conversar serviria apenas para irritá-la. Escreveu para a amiga, de forma delicada, mas firme, pedindo-lhe que não viesse a Hartfield, declarando que era sua convicção de que toda e qualquer discussão confidencial sobre *determinado* assunto deveria ser evitada e que gostaria de que alguns dias passassem sem que se encontrassem, a não ser em companhia de outras pessoas – Emma tinha restrições apenas a conversarem a sós – quando deveriam agir como se tivessem esquecido a conversa do dia anterior. Harriet aceitou, aprovou e mostrou-se grata.

Emma acabara de resolver este assunto quando uma visitante chegou para distraí-la dos pensamentos que lhe haviam ocupado a mente, acordada ou dormindo, nas últimas vinte e quatro horas. A Sra. Weston, que fora visitar a futura nora, passara por Hartfield a caminho de casa, tanto por dever para com Emma como por prazer próprio e a fim de relatar todos os detalhes da interessante visita.

O Sr. Weston a acompanhara à casa da Sra. Bates e comportara-se todo o tempo da forma mais agradável; mas como havia conseguido convencer a Srta. Fairfax a dar um passeio para tomar ar, a Sra. Weston tinha assim muito mais o que contar, e com maior satisfação, do que poderia ter obtido durante quinze minutos passados na sala de estar da Sra. Bates em uma visita atrapalhada pelo constrangimento.

Emma sentia, de fato, alguma curiosidade, e gostou de ouvir o relato da amiga. Quando saíra para fazer essa visita, a Sra. Weston estava bastante agitada e em primeiro lugar desejara não ir; preferia escrever para a Srta. Fairfax, deixando a visita cerimonial para mais adiante quando o Sr. Churchill talvez se deixasse convencer a tornar o compromisso de noivado público, pois, considerando tudo, ela achava que essa visita não poderia ser feita sem que despertasse alguns comentários. Mas o Sr. Weston pensava de outra forma; encontrava-se ansioso demais para demonstrar sua aprovação à Srta. Fairfax e à família dela; não acreditava que pudesse surgir alguma suspeita dessa visita e, caso surgisse, não teria importância, pois "essas coisas", observara ele, "sempre acabam se tornando conhecidas". Emma sorriu e concordou que o Sr. Weston tinha bons motivos para fazer essa afirmativa. Resumindo, eles haviam decidido ir e a perturbação e a confusão da jovem dama foram evidentes. Ela mal conseguira pronunciar uma palavra, cada olhar e movimento haviam mostrado quão profundamente sofria diante deles por saberem de tudo. A silenciosa satisfação da velha senhora e o deleite de sua filha – que ficara contente demais para conseguir falar como de hábito – haviam sido uma cena gratificante e quase comovente. As Bates, tão respeitáveis em sua alegria, tão despidas de todo e qualquer interesse, pensavam tanto em Jane e em todo o mundo, mas tão pouco em si mesmas, que era emoção demais serem alvo de tanta felicidade. A recente doença da Srta. Fairfax ofereceu um bom motivo para a Sra. Weston convidá-la a sair para tomar ar; em princípio ela se retraiu e recusou, mas depois de uma pequena insistência, acabou por aceitar. No decorrer do passeio, a Sra. Weston conseguiu, com gentil encorajamento, que a moça superasse o próprio embaraço e acabou conversasse sobre o assunto tão importante. O pedido de desculpa por ter ficado tão desagradavelmente silenciosa na recepção a que havia ido na casa deles e as mais calorosas expressões de gratidão que ela sempre sentira pelo Sr. e Sra. Weston não podiam deixar de abrir caminho para uma conversa. Assim, quando as efusões foram colocadas de lado, falaram bastante sobre o presente e o futuro em relação ao noivado. A Sra. Weston estava convencida de que aquela conversa havia levado maior alívio para a jovem Srta. Fairfax, fechada como ela se encontrava havia tanto tempo apenas com seus próprios pensamentos, e ficou muito feliz com tudo que sua jovem companheira de passeio dissera.

– Ela foi muito veemente ao contar que viveu um martírio por ter de esconder tudo durante tantos meses. Ela disse, com essas palavras: "Não posso dizer que não tive momentos felizes desde o início do noivado, mas digo que com certeza não tive um momento de paz desde então." E o lábio trêmulo, Emma, ao dizer essas palavras, convenceu-me perfeitamente de que ela disse a verdade.

– Pobre menina! – condoeu-se Emma. – Ela acha que agiu errado concordando em manter o noivado em segredo?

– Errado? Ninguém, imagino, poderia condená-la mais do que ela mesma se condenou. "A consequência", disse-me ela, "foi viver em um estado de perpétua angústia. Mas mesmo depois de toda punição que agir mal pode trazer, a má conduta continua sendo má conduta. A dor não é expiação. Nunca poderei ser perdoada. Agi contra minha noção de certo e errado; o final feliz e as gentilezas que estou agora recebendo são coisas que minha consciência diz que não mereço. Não imagine, madame", continuou ela, "que não fui bem-educada.. Não deixe meu modo de agir provocar censuras a respeito dos princípios ou responsabilidade dos amigos que me educaram. O erro foi todo meu e eu lhe asseguro que, com todas as justificativas que a presente circunstância pode parecer apresentar, ainda temo o momento de confessar tudo ao coronel Campbell."

– Pobre menina! – repetiu Emma. – Imagino que ela ame o noivo excessivamente. Só isso, acredito, a teria levado a aceitar um noivado secreto. A afeição deve ter suplantado seu bom-senso.

– Sim, não tenho dúvida de que ela gosta muitíssimo dele.

– Temo – suspirou Emma – ter contribuído várias vezes para torná-la infeliz...

– De sua parte, meu amor, foi algo feito inocentemente. Mas, provavelmente, ela estava pensando nisso, pois aludiu às confusões que Frank tinha mencionado antes. Segundo ela, tornar-se pouco razoável foi uma das consequências naturais do problema que criou para si mesma ao aceitar essa situação. A consciência de ter agido mal passou a criar-lhe mil inquietações, tornou-a inflexível e irritadiça em um nível que deve ter sido muito difícil de suportar. "Não fiz as concessões", disse-me Jane, "que deveria ter feito, pois o temperamento e espírito dele, seu delicioso espírito e alegria, a disposição para brincar, estou certa, teriam sido para mim algo encantador, sob outras circunstâncias, como eram quando nos conhecemos". Neste ponto, Emma, Jane Fairfax começou a falar de você e da extrema gentileza que demonstrou durante a doença dela. Com um rubor que me fez entender que tudo aquilo estava interligado, pediu-me que lhe agradecesse, e disse que lhe agradecesse de coração, assim que tivesse uma oportunidade, por todas as suas intenções e todos os gestos no sentido de fazer o bem a ela. Jane reconhece que nunca manifestou adequadamente sua gratidão.

– Se eu não soubesse que ela está feliz agora, como de fato merece estar, apesar de sua escrupulosa consciência fazê-la pensar o contrário – falou Emma, séria – eu jamais poderia suportar esses agradecimentos... Minha cara amiga, se eu fizesse um balanço do bem e do mal que causei à Srta. Fairfax! Bem – controlando-se e procurando mostrar-se mais animada –, isso tudo deve ser esquecido. Você foi muito gentil em vir contar-me esses interessantes detalhes que demonstram o grande valor da Srta. Fairfax. Tenho certeza de que ela é uma excelente pessoa e espero que venha a ser muito feliz. É justo que o Sr. Frank tenha toda a fortuna, pois acho que é ela quem possui todo o mérito.

Essa declaração não poderia ficar sem resposta da parte da Sra. Weston. Tinha Frank em alto conceito em quase todos os aspectos e, mais importante, amava-o muito e a defesa que fez dele foi calorosa. Argumentou com muita razão e com pelo menos igual afeição, mas suas palavras não atraíram a atenção de Emma, cuja mente vagava pela praça Brunswick e por Donwell. Esqueceu-se de tentar escutar e sofreu um sobressalto quando a Sra. Weston terminou com:

– Ainda não recebemos a carta pela qual estamos tão ansiosos, você sabe, mas espero que chegue logo.

Emma teve de pensar para ter o que responder e, por fim, forçou-se a dizer algo aleatório, sem conseguir se lembrar de que carta ela estavam falando.

– Você está bem, Emma? – perguntou a Sra. Weston antes de ir embora.

– Oh, perfeitamente. Estou sempre bem, como sabe. Não se esqueça de me dar notícias sobre a carta, assim que for possível.

Os fatos narrados pela Sra. Weston forneceram mais assunto para as reflexões desagradáveis de Emma, aumentando sua estima e compaixão, assim como o reconhecimento das injustiças que cometera contra a Srta. Fairfax. Lamentava amargamente não ter se aproximado mais da jovem e ruborizava-se ao reconhecer os sentimentos de inveja que tinham sido certamente a causa, em alguma medida, das injustiças. Se tivesse seguido os expressos desejos do Sr. Knightley, dando atenção à Srta. Fairfax, como era seu dever; se tivesse tentado conhecê-la melhor; se tivesse feito o possível para tornar-se sua companheira; se tivesse tentado encontrar nela uma amiga em vez de concentrar-se em Harriet Smith, teria, provavelmente, sido preservada de toda a dor que a incomodava agora. Nascimento, talentos e educação haviam claramente designado uma delas para ser sua amiga, a ser acolhida com gratidão. E a outra, o que era, quem era? E mesmo se não tivessem se tornado amigas íntimas, se não fosse admitida como confidente da Srta. Fairfax quanto àquele importante assunto – o que era muito provável –, ainda assim, conhecendo-a como deveria, como poderia ter conhecido, estaria livre daquelas abomináveis suspeitas a respeito de um relacionamento impróprio com o Sr. Dixon. No entanto, não só a concebera e alimentara loucamente, como também a havia passado adiante numa atitude imperdoável. Temia que a imprudência de Frank Churchill houvesse tornado esse fato uma nova fonte de inquietação para Jane Fairfax. De todas as fontes de infelicidade que cercavam a jovem, desde que ela chegara a Highbury, Emma desconfiava de que ela própria era a pior. Devia ter sido sua maior inimiga. Jamais estiveram os três juntos sem que ela atacasse a paz de Jane mil vezes; com certeza, em Box Hill, ela havia atingido uma agonia mental que não conseguira mais suportar.

A tarde desse dia foi muito longa e melancólica em Hartfield.

O tempo, sombrio, ajudou a aumentar a tristeza. Caiu uma tempestade com chuva fria e nada havia de típico do mês de julho, a não ser a folhagem nas árvores e arbustos, que o vento espoliava, e o comprimento do dia, que apenas tornava essas cenas cruéis visíveis por mais tempo.

O clima afetou o Sr. Woodhouse e ele só pôde voltar a sentir-se toleravelmente confortável com a constante atenção da filha e com cuidados que antes não custavam a Emma nem metade do esforço. Isso a fez recordar a primeira e triste conversa que haviam tido na tarde do dia do casamento da Sra. Weston. Só que, naquele dia, o Sr. Knightley tinha aparecido logo depois do chá, acabando rapidamente com a melancolia. Infelizmente, a atração que Hartfield exercia, como ficava claro nesse tipo de visita, com certeza logo terminaria. A imagem que fez naquele dia sobre as privações do inverno que se aproximava mostrou-se errada; nenhum amigo desertara, nenhum prazer se perdera. Mas temia que a previsão que fazia agora não fosse contrariada. A perspectiva à frente apresentava-se ameaçadora em um nível que não poderia ser inteiramente diminuído, e talvez nem mesmo parcialmente aliviado. Se acontecesse tudo que prometia acontecer entre seus amigos, Hartfield ficaria comparativamente deserta e ela seria esquecida ali, encarregada apenas de alegrar o pai com a animação de alguém cuja felicidade fora perdida para sempre.

A criança que nasceria em Randalls constituiria uma afeição muito mais interessante e profunda do que Emma, e o tempo e o coração da Sra. Weston seriam preenchidos apelas pelo bebê. Seu pai e ela perderiam a querida companheira e, provavelmente, perderiam também em boa parte o marido dela. Frank Churchill nunca mais iria visitá-los, e a Srta. Fairfax, era razoável supor, logo não pertenceria mais a Highbury. Eles se casariam e morariam em Enscombe ou perto de lá. Tudo que era bom estaria perdido, e se a essas perdas fosse acrescentada a perda de Donwell, o que restaria de amizades alegres e inteligentes ao alcance deles? O Sr. Knightley não iria mais visitá-los ao anoitecer! Não daria mais suas longas caminhadas a qualquer hora, dando a impressão de que gostaria de trocar sua casa pela deles. Como Emma poderia suportar isso? E se tivessem de perdê-lo para Harriet, se ele passasse a ver em Harriet toda a companhia que desejava, se Harriet fosse a escolhida, a primeira, a querida, a amiga, a esposa de quem ele obteria todas as bênçãos da existência... O que poderia aumentar ainda mais o já profundo estado de melancolia e desgosto de Emma do que saber que tudo aquilo era culpa dela?

Quando pensava nisso, ela não podia evitar um suspiro ou levantar-se para caminhar pela sala por alguns segundos. A única fonte de consolo que possuía era a resolução de melhorar sua conduta e a esperança de que, por mais inferior em companhia e alegria que fossem o inverno seguinte e todos os outros, ainda assim esses invernos a encontrariam mais racional, mais consciente de si mesma e deixariam menos arrependimentos ao irem embora.

49

O tempo continuou feio na manhã seguinte e a mesma solidão, a mesma melancolia, parecia reinar em Hartfield. Mas durante a tarde o clima mudou, o vento ficou mais suave e as nuvens foram levadas embora; o sol apareceu e era verão novamente. Com toda a ansiedade que uma transição provoca, Emma decidiu sair de casa o mais cedo possível. Nunca a vista maravilhosa, os odores, a sensação de natureza, a tranquilidade, o calor e brilho do sol depois de uma tempestade haviam sido tão atraentes para ela. Ansiava pela serenidade que se introduziria gradualmente em sua alma. Quando o Sr. Perry chegou após o jantar, com uma hora livre para passar em companhia do pai dela, Emma não perdeu tempo para introduzir-se entre os arbustos. Depois de caminhar um pouco por ali, sentindo o ânimo um pouco refeito e a ansiedade bastante suavizada, voltou ao caminho e depois de alguns passos divisou o Sr. Knightley, que passava pelo pequeno portão do jardim e dirigia-se para ela. Era a primeira vez que o via desde que ele voltara de Londres. Estava pensando nele naquele mesmo momento, imaginando que se encontrava a quase trinta quilômetros de distância. Ela teve tempo apenas para controlar rapidamente suas emoções. Devia mostrar-se composta e calma. Em meio minuto estavam juntos. Os "como vai" foram rápidos e contidos de ambos os lados. Ela perguntou pelos parentes comuns, que estavam todos bem. Quando ele os deixara? Naquela mesma manhã. Com certeza, ele cavalgara sob a chuva. Sim. Emma percebeu então que o Sr. Knightley viera até ali porque queria caminhar com ela. Ele explicou que havia chegado até a sala de jantar, mas como logo percebera que não precisavam dele ali, preferira ficar do lado de fora. Emma observou que ele não parecia nem falava de maneira alegre e a primeira possível causa disso, sugerida pelos temores dela, era ele talvez ter comunicado seus planos ao irmão e ter ficado aborrecido pelo modo como eles haviam sido recebidos.

Caminharam juntos. Ele mantinha-se em silêncio e Emma tinha impressão de que a olhava com frequência, procurando ver-lhe melhor o rosto. E isso a fez sentir um novo medo. Talvez o Sr. Knightley desejasse falar com ela a respeito de sua ligação com Harriet e podia estar procurando encorajamento para começar. Ela não podia, não se sentia apta a guiar a conversa nessa direção. Ele mesmo deveria fazê-lo. Mesmo pensando assim, ela não conseguia suportar aquele silêncio que não era nada natural nele. Pensou, decidiu e, tentando sorrir, começou:

– O senhor tem certas notícias para ouvir, agora que retornou, que o deixarão surpreso.

– Tenho? Notícias de que natureza?

– Oh, da melhor natureza possível: casamento.

Depois de esperar um momento, como para ter certeza de que ela não diria mais nada, ele se manifestou:

– Se está falando de Jane Fairfax e Frank Churchill, eu já soube.

– Como é possível?

Emma voltou o rosto ruborizado para ele, porque ao mesmo tempo que indagava, surpreendida, considerou que ele poderia ter parado na casa da Sra. Goddard no caminho.

– Recebi uma carta de negócios do Sr. Weston esta manhã e no final ele fez um breve relato do ocorrido.

Sentindo-se aliviada, Emma conseguiu voltar a falar com compostura suficiente:

– Provavelmente, o *senhor* ficou menos surpreso do que todos nós, pois já desconfiava disso. Não esqueci que uma vez tentou advertir-me a respeito dessa possibilidade. Eu gostaria de ter-lhe dado ouvidos, mas... Parece que fui condenada à cegueira.

Por um minuto ou dois nada foi dito e Emma não fazia ideia que despertara qualquer interesse particular, até sentir que ele a segurava por um braço, colocava a mão dela sobre seu coração e dizia em voz baixa, alterada pela emoção:

– O tempo, minha querida Emma, o tempo vai curar essa ferida. Seu juízo, os cuidados com seu pai... Sei que não se permitiria... – Ele apertou a mão dela de leve enquanto acrescentava, em um tom menos seguro: – Meus sentimentos de profunda amizade... Revoltante, que comportamento abominável! – E, em tom mais alto e confiante, concluiu: – Ele logo irá embora. Os dois logo estarão em Yorkshire. Eu lamento por *ela*. Merecia um destino melhor.

Emma compreendeu-o, então, e assim que seu coração acalmou-se, diminuída a agitação provocada pelo prazer de ouvir essa doce demonstração de afeto, ela replicou:

– Está sendo muito gentil, mas está enganado e devo corrigi-lo. Não necessito desse tipo de compaixão. Minha cegueira para o que ocorria levou-me a agir com eles de uma forma que sempre me envergonhará... Fui tolamente tentada a dizer e fazer muitas coisas que podem provocar conjecturas desagradáveis a meu respeito, mas não tenho outro motivo para lamentar não ter conhecido antes esse segredo.

– Emma! – exclamou ele, olhando-a com ansiedade. – É verdade? – Controlou-se imediatamente. – Não, não, eu a compreendo, desculpe-me. Estou feliz que consiga dizer tanto. Ele não é motivo de tristezas e não levará muito tempo, espero, para que você saiba disso não apenas racionalmente. Felizmente, você não chegou a aprofundar completamente seus sentimentos por ele! Confesso que jamais pude, com base nas suas atitudes, determinar em que nível você... Bem, pude apenas perceber que havia uma preferência... Uma preferência, aliás, que nunca acreditei que ele merecesse. Esse jovem é a desgraça para o nome de um homem e... ser recompensado com a mais doce das jovens damas? Jane, Jane, você será uma criatura miseravelmente infeliz!

– Sr. Knightley – Emma tentava parecer alegre, porém achava-se realmente confusa –, encontro-me em uma situação realmente extraordinária. Não posso consentir que continue enganado. No entanto, talvez porque minha forma de agir tenha dado tal impressão, tenho tantos motivos para sentir vergonha de confessar que nunca tive nenhum interesse real pela pessoa de quem falamos quanto em circunstâncias normais uma mulher teria vergonha de confessar exatamente o oposto. No entanto, jamais foi meu caso.

O cavalheiro escutou em completo silêncio. Emma desejava que ele falasse, mas ele não o fez. Ela imaginou que precisaria falar mais antes de receber a clemência dele, mas era muito difícil e doloroso para ela obrigar-se a se afundar ainda mais na opinião dele. Contudo, forçou-se a continuar:

– Tenho pouco a dizer em defesa de minha conduta... Fui tentada pelas atenções dele e permiti-me parecer apreciá-las. Provavelmente, esta é uma história antiga, um caso comum... e nada que não tenha acontecido com centenas de mulheres antes... Mesmo assim, não é uma desculpa para alguém que, como eu, insiste em exigir discernimento de todos... Muitas circunstâncias aumentaram a tentação. Ele é filho do Sr. Weston, estava sempre aqui... eu o achei muito divertido e... Em resumo – com um suspiro –, deixe-me afastar todas estas justificativas que criei engenhosamente, pois na verdade tudo se resume a um motivo... O fato é que minha vaidade foi lisonjeada pelas atenções dele... e eu as aceitei. Mais recentemente, no entanto... e na verdade, há algum tempo... não significavam mais nada para mim. Penso que as recebia como um hábito, como uma diversão, como nada sério. Ele me impressionou, sim, mas não a ponto de me magoar. Nunca tive nenhuma real afeição por ele e agora pude compreender o comportamento dele: jamais pretendeu ter algum compromisso comigo... Simplesmente me usou para encobrir seu compromisso com outra... E ninguém, tenho certeza, poderia ser mais facilmente iludida do que eu... Mas no fim *não* fui iludida, por sorte... Eu estava, de algum modo, a salvo dele.

Nesse ponto, Emma ficou esperando por uma resposta do Sr. Knightley, gostaria de ouvir pelo menos algumas palavras que indicassem que sua conduta fora compreensível, mas ele ficou quieto e, até onde ela podia julgar, imerso em pensamentos. Por fim, e felizmente em seu tom habitual, ele disse:

– Nunca tive uma boa opinião de Frank Churchill. Posso supor, no entanto, que o subestimei Nosso contato foi insignificante. E mesmo que eu não o houvesse subestimado, ele ainda pode se mostrar melhor do que eu esperaria. Com uma mulher como ela, há uma chance para ele. Não tenho motivo para desejar-lhe mal, e por causa dela, cuja felicidade dependerá da boa conduta e do caráter dele, certamente lhe desejo o bem.

– Não tenho dúvidas de que serão felizes juntos – assentiu Emma. – Creio que estão sinceramente apaixonados.

– É um homem muito afortunado! – declarou o Sr. Knightley, com eloquência. – Tão cedo na vida, aos vinte e três anos, no momento em que, se um homem escolhe uma mulher, geralmente escolhe mal. Mas aos vinte e três ele conseguiu tal prêmio! Com a certeza do amor de uma mulher como ela, um amor desinteressado, pois o caráter de Jane Fairfax demonstra seu desinteresse, tudo está a favor dele. No que diz respeito à sociedade, há igualdade na situação... Quero dizer, quanto à sociedade e em todos os hábitos e maneiras que são importantes, menos em fortuna. E neste ponto, já que a pureza do coração dela não está em dúvida, a desigualdade apenas aumenta a felicidade dele. Um homem sempre quer dar a uma mulher uma casa melhor de onde a tirou e aquele que puder fazê-lo, quando não existem dúvidas a respeito *dela,* será o mais feliz dos homens, creio. Frank Churchill é, sem dúvida, o favorito da sorte. Tudo conspira para favorecê-lo. Ele conhece uma jovem dama em uma estação de águas, conquista sua afeição, não consegue afastá-la nem mesmo tratando-a de modo negligente... Se ele e sua família viajassem o mundo em busca de uma esposa perfeita, não poderiam encontrar alguém melhor do que ela. A tia dele está atrapalhando o romance... A tia morre. Ele nada mais tem a fazer se não falar, pois seus parentes estão ansiosos por ajudá-lo a ser feliz. Ele usou a todos de forma maldosa, no entanto todos mal podem esperar para perdoá-lo. Ele é realmente um homem muito afortunado!

– O senhor fala como se o invejasse.

– E de fato o invejo, Emma. Em um aspecto ele é objeto de minha inveja.

Emma não pôde dizer mais nada. Pareciam estar muito perto de falar em Harriet e ela gostaria de mudar de assunto se fosse possível. Arquitetou um plano. Falaria de algo totalmente diferente, como seus sobrinhos da praça Brunswick. Respirou fundo e ia começar a falar quando o Sr. Knightley a surpreendeu, dizendo:

– Você não vai me perguntar qual é o motivo que me faz invejá-lo? Está determinada, eu vejo, a não se deixar levar pela curiosidade. É uma atitude sábia, mas *eu* não posso ser sábio. Emma, devo lhe dizer o que não quer perguntar, apesar de saber que imediatamente irei desejar não ter dito.

– Oh, então não diga, não diga! – clamou ela. – Pare um pouco, pense, não se comprometa.

– Obrigado – agradeceu ele, com grande mortificação, e não disse mais nada.

Emma não podia suportar a ideia de ter causado sofrimento ao Sr. Knightley. Ele queria fazer-lhe confidências, talvez quisesse saber sua opinião... Então, custasse o que custasse, devia escutá-lo. Devia ajudá-lo a decidir, reconciliá-lo com sua decisão. Devia apoiar Harriet, lembrá-lo de sua liberdade para agir como desejasse, aliviá-lo do estado de indecisão que com certeza era mais intolerável do que qualquer alternativa para uma mente correta como a dele. Logo chegaram à casa.

– Você vai entrar, imagino – disse ele.

– Não – respondeu Emma, tendo a confirmação do que pensara no tom deprimido com que ele falara. – Gostaria de caminhar mais um pouco. O Sr. Perry ainda não saiu... – Depois de darem alguns passos, acrescentou: – Eu o fiz calar-se de forma extremamente indelicada agora há pouco, Sr. Knightley, e temo que o fiz sofrer. Mas se tem qualquer desejo de falar abertamente comigo como amiga ou de pedir minha opinião ou, ainda, seja o que for que tenha a me dizer como amigo, pode fazê-lo. Prometo ouvir tudo que o senhor quiser me dizer. E prometo que depois lhe direi exatamente o que pensar a respeito.

– Como amiga! – repetiu o Sr. Knightley. – Emma, esta é uma palavra... Não, é melhor não... Espere... Sim. Por que devo hesitar? Já fui longe demais para esconder a verdade. Emma, aceito sua oferta, extraordinária como possa parecer... Eu a aceito e vou dirigir-me a você como amigo. Diga-me, então, será que não tenho nenhuma chance de sucesso?

Ele deteve-se na ansiedade de ver como ela receberia a pergunta e a expressão em seus olhos a impressionou.

– Minha querida Emma, você sempre será querida para mim, seja qual for a consequência desta nossa conversa. Minha querida, minha amada Emma... diga-me agora mesmo... Diga "não" se tiver de dizê-lo...

Na verdade, ela não conseguia pronunciar nem sequer uma palavra.

– Você fica em silêncio... – voltou a falar ele, com certa animação. – Fica em absoluto silêncio! No momento, não lhe peço mais nada.

Emma estava a ponto de desmaiar. O medo de ser despertada daquele sonho feliz foi talvez a emoção mais evidente.

– Não posso fazer discursos, Emma – prosseguiu o Sr. Knightley, em um tom suave e sincero que denotava uma profunda e convincente ternura. – Talvez se a amasse menos eu conseguisse dizer mais. Mas você sabe como sou. Nunca ouviu de mim senão a verdade. Eu a acusei, a repreendi e você suportou tudo como nenhuma outra mulher na Inglaterra o faria. Escute as verdades que vou lhe dizer agora, querida Emma, como sempre tem feito. O modo que vou dizê-las talvez as recomende muito pouco... Deus sabe que tenho sido um apaixonado muito indiferente. Mas você me compreende. Sim, veja, você compreende meus sentimentos e os retribuirá se puder. No momento, peço-lhe apenas que me permita ouvir sua voz, pelo menos uma vez.

Enquanto ele falava, a mente de Emma se mantivera em plena atividade e, sem perder uma só palavra graças à maravilhosa velocidade do pensamento, conseguiu compreender o sentido exato do conjunto do que ele estava querendo lhe dizer, pôde constatar que as esperanças de Harriet eram totalmente infundadas, que não passavam de ilusão, uma ilusão tão completa quanto qualquer uma das suas ilusões... que Harriet não era nada para ele... que ela, Emma, era tudo! Compreendeu que o que falara em relação a Harriet havia sido tomado pelo Sr. Knightley como expressão dos próprios sentimentos dela e que sua agitação, suas dúvidas, sua relutância, seu desânimo haviam sido encarados como um desencorajamento da afeição por ela. E não só houve tempo para todas essas considerações, com todo o brilho da felicidade, como também para se regozijar pelo fato de o segredo de Harriet não haver ido além do conhecimento dela e de chegar à determinação de que assim continuaria. Agora, isso era tudo que poderia fazer por sua pobre amiga. Quanto ao heroísmo que pudesse fazê-la convencer o Sr. Knightley a transferir a afeição que tinha por ela para Harriet, a infinitamente mais merecedora das duas, ou que a levasse então a realizar o sublime gesto de recusá-lo naquele instante, para sempre, sem declarar motivo algum, uma vez que ele não poderia casar-se com as duas, Emma não o possuía.

Ficou triste por Harriet, mas nenhum traço de generosidade louca, contrária a tudo que pudesse ser provável ou razoável, tomou conta de sua mente. Ela havia desviado a amiga do bom caminho e iria sempre se reprovar por tê-lo feito, mas seu juízo agora era tão forte quanto seus sentimentos, mais forte do que nunca, e a impedia de condená-lo a um casamento que seria desigual e degradante. O caminho que deveria seguir era claro, embora não fosse suave.

Ela falou, então. O que ela disse? Exatamente o que devia, claro. É o que faz uma dama. Falou o bastante para demonstrar que não havia razão para desespero, o suficiente para convidá-lo a dizer mais. Ele havia *se desesperado* em certo momento e recebido o silêncio dela como a destruição de suas esperanças... De fato, ela começara recusando-se a ouvi-lo... Talvez a mudança houvesse sido muito súbita... Sua proposta de caminhar um pouco mais, a atitude de reatar a conversa que ele dera por terminada... Tudo talvez houvesse parecido um tanto extraordinário! Era a primeira a sentir a inconsistência daquilo tudo... Mas o Sr. Knightley fez a gentileza de aceitar tudo sem pedir maiores explicações.

É raro, muito raro, a completa verdade ser totalmente descortinada; é muito raro que qualquer coisa aconteça sem que seja um pouco disfarçada ou um pouco mal interpretada. Mas quando, e este era o caso, apesar da conduta errônea os sentimentos eram certos, o restante não tinha importância. O Sr. Knightley não poderia exigir de Emma um coração mais brando do que ela possuía ou um coração mais disposto a aceitar o dele.

Ele, na verdade, jamais havia desconfiado de sua própria influência. Havia ido procurá-la no jardim sem a menor ideia de tentar nada, ansioso por saber como ela suportara a notícia do noivado de Frank Churchill, sem nenhum impulso egoísta, na verdade sem nenhum impulso, querendo apenas, se ela o permitisse, consolá-la e aconselhá-la. O resto fora resultado do momento, o efeito do que ouvira em seus próprios sentimentos. A deliciosa certeza de que ela era totalmente indiferente a Frank Churchill, de que não tinha seu coração ligado ao dele, fizera nascer a esperança de que, com o tempo, pudesse ele mesmo conquistar sua afeição. Contudo, não alimentava a mínima esperança no momento. A ansiedade apenas suplantara o bom-senso por um momento, e ele apenas desejara que Emma não proibisse sua tentativa de conquistar a afeição dela. A seguir, as esperanças ainda maiores que se revelaram diante dele haviam sido atordoantes. A afeição, que ele pedia que ela lhe permitisse criar, já existia! Em meia hora, ele passara de um estado do mais profundo desespero para um estado muito próximo da perfeita felicidade ou de algo que não poderia merecer outro nome.

A mudança *nela* havia sido igual. Aquela meia hora dera a cada um deles a mesma preciosa certeza de ser amado, tirara de cada um o mesmo grau de ignorância, ciúme, desconfiança. Do lado dele, havia o doloroso ciúme que sentia de Frank Churchill, desde que ele chegara, ou mesmo quando ainda era apenas esperado. Estava apaixonado por Emma e com ciúme de Frank Churchill aproximadamente desde o mesmo período e um sentimento provavelmente jogara luz sobre o outro. Fora o ciúme causado por Frank Churchill que o fizera viajar. O passeio a Box Hill fizera-o decidir ir embora. Não queria mais testemunhar as atenções dele sendo encorajadas por ela. Partira para aprender a ser indiferente. Mas tinha ido para o lugar errado. Havia felicidade doméstica demais na casa de seu irmão e Isabella era muito parecida com a irmã, diferindo apenas nas pequenas inferioridades que sempre faziam com que ele notasse ainda mais o brilho de Emma. No entanto, ficou lá, suportando estoicamente aquela espécie de tortura, dia após dia, até que a carta daquela manhã lhe levou a história de Jane Fairfax. Então, com a felicidade que não pôde deixar de sentir... Sim, que não teve escrúpulos de sentir, uma vez que sempre achara que Frank Churchill não merecia Emma. Profundamente preocupado com o bem-estar dela, não pôde mais ficar longe. Voltou imediatamente, mesmo sob a chuva, e seguiu para Hartfield logo depois do jantar, para ver como a melhor e mais doce das criaturas, mais perfeita apesar de todos seus defeitos, enfrentava a revelação.

Ele a encontrara agitada e triste. Frank Churchill era um canalha. Ouviu-a declarar que nunca amara o jovem cavalheiro. O caráter de Frank Churchill não era tão ruim assim.

Agora, ela era *sua* Emma pelo sentimento e a palavra quando voltavam para casa. Se, por acaso, ele conseguisse pensar em Frank Churchill então, poderia até considerá-lo um bom rapaz.

50

Com que sentimentos totalmente diferentes daqueles com os quais saíra, Emma voltou para casa! Ao sair, queria apenas um pouco de alívio para seu sofrimento; agora, sentia a agitação da felicidade e imaginava que essa felicidade seria ainda maior quando a agitação passasse.

Sentaram-se para o chá, o mesmo grupo ao redor da mesma mesa... Quantas vezes haviam se reunido assim e quantas vezes seus olhos tinham fitado os mesmos arbustos no jardim, e observado o mesmo belo efeito do pôr do sol a oeste! Mas nunca naquele estado de espírito, nunca em um estado sequer parecido. E foi com dificuldade que conseguiu portar-se suficientemente de seu modo de ser usual para agir como a gentil dama da casa, ou mesmo como a filha atenciosa que sempre fora.

O pobre Sr. Woodhouse mal desconfiava do que estava sendo planejado contra ele no peito do homem que acolhia de maneira tão cordial em sua casa e pelo qual mostrava-se temeroso de que talvez houvesse apanhado um resfriado durante a viagem a cavalo. Se pudesse ver o coração do Sr. Knightley, ele teria se importado muito pouco com os pulmões dele. Todavia, sem a menor possibilidade de imaginar, nem de muito longe, o mal iminente, sem a menor percepção de nada extraordinário nos olhares de nenhum dos dois, o velho cavalheiro repetiu para ambos, de forma muito confortável, todas as novidades que havia recebido do Sr. Perry, sem nem desconfiar do que eles poderiam contar-lhe em retribuição.

Enquanto o Sr. Knightley permaneceu com eles, Emma continuou naquele estado febril. Mas, quando ele se foi, começou a ficar mais tranquila e, no decorrer de uma noite insone, que foi o preço de uma tarde como a que passara, encontrou um ou dois pontos muito sérios a considerar, percebendo que mesmo sua felicidade teria um preço. Seu pai... e Harriet. Não podia ficar sozinha sem sentir todo o peso do que cada um deles significava. Como assegurar o conforto de ambos?

Esta era a questão. Com respeito ao pai, tratava-se de uma indagação que logo foi respondida. Não sabia o que o Sr. Knightley esperava, mas uma rápida consulta ao seu coração resultou na decisão solene de nunca separar-se do pai. Ela até chorou ao pensar nisso, considerando-o um pensamento pecaminoso. Enquanto o velho e bondoso senhor vivesse, aquele compromisso seria apenas um noivado e orgulhou-se na certeza de que em vez de representar o perigo de afastá-la dele, aquele noivado apenas aumentaria a tranquilidade de seu pai.

Como fazer o melhor por Harriet era um problema mais difícil. Como impedir que passasse por um sofrimento desnecessário, como proporcionar alguma reparação a ela, como não parecer sua inimiga? Eram perguntas que provocavam enorme dúvida e profunda perturbação. Então, precisou passar de novo pela amarga censura, pelo doloroso arrependimento que sentia sempre que pensava naqueles acontecimentos. Por fim, a única solução que encontrou foi que deveria continuar evitando encontrá-la e que lhe comunicaria o que precisava por carta. Deveria dizer-lhe que seria melhor que se ausentasse de Highbury por algum tempo e, arquitetando um último plano, resolveu que não seria difícil fazer com que ela fosse convidada a ir para a praça Brunswick. Isabella gostara de Harriet e algumas semanas em Londres proporcionariam a ela outras coisas pelas quais se interessar. Não acreditava que o ânimo de Harriet deixasse de colher os benefícios de conhecer gente, como as crianças, e coisas novas, variadas, como ruas, lojas. De qualquer forma, estaria dando mais uma prova de atenção e gentileza em relação a alguém por quem deveria fazer tudo que pudesse. Uma separação no presente e um adiamento do mau dia em que teriam de se reencontrar.

Emma levantou-se cedo e escreveu a carta para Harriet, o que a deixou tão séria, tão triste, que o Sr. Knightley, ao aparecer para o café da manhã, não chegara de modo algum cedo demais; e a meia hora roubada para ir com ele ao mesmo lugar da véspera, literal e figurativamente, foi extremamente necessária para torná-la quase tão feliz quanto no dia anterior.

Ele não tinha ido embora havia muito – tanto que ela não tivera tempo de pensar em mais ninguém a não ser nele – quando recebeu uma carta vinda de Randalls. Era uma carta tão volumosa que a fez imaginar o que conteria e lamentou a necessidade de lê-la. Agora sentia-se inteiramente em paz com relação a Frank Churchill; não queria explicações, queria apenas poder ficar com seus próprios pensamentos, e quanto a compreender qualquer coisa escrita por ele, estava certa de que seria incapaz disso. Mas teria de ler aquela carta de qualquer maneira. Abriu o envelope. Havia um bilhete para ela, da Sra. Weston, acompanhando a carta que recebera do enteado.

Tenho o grande prazer, minha querida Emma, de encaminhar-lhe esta carta. Sei que lhe fará justiça e não tenho dúvidas de que irá proporcionar-lhe alguma felicidade. Penso que nunca mais iremos discordar de novo sobre o missivista. Bem, não pretendo atrasá-la mais com um longo prefácio. Estamos bastante bem. Esta carta foi a cura para todos os pequenos nervosismos que tenho sentido ultimamente.
Não gostei de sua aparência na terça-feira, mas aquela foi uma manhã incomum. E apesar de você jamais se sentir afetada pelo tempo, penso que todos nós fomos afetados pelos maus eflúvios daquele vento nordeste. Senti muita preocupação por seu querido pai durante a tempestade de terça à tarde e de ontem de manhã, mas tive o conforto de saber ontem à noite, pelo Sr. Perry, que ele não ficou doente.

Sempre sua,

A. W.

[Para a Sra. Weston]

Windsor, Julho.
Minha querida madame,

Se me fiz compreender ontem, esta carta deveria estar sendo esperada. Mas, esperada ou não, sei que será lida com candura e indulgência. A senhora é toda bondade e creio que será de fato necessária toda a sua bondade para aceitar certas passagens de minha conduta recente. Mas fui perdoado por alguém que tinha ainda mais motivos para se ressentir. Minha coragem cresce enquanto escrevo. É muito difícil para o próspero ser humilde. Já encontrei sucesso em dois pedidos de desculpas, agora corro o risco de achar que seu perdão é garantido, assim como os de amigos que podem ter se sentido ofendidos. Deve tentar compreender a exata natureza da minha situação quando cheguei a Randalls. Peço-lhe que leve em consideração que eu tinha um segredo que devia ser mantido a qualquer preço. Este era o fato. Meu direito de colocar-me em uma situação que exigisse tal segredo é outra questão. Não vou discutir isso aqui. Quanto a minha tentação de pensar que é um direito, transfiro cada manobra cavilosa para uma casa, em Highbury, de tijolos, com janelas de guilhotina embaixo e de caixilhos em cima. Não ouso apontar a casa diretamente. As dificuldades que eu tinha então em Enscombe devem ser bem conhecidas para que necessitem de qualquer explicação e fui feliz o bastante para fazer prevalecer minha vontade e induzir a mais correta mente feminina do mundo a aceitar, por caridade, um noivado secreto antes de nos separarmos em Weymouth. Se ela tivesse recusado, eu teria enlouquecido. Mas a senhora estará pronta para perguntar qual era minha esperança ao fazer isto? O que eu esperava? Qualquer coisa: tempo, sorte, circunstância, progressos lentos, acontecimentos súbitos, perseverança, saúde e doença. Senti que cada possibilidade de bem estava ao meu alcance depois que a primeira das bênçãos ocorreu quando consegui dela promessas de confiança e retribuição. Se precisar de mais explicações, tenho a honra, minha querida madame, de ser o filho de seu marido e a vantagem de ter herdado dele a disposição para esperar sempre o melhor, herança esta que nenhum legado de casas ou terras poderá jamais igualar em valor. Então, sob essas circunstâncias, veja-me chegando a Randalls, em minha primeira visita. Neste ponto devo também admitir que estou consciente do erro, pois essa visita deveria ter sido realizada antes. A senhora olhará para trás e verá que não retornei até que a Srta. Fairfax estivesse em Highbury; como a senhora foi a pessoa preterida com essa minha atitude, irá perdoar-me imediatamente. Mas preciso esforçar-me para obter a compaixão de meu pai, lembrando a ele que, por todo o tempo em que me abstive de visitar sua casa, fui privado da bênção de conhecê-la. Espero que meu comportamento, durante os quinze dias felizes que passei com vocês, não tenha me tornado merecedor de repreensões, exceto em um ponto. Agora chego ao principal, à única parte importante de minha conduta em relação à senhora, conduta essa que intensifica minha ansiedade e requer uma explicação muito detalhada. Com grande respeito e a mais calorosa amizade, menciono a Srta. Woodhouse. Meu pai talvez pense que eu deva acrescentar que essa menção deva ser realizada com a mais profunda das humilhações. As poucas palavras que recebi dele ontem deixaram bem claro o que ele pensa e a censura que reconheço merecer. Meu comportamento para com a Srta. Woodhouse, creio, deu a entender mais do que eu pretendia. Para esconder um segredo tão essencial para mim, fui levado a fazer uso indevido do tipo de intimidade que se estabeleceu entre nós dois assim que nos conhecemos. Não posso negar que a Srta. Woodhouse foi objeto de minhas atenções ostensivas, mas tenho certeza de que vai acreditar na declaração de que, se eu não estivesse convencido da indiferença dela a meu respeito, não teria sido induzido a seguir adiante por uma necessidade egoísta. Amigável e encantadora como é a Srta. Woodhouse, ela jamais deu-me a ideia de ser uma jovem dama que desejasse um compromisso. Pareceu-me sempre perfeitamente livre de qualquer tendência a apegar-se emocionalmente a mim, o que era tanto minha convicção quanto meu desejo. Ela aceitou minhas atenções com naturalidade, amizade e bom humor, o que era perfeitamente adequado para mim. Parecíamos compreender um ao outro. Pelo relacionamento de nossas famílias, tais atenções eram seu direito. Eu não saberia dizer se a Srta. Woodhouse começou a compreender-me antes de terminarem os últimos quinze dias que passei aí. Na noite antes de partir, quando a visitei, lembro-me de ter chegado quase ao ponto de confessar a verdade e então imaginei se ela não desconfiaria de tudo. Mas não tenho dúvidas de que ela sentiu o que ocorria, ao menos em parte. Talvez não tenha compreendido toda a situação, mas com a rapidez de seu raciocínio e percepção, deve ter notado alguma coisa. Não duvido disso. A senhora vai descobrir, quando este assunto puder ser comentado sem as atuais restrições, que a Srta. Woodhouse não foi apanhada totalmente de surpresa. Muitas vezes ela deu-me indícios deste fato. Lembro-me dela dizendo-me, no baile, que eu devia gratidão à Sra. Elton pelas atenções prestadas à Srta. Fairfax. Espero que esta história da minha conduta em relação a ela seja admitida pela senhora e por meu pai como um grande atenuante dos erros que me viram cometer. Enquanto considerarem que pequei contra Emma Woodhouse, não posso merecer nada dos dois. Absolvam-me e rogo à senhora que peça por mim, quando for possível, a absolvição e os bons votos de Emma Woodhouse, a quem dedico uma afeição de irmão, e diga-lhe que espero que fique tão profunda e felizmente apaixonada quanto estou. Sejam quais forem as coisas estranhas que eu disse ou fiz durante aqueles quinze dias, a senhora agora tem as explicações. Meu coração estava em Highbury e eu me empenhava ao máximo para impedir que surgisse qualquer suspeita. Caso a senhora se recorde de qualquer estranheza, agora tem a chance de esclarecê-la. Quanto ao piano do qual se falou tanto, parece-me necessário dizer apenas que sua encomenda foi feita sem que a Srta. F. soubesse de nada e que ela jamais teria permitido que eu o enviasse se tivesse como fazê-la. A delicadeza dos sentimentos dessa jovem dama quanto a nosso noivado, minha querida madame, coloca-se muito além de meu poder de lhe fazer justiça. A senhora logo irá conhecê-la melhor, espero sinceramente. Não existem palavras que possam descrevê-la. Ela deverá dizer-lhe pessoalmente como é, mas não com palavras, pois não existe criatura mais disposta a suprimir os próprios méritos. Desde que iniciei esta carta, que será mais longa do que eu esperava, tive notícias dela. Enviou-me um bom relato da própria saúde, mas como nunca reclama, não ouso acreditar. Quero sua opinião sobre a aparência dela. Sei que logo a visitará; ela vive atemorizada à espera dessa visita, que talvez até já tenha acontecido. Mande-me notícias sem demora, estou impaciente por saber todos os detalhes. Lembre-se de como a senhora ficou preocupada com o estado em que me encontrava nos poucos minutos que passei em Randalls; parecia fora de mim e não estou muito melhor agora. Ainda continuo enlouquecido pela alegria e a angústia. Quando penso na gentileza e consideração que recebi, na bondade, na paciência dela e na generosidade de meu tio, fico louco de alegria. Mas, quando relembro toda a incerteza, a angústia que causei a ela e como mereço muito pouco ser perdoado, fico louco de raiva. Se pudesse ir vê-la outra vez! Mas não devo fazê-lo ainda. Meu tio foi bom demais para que eu o abandone agora. Devo acrescentar mais a esta carta já tão longa. A senhora ainda não ouviu tudo que merece ouvir. Não pude fazer nenhum relato coerente até ontem, mas a forma súbita e, sob certa luz, a forma incongruente como tudo isto aconteceu necessita de explicação. Embora o triste acontecimento do dia vinte e seis passado, como a senhora deve ter concluído, tenha aberto imediatamente a mais feliz das perspectivas para mim, não se podia esperar que eu tomasse certas medidas naquele mesmo momento, porém existiam algumas circunstâncias muito particulares que não me permitiram perder nem uma hora sequer. Eu deveria ter-me contido e não ter agido de maneira tão súbita, com a certeza de que ela iria compreender e partilhar de todos os meus escrúpulos, eu diria que até com multiplicada força e refinamento. Mas não tive escolha. O compromisso repentino para trabalhar que ela assumiu com aquela dama...

Neste ponto da missiva, minha querida senhora, fui obrigado a sair de casa abruptamente, a fim de pensar e me recompor.

Fiquei andando pelos campos por muito tempo e agora estou, espero, outra vez racional o bastante para escrever o restante da carta como deve ser escrito. Este é, de fato, um retrospecto mortificante para mim. Agi de maneira vergonhosa. E agora posso admitir que as atenções que dediquei à Srta. W., por serem desagradáveis para a Srta. F., podem ser consideradas altamente reprováveis. Ela as desaprovou, o que deveria ter sido o bastante para mim; ela não considerou suficiente minha explicação de que agia daquele modo para esconder a verdade. Ficou aborrecida e considerei essa sua atitude nada razoável. Achei que ela mostrava-se desnecessariamente escrupulosa e cautelosa em milhares de ocasiões. Considerei-a até mesmo fria. Mas ela sempre esteve certa. Se eu tivesse aceito o julgamento dela e seguido o que ela dizia ser certo, teria escapado da maior das infelicidades que conheci. Por fim, brigamos. Lembra-se daquela manhã que passamos em Donwell? Foi *lá* que cada um dos pequenos atritos que havíamos tido explodiram em uma crise. Cheguei atrasado, encontrei-a indo a pé para casa sozinha, quis acompanhá-la, porém ela não consentiu. Recusou-se absolutamente a permitir que eu fosse com ela, o que então considerei um grande absurdo. Agora, no entanto, nada vejo em seu modo de agir além de uma muito natural e consistente atitude de discrição. Enquanto eu, para cegar o mundo quanto ao nosso noivado, comportava-me dedicando uma condenável atenção para outra mulher, ela deveria aceitar um passeio que poderia pôr tudo a perder? Se fôssemos encontrados caminhando juntos, entre Donwell e Highbury, todos teriam desconfiado da verdade. E fui louco o bastante para ficar ressentido com isso. Duvidei da afeição dela. No dia seguinte, em Box Hill, duvidei ainda mais quando ela falou sobre ressentimento de uma forma perfeitamente compreensível para mim, ressentimento provocado pela deplorável conduta da minha parte ao ignorar sua presença de maneira vergonhosa e insolente enquanto dedicava tal devoção aparente à Srta. W., que seria impossível qualquer dama de sensibilidade aturar...

Em resumo, minha querida madame, foi uma briga em que ela estava sendo justa e eu, abominável. Retornei nessa mesma tarde para Richmond, apesar de que deveria ter ficado com vocês até a manhã seguinte, apenas porque ficara tão zangado com ela quanto era possível. Mesmo assim, não estava tão louco que não soubesse que devia tentar uma reconciliação com o tempo. Mas sentia-me ferido, magoado profundamente com a frieza dela e vim embora determinado a esperar que ela desse o primeiro passo. Sempre irei sentir-me muito agradecido pelo fato de a senhora não estar no grupo que foi a Box Hill. Se tivesse testemunhado meu comportamento nesse passeio, creio que dificilmente a senhora poderia pensar bem de mim novamente.

O efeito da minha atitude não tardou a aparecer: assim que ela ficou sabendo que eu havia ido embora de Randalls, aceitou a oferta de emprego feita pela Sra. Elton, cuja maneira com que tratava minha noiva, por sinal, sempre me fazia ferver de indignação e ódio. Não posso reclamar do espírito benevolente que tantas vezes perdoou a minha pessoa, mas, não fosse isso, protestaria veementemente contra a porção que tal mulher exigiu. "Jane"... Por favor! Deve ter notado, madame, que não permiti a mim mesmo a indulgência de chamá-la por seu primeiro nome, nem mesmo dirigindo-me à senhora. Pense, então, o que deve ter sido para mim ouvir o nome dela sendo brandido seguidamente pelos Elton, com toda a vulgaridade da inútil repetição e toda a insolência da superioridade imaginária. Tenha paciência, minha querida senhora, já estou terminando. Ela aceitou aquela oferta de emprego, decidida a romper inteiramente comigo, e no dia seguinte escreveu-me para dizer que não deveríamos nos encontrar nunca mais. Ela sentia que aquele noivado era uma fonte de miséria para nós dois, portanto teve forças para rompê-lo.

A carta que me escreveu alcançou-me na mesma manhã da morte de minha pobre tia. Respondi em menos de uma hora, mas com a confusão em minha mente e a multiplicidade de assuntos que exigiam a minha atenção ao mesmo tempo, a resposta, em vez de ser mandada com todas as demais cartas do dia, ficou na minha mesa. E eu, acreditando que escrevera o suficiente para satisfazê-la, apesar de o ter feito em poucas linhas, permaneci à espera sem ansiedade. Fiquei realmente desapontado por não receber notícias dela com a rapidez que imaginava que viriam, mas teci desculpas para ela. Estava ocupado demais e, devo acrescentar?, alegre demais em minhas visões do futuro para pensar em coisas ruins.

Mudamos para Windsor e dois dias depois recebi um pacote da parte dela. Eram todas as minhas cartas sendo devolvidas! Vieram também algumas linhas na mesma remessa, declarando sua extrema surpresa em não ter recebido qualquer resposta à sua última carta e acrescentando que, como o silêncio quanto a esse ponto não podia ser interpretado de maneira errônea, uma vez que devia ser igualmente desejável para os dois terminar imediatamente com o noivado, ela estava devolvendo todas as minhas cartas da forma mais segura e pedia-me que enviasse as dela para Highbury em uma semana; caso não pudesse fazê-lo nesse tempo, que as mandasse então para... Seguia-se o endereço da Sra. Smallridge, perto de Bristol, que foi como um tapa em meu rosto. Eu conhecia aquele nome, o lugar, sabia tudo sobre o tal emprego e no mesmo instante compreendi o que ela estava fazendo. Era uma resolução perfeitamente de acordo com a firmeza de caráter que eu sabia que ela possuía e o fato de ter mantido seus desígnios ocultos em sua última carta eram igualmente um indício de sua extrema delicadeza. Por nada deste mundo ela gostaria de dar a entender que fazia ameaças. Imagine o choque, imagine como me senti a partir daquele momento, até perceber o que havia acontecido com a carta que escrevi para ela. O que poderia fazer? Apenas uma coisa. Tinha de falar com meu tio. Sem o consentimento dele não podia esperar que ela me escutasse novamente. Contei tudo a ele e as circunstâncias ficaram a meu favor. A morte de minha tia havia suavizado o orgulho dele, e, muito antes do que eu imaginara, ele compreendeu tudo e deu seu consentimento. Quando, por fim, o pobre homem disse, com um suspiro profundo, que ele desejava que eu encontrasse no casamento tanta felicidade quanto havia encontrado no dele, tive certeza de que a minha felicidade e meu casamento seriam de um tipo diferente.

A senhora está se sentindo inclinada a ter pena de mim pelo que devo ter sofrido ao contar a verdade a meu tio, pela aflição que devo ter sentido até que tudo se resolvesse? Não, não sinta pena até que eu lhe conte o que senti ao chegar a Highbury e ver como a fiz ficar doente. Não tenha pena de mim até saber de que modo a ouvi gemer, mal como se encontrava, com aparência tão doentia.

Cheguei a Highbury em um momento do dia em que, por meu conhecimento da hora tardia em que tomam o café da manhã, estava certo de ter uma boa chance de encontrá-la sozinha. Não fiquei decepcionado e, por fim, não me decepcionei também quanto à finalidade da minha viagem. Tive de lutar contra uma recusa inicial muito razoável e justa; confesso que foi difícil persuadi-la. Mas está feito. Estamos reconciliados e felizes, mais felizes do que jamais estivemos! E nenhuma incompreensão, nem mesmo momentânea, ocorrerá entre nós novamente. Agora, minha querida madame, vou libertá-la. Mas não posso concluir ainda. Mil agradecimentos por toda a gentileza que demonstrou para comigo e dez mil pela atenção que seu coração dará a ela. Se acha que estou a caminho de ser mais feliz do que mereço, compartilho sua opinião. A Srta. W. diz que sou o filho da boa sorte. Espero que ela tenha razão. Em um aspecto minha boa fortuna é certa, pois posso subscrever-me

Seu grato e afeiçoado filho,

F. C. Weston Churchill.

51

Esta carta deve ter surtido efeito sobre os sentimentos de Emma. Como a Sra. Weston calculara, ela sentiu-se obrigada, apesar de sua determinação em contrário, a ser justa em relação a toda a história. Assim que chegou ao ponto em que seu nome era citado, tornou-se irresistível. Cada linha que se relacionava a ela era interessante e quase todas muito agradáveis. Mesmo quando o primeiro encantamento perdeu a força, o tema continuou a manter-se pelo fascínio próprio, pelo retorno de seu antigo apreço pelo missivista e a forte atração que a imagem do amor exercia sobre ela naquele momento. Emma não parou até ter lido tudo e pensou que era impossível dizer que ele não errara, mas era evidente que estivera menos errado do que ela imaginara, que ele sofrera, que lamentava o acontecido, que estava tão grato à Sra. Weston, tão apaixonado pela Srta. Fairfax, e ela também estava tão feliz que não havia como ser severa com o Sr. Frank Churchill. Se ele entrasse na sala naquele momento, ela o cumprimentaria tão calorosamente como sempre.

Gostou tanto da carta que, quando o Sr. Knightley foi visitá-la novamente, quis que ele a lesse. Estava certa do desejo da Sra. Weston de que seu conteúdo fosse comunicado, especialmente para alguém como o Sr. Knightley, que vira tantos erros na conduta de seu enteado.

– Vou ler esta carta com todo o prazer – disse ele –, mas parece-me muito longa. Seria melhor levá-la para casa comigo esta noite.

Mas isso não seria possível. O Sr. Weston deveria ir a Hartfield ao entardecer desse dia e Emma precisaria devolver-lhe a carta.

– Prefiro conversar com você – esclareceu o Sr. Knightley –, mas como parece tratar-se de uma questão de justiça, vou ler agora.

Começou a ler, mas parou quase de imediato para comentar:

– Se há alguns meses me houvessem oferecido para ler uma das cartas que este cavalheiro tinha enviado para sua madrasta, Emma, eu não o faria com a tranquilidade que estou fazendo agora.

Ele continuou a ler mais um pouco, em silêncio. E, então, com um sorriso, exclamou:

– Hummmm! Uma bela introdução, com um lisonjeira cortesia... Mas este é o modo dele. O estilo de um homem não deve ser regra para outro. Não vamos ser severos.

– É natural para mim – comentou o Sr. Knightley pouco depois – dar minha opinião à medida que leio. Fazendo assim, sinto que continuo perto de você e não parece uma perda de tempo tão grande, mas se não aprecia que o faça...

– De forma alguma. Iria agradar-me muito.

O Sr. Knightley retornou à leitura com grande boa vontade.

– Ele graceja aqui sobre a tentação. Mas sabe que está errado e não tem justificativas razoáveis. Mau. Ele não devia ter ficado noivo. "A compaixão do pai." Ele é injusto, no entanto, quanto ao pai. O temperamento otimista do Sr. Weston realmente foi uma bênção para que conseguisse superar seus obstáculos, mas antes de tentar obter sua atual felicidade, ele a mereceu... É verdade, ele não veio para Highbury até a Srta. Fairfax estar aqui.

– E não esqueci – observou Emma – que você disse ter certeza de que ele poderia ter vindo antes, se quisesse. Você evita falar nisso de modo muito elegante, mas estava perfeitamente certo.

– Não fui imparcial por completo em meu julgamento, Emma. Mas, penso que mesmo se *você* não estivesse envolvida no caso, ainda assim eu desconfiaria dele.

Quando chegou à parte que fazia menção à Srta. Woodhouse, o cavalheiro fez questão de ler em voz alta tudo que se relacionava a ela, parando de vez em quando para um sorriso, um olhar, um balançar da cabeça, uma palavra ou duas de assentimento ou desaprovação ou de mero amor, como o tema requeria. No entanto, depois de uma profunda reflexão, disse seriamente:

– Muito ruim, mas poderia ter sido pior. O Sr. Churchill fez um jogo muito perigoso. Culpado demais para ser facilmente absolvido. Não julgou corretamente suas atitudes em relação a você. Sempre cego pelos próprios desejos e agindo apenas segundo suas conveniências. Imaginou que você havia adivinhado o seu segredo. Nada mais natural! Com a própria mente tão cheia de intrigas, ele sem dúvida devia imaginar que isso ocorreria com os outros também. Mistério, artifícios. Como prejudicam a compreensão! Minha Emma, cada um desses detalhes não serve para provar cada vez mais a beleza da verdade e da sinceridade que existe no modo como lidamos um com o outro?

Emma concordou e corou, tocada por causa de Harriet, a respeito de quem não podia dar nenhuma explicação sincera.

– É melhor você continuar a ler – sugeriu.

Ele o fez, mas logo parou de novo.

– O piano! Ah! Esta foi uma atitude impensada de homem muito jovem, jovem demais para considerar que a inconveniência de um presente como esse poderia suplantar o prazer. Um esquema infantil, na verdade! Não posso compreender um cavalheiro desejando dar à amada uma prova de afeição que sabe que ela preferiria não aceitar. E ele sabia que ela o impediria de comprar o instrumento se pudesse.

Depois disso, ele leu mais um bom trecho sem fazer comentários. A confissão de Frank Churchill reconhecendo que tinha agido de forma vergonhosa foi o próximo trecho a provocar mais do que uma palavra de sua parte.

– Concordo perfeitamente com isso, senhor. – Foi o comentário. – Realmente, agiu de forma vergonhosa! Esta é a frase mais verdadeira que já escreveu.

E passando pela parte que explicava o motivo do desentendimento entre os dois e a persistente insistência dele em agir contrariando as noções do certo e do errado de Jane Fairfax, fez outra pausa para dizer:

– Isso é muito ruim. Por culpa dele, ela ficou em uma situação extremamente difícil e infeliz quando o maior objetivo dele deveria ser impedir que ela sofresse desnecessariamente. Ela teve muito mais problemas do que ele para enfrentar e continuar correspondendo ao seu amor. Ele deveria ter respeitado os escrúpulos dela, até mesmo os menos razoáveis. Mas eram todos muito razoáveis. Devemos reconhecer que, se é que foi um erro, o único da Srta. Fairfax foi consentir que o noivado fosse secreto. E tal erro foi pequeno demais para a cruel punição que ela recebeu.

Emma sabia que ele estava perto do trecho que falava do passeio a Box Hill e não se sentiu muito à vontade. Seu próprio comportamento fora tão impróprio nesse dia! Estava profundamente envergonhada e com um pouco de medo do que poderia ver no próximo olhar dele. Todavia, foi tudo lido com seriedade, com atenção e sem o menor comentário. Exceto por um momentâneo olhar para ela, rapidamente desviado no medo de causar dor, ele agiu como se não tivesse nenhuma recordação a respeito de Box Hill.

– Não há muito o que dizer quanto à delicadeza de nossos bons amigos, os Elton. – Foi a observação seguinte que o Sr. Knightley fez. – Os sentimentos deles são tão naturais e... O quê? A Srta. Fairfax decidiu romper com ele definitivamente? Ela achou que aquele noivado era um motivo de arrependimento e sofrimento para ambos, então... Então rompeu-o! Que visão tal atitude nos oferece da percepção dessa jovem sobre o comportamento dele! Bem, esse moço deve ser o mais extraordinário...

– Não, não! Continue. Vai descobrir o quanto ele sofreu.

– Espero que sim – replicou friamente o Sr. Knightley, retomando a leitura. – Smallridge! O que isso quer dizer?

– Jane Fairfax aceitou o trabalho como governanta das crianças da Sra. Smallridge, uma grande amiga da Sra. Elton, uma vizinha de Maple Grove... A propósito, fico imaginando como a Sra. Elton deve estar desapontada.

– Não diga nada, minha querida Emma, já que me obrigou a ler. Não comente nem mesmo a respeito da Sra. Elton. Apenas mais uma página. Logo terminarei. Que carta o jovem cavalheiro escreveu!

– Eu gostaria que a lesse com um espírito mais generoso em relação a ele.

– Bem, *há* emoção no que ele diz. Ele parece ter sofrido quando a viu doente. Certamente, não duvido de que goste dela. "*E felizes, mais felizes do que jamais estivemos...*" Espero que ele continue a sentir por muito tempo o valor desta reconciliação. Ele agradece com grande entusiasmo, com tantos milhares e dezenas de milhares de agradecimentos. "Mais feliz do que mereço." Bem, ele mostra que se conhece bem ao dizer isso. "A Srta. Woodhouse diz que sou o filho da boa sorte." Então, estas são mesmo palavras da Srta. Woodhouse? É um belo final. Aqui está a carta. Filho da boa sorte! Foi assim que o chamou, não é?

– Você não parece tão satisfeito com a carta quanto fiquei, mas ainda deve, ou ao menos espero que deva, pensar um pouco melhor dele graças a essa carta. Espero que ela o ajude a entendê-lo um pouco mais.

– Sim, com certeza acontece isso... Esse jovem cavalheiro cometeu grande erros, foi leviano, imprudente, e concordo plenamente com a opinião dele de que é mais feliz do que merece. Mas, ainda assim, ele parece estar, sem dúvida, realmente apaixonado pela Srta. Fairfax e logo deverá ter, podemos esperar, a vantagem de sua constante companhia. Estou disposto a acreditar que, com essa proximidade, o caráter dele se desenvolverá e irá adquirir do dela a firmeza e a delicadeza de princípios de que tanto precisa. E, agora, deixe-me falar com você de outra coisa. Tenho os interesses de outra pessoa no coração e não consigo pensar nem mais um minuto em Frank Churchill. Desde que a deixei esta manhã, Emma, minha mente está às voltas com esse assunto.

O assunto foi abordado do modo simples e educado que o Sr. Knightley usava para falar até mesmo com a mulher amada; disse-lhe que queria casar-se com ela sem que isso comprometesse a felicidade de seu pai. Emma respondeu depressa, dizendo que enquanto o pai vivesse, qualquer mudança de condição seria impossível para ela. Nunca o deixaria. Mas apenas parte desta resposta foi admitida. O Sr. Knightley sabia tão bem quanto Emma que era impraticável que ela deixasse o pai, mas quanto a não haver nenhuma mudança, ele não podia concordar. Estivera pensando muito profundamente no caso e a princípio imaginou que pudessem persuadir o Sr. Woodhouse a mudar-se para Donwell. No começo, quis convencer-se de que isso seria possível, mas conhecia o Sr. Woodhouse bem demais para continuar se enganando por muito tempo. Agora confessava ter certeza de que uma mudança tão radical poderia ser um risco para o conforto do pai dela, talvez até mesmo para a vida dele, que, evidentemente, não podia ser colocada em risco. O Sr. Woodhouse tirado de Hartfield!

Não, ele achava que tal mudança não deveria nem sequer ser tentada. Mas um novo plano surgira depois dessa conclusão, e ele achava que sua querida Emma não iria considerá-lo tão irrealizável. O plano era que ele, o Sr. Knightley, fosse morar em Hartfield enquanto a felicidade do pai dela, ou seja, sua vida, exigisse que Emma permanecesse em Hartfield. Ali seria seu lar também.

Quanto a todos mudarem-se para Donwell, Emma já pensara nessa possibilidade. Como o Sr. Knightley, avaliara melhor esse plano e o rejeitara. Contudo, a segunda alternativa não lhe havia lhe ocorrido. Estava ciente de toda a afeição que a ideia demonstrava. Sentia que, deixando Donwell, o Sr. Knightley estaria sacrificando grande parte de sua independência de tempo e hábitos, que vivendo sempre com seu pai e numa casa que não seria dele haveria muito, muito com o que se acostumar. Prometeu-lhe que iria pensar na ideia e aconselhou-o a que pensasse melhor, porém ele estava convencido de que nenhuma reflexão o faria alterar seu desejo ou sua opinião quanto ao assunto. Considerara bem todas as probabilidades, assegurou a ela, longa e calmamente. Mantivera-se afastado de William Larkins a manhã inteira, a fim de ter seus pensamentos todos para si mesmo.

– Há apenas uma dificuldade! – exclamou Emma. – William Larkins não vai gostar desse arranjo. Seria bom que você obtivesse o consentimento dele, antes de pedir o meu.

Entretanto, prometeu pensar no assunto e, mais do que isso, chegou bem perto de prometer pensar com intenção de considerar aquele um bom plano.

Era fantástico que Emma, ao começar a considerar a Abadia Donwell sob novos e variados aspectos, não tenha sido tomada em nenhum momento por qualquer sensação de injúria a seu sobrinho Henry, cujos direitos como herdeiro tinha procurado assegurar de forma tão obstinada antes. Claro que pensava na diferença que essa decisão provocaria no futuro do pobre menino, porém, assim mesmo, sorriu ao pensar nisso e divertiu-se ao descobrir a verdadeira causa do violento desagrado que sentira diante da ideia de o Sr. Knightley casar-se com Jane Fairfax ou com qualquer outra, que até então atribuíra a uma carinhosa solicitude de irmã e tia.

Essa proposta do Sr. Knightley, o plano de se casarem e continuarem em Hartfield, quanto mais Emma o contemplava, mais atraente lhe parecia. Os problemas para ele pareciam diminuir, as vantagens para ela, crescer, e o bem que faria a ambos parecia compensar qualquer dificuldade. Ter sempre aquele companheiro nos períodos de ansiedade e de tristeza que surgissem no futuro! Um companheiro para dividir todos aqueles deveres e trabalhos que com o tempo ficariam cada vez mais melancólicos!

Ela estaria muito feliz se não fosse pela pobre Harriet. Cada bênção que recebia parecia-lhe um aumento do sofrimento da amiga, que agora deveria ser excluída de Hartfield.

Do maravilhoso círculo familiar que Emma estava preparando para si mesma Harriet deveria, por compaixão, ser excluída. Ela sairia perdendo em todos os sentidos. Emma não encarava a futura ausência dela como uma diminuição de sua própria felicidade. Harriet seria apenas um peso morto para o grupo, mas para a pobre moça, na realidade, estar com eles significaria uma crueldade, seria como viver num estado constante de punição não merecida.

Com o tempo, claro, o Sr. Knightley seria esquecido, quer dizer, suplantado, mas isso não iria acontecer muito depressa. O cavalheiro em pessoa não faria nada para ajudar a cura, como o Sr. Elton fizera. O Sr. Knightley, sempre tão gentil, tão sensível, tão cheio de consideração por todos, nunca mereceria ser menos admirado do que naquele momento. E era demais esperar, até mesmo de Harriet, que ela conseguisse se apaixonar por mais do que *três* homens no mesmo ano.

52

Foi um grande alívio para Emma descobrir que Harriet estava tão desejoso quanto ela de evitar um encontro. O contato entre ambas já era doloroso o bastante por carta e seria muito pior se fossem obrigadas a se encontrarem!

Harriet expressou-se mais ou menos conforme o esperado, sem reprovações ou qualquer demonstração de sentir-se traída; no entanto, Emma sentia que o ressentimento, ou algo próximo disso, estava presente em suas palavras, o que aumentava seu desejo de que permanecessem separadas. Poderia ser apenas sua consciência pesada, mas Emma achava que só um anjo suportaria tudo que acontecera sem qualquer ressentimento.

Emma não teve a menor dificuldade em conseguir um convite de Isabella e, felizmente, tinha um motivo para fazer c pedido sem precisar recorrer a mentiras. Harriet estava com problema dentário e havia algum tempo queria consultar um dentista. A Sra. John Knightley ficou deliciada em poder ser útil: qualquer tipo de problema de saúde era uma recomendação para ela, e pesar de um dentista não deixá-la tão feliz quanto o Sr. Wingfield, estava ansiosa para cuidar de Harriet. Depois de tudo estar combinado com a irmã, Emma fez a proposta para a amiga e encontrou bastante receptividade. Harriet estava convidada a ficar com os Knightley por quinze dias e a carruagem do Sr. Woodhouse a levaria.

Tudo foi combinado, acertado e, logo depois, a jovem senhorita encontrava-se a salvo na praça Brunswick.

A partir de então, Emma pôde de fato desfrutar das visitas do Sr. Knightley. Sentia-se à vontade para conversar com ele e ouvi-lo com verdadeira tranquilidade, sem ser aguilhoada por aquela sensação de ter cometido uma injustiça, pela culpa que a assombrava sempre que se lembrava de como havia um coração partido bem perto dela, naquele exato momento e a pouca distância, lutando contra uma tristeza que havia sido provocada por ela.

A diferença entre pensar em Harriet na escola da Sra. Goddard ou em Londres fazia talvez uma diferença pouco razoável nos sentimentos de Emma, mas ela não podia deixar de imaginá-la em Londres em meio a situações que a distraíssem e a ocupassem, o que poderia fazê-la parar de pensar no passado e superá-lo.

Emma não permitiria que outra preocupação tomasse o lugar que Harriet havia ocupado. Havia uma comunicação que apenas *ela* podia fazer... precisava confessar ao pai que ficara noiva, mas estava decidida a não pensar nisso por enquanto. Resolvera adiar essa revelação até que a Sra. Weston estivesse sã e salva. Não queria que nenhuma outra inquietação afligisse ainda mais as pessoas que amava... e não permitiria a si mesma sofrer por antecipação. Teria pelo menos uns quinze dias de paz de espírito para entregar-se à cálida felicidade de que apenas Emma tinha conhecimento, por enquanto.

Logo depois decidiu, tanto por prazer quanto por dever, que deveria empregar meia hora de seu dia para uma visita à Srta. Fairfax. Precisava ir, mas também desejava vê-la: a atual semelhança de suas situações aumentava ainda mais sua boa vontade em relação a ela. Teria uma *secreta* satisfação, mas a consciência de que suas perspectivas eram parecidas com certeza aumentava o interesse em ouvir tudo o que Jane pudesse lhe dizer.

Emma foi. Já havia ido antes até a porta das Bates e batera sem sucesso; não tinha estado dentro da casa desde a manhã seguinte a Box-Hill, quando a pobre Jane ficara tão abalada que despertara sua compaixão, embora na ocasião ignorasse a principal causa de seu sofrimento. E mesmo ao ouvir da criada que estavam em casa, o medo de ainda não ser bem-vinda fez com que esperasse no corredor e pedisse que anunciassem sua visita. Ouviu Patty comunicando seu nome, mas não se seguiu nenhum alvoroço como o que a pobre Sra. Bates fizera tão inteligível da última vez. Não. Ela não ouviu nada a não ser a resposta imediata "Peça-lhe que suba, por favor", e no momento seguinte foi recebida no alto da escada por Jane em pessoa, que se aproximou rapidamente como se pensasse que nenhuma outra recepção teria sido suficiente. Emma jamais a tinha visto tão bem, tão adorável, tão cativante. Havia nela sentimento, ânimo e vida; havia tudo o que antes faltava a sua atitude e aparência. A moça adiantou-se com a mão estendida e, em voz baixa, mas calorosa, disse:

– É muita bondade sua, sem dúvida! Srta. Woodhouse, é impossível para mim expressar... Espero que acredite... Desculpe-me por estar completamente sem palavras.

Aquela recepção foi gratificante para Emma e iria demonstrar à Srta. Fairfax que a ela não faltavam palavras se a voz da Sra. Elton, vinda da sala de estar, não a tivesse impedido, tornando necessário exprimir sua amizade e parabenizações em um aperto de mão extremamente caloroso.

A Sra. Bates e a Sra. Elton achavam-se juntas na sala; a Srta. Bates havia saído, o que explicava a tranquilidade do momento anterior. Ela gostaria que a Sra. Elton estivesse em algum outro lugar, mas estava de bom humor suficiente para ter paciência com todos, e quando a Sra. Elton a cumprimentou com incomum amabilidade, acreditou que aquele encontro ao menos não lhes faria mal.

Não tardou a penetrar nos pensamentos da Sra. Elton e compreendeu por que a senhora estava, como ela própria, de excelente humor; acreditava gozar da confiança da Srta. Fairfax, imaginava saber o que ainda era um segredo para os demais. Assim que entrou, Emma percebeu os sintomas disso na expressão dela, e enquanto cumprimentava a Sra. Bates, parecendo atenta apenas às respostas da idosa senhora, viu que a Sra. Elton dobrava uma carta – que devia estar lendo em voz alta para a Srta. Fairfax – com gestos misteriosos e a guardava no relicário dourado e púrpura que estava a seu lado. E, com olhares significativos, em seguida falou:

– Terminaremos em outra hora, sabe? Não faltarão oportunidades para nós. E, na verdade, você já ouviu o essencial. Eu apenas queria provar-lhe que a Sra. S. aceitou nossas desculpas e não está ofendida. Viu a maneira encantadora com que ela escreve? Oh, ela é uma doce criatura! Você iria adorá-la se fosse para lá. Bem, nenhuma palavra mais. Sejamos discretas... e bem-educadas. Ah... Será que você lembra? Sempre esqueço o poema inteiro que diz:

> Quando uma dama aparece,
> De tudo' mais se esquece.

Mas eu diria que, no *nosso* caso, em lugar de *dama* leia-se... Oh, bico calado! Para bom entendedor... Estou num estado de espírito muito agitado, não? Mas queria que você ficasse tranquila em relação à Sra. S. *Minha* intervenção acalmou-a.

E, mais uma vez, enquanto Emma virava a cabeça para observar a Sra. Bates tricotando, ela acrescentou num murmúrio:

– Como você deve ter notado, não mencionei *nomes*... Oh, não! Tão cautelosa quanto um ministro de Estado. Sei lidar muito bem com essas coisas.

Emma não tinha a menor dúvida a esse respeito, pois era uma informação que ela repetia a todo momento. Depois que haviam conversado um pouco, em perfeita harmonia, sobre o tempo e a Sra. Weston, a Sra. Elton dirigiu-se abruptamente para Emma com estas palavras:

– Não acha, Srta. Woodhouse, que nossa levada amiguinha recuperou-se admiravelmente? Não acha admirável o tratamento do Sr. Perry? – A esta altura, olhou para Jane com um olhar significativo. – Dou minha palavra, o Sr. Perry curou-a espantosamente rápido!... Oh! Se a senhorita a tivesse visto, como eu, quando ela estava muito pior!...

No momento em que a Sra. Bates começou a dizer alguma coisa para Emma, a Sra. Elton voltou a sussurrar:

– Não devemos dizer uma só palavra sobre qualquer *ajuda* que o Sr. Perry possa ter recebido. Nem uma palavra sobre um jovem médico de Windsor... Oh, não! O Sr. Perry deverá ficar com todo o crédito.

Nem bem terminara de dizer isso, voltou a falar com voz normal:

– Raramente tenho tido o prazer de vê-la, Srta. Woodhouse... Desde aquele passeio a Box-Hill. Foi uma excursão muito agradável. Mas agora penso que faltou alguma coisa... Não parece que havia... Quero dizer, não parecia haver certos espírito anuviados?... Assim me pareceu, mas posso estar enganada. De qualquer maneira, penso que deveríamos fazer esse passeio outra vez. O que vocês duas acham de reunirmos o mesmo grupo e fazermos a mesma excursão a Box-Hill enquanto o tempo ainda está bom? Mas é preciso que seja o mesmo grupo, vocês sabem, sem nem sequer *uma* exceção.

Logo depois disso, a Srta. Bates chegou e Emma não pôde deixar de se divertir com a perplexidade dela ao cumprimentá-la e julgou que, sem dúvida, devia-se ao fato da boa senhorita não saber o que dizer e à ansiedade para dizer tudo.

– Bem, obrigada, Srta. Woodhouse... É muita bondade sua... É impossível dizer... Sim, é claro, compreendo perfeitamente... As perspectivas da nossa querida Jane... Isto é, não estou querendo dizer que... Mas, felizmente, ela recuperou-se muito bem... Como vai o Sr. Woodhouse? Fico tão contente! Quase mais do que posso aguentar... Que grupinho encantador formou-se com a sua visita!... Sim, sem dúvida... Jovem cavalheiro encantador... Isto é... tão amigável! Eu me refiro ao Sr. Perry! Foi tão atencioso para com Jane!...

E ao observar sua felicidade ainda maior que o normal ao ver a Sra. Elton, Emma desconfiou que houvera um pouco de ressentimento em relação a Jane, por parte do vicariato, que agora estava magnanimamente superado. Depois de mais alguns sussurros, que Emma não conseguiu distinguir, a Sra. Elton disse em voz alta:

– Sim, aqui estou, minha boa amiga. E há tanto tempo que acredito que em qualquer outro lugar seria necessário pedir desculpas. Mas a verdade é que estou esperando por meu amo e senhor. Ele prometeu passar para apanhar-me e fazer uma visita.

– Como? Quer dizer que teremos o prazer de uma visita do Sr. Elton? Isso seria um enorme honra, sem dúvida! Sei que os cavalheiros não gostam de fazer visitas matinais e que o Sr. Elton tem tantos compromissos!

– De fato ele os têm, Srta. Bates. Realmente, ele está sempre ocupado, da manhã à noite. Não há um fim para a procissão de pessoas que o procuram por uma coisa ou outra. Os magistrados, os supervisores, os curadores da igreja estão sempre pedindo a opinião dele. Parece que não sabem fazer nada sem ele! Eu sempre lhe digo: "Por minha palavra, Sr. E., melhor procurarem ao senhor do que a mim... Não sei o que seria de minhas tintas, das telas e de meu piano se tivesse metade dos seus consulentes!" Já é ruim o suficiente, ando negligenciado a pintura e a música de maneira imperdoável. Creio que não toquei nem uma nota sequer nos últimos quinze dias. Bem, ele está chegando, posso assegurar-lhes. Não as fará esperar por muito tempo mais. – Colocou uma das mãos junto ao rosto de modo a impedir que Emma escutasse o que ia dizer. – É uma visita de congratulação... Oh, sim! É indispensável!

A Srta. Bates fitou-a tão feliz!

– Ele me prometeu que viria assim que pudesse desobrigar-se com Knightley, mas ele e Knightley estão ocupados em profunda consulta... O Sr. E. é o braço direito de Knightley.

Emma não teria sorrido por nada deste mundo, e apenas indagou:

– O Sr. Elton foi a pé até Donwell? Deve ter feito um passeio muito quente!

– Oh, não! Eles iam encontrar-se na Crown, como de costume. Weston e Cole também deveriam estar lá. Mas só havia mencionado os mais influentes do grupo... Acredito que o Sr. E. e Knightley sempre fazem tudo do próprio jeito.

– A senhora não confundiu o dia? – observou Emma. – Tenho quase certeza de que a reunião na Crown será amanhã... O Sr. Knightley esteve em Hartfield ontem e disse-me que seria no sábado.

– Oh, não! A reunião é hoje, com toda certeza. – Foi a resposta abrupta que demonstrava a impossibilidade de qualquer engano por parte da Sra. Elton. – Acredito – prosseguiu ela – que esta seja a paróquia mais cheia de problemas que já existiu. Nunca ouvi falar dessas coisas em Maple Grove.

– A paróquia de lá era menor – disse Jane.

– Juro que não sei, minha querida, porque jamais ouvi uma palavra a respeito.

– Mas é possível pelas dimensões da escola que está sob a responsabilidade da sua irmã e da Sra. Bragge, conforme a senhora me falou. É a única escola e não tem mais do que vinte e cinco alunos.

– Ah, esperta criatura, isso é verdade! Que cérebro eficiente o seu! Imagino, Jane, que pessoa perfeita você e eu formaríamos se fôssemos misturadas. Minha vivacidade e a sua firmeza produziriam a perfeição. Não que eu esteja querendo insinuar, entretanto, que *algumas* pessoas possam pensar que *você* não é perfeita... Mas, psiu! Nem mais uma palavra, por favor.

Essa cautela, porém, pareceu desnecessária. Jane não parecia querer continuar a falar com a Sra. Elton, e sim com a Srta. Woodhouse, como esta última percebeu claramente. Era evidente o desejo de distingui-la tanto quanto a boa educação permitisse, mas a demonstração disso nem sempre podia ir muito além do olhar.

O Sr. Elton chegou e a esposa cumprimentou-o com boa parte de sua alegre vivacidade.

– Muito bonito, senhor! Enviar-me para cá e deixar-me como um estorvo para as minhas amigas até que se dignasse a vir! Mas sabe como é obediente a criatura com quem lida. Sabia que eu não me moveria daqui até que meu amo e senhor aparecesse. E aqui fiquei, sentada durante uma hora, dando a estas jovens damas o exemplo da verdadeira obediência conjugal... pois quem poderá dizer, o senhor sabe, se não irão precisar dela logo?

O Sr. Elton estava com calor e exausto, e toda essa demonstração de espirituosidade foi em vão. Era preciso cumprimentar as damas presentes, mas seu objetivo seguinte foi desabafar, lamentando-se do intenso calor que o maltratava e da longa caminhada que dera à toa.

– Quando cheguei a Donwell – queixou-se ele –, Knightley não estava. Muito esquisito! Inexplicável mesmo, depois do bilhete que lhe mandei esta manhã e que ele respondeu dizendo que deveria estar em casa até a uma.

– Donwell?! – exclamou sua esposa. – Mas meu caro Sr. E., o senhor não pode ter ido até Donwell! Deve estar querendo dizer Crown... dizer que está voltando da reunião realizada na Crown.

– Não, não. Essa reunião será amanhã. E eu justamente queria falar com Knightley hoje a esse respeito... Que manhã terrivelmente quente! Fui pelos campos – falando num tom de profunda contrariedade –, o que tornou a caminhada muito pior. E, quando cheguei, não o encontrei em casa! Posso garantir-lhes que não fiquei muito contente. E ele não deixou nenhum recado, nem sequer uma palavra de desculpa para mim. A governanta disse que não sabia que eu era esperado. Muito extraordinário! E ninguém sabia para onde ele havia ido. Talvez a Hartfield, talvez a Abbey-Mill, talvez a suas florestas... Srta. Woodhouse, isso não é próprio de nosso amigo Knightley... Será que pode explicar?

Divertindo-se intimamente, Emma concordou que o fato era mesmo muito extraordinário e que não sabia absolutamente o que dizer para justificá-lo.

– Não posso imaginar – manifestou-se a Sra. Elton (sentindo-se indignada como qualquer boa esposa se sentiria) –, não posso imaginar como ele pôde fazer uma coisa dessas com o senhor, entre todas as pessoas que existem neste mundo! A última pessoa de quem ele poderia esquecer-se! Meu *caro sposo,* ele deve ter-lhe deixado um recado, tenho certeza de que deve ter deixado. Nem mesmo Knightley pode ser tão excêntrico... Os criados dele devem ter esquecido. Pode acreditar, deve ter sido isso. É bem provável, pois, conforme já observei, os criados de Donwell são extremamente desajeitados e descuidados. Tenho certeza de que eu jamais manteria uma criatura como aquele Harry ao nosso lado. De maneira alguma! E aquela Sra. Hodges... Wright a considera muito vulgar... Ela prometeu uma receita para Wright e jamais a enviou.

– Encontrei William Larkins – continuou o Sr. Elton – perto da casa e ele me disse que eu não encontraria seu patrão lá, mas não acreditei. William parecia bastante mal-humorado. Não sabia o que estava acontecendo com Knightley, confidenciou-me, mas ultimamente andava muito difícil falar com ele. Nada tenho a ver com os problemas de William, mas é realmente de grande importância que *eu* fale com Knightley hoje, isso sem mencionar as sérias inconveniências pelas quais passei ao fazer essa longa caminhada, com este calor, para nada!

Emma considerou que o melhor que tinha a fazer era ir para casa imediatamente. Com toda a certeza, estava sendo esperada lá naquele momento e quanto mais depressa chegasse, menor possibilidade haveria de o Sr. Knightley afundar ainda mais na opinião do Sr. Elton e até mesmo na de William Larkins.

Ao despedir-se, ficou encantada por ver a Srta. Fairfax determinada a acompanhá-la para fora da sala, até mesmo a descer a escada em sua companhia, o que lhe deu uma oportunidade que sem perda de tempo ela aproveitou para dizer:

– Talvez tenha sido bom não ter havido muitas chances de conversarmos... Se a senhorita não estivesse rodeada de outros amigos, talvez eu me sentisse tentada a tocar num determinado assunto, a fazer perguntas, a falar-lhe mais abertamente do que seria considerado estritamente correto. Sinto que certamente teria sido impertinente.

– Oh! – exclamou Jane com um rubor e uma hesitação que Emma achou muito mais acolhedores do que a elegância de sua natural compostura. – Não haveria tal perigo. O perigo poderia ser eu me tornar cansativa para a senhorita. Eu não teria como me sentir mais grata do que ao saber de seu interesse por mim... Sem dúvida, Srta. Woodhouse – falando com mais recato –, com a consciência que adquiri de ter agido mal, muito mal mesmo, é profundamente consolador para mim saber que aqueles meus amigos, cuja boa opinião considero muito importante, não estão desgostosos comigo a ponto de... Não tenho tempo para dizer nem metade do que gostaria. Preciso me retratar, pedir desculpas, tentar me justificar... Sei que devo fazê-lo. Mas, por infelicidade... Em resumo, se sua compaixão lhe permitir ter-me como amiga...

– Oh! A senhorita na verdade é muito escrupulosa... – Emocionada, Emma pegou-lhe a mão. – De modo algum! Não precisa pedir-me desculpas e todos diante dos quais pensa que precisa se justificar estão perfeitamente satisfeitos, eu diria até mesmo contentes...

– A senhorita é muito gentil, mas sei que me comportei de maneira péssima... Fui tão fria e artificial! Representei o tempo todo... Era uma vida de farsa, de mentiras... Imagino que tenha ficado desgostosa com isso.

– Por favor, não diga mais nada. Tenho certeza de que sou eu que devo pedir todas as desculpas. Vamos perdoar-nos ao mesmo tempo. Temos que fazer isso o mais depressa possível para que nossos sentimentos não percam mais tempo. Imagino que tenha recebido boas notícias de Windsor...

– Muitas.

– E a notícia seguinte, suponho, é que vamos perdê-la justamente no momento em que comecei a conhecê-la.

– Oh! Quanto a isso, penso que nada se pode dizer por enquanto. Ficarei aqui até ser chamada pelo coronel e a Sra. Campbell.

– Talvez nada ainda esteja decidido... – replicou Emma, sorrindo – mas, perdoe-me, tenho certeza de que já foi pensado.

O sorriso foi retribuído e Jane respondeu:

– A senhorita está muito certa. Foi pensado. E devo dizer-lhe... Tenho certeza de que com a senhorita o segredo estará a salvo... Que também já está estabelecido que iremos morar com o Sr. Churchill, em Enscombe. Deverá ser daqui a três meses, depois do luto. Assim que o luto terminar, imagino que não teremos mais por que esperar.

– Obrigada, obrigada. Era isso que eu queria saber com certeza. Oh! Se a senhorita soubesse como adoro ver que tudo foi resolvido e que ficou bem claro! Até logo, até logo!

53

Todos os amigos da Sra. Weston ficaram felizes por ela estar passando bem, e se algo podia aumentar a satisfação que Emma sentia ao saber que a saúde de sua grande amiga estava perfeita, era a informação adicional de que ela se tornara mãe de uma menininha. Emma havia decidido torcer para que nascesse uma Srta. Weston. Jamais admitiria que esse era seu desejo, pois imaginava que no futuro ela poderia se casar com um dos filhos de Isabella, mas também estava convencida de que uma filha seria o ideal para o pai e a mãe. Uma filha seria um grande conforto para o Sr. Weston, à medida que ele envelhecesse – e mesmo o Sr. Weston poderia começar a envelhecer dali a dez anos – e para manter viva sua alegria de viver com as artes e invenções, com os caprichos e as brincadeiras de uma filha que jamais iria ser banida de casa. Quanto à Sra. Weston, ninguém duvidaria que seria ótimo para ela ter uma menina, pois seria uma pena que alguém que sabia ensinar tão bem não pudesse mais aplicar os seus conhecimentos e habilidades.

– Ela teve a vantagem, sabe, de praticar comigo – continuou Emma –, como a baronesa d'Almane praticou com a condessa d'Ostalis, a madame de Genlis com Adelaide e Theodore... Assim, teremos em breve nossa pequena Adelaide educada com um método aprimorado.

– Isso quer dizer – replicou o Sr. Knightley – que ela mimará a filha ainda mais do que mimou voce, acreditando que não está, de forma alguma, mimando-a. Esta será a única diferença.

– Pobre criança! – exclamou Emma. – Se de fato assim for, o que será dela?

– Nada de muito ruim, como o destino de milhares de senhoritas. Ela será desagradável na infância e se corrigirá à medida que crescer. Está diminuindo muito toda aquela amargura que eu sentia contra crianças mimadas, minha querida Emma. Eu, que devo toda minha felicidade a *você*, não estaria sendo horrivelmente ingrato se fosse severo com elas?

Emma riu e respondeu:

– Mas tive sua assistência todo o tempo para contrabalançar a indulgência dos outros. Duvido que meu bom-senso fosse ter me corrigido se não fosse isso.

– É mesmo? Eu não duvido. A natureza lhe deu discernimento, a Srta. Taylor lhe deu princípios. Você teria se saído bem de qualquer maneira. Minha interferência pode ter causado tanto mal quanto bem. Era muito natural que você pensasse: "Que direito ele tem de me passar sermões?" E temo que era ainda mais natural que você achasse que eu o fazia de forma muito desagradável. Não creio que tenha lhe feito muito bem, na verdade. O bem foi quase todo para mim mesmo, por fazer de você um objeto de minha afeição. Eu não poderia pensar tanto em você como sempre pensei se não vivesse preocupado em tentar corrigir suas falhas. E de tanto imaginar tantos erros, apaixonei-me por você desde que tinha no mínimo treze anos.

– Tenho certeza de que me ajudou muito – contestou ela. – Fui muitas vezes influenciada positivamente por você. Mais do que admitia na época. Sim, com absoluta certeza, ajudou-me muito. E se a pobre Anna Weston for de fato mimada demais, será um gesto muito humano se você fizer por ela tanto quanto fez por mim... exceto apaixonar-se por ela quando tiver treze anos!

– Quantas vezes, quando menina, você me dizia, com um daqueles seus olhares atrevidos: "Sr. Knightley, vou fazer isto e aquilo. Papai disse que posso." Ou: "Tenho a aprovação da Srta. Taylor." E era sempre algo que você sabia que eu não aprovaria que fizesse. Nesses casos, minha interferência significava dar-lhe dois maus sentimentos em vez de apenas um.

– Que criatura simpática eu era! Não é de admirar que você tenha uma lembrança tão afetuosa do que eu dizia...

– "Sr. Knightley...", era como você sempre me chamava. "Sr. Knightley"... E, por causa do hábito, deixou de me parecer formal. Mas, ainda assim, é muito formal. Quero que me chame de outro modo, mas não sei como.

– Lembro-me de uma vez ter chamado você de "George", em um daqueles meus adoráveis acessos de malcriação, cerca de dez anos atrás. Fiz isso porque pensei que iria ofendê-lo, mas, como você não fez objeção e não reagiu, nunca mais o chamei assim.

– E será que não pode me chamar de George agora?

– Impossível! Eu nunca poderia dirigir-me a você de outra maneira a não ser como "Sr. Knightley." Não prometo sequer imitar a elegante concisão da Sra. Elton, chamando-o de Sr. K., mas posso prometer – continuou ela, rindo e ficando vermelha –, posso prometer chamá-lo pelo seu nome de batismo uma vez. Não direi quando, mas talvez você possa imaginar onde... No lugar onde as pessoas juram amar-se e respeitar-se até que a morte os separe.

Emma lamentava não ser possível reconhecer abertamente certa ocasião em que o bom-senso do Sr. Knightley poderia ter lhe ajudado se ela o tivesse ouvido, se tivesse seguido o conselho que a salvaria da pior de suas tolices femininas, sua deliberada intimidade com Harriet Smith. Mas esse era um problema delicado demais. Não podia contar a ele tudo que acontecera. Muito raramente Harriet era mencionada por eles dois. Por parte do cavalheiro, isso poderia ocorrer porque raramente pensava nela, mas Emma sentia-se inclinada a achar que, na verdade, se devia à delicadeza e a uma suspeita, provocada por certas evidências, de que a amizade delas estava chegando ao fim. Ela sabia perfeitamente que em outras circunstâncias estariam se correspondendo mais e que as notícias de uma para outra não dependeriam, como estava acontecendo, apenas das cartas de Isabella. O Sr. Knightley possivelmente havia notado isso. A dor de ser obrigada a ocultar algo dele era apenas um pouco menor do que a sentida por ter feito Harriet infeliz.

Quando escrevia, Isabella fazia observações tão boas sobre sua hóspede quanto era de esperar. Assim que Harriet chegara, havia achado que estava muito abatida, o que parecia perfeitamente natural, pois teria de ir consultar um dentista. Mas, depois dessa obrigação ter sido cumprida, ela não parecia achar que a jovem estivesse mudando muito, continuava mais ou menos como quando chegara. Isabella não era uma grande observadora, mas se Harriet não brincasse com as crianças da maneira como sempre fizera, ela teria notado. De qualquer modo, Emma sentiu-se um pouco mais sossegada e confortável ao ficar sabendo que Harriet permaneceria longe por mais tempo, os quinze dias inicialmente combinados se transformariam em pelo menos um mês. O Sr. e a Sra. John Knightley iriam para Hartfield em agosto e a haviam convidado para ficar com eles até essa data, assim poderiam trazê-la com eles.

– John nem mesmo mencionou sua amiga – disse o Sr. Knightley. – Aqui está a carta dele se quiser ver.

Tratava-se de uma resposta ao comunicado dele a respeito da intenção de casar-se. Emma aceitou rapidamente ler a carta, ansiosa para saber o que o cunhado achava do noivado, sem se preocupar por ele nada ter dito a respeito de sua amiga.

– John aprecia muito minha felicidade, como um irmão deve apreciar – continuou o cavalheiro –, mas sabe que ele não costuma elogiar. Apesar de eu saber que ele sente afeição de irmão por você, está tão longe de fazer floreios que qualquer outra jovem dama poderia pensar que é frio demais em sua manifestação. Mas não tenho medo de que você leia o que ele escreveu.

– Ele escreve como o homem sensível que é – observou Emma, após ler a carta. – Admiro a sinceridade do Sr. John Knightley. É mais do que evidente sua convicção de que a sorte com o casamento é toda minha, no entanto não desacredita totalmente de que eu possa me tornar, com o tempo, tão digna da sua afeição como você já me considera agora. Se ele tivesse dito qualquer outra coisa, eu não teria acreditado que estava sendo sincero.

– Minha querida Emma, ele não quis dizer isso. John apenas quis...

– Ele e eu diferimos pouco em nossas considerações – interrompeu-o ela, com um sorriso sério. – Muito menos, na verdade, do que ele percebe se é que podemos falar sobre esse assunto sem cerimônia ou reserva.

– Emma, minha querida Emma...

– Oh! – exclamou ela, com mais alegria. – Se acha que seu irmão não me faz justiça, espere até que meu pai fique sabendo de nosso segredo e dê a opinião dele. Acredite, papai irá muito além de fazer uma injustiça a *você*. Ele vai achar que toda a felicidade, toda a vantagem será sua e que todo o mérito é meu. Espero não ter de ouvir muitos "pobre Emma" vindos dele. Mas a suave compaixão que papai tem para com os oprimidos não irá além disso.

– Ah! – sorriu o Sr. Knightley – Eu gostaria que seu pai pudesse ser convencido tão facilmente quanto John será de que temos os mesmos direitos de sermos felizes juntos. Estou surpreso com uma parte da carta de meu irmão... Notou onde ele diz que meu comunicado não o pegou inteiramente de surpresa, que já esperava ouvir algo assim?

– Se bem compreendo seu irmão, ele só estava falando sobre você pensar em se casar, mas não fazia ideia a meu respeito. Parecia perfeitamente despreparado quanto a isso.

– Sim, sim. Todavia, estou surpreso por ele conseguir perceber tão bem meus sentimentos. Em que John se baseou para julgar? Não estou consciente de nada ter-se tornado diferente em meu modo de agir ou de conversar a ponto de prepará-lo para a ideia de que eu iria me casar. Mas assim foi, imagino. Acredito, no entanto, que possa ter havido uma diferença enquanto estava na casa deles, nessa última vez. Creio que não brinquei com as crianças tanto quanto de hábito. Lembro-me dos pobres meninos dizendo, certa tarde, que "Titio está sempre cansado agora!"...

Estava chegando a hora de espalhar mais a notícia e de que outras pessoas fossem postas à prova. Assim que a Sra. Weston se achou recuperada o bastante para voltar a receber as visitas do Sr. Woodhouse, Emma decidiu que a persuasão gentil dela deveria ser usada em prol de sua causa, então resolveu anunciar a novidade primeiro em Hartfield, logo depois em Randalls. Mas como contar ao pai? Se não tivesse decidido que o faria quando o Sr. Knightley não estivesse presente, seu coração poderia não ter aguentado e ela teria adiado. Mas o Sr. Knightley era esperado a qualquer minuto para continuar a conversa de onde Emma parasse. Assim sendo, forçou-se a falar e tratou até de fazê-lo com grande alegria. Não devia transformar aquela boa notícia em motivo de tristeza profunda para o pai transmitindo-a em tom melancólico. Não devia dar a sensação de achar que era uma desgraça. Com toda a força de vontade que conseguiu reunir, primeiro preparou o velho cavalheiro para que esperasse algo estranho, e então, em poucas palavras, disse que se ele desse sua aprovação e consentimento – o que, acreditava, seria feito sem dificuldade, já que se tratava de um plano para promover a alegria de todos –, ela e o Sr. Knightley desejavam casar-se; com isso Hartfield teria sua constante companhia que, ela sabia, ele apreciava, mais do que a de qualquer outra pessoa, exceto apenas suas próprias filhas e a Sra. Weston.

Pobre homem! Em princípio, foi um choque considerável para ele, que tentou com afinco dissuadir a filha daquela ideia. Emma foi lembrada, mais de uma vez, de sempre ter dito que jamais se casaria e assegurou-lhe que seria muito melhor se ela permanecesse solteira. Falou da pobre Isabella e da pobre Srta. Taylor, mas não adiantou. Emma abraçou-o afetuosamente, sorriu, disse que assim seria e que ele não deveria classificá-la como Isabella e a Sra. Weston, cujos casamentos as haviam feito deixar Hartfield causando, é verdade, uma mudança melancólica. Ela, Emma, jamais iria embora de Hartfield, estaria sempre ali, não haveria mudança alguma nos hábitos da casa, a não ser para melhor. Tinha absoluta certeza de que ele ficaria muito mais feliz tendo o Sr. Knightley sempre por perto, assim que se acostumasse com a ideia. Pois não gostava muito do Sr. Knightley? Tinha certeza de que ele não poderia negar isso. A quem ele sempre queria consultar em questões de negócios se não o Sr. Knightley? Quem era sempre tão útil para ele, tão pronto a escrever suas cartas, tão feliz em ajudá-lo? Quem era sempre tão alegre, atencioso, tão ligado a ele? Não gostaria de tê-lo sempre por perto?

Sim. Isso tudo era verdade. Nunca se aborrecia por ter o Sr. Knightley em Hartfield e, é claro, ficaria feliz em poder vê-lo todos os dias. Mas já o viam todos os dias assim, do modo como as coisas eram atualmente. Por que não manter tudo como estava?

O Sr. Woodhouse não aceitou logo a ideia, mas o pior já passara: ele já estava sabendo de tudo, daí por diante o tempo e a repetição cuidariam do resto. Aos argumentos de Emma seguiram-se os do Sr. Knightley, cujos elogios a ela deram à conversa um tom ainda mais alegre.

Logo o pai de Emma acabou por se acostumar a ouvir os dois falando sobre o casamento, em qualquer oportunidade que surgisse. Receberam toda a assistência que Isabella pôde oferecer, por cartas expressando a mais completa aprovação. Na primeira reunião que tiveram, a Sra. Weston se dispôs a tecer considerações sobre o assunto sob a mais favorável luz; primeiro, como algo decidido e, segundo, como uma ótima ideia, consciente de que era da importância quase igual que essas duas perspectivas em relação ao caso tinham para a mente do Sr. Woodhouse. Acabaram todos concordando em tudo. Não havia uma pessoa que não dissesse ao Sr. Woodhouse que aquela união lhe traria mais felicidade e sentindo ele próprio algo próximo disso, começou a pensar que mais cedo ou mais tarde, dali a quem sabe um ou dois anos, não seria assim tão ruim se o casamento ocorresse.

A Sra. Weston não desempenhava um papel ou fingia algum sentimento ao dizer que era favorável àquele feliz acontecimento. Havia ficado muito surpresa quando Emma lhe contara, mas vira nos fatos apenas o aumento da felicidade de todos e não teve nenhum escrúpulo em dizer isso ao Sr. Woodhouse. Sentia tal admiração pelo Sr. Knightley que era até capaz de pensar que ele merecia sua querida Emma. Aquele, sem dúvida, seria um casamento adequado, próprio, aceitável e, em determinado aspecto, apresentava um ponto da mais alta importância: tratava-se de uma união de conveniência tão evidente, um acontecimento tão singularmente afortunado, que agora parecia-lhe que Emma jamais poderia ligar-se de forma segura a qualquer outro homem e que ela fora a mais estúpida das criaturas por não ter percebido e desejado que isso acontecesse havia muitos anos. Eram pouquíssimos os homens a altura de Emma que seriam capazes de renunciar às próprias casas para morar em Hartfield! E quem, além do Sr. Knightley, conhecia e suportava tão bem o Sr. Woodhouse de forma a tornar esse arranjo tão desejável? A dificuldade de resolver como ficaria a vida do pobre Sr. Woodhouse sempre se manifestara nos planos dela e do marido quando haviam pensado em um casamento entre Frank e Emma. Como adaptar um dia a dia compatível com as casas de Enscombe e Hartfield fora um contínuo impedimento nos planos deles, menos reconhecido pelo Sr. Weston do que por ela, mas até mesmo ele nunca conseguira terminar as conversas em que tratavam dessa possibilidade de forma diferente do que dizendo: "Esses assuntos cuidarão de si mesmos, os jovens encontrarão um modo de resolvê-las."

Mas, agora, não havia nada a ser calculado em ousadas especulações sobre o futuro. Estava tudo certo, tudo bem claro, tudo acertado. Não haveria submissão alguma de nenhum dos lados que merecesse o nome de sacrifício. Era uma união com a maior promessa de felicidade em si mesma e sem nenhuma dificuldade real, racional, que se opusesse a ela ou a retardasse.

A Sra. Weston, com a filhinha no colo, deixando-se levar por reflexões como essas, era uma das mulheres mais felizes do mundo. Se havia algo capaz de aumentar seu deleite era perceber que o primeiro jogo de roupinhas já não servia mais para a pequenina.

A novidade do noivado era uma surpresa onde quer que se fizesse ouvir. E o Sr. Weston teve seus cinco minutos de participação nisso. Mas, para sua mente rápida, cinco minutos foram o bastante para se familiarizar com a ideia. Ele viu as vantagens daquele casamento e ficou tão feliz quanto sua esposa. Mas logo desapareceu o espanto causado pela notícia e, passada cerca de uma hora, ele já estava bem perto de achar que sempre previra tal desenlace.

– O noivado deve ficar em segredo, é o que concluo – disse ele. – Essas coisas são sempre segredos até quando se descobre que todos já sabiam deles. Apenas me digam quando eu puder falar a respeito. Fico imaginando se Jane desconfiava disso...

Ele foi a Highbury na manhã seguinte e satisfez sua curiosidade. Transmitiu a boa nova à Srta. Fairfax. Afinal, ela não era como uma filha, sua filha mais velha? Ele devia contar a ela e, como a Srta. Bates estava presente, logo a Sra. Cole também ficou sabendo, assim como a Sra. Perry e, imediatamente, a Sra. Elton. Mas esse fato não foi surpresa alguma para Emma e o Sr. Knightley, pois ambos sabiam que assim que a notícia chegasse a Randalls, imediatamente se espalharia por Highbury.

Em geral, o casamento deles foi muito bem aprovado. Alguns pensavam que o noivo era o que tinha mais sorte entre os dois, outros achavam que era ela a mais afortunada. Um grupo recomendava que fossem todos para Donwell, deixando Hartfield para a família de John Knightley e outro grupo previa desacordos entre os criados de ambas as casas. No geral, não houve sérias objeções, exceto em um local: o vicariato, onde a surpresa não foi suavizada por nenhuma satisfação. Comparado à esposa, o Sr. Elton não deu grande importância à notícia, declarando apenas que "esperava que o orgulho da jovem dama agora estivesse por fim satisfeito". E supunha que "ela sempre pretendera 'fisgar' Knightley, se conseguisse". Além disso, sobre a questão de eles irem viver em Sr. Kinightley mudar-se para Hartfield, exclamou, de forma desafiadora:

– Antes ele do que eu!

Ao contrário do marido, a Sra. Elton ficou muito revoltada.

– Pobre Knightley! Pobre homem! Que desgraça para ele!

A dama ficou profundamente preocupada, pois, apesar de excêntrico, ele tinha mais de mil boas qualidades. Como ele se deixara enganar daquele jeito? Não era possível imaginar que estivesse apaixonado... De forma alguma! Pobre Knightley! Isso poria um fim no agradável convívio que havia entre eles. Como ficava feliz em ir jantar com eles sempre que o convidavam! Mas isso estava acabado agora. Pobre homem! Nunca mais haveria festas e grupos de visitas em Donwell organizados para *ela*! Oh, não! Agora haveria uma Sra. Knightley para jogar água fria em tudo. Extremamente desagradável! Mas não estava nem um pouco arrependida por ter falado mal da governanta dele, no outro dia. Um plano revoltante, esse de viverem juntos. Jamais iria dar certo. Ela conhecia uma família perto de Maple Grove que tentara viver dessa maneira e fora obrigada a se separar em menos de três meses.

54

O tempo passou. O grupo chegaria de Londres em poucos dias. Certa manhã, Emma estava pensando em como isso lhe traria tristezas e preocupações quando o Sr. Knightley entrou, desanuviando seus pensamentos. Ele ficou em silêncio depois de uma breve conversa amigável e, com a voz tornando-se mais grave, disse:

– Trouxe notícias a você, Emma.

– Boas ou más? – Ela olhou, rapidamente, para o rosto dele.

– Não sei bem como devo classificá-las.

– Ah! Devem ser boas com certeza. Vejo em seu rosto. Você está tentando não rir!

– Receio, minha querida Emma – ele se recompôs –, que você não irá divertir-se quando souber.

– Bem... E então? É difícil imaginar que algo que o divirta tanto não me agradará também.

– Existe um detalhe – começou o cavalheiro –, apenas um detalhe, a respeito do qual não pensamos da mesma maneira. – Fez uma breve pausa e, novamente sorrindo, os olhos fixos no rosto dela, continuou: – Não imagina o que pode ser? Nada lhe vem à lembrança?... Harriet Smith.

Ao ouvir esse nome, o rubor coloriu o rosto de Emma, que sentiu medo, sem saber bem do quê. Ele voltou a falar:

– Não recebeu notícias dela esta manhã? Acredito que sim e que já esteja sabendo de tudo.

– Não! Não sei de nada, por favor, diga-me!

– Vejo que já se preparou para o pior... E é bastante ruim. Harriet Smith vai se casar com Robert Martin.

Emma teve um sobressalto, o que demonstrou que não estava tão preparada assim, fitou-o com o choque evidente no olhar e exclamou:

– Não, isso é impossível!

– Mas vai acontecer – insistiu o Sr. Knightley. – Foi Robert Martin mesmo quem me contou, hoje de manhã. Estávamos juntos até uma hora atrás.

Ela continuava olhando-o com indescritível surpresa.

– Querida Emma, você reagiu justamente como eu temia. Gostaria que nossas opiniões a respeito fossem as mesmas e um dia haverão de ser. O tempo, você pode ter certeza, fará um de nós pensar de maneira diferente e, enquanto isso, não precisaremos conversar muito sobre esse assunto.

– Você não está me entendendo... – murmurou Emma, com grande esforço. – Não entendeu nada! Não é que esse fato me deixe triste... Simplesmente, não posso acreditar. Parece-me impossível! Você não pode estar me dizendo que Harriet Smith aceitou casar-se com Robert Martin. Não pode estar me dizendo que ele *já* propôs casamento a ela de novo... Quis, realmente, dizer que ele *ainda vai* pedir a mão dela, não é?

– Estou dizendo que ele já o fez – o Sr. Knightley sorria ao falar, porém estava determinado – e que foi aceito!

– Bom Deus! Bem...

Emma recorreu a sua cestinha de costura para abaixar o rosto, de modo a esconder os intensos sentimentos de alívio e alegria que estavam espelhados nele. Então, acrescentou:

– Bem, agora conte-me tudo, torne os fatos inteligíveis para mim... Como, onde, quando? Ajude-me a entender. Nunca estive tão surpresa, mas isso não me deixa triste, eu lhe asseguro. Como... como foi possível acontecer tal coisa?

– A história é simples. Há três dias, o Sr. Martin tinha que ir à capital, para tratar de negócios. Pedi, então, que levasse alguns documentos que eu estava precisando mandar para John. Ele foi entregar os papéis a meu irmão, no escritório, e ele convidou-o para uma recepção em Astley, nessa mesma tarde; levariam também os meninos mais velhos a essa festa. Os convidados eram meu irmão, sua irmã, Henry, John e a Srta. Smith. Meu amigo Robert não pôde resistir. Pegaram-no já a caminho para a festa e foi muito divertido... Então, nessa mesma ocasião, John convidou-o para jantar em sua casa, no dia seguinte... e ele aceitou. Durante esse jantar, pelo que entendi, o Sr. Martin encontrou oportunidade para falar com Harriet e com certeza não falou em vão. Ela aceitou o pedido e o tornou tão feliz quanto ele sempre mereceu. Robert Martin voltou na carruagem pública de ontem à noite e hoje, logo após o café, já estava comigo... Deu-me primeiro as notícias dos documentos que mandei e, em seguida, esta que acabei de lhe contar. Bem, é tudo o que sei sobre como, onde e quando o fato aconteceu. Assim que você estiver com sua amiga Harriet, ouvirá dela uma historia muito mais longa do que esta. Ela lhe dará todos os detalhes que só a linguagem feminina pode tornar interessantes. Nós, homens, sempre resumimos. O que posso lhe dizer é que o coração de Robert Martin parece, para *ele* e para *mim*, repleto de felicidade. Ele me contou também, apesar de não me parecer muito a propósito, que quando saíram de Astley, meu irmão voltou numa carruagem com a Sra. Knightley e o pequeno John, enquanto ele seguiu com Henry e a Srta. Smith em outra... Parece que ela ficava bastante sem jeito quando eles estavam todos juntos.

O Sr. Knightley calou-se, mas Emma não se atreveu a falar imediatamente. Se falasse nesse momento, sua absurda felicidade seria revelada. Precisava esperar um pouco ou ele iria pensar que havia ficado louca. Perturbado pelo silêncio dela, ele observou-a por alguns instantes, então acrescentou:

– Emma, meu amor, afirma que não ficou triste com essa notícia, mas temo que tenha lhe causado mais dor do que você esperava. A situação dele pode não ser das melhores, porém é preciso considerar que satisfaz sua amiga e tenho certeza de que, conhecendo-o melhor, você ficará encantada com o bom-senso e princípios firmes desse jovem. No que se refere a ele como homem, sua amiga jamais poderia estar em melhores mãos. Melhoraria a posição social dele, se pudesse, o que já é dizer bastante, eu lhe asseguro. Você ri muito de mim por causa de William Larkins, mas garanto que Robert Martin me faria tanta falta quanto Larkins...

Ele esperava que ela pelo menos sorrisse daquela observação brincalhona. Então, esforçando-se para não rir como tinha vontade, Emma apenas sorriu e disse em tom alegre:

– Não precisa se dar ao trabalho de me convencer de que é um bom casal. Acho que Harriet faz muito bem. A ascendência *dela* deve ser pior que a *dele*! Mas não há dúvida de que ambos têm excelente caráter. Se permaneci em silêncio até agora, foi apenas porque a surpresa foi grande demais. Você não pode imaginar como essa notícia me pegou desprevenida, como eu estava despreparada para isso! Acontece que tinha razões para imaginar que Harriet hoje em dia estava muito mais determinada a não se casar com o Sr. Martin do que antes.

– Acredito que você conheça sua amiga melhor do que eu – disse ele –, mas posso dizer que é boa moça, de bom coração, incapaz de estar suficientemente determinada a não se casar com um jovem cavalheiro que diga que a ama.

Emma não pôde evitar o riso quando respondeu:

– Você a conhece tanto quanto eu, acredite. No entanto, tem certeza de que ela o *aceitou* no mesmo instante? Acho que ela poderia aceitá-lo, com o tempo... Mas imediatamente? Não teria você entendido mal? Vocês dois devem ter conversado sobre outros assuntos, negócios, mostras de gado, novas sementeiras... Será que na confusão de tantos assuntos você não poderia ter se confundido? Talvez ele no momento não estivesse certo da mão de Harriet, mas sim das dimensões de algum famoso touro...

No momento, o contraste entre a aparência e a elegância do Sr. Knightley e do Sr. Robert Martin estava tão acentuado para Emma, a lembrança de tudo que havia acontecido recentemente com Harriet era tão intensa, e as palavras dela ainda estavam tão claras em seus ouvidos – "Não, espero saber escolher melhor do que o Sr. Martin" – que, na verdade, ela esperava que o Sr. Knightley tivesse, de alguma forma, tirado conclusões precipitadas. Não podia ser diferente.

– Como se atreve a dizer uma coisa dessas? – exclamou o Sr. Knightley. – Por acaso considera-me tão estúpido que não consiga entender o que um homem diz? Sabe o que merece?

– Oh! Sempre mereço o melhor tratamento, porque jamais aceitaria qualquer outro. Por isso, quero apenas que me dê uma resposta simples, direta. Você tem mesmo certeza de que entendeu bem a natureza do relacionamento do Sr. Martin e Harriet?

– Tenho certeza – respondeu ele com clareza – de que o Sr. Martin me disse que Harriet aceitou seu pedido de casamento e as palavras que ele usou não deixavam qualquer dúvida. Creio que tenho como provar. Ele pediu minha opinião sobre o que deve fazer agora. Não conhece mais ninguém que possa dar informações a respeito de algum parente ou amigo de Harriet, a não ser a Sra. Goddard. Perguntou-me se eu teria alguma ideia sobre alguém mais que pudesse informá-lo, sem ser a Sra. Goddard. Assegurei-lhe que não e Martin decidiu que faria tudo para conversar com ela ainda hoje.

– Estou satisfeitíssima agora – afirmou Emma, com um sorriso alegre – e desejo, sinceramente, que sejam muito felizes juntos.

– Você mudou completamente de ideia desde a primeira vez que conversamos sobre esse assunto.

– Assim espero, pois naquele tempo eu era uma tola.

– Também mudei, Emma. Estou pronto, agora, para atestar as boas qualidades de Harriet. Eu me esforcei para conhecê-la melhor por você e por Robert Martin... Na verdade, sempre tive motivos para pensar que ele ainda a amava. Tenho conversado com ela com frequência... Você certamente percebeu. Em várias oportunidades imaginei que você desconfiava de que eu estivesse interferindo a favor de Martin junto a ela, o que nunca fiz. Mas observei-a, consegui conhecê-la melhor e me convenci de que se trata de uma moça sem artifícios, agradável, de bons princípios e que anseia pela felicidade de ser amada e ter um lar... E nisso, sem dúvida, ela tem muito para agradecer a você.

– A mim?! – condoeu-se Emma. – Pobre Harriet!

Conteve-se, no entanto, e aceitou calada um pouco mais de aprovação do que de fato merecia.

Nesse instante, o pai dela entrou, interrompendo a conversa. Emma não lamentou. Queria ficar sozinha. Estava extremamente feliz, maravilhada, o que a impedia de prestar atenção no que se passava ao seu redor. Tinha vontade de cantar, de dançar, de rir, de pensar e não conseguia concentrar-se em nada mais.

O Sr. Woodhouse viera para avisar que James estava atrelando os cavalos para que dessem o passeio diário até Randalls, o que era um pretexto para retirar-se.

Pode-se imaginar a euforia, a gratidão, o encantamento que envolveram Emma. Diante da perspectiva de felicidade de sua amiga, agora não seria mais atormentada pela sensação de culpa e o único perigo era ser feliz demais. O que mais poderia desejar? Nada, a não ser tornar-se mais digna dele, que sempre demonstrara ter um discernimento e julgamento muito superiores aos dela; nada, a não ser que as lições dos erros que cometera no passado a houvessem ensinado a ser mais humilde e cuidadosa no futuro.

Ela era séria, muito séria na gratidão que sentia e nas decisões que tomava, mas não havia como impedir-se de rir, mesmo em meio a essas sérias reflexões. Não podia deixar de rir diante daquele desenlace! Que final para as dolorosas decepções das últimas cinco semanas! Que coração, que Harriet!

Agora a volta dela seria um prazer... Tudo seria, e também seria um grande prazer conhecer melhor o Sr. Robert Martin.

O que lhe proporcionava uma felicidade ainda mais intensa era que já não teria nada a esconder do Sr. Knightley. As evasivas, as mentiras, o engano, o mistério... Essas coisas tão odiosas para ela haviam deixado de ser necessárias. Estava livre para dar-lhe o completo relato de tudo o que acontecera e feliz em encarar isso como um dever.

Foi no estado de espírito mais feliz e alegre do mundo que Emma saiu com o pai, nem sempre ouvindo, mas sempre concordando com o que ele dizia. E, com suas palavras e silêncios, convencia-o de que não podiam fugir da obrigação de ir a Randalls todos os dias para não desapontar a pobre Sra. Weston.

Quando chegaram, encontraram-na sozinha na sala de visitas. Mas nem bem haviam terminado de saber como o bebê estava e o Sr. Woodhouse recebido os agradecimentos por ter ido até lá, exatamente como ele havia pedido, percebeu-se pela janela a sombra de duas pessoas passando no jardim.

– É Frank e a Srta. Fairfax – esclareceu a Sra. Weston. – Eu ia justamente contar-lhes a agradável surpresa que tive ao vê-lo chegar hoje, bem cedo. Ele ficará até amanhã e convencemos a Srta. Fairfax a passar o dia conosco. Eles estão entrando, suponho.

Logo o jovem casal chegava à sala. Emma estava satisfeita em ver o Sr. Frank Churchill, porém, por causa de certas lembranças de ambos, havia um leve embaraço naquele encontro. Cumprimentaram-se sorrindo e em seguida ficou claro que parecia haver pouco a ser dito. Assim que todos haviam tornado a sentar-se, fez-se uma pausa prolongada na conversa e Emma começou a perguntar a si mesma se rever o jovem cavalheiro, principalmente em companhia de Jane como tanto desejara, iria dar-lhe a satisfação que imaginara. O Sr. Weston juntou-se ao grupo e, quando o bebê voltou a ser o assunto de conversa na sala, a animação voltou a reinar, o falatório também, e isso proporcionou oportunidade e coragem a Frank Churchill para aproximar-se discretamente dela.

– Tenho que lhe agradecer, Srta. Woodhouse – disse –, pela bondosa mensagem de perdão que me enviou numa das cartas da Sra. Weston. Espero que o tempo não a tenha tornado menos desejosa de me perdoar e que não tenha se arrependido.

– Não, de modo algum! – garantiu Emma, feliz com aquele começo. – Nem um pouco. Estou particularmente satisfeita em vê-lo, cumprimentá-lo e transmitir-lhe pessoalmente meus parabéns.

Ele agradeceu-lhe de todo coração e continuou a conversar com ela ainda por algum tempo, com distinta demonstração de gratidão e felicidade.

– A senhorita não acha que ela está bem? – perguntou, depois, olhando para Jane. – Não a vê melhor do que sempre esteve? Veja como meu pai e a Sra. Weston a mimam!

Com seu espírito novamente alegre e o riso brilhando nos olhos, ele falou no esperado retorno dos Campbell e, em seguida, mencionou os Dixon. Emma corou e proibiu-o de tocar de novo nesse nome em sua presença.

– Jamais poderei ouvir esse nome – justificou-se ela – sem me sentir muito envergonhada!

– A vergonha é toda minha – replicou Frank Churchill – ou, pelo menos, deveria ser. Mas será possível que a senhorita jamais tenha desconfiado? Quero dizer, mais tarde. No começo, sei que não desconfiou de nada...

– Nunca tive a menor desconfiança, posso assegurar-lhe.

– Isso parece quase incrível. Estive muito próximo de lhe contar a verdade e quem me dera o tivesse feito! Tudo teria sido melhor. Mas eu vivia fazendo coisas erradas, coisas *muito ruins* mesmo, e que não me serviram para nada. Se tivesse quebrado a promessa de segredo e contado tudo à senhorita, teria sido uma transgressão bem melhor!

– Arrepender-se não servirá para nada agora – observou Emma.

– Tenho esperanças – explicou ele – de que meu tio se deixe persuadir a vir comigo a Randalls; ele quer conhecer Jane. Quando os Campbell tiverem voltado, iremos encontrá-los em Londres e espero continuar lá até que eu possa levá-la para o norte. Por enquanto, estou tão longe dela!... Não acha isso duro, Srta. Woodhouse? Não nos víamos desde o dia da reconciliação até hoje pela manhã. Não sente pena de mim?

Emma manifestou-lhe com tanta gentileza a piedade que sentia que, num repente de euforia, Frank exclamou:

– Ah! Por falar nisso... – A voz dele foi descendo de tom até que, numa atitude tímida, perguntou: – O Sr. Knightley está bem, espero... – Ela ficou ruborizada e, depois de uma pausa significativa, ele prosseguiu: – Sei que leu na minha carta o que lhe desejo e espero que se lembre disso. Deixe-me retribuir suas congratulações... Garanto-lhe que recebi essa notícia com o mais cálido interesse e prazer... Ele é um homem a quem admiro muito.

Emma ficou satisfeita e desejou apenas que ele continuasse os elogios, mas a atenção de Frank Churchill já havia voltado para sua Jane.

– A senhorita já tinha visto uma pele como a dela? – indagou ele. – Tão suave, tão delicada! E, no entanto, sem ser loira. Uma combinação tão incomum, com seus olhos e cabelos tão negros! Uma combinação extraordinária. Uma pele tão suave e tão branca, translúcida o bastante para torná-la ainda mais bela... Uma beleza perfeita.

– Sempre admirei a pele de Jane – declarou Emma, com sinceridade. – Mas, se bem me lembro, houve um tempo em que o senhor achava um defeito o fato de ela ser tão pálida. Quando conversamos sobre Jane pela primeira vez... O senhor já esqueceu?

– Ah, não! Eu era um cão insolente nessa época... Como me atrevia tanto?

Ele riu tão francamente da lembrança que Emma não pôde deixar de acrescentar:

– Desconfio de que o senhor devia se divertir um bocado à custa de nós todos com sua farsa, naquele tempo! Não desconfio não: tenho certeza de que se divertiu e acho que isso era um consolo para o senhor...

– Não, não! Como pode pensar uma coisa dessas? Eu era um pobre coitado.

– Não tão pobre nem tão coitado que não conseguisse se divertir. Estou certa de que era uma fonte de divertimento para o senhor ver que nos enganava com tanta facilidade. Sou a mais indicada para suspeitar disso porque, para dizer a verdade, acho que teria me divertido muito, também, se estivesse em seu lugar. Creio que somos bastante parecidos.

Ele fez uma reverência.

– E, se a semelhança não está em nossas naturezas – acrescentou ela, com suavidade –, está em nossos destinos, que permitem unirmos nossas vidas às de duas pessoas muito superiores a nós.

– Verdade, isso é uma verdade... – concordou ele com calor. – Não. Não é verdade por sua parte. Não há quem possa ser superior à senhorita, mas é verdade para mim. Jane é um anjo. Veja... Não lhe parece um anjo a cada gesto? Note a curva do pescoço, os olhos fitando meu pai... A senhorita vai adorar saber – inclinando a cabeça e murmurando com toda a seriedade – que meu tio pretende dar-lhe as joias que foram de minha tia. Vou mandar montá-las novamente e com algumas delas mandarei fazer uma tiara. Não ficará divina naqueles maravilhosos cabelos escuros?

– Com certeza – concordou Emma.

Ela falou tão sinceramente que ele não conseguiu se conter:

– Como me sinto feliz por estar ao lado da senhorita novamente e encontrá-la com tão boa aparência! Não teria perdido este encontro por nada deste mundo e, se a senhorita não tivesse vindo, eu iria visitá-la em Hartfield.

Os outros continuavam falando do bebê. A Sra. Weston contava como ficara apreensiva no dia anterior, quando sua filhinha não parecia bem. Sentia-se tola agora, mas, naqueles momentos de aflição estivera por chamar o Sr. Perry. Provavelmente ficaria envergonhada, mas até o Sr. Weston se preocupara tanto quanto ela. Dez minutos depois a pequenina estava ótima. A história interessou principalmente o Sr. Woodhouse, que julgou-a muito sensata e recriminou-a apenas por não ter chamado o Sr. Perry. "Ela devia chamar Perry sempre que o bebê desse o menor sinal de não estar bem, era impossível que ela se alarmasse demais, ou que chamasse Perry com mais frequência do que era devido. Uma pena que ele não tivesse vindo no dia anterior. Embora a menininha parecesse ótima, teria sido aconselhável que Perry a tivesse visto."

Frank Churchill pegou o nome no meio da conversa.

– Perry! – disse Emma, procurando, enquanto falava, os olhos de Jane. – Meu querido Sr. Perry! O que estão falando sobre o Sr. Perry? Ele veio aqui esta manhã? Como é que ele viaja, hoje em dia? Já tem uma carruagem?

Emma rapidamente entendeu a brincadeira que ele fazia e, enquanto o acompanhava no riso, era evidente pela expressão de Jane que ela o escutava, mas fingia-se de surda.

– Que sonho extraordinário esse que tive! – prosseguiu Frank Churchill. – Não posso lembrar-me dele sem rir. Ela está nos ouvindo, sim, Srta. Woodhouse. Percebo que está pelo rosto, que demonstra o esforço que faz para manter-se séria. Veja, olhe bem. A senhorita não percebe que neste instante ela está se lembrando daquela passagem da carta que me escreveu, onde me contava isso tudo? Não vê que não consegue pensar em outra coisa enquanto finge que escuta os outros e não a nós?

Jane Fairfax não pôde deixar de rir. Ainda sorrindo, voltou-se para ele e disse, com voz baixa e firme:

– Como pode reviver essas lembranças? Estou chocada! De vez em quando elas *poderão* impor-se e nos envergonhar... Mas como é capaz de *gostar* delas?

Frank tinha muito a dizer em resposta, e o fez de maneira muito divertida, mas Emma concordava com Jane. Enquanto voltava de Randalls para casa com o pai, ela pôde concluir que embora tivesse ficado contente por ter encontrado Frank Churchill e estivesse sinceramente gratificada com a amizade dele, não podia deixar de comparar os dois homens e concluir que nunca lhe parecera mais evidente a superioridade de caráter do Sr. Knightley. A intensa felicidade desse dia, já tão memorável, completou-se com o reconhecimento de que sentia profunda admiração pelo Sr. Knightley.

55

Emma ainda se afligia por Harriet. Às vezes duvidava de que ela se houvesse curado completamente da afeição que sentia pelo Sr. Knightley e que estivesse realmente apta a aceitar outro homem em sua vida. Porém, não ficaria por muito tempo mais nessa dúvida. O grupo tinha chegado de Londres havia poucos dias e ela não tardou em ter oportunidade de estar a sós com Harriet, como também pôde ficar satisfeitíssima ao saber que – por incrível que parecesse! – Robert Martin tomara definitivamente o lugar do Sr. Knightley nos sonhos de felicidade de sua jovem amiga.

Harriet mostrou-se um pouco angustiada e insegura assim que se encontraram. Mas, depois, como já havia reconhecido que fora arrogante, presunçosa e até que enganara a si mesma, a dor e a confusão que a tinham feito sofrer pareceram dissolver-se com as palavras e ela deixou de se preocupar com o passado para entregar-se à completa exultação pelo presente e o futuro. Logo no começo, Emma apressou-se a demonstrar sua aprovação como amiga; afastou instantaneamente todos os medos dessa natureza ao recebê-la com os mais calorosos cumprimentos.

Com a maior felicidade, Harriet contou todos os detalhes do encontro com o Sr. Robert Martin em Astley e no jantar do dia seguinte. Mas o que cada um dos detalhes dados por ela explicava realmente? O relato fez com que Emma soubesse que Harriet jamais havia deixado de gostar do jovem fazendeiro e que o fato de ficar sabendo que ele continuava a amá-la o tornara irresistível para ela. Fora isso, Emma jamais conseguiria compreender Harriet.

O reencontro, dessa maneira, foi alegre e cada dia que passava oferecia novos motivos para Emma pensar assim. A paternidade de Harriet tornou-se conhecida: revelou-se que era filha de um comerciante rico o suficiente para continuar a proporcionar-lhe o conforto que sempre lhe dera e decente o bastante para sempre ter desejado não revelar a paternidade. Esse era o "grau de nobreza" que Emma estivera tão disposta a atribuir a Harriet! Não se tratava de uma ascendência pior que a de muitos nobres, mas que casamento díspar ela estivera prestes a proporcionar, mesmo que sem querer, para o Sr. Knightley, para os Churchill ou até mesmo para o Sr. Elton! A mancha da ilegitimidade, mesmo que diminuída pela nobreza ou prosperidade, seria sempre uma mancha.

Não surgiu nenhuma objeção por parte do pai de Harriet, que tratou o futuro genro com liberalidade, e Emma aceitou aproximar-se de Robert Martin a quem, então, recebeu em Hartfield e reconheceu nele o bom-senso e o valor que o tornavam adequado para sua jovem amiga.

Ela não duvidava de que Harriet poderia ser feliz com qualquer homem de bem, mas com ele, e na casa que lhe oferecia, havia a esperança de mais: segurança, estabilidade e prosperidade. Além disso, iria viver entre pessoas que a amavam e que possuíam mais bom-senso que ela própria. Estaria sempre protegida e rodeada de afeto. Jamais correria o risco de se ver diante de alguma tentação e Emma considerava-a a criatura mais sortuda do mundo por haver despertado uma sólida e profunda afeição em um homem tão respeitável. Quer dizer, só não seria a mais sortuda, por sua própria culpa.

Harriet passou a comparecer cada vez menos em Hartfield, na mesma medida em que se aproximava dos Martin. E não havia mágoas. A intimidade entre Emma e ela estava destinada a terminar, a amizade delas deveria transformar-se em um calmo relacionamento entre conhecidas. Felizmente, o que tinha de ser já parecia ter começado a acontecer, aos poucos e de forma muito natural.

Em fins de setembro, Emma acompanhou Harriet à igreja, onde a viu colocar a mão sobre a de Robert Martin, em completa felicidade e sem nenhuma lembrança, nem mesmo as que se referissem ao Sr. Elton quando este colocou-se de pé diante deles. Era possível, até, que ela o visse simplesmente como o padre diante do altar, ofertando uma bênção que era destinada especificamente a ela. Apesar de ser o último dos três pares a ficar noivo, Robert Martin e Harriet Smith era o primeiro a se casar.

Jane Fairfax havia deixado Highbury e voltara para o conforto de sua adorada casa com os Campbell. Os Churchill estavam também na capital e apenas esperavam o término do luto em novembro.

O mês intermediário, outubro, foi o escolhido por Emma e o Sr Knightley, dentro do prazo máximo que se dispuseram a esperar. Determinaram que deveriam se casar enquanto John e Isabella ainda estivessem em Hartfield, a fim de permitir que partissem em seguida para uma viagem de quinze dias pelo mar. John, Isabella e todos os amigos aprovaram essa decisão. Todos, menos o Sr. Woodhouse –

como ele poderia concordar com tal ideia? –, que sempre se referia a esse casamento como um evento distante.

O velho cavalheiro ficara tão abalado da primeira vez que ouvira falar do casamento que quase tinham perdido a esperança. A segunda vez, porém, causou-lhe menos dor e aos poucos ele começou a pensar que assim teria de ser, que não podia evitar o inevitável – o que era um indício promissor de que encontrara o caminho para a resignação. Entretanto, o Sr. Woodhouse não estava feliz. Ao contrário. As evidências eram tão ao contrário que a coragem de sua filha começou a falhar. Ela não podia suportar ver o pai sofrendo tanto, não aguentava saber que ele se imaginava posto de lado, abandonado. E, em sua aflição, hesitava, apesar de compreender e concordar com os Knightley, que lhe diziam que seu pai ficaria bem logo depois do casamento. Às vezes cedia, mas depois recuava: não podia prosseguir!

Nesse impasse, pai e filha acabaram entendendo-se. Não por alguma iluminação repentina da mente do Sr. Woodhouse ou alguma inacreditável mudança em seu sistema nervoso, mas pela ação desse mesmo sistema nervoso, porém de uma curiosa maneira. Certa noite, todos os perus desapareceram do aviário da Sra. Weston. As criações de aves de outros proprietários da vizinhança sofreram o mesmo desfalque. Esses delitos desviaram o rumo das preocupações do Sr. Woodhouse. Ele ficou muito assustado e percebeu que a presença do genro, com sua retidão de caráter, resolução e presença de espírito, tornaria suas noites mais tranquilas do que todas as demais que já passara em sua vida. Enquanto um dos dois Knightley o protegesse, assim como aos seus bens, ele e Hartfield estariam seguros. Mas o Sr. John Knightley deveria voltar a Londres no final da primeira semana de novembro, o que afligiu o Sr. Woodhouse e o resultado dessa aflição foi que sua filha pôde imediatamente marcar o dia do casamento diante de um alegre e voluntário consentimento que ela nem sequer poderia ter imaginado. Assim, o Sr. Elton foi convidado para unir as mãos do Sr. Knightley e da Srta. Woodhouse diante do altar um mês depois de ter oficiado o casamento do Sr. e da Sra. Robert Martin.

O casamento foi como muitos outros, nos quais alguns dos convidados não demonstravam bom gosto, exibindo joias e esbanjando ostentação. Ao ouvir os detalhes contados por seu marido, a Sra. Elton achou o casamento extremamente deselegante e muito inferior ao seu próprio: "Pouco cetim branco, poucos véus de renda, um matrimônio lamentável. Selina ficará chocada quando souber!"

Mas, apesar dessas deficiências, os votos, as esperanças, a confiança, as previsões do pequeno grupo de sinceros amigos que testemunharam a cerimônia certamente garantiram uma felicidade perfeita àquela união.

fim

EDIÇÕES
BestBolso

Este livro foi composto na tipologia Minion Pro Regular, em corpo10/12,5, e impresso em papel off-set $56g/m^2$ no Sistema Cameron da Divisão Gráfica da Distribuidora Record.